dtv

Die Handlung im Zeitraffertempo: Im Jahre 2023 wird hoch über den Schluchten Manhattans an einem neuen Turm zu Babel gebaut, der nach dem Willen seines Schöpfers, des Milliardärs Harry Gant, die menschliche Fähigkeit zum Träumen bezeugen soll. Inzwischen gehen tief unten merkwürdige Dinge vor: Im Kanalisationssystem der Stadt treibt ein mutierter weißer Hai sein Unwesen, und beinahe fällt ihm Gants Exfrau Joan, retortengezeugte Tochter einer feministischen Nonne, zum Opfer. Unterdessen führt auf hoher See der Ökopirat Philo Dufresne mit seinem U-Boot »Yaba-Dabba-Doo« eine Attacke gegen einen Eisbrecher. Philo war einst von Amischen adoptiert worden, als alle Schwarzen, mit Ausnahme der grünäugigen, von einem mysteriösen Killervirus vernichtet wurden. Kurze Zeit später hatte das Gant-Imperium »Elektro-Neger« auf den Markt gebracht, freundliche Androiden, die als Bauarbeiter, Polizisten etc. Verwendung finden. War es einer dieser eigentlich als harmlos programmierten Roboter, der den Tycoon Amberson Teaneck erschlug? Joan wird beauftragt, den Mord aufzuklären, und stellt fest, daß er der Schlüssel zu einem gigantischen Komplott ist, durch das Millionen von Menschen gefährdet sind ... »Eine Revue zum Beginn des neuen Jahrtausends – ein schwindelerregendes Leseabenteuer.« (Thomas Pynchon)

Matt Ruff wurde 1965 in New York geboren und wuchs als Sohn eines lutherischen Pfarrers in Queens auf. Er studierte »creative writing« bei Alison Lurie und schloß 1987 sein Studium an der Cornell University, Ithaca, ab. 1991 erschien auf deutsch sein erster Roman ›Fool on the Hill‹, der mittlerweile Kultstatus als Underground-Bestseller genießt.

Matt Ruff

G. A. S.

Die Trilogie der Stadtwerke

Roman

Deutsch von
Giovanni und Ditte Bandini

Deutscher Taschenbuch Verlag

Von Matt Ruff
ist im Deutschen Taschenbuch Verlag erschienen:
Fool on the Hill (11737)

Ungekürzte Ausgabe
Januar 2000
4. Auflage September 2003
Deutscher Taschenbuch Verlag GmbH & Co. KG, München
www.dtv.de

Titel der amerikanischen Originalausgabe:
›Sewer, Gas & Electric. The Public Works Trilogy‹
(The Atlantic Monthly Press, New York 1997)

Umschlagkonzept: Balk & Brumshagen
Umschlagbild: © Gabriel Nemeth, München
(mit freundlicher Genehmigung des Carl Hanser Verlags, München)
Satz: Fotosatz Reinhard Amann, Aichstetten
Druck und Bindung: Druckerei C. H. Beck, Nördlingen
Gedruckt auf säurefreiem, chlorfrei gebleichtem Papier
Printed in Germany · ISBN 3-423-12721-X

Für Ayn Rand

Who's who auf der sozialen Stufenleiter

Reiche

Harry Gant, *Generaldirektor von Gant Industries*
Amberson Teaneck, *ein verstorbener Firmenaufkäufer*

Wohlhabende und Mittelständler

Joan Fine, *eine weiße liberale Katholikin*
Lexa Thatcher, *Herausgeberin des* Long Distance Call

Die Crew des U-Boots »Yabba-Dabba-Doo«:

Philo Dufresne, *Kapitän*
Morris Kazenstein, *erster Offizier und jüdisch-amerikanisches Allround-Wunderkind*
Irma Rajamutti, *Chefmaschinistin*
Oliver, Heathcliff, Mowgli, Galahad und Klein Nell Kazenstein, *Maschinenraumbesatzung*
Neunundzwanzig-Wörter-für-Schnee, *ein Inuit-Findelkind*
Marshall Ali, *Neunundzwanzig-Wörters kurdischer Mentor*
Norma Eckland, *Kommunikationsoffizier*
Asta Wills, *Sonartechnikerin*
Osman Hamid, *U-Boot-Fahrer*
Jael Bolívar, *Schiffsbiologin*

Manager und PR-Leute von Gant Industries:

Vanna Domingo, *Regulatorin der Öffentlichen Meinung*
Clayton Bryce, *Leiter der Abteilung für Kreative Buchhaltung*
Whitey Caspian, *ein Techniker der Öffentlichen Meinung*
C. D. Singh, *ein Lobbyist im Kongreß*
Bartholomew Frum, *eine Nachwuchskraft*
Fouad Nassif, *eine weitere Nachwuchskraft*

Seraphina Dufresne, *die neunzehnjährige Tochter von Philo Dufresne (und der verstorbenen Flora Daris)*
Rabi Thatcher, *Lexa Thatchers und Philos siebenjährige Tochter*
Ellen Leeuwenhoek, *Fotografin und Enthüllungsreporterin des* Long Distance Call
Toshiro Goodhead, *Stripteasetänzer*
Ernest G. Vogelsang, *FBI-Agent, Sektion für un-un-amerikanische Umtriebe*

Arbeiter, Arme & Supra-Arme

Kite Edmonds, *aus Kanada gebürtige hunderteinundachtzigjährige Veteranin des amerikanischen Bürgerkriegs*
Maxwell, *Veteran des schwarzafrikanischen Freihandelskrieges von 07*
Troubadour Penzias, *ein weiterer Veteran des schwarzafrikanischen Freihandelskrieges von 07*
Kapitän Chance Baker, *vom Eisbrecher* »South Furrow« *und später vom U-Boot-Jäger* »Mitterrand Sierra«
Kapitänin Wendy Mankiller, *vom Kampf-U-Boot* »City of Women«

Mitarbeiter des Zoologischen Dezernats der Abwässerbehörde von New York City:

Fatima Sigorski, *Koordinatorin*
Lenny Prohaska und Art Hartower *vom May-Team 23*
Eddi Wilder, *Nachwuchskraft, May-Team 23*

Frankie Lonzo und Salvatore Condulucci, *Fisch-Cowboys des Städtischen Aquariums von New York*
Oscar Hill, *ein glückloser Pfadfinderführer*
Oblio Wattles, *ein glückloser Pfadfinder*

Es überkommt mich ein sehr komisches Gefühl, wenn ich eure Generation ansehe. Wißt ihr, wir hatten immer so diese Vorstellung, daß jede neue Generation optimistischer sein würde, daß jede neue Generation fortschrittlicher sein und lauter nach Freiheit und Gerechtigkeit rufen würde. Aber mein jüngster Sohn, der jetzt sechzehn ist, sagt zu mir: »Dad, du bist ein sentimentaler Grufti. Du meinst, daß es irgendwann besser werden wird, daß noch irgendeine Hoffnung besteht«, sagt er, »aber keiner von uns glaubt daran.« Und dann erzählt er mir, daß die halbe Weltbevölkerung an Aids sterben wird, daß die Pole abschmelzen werden, daß der tropische Regenwald in dreißig Jahren restlos verschwunden sein wird und wir dann keinen Sauerstoff mehr haben, was aber gar keine Rolle spielt, weil's sowieso noch höchstens sieben Jahre bis zum nuklearen Holocaust dauert, und wenn ich Zweifel an den Zeitangaben anmelde, sagt er, daß er mir das auf seinem Rechner beweisen kann ... Wenn ich von der nächsten Generation irgendeinen Beitrag erwarte, dann ist es die Entdeckung, wie man, ohne jegliche Hoffnung, für soziale Veränderungen kämpft.
Wißt ihr, wenn man in den sechziger Jahren auf die Erde sprang, sprang sie zurück, genau wie Einstein es vorausgesagt hatte. Wir wußten, daß wir jede Schlacht gewinnen würden, weil wir jeden Tag erwachsener wurden. Jeder Tag war ein neuer Tag, und am Rande des Abgrunds zu leben war romantisch. Aber vielleicht ist eure Vision die realistischere von beiden ...

Abbie Hoffman in der University of South Carolina, 1987

Es heißt, die Leute glauben nicht mehr an Helden. Zum Teufel mit ihnen! Wir beide, Max, wir werden ihnen ihre Helden wiedergeben.

Roger Ward im Film *Mad Max*

Dementi

Die Aufgabe der Geschichtsschreibung ist, die Vergangenheit gemäß ihrer eigenen – nicht unserer – Logik zu rekonstruieren. Alle Epochen, sagte Ranke, sind Gott gleich nah. Aber sosehr er auch versuchen mag, sich loszureißen, bleibt der Historiker ein Gefangener seiner eigenen Epoche. »Kein Mensch«, schrieb Emerson, »ist imstande, sich gänzlich von seinem Zeitalter und seiner Herkunft zu befreien oder ein Modell zu erschaffen, an dem das Erziehungswesen, die Religion, die Politik, die Sitten und die Künste seiner Zeit keinerlei Anteil hätten. Mag er auch noch so originell, noch so eigenwillig und phantasievoll sein, es ist ihm nicht möglich, aus seinem Werk jede Spur der Gedanken zu tilgen, inmitten deren es entstanden ist.« Der Historiker sitzt, wie jeder andere auch, auf ewig in der Falle der egozentrischen Weltsicht, und der »Gegenwartismus« ist seine Erbsünde.

Arthur M. Schlesinger jr.,
The Cycles of American History

Die folgende Geschichte sollte nicht als ein ernsthafter Versuch mißverstanden werden, vorauszusagen, wie das Jahr 2023, wenn es erst mal da ist, wirklich sein wird. Jede historische Hochrechnung der Zukunft ist von vornherein zum Scheitern verurteilt, und überhaupt macht's viel mehr Spaß, sich das Ganze einfach auszudenken. *Die Trilogie der Stadtwerke* beschreibt das Jahr 2023 ausschließlich so, wie es 1990 existiert, im Hinterzimmer des Bostoner Hauses, in dem ich diese ersten Worte schreibe.

Ein ganz und gar anderes Jahr …

Abwässer.

G.A.S.

1

In der Kanalisation von New York sind schon Alligatoren, kleine Jungen und mindestens ein Pferd herumgeschwommen. Die Jungen und das Pferd scheinen die Erfahrung nicht sonderlich genossen zu haben, aber den Alligatoren ist sie prächtig bekommen.

Robert Daley,
The World Beneath the City

Ein Mann, allein an hoher Stelle

Niemand konnte behaupten, man hätte ihn nicht gewarnt. Die Aussichtskanzel stach rund achthundert Meter über den Straßen der Stadt in die Himmelskuppel. Sie war der Öffentlichkeit nicht zugänglich. Die meisten Besucher des Gant Phoenix durften nicht weiter als bis zum Prometheus-Deck im 205. Stockwerk, das ohnehin schon der höchste Aussichtspunkt war, der Touristen irgendwo auf der Welt geboten wurde – selbst das sechshundertneunzig Meter hohe Gant Minaret in Atlanta war niedriger. Einige wenige auserwählte Freunde, Geschäftspartner und Politiker kamen – an Tagen, an denen das Wetter für angenehm und die Wahrscheinlichkeit, daß eine plötzliche Sturmbö jemanden fortreißen könnte, für hinlänglich gering erachtet wurde – in den Genuß, noch höher zu klettern, bis auf die Terrasse im 208. Stock, um dort die dunstige, dünne Luft, die im Phoenix Souvenir Shop für 7,50 Dollar die Flasche verkauft wurde, umsonst zu atmen. Aber nur Harry Gant selbst hatte je das letzte Stück aufsteigen dürfen, weitere hundert Meter hinauf, eine Sprossenleiter hoch, die im Inneren der ankermastähnlichen Turmspitze des Phoenix verlief, oben durch eine Falltür hindurch und so schließlich in die große Glaskugel,

Gants Adlerhorst, klettern, den höchsten Punkt des höchsten Bauwerks, das je von Menschenhand errichtet worden war.

»Fragwürdig«, hatte seine Regulatorin der Öffentlichen Meinung vor Jahren gesagt, als er ihr seine Idee mit der Adlerhorstkanzel erstmals eröffnet hatte. »Was die Medienwirkung angeht, entschieden fragwürdig, sie für sich allein behalten zu wollen.«

»Warum fragwürdig?« Sie waren damals beide ein bißchen beschwipst gewesen, und ihre Stimme hatte eher benebelt als wirklich besorgt geklungen, aber Wein und Unbekümmertheit schärften Gants Aufmerksamkeit in diesem Moment um so mehr.

»Denk biblisch, Harry. Du bettelst ja praktisch darum, daß irgendein Kolumnist oder TV-Kommentator sich über dich lustig macht.«

»Wieso?«

»Stell es dir doch nur einmal vor: eine mächtige Persönlichkeit steht an erhöhter Stelle, während ihr zu Füßen die ganze Welt ausgebreitet liegt ...«

»Ach so«, sagte er, »*das*. Aber Moment mal, wenn ich mich recht erinnere, waren es *zwei* mächtige Typen, die in der Geschichte auf einem Gipfel standen, also wär's doch möglich –«

»Niemand wird dich mit Jesus vergleichen, Harry.«

»Und warum nicht?«

»Weil Jesus nichts von dem haben wollte, was er von da oben sah, während du eine ganze Menge davon willst. Fünf Minuten nachdem du zum erstenmal in deinen kleinen Ausguck geklettert bist, wirst du auf drei neue Produktreihen gekommen sein, in die du investieren könntest – allesamt wahnsinnig unpraktisch, allesamt irgendwie umweltschädlich oder das gemeine Wohl gefährdend und allesamt profitabel, zumindest bis die Schadensersatzklagen entschieden sind. Wieder fünf Minuten, und du wirst dich nach einem geeigneten Standort für dein nächstes Gebäude umsehen, das du wahrscheinlich doppelt so hoch wie dieses hier wirst bauen wollen. Und wieder fünf Minuten später wirst du dich wahrscheinlich übergeben, weil du ebensogut wie ich weißt, daß du nicht schwindelfrei bist.«

Das stimmte: Er war nicht schwindelfrei. Seltsames Eingeständnis von seiten eines Mannes, der zweieinhalb Superwolkenkratzer und eine ganze Palisade von kleineren Türmen besaß, aber so war's nun einmal. Seine Abneigung gegen Flugreisen war geradezu sprichwörtlich: Da er es vorzog, wenn eine Ortsveränderung denn unbedingt nötig war, mit der Bahn zu fahren, hatte er ein Netz von Transrapid-Bahnen gebaut, das hundert Städte miteinander verband, und hatte damit praktisch im Alleingang die amerikanische Eisenbahn-Renaissance des 21. Jahrhunderts eingeleitet. Gleichzeitig hatte Gant Industries die Videokonferenztechnik auf ein solches Niveau gebracht, daß es ihm nun möglich war, an gleichzeitig in Singapur, Prag, Tokio und Caracas stattfindenden Aufsichtsratssitzungen teilzunehmen, ohne auch nur für einen Augenblick den sicheren Boden von Manhattan zu verlassen.

Nicht einmal die künstlichen Canyons und Gipfel seiner Heimatstadt, Symbole all dessen, was ihm lieb und teuer war, konnten ihn seine angeborene Höhenangst vergessen lassen. Was immer für Gefühle sich in Harry Gants Brust regen mochten, wenn er an der nordwestlichen Skyline die protzigen Zinnen von Trumps Riverside Arcadia betrachtete oder das näher gelegene Chrysler Building (dessen schlappe siebenundsiebzig Stockwerke ihm gehörten) oder, im Süden, die Zwillingsriesen, die die Battery überragten – das Bedürfnis, rüberzuflitzen und den ersten Fahrstuhl nach oben zu nehmen, überkam ihn mit Sicherheit nie.

Aber mit dem Phoenix war es eine andere Sache. Der Phoenix war nicht lediglich sein Besitz, sondern seine Schöpfung, *sein* Gebäude, *das höchste Bauwerk in der Geschichte der Menschheit.* Wenn er an seinem höchsten Punkt stand (oder auf dem Minarett in Atlanta, dem ehemaligen höchsten Gebäude in der Geschichte der Menschheit, obwohl er da nicht mehr so häufig hinfuhr), schien sein ganzes Bewußtsein irgendwie von Grund auf verwandelt zu sein, als ob das, was ihn trug, nicht die vulgäre Konstruktion aus Stahl und Beton sei, sondern die Kraft seines eigenen Willens – eine Kraft, die durch nichts zu erschüttern war.

Nun.

Um ganz ehrlich zu sein, war die scherzhafte Voraussage seiner Regulatorin, er würde sich übergeben, beinah in Erfüllung gegangen – aber nur beinah. Der Gant Phoenix war offiziell im Juni 2015 eröffnet worden, in einem Monat, in dem die Ostküste von einigen der heftigsten Gewitter seit über hundert Jahren heimgesucht worden war. Während Schwarzseher über besorgniserregende Veränderungen des Weltklimas unkten, lud Gant eines Nachmittags die Hautevolee der Stadt ein, zum Prometheus-Deck heraufzukommen und »sich das kostenlose Feuerwerk anzusehen«. Eine ganze Batterie von Schwingungsdämpfern wirkte nach Kräften den durch den Wind bedingten Schwankungen der oberen Regionen des Wolkenkratzers entgegen; der Festtagspunsch schwappte zwar noch immer leicht in seiner Terrine, aber nachdem sie einmal am kalten Büffet entlangflaniert waren, wo man alle Snacks mit einem Schuß Dramamin versetzt hatte, empfanden das die Partygäste eher als amüsant denn als brechreizerregend.

»In die Kanzel würde ich jetzt nicht hochsteigen, Harry«, riet Gants Architekt. »Nicht heute.«

»Warum? Macht Ihnen das Gewitter Sorgen?«

»Nicht das Gewitter. Der Wind. Das Ding wird nicht annähernd so ruhig bleiben wie der Rest des Gebäudes.«

»Kein Problem«, sagte Gant. »Solang's nicht abbricht ...«

»Abbrechen wird's nicht. Wenn man eine Angelrute aufrecht hochhält und wippt sie hin und her, bricht sie auch nicht durch, aber das heißt noch lange nicht, daß man sich auf der Spitze des verdammten Dings wohl fühlen würde.«

»Hmm«, sagte Harry Gant. »Danke für die Warnung. Vielleicht genehmige ich mir vorher noch ein paar Häppchen.«

Eine Stunde später befand sich Gant oben in der kugelförmigen Glaskanzel und wurde darin wie ein Ballonfahrer, der in einen Hurrikan abgetrieben ist, durch die Gegend geschleudert. Während er sich verzweifelt an den schmalen Handlauf klammerte, der den einzigen festen Halt in der Kanzel bot, spürte er, wie sich ihm der Magen umdrehte; und um ein Haar hätte er seinen weltentrückten Ausguck mit dramamindurchtränkten Kanapees besprüht. Nur eine zufällige Beobachtung rettete ihn, denn plötzlich gewährten ihm die Sturmgötter freie Sicht bis hinunter auf die hundert Meter tiefer gelegene offene

Terrasse des 208. Stockwerks, wo eine mit einem größtenteils aus Klebeband bestehenden Rettungsseil abgesicherte blonde Fotografin krampfhaft versuchte, ein Zoom-Objektiv auf ihn scharf zu stellen. Gant nutzte die paar Sekunden, um sich, so gut es ging, wieder in die Gewalt zu bekommen: Er wies seinen rebellischen Magen in die Schranken, er fand das Gleichgewicht wieder und stellte sich aufrecht hin, er zwang seinem Gesicht einen Ausdruck beiläufiger Entschlossenheit auf. Um ihn herum explodierte der Himmel; unten ratterte ein Hochgeschwindigkeitsverschluß.

Das Foto erschien auf der Titelseite der nächsten Ausgabe des *Rolling Stone*; die Schlagzeile lautete: HARRY GANT: EIN HEUTIGER *RIDER ON THE STORM*, und wenn Gants blitzumrankte Gestalt auch in mancherlei Hinsicht an einen gewissen gefallenen Engel erinnerte, der auf Bald Mountain herumsprang, änderte es doch nichts an der Tatsache, daß das ein verflucht eindrucksvolles Porträt war. Von dem Tag an hörte Harry Gant auf, sich um mögliche biblische Anspielungen zu sorgen – ganz im Gegenteil scheute er nicht davor zurück, selbst Gebrauch davon zu machen.

Ein gutes Beispiel dafür (und einen weiteren Beweis für die Weitsicht seiner ehemaligen Regulatorin) konnte man in mittlerer Entfernung, am nördlichen Ende von Manhattan ausmachen, wo eine neuzeitliche Zikkurat ihrerseits nach Höherem strebte. Von einer kreisförmigen Basis aus, der mehrere Häuserblocks des einstigen Stadtviertels hatten weichen müssen, schwang sich die Zikkurat in einer Abfolge überdimensionierter sich nach oben verjüngender Stufen empor: ein mit durchscheinendem schwarzem Glas verkleideter stahlknochiger Fegefeuerberg. An diesem Oktobertag des Jahres 2023 hatte der Stufenturm bereits fast mit der obersten Zinne des Phoenix gleichgezogen; schon zu Thanksgiving würde er höher und Gants Adlerhorst um ebensoviel niedriger sein. Bis zum Ende des Jahrzehnts würde er, wenn's nach Harry Gant ging, die Meilenmarke überschritten haben.

»Babel« hatte er ihn getauft, »Gant's New Babel«, womit der sagenhafte Turm nach einer Unterbrechung von fünf Jahrtausenden endlich doch fertiggestellt wurde. Untere Geschosse schon jetzt zu besonders günstigen Bedingungen zu vermieten; nähere Auskünfte telefonisch zu erfragen.

»Fordern Sie mit einem solchen Namen nicht das Schicksal heraus?« fragten ihn Zeitungs- und Fernsehreporter immer wieder und schenkten ihm damit Publicity im Wert von Millionen von Dollar. »Haben Sie keine Angst, daß die Geschichte sich wiederholen könnte?«

»Kein bißchen«, antwortete Gant. »Wir leben in einem neuen Zeitalter, meine Damen und Herren. Wenn Sie meine diesbezügliche Meinung hören wollen: Ich glaube, der wahre Grund, warum Gott seinerzeit das babylonische Projekt abgebrochen hat, war der, daß er auf Leute warten wollte, die den Job *richtig* erledigen würden.«

Ein neues Zeitalter: Englisch war jetzt die Muttersprache der ganzen Menschheit, eine Muttersprache, die bereits in tausend Dialekte zerfallen war und dadurch nur um so vitaler wurde und um so besser gedieh. Die Menschheit hatte den Himmel in selbstgebastelten feurigen Wagen erstürmt und war unbeschadet zurückgekehrt. Und was Gott anbelangte: Wäre Er in Seinem Herzen nicht schon jetzt ein Amerikaner und ein begeisterter Bewunderer amerikanischer Tüchtigkeit gewesen – nun, bis Harry Gant und die Abteilung für Öffentliche Meinung mit Ihm fertig waren, würde Er einer sein.

Unten in den Canyons mit Eddie Wilder (und Teddy May)

Zugegeben, unten in den Canyons der Stadt, wo manche Bürgersteige seit Jahrzehnten nicht mehr mit direktem Sonnenlicht in Berührung gekommen waren und wo die Fußgänger, da man sie schlecht mit Schwingungsdämpfern von der Art ausrüsten konnte, wie sie Gants Phoenix stabilisierten, aus eigener Kraft mit den Mikrotaifunen, die durch die Straßenschluchten heulten, fertig werden mußten, sahen die Dinge vielleicht nicht ganz so wahnsinnig rosig aus. Aber das war schließlich kein Grund, nicht optimistisch in den Tag zu blicken.

Nehmen wir zum Beispiel Eddie Wilder; erst kürzlich aus

Moose Hollow, Maine, in die Stadt gezogen, machte er sich an diesem Morgen mit dem typischen schwungvollen Schritt des angehenden Erfolgsmenschen auf den Weg zu seiner neuen Arbeitsstätte. In seiner schicken grün-weißen Uniform der Abwässerbehörde tauchte er aus der U-Bahn-Station Ecke 34th und Broadway auf und blieb erst einmal stehen, um sich den Hals nach den Sehenswürdigkeiten zu verrenken. Da Moose Hollow (wie erst kürzlich auf der Titelseite des Kulturteils von *USA Today* gestanden hatte) zu den zehn technologisch unterentwickeltsten Orten des US-amerikanischen Festlands gehörte und Eddie das erste Mitglied seiner Familie in drei Generationen war, das eine größere Stadt als Bangor besuchte, erschien ihm alles neu und aufregend: die Elektro-Neger, die auf den Bürgersteigen Zeitungen verkauften, die mit Anticrashsystem ausgerüsteten Taxis, die auf den überfüllten Straßen ein Zusammenstoßvermeidungsballett vollführten, die monolithische Architektur, die in jeder Richtung den Horizont aussperrte.

Harry Gant wäre stolz – wenn auch kaum überrascht – gewesen zu erfahren, daß der Gant Phoenix Eddie Wilders absolutes Lieblingsgebäude in ganz Manhattan war. Natürlich, hätte man Eddie gefragt, wäre seine Antwort gewesen, sein Favorit sei das Empire State Building. Er wußte nicht, daß es das Empire State Building gar nicht mehr gab – seit der Christnacht 2006 nicht mehr, als eine vollbesetzte 747-400-Maschine direkt nach dem Start von Newark International von einem Meteoriten getroffen worden und, völlig manövrierunfähig, kreischend über den Hudson angeschlingert gekommen war. Der gefeierte Katastrophenchronist Tad Winston Peller hatte den Unfall in seinem Megabestseller *Empy und Flug 52* in allen Einzelheiten beschrieben, aber da es in Moose Hollow weder einen Buchladen noch eine öffentliche Bibliothek gab, hatte Eddie Wilder das Werk nicht gelesen. Ebensowenig hatte er – da Moose Hollows einzige Zeitung, der *Hollow Point*, fast ausschließlich über das Töten und Verspeisen großer Vierbeiner berichtete – eine der Pressemeldungen mitbekommen, in denen der aufstrebende Business-Mogul Harry Gant gelobt hatte, das berühmte Wahrzeichen in Rekordzeit wiederaufzubauen, »aber in zeitgemäßerer Form, mit einem neuen Namen und in jeder Raumachse zweimal so groß«.

So gesehen war Eddies Irrtum also verständlich. Zwar schienen die Proportionen des Phoenix nicht ganz mit denen des Gebäudes übereinzustimmen, das auf der Schwarzweißpostkarte zu sehen war, die sein Urgroßvater bei seiner Rückkehr vom Koreakrieg in New York gekauft hatte, aber nun – in echt, vermutete Eddie, waren Sachen wohl immer größer als auf Bildern.

Das einzige, was Eddie am Phoenix auszusetzen hatte, waren die Digitalen Plakatwände, in Dreiviertelhöhe des Wolkenkratzers aufgehängte riesige stroboskopisch pulsierende Lichtmosaike, die ihm wie eine Verunstaltung nationalen Kulturerbes erschienen. Es gab vier von diesen rund zwanzig Stockwerke hohen Leuchttafeln, an jeder Seite des Gebäudes eine. Die dargestellten Reklamen rückten viertelstundenweise weiter, so daß, wenn beispielsweise der Coca-Cola-Schriftzug nach Westen leuchtete, man wußte, daß es zwischen fünfzehn und dreißig Minuten nach der vollen Stunde war. Aus dem Bild, das momentan an der Westseite zu sehen war, wurde Eddie allerdings nicht schlau, was seine Gereiztheit nur noch verstärkte – wie ein Witz, dessen Pointe er nicht kapierte. Es sah aus wie ein Blatt aus einem riesigen Abreißkalender, nur daß darauf kein Datum zu lesen war, sondern bloß eine Zahl, 997, in Rot auf weißem Hintergrund.

»Machen Sie nicht son Gesicht«, sagte eine Stimme hinter ihm. »Niemand weiß, was zum Teufel das heißen soll, nicht mal Harry selbst.«

Eddie drehte sich um und fand sich einer Frau gegenüber – ungefähr seine Größe, unscheinbares Gesicht, aber mit den Lachfältchen um Augen und Mund, die in der Regel einen humorvollen Menschen kennzeichnen. Ihr Haar (ebenso unscheinbar, von einem unauffälligen Braun) war zu einem strähnigen Pferdeschwanz gebunden; dem Gesamteindruck nach konnte sie Ende Dreißig oder Anfang Vierzig sein. In der rechten Hand hielt sie eine brennende Zigarette; in der linken einen der neusten Marvel-D.C.-Comics, *Die Rückkehr der Jeanne d'Arc.*

Normalerweise hätte Eddie (er selbst war ein begeisterter *Spiderman*-Abonnent) nach dem Comicheft gefragt, aber jetzt war er in New York und wollte sich so schnell wie möglich eine entsprechend coole Haltung zulegen. Also zeigte er statt dessen auf die Zigarette und sagte in einem, wie er hoffte, angemessen großstädtisch-rüden Ton: »Das sollten Sie besser lassen.«

Anstatt zu antworten, tat sie einen Zug, nicht trotzig-unverschämt – sie blies ihm den Rauch nicht ins Gesicht –, sondern wie um ihm zu verstehen zu geben, daß sie sich über dieses Thema schon selbst lange und gründlich genug Gedanken gemacht hatte. »Sie haben recht, das sollte ich wirklich«, sagte sie dann und fügte mit einem Augenzwinkern hinzu: »Gaffen Sie nicht zu lang. Sie kommen sonst zu spät zur Arbeit.«

Damit trat sie an die Bordsteinkante und hob die Hand; ein Taxi bog haarscharf um einen in zweiter Reihe parkenden Lieferwagen herum und blieb vor ihr stehen. Erst nachdem sie eingestiegen und das Taxi losgefahren war, wurde Eddie bewußt, daß sie die gleiche Uniform wie er getragen hatte.

Sie kommen sonst zu spät... Er las noch einmal die Adresse auf dem vorgedruckten Brief, den er in der Tasche hatte, und marschierte los, westwärts, Richtung Hudson. Das Backsteingebäude, in dem das Zoologische Dezernat der Abwässerbehörde untergebracht war, befand sich an der Eleventh Avenue, gegenüber dem Jacob Javits Convention Center. Eddie kam rechtzeitig an und stellte sich am Empfangsschalter vor, wo die Koordinatorin, eine Frau namens Fatima Sigorski, ihn einteilte. »Sie kommen ins May-Team 23«, erklärte sie ihm. »Ihre Partner sind Joan Fine, Art Hartower und Lenny Prohaska.« Sie schob ihm zwei hundemarkenähnliche Plastikchips über den Tresen zu. »Achten Sie unbedingt darauf, daß Sie die während der Arbeit immer tragen.«

»Wozu?«

»Für die Verwaltung. Für den Fall, daß Sie die Bedingungen für den vorzeitigen Eintritt in den Ruhestand unter Umständen erfüllen sollten, die eine Identifizierung erschweren.« Sie zeigte den Korridor hinunter auf eine halbgeöffnete Tür. »Das da ist der Briefingraum. Da drin finden Sie Hartower und Prohaska. Hartower ist dünn und hat schütteres Haar, sieht aus wie ein Finanzbeamter mittleren Alters. Prohaska sieht genauso aus, nur daß er einen Nasenstecker mit einem Zirkon hat. Er kommt aus Kalifornien.«

»Und Miss Fine?«

»Die dürfte sich gerade im Klo eingeschlossen haben.«

»Ah.«

Das Briefingzimmer war wie ein kleinerer Vorführraum in einem Kinocenter eingerichtet: Reihen von roten Plastikstühlen und an der Wand gegenüber ein winziger holographischer Projektionsschirm. Eddie zählte an die dreißig Männer und Frauen, allesamt in Uniformen, die unterschiedlich fortgeschrittene Stadien der Abnutzung zeigten; er schien der einzige Neuling zu sein. Hartower und Prohaska standen unter der gerahmten Vergrößerung eines sehr alten Fotos und teilten sich die neuste Ausgabe der *New York Times.* Das gerahmte Foto, das offensichtlich einen Ehrenplatz an der Wand einnahm, zeigte, meinte Eddie, einen Penner, der sich gerade aus einem Gully herausstemmte.

Eddie ging hinüber und stellte sich seinen neuen Arbeitskollegen vor. Dann fragte er mit einer vorsichtigen Kopfbewegung zu dem seltsamen Foto: »Wer is das?«

»Das«, sagte Prohaska und blähte dabei seine Nüstern, so daß der Zirkon wackelte, »ist Teddy May.«

»Der größte Mensch, der je durch die Abwässer der Stadt gewatet ist«, fügte Hartower hinzu. »Gott segne ihn und schenke ihm Frieden.«

»Was is mit seinem rechten Auge?«

»Arbeitsunfall«, sagte Prohaska. »Er hat es sich verbrüht, als er in einen Wartungskanal gekrochen war, um ein geplatztes Dampfrohr zu flicken, während er gleichzeitig zwei Alligatoren mit bloßen Händen abwehrte ...«

»Alligatoren?« sagte Eddie.

»... und dann, nachdem er das erledigt hatte, ist er wieder nach oben, wo – es war Winter – eine Lufttemperatur von dreiundzwanzig Grad unter Null herrschte – was, den Wind mitgerechnet, einem Auskühlungsfaktor von vierzig unter Null entspricht. Der abrupte Übergang von heiß zu kalt lähmte ihm jeden Muskel und Nerv im Augenlid.«

»Moment mal«, sagte Eddie. »Alligatoren in der Kanalisation? War das nicht bloß so ne Geschichte?«

»Was für ne Geschichte?«

»Na, Sie wissen doch: das Buch von dem Typ, wo niemand ein Bild von schießen durfte.«

»Hast du's mal gelesen, das Buch von dem Typ, wo niemand ein Bild von schießen durfte?«

»Natürlich nicht. Niemand hat das Buch gelesen. Und außerdem les ich keine Bücher. Aber sogar bei uns oben in Hollow kennt jeder die *Geschichte.*«

»Nun«, sagte Hartower, »Teddy May hat sie *erlebt.*«

»Und das ist also unser Job im Zoologischen Dezernat? Alligatoren jagen?«

»Mach dich nicht lächerlich«, sagte Prohaska. »Die letzten haben Teddy May und seine Männer schon in den dreißiger Jahren des vorigen Jahrhunderts erledigt.«

»Sicher«, sagte Hartower, »gelegentlich stößt man schon noch auf vereinzelte Exemplare des *Gavialis gangeticus,* die unter Little India und Little Pakistan ihre Runden drehen, alle Jubeljahre mal vielleicht sogar auf einen *Crocodylus niloticus,* aber Alligatoren gibt's keine.«

Fatima Sigorski betrat den Briefingraum und klatschte in die Hände, um sich Aufmerksamkeit zu verschaffen. »Okay, Leute, machen wir uns an die Arbeit.«

»Bleib in unserer Nähe«, sagten Prohaska und Hartower und dirigierten Eddie zu einer Dreiersitzgruppe in der hintersten Reihe. Eine irgendwie bekannt aussehende Frau mit Pferdeschwanz schlüpfte noch herein, als Fatima sich umdrehte, um die Tür zu schließen; Eddie roch sofort den Tabak, obwohl das ganze Gebäude unübersehbar als Nichtraucherzone ausgewiesen war.

»He!« sagte er und streckte den Finger aus. »Die kenn ich. Wer ist die?«

»Mit der ist unser Team komplett«, erklärte ihm Hartower. »Joan Fine.« Und im Verschwörerton: »Ehemals Joan Gant.«

»Gant?«

»Die Exfrau des Milliardärs«, sagte Prohaska. »Sie war die oberste Werbechefin bei Gant Industries, die Regulatorin der Öffentlichen Meinung. Früher mal.«

»Und nicht nur das«, fügte Hartower hinzu, »sie ist außerdem auch die uneheliche Retortentochter von Schwester Ellen Fine, der abtrünnigen Nonne, die in den nuller Jahren den Katholisch-Feministischen Kreuzzug anführte.«

»Feministischen Kreuzzug?«

»Du weißt schon: die Lesben, die ihren Habit verbrannten, weil sie vom Papst die Erlaubnis wollten, als Ordensschwestern Kinder zu kriegen.«

»Ah«, sagte Eddie, der genaugenommen nichts wußte. »Aber wenn ihre Ma ne Schwuchtel war und ihr Mann ein Milliardär, was tut sie denn dann in der Kanalisation?«

»Buße.«

Die Kanalarbeiter hatten sich jetzt alle gesetzt; Fatima Sigorski klatschte noch einmal, damit Ruhe eintrat. »Ich habe hier den vorläufigen Bericht dieses Monats«, begann sie und hielt dabei eine Elektro-Schreibtafel in die Höhe. »Wie üblich ist er eine Mischung aus guten und schlechten Nachrichten. Dank dem selbstlosen Einsatz unserer Brooklyn-Sektion konnte man der *Serrasalmus-natteriri*-Plage unter dem Park Slope praktisch vollständig Herr werden. Auf der Minusseite: Letzte Nacht ist im Souterrainklo eines kubanischen Restaurants der Großvater des Eigentümers vermutlich von einem *Electrophorus electricus* kaltgemacht worden. Es gibt keine Augenzeugen, und die Polizei schließt nicht aus, daß es sich um einen Lebensversicherungsbetrug handeln könnte, also werden wir auf die Bestätigung warten, bevor wir offiziell irgendwelche Maßnahmen ergreifen. Trotzdem wäre es wahrscheinlich ratsam, bei Einsätzen unter Spanish Harlem ein Paar hüfthohe Gummistiefel dabeizuhaben ...«

Joan Fine saß in einer der ersten Reihen und hätte liebend gern geraucht. Aber auch wenn Fatima Sigorski eine gelegentliche Zigarette im Damenklo stillschweigend durchgehen ließ, duldete sie während der Einsatzbesprechung nicht einmal Kaugummi; also blieb Joan, um die Spannung abzubauen, nichts anderes übrig als der Rosenkranz, mit dem sie, während Fatima sprach, ununterbrochen in der Tasche herumspielte. Joan hatte ihn am Tag ihrer ersten Beichte von ihrer Mutter geschenkt bekommen; und auch wenn Joan damals lediglich ihre jugendliche Verachtung für die römisch-katholische Theologie gebeichtet hatte, hielt sie den Rosenkranz noch immer in Ehren und bezeichnete ihn als ihren Glücksbringer. Die Perlen waren aus billigem Acrylglas, aber das Kruzifix, das eine reformierte Karmeliterin gefestigt hatte, die sich nach Feierabend als Kunstschmiedin betätigte, war aus massivem Silber. Die silberne Dornenkrone des Gekreuzigten war sorgfältig mit einer Lasernadel eingraviert worden, und wenn sie gegen eine starke Lichtquelle gehalten wurde, projizierte sie das Gebet der Ehrwürdigen Schwesternschaft Katholischer Feministinnen in pointillierter Feuerschrift auf die nächste Wand: *Narren marschieren, wo Engel nicht zu schleichen wagen. Gott schenke uns Narrheit für unseren Kampf.*

Joan fand, das wäre auch ein geeignetes Motto für das Zoologische Dezernat der Abwässerbehörde gewesen. Was natürlich der Grund dafür war, daß sie seinerzeit den Job angenommen hatte.

»Jetzt zum heutigen Einsatz: Was die neue Spezies angeht, von der ich letzten Freitag andeutungsweise gesprochen hatte, haben wir leider die endgültige Bestätigung erhalten. Dürfte ich um Verdunkelung bitten?« Gehorsam dimmte sich die Deckenbeleuchtung herunter. »Das Bildmaterial, das ihr gleich sehen werdet«, sagte Fatima, »wurde von May-Team 67 aufgenommen, unmittelbar bevor die gesamte Crew die Bedingungen für den vorzeitigen Eintritt in den Ruhestand erfüllte. Band ab.«

Sie trat zur Seite, und der Projektionsschirm leuchtete nach kurzem Flackern in drei Dimensionen auf. Das Video war von einer nach achtern gerichteten, am Heck eines der gepanzerten Patrouillenboote der Behörde montierten Kamera aufgenommen worden. Die Barkasse fuhr durch einen der größeren Hauptkanäle, und man bemerkte sofort, daß irgend etwas nicht stimmte: Nach der brodelnden Schaumspur zu urteilen, die die Schiffsschraube aufwirbelte, kämpfte die Barkasse entweder gegen eine verdammt starke Strömung an, oder aber, was wahrscheinlicher war, sie fuhr mit voller Kraft vor etwas weg. Als das Patrouillenboot eine enge Kurve nahm, ertönten eine Serie von Schrotflintenschüssen und der donnernde Knall großkalibriger Pistolen: Die Mitglieder des todgeweihten May-Teams feuerten ihre Waffen in die matschige Brühe ab. Aber umsonst – denn plötzlich tauchte eine unförmige Gestalt aus dem Kielwasser der Barkasse auf, und ein riesiges Maul klaffte wie ein rasierklingengespickter Abgrund auf. Die Zuschauer im Briefingraum warfen sich schreiend in ihren Sitzen zurück, während das Monster in perfektem 3-D aus dem Bildschirm schoß – aber nicht landete. Genau an der Stelle, wahrscheinlich in dem Sekundenbruchteil bevor die Kamera von ihrem Stativ getrümmert worden war, hatte der Cutter die Sequenz zu einer Schleife geschlossen, so daß die Kreatur wie festgenagelt da blieb, wo sie war, halb aus dem Wasser aufgetaucht, und sich unaufhörlich vor und zurück wand, wie um sich begutachten zu lassen.

»*Carcharodon carcharias*«, sagte Fatima Sigorski, als die entsetzten Kanalarbeiter sich wieder gefaßt hatten. »Von unseren Freunden vom Bronx Zoo einwandfrei identifiziert. Wir wissen noch nicht mit Sicherheit, wie er da hingekommen ist, aber das HQ vermutet, daß es sich dabei um ein durchs Klo gespültes Haustier handeln könnte. Entweder das, oder es war mal wieder ein Scherz von diesen Fischköpfen vom Ichthyologischen Institut der NYU.«

Da hörte man Eddie Wilders geschockte Stimme: »Das isn gottverdammter weißer Scheißhai!«

Joan Fine drehte sich beim Klang seiner Stimme um. Eddie war halb von seinem Stuhl aufgestanden und da zitternd erstarrt, während Prohaska und Hartower, die ihn an je einem Ellbogen gepackt hatten, versuchten, ihn wieder auf den Stuhl zu ziehen. »Schnauze!« zischte Prohaska außer sich. »Maul halten und benehmen, oder willst du dir gleich am ersten Tag einen Minuspunkt einhandeln?« Joan lächelte. Eddie würde ihr wahrscheinlich über kurz oder lang auf die Nerven gehen, aber vorerst konnte sie nicht umhin, jemanden, der noch die Unschuld besaß, so zu reden, wie ihm der Schnabel gewachsen war – ohne Takt oder Kenntnis der einschlägigen Euphemismen –, sympathisch zu finden.

Fatima allerdings mißbilligte diesen Verstoß gegen die guten Sitten.

»Es ist ein *Carcharodon carcharias*«, hämmerte sie mit tadelndem Ton die harten griechischen Konsonanten in den Raum. »Ein durch Mutation umweltangepaßter *Carcharodon carcharias.* Ich verlass mich darauf, daß wir uns alle daran erinnern werden, wenn wir in Hörweite eines Reporters kommen sollten. In der Kanalisation gibt's eine einzige Sache, die weniger als zehn Buchstaben im Namen hat, und ›Hai‹ ist das nicht.«

»Tut mir leid«, sagte Eddie. »Tut mir leid, aber das Vieh sieht ganz genauso –«

»*Noch eins.* Das HQ hält weiterhin daran fest, auffallenden Individuen jeder gegebenen Spezies Kodenamen zuzuordnen. Auch wenn nichts darauf hindeutet und ich wirklich nicht hoffe, daß wir mehr als einen von der Sorte zu sehen kriegen werden, hat man beschlossen, einzelne *Carcharodon* nach Biermarken zu benennen. Dieser hier«, sie zeigte auf das noch immer zuckende Hologramm, »ist Meisterbrau. Das ist der Name, den ich zu hören erwarte, wenn ihr in der Mittagspause über ihn reden solltet – nicht Smiley, nicht Jaws, nicht Mackie Messer, sondern Meisterbrau. Ist das klar?« Eddie nickte brav.

»Die uns vorliegenden Informationen deuten darauf hin, daß Meisterbrau zuletzt in der Kanalisation um die Times-Square-Kreuzung dem Nahrungserwerb nachgegangen ist. Alle May-Teams sollen mit allen zur Verfügung stehenden Waffen dieses Gebiet einkreisen. Die Teamchefs denken bitte daran, sich an der Waffenausgabe zu melden, und holt euch auch einen Neger aus dem Maschinenpark; des weiteren werden heute hohe Methan- und sonstige Toxikakonzentrationen gemeldet, also vergeßt nicht, eure Sauerstoffflaschen aufzufüllen. Das wär's, Leute. Auf die Barkassen, viel Glück, und haltet da draußen die Augen auf. Und *hütet eure Zunge.*«

Das Vormittagsprogramm

Eine höfliche körperlose Stimme sprach von Harry Gants Handgelenk aus: »Viertel nach acht, Sir.«

Gant streifte seinen Ärmel hoch und entblößte ein armbanduhrgroßes Dick-Tracy-Gesicht. Er strich mit dem Daumen über Tracys Kinnkerbe und sagte: »Bist du's, Toby?«

»Ja, Sir, Mr. Gant. Ms. Domingo hat mich geschickt. Zeit, herunterzukommen, Sir.«

»Was steht heute morgen auf dem Programm, Toby?«

»Um neun halten Sie eine Ansprache in der ›Gant Medientechnischen Hochschule für überdurchschnittlich begabte jugendliche Einwanderer‹. Anschließend haben Sie ein Krisenmanagement-Meeting mit der Abteilung für Öffentliche Meinung, es geht dabei um den Piraten Philo Dufresne. Und natürlich das Negerproblem.«

»Ah ja«, sagte Gant, »das. Toby?«

»Ja, Sir?«

»Gibt es heute irgendwas Besonderes, woran ich denken sollte? Ich meine nicht Geschäftliches; sieh in meiner persönlichen Datei nach.«

»Ja, Sir.« Auf der Terrasse des 208. Stockwerks kratzte sich der Automatische Diener mit einem dunkelhäutigen Finger den Kopf. Dann sagte er: »Sie denken vielleicht an Ihren Hochzeitstag, Mr. Gant. Das heißt, heute wäre Ihr Hochzeitstag, wenn Sie noch immer –«

»Stimmt«, sagte Gant und schnippte mit den Fingern. »Der Tag vor Halloween, komisch, daß ich das vergessen konnte.«

»Die ehemalige Ms. Gant«, fügte Toby hinzu, »hat nächsten Monat außerdem Geburtstag. Ihren einundvierzigsten. Und Sie werden nächste Woche dreiundvierzig.«

»Stimmt, stimmt. Okay, Toby, du gehst zu Ms. Domingo und sagst ihr, ich bin gleich unten. Sag ihr auch, daß ich für diese Schulgeschichte um neun sechs Mobile Fernseher als Multimedia-Support brauche. Das ist alles.«

»Ja, Sir«, sagte der Diener und legte auf. Gant blieb noch eine Weile in seinem Adlerhorst. Gute alte Joan, dachte er mit einer Spur von Wehmut und ohne jeden Groll. Das letzte, was er über seine Exfrau gehört hatte, war, daß sie irgendeiner proletarischen Tätigkeit nachging und ein Obdachlosenheim in der Bowery leitete. Ein dürftiger Gebrauch ihrer Talente ... Aber er lächelte trotzdem, denn der Gedanke an Joan ließ ihn an die Vergangenheit im allgemeinen denken, und der Gedanke an die Vergangenheit im allgemeinen ließ ihn an sich selbst denken, an die amerikanische Bilderbuchkarriere, die sein Leben darstellte.

Harry Dennis Gant, geboren 1980 auf dem Rücksitz eines auf einem Rastplatz am Jersey Turnpike verreckten Toyotas. Mutter gelernte Bauarbeiterin, Vater Lehrer, beide zum Zeitpunkt von Harrys Geburt erwerbs- und obdachlos, der schrottreife Toyota ihr letzter verbliebener Besitz. Und was hatte er bei diesen bescheidenen Anfängen – der modernen Entsprechung, wie Harry Gant sich gern vorstellte, einer Geburt in einer einfachen Blockhütte – in knapp dreiundvierzig Jahren nicht aus sich gemacht! Was hatte er in der Welt nicht alles geschaffen – und sein Leben war noch nicht einmal zur Hälfte vorbei, noch nicht einmal zur Hälfte.

Eigenliebe und Vaterlandsliebe entfachten im Ofen von Harry Gants Seele ein Feuer, das ihn für den neuen Tag vorwärmte. Er war froh, am Leben zu sein; froh, imstande zu sein, den hochbegabten Jugendlichen, zu denen er in einer Stunde sprechen würde, eine so wunderbare Gabe – die Gabe der Inspiration – zu überbringen. Er nickte der riesigen Stadt, die unter ihm ausgebreitet lag, respektvoll zu, öffnete die Falltür im Fußboden der Kanzel und machte sich an den Abstieg.

Ein Wort zum Negerproblem

Das Negerproblem, mit dem Gant Industries zu kämpfen hatte, darf nicht mit dem Afroamerikanerproblem verwechselt werden, das ganz einfach darin bestand, daß es keine Afroamerikaner mehr gab – noch, was das angeht, Schwarzafrikaner; zumindest keine, die man zum Essen hätte einladen können. Kurz nach der Jahrhundertwende hatte ein neuzeitlicher – die Bezeichnung voll und ganz verdienender – Schwarzer Tod, dessen Herkunft und Ätiologie noch vollkommen unbekannt waren, über Nacht bundesweit Ghettos in Geisterstädte verwandelt, Nigeria und drei Dutzend weitere schwarzafrikanische Staaten entvölkert und die paar Handvoll Überlebenden in immer entlegenere geheime Reservate getrieben. Der gefeierte Katastrophenchronist Tad Winston Peller hatte darüber ein Buch geschrieben, den Megabestseller *Es heißt, er kam aus Idaho: Geschichten um den Schwarzen Tod von 2004.* Dieses Erfolgsbuch hatte den Stoff zu nicht weniger als sieben Miniserien geliefert, ganz zu schweigen von einem wöchentlich ausgestrahlten Sci-fi-Drama – *Dunkles Herz, Roter Planet* – über eine Familie jazzliebender Astronauten, die einzig deswegen dem Massensterben entgeht, weil sie sich zum Zeitpunkt, als die Pandemie ausbricht, auf dem Mars befindet.

Aber das ist alles eine andere Geschichte. Das Negerproblem hatte nichts mit Krankheit oder Kabelfernsehen zu tun; es war ein ausschließlich verbrauchermarktspezifisches Phänomen.

Der Selbstmotivierende Android – im Jahr 2003 von einer Disney-Tochtergesellschaft versuchsweise auf den Markt gebracht und ab 2007 von der neugegründeten Gant Industries unter der Produktbezeichnung Gant Automatic Servant serienmäßig hergestellt – eroberte sich anfangs beträchtliche Marktanteile als kostengünstiger Ersatz für Industriearbeiter. Die ersten Androiden wiesen ein nur entfernt menschenähnliches Äußeres auf, da sie eher nach funktionalen als nach ästhetischen Kriterien entwickelt worden waren, aber Harry Gant, der bereits für eine Zeit vorausplante, in der seine Diener nicht nur für Bergwerke und Fabriken, sondern auch für private Haushalte erschwinglich sein würden, bestand auf einem gefälligeren Design. Und so kam der Automatische Diener ab 2010 in einer breiten Palette realistischer Hautfarben und sonstiger Rassenmerkmale auf den Markt. Als überzeugter Verfechter des Rechts des Verbrauchers auf ein möglichst differenziertes Warenangebot forderte Gant seine Marketingexperten ganz gewiß nicht dazu auf, ein bestimmtes Modell zuungunsten eines anderen zu pushen; er war ebenso erstaunt wie jeder andere auch, als die Verkaufszahlen von Typ AS204 – dem Automatischen Diener in der schlichten schwarzen Ausführung – sprunghaft anstiegen und schon bald die aller übrigen Versionen zusammengenommen um das Zehnfache übertrafen.

Lange Zeit deutete nichts darauf hin, daß das Käuferverhalten irgendwelche PR-Probleme zur Folge haben würde. Die plötzliche Flut von – durchweg höflichen und arbeitsamen – dunkelhäutigen Dienern schien die Leute nicht nur nicht zu stören, sondern ihnen offenbar sogar ein merkwürdig tröstliches Gefühl zu verschaffen. Der wichtigste Aktivposten der Werbeindustrie ist das allgemeine menschliche Bedürfnis, Unerfreuliches zu minimieren oder wenigstens zu übersehen, und ebendiesem Bedürfnis kamen die AS204 wie eine Armee von Sidney Poitiers und Hattie McDaniels entgegen, mit dem Auftrag ausgesandt, jede Erinnerung an die Afrikanische Seuche restlos auszurotten; aber die Kehrseite dieses Aktivpostens ist die Gefahr unterschwellig verbleibender Schuldgefühle, und als Harry Gant erfuhr, eine ultrarepublikanische Baumwollerbin habe sich zwecks Einrichtung einer Art »Vom-Winde-verweht-Teil-I«-Freizeitpark dreihundert Diener auf ihre Plantage liefern lassen, setzte er seinen ganzen Einfluß als Großinserent ein, damit die Medien die Finger von dieser Story ließen.

Der amerikanischen Umgangssprache konnte er allerdings keinen Maulkorb anlegen. Der in Gants Abteilung für Öffentliche Meinung als Faktotum beschäftigte Linguist der Universität Oxford schätzte, daß der Ausdruck »Elektro-Neger« irgendwann zwischen 2014 und 2016 Eingang ins gesprochene Englisch fand.

»Elektro-Neger«: ein liebloser Spitzname, der nicht nur einer abscheulichen Verunglimpfung des Andenkens an die Toten gleichkam, sondern darüber hinaus eine Flut von Erinnerungen und Vorstellungen wachrief, die Gant Industries auf keinen Fall mit einem Qualitätsprodukt wie dem Automatischen Diener in Verbindung gebracht wissen wollte. Der Terminus hatte vor einigen Jahren angefangen, sich auch in die Print- und Elektronikmedien einzuschleichen: mehr als nur vereinzelte Erwähnungen in verschiedenen überregionalen Publikationen sowie eine heimtückische Verwendung in einer Late-Night-Show, auf die Vanna Domingo und die Abteilung für Öffentliche Meinung mit einer Breitseite von empörten Faxen und einem angedrohten Werbeboykott reagiert hatten. Eine Zeitlang schien sich das Problem in Wohlgefallen auflösen zu wollen, doch nur um mit um so größerer Vehemenz wiederaufzuflammen, als eine Country-Metal-Formation aus Delaware ein Album mit dem Titel *Electric Negroes on the Neon Prairie* veröffentlichte. Vergangenen August hatte sogar das *Wall Street Journal*, und dazu noch in einer Schlagzeile, den Ausdruck gebraucht, womit die Schlacht um die Heraushaltung von »Elektro-Neger« aus dem Wortschatz der Medien endgültig verloren zu sein schien.

Und das war das Negerproblem. Kein großes Problem, wie Harry Gant als erster eingeräumt hätte: bis dato hatte der Absatz nicht im mindesten darunter gelitten, und die Verbraucher waren mit ihren Dienern so zufrieden wie eh und je – wie immer sie sie auch nennen mochten.

Aber tatsächlich würde Harry Gant, was Elektro-Neger und

deren landfriedenbrechendes Potential anbelangte, noch eine ganze Menge dazulernen müssen.

Abschiedsgeschenke

Joan hängte sich den Rosenkranz zusammen mit ihren Hundemarken um den Hals. Trotzdem sie sich schon vor so langer Zeit von der Kirche losgesagt hatte, bereitete sie sich auf ihr Tagewerk mit einer ernsten Entschlossenheit vor und behandelte ihre Waffen und ihre Ausrüstung mit einer Ehrerbietung, die einem Jesuiten alle Ehre gemacht hätte. Diese frühmorgendliche Übung entlockte Prohaska, für den die Kanalarbeit ein Job wie jeder andere war – wenngleich einer, der eine sehr hohe Gefahrenzulage einbrachte –, stets die eine oder andere frotzelnde Bemerkung.

»Na, bereit für eine weitere Woche im Kampf gegen die Mächte des Bösen?« fragte er und deutete dabei auf das Kruzifix. »Das ist doch eine tote Religion.«

»Ich weiß«, sagte Joan und zog den Reißverschluß des Synthetik-Bodysuits hoch, von dem sie hoffte, daß er sie im Falle eines unfreiwilligen Bades vor Chemikalien und Mikroorganismen schützen würde. »Und welchem Glauben hängst du momentan so an, Lenny?«

»Panverehrung.« Er zeigte ihr einen versteinerten Holzspan. »Ökologisch-politisch korrekte heidnische Baumpower.«

Joan lachte. »Baumpower. Die wird dir sicher helfen, wenn du bis zum Hals in der Scheiße steckst! Außerdem, hattest du mir nicht gesagt, Teddy May wär Katholik gewesen?«

»Klar. In der guten alten Zeit, als man Alligatoren noch mit Kleinkalibergewehr und Rattengift zu Leibe rückte.«

»Na, dann nenn mich eben eine Traditionalistin.« Sie nahm eine Sauerstoffflasche aus der Aufladevorrichtung und schnallte sie sich auf den Rücken. Hinter ihr wies Hartower einen widerwilligen Eddie ein.

»Handgranaten gehören hier an den Gürtel, so«, sagte er gerade. »Die rührst du nicht an, außer es geht wirklich um Leben und Tod, kapiert? Als nächstes –«

»Moment«, sagte Eddie, »nur'n Moment. Mit der abgesägten Schrotflinte kann ich schon umgehen, aber mit dem übrigen Kram ... müßt ich nicht irgend so'n *Trainingskurs* machen? So ne Art Grundausbildung?«

»Das Zoologische Dezernat kann sich keine Trainingskurse leisten. Ein Viertel der Mittel, die wir vom HQ kriegen, wird für Ausrüstung und Munition ausgegeben, und die restlichen drei Viertel gehen für Versicherungsprämien drauf. Sieh's doch einfach so: Sollte der Fall eintreten, daß du endgültig in den vorzeitigen Ruhestand versetzt wirst, weil du mit irgend etwas nicht richtig umgehen konntest, kriegt deine Familie eine Wahnsinnsentschädigung ...«

Joan ging zum Ausgabeschalter, um den Empfang von vier kompletten Ausrüstungen zu quittieren. »Brauch auch'n Schlüssel für einen Diener«, sagte sie und schob ihren Gewerkschaftsausweis in einen Scanner. Der schmallippige junge Mann am Schalter reichte ihr wortlos den Schlüssel; er studierte an der Columbia University Kunstgeschichte und jobbte nebenbei, um sich die Miete zu verdienen, und er hielt jeden, der die Kanalisation als seinen Lebensberuf erwählt hatte, für übergeschnappt. Besser, kein Gespräch mit so jemandem anfangen.

Die Automatischen Diener des Dezernats waren am hinteren Ende des Gerätelagers untergebracht, hinter den Ersatzteilen für die Patrouillenboote. Joan fand denjenigen, zu dem der Schlüssel gehörte, und öffnete das Kryptonitschloß, das ihn an der Wand befestigt hielt. Es war eine ältere Version des AS204, zu einer Zeit konstruiert, als Gants Ingenieure das Gelenkproblem noch nicht hundertprozentig im Griff hatten; beim Versuch, ein natürliches Spektrum von Bewegungsabläufen zu imitieren, unterliefen dem Ding bisweilen Fehlleistungen. Wenn es zum Beispiel den Ellbogen falsch herum abknickte, wurde einem vom bloßen Zusehen ganz anders. Seine von jahrelangem Dienst in einer unfreundlichen Unterwelt überbeanspruchte Außenhülle ähnelte eher abgewetztem Leder als menschlicher Haut. Joan hatte sich nie entscheiden können, ob ihr dieser oder der modernere Typ von Diener lieber war, der praktisch nicht von einem echten Menschen zu unterscheiden war; wahrscheinlich keiner von beiden. Irgendwo in ihr grollte der Linke Gott gegen die Schöpfung des Automaten schlechthin.

»Harpo eins-eins-fünf«, las Joan Namen und Nummer des Dieners von dessen Erkennungsmarke ab. »Wach auf.«

Der Diener öffnete die Augen, zwei hinter künstlichen schokoladenfarbenen Iris verborgene Videokameras. Er richtete den Blick auf sie und produzierte ein strahlendes Lächeln, als sähe er nach langer Zeit seine allerliebste Freundin wieder. »Zippity-doo-day!« begrüßte er sie. Wie alle Diener nahm er beim Sprechen die Porzellanzähne nur einen Spaltbreit auseinander, damit man nicht sah, daß er keine Zunge, sondern nur einen elektronischen Stimmgenerator hatte. »Ist das nicht ein wunderschöner Morgen!«

»Harpo eins-eins-fünf«, fragte Joan ihn, »hast du je einen Morgen erlebt, den du nicht wunderschön gefunden hättest?«

Der Diener, ein für körperliche Arbeit konzipiertes Modell, das nur das notwendige Minimum an Konversation beherrschte, beantwortete diese Frage lediglich mit einem noch breiteren Grinsen und wiederholte seinen Gruß: »Zippity-doo-day! He, machen wir uns an die Arbeit!«

Den Diener im Schlepptau, ging Joan zurück, um Hartower und Prohaska zu holen – und Eddie, der endlich seine ganze Ausrüstung angelegt hatte, aber noch ziemlich verloren darin aussah. Ein Lastenaufzug brachte sie zum Bootshafen hinunter, einer Betonpier in einer künstlichen Lagune, zehn, zwölf Meter unter dem Javits Center. Sieben Barkassen waren da festgemacht, flache gepanzerte Boote mit vorn und achtern montierten Suchscheinwerfern und Laserkameras. Prohaska bestieg die, auf deren Rumpf jemand mit weißer Farbe »M. Team 23« gepinselt hatte, und warf die Maschine an, während Hartower die Taue losmachte und Joan den Inhalt des Erste-Hilfe-Kastens überprüfte. Sie hatten genug Verbandmull und Desinfektionsmittel, um starkes Nasenbluten zu behandeln; sollte irgend etwas Schlimmeres eintreten, konnten sie nur hoffen, daß sie sich gerade unter einem Krankenhaus befanden.

»Genieß die Kahnfahrt, solang's noch möglich ist«, sagte Hartower, als er sah, wie Eddie die Lagune anguckte. »Das hier ist zur Hälfte Frischwasser; sie pumpen's extra rein, um sicherzugehen, daß die Boote nicht auf Grund laufen. Draußen in den Hauptkanälen aber ist das Problem weniger zuwenig als zuviel. Schon mal einen Fluß aus menschlichen Ausscheidungen gesehen?«

Eddie zog es vor, diese Frage nicht zu beantworten. Statt dessen sagte er, als er die Weite des Tunneleingangs sah, den Prohaska, sobald sie losgemacht hatten, ansteuerte: »Ich hatte keine Ahnung, daß das hier unten so groß ist.«

»War früher auch nicht so«, erklärte ihm Prohaska. »Zu Teddy Mays Zeiten konnte man noch durch den größten Teil der Kanalisation laufen oder kriechen, da brauchte man keine Boote oder sonstigen Schwimmapparate. Ein paar der Nebenkanäle sind noch immer so klein, daß man da einfach langmarschieren kann. Aber die Hochhäuser wurden immer höher, es kam immer mehr Dreck runter, also mußte man die Hauptkanäle jährlich erweitern ...«

»... und dann«, sagte Hartower, »boomte Ende der neunziger Jahre die Gentechnologie, und auf einmal wurde es in den Abwässern merkwürdig, alles mögliche Viehzeugs wanderte ein und veranstaltete über Nacht hübsche kleine Evolutionsspielchen, mit denen es sich den Bedingungen hier unten anpaßte. Daher das Zoologische Dezernat.«

»Bleibt nur zu hoffen, daß du ein gutes Immunsystem hast«, sagte Prohaska. »In den Kanälen schwirren Bakterien rum, für die die noch nicht mal Namen erfunden haben.«

Dann schwiegen sie ein Weilchen, und Eddie wirkte zunehmend weniger begeistert von seinem Job. Der Automatische Diener stand am Bug der Barkasse und zog schnüffelnd Luft in die Nase, wodurch alle drei Sekunden eine vollständige chemische Analyse der Atmosphäre durchgeführt wurde. Während sie immer weiter in das Kanalisationssystem vorstießen, lenkte Hartower Eddies Aufmerksamkeit auf die schimmernden Gebilde, die im Kielwasser des Patrouillenbootes wirbelten: »Jetzt stecken wir wirklich in der Scheiße, was, Junge?«

Andere May-Teams waren unmittelbar nach ihnen ausgelaufen, aber inzwischen hatten sie abgedreht und jedes eine andere Route ins Zielgebiet genommen. Sie waren allein in den Abwässern. Prohaska schaltete die Suchscheinwerfer und die Unterwasserstrahler auf maximale Leuchtkraft.

»Wo sind wir?« fragte Joan. Sie hatte ihr Comicheft aufgeschlagen und blätterte es gerade durch.

»Der Elektrische Navigator sagt, wir sind unter 41st und Ninth, mit östlichem Kurs auf die Kreuzung zu.«

»Dann heißt es besser aufpassen. Da ist irgendwo ein Wasserfall, direkt hier in der Nähe.«

Eddie tippte Joan auf die Schulter. »Hören Sie«, sagte er, »für den Fall, daß ich mir ne Krankheit hol oder sonstwas und ich keine Gelegenheit hab, Sie hinterher zu fragen – stimmt's, daß Sie mit einem Milliardär verheiratet waren?«

»Wer hat dir das gesagt?« fragte Joan Eddie. Prohaska fing am Steuerrad unschuldig an zu pfeifen; Hartower vertiefte sich in die jüngste Stellungnahme von Mobil Oil auf der Titelseite der *Times*. »Sie haben nicht rein zufällig mit zwei anderen Mitgliedern dieses May-Teams geschwatzt? Zwei Mitgliedern, die hoch und heilig geschworen hatten, sie würden aufhören, über mein Privatleben zu tratschen?«

»Wir haben ihm kein Wort gesagt«, schwindelte Hartower, und der Automatische Diener grölte, so vergnügt wie immer: »Methan! Zippity-doo-day, in diesem Tunnel baut sich gerade eine tödliche Methankonzentration auf!«

Prohaska warf einen Blick auf den Behelfsluftscanner, der sich an seinem Schutzanzug befand; er hatte ein Flüssigkristalldisplay, auf dem ein Flüssigkristallkanarienvogel zu sehen war, der tot von seiner Flüssigkristallstange fiel. »Er hat recht«, sagte Prohaska. »Alle Mann die Masken auf.«

Als sie alle Dosensauerstoff atmeten, wiederholte Eddie mit leicht erstickter Stimme die Frage: »*Stimmt* das?«

Joan seufzte, dann nickte sie. Eddies Offenheit kam ihr allmählich nicht mehr so erfrischend vor.

»Wow«, stieß Eddie nach, »ham Sie ihn wegen seim Geld geheiratet?«

Prohaska lachte bellend. »Joan interessiert sich nicht für Geld«, sagte er, »jedenfalls nicht für Geld um seiner selbst willen. Augenscheinlicher Reichtum widerspricht ihren politischen Überzeugungen.«

»Was nicht bedeuten soll«, fügte Hartower hinzu, »daß die Heirat mit Harry Gant sie *nicht* in eine ganz andere Steuerklasse gebracht hätte. Aber das eigentliche Motiv war vermutlich seine historische Bedeutung ...«

»... und wahre Liebe natürlich. Voll im Trend natürlich ...«

»He, Jungs?« sagte Joan. »Ihr wißt doch, daß ich euch beide mit einer Hand in der Tasche sanatoriumsreif schlagen könnte, also warum wechseln wir nicht einfach das Thema?«

»Seine was für ne Bedeutung?«

»Historische Bedeutung«, erklärte ihm Prohaska. »Harry Gants Entscheidung, wo er an diesem Tag frühstücken wird, hat weiterreichende Auswirkungen auf den Gang der Weltgeschichte, als die Entscheidung der meisten Menschen, was sie ihr Leben lang tun werden. Und Joan hat schon immer den Wunsch verspürt, ihre Spur im Sand der Zeit zu hinterlassen ...«

»Genau wie ihre Mutter«, sagte Hartower. »Wenn auch nach Möglichkeit mit etwas größerem Erfolg.«

»Stimmt. Der Katholisch-Feministische Kreuzzug war ja ein ziemlicher Reinfall.«

»Was erklärt, weshalb der Papst noch immer seinen Schniedel hat.«

»Das reicht«, sagte Joan in drohendem Ton und nahm eine Dose Reptilien-Repellent in die Hand. »Ich schwöre bei Gott, das war das letzte Mal, daß ich mit euch Arschlöchern einen trinken gegangen bin.«

»Ist ja schließlich nicht unsere Schuld, wenn du schon nach drei Bier geschwätzig wirst, oder? Außerdem fand ich die Sache mit dem Kampf für eine bessere Welt und so wirklich lieb. Wahnsinnig naiv, aber lieb ...«

Joan holte mit der Repellentdose aus; Hartower ging in Deckung. Eddie Wilder streckte seine Hand aus, um eine Schlägerei zu verhindern, während ein unsichtbares Orchester zu aller Entsetzen Ravels *Bolero* mit voller Lautstärke losschmetterte.

»Tut mir leid, tut mir leid«, entschuldigte sich Eddie. Er fummelte nach etwas Unförmigem, das den Ärmel seines Schutzanzugs ausbeulte.

»Was ist das?« schrie Prohaska, der die Barkasse um ein Haar gegen die Wand des Tunnels gesetzt hätte. »Hat heute morgen jemand ne Blaskapelle dabei?«

»Is'n Abschiedsgeschenk von meinen Leuten«, sagte Eddie. »Eine Timex Philharmonic. Die haben sie extra vom Versandhaus L. L. Bean kommen lassen.«

Vorn zeigte der Automatische Diener ins Wasser und sagte irgend etwas, aber das Donnern der Fagotte übertönte seine Worte.

»Sie kann zehn verschiedene Classics spielen«, fuhr Eddie mit seiner Erklärung fort. »Sie hat vierundsechzig Stimmen.«

»Die sind nicht zu überhören«, sagte Hartower. »Die Frage ist: Kannst du die zum Schweigen bringen?«

»Na ja, da bin ich grad dabei«, sagte Eddie. Er versuchte, sich zu erinnern, wo der Ausschaltknopf war, aber bevor es ihm wieder einfiel, schoß ein Hai aus dem Wasser und fraß ihn.

Die Macht des positiven Denkens (I)

Vanna Domingo wartete im Parkhaus des Phoenix mit den Mobilen Fernsehern, die Gant angefordert hatte. Die Fernseher – Automatische Diener mit einem kabeltauglichen hochauflösenden Monitor anstelle des Kopfes – könnte man sich leicht als einen makabren Anblick vorstellen, in dem Stil, wie Magritte sie hätte entwerfen können, wenn er für Zenith gearbeitet hätte; tatsächlich aber hatte Gant ein tschechisches Top-Designerstudio mit der äußeren Gestaltung seiner Mobil-TVs beauftragt, um sicherzugehen, daß die Geräte eher lustig als unheimlich aussahen. Dies wurde in erster Linie dadurch erzielt, daß sie in witzige Outfits gesteckt wurden. Wenn Vorbestellungen irgendeine Aussagekraft hatten, dann wartete der amerikanische Mittelwesten bereits mit größter Ungeduld auf ein Haushaltsgerät in Cowboykluft, das Geschirr spülen, abtrocknen, wegräumen und gleichzeitig eines von 500 spannenden TV-Programmen empfangen konnte.

Die Fernseher, die Vanna Domingo für Gants Ansprache in der Schule mitgebracht hatte, waren wie Apollo-Astronauten gekleidet. Harry Gants Vater hatte oft voller Stolz erzählt, er habe die NBC-Liveübertragung der ersten Mondlandung mitverfolgt, und auch Harry selbst hatte schon immer eine Schwäche für die

Jungs von der NASA gehabt – selbst wenn er persönlich nie in das Weltraumprogramm investiert hätte. Das war eindeutig zu hoch für ihn.

»Morgen, Vanna«, sagte Gant, als er aus seinem Privatfahrstuhl ausstieg.

»Harry.« Sie neigte demütig den Kopf, wie ein Vasall vor seinem Lehnsherrn. Gant versuchte, es zu übersehen. Auch wenn er durchaus der Meinung war, daß die Etikette der Unternehmenshierarchie eine gewisse Ehrerbietung gegenüber Vorgesetzten verlangte, bestand doch ein kleiner Unterschied zwischen einem Großkapitalisten und einem Großfürsten – ein Unterschied, den Vanna in ihrer an Verehrung grenzenden Loyalität allzuleicht aus den Augen verlor. Aber in ihrem Job war sie hervorragend, keine Frage.

Gant deutete auf das Ding, das Vanna unter den Arm geklemmt trug, eine kleinformatige mattschwarze Mappe. Ein Elektro-Buch. »Was lesen Sie zur Zeit?« fragte er. Vanna las viel und gern, aber weil sie sich ihres literarischen Geschmacks schämte und mehr als nur ein bißchen paranoid war, zog sie die Anonymität eines programmierbaren Textdisplays ohne verräterischen Schutzumschlag einem normalen Buch vor.

»Den neuen Tad Winston Peller«, sagte sie mit einem leichten Achselzucken. »Über Erdbeben.«

»Erdbeben!«

»Ja, an der Ostküste soll es bald ein richtig starkes geben. Peller sagt, daß es Boston und New York auf einen Schlag dem Erdboden gleichmachen wird.«

»Also, für Boston kann ich meine Hand nicht ins Feuer legen«, sagte Gant, »aber glauben Sie mir: Es wird mehr als ein Erdbeben nötig sein, um *diese* Stadt zu demolieren – besonders die Teile davon, bei deren Konstruktion ich ein Wort mitzureden hatte. Was wir hier haben, ist die weltweit beste Bausubstanz auf einem der weltweit härtesten Muttergesteine überhaupt.«

»Sie sind der Boss«, sagte Vanna und berührte eine dekorative Brosche, die am Halsausschnitt ihrer Bluse befestigt war. Ein gepanzerter Kleinbus verließ seine Parkbucht und hielt vor ihnen. Seine Türen öffneten sich, und auf Vannas Kommando stiegen die Mobilen Fernscher einer nach dem anderen ein und setzten sich.

»Tad Winston Peller«, sagte Gant kopfschüttelnd. »Sie wissen, daß ich selbst nie ein Mann der Feder gewesen bin, und ich kann jemandem, der es geschafft hat, aus Wörtern ein solches Vermögen zu machen, meinen Respekt nicht versagen, aber irgendwie ...«

»... mögen Sie seine Sachen nicht.«

»Na ja. *Katastrophen* eben. Erdbeben, Überschwemmungen, radioaktiv verseuchte Tupperware ... das ist eine ziemlich pessimistische Weltsicht. Ich würde mein Geld lieber dadurch verdienen, daß ich den Leuten eine glückliche Version der Welt verkaufe, wenn Sie verstehen, was ich meine.«

Vanna Domingo geriet nur einen Augenblick aus der Fassung, eine kaum wahrnehmbare Erschütterung, von der Gant nichts mitbekam. Dann setzte sie ein strahlendes Lächeln auf, nickte und sagte noch einmal: »Sie sind der Boss.«

Joan und Meisterbrau (I)

Prohaska war derjenige, der als letzter zu schreien aufhörte. Joan sah im ersterbenden Flackern des Heckscheinwerfers seinen Zirkon noch einmal kurz funkeln, als Meisterbrau ihn hinunterzog. Aus Prohaskas Schrotflinte löste sich ein Schuß, der auf den blauen Kacheln der Tunneldecke ein paar Schrammen hinterließ; als der Nachhall des Schusses verklungen war, hörte man nur noch, wie das Schmutzwasser gegen die Bordwände des angeschlagenen Patrouillenbootes schwappte, und ein dumpfes Tosen, dem Joan in ihrer Benommenheit anfangs keine Beachtung schenkte.

Der weiße Hai war wie ein zahnbewehrter Marschflugkörper über den Bug geschossen und hatte die vollständige Besatzung über Bord gefegt. Nur Joan war es gelungen, am Stück wieder in die Barkasse zu klettern. Hartower hätte es beinahe auch geschafft, wurde aber im letzten Moment noch gepackt und mit solcher Wucht gegen die Unterseite des Bootes gerammt, daß er ein Leck in den Treibstofftank schlug und die gesamte Elektrik kurzschloß; Joan wollte lieber gar nicht wissen, wie sich der Aufprall bei ihm selbst ausgewirkt hatte. Er tauchte jedenfalls nicht wieder auf.

Während sie sich mit Wasser füllte, bekam die Barkasse allmählich Schlagseite nach Backbord. Joan rollte sich im Heck zu einem bibbernden Knäuel zusammen; sie hielt ihre Schrotflinte im Anschlag, hatte aber vergessen, sie zu entsichern, was nicht allzuviel ausmachte, da die Suchscheinwerfer ausgefallen waren. Die phosphoreszierenden Flechten, die in der Kanalisation wucherten, schimmerten zwar noch schwach, aber zum Zielen hätte ihr Licht nicht ausgereicht. Konnten Haie im Dunkeln sehen?

»Lenny?« rief sie (nicht zu laut), obwohl sie wußte, daß es keinen Sinn hatte. »Lenny Prohaska? Hartower?«

Es kam keine Antwort, aber die Barkasse schaukelte im Abwasser, als etwas an ihrem Boden entlangstreifte. Vielleicht war es ein Baumstamm. Joan befahl ihrem Herzen, nicht mehr so schnell zu schlagen, sie war vierzig, gottverdammt, im stoischen Alter, sie hatte sich in ihrer Jugend mit Union Carbide und Afrikaans Chemical angelegt, und da würde sie Herrgott noch mal schon auch mit einem Fischmutanten fertig werden. Ein paarmal wiederholt, schaffte es dieser Gedanke tatsächlich, das Zittern ihrer freien Hand insoweit zu mäßigen, daß sie eine Granate vom Gürtel losreißen konnte.

Das Ausklinken der Handgranate von ihrer Halterung aktivierte einen inneren Mechanismus, der nach demselben Prinzip wie die Nase des Automatischen Dieners funktionierte. Eine Luftprobe wurde entnommen, für untauglich befunden und ein in der Zündkapsel des Sprengkörpers versteckter miniaturisierter Hologrammprojektor eingeschaltet.

Joan blinzelte, als sich der durchscheinende Kopf John F. Kennedys in der Dunkelheit vor ihr materialisierte. »Es tut mir leid, Mitbürgerin oder Mitbürger«, sagte Kennedy in freundlichem, aber bestimmtem Ton, »aber die Sie umgebende Luft enthält ein Gemisch von Gasen, das eine unkontrollierte Kettenreaktion auslösen könnte. Die Sicherheitsbestimmungen des Bundes und Ihres derzeitigen Aufenthaltsortes untersagen bis auf weiteres die Anwendung von Handgranaten. Ihre Regierung entschuldigt sich für etwaige Unannehmlichkeiten, die Sie in diesem Zusammenhang in Kauf nehmen müssen.«

Joan wollte gerade zu einer Erwiderung ansetzen, als ihr plötzlich bewußt wurde, woher das dumpfe Getöse kam, das sie die ganze Zeit gehört hatte. »Wasserfall«, sagte sie etwas dümmlich, als der Tunnelboden unter ihr wegsackte. Vom Deck der Barkasse geschleudert, stürzte Joan fünf Meter tief in strudelnde schwarze Abwässer; ihre Schrotflinte und die Handgranate verschwanden im Getöse, aber irgendwie behielt sie ihre Sauerstoffmaske an und tauchte unversehrt in der Mitte eines rechteckigen Beckens von der Größe eines Footballfeldes wieder auf: der Times-Square-Kreuzung.

Sie strampelte auf der Stelle und versuchte, sich zu orientieren. Ihre behandschuhte Hand stieß gegen einen festen Gegenstand, sie schloß die Finger um etwas, was sich wie menschliches Haar anfühlte, und zog.

»Hartower...?«

»Zippity-doo-day!« begrüßte sie der abgetrennte Kopf des Automatischen Dieners. »Ist das nicht ein wunderschöner Morgen!«

Joan schleuderte ihn so weit weg, wie sie nur konnte, und hörte ihn am anderen Ende des Beckens aufklatschen. Was sie danach hörte, jagte ihr das nackte Entsetzen ein: der *Bolero*. Ravels *Bolero*, der aus der Tiefe heraufschallte, wo sich, wie sie mit Sicherheit wußte, Eddie Wilder nicht mehr seines Daseins erfreute. Die stampfenden Fagotte dröhnten crescendo, und eine Finne zerschnitt direkt vor ihr die Wasseroberfläche.

Da er bereits gut gefrühstückt hatte, beschnupperte Meisterbrau sie anfangs nur. Als der Haifisch an ihr vorbeizog, schrappte seine Sandpapierhaut das rechte Bein ihres Schutzanzugs auf. Die Berührung war so schmerzhaft, daß Joan im ersten Moment glaubte, er habe ihr das Bein glatt abgebissen. Sie strampelte hektisch rückwärts, wackelte mit Zehen, die sie nicht mehr ihr eigen zu nennen wagte. Ihre Sauerstoffflasche schepperte gegen die Wand des Beckens.

Das war's, dachte Joan, deren Vierziger-Stoizismus vollends in der Scheiße versunken war. Kein Zweifel – wenn sie die Jeanne aus ihrem Comic gewesen wäre, die Heilige und jungfräuliche

Kriegerin aus Good Old Frankreich, dann wäre sie in diesem Augenblick in gerechtem Berserkerzorn entflammt und hätte ihren Widersacher zerschmettert; aber sie war bloß Joan, und es war schlichte Todesangst, was sie beseelte, als sie den Kopf herumriß und eine schwache Aussicht auf Rettung erblickte, die ihr in Gestalt eines leuchtenden Kreises von violetten Flechten aus der Dunkelheit entgegenschimmerte.

Ein Tunnel. Kein schiffbarer Kanal, sondern eine der alten Nebenleitungen, nicht breiter als ein Meter, die über der Wasserlinie der Times-Square-Kreuzung mündete und nur ein dürftiges Rinnsal von Abwässern führte. Wenn sie es schaffte, sich da hochzuziehen ...

Das synthetisierte Orchester ging auf halbe Lautstärke, als Meisterbrau untertauchte und zu einem weiten Wendemanöver ansetzte. Joan klinkte ihre zweite Handgranate aus; bevor JFK einen zweiten Auftritt einlegen konnte, knallte sie das Ding fest genug gegen die Beckenwand, um den Luftanalysator zu demolieren. Sie zog den Sicherungsstift ab und schleuderte die Granate so wie vorhin den Kopf des Automatischen Dieners – mehr um Weite als um Zielgenauigkeit bemüht – weg. Die plötzliche Druckwelle würde den Hai vielleicht verletzen oder sogar töten, aber in dieser Situation hätte es Joan schon vollauf genügt, ihn ein bißchen abzulenken.

Die behördlich ausgegebenen Standardhandgranaten waren mit einer 15-Sekunden-Zündvorrichtung ausgerüstet, wobei die lange Verzögerung den doppelten Zweck erfüllte, ungelernte Kanalarbeiter nach Möglichkeit daran zu hindern, kostspielige Rohre zu beschädigen, *und* ihre Angehörigen in den Genuß bei Todesfall fällig werdender Versicherungsleistungen zu bringen. Joan zählte im Kopf rückwärts, während sie verzweifelt versuchte, sich in den Nebentunnel hochzuziehen. Die untere Kante der Tunnelmündung war glitschig und bot praktisch keinen Halt, und sie war geschwächt – ob durch Angst oder Blutverlust, wußte sie nicht; ihre Sauerstoffflasche fühlte sich so schwer an, als ob sie am Grund des Beckens verankert wäre. Zweimal stemmte sie sich hoch, zweimal rutschte sie ab und fiel wieder ins Wasser.

Der *Bolero* hatte zu einem zweiten Crescendo angesetzt, und

Meisterbraus Rückenflosse zog diesmal pfeilgerade auf sie zu, als ein Superheld sich aus dem Tunnel beugte und Joan an den Handgelenken hochzog. Sie wußte, daß es ein Superheld war, weil er a) einen Superheldendress aus Panzergummi trug, neben dem ihr eigener Schutzanzug ziemlich mickrig aussah, b) jeder andere schon längst weggelaufen wäre, und er c) ein Leuchtsymbol auf der Brust trug.

Der Superheld sagte mit einer jungen weiblichen Stimme: »Halten Sie sich an mir fest« und legte behandschuhte Hände schützend auf Joans Ohren. Joan klammerte sich mit aller Kraft an den Schultern der Superheldin fest; hinter ihr löste die detonierende Granate einen chemischen Feuersturm aus, und im plötzlich aufflammenden Licht sah Joan die Augen ihrer Retterin, meergrün in einem lächelnden schwarzen Gesicht. Dann rammte der Explosionsdruck sie beide in die Tiefe des Tunnels wie ein Ladestock die Kugel in den Lauf eines Vorderladers.

Das Symbol der Superheldin schien vor Joan zurückzuweichen, als sie allmählich die Besinnung verlor. Es war ein ungewöhnliches Symbol, weder ein Atom noch ein Blitz, noch ein Großbuchstabe, sondern die Silhouette eines Kontinents. Kurz vor der Ohnmacht, schaffte es Joan einfach nicht, sich an den Namen dieses Kontinents zu erinnern; aber unter den gegebenen Umständen war das nicht weiter verwunderlich.

Ein Wunder am Times Square

Das Automatengesetz von 09 gestattete den Einsatz Automatischer Diener als Wartungspersonal in Kernkraftwerken, verbot ihnen aber, Kraftfahrzeuge zu führen und Feuerwaffen zu tragen; deswegen war Harry Gants Chauffeur und Chef-Bodyguard im Kleinbus ein Mensch: ein Libano-Amerikaner, dessen vollständigen Namen Gant nicht aussprechen konnte. Gant nannte ihn einfach Louis.

Louis richtete es ein, daß sie um Viertel vor neun am Times Square waren. Die »Gant Medientechnische Hochschule für überdurchschnittlich begabte jugendliche Einwanderer« nahm den größeren Teil eines Häuserblocks ein, in dem früher Pornoläden und Peepshows vorgeherrscht hatten, und erinnerte mit ihrer stromlinienförmigen Hochglanzarchitektur an Zukunftsvisionen vom Anfang des vorigen Jahrhunderts. Die amerikanischen Kritiker fanden das Bauwerk abscheulich – der *Architectural Digest* sprach von »postneoklassizistischer Kühlergrillästhetik«, während ein Essayist in *Harper's* über die Rückkehr des Flash Gordon witzelte –, aber Eltern aus der zweiten und der dritten Welt erkannten in der Hochschule eine einmalige Chance und schickten Gant ihre Kinder.

Und da waren sie nun, vor der Schule diszipliniert aufgereiht, Gants ausländische Stipendiaten: frisch dreinschauende Jugendliche aus unterentwickelten, überbevölkerten Ländern der ganzen Welt. Die Rektorin, Ms. Allagance, winkte fröhlich, als der Kleinbus vorfuhr; auf ihr Zeichen hin brach die erste Reihe von Schülern in Gesang aus.

»Hey«, sagte Harry Gant, von dieser Begrüßung unsinnig gerührt. »Wessen Idee war denn das?«

»Ich habe vorhin angerufen«, erklärte ihm Vanna Domingo, erfreut über seine Freude. »Schön, daß es Ihnen gefällt.«

»Danke für die Idee. Vielen Dank.« Nun hätte man einwenden können, dies sei eine Zurschaustellung derselben Vasallengesinnung, die er bei Vanna als so peinlich empfand, aber die Norman-Rockwellsche Kulisse verlieh der Szene ein ganz anderes, angemessen amerikanisches Niveau. »Aber Moment mal, was war das für ein Geräusch?«

»Was für ein Geräusch?«

»Dieses Brausen.«

Plötzlich entstand um den Bus herum ein Chaos: ein metallisches Scheppern, ein Grunzen von seiten Ms. Allagances, ein dumpf schmatzender Aufschlag wie von einem aus größerer Höhe fallen gelassenen Sack nasser Kartoffeln, Teenagergeschrei. Gant sprang mutig von seinem Sitz auf und preschte hilfsbereit vor, ehe Louis und die übrigen Sicherheitsleute ihn daran hindern konnten.

Ein verbogener Gullydeckel hatte sich mit der Kante in den Bürgersteig gebohrt und vibrierte noch. Glücklicherweise war er nicht das, was Ms. Allagance auf die Bretter geschickt hatte. Sie war vielmehr vom Schwanz eines weißen Hais gestreift worden.

Der große Fisch war auf einem Briefkasten gelandet und lag, wild um sich schlagend, auf einem Haufen Paketsendungen; Gant blieb auf halbem Weg zwischen ihm und der umgemähten Rektorin stehen, unschlüssig, was von beidem seine Aufmerksamkeit am dringendsten erforderte. Meisterbrau führte die Entscheidung herbei, indem er eine menschliche Hand aushustete.

Gant trat näher heran: Die Hand steckte in einer Art Neoprenverpackung, bot deswegen aber keinen weniger widerlichen Anblick. Die Schüler hatten aufgehört zu schreien, und einige machten schon Anstalten, herüberzukommen; der stets um die Gefühle der Öffentlichkeit besorgte Gant mußte rasch etwas unternehmen, um sie abzulenken. Meisterbrau rülpste ein zweitesmal und spuckte eine protzige Armbanduhr aus, die Gant, kaum daß sie auf dem Boden lag, auch schon aufgehoben hatte.

»Hey, schaut euch das mal an!« rief Gant und schwenkte die Timex Philharmonic über seinem Kopf, während er Eddie Wilders Hand mit einem kleinen Fußtritt diskret verschwinden ließ. »Schaut euch das an, Leute, von einem Fisch verschluckt und spielt noch immer tolle Musik! Was ihr hier erlebt, ist nichts Geringeres als ein wahres Wunder der modernen amerikanischen Technik! Ein Wunder...«

Ein einsamer Sonnenstrahl verirrte sich in die Tiefen der Canyons und ließ die Armbanduhr wie einen Diamanten aufglitzern. Die Jungen und Mädchen sahen dahin, wo Harry Gant wollte. So verließ Eddie Wilders Seele die materielle Daseinsebene unbeachtet. Die Philharmonic legte Tempo zu. Und Meisterbrau, auf dem Trockenen, aber noch lange nicht auf dem trockenen, bohrte seine Zähne in ein Paket, das die Aufschrift trug: VORSICHT – MUTAGENES BIOMATERIAL.

Für einen New Yorker Montagmorgen des Jahres 2023 war nichts davon besonders ungewöhnlich.

2

Pirat: *Seeräuber*, jemand, der auf hoher See Schiffe angreift und ausraubt; früher verschiedentlich auch als *Freibeuter*, *Korsar*, *Bukanier* und *Filibuster* oder *Flibustier* bezeichnet ... Während Piraterie in der Vergangenheit ein weitverbreitetes Phänomen darstellte, kommen Überfälle heutzutage nur noch vereinzelt in bestimmten Teilen der Weltmeere vor ...

World Book Encyclopedia

Das Merkwürdigste, was der Ozean zu bieten hat

Der genaue Verlauf der labyrinthischen Route, die die Abwässer unter den Straßen der Stadt nahmen, war ein absolutes Geheimnis, da der einzige vollständige Plan der Kanalisation seit Teddy Mays Tod verschollen war. Früher oder später kam allerdings alles ans Licht, da sämtliche Ausscheidungsprodukte Manhattans – nach unterschiedlichen Graden der Entgiftung – entweder in den East River oder in den Hudson eingeleitet wurden. Von dort gelangten sie in die New York Bay (wobei einzelne festere, belebte und unbelebte Objekte gelegentlich ihre Spuren am Rumpf der Staten-Island-Fähre hinterließen), und von der Bucht trieben sie hinaus ins offene Meer.

Was die belebten Objekte angeht, so trieben sich im Atlantischen Ozean damals einige *äußerst* merkwürdige herum. Viele von ihnen ließen die Fauna des New Yorker Kanalisationssystems vergleichsweise knuddelig erscheinen. Der gefeierte Katastrophenchronist Tad Winston Peller berichtete in seinem Megabestseller *Der Schatten über Strathmere* vom mysteriösen Schicksal eines an der Küste von New Jersey gelegenen Städtchens, das im

Jahre 2011 eines Nachts spurlos verschwunden war. Einer in der betreffenden Region weitverbreiteten Theorie zufolge waren Amphibische Mutanten im Schutz der Neumonddunkelheit aus dem Meer gekrochen und hatten alles und jeden fortgeschleppt.

Eines der merkwürdigen Objekte, die sich im Ozean herumtrieben – eines allerdings, das keinerlei Bedrohung für das Leben darstellte, hieß: »Yabba-Dabba-Doo«.

»Yabba-Dabba-Doo« war keine lateinisch-griechische Fachbezeichnung für eine genetisch abgedriftete Thunfischsorte. »Yabba-Dabba-Doo« war der Name eines Unterseebootes, und zwar eines großen grünen mit leuchtend pinkfarbenen Punkten. Es kreuzte mit seiner lebenden Fracht von Ausgestoßenen und vom Aussterben bedrohten Tierarten in den vielbefahrenen Gewässern vor der Ostküste Nordamerikas und brachte Einzelpersonen und Organisationen, die ihre Abfälle allzu sorglos entsorgten, durch geeignete Aktionen in gräßliche Verlegenheit. Man munkelte, der Käptn der »Yabba-Dabba-Doo«, Philo Dufresne, sei der schwärzeste Afrikaner, der noch auf dem Planeten Erde lebte, aber bislang hatte es nur ein einziger Mensch, eine Frau, geschafft, ein Foto von ihm zu schießen, und die schwieg sich aus. Man munkelte außerdem, die »Yabba-Dabba-Doo« werde von einem Perpetuum mobile betrieben, das der Welt – nebst beliebig vielen Gummibärchen für jeden – zur Verfügung gestellt werden würde, sobald die Menschheit sich dieses unschätzbaren Geschenkes würdig erwies.

All das könnte man für den Stoff einer sehr kostspieligen Sitcom halten. Das war es jedoch nicht; es war wirkliches Leben. Aber daß es schwerfiel, es ernst zu nehmen, lag durchaus in Philo Dufresnes Absicht.

Zu viele Adjektive

Am Morgen, an dem Joan Fine Bekanntschaft mit Meisterbrau machte, ging die »Yabba-Dabba-Doo« in den Gewässern vor Montauk Point in Position. Während ihr erster Offizier im Kommandoraum blieb und nach potentiellen Zielen Ausschau hielt, zog sich Philo Dufresne in seine Kajüte zurück, um für ein Stündchen zu schreiben. Philo war nämlich nicht nur ein international gefeierter Öko-Pirat, sondern auch ein heimlicher Romancier, und seit zehn Jahren arbeitete er mit Unterbrechungen an der Vollendung des Großen Atlantischen Romans, eines Prosaepos über anthropomorphisierte Wale, Tümmler und Fische. Sein Arbeitstitel war *Keine opponierbaren Daumen*, und wie Philo selbst hatte das Buch Momente purer Brillanz.

Es würde nie veröffentlicht werden.

Trotz all seiner Bemühungen war es Philo nicht gelungen, den entscheidenden Fehler seines Schreibstils zu korrigieren – einen Fehler, zu dessen Illustrierung ein einziger Satz genügen dürfte: »Baruga peitschte mit seinen gigantischen, herkulischen spatenförmigen Fluken zehn Meter hohe irisierende Gischtfontänen bitteren Salzwassers auf, als die tödliche sprengkopfbewehrte Harpune seine mächtige, warm-fleischige Blubberschicht durchbohrte und barst und dabei glühende, grausam scharfe Stahlsplitter in sein großes lebensblutpumpendes Herz trieb.«

Zu viele Adjektive. Oder, wie ein kluges Textverarbeitungsprogramm ihm einmal erklärt hatte: »Nicht jedes Substantiv erfordert eine nähere Bestimmung.« Philo sah das zwar prinzipiell ein, aber sooft er auch versucht hatte, eine straffere Prosa zu schreiben, war ihm das Ergebnis irgendwie nackt, unfertig erschienen. Was sein Unbehagen noch weiter vertiefte, war die an ihm nagende Ahnung, daß seine Unfähigkeit, es mit dem Genügenden genug sein zu lassen, seiner Öko-Ethik aufs schärfste widersprach. Außerstande, seine Schriftstellerei zu reformieren, und nicht willens, sie aufzugeben, vertraute er seinen Roman, als wären es seine geheimen Memoiren, den Seiten eines Tagebuchs an und hielt dieses in einem Safe unter Verschluß.

Während er an diesem Morgen schrieb (wobei er einen nachfüllbaren Kuli verwendete, seine Low-Tech-Reaktion auf das traumatisierende Computererlebnis), konnte er über und um sich das Getrippel kleiner Nagerfüßchen hören. Die Schotten und Decks des U-Boots waren von einem Netz von Rohren aus unzerbrechlichem Plastik durchzogen, in dem mehrere hundert Blauhamster lebten, eine exotische Rasse, die im New Yorker Pets-R-Us fünfundneunzig Dollar und mehr pro Stück eingebracht hätte. Philo hielt sie nicht wegen ihres Wiederverkaufswerts; sie gefielen ihm einfach, und ganz besonders gefiel ihm die Vitalität und Energie, die sie ausstrahlten, wenn sie so von einem zum anderen Ende des U-Boots wuselten. Rechnete man noch die zehn Luchsjungen hinzu, die gleichfalls Dauergäste an Bord waren, mußte man zugeben, daß die »Yabba-Dabba-Doo« ein wahrhaft lebenspralles Gefährt war.

Wie er da über seinen Schreibtisch gebeugt saß, hätte Philo mit seinem Körpervolumen und seinem buschigen Bart ohne weiteres für einen Weihnachtsmann mittleren Alters durchgehen können, der seine berühmte Liste durchsah – allerdings nur in einer revisionistischen Version des Märchens. Darüber, ob er wirklich der dunkelsthäutige Überlebende der Pandemie von 2004 war, konnte man vielleicht unterschiedlicher Meinung sein, aber er war ohne jeden Zweifel das dunkelsthäutige Kind, das je bei den Amischen aufgewachsen ist. Ein pennsylvaniadeutscher Farmer namens Gunther Lapp hatte den schreienden Säugling – einen Wechselbalg von der Farbe guter Erde, mit Augen, so grün wie eine Landschaft nach einem Regen – verlassen in einem Weizenfeld gefunden. Gunther, ein herzensguter Mann mit einer grenzenlosen Liebe zu Kindern, insbesondere Waisenkindern, faßte sofort eine tiefe Zuneigung zu dem seltsamen Baby, auch wenn der Bischof ein wenig verwundert auf seinen Adoptionsantrag reagierte. Ein Zettel mit dem Namen »Philo« war an der Decke befestigt gewesen, in der man Philo eingewickelt gefunden hatte; »Dufresne« war der Nachname des einzigen anderen Schwarzen, den Gunther je kennengelernt hatte, eines Zensusbeamten, der 1970 durch das Dorf gekommen war.

Jung-Philo und die Amischengemeinde waren, um es freundlich auszudrücken, ein etwas ungleiches Paar. Unmittelbar nach Gunther Lapps Tod fuhr der damals achtzehnjährige Philo 1994 nach Philadelphia und wurde dort von einer Informatikstudentin der University of Pennsylvania körperlich und technologisch verführt. Als bekannt wurde, daß er nicht wieder zurückkehren würde, atmeten zu Hause insgeheim nicht wenige auf. Denn wer außer dem Teufel konnte schließlich ein Negerbaby in einem mennonitischen Weizenfeld ausgesetzt haben?

Anfang der nuller Jahre war er in ökoaktivistische Kreise geraten, wohin ihn ehrliche Sorge um den Planeten, aber auch – was diesen Punkt anging, bemühte er sich stets um Aufrichtigkeit – gewisse asoziale Neigungen getrieben hatten, die dringend eines Ventils bedurften. Philo war von Gunther Lapp im Geiste des Pazifismus erzogen worden, und der Gedanke, Leben zu zerstören, würde ihm immer ein Greuel sein, aber als er erst einmal eine Weile in der Welt gelebt hatte, entdeckte er, daß er gegen schwere mutwillige Sachbeschädigung keinerlei entsprechende Bedenken hatte. Wie er im Rahmen seiner Arbeit für Earth First! und der Ned Ludd Society feststellte, gab es nichts, was so zutiefst befriedigend gewesen wäre wie ethisch gerechtfertigter Vandalismus.

Auf der Flucht vor der Pandemie verbrachte Philo die nächsten Jahre buchstäblich als Wanderer in der Wüste, bis er einen jüdischen Ludditen namens Morris Kazenstein kennenlernte. Der gerade eben volljährige Morris stellte sich als »die Antwort der Lower East Side auf Thomas Alva Edison« vor. Er behauptete, Konstruktionspläne für Hunderte nützlicher Geräte zu besitzen, hatte aber aus persönlichen Gründen geschworen, daß keine seiner Erfindungen je in die Hände des Militärs geraten würde. Und da Verteidigungsministerien sich überall auf der Welt umsonst oder zu inflationären Preisen bei der Privatindustrie zu bedienen pflegten, hatte Morris entschieden, die einzige ihm verbleibende ehrenwerte Möglichkeit, seinem Beruf nachzugehen, sei, ein Gesetzloser zu werden. Dies vorausgeschickt, was hielte Philo davon, sich Morris' Idee einer »wohltätigen Öko-Piraterie« anzuhören?

Philo hörte zu; man schloß einen Pakt. Am nächsten Morgen machten sie sich an die Ausarbeitung eines Plans, dessen Verwirklichung über ein Jahrzehnt in Anspruch nehmen würde.

Und so war der nunmehr siebenundvierzigjährige Philo heute ein Pirat – vielleicht der berüchtigste Pirat aller Zeiten, mit Sicherheit aber derjenige mit den höchsten Einschaltquoten. Morris fungierte als sein erster Offizier und technischer Zauberkünstler, dessen Erfindungen mittlerweile nicht nur in die Hunderte, sondern in die Tausende gingen. Die »Yabba-Dabba-Doo« erlangte rasch mythischen Ruf.

Um halb zehn pfiff Morris über die Gegensprechanlage: »Brücke an Kapitänskajüte.«

Philo nahm sein Mikrophon in die Hand, das wie ein Dodo geformt war, und sprach in den Schnabel: »Was gibt's?«

»Zielobjekt gesichtet. Deine Lieblingssorte, Philo.«

»Ein Gant-Schiff?«

»Unbewaffnet und ohne Geleitschutz.«

Zwei Blauhamster galoppierten an der Decke über Philo vorbei und purzelten in der Eile übereinander; Philo lächelte. Er klappte seinen werdenden Roman zu und legte seinen Stift weg. »Bin gleich oben«, sagte er.

Zielortung

Das erste Unterseeboot überhaupt, das in einem Krieg eingesetzt wurde, war die amerikanische »Turtle«, ein von David Bushnell, einem Yale-Studenten, im Jahr 1776 konstruiertes, von Hand angetriebenes Ein-Mann-Fahrzeug. Der einzige belegte Kampfauftrag der »Turtle« (die wenig mehr als ein eiförmiges Faß mit einem Tauchtank war) – die Versenkung des britischen Flaggschiffs »Eagle« mittels einer Schießpulver-Zeitbombe – erwies sich als ein totaler Reinfall, und so wurde das U-Boot zuletzt abgewrackt, ohne dem Feind auch nur einen einzigen Verlust beigebracht zu haben.

Hinsichtlich ihrer Größe, Konstruktion und militärischen Schlagkraft hatten U-Boote seit damals erhebliche Fortschritte gemacht, doch sie waren stets enge, platzangsterregende Angelegenheiten geblieben. Ihrer Natur nach Anschleichwaffen, ihrem Charakter nach ernst und todbringend, hatte noch keiner der Konstrukteure die Idee gehabt, einen vergnüglichen Aufenthaltsort daraus zu machen. Einen bequemen, wenn möglich, durchaus – die Moral der Besatzung war in Kriegszeiten ein sehr wichtiger Faktor –, aber einen *vergnüglichen* mit Sicherheit nicht.

Nun, scheiß drauf. Mit dem Begriff der »wohltätigen Piraterie« hatte Kazenstein bereits ein Oxymoron ins Spiel gebracht, also warum hätte man sich vor einem zweiten scheuen sollen?

Selbst wenn man die dreifachen Beschränkungen der technischen Machbarkeit, der Gesetze der Physik und seines bescheidenen umweltschützerischen Auftrags in Rechnung stellte – wer sagte, daß die »Yabba-Dabba-Doo« nicht ein fröhliches Kriegsschiff werden konnte?

Morris hatte sein Bestes getan. Ebenso als Arche wie als Kampfmaschine konzipiert, hätte das Riesen-Familien-U-Boot ohne weiteres zweihundert Menschen aufnehmen können, mit genügend Atem- und Ellbogenfreiheit für jeden. Aber dank einer Reihe genialer arbeitssparender zentralisierter Kontrollsysteme kam das Boot mit einer bloß vierzehnköpfigen Besatzung aus – und zwar mehr als dicke aus. Damit blieb haufenweise Platz für eine wissenschaftliche Bibliothek, einen Fitnessraum, eine Elektronik- und eine Maschinenwerkstatt, eine hervorragend ausgestattete Veterinärkrankenstation und einen acht Personen fassenden Holzbadebottich, ganz zu schweigen von den zahlreichen frei gehaltenen Maskottchen der unterschiedlichsten Spezies. Die »Yabba-Dabba-Doo« war darüber hinaus das einzige bekannte U-Boot, das ein Arboretum enthielt.

Entlang dieser malerischen Strecke wanderte Philo nun in Richtung Bug; er ging durch mehrere wasserdichte Türen und blieb unterwegs kurz zu einer freundschaftlichen Rangelei mit Borneo Bill stehen, einem Orang-Utan, der früher einmal beim Testflug des Trump-Spaceshuttle in den Orbit katapultiert worden war. Eine letzte luftdicht selbstschließende Luke führte in einen Bereich, der in einem konventionelleren U-Boot von Torpedos und anderem Kriegsgerät beansprucht worden wäre. Eine Woge von feuchter, gerücheschwangerer Luft und üppigem Grün umfing Philo, als er eintrat; das Motiv der Saison war der südamerikanische Regenwald, und das abgeschlossene Biotop war rappelvoll mit – für Öko-Hochsicherheitstreibhäuser bestimmten – unmittelbar vom Aussterben bedrohten Pflanzenarten. Das Geräusch der sich öffnenden Luke erregte die Aufmerksamkeit eines Dreifinger-Faultiers, das einen müden Blick in Philos Richtung warf. Ein Vorhang von Lianen teilte sich, und Jael Bolívar, die latino-kuwaitische Schiffsbiologin, steckte den Kopf durch die Öffnung, um hallo zu sagen.

»Wie läuft das Gemüsegeschäft?« fragte Philo.

»Es ist *scheißfeucht* hier«, sagte Jael und zupfte vorn an ihrem T-Shirt. »Wie wär's, wenn wir nach Thanksgiving auf afrikanische Savanne umschalten würden? Die Doolittle-Gang holt ein Elefantenbaby aus Ringling Brothers raus, und sie werden's irgendwo unterbringen müssen.«

»Darüber mußt du dich mit Morris unterhalten«, delegierte Philo. »Ich weiß nicht, ob er Lust hat, schon wieder den ganzen Bug aufzumachen. Vielleicht könnte er dir ja einen Ventilator zusammenbasteln . . .«

»Morris kann mich mal. Ich meine, am Elektronischen Reißbrett mag er ja von mir aus ein Megagenie sein, aber jedesmal, wenn ich ihn bitte, mir bei irgendeiner blöden Scheißarbeit zu helfen, sagt er, er hätt zuviel zu tun und könnt sich nicht die Finger schmutzig machen.«

»Ich werd mit ihm darüber reden«, versprach Philo. Er klammerte sich an eine Liane und kletterte zu einer weiteren Luke hinauf. Das war nicht gerade der einfachste Weg zum Kommandodeck, aber für Philo war er der körperlich befriedigendste. Gekräftigt und angenehm verschwitzt, betrat er den Kommandoraum, wo er Morris im Gespräch mit Norma Eckland vorfand, einer ehemaligen Produzentin von Fox Network, die jetzt als Kommunikationsoffizier der »Yabba-Dabba-Doo« Dienst tat.

»Morgen, Philo.« Norma hob eine Hand.

»Also, was haben wir da?«

»Guck mal durch.« Morris zeigte auf das Periskop. Philo guckte. Acht Seemeilen vor ihnen, nach Angabe des im Rohr eingebauten Entfernungsmessers, umrundete ein Schiff gerade die Spitze von Long Island. Er drückte den Vergrößerungsknopf am Handgriff des Sehrohrs und las den Namen des Schiffes vom Bug ab: »South Furrow«.

»Stahlrumpf«, stellte Philo fest. »Sieht nach einem Eisbrecher aus.«

»Ist frisch aus der Bath-Ironworks-Werft in Maine«, sagte Morris.

»Wie lauten die Daten?«

»Nur'n Moment«, sagte Norma. Im Zentralrechner der »Yabba-Dabba-Doo« war das vollständige Weltschiffsregister gespeichert, und Morris brachte es regelmäßig auf den neusten Stand. Norma ließ die Daten direkt ins Okular des Sehrohrs ausgeben:

»South Furrow«
WSR Nr. 1078626, Eisbr.-Klasse
Registriert USA, Gant Industries Inc., Antarcticorp-Abt.
Techn. Daten: 128,7 m, 20500 t, 100000 PS
Vorauss. Ziel: Gant Prospektierungsbasis, Antarktis

»Ich hatt's dir ja gesagt, daß es nach deinem Geschmack sein würde«, sagte Morris.

»Warum ist es so spät im Jahr ausgelaufen?« fragte Philo. »Am Südpol ist es schon Frühling, sollte es jetzt nicht schon da unten sein?«

»Es sollte jetzt nirgendwo sein«, entgegnete Norma. »Die Küstenwache hatte es als Ersatz für die ›Polar Dream‹ in Auftrag gegeben und kam dann in Zahlungsschwierigkeiten, als ihr Etat gekürzt wurde. Gant bot an, es zu übernehmen, vorausgesetzt, er bekam es bis spätestens November.«

»Harry schickt in diesem Monat ne Menge zusätzliches Personal und Gerät nach Süden«, sagte Morris. »Sieht so aus, als hätte ihm der Präsident endlich grünes Licht für die Probebohrungen gegeben. Die anderen Vertragsmächte werden kaum darüber erfreut sein.«

»Sie werden keine Gelegenheit bekommen, nicht darüber erfreut zu sein«, sagte Philo, »denn dieser Eisbrecher wird nicht mal in die Nähe der Antarktis kommen.« Ein Luchs rieb sich liebevoll an seinen Waden; Philo bückte sich und kraulte ihn unter dem Kinn. »Alle Mann auf Gefechtsstation. Und jemand soll Neunundzwanzig-Wörter wecken.«

Neunundzwanzig-Wörter-für-Schnee

Das Enterkommando der »Yabba-Dabba-Doo« war in Mrs. Butterworths »Heim für bedauerlicherweise heimatvertriebene eingeborene Waisen« in Osceola, Arkansas, aufgewachsen. Sein amtlicher Name war dort Ringo Beefheart gewesen – nach den zwei Lieblingsmusikern von Mrs. Butterworth –, aber die anderen Kinder, größtenteils Halbblut-Prärieindianer, nannten ihn Ringo Iglu. Als er, im Alter von fünfzehn, genug davon gehabt hatte, war er in einer Sommernacht abgehauen und in den Mississippi gesprungen. Ein selbstgebasteltes Floß aus Styroporchips und Plastikmüllsäcken trug ihn bis hinunter in den Golf von Mexiko; als er dort ankam, war er halb verhungert, phantasierte und rief halluzinierten Kellnern zu, sie möchten ihm Walspeck und Eiscreme bringen. Zum Glück kam die »Yabba-Dabba-Doo«, die sich auf ihrer ersten ausgedehnten Probefahrt befand, gerade vorbei. Philo und Morris sammelten Ringo auf, nur wenige Stunden bevor ein tropischer Sturm losbrach, der jede Spur seines irdischen Daseins ausgetilgt hätte. Der Junge wurde an Bord des U-Bootes genommen, aufgepäppelt und in Ökologie unterrichtet. Jetzt verdiente er sich seinen Lebensunterhalt damit, daß er ganze Schiffsbesatzungen zur Strecke brachte – eine Laufbahn, von der er in Osceola nicht einmal zu träumen gewagt hätte.

Solange Ringo sich noch in ihrer Obhut befunden hatte, war Mrs. Butterworth bemüht gewesen, ihm ein Bewußtsein seines ethno-kulturellen Erbes einzuflößen. Bedauerlicherweise war das einzige ihr bei diesem pädagogischen Unterfangen zur Verfügung stehende Lehrwerk die 1992er Auflage der *World Book Encyclopedia* gewesen. Der Artikel »Eskimos« umfaßte darin lediglich zehn Seiten. Ringo holte aus ihnen soviel heraus, wie er konnte, und ergänzte sein Wissen durch Informationsschnipsel aus einschlägigen *National-Geographic*-Beiträgen und der Videofassung von *Nanuk der Eskimo.*

Das Wort »Eskimo«, erfuhr er (Mrs. Butterworth las ihm auf dem Spielplatz vor, während die anderen Kinder sich gegenseitig mit saugnapfbewehrten Pfeilen beschossen), stammte aus einer nordamerikanischen Indianersprache und bedeutete soviel wie »Rohfleischesser«; seine eskimo-kanadischen Vorfahren bezeichneten sich selbst allerdings als »Inuit« oder »Menschen«. Ringo wußte nicht, welcher Name ihm mehr zusagte, aber es gefiel ihm, daß er die freie Wahl hatte. Er fällte den Entschluß, selbst ein Rohfleischesser zu werden. Im Heim (wo ein antisemitischer Ernährungsfachmann dafür sorgte, daß die Kinder dreimal die Woche Schweinekoteletts vorgesetzt bekamen) bedeutete dies ein ununterbrochenes Spiel mit der Trichinose, aber auf der »Yabba-Dabba-Doo« hielt ihm Philo einen Vortrag über die Gefährlichkeit von Parasiten und machte ihn mit Sushi bekannt. Nachdem damit eine ethnisch korrekte Diät festgelegt worden war, machte sich Ringo daran, seinen sonstigen Lebensstil zu überarbeiten.

Eskimos waren abgehärtete Leute, die arktische Temperaturen ertrugen, ohne auch nur mit der Wimper zu zucken. Sie bauten sich Häuser aus Eis und Karibufellen und wuschen sich nie. Morris Kazenstein glaubte, Ringo mache Witze, als er darum bat, seine Kajüte auf minus 35 Grad abzukühlen, aber dann nahm er die technische Herausforderung, die dieser Wunsch implizierte, mit Begeisterung an. Er räumte eine Doppelkabine leer, isolierte sie und stattete sie mit einem FCKW-freien akustischen Kühlsystem aus. Der Fußboden wurde mit Kunstschnee bedeckt, ein Wasserbett wurde installiert, gefroren und mit imitierten Walroßhäuten umwickelt, und um das Wasserbett herum wurde ein Iglu gebaut. Morris bestand darauf, daß Ringo während der ersten Nacht in seinem neuen Wohnraum einen Biomonitor trug, der im Falle, daß sich bei ihm Anzeichen einer Unterkühlung bemerkbar machten, Alarm schlagen würde, aber er überstand die Kälte wie ein echter Sohn der Arktis und wachte zwölf Stunden später erfrischt und munter auf – endlich in seinem Element.

»Aber du mußt dich waschen«, sagte Philo zu ihm.

»Inuit waschen sich nie«, beharrte Ringo.

»In Unterseebooten schon, jedenfalls wenn sie Wert darauf legen, daß sich andere Leute mit ihnen unterhalten. Laß das Wasser eiskalt laufen, wenn du möchtest, aber einmal die Woche gehst du unter die Dusche.«

»Der spinnt«, sagte Morris, als man ihn über die neuste Entwicklung in Kenntnis gesetzt hatte. »Nicht mal sexuell Unterdrückte duschen heutzutage noch freiwillig kalt.«

»Hör mal«, entgegnete Philo, »du bist doch derjenige, der sich gerade eine Woche lang den Kopf darüber zerbrochen hat, wie er ein Iglu in ein U-Boot hineinbauen könnte. Er brauchte dir bloß ein bißchen zuzureden. Wer von beiden spinnt also?«

Verrückt oder nicht, Ringo war glücklich. Endlich, endlich glücklich. Das einzige, was ihm jetzt noch zu tun blieb, war, sich einen neuen Namen zu überlegen, einen, der besser zu ihm passen würde als Ringo. Er erinnerte sich, was die *World Book Encyclopedia* über die Sprache der Inuit zu berichten hatte: »In den meisten Eskimodialekten werden viele Gegenstände mit mehr als jeweils nur einem Wort bezeichnet. Zum Beispiel gibt es viele verschiedene Wörter für ›Seehund‹. Die Wahl des jeweiligen Ausdrucks ist davon abhängig, ob es sich um ein junges oder altes Tier handelt, ob es sich im Wasser oder auf dem Land befindet, und von einer ganzen Reihe weiterer Umstände.«

»Wie das wohl mit Schnee ist?« hatte er sich vor Mrs. Butterworth laut gefragt. »Wie viele Wörter sie *dafür* wohl haben?«

»Och«, hatte Mrs. Butterworth gemeint, »ich bin sicher, wenigstens neunundzwanzig.«

Damit war das Kapitel »Ringo« also abgeschlossen. Von nun an würde er »Neunundzwanzig-Wörter-für-Schnee« sein, Jäger des vereisten Nordens, Bezwinger ozeanischer Ungetüme.

Die Show

»Bereit zum Auftauchen«, meldete Morris Kazenstein, als die »Yabba-Dabba-Doo« auf eine Viertelseemeile an die »South Furrow« herangekommen war.

»Wie ist das Wetter?«

»Paar andere Schiffe in der Gegend«, meldete Asta Wills von der Sonarstation aus. »Fischerboote, nichts, was uns Ärger machen könnte. Den letzten Meldungen zufolge ist die Küstenwache mit einem Tankerunglück beschäftigt, weiter die Insel runter. Unsere Tussi da oben ist also völlig ungeschützt.«

»Keine Spionagesatelliten in den nächsten achtundzwanzig Minuten zu erwarten«, fügte Norma Eckland hinzu, nachdem sie einen gedruckten Flugplan konsultiert hatte.

Philo rieb sich die Hände. »Ozzie, bring uns ran und tauch längsseits von ihnen auf, aber laß genügend Manövrierabstand für den Fall, daß sie auf die Idee kommen sollten, uns zu rammen.« Osman Hamid, der Steuermann – in seiner Jugend der schnellste Taxifahrer der Westtürkei – grinste wie ein Bandit und legte den Maschinentelegraphen auf volle Kraft voraus. »Norma, sofort nach Auftauchen Störmaßnahmen einleiten«, fuhr Philo fort. »Enterkommando und Medienteam bereithalten.«

Marshall Ali, der Kostümbildner und Ausbilder für geheime kurdische Kampfkünste auf dem Boot, half Neunundzwanzig-Wörter beim Einkleiden. »Du hast deinen Panzer an, ja?« Marshall Ali war ein fanatischer Verfechter der altehrwürdigen Zen-Regel, nie ohne kugelsichere Weste in den Kampf zu ziehen.

»Hab ich, aber es paßt mir nicht«, sagte Neunundzwanzig-Wörter. Über dem Panzer trug er einen künstlichen Eisbärenpelz, mit Kopf und zähnestarrendem Maul. Tolles Outfit, aber saumäßig heiß, selbst ohne die Rüstung darunter – und draußen herrschten tropische vier Grad über Null. »Ich krieg wahrscheinlich einen Hitzschlag.«

»Es ist dir nicht erlaubt, einen Hitzschlag zu kriegen. Und du mußt deinen Panzer tragen.«

»Warum?«

»Weil, wenn du in die Schlacht ziehst, du immer davon ausgehen kannst, daß dein Gegner keinerlei Rücksichten kennen wird, und daher mußt du entsprechende Vorsichtsmaßnahmen ergreifen. Außerdem bin ich größer als du und werde dir eine Maulschelle verabreichen, wenn du nicht tust, was ich dir sage.«

»Istanbul!« rief Osman Hamid. Zwar verstand er intuitiv alle Kommandos, aber er sprach kein Wort Englisch und verwendete den Namen seiner Heimatstadt als Allzweckäußerung. Morris übersetzte: »Aufgetaucht, Philo.«

»Alle SOS-Kanäle gestört«, sagte Norma.

»Geschwindigkeit anpassen und Parallelkurs zum Zielobjekt halten«, befahl Philo, während er die »South Furrow« durch das Sehrohr beobachtete. Matrosen rannten auf dem Deck herum, zeigten auf das U-Boot und stießen den gefürchteten Schrei aus: »›Yabba-Dabba-Doo‹ ho!«

»Hubschrauberstaffel starten. Norma, geh auf Sendung. It's showtime.«

Hinter dem Turm, dort, wo sich auf einem normalen Kriegs-U-Boot die Startröhren für die Interkontinentalraketen befunden hätten, taten sich im pink-grünen Rumpf der »Yabba-Dabba-Doo« mehrere Öffnungen auf, und ein Schwarm von Modellhelikoptern stieg in die Luft. Die an Größe und Gewicht jeweils etwa einem geflügelten Jagdhund vergleichbaren Hubschrauber waren computerferngesteuert und mit verschiedenen fröhlichen Leuchtfarben bemalt. Die meisten von ihnen waren mit hochauflösenden Fernsehkameras bestückt, die den Showact für die bevorstehende TV-Sendung aufzeichnen würden, aber vier trugen in einem schnell abzukoppelnden Lastennetz gemeinsam eine besondere Fracht: eine gigantische Zitronenbaisertorte von drei Metern Durchmesser.

Sobald sich die ferngesteuerte Hubschrauberstaffel in der Luft befand, wurde ein weiterer, größerer Quirl aufs Startdeck gehoben. Von seinem Erfinder, Morris Kazenstein, »Flying Zodiak« getauft, war dieser Helikopter gerade groß genug, um eine bedauerlicherweise heimatvertriebene eingeborene Waise zu tragen. Als Neunundzwanzig-Wörter abhob, erschien Marshall Ali auf der Beobachtungsbrücke, oben auf dem Turm, und brüllte guttural Anfeuerungslosungen: »Bruce Lee! Chuck Norris! Sonny Bono!«

Inzwischen hatte Norma Eckland eine Parabolsendeantenne ausgefahren, den Bordrechner der »Yabba-Dabba-Doo« in das Nordamerikanische Satellitencomputernetz eingeloggt und unter Umgehung eines guten Dutzends Sicherheitssperren das Turner Soap Opera Network aus dem Funkverkehr gezogen. Der zentrale Computer der Elektrizitätsgesellschaft erhielt den Befehl, den New Yorker Studios von Turner Broadcasting wegen Zahlungssäumigkeit augenblicklich den Strom abzustellen; auf dem ganzen Kontinent wurden die automatischen Umschalteinrichtungen von Kabelfernsehgesellschaften angewiesen, eine Ersatzsendung zu übernehmen und auszustrahlen; und aus reinem Spaß an der Fiesheit wurde per Fax bei jeder Pizzeria in Manhattan eine Supergroße mit extra viel Sardellen bestellt, zu liefern an Harry Gants Büro im Phoenix.

Die Fans der Kultvormittagsserie *Wie du mir* – die eingeschaltet hatten, um zu erfahren, ob Donna Chad verführen würde, damit er nicht herumerzählte, was er über Tama wußte, oder ob sie ihn einfach in einen der Hochtanks in Erbtantes Nervengasfabrik schubsen würde – sahen nach kurzem Flimmern eine computergraphische Wiedergabe des Dufresne-Piraten-Logo, eine Kreuzung aus einem Öko-Symbol und einer mennonitischen Hexenrune. Eine synthetische Blaskapelle spielte das Thema aus *Global Village Bandstand*, während die zeitlose Stimme Dick Clarks die Intro sprach: »Und jetzt, live vom Planeten Erde, ein weiterer wagemutiger Überfall, veranstaltet vom heldenhaften Kämpfer für eine unzerstörte Natur, Ihrem und meinem Piraten, PHILO DUFRESNE ...«

Jubelnder Applaus vom Band: der delirierende Aufschrei der Menge beim Touchdown, mit dem Brenda Bamford 2017 das Super Bowl für die New York Jets entschieden hatte. Die »Yabba-Dabba-Doo« kam kurz ins Bild, dann blendete Norma auf Archivaufnahmen obenerwähnter unzerstörter Natur über: unendliche Eisflächen, reine weiße antarktische Landschaften, der Mount Erebus vor einem kristallenen Himmel.

»Morgen, Welt«, sagte Philo, nachdem er Kopfhörer und Kehlkopfmikro angelegt hatte. »Hier ist Philo Dufresne, heute unterwegs für den siebten Kontinent. Ich dachte, ich laß euch Leute an einigen unerquicklichen Gerüchten teilhaben, die mir zu Ohren gekommen sind – Gerüchten, denen zufolge amerikanische Erdöl- und andere Rohstoffinteressen einen gewissen zum zweitenmal amtierenden Präsidenten dazu bewogen haben, die Ausbeutung der antarktischen Bodenschätze zu genehmigen, ungeachtet der Tatsache, daß er gar nicht die Befugnis hat, sie zu genehmigen: nicht ohne die Einwilligung des Kongresses und die mehrheitliche Zustimmung zweiundfünfzig anderer souveräner Staaten. Es ist ein wenig früh am Tag für Rhetorik, also werde ich euch den üblichen Sermon ersparen, von wegen wir müßten ein Stück Wildnis für unsere Enkel erhalten; ebensowenig werde ich ein Wort über den bewaffneten Konflikt verlieren, mit dem unter Umständen zu rechnen wäre, wenn besagte zweiundfünfzig andere Staaten zu dem Schluß kommen sollten, daß sie etwas gegen Verstöße gegen internationale Abkommen haben ... nichts davon, ich möchte nur, daß ihr euch diese Aufnahmen anseht, die wir euch rüberbeamen, und euch überlegt, ob ihr nicht auch der Meinung seid, daß die Antarktis ein hübsches Fleckchen Erde ist. Rauh – ja. Kalt – könnt ihr Gift drauf nehmen. Aber mit Sicherheit hübscher in seinem gegenwärtigen Zustand als die Gegenden, in denen Spreng-und-Bohr-Gesellschaften bereits ihr Unwesen getrieben haben.« Norma blendete einen Zusammenschnitt von Ölkatastrophen in Alaska ein: im Ölteppich des verseuchten Prinz-William-Sunds verendete Vögel, liebeskranke Karibus, die nach dem Erdbeben von 02 von der geplatzten Transalaska-Pipeline wegliefen, schwarze breiige Flutsäume, die die Ölpest von 2020 in der Bristol Bay hinterlassen hatte.

»Natürlich weiß ich, was ihr jetzt wahrscheinlich denkt«, fuhr Philo fort, als Norma wieder auf die unberührten antarktischen Landschaften zurückgeschaltet hatte. »Klar sieht's hübsch aus, und jeder mag Pinguine, wär bestimmt toll, welche in der Nachbarschaft zu haben, aber... was kann der einfache Durchschnittsbürger schon tun? Diesbezüglich werden wir euch im weiteren Verlauf dieser Sendung ein paar Vorschläge unterbreiten, aber zuerst wollte ich euch doch sagen, daß ich dieses Gefühl der Ohnmacht durchaus kenne. Es gibt Tage, da erscheinen mir die Probleme der Erde so riesengroß, daß ich nicht weiß, wo man auch nur anfangen könnte.

Dann gibt es wieder Tage, wie heute, wo ich aufwache, über die Wellen spähe und ein Schiff meines alten Kumpels Harry Gant sehe« – Schnitt, die »South Furrow« in der Totalen –, »und ich sag zu mir: ›Philo, vielleicht hast du nicht alle Antworten, die du brauchst, um die Welt zu retten, aber warum machst du nicht einfach damit einen Anfang, daß du diesen gottverdammten Kahn versenkst? Versenk ihn für die Pinguine. Versenk ihn für die Enkel Amerikas. Und Gott segne uns alle.‹«

Morris legte einen Schalter um, und die Transporthubschrauber klinkten die Torte aus. An den Fernsehschirmen sah man ihren Abgang in Superzeitlupe, Bild für Bild die lange Abwärtskurve hinunter, bis sie am Ruderhaus des Eisbrechers zerschellte. »Die war speziell für dich, Harry«, sagte Philo. Oben auf dem Turm schaltete Marshall Ali einen Wasserwerfer ein und begann, die »South Furrow« mit Schlagsahne abzuspritzen.

Neunundzwanzig-Wörter kam im schnellen Tiefflug angerattert und ließ den Bordcomputer des »Zodiak« die Elektro-Harpune ausrichten. Er war glücklich, fühlte sich ganz in seinem Element, allein gegen eine schwimmende Beute, die tausendmal so groß war wie er, und nur einen schuldbewußten Augenblick lang wünschte er sich, das Schiff wäre ein Wal, die E-Harpune ein echter tödlicher Speer mit einer Feuersteinspitze. Als er das Heck des Eisbrechers überflog, drückte er ab und spießte ein dickes graues Kabel auf, das an der Basis des Radarmasts hervortrat. Die Harpune traf und ging hinein wie eine heiße Nadel, die sich in das Rückgrat eines Welses bohrt; das in ihrem Schaft befindliche Hardwarepaket spritzte eine Serie von paralysierenden Virusprogrammen in die Navigations- und Kontrollsysteme des Schiffes. Der riesige Kahn erschauderte und verlor augenblicklich an Fahrt.

Der »Zodiak« sauste über das Ruderhaus hinweg und ging steil hinunter, bis er fast in die Bahn der heranschießenden Schlagsahne geriet; Neunundzwanzig-Wörter streckte eine Hand hinaus und zog sie voll zuckerigem weißem Schaum zurück, den er sich in den Mund schmierte. Mampfend drehte er bei und brachte den Quirl in den Schwebeflug, wenige Meter über dem Eisbrecher. Er schaltete den Autopiloten ein und zog eine Fahne unter seinem Sitz hervor. Dann sprang er ab.

Mittschiffs lag die Schlagsahne schon einen Meter hoch; er hatte das Gefühl, in eine Matratze aus Zuckerwatte zu fallen. Neunundzwanzig-Wörter stand lachend auf und schwenkte die Fahne, die ein kleines, aber stolzes Iglu auf weißem Feld zeigte. »Ich nehme diesen Kahn im Namen des Inuitvolkes in Besitz!« schrie er.

Im Nu war er von einem Trupp wütender Matrosen der »South Furrow« umzingelt. Neunundzwanzig-Wörter hatte Besatzungen anderer Schiffe mit Gelächter auf den Angriff der »Yabba-Dabba-Doo« reagieren sehen, aber diese Typen verstanden eindeutig keinen Spaß. »Jetzt komm schon, nimm's leicht«, sagte er zu einem großen, stämmigen Burschen, der buchstäblich knurrte. »Ich weiß, es ist ein bißchen peinlich, aber es ist zum Wohl der Umwelt.«

»Ich tret dir in den Arsch, Bubi«, sagte der stämmige Bursche.

»Nein, tust du nicht«, sagte Neunundzwanzig-Wörter und ließ

seine Fahne fallen. »Ich muß dich warnen: Ich bin von einem der größten Meister der Kampfkünste von ganz Kurdistan ausgebildet worden. Wenn du versuchst, Hand an mich zu legen, werde ich dir einen Schlag mit einem Gummifisch verpassen müssen.«

Der stämmige Bursche versuchte, Hand an ihn zu legen. Neunundzwanzig-Wörter wich dem Angriff mühelos aus und briet dem wütenden Seemann, wie angekündigt, eins mit einer violetten Synthetikforelle über. Der stämmige Bursche fiel ärschlings in die Schlagsahne. Im Turner Soap Opera Network fiel er zweimal ärschlings hinein, einmal live und einmal in Zeitlupe wiederholt.

Ein weiterer Matrose stürmte vor, und noch einer. Neunundzwanzig-Wörter forellte sie beide zu Boden. Dann stürzte sich der ganze Rest der Besatzung mit vereinter Kraft auf ihn, und für einen Augenblick schien sich das Schiffsdeck in ein Footballfeld zu verwandeln. Ungerührt trat Neunundzwanzig-Wörter einen Schritt zur Seite und entfernte sich pfeifend vom Knäuel aufeinander einprügelnder Männer und Frauen.

Er war gerade stehengeblieben, um in die Kameras zu winken, als eine Luke knallend aufflog und Beardsley Stepanik, der hyperaktive Steward des Schiffs, mit einer Leuchtpistole bewaffnet auf Deck stürzte. »Okay«, kreischte Beardsley und zielte zittrig, »rühr dich nich vom Fleck, du Öko-Wichser!«

»Entspann dich«, sagte Neunundzwanzig-Wörter und zog etwas aus seinem Bärenfell hervor. Mit einem knappen Schwung aus dem Handgelenk schleuderte er etwas, was wie ein Schneeball aussah, auf Beardsley; selbst in Superzeitlupe war es schwer, die Metamorphose, die der Schneeball im Flug durchmachte, zu verfolgen, aber als Beardsley an sich hinunterschaute, sah er, daß ein Schneehäschen auf seiner Brust gelandet war. Ein Plüschschneehäschen mit scharfen Krallen, die in eine euphorisierende Flüssigkeit getunkt worden waren.

»Boah, eh.« Eine sinnliche Wärme breitete sich in Beardsleys Brust aus, hinein in seine Arme und die Beine hinunter bis in die Zehen. Plötzlich in die ganze Welt verliebt, insbesondere in Pinguine, schmiß er seine Leuchtpistole über Bord und hockte sich in die Schlagsahne, von der er sich ganze Armvoll in die Haare schmierte. »Boah, eh.« Er sah zu Neunundzwanzig-Wörter auf und lächelte. »Also weißt du, Junge, du bist wundervoll, echt, bist du.«

»Ich bin eingeboren«, sagte Neunundzwanzig-Wörter. »Und du bist auch nicht so übel.«

»Werbung abfahren«, sagte Philo.

Der Todesstoß

Käptn Chance Baker von der »South Furrow« verfolgte Neunundzwanzig-Wörters Possen durch die baiserverklebten Fenster des Ruderhauses. Ein Mann des kalten Zorns, sagte er nichts, sondern trank kleine Schlucke lauwarmen Kaffees und stellte sich vor, was für ein herrliches Gefühl es wäre, hart nach Backbord zu drehen und sämtliche zwanzigtausend Tonnen des Eisbrechers mit voller Fahrt über die »Yabba-Dabba-Doo« zu jagen. Aber selbst, wenn es ihm noch möglich gewesen wäre, aus seiner austuckernden Maschine volle Kraft herauszuholen, hätte er das Manöver nicht versucht, denn er wußte, daß er verloren hatte: Die gelben Smiley-Gesichter, die ihm aus jedem Monitor auf der Kommandobrücke entgegenlächelten, sagten ihm das, ebenso wie die Balalaikamusik, die ihm entgegenklimperte, wenn er das Funkgerät auf Sendung schaltete. Zu versuchen, das U-Boot zu rammen, und dann zu scheitern, würde sein Gefühl der Ohnmacht nur noch weiter intensivieren, und dann könnte er sich gezwungen sehen, seinem ersten Offizier, der dauernd blöde Fragen stellte, eine in die Schnauze zu hauen.

»Was sollen wir tun, Skipper?« fragte der Erste, während Beardsley Stepanik ihnen vom Deck aus Kußhände zuwarf.

»Warum fahren wir nicht die Kanone aus?« schlug Käptn Baker vor.

»Aber wir haben doch gar keine Kanone.«

»Na, dann sitzen wir ja wirklich in der Scheiße, wie? Jetzt halten Sie die Schnauze, und lassen Sie mich in Ruhe.«

Das holographische Bildfunkgerät piepte. Die ankommende Sendung war so manipuliert worden, daß der Anrufer bis auf seine Umrisse (undeutlich), seine Augen (grün) und sein Hemd (hawaiianisch und knallbunt) durchsichtig war.

»Käptn Baker?« stellte er sich vor. »Hier spricht Philo Dufresne von der ›Yabba-Dabba-Doo‹.«

»Kann nicht behaupten, daß es mir ein Vergnügen wäre, Ihre Bekanntschaft zu machen«, sagte der Kapitän. »Rufen Sie an, um mir zu befehlen, das Schiff zu verlassen?«

»Nehmen Sie's nicht persönlich, Käptn. Momentan senden wir ein paar Öko-Spots, aber wenn wir wieder auf Liveübertragung schalten, wird man sehen, wie wir Sie versenken, und es wäre mir eine große Hilfe, wenn Sie Ihre Mannschaft in die Boote schicken würden.«

»Und wenn ich nein sage?«

»Dann schicke ich ein richtiges Enterkommando rüber und laß Sie alle mit Gewalt in die Rettungsboote verfrachten ... aber zuerst lasse ich *Sie* in ein Gorillakostüm stecken.« Das war ein Bluff. Nicht die Sache mit dem Gorillakostüm – Philo hatte drei davon auf Lager –, nur die implizite Behauptung, er hätte noch Zeit, das Schiff vollkommen in seine Gewalt zu bringen. Mittlerweile hatte CNN die Sendung bestimmt abgefangen und damit die Armee alarmiert, und die Ronald Reagan Air Force Base in Trenton ließ wahrscheinlich gerade sämtliche verfügbaren U-Jagdflugzeuge aufsteigen. Aber Käptn Baker widersprach ihm nicht.

»In Ordnung«, sagte er. »Sie haben gewonnen. Aber, Dufresne?«

»Ja?«

»Sie wußten meinen Namen, ohne zu fragen, dann wissen Sie wahrscheinlich auch, daß ich früher bei der Navy einen Zerstörer kommandiert habe. Sobald ich wieder an Land bin, stelle ich mich für wenig Geld jedem Unternehmen zur Verfügung, das bereit ist, mir das Kommando über ein Kriegsschiff zu übertragen. Und dann mache ich mich auf die Suche nach Ihnen. Kapiert?«

»Kapiert. Ich sollte Sie aber vielleicht besser warnen: Harry Gant ist Pazifist. Das einzig Positive, was ich über ihn sagen kann. Ende und aus.«

Morris Kazenstein hatte in der Sendung das letzte Wort. Er stand, mit einem spitzen von Mond und Sternen übersäten Zaubererhut und einer Brille mit Plastiknase und Schnurrbart, auf dem Flugdeck der »Yabba-Dabba-Doo«. »Hallo, Welt«, sagte er, »es ist wieder einmal Zeit für einen Besuch bei Mr. Science. Heute werden wir einen kleinen Versuch in kinetischer Energieübertragung durchführen. Das hier« – er zeigte auf eine lange zylindrische Schiene, die neben ihm aus dem Bootsrumpf ausgefahren war – »ist eine elektromagnetische Abschußrampe, eine maßstabsgetreue Nachbildung des Geräts, das die Republikaner verwenden, um das Weiße Haus gegen Nuklearangriffe zu verteidigen. Und das« – er hielt eine stramme Salami in die Höhe – »ist eine zwanzigpfündige koschere Salami. Was wir nun tun werden, ist, die Salami auf Mach neun beschleunigen und schauen, was mit dem Bug des Schiffs da drüben passiert, okay? Aber Kinder, versucht bitte nicht, das bei euch zu Hause ohne Aufsicht eurer Eltern nachzumachen ...«

Manöverkritik

»Irgendwelche Kommentare?« fragte Harry Gant sein Krisenmanagementteam, während auf dem Breitwandbildschirm des Konferenzraums die »South Furrow« langsam in den Wellen versank. Gant saß mit dem Rücken zum Tisch, daher war es für die karrierebewußteren Mitglieder des Teams schwierig, ohne seinen Gesichtsausdruck sehen zu können seine Stimmung abzuschätzen und ein passendes Urteil abzugeben. Der erste, der das Wort ergriff, war, was niemanden weiter überraschte, Whitey Caspian, bei seinen Kollegen in der Abteilung für Öffentliche Meinung unter dem Spitznamen »Prinz Motorzunge« bekannt.

»Wahrscheinlich war's gar keine echte Salami«, sagte Whitey.

»Wie war das?«

»Die war wahrscheinlich gar nicht echt«, wiederholte Whitey. Er war eins siebenundachtzig groß, blond und gebaut wie ein Zehnkämpfer, aber gegen Adonis hätte er mit seiner Hornbrille und seiner schottisch karierten Fliege eher mittelmäßig abgeschnitten. »Selbst eine koschere Salami dürfte eine derartige Beschleunigung kaum aushalten können.«

»Sie haben den Verstand einer Mohrrübe«, zischte Vanna Domingo. Aber Harry Gant lachte. Er wirbelte auf seinem Drehsessel herum umd klatschte Beifall. »Das ist großartig«, sagte er. »Das ist besser als großartig, das ist brillant.«

Clayton Bryce von der Kreativen Buchhaltung räusperte sich und fragte: »Was ist brillant, Mr. Gant?«

»Die ganze Sache«, sagte Gant mit einer Geste zum Bildschirm. »Was Whitey gerade gesagt hat. Das ist das einzige, worüber die Medien reden werden. Ich kann mir schon das Experteninterview bei CNN ausmalen: ›Sagen Sie uns bitte, Professor Newton, welche praktischen Auswirkungen hat das Abfeuern von Wurstwaren mittels einer Abschußrampe?‹ Ganz zu schweigen von der zu erwartenden Reaktion der Aetna-Versicherung, wenn wir unsere Schadensmeldung einreichen. ›Zu Hilfe, Aetna, der böse Pirat Dufresne hat uns mit einer Dauerwurst torpediert!‹«

Vanna Domingo traute ihren Ohren nicht. »Sie *bewundern* diesen Bastard!«

»Dufresne? Natürlich bewundere ich ihn. Verdammt, ich wünschte, ich könnte ihn einstellen.«

»Er hat Sie gerade durch Zerstörung *Ihres* Eigentums um Millionen von Dollar geschädigt.«

»Er hat mir gerade eine werbestrategische Schlappe zugefügt, das hat er getan. Sie haben die Reaktionen der Öffentlichkeit gesehen. Er hat Erstkläßler in Kansas dazu gebracht, Computerkurse zu besuchen, nur damit sie mir Pöbelbriefe schreiben können. Mitschnitte seiner Überfälle sind bei Videosammlern der absolute Renner. Wäre er kein Verbrecher, sondern eine Kapitalgesellschaft, dann stünde er schon im *Fortune 500*. Er ist ein waschechter amerikanischer Held.«

»Er ist böse«, beharrte Vanna Domingo. »Wir sollten die Versicherungssumme für das Schiff, das er gerade versenkt hat, nehmen und damit eine Söldnerflotte anheuern, um ihn zur Strecke zu bringen. Mit Torpedos und Wasserbomben ...«

Gant hob die Hände in die Höhe. »Keine Gewaltanwendung«, sagte er. »Söldner, Wasserbomben, dieser ganze militärische Unfug, das widerspricht der Tradition der freien Marktwirtschaft. Außerdem habe ich persönlich was dagegen.«

»Aber er wendet Gewalt gegen diesen Konzern an, gegen Sie, also warum –«

»Das ist etwas anderes. Dufresnes Art von Gewalt ist ... kreativ. Zugegeben, Gewalt ist Gewalt, und im Grunde seines Herzens ist er wahrscheinlich ein erklärter Anarchist, aber wenn *ich* ein erklärter Anarchist wäre, könnte ich nur hoffen, daß auch ich imstande wäre, einen so kunstvollen Schlachtplan zu entwerfen wie den, dessen Ausführung wir gerade mitverfolgt haben. Kein einziges Todesopfer, keine Schwerverletzten, und diese Karnickeldinger, die dieser Junge geschmissen hat, die könnte man wahrscheinlich um die Weihnachtszeit in die Kaufhäuser bringen und damit einen neuen Trend setzen. Einfach genial.

Die Sache ist nur, wir sind keine Anarchisten, wir sind demokratische Kapitalisten, und das bedeutet, wir überlassen Kriege der Regierung. Apropos, was äußert das Pentagon in der Angelegenheit?«

»Nichts Ermutigendes«, sagte C.D. Singh, der Gants Verbindungsmann in Washington war. »Entweder sie haben wirklich Angst, oder es ist ihnen wirklich peinlich, aber so oder so geben sie keine offizielle Stellungnahme ab. Vielleicht haben sie heute mehr Glück, aber wie ich von meinen Informanten höre, sind alle bisherigen Suchaktionen vollkommen ergebnislos verlaufen – gleichgültig, wie schnell die U-Jäger am Schauplatz des Geschehens eingetroffen waren. Solche verdeckten Aktionen sind für einen Haufen von radikalen Umweltschützern einfach nicht durchführbar, aber weder der CIA noch der Sektion für un-unamerikanische Umtriebe des FBI ist es bislang gelungen, Dufresne mit irgendeiner ausländischen Macht in Verbindung zu bringen.«

»Das bedeutet also«, sagte Gant, »daß die Piraten theoretisch nicht mit dem durchkommen können, womit sie gerade durchkommen.«

»Ja, Sir. Was wiederum, vom militärisch-nachrichtendienstlichen Standpunkt aus betrachtet, bedeutet, daß die ›Yabba-Dabba-Doo‹ überhaupt nicht existiert.«

»Nicht *existiert*!« Vanna verfärbte sich allmählich. »Nicht *existiert*! Sie war gerade auf Millionen von Fernsehbildschirmen zu sehen, also was für Beweise wollen die denn *noch*?«

»Sie sind nur vorsichtig, das ist alles«, sagte C. D. Singh. »Und ehrlich gesagt, Mr. Gant, wir haben noch nicht annähernd so viel Druck gemacht, wie wir eigentlich könnten, wenn man die wirtschaftliche Macht dieses Unternehmens berücksichtigt.«

»Na dann sagen Sie mir eins«, sagte Gant. »Was würde die Navy oder die Air Force mit Dufresne tun, wenn sie es schaffte, ihn ausfindig zu machen?«

»Ihn wenn möglich zur Übergabe zwingen. Ihn und seine Besatzung dem FBI übergeben, das U-Boot ins Trockendock bringen und es Stück für Stück auseinandernehmen und untersuchen. Oder, wenn er sich nicht ergeben würde, ihn versenken.«

»Und wir wären ihn los«, sagte Vanna.

»Hmm«, sagte Gant. »Ich frag mich, was die Erstkläßler aus Kansas dazu sagen würden.«

»Für die Schüler aus Kansas kann ich nicht sprechen«, entgegnete C. D. Singh, »aber ich kann Ihnen verraten, was der Präsident im Augenblick sagt. Sein Angebot, Operationen in der Antarktis zu genehmigen, war an die Bedingung geknüpft, daß wir jeden öffentlichen Skandal wenn irgend möglich vermeiden – was sich selbst ohne diesen Zwischenfall schwierig gestaltet hätte. Ich rechne damit, daß sein Bevollmächtigter binnen einer Stunde anruft, um die Unterstützungszusage zu widerrufen.«

Gant zuckte die Achseln. »Das bereitet mir keine schlaflosen Nächte. Um ehrlich zu sein, mich hat die Idee, am Südpol nach Öl zu bohren, nie sonderlich begeistert.«

»Das *sollte* sie aber«, sagte Clayton Bryce, mit einemmal aufgebracht. »Wir brauchen die Einnahmen. Und der Grund, warum wir die Einnahmen brauchen, ist der Umstand, daß kilometerhohe Wolkenkratzer unrentabel sind. Der Babel ist ein Faß ohne Boden; unsere Urenkel werden das Rentenalter erreicht haben, bevor er auch nur anfängt, in die schwarzen Zahlen zu kommen – wenn er das überhaupt jemals tun wird. Das Minarett trägt sich mit Ach und Krach, der Phoenix hat noch nicht annähernd seine Baukosten wieder eingebracht, und trotzdem sind wir hier dabei, uns einen negativen *cash flow* aufzuhalsen, der problemlos bis zum Ende des Jahrhunderts vorhält.«

»Aber stellen Sie sich doch nur vor, Clayton«, erwiderte Gant, der für derlei kleinliche finanzielle Erwägungen nur ein weiteres Schulterzucken übrig hatte. »Ein Turm, der über anderthalb

Kilometer hoch in den Himmel ragt. Ich kann mir keine bemerkenswertere Leistung vorstellen. *Das höchste Bauwerk in der Geschichte der Menschheit.*«

»Und wenn es uns in den Bankrott treibt?«

»Ach, zum Teufel, wir werden schon nicht bankrott gehen. Wir werden uns ein paar neue Produkte ausdenken und damit die Finanzierung etwas mehr absichern. Und wir brauchen die Antarktis auch nicht aufzugeben, wenn Sie wirklich meinen, daß wir sie brauchen. C.D. kann ein paar andere Vertragsstaaten kontaktieren, Sondervereinbarungen treffen.«

»Das könnte Jahre erfordern, Mr. Gant ...«

»Soll's eben Jahre dauern. Ich plane, selbst noch vierzig, fünfzig davon mitzuerleben. Ich kann warten.«

»... *und* man wird darauf bestehen, daß in Sachen Dufresne etwas unternommen wird, bevor irgendwelche Verträge abgeschlossen werden.«

»Also dann zurück zu Dufresne ... wie wär's mit wirtschaftlichen Kampfmaßnahmen? Mit *dieser* Art von Gewalt kann ich leben. Wie weit sind wir inzwischen in der Frage gekommen, wer diese Leute finanziert?«

Clayton schüttelte den Kopf. »Um keinen Schritt weiter«, sagte er.

»Überhaupt keine Fortschritte?«

»Wir sind Gerüchten nachgegangen, Dufresne stehe im Sold von terroristischen Organisationen oder Konkurrenzunternehmen, er besitze eine Diamantenmine in Afrika oder eine Kokaplantage in Südamerika, er habe früher mit Schundanleihen gehandelt und habe sich dann bekehrt. Wir haben sogar Behauptungen überprüft, er werde von der Trilateralen Kommission unterstützt. Nichts davon führt irgendwie weiter.«

»Bleiben Sie jedenfalls dran«, sagte Gant. »Und Sie, Vanna, trommeln die gesamte Öffentliche Meinung zusammen und –«

»Das ist absolut lächerlich«, unterbrach ihn Vanna. »Wir haben *Millionen* an diesem Eisbrecher verloren und wer weiß wie viele *weitere* Millionen – ach was, *Milliarden*! – an potentiellen Einnahmen aus dem Antarktisprojekt verloren. Alles nur durch diesen einen Überfall dieses Bastards, aber was wollen *Sie* tun? Eine Werbekampagne gegen ihn starten. Sein Sparschwein kaputtschlagen. Ihm mit erhobenem Zeigefinger drohen. Warum können wir ihn nicht einfach *umbringen?*«

»Nein«, sagte Gant entschieden. »Philo Dufresne verkörpert den Geist, der dieses Land groß gemacht hat, und einen solchen Menschen bringt man nicht um. Entweder, es gelingt einem, ihn auf seine Seite zu ziehen, oder man demütigt ihn. Und das wiederum erreicht man, indem man noch mehr amerikanischen Einfallsreichtum anwendet, als er gegen einen selbst angewandt hat.«

»Das klingt nach einer ziemlich kostspieligen Art von Patriotismus«, bemerkte C.D. Singh.

»Es ist *meine* Art von Patriotismus«, erwiderte Gant. »Und das ist mein Unternehmen, also macht meine Art von Patriotismus das Rennen. Jetzt will ich kein Wort mehr von umbringen hören. Wir werden Dufresne schlagen, aber wir werden ihn auf die richtige Weise schlagen. Nächster Punkt auf der Tagesordnung.«

Noch immer rot im Gesicht, konsultierte Vanna Domingo ihr Elektro-Notizbuch. »Der nächste TOP ist eine Information über Ihre Exfrau. Es geht um diesen großen Fisch, der heute morgen an der Technikschule aufgetaucht ist. Unser anschließender Security Check hat ergeben, daß Joan Fine sich am anderen Ende der Explosion befand. Ihr beabsichtigtes Ziel scheint der Fisch gewesen zu sein, nicht Sie.«

»Ist sie okay?« Gant beugte sich vor, aufmerksamer, als er es den ganzen Morgen gewesen war. »Sie ist doch nicht etwa tot, oder?«

»Nicht tot«, sagte Vanna und dachte: *Schön wär's.* »Ein Rettungsteam der Abwässerbehörde hat sie in einem trockenen Tunnel gefunden und sie ins East River General geschafft. Sie war bei Bewußtsein und allem Anschein nach unversehrt – ein paar Kratzer, sonst nichts, aber sie wollen sie zur Beobachtung dabehalten. Außerdem hat der Direktor der Abwässerbehörde eine offizielle Stellungnahme veröffentlicht, der zufolge der ganze Zwischenfall eine Massenhalluzination gewesen sei.«

»Das ist noch jemand, den ich gern auf meiner Gehaltsliste hätte. Machen Sie sich eine Notiz, Vanna: Ich will wissen, in welchem Zimmer Joan liegt und von wann bis wann die Besuchszeiten sind.«

Vanna sah ihn an. »Sie können sie nicht besuchen. Sie hat dieses Unternehmen verraten. Sie ist geächtet.«

»Beruhigen Sie sich, Vanna. Ich möchte ihr nur eine Karte mit Genesungswünschen schicken, das ist alles.«

»Aber sie ist überhaupt nicht verletzt.«

»Besorgen Sie mir einfach die Zimmernummer, Vanna.«

»Ja, Sir.«

Es klopfte an der Tür des Konferenzraums. Der Direktor des Phoenix-Besucherservice steckte den Kopf herein. »Tut mir sehr leid, Sie zu stören, Mr. Gant«, sagte er, »aber wir hätten da ein kleines Problem ...«

Gant seufzte. »Was ist es diesmal?«

»Ich habe gerade einen Anruf von der Aufsicht unten in der Lobby bekommen. Sie haben nicht zufällig zweitausend Pizzas bestellt?«

3

Es ist eine kaum bekannte Tatsache, daß das New Yorker Wasser mehr als zweihundert Jahre lang so faulig schmeckte, daß die Pferde sich weigerten, es zu trinken; daß es so unrein war, daß die Bevölkerung jedes zweite Jahr durch Krankheiten um ein Zehntel dezimiert wurde; daß es so teuer war, daß die Armen sich keines leisten konnten und die Straßen mit Unrat bedeckt waren; daß die Brunnen so weit auseinander lagen, daß die periodisch auftretenden Brände vier- bis fünfhundert Häuser auf einen Schlag vernichteten.

Robert Daley,
The World Beneath the City

1914: Der Marsch nach Flatbush

Die holländischen Siedler von Neuamsterdam hätten mit einiger Skepsis reagiert, wenn man ihnen erzählt hätte, daß ihr Wildweststädtchen am Hudson – nach einem Namenswechsel, zwei Änderungen der Staatsangehörigkeit und unzähligen vergeblichen Anstrengungen in Sachen kreative Rohrverlegung – dereinst den Ruf erlangen würde, von allen Großstädten auf der Welt mit das wohlschmeckendste Trinkwasser zu besitzen. Die Briten und die frischgebackenen Amerikaner, die nach ihnen kamen, hätten es wahrscheinlich ebensowenig geglaubt, auch wenn sie immer wieder Betrügern auf den Leim gingen, die ihnen Abhilfe gegen verseuchte Brunnen versprachen. Sogar Aaron Burr, der spätere dritte Vizepräsident der Vereinigten Staaten, beteiligte sich an dem Schwindelgeschäft: Sein privater Wasserversorgungsbetrieb, die Manhattan Company, war ein finanzieller Erfolg (die Profite reichten immerhin aus, um Burrs Wahlkampf zu subventionieren und um die Chase Manhattan

Bank zu gründen), aber ein praktischer Reinfall (die Versorgung war alles andere als zufriedenstellend und trug nicht im mindesten dazu bei, die katastrophalen hygienischen Verhältnisse, die regelmäßige Ausbrüche von Gelbfieber und Cholera verursachten, zu verbessern).

Schließlich fing New York an, sein Wasser zu importieren – zunächst aus Westchester, über einen Aquädukt, und später, als die einwanderungsbedingt explodierenden Bevölkerungszahlen diese Quelle erschöpft hatten, aus Stauseen in den fernen Catskill Mountains. Ingenieure und Arbeiter des Städtischen Tiefbauamtes (von denen viele erst kürzlich aus Italien angekommen waren) gruben einen unterirdischen Kanal von den Catskills bis zum Hill View Reservoir in Yonkers und bohrten dann weiter in südlicher Richtung durch das Grundgestein unter dem Harlem River, um das Wasser in die eigentliche Stadt zu führen. Der letzte Abschnitt des Tunnels wurde am 11. Januar 1914 gesprengt, und eine unbeabsichtigte Folge seiner Fertigstellung war die Tatsache, daß er eines der sonderbarsten Marathons in der Geschichte der Stadt ermöglichte: einen unterirdischen Marsch von 192 Kilometern Länge, von den Catskill Mountains bis nach Flatbush, Brooklyn.

Peter Lugo Peller, ein Reporter der *New York Tribune*, dessen Ururenkel als Katastrophenchronist einer verlorenen Generation zu Ruhm gelangen sollte, stürzte sich mit wahrem Feuereifer auf die Idee dieses »Langen Marsches nach Flatbush« und schaffte es, fünf weitere Journalisten und zwei Fotografen dazu zu überreden, ihn auf seiner Wanderung zu begleiten. Sie trafen sich am 18. Januar in den Catskills, am Ashokadamm. Eine johlende Gruppe von Tunnelbauern war auch zugegen und schloß Wetten darüber ab, wie schnell die Wanderer aufgeben würden; die ganz Cleveren behaupteten, sie kämen wahrscheinlich keine zehn Kilometer weit.

Gerade als sie zum Tunneleingang hinunterklettern wollten, kam ein weiterer Journalist an, ein spilleriges Bürschchen in voller Bergsteigermontur und mit einem Bergmannshelm, der seine Haare verbarg. Er lief zum Grüppchen der Reporter und begrüßte Peter Lugo Peller mit einem festen beidhändigen Handschlag.

»Smuts aus North Dakota«, stellte sich der Neuankömmling vor. »Vom *Fargo Spectrum.*«

»Ganz schön weit von zu Hause weg, wie?« meinte einer der Fotografen.

»Wir versuchen, etwas kosmopolitischer zu werden«, erwiderte Smuts.

Sie stiegen ein und marschierten los, und Peter Lugo Peller, der die Führung übernommen hatte, machte schon bald zwei alarmierende Entdeckungen: erstens, daß der Tunnel keine, wie er aus welchen Gründen auch immer angenommen hatte, schnurgerade, ebene Strecke von Punkt A nach Punkt B darstellte, sondern einen mehr als alpinen Verlauf nahm und zwecks Unterquerung von Flüssen und anderen Oberflächenhindernissen zum Teil vierzig, fünfzig Meter abrupt in die Tiefe stürzte und anschließend ebenso steil wieder anstieg; und zweitens, daß er schon Wasser führte. Stellenweise genug Wasser, um darin zu ertrinken oder zumindest um sich seine Fußbekleidung zu ruinieren – und Peller hatte für den Spaziergang sein bestes Paar Schuhe angezogen. Nach einer kurzen Lagebesprechung beschlossen die unerschrockenen Zeitungsleute, die Wanderung oberirdisch fortzusetzen, was sie auch einen ganzen Tag lang taten, bevor sie endgültig aufgaben.

Niemandem fiel auf, daß Smuts nicht wieder aus dem Tunnel herausgekommen war.

Am 25. Januar sichteten zwei am High View Reservoir in Yonkers beschäftigte Caissonarbeiter als erste die feuchte, zerschrammte, aber äußerst mit sich zufriedene Gestalt, die mit einem zerbeulten Bergmannshelm auf dem Kopf aus den Eingeweiden der Erde kletterte. Einer der Arbeiter hatte am Abend zuvor in einem Jonglierwettbewerb einen Silberdollar gewonnen und ließ ihn gerade in der offenen Hand hüpfen, hielt aber beim Anblick von Smuts, der ganz und gar nicht wie etwas aussah, was im Staubecken etwas zu suchen hatte, inne.

»Wer sind Sie?« fragte der Jongleur auf italienisch. Sein Kollege, der leidlich Englisch sprach, übersetzte: »Wer zum Teufel sind Sie, Scheiße noch eins?«

»Nur eine lustwandelnde Dame«, erwiderte Smuts. Sie nahm den Helm ab und ließ eine Flut von langem braunem Haar herabwallen – eine Geste, die das erst elfjährige Hollywood noch nicht zu einem Klischee hatte machen können. »Unterwegs nach Flatbush.«

Der Jongleur war wie vom Donner gerührt; sein Kollege, der von Hause aus Maria hieß, aber das Leben in Arbeitshemd und -hose weitaus unkomplizierter fand, gestattete sich ein zurückhaltendes Grinsen. Smuts zwinkerte ihr heimlich-vertraulich zu, tippte dann mit dem Finger auf die Silbermünze.

»Hey«, sagte sie, »ge'm Se das her.«

Der Jongleur, der diesen Imperativ auch ohne Übersetzung verstand, schloß die Hand um die blanke Siegestrophäe. »Warum sollte ich?«

»Weil«, erwiderte Smuts in dessen Muttersprache, »ich's mir grad verdient hab.«

2023: Waldesel auf dem Holzweg

Einhundertundneun Jahre später saß eine Frau namens Lexa Thatcher in einer Dachgeschoßwohnung in Brooklyn – New Bedford-Stuyvesant, zwar nicht direkt in Flatbush, aber nicht weit davon entfernt – und drehte denselben Silberdollar zwischen den Fingern. Die Münze war über fünf Generationen von Müttern an Töchter weitergereicht worden, und obwohl die Prägung mittlerweile auf beiden Seiten fast völlig abgerieben war, hatte sich der wagemutige Geist, der das matrilineare Geschlecht der Smuts-Hollings-Thatchers beseelte, bis heute erhalten. Lexas Mutter war in Nordafrika auf Abenteuersuche gegangen, wo sie ganz allein die Sahara von Timbuktu bis Marrakesch zu Fuß durchquert hatte. Östlich von Casablanca, in den Ausläufern des Mittleren Atlas, hatte sie einen beduinischen Gebrauchtwagenhändler – oder vielleicht auch eine ganze Niederlassung davon, in dem Punkt hatte sie sich nie präzise geäußert – verführt und vergewaltigt, mit dem Resultat, daß Lexas Hände, die gerade mit der Münze spielten, einen warmen Bronzeton hatten, ihr Herz und Kopf aber einen knallharten Sinn fürs Machbare.

Lexas Arbeitszimmer enthielt einen Schreibtisch, einen Computer mit zahlreichen Peripheriegeräten (darunter auch ein paar, über die nur gute Freunde von Morris Kazenstein verfügten), ein Klappbett, eine Kollektion von herzförmig gerahmten Porträts und, im Augenblick, den Familienfernseher, der ein Mobilgerät war und, wenn nicht in Gebrauch, von Zimmer zu Zimmer schlenderte. Zwei Elektro-Mistkäfer zogen gleichfalls regelmäßig ihre Runden durch die Wohnung, wobei sie – in Übereinstimmung mit Lexas Philosophie, die beste Form von Haushalt sei ein Haus, daß sich selbst in Ordnung halte – Staub und Schmutzpartikel auflasen und beseitigten. Zwei große Fenster ließen frische Luft und Licht herein: New Bedford-Stuyvesant war klimareguliert, deshalb wurde es da nie kälter als in einer lauen Mittsommernacht.

Während Lexa einen Beitrag für die nächste Wochenausgabe des *Long Distance Call* zusammenstellte, diskutierte ihre Tochter Rabi mit dem Fernsehgerät. Es war kein Gant Portable, sondern ein altmodischer Sony Animan, ein 19-Zoll-Bildschirm auf Teleskopbeinen aus blankem Messing. Lexa hatte ihn mit einer Personality-Platine aufgerüstet – eine kostspielige Anschaffung, die indes, wie sie fand, ihren Preis wert war, denn sie nahm ihr die lästige elterliche Aufsichtspflicht ab. Für Rabi gab es keine speziell verbotenen Sendungen, aber wann immer sie das Gerät einschaltete, wurde sie mit Sokrates' computergeneriertem Persönlichkeitsmuster konfrontiert, das von ihr verlangte, daß sie ihre bestimmte Programmwahl rechtfertigte.

»Meine treffliche Rabi«, begrüßte sie Sokrates heute, »wie immer bin ich begierig, am Schatz deiner Weisheit teilzuhaben. Es ist jetzt ein Uhr mittags eines gewöhnlichen Werktages, eine Zeit, zu welcher sich die meisten Siebenjährigen normalerweise in der Schule aufhalten sollten, und dennoch sitzest du im elterlichen Hause ...«

»Ich habe die Windpocken«, sagte Rabi und hielt einen rotgesprenkelten Arm hoch. »Siehst du?«

»Um so mehr verlangt es mich danach, von dir belehrt zu werden. Dein Leiden, göttliche Rabi, hindert dich daran, der Erziehung teilhaftig zu werden, für deren Vermittlung der Staat so viele Opfer gebracht hat und bringt. Viele Mägdelein und Knaben würden, in deiner Lage befindlich, der Ruhe pflegen, auf daß sie um so eher genäsen, oder aber sie läsen, um den Stand ihres Wissens zu halten, wo nicht gar zu verbessern, oder aber sie nutzten den Umstand, daß auf Kanal 13 in Kürze die heutige Folge der *Sesamstraße* beginnt. Du jedoch, meine Rabi, hast statt dessen den – ohne Zweifel durch den schlüssigsten Gedankengang begründeten – Entschluß gefaßt, gewalttätige Zeichentrickfilme zu betrachten, in denen Kaninchen, Coyoten und Erdkuckucke Steinblöcke aufeinander fallen lassen. Wenn du mir nun gestattetest, an deinen Überlegungen teilzuhaben, so daß ich hinaus auf den Marktplatz gehen und vor anderen Kindern des Dreistaatenecks deine Klugheit und Tugend rühmen könnte –«

»Weißt du, was ich neulich gelesen hab?« unterbrach ihn Rabi. »Und ganz von selbst, ohne daß wir's aufhatten? Ein Buch über griechische Mythologie: was es anstelle von Cartoons gab, als *du* sieben warst. Und weißt du, was da drin stand? Dieser Gott Kronos hat eine Sichel genommen und damit seinen Vater impotent gemacht. Impotent. Ist das nun besser oder schlechter, als wenn ein Coyote einen Steinblock auf den Kopf kriegt?«

Lexa blendete die Debatte mit Hilfe von Kopfhörern aus und forderte ihren Computer auf, das Programm SumpPumpGraphics zu starten. »Geladen«, antwortete der Rechner und zeichnete auf seinem Hauptmonitor Comicversionen der sieben demokratischen Präsidentschaftskandidaten, die wie zu einer Debatte um einen Tisch herum saßen. Als Lexa die Manuskripte der verschiedenen Wahlkampfreden in einen Flachbettscanner schob, erschienen über den sitzenden Figuren Sprechblasen, deren Größe dem Wortreichtum der jeweiligen Rede entsprach. Die größte Sprechblase schwebte über Preston Hackett, einem opportunistischen Außenseiter, der zu unterschiedlichen Gelegenheiten behauptet hatte, aus achtzehn verschiedenen Staaten gebürtig zu sein – darunter auch Belgien, das offenbar in die Union aufgenommen worden war, als gerade keiner hinguckte.

»Jätfunktion aktivieren«, sagte Lexa.

»Jätfunktion aktiviert. Durchschnittliche Redelänge bei Start beträgt dreitausend, sechshundert und siebzehn Wörter.«

»Begrüßungen, Witze und unnötige historische Anekdoten ausjäten. Desgleichen Zitate und Statistiken, die nicht unmittelbar der Stützung einer politischen Aussage dienen. Desgleichen Platitüden und falsche Schlußfolgerungen. Desgleichen Wiederholungen von offensichtlichen Tatsachen. Desgleichen Weitschweifigkeiten. Desgleichen irreführende Behauptungen und glatte Lügen, aber zwecks späterer Verwendung markieren.«

»Jätvorgang läuft«, sagte der Computer, und die Sprechblasen schrumpften drastisch zusammen. »Jätvorgang abgeschlossen. Durchschnittliche Redelänge beträgt jetzt zweihundert und sieben Wörter.«

»Unerfüllbare Versprechungen ausjäten und markieren. Außerdem Versprechungen ausjäten, die den Unbestimmtheitstest nicht bestehen.«

»Was ist mein Kriterium für akzeptable Unbestimmtheit?«

»Wollen wir mal nicht so streng sein. Jät alles aus, was weniger als vier Punkte auf der Thatcher-hm-äh-Skala erreicht.«

»Lade THÄ-Parameter. Läuft.« Die Sprechblasen schrumpften zu winzigen Flecken zusammen. »Jätvorgang abgeschlossen. Durchschnittliche Redelänge beträgt jetzt zweiundzwanzig Wörter.«

Lexa nahm einen Laserstift und richtete ihn auf den Kandidaten Harmon Fox. Fox trug die Skelettversion seiner Wahlrede vor: »Im Falle meiner Wahl werde ich die Reichen höher besteuern, den Verteidigungsetat zugunsten von Sozialausgaben kürzen und eine Million Bäume pflanzen.«

Lexa bewegte den Laserstrahl nun auf den Kandidaten Nan Sheffield. »Im Falle meiner Wahl«, versprach Sheffield, »werde ich die Reichen höher besteuern, den Verteidigungsetat zugunsten von Sozialausgaben kürzen und zwei Millionen Bäume pflanzen.«

Wer bietet mehr? Lexa klickte als nächsten Preston Hackett an und war überrascht, die bislang kürzeste Ansprache zu hören: »Im Falle meiner Wahl werde ich die Reichen höher besteuern und den Verteidigungsetat zugunsten von Sozialausgaben kürzen.«

»Nichts von Bäumen?« fragte Lexa.

»Kandidat Hacketts einzige Bezugnahme auf Bäume«, erwiderte der Computer, »war sein Versprechen, die Great Plains aufzuforsten. Diese Aussage ist ausgejätet worden.«

»Füg sie wieder ein. Zurückholen und einfügen.«

»Okay.«

»Jetzt öffne eine leere Seite, Standardspaltenbreite. Füge gekürzte Reden der Kandidaten als Seitenleiste ein, mit genügend Raum für Strichkarikaturen. Arbeitstitel des Artikels lautet: ›Waldesel auf dem Holzweg‹.«

Die nächste halbe Stunde lang tippte sie. Lexas Tastatur, eine mechanische Remington-Rand, Baujahr 1925, war ihr einziges Arbeitsgerät, das nicht hundertprozentig dem derzeitigen Stand der Technik entsprach. Lexa mochte die Härte und den Widerstand der schweren Metalltasten und das Klacken der Typen auf der leeren Walze; unter dem Tastenfeld verborgene Druckkontakte gaben ihre Anschläge an den Prozessor des Rechners weiter. Unter der Leertaste der Remington stand, kalligraphisch mit Tipp-Ex gepinselt, das Motto zu lesen: GUTER ENTHÜLLUNGSJOURNALISMUS GEHÖRT DER VERGANGENHEIT AN.

Bis sie mit ihrem Artikel fertig war, hatte ihre Tochter Sokrates endgültig fertiggemacht und war jetzt dabei, sich anzusehen, wie Bugs Bunny das gleiche mit Elmer Fudd tat. Zuversichtlich, daß Rabis zarte Kinderseele keiner unmittelbaren sittlichen Gefährdung ausgesetzt war, schickte Lexa je eine Kopie ihres Berichts an die Manhattan-Redaktion des *Call* und an Ellen Leeuwenhoek, ihre zur Zeit in Washington arbeitende Starfotografin. Dann befahl sie dem Computer, den Rasen zu harken, ein Kodeausdruck, das eine großangelegte Suche nach interessanten Nachrichten auslöste – wobei die Bestimmung »interessant« durch eine ständig aktualisierte und erweiterte Parameterdatei definiert wurde, die bereits den Umfang eines kleineren Lexikons hatte.

»Erste Meldung«, verkündete knapp dreißig Sekunden später der Computer. Zur akustischen Untermalung war das simulierte Ticken eines alten UPI-Fernschreibers eingeblendet. »Die Regulatorin der Öffentlichen Meinung von Gant Industries hat gerade bekanntgegeben, daß, Zitat, ›unser Projekt zum Schutz des Lebensraums Antarktis aufgrund rücksichtsloser terroristischer Aktivitäten‹, Zitat Ende, auf unbestimmte Zeit verschoben worden ist.«

»Gibt es bezüglich der Versenkung des Eisbrechers schon irgendwelche offiziellen Stellungnahmen aus Washington?«

»Weder der Präsident noch sein Mitarbeiterstab haben sich bislang zu einem Kommentar bereit erklärt. Die Königin von England allerdings, die momentan an einem geheimgehaltenen Urlaubsort weilt, hat in einer Mitteilung an die Presse ihre Genugtuung darüber bekundet, daß Philo Dufresne ›die unehrenhaften Pläne jener unter Unseren amerikanischen Vettern, die vertragsbrüchig an Uns zu werden trachteten, vereiteln konnte‹. Der britische Premierminister ließ dem sofort die Erklärung folgen, ›die Worte Ihrer Majestät dürften unter keinen Umständen als implizite Billigung rowdyhaften Verhaltens mißdeutet werden‹.«

»Schau, ob du irgendwelche eMails aus dem Weißen Haus abfangen kannst, aber geh diskret dabei vor. Und laß es mich wissen, wenn die Queen noch etwas über Philo sagt. Nächste Meldung.«

»Nächste Meldung: Eine Überprüfung der mir zugänglichen Polizeiakten hat nichts Neues bezüglich des Todes von Amberson Teaneck ergeben, auch nichts über eine mögliche Beteiligung eines Gant-Auto-Dieners an diesem Vorfall. Gants Abteilung für Öffentliche Meinung hat sieben Telefonate mit dem für die Untersuchung des Falles zuständigen Morddezernat und fünf weitere mit dem Büro des Polizeipräsidenten geführt und mehrere Faxe verschickt, in denen vor ›unhaltbaren Spekulationen‹ gewarnt wird. Bis zum jetzigen Zeitpunkt hat die Berichterstattung der Medien keinerlei direkte oder indirekte Anspielungen auf einen Gant-Diener enthalten.«

»Druck mir alles aus, was wir über den Fall haben. Und die nächste Meldung, während ich darauf warte.«

»Druckvorgang läuft. Nächste Meldung: Heute morgen wurde Joan Fine, nachdem sie von einer Explosion in der New Yorker Kanalisation überrascht worden war, ins East River General Hospital eingeliefert. Der in der Kanalisation selbst sowie an den Fundamenten der angrenzenden Gebäude entstandene Sachschaden beläuft sich ersten Schätzungen zufolge –«

»Wie geht's ihr?« unterbrach Lexa.

»Der Patientin wurde eine Fleischwunde am rechten Bein genäht und bandagiert sowie eine Antibiotikaprophylaxe verabreicht. Sie wird zur Beobachtung dabehalten, aber die Prognose ist ausgezeichnet.«

»Wie ist ihre Zimmernummer?«

»Zimmer 413. Besuchszeiten neun bis zweiundzwanzig Uhr.«

»Ruf im Krankenhaus an und sorge dafür, daß sie einen Besucherausweis für mich an der Pforte bereithalten.«

»Vorgang läuft«, sagte der Computer. »Meine Suche hat noch weitere Nachrichten ergeben.«

»Halt sie ein paar Minuten zurück. Ich ruf dich vom Auto aus an.«

Das Auto, das Gott fahren würde, wenn Sie einen Führerschein hätte

Nachdem sie das ausgedruckte Material in eine Mappe gelegt und diese in ihre Handtasche gesteckt hatte, gab Lexa Rabi einen Abschiedskuß und empfahl ihr, irgendwann im Laufe des Tages unbedingt ein Nickerchen zu machen. »Dein Vater kommt heute abend zurück, und wenn du ihn mit Toshiro und mir abholen willst, darfst du nicht vorher an Erschöpfung sterben.«

»'kay, Mom«, versprach Rabi und wandte sich wieder ihren Zeichentrickfilmen zu. Im Gästezimmer beugte sich Lexa zu einem etwas längeren Abschiedskuß über die schlafende Gestalt Toshiro Goodheads, der derzeitigen Hauptattraktion des »Chippendale's«, eines Striplokals im West Village. Dann verließ sie die Wohnung und stieg über die steinerne Wendeltreppe drei Stockwerke hinunter zur Straße.

New Bedford-Stuyvesant war ein rund vier Quadratkilometer großes nach King's County verpflanztes Stück marokkanische Kasbah. Lexa und eine Gruppe von Investoren mit vergleichbarem skandaljournalistischem Background hatten ein paar Jahre zuvor beschlossen, wenn sie schon ihr Leben damit zubrachten, an den größenwahnsinnigen Projekten anderer Leute herumzumäkeln, sich wenigstens *ein* Mal selbst an einem größenwahnsinnigen Projekt zu versuchen. Und was hätte nähergelegen als ein stadtplanerisches Vorhaben?

Der traditionelle Kasbah-Stil war behutsam den spezifischen räumlich-geographischen Gegebenheiten des modernen Brooklyn angepaßt worden. Die Straßen von New Bedford-Stuyvesant waren gerader und besser beleuchtet als die labyrinthischen Gäßchen, die sich durch die Altstadt von Marrakesch oder Fes wanden, und breit genug, um Fahrzeugverkehr zu ermöglichen, wenngleich Verbrennungsmotoren streng verboten waren. Die Bevölkerungsdichte war erheblich geringer als in den meisten nordafrikanischen Städten, und nicht weniger als ein Drittel der Gesamtfläche war für Parks und Freizeitanlagen reserviert worden; fast jedes Dach wies einen eigenen Garten auf. Die Gebäude waren architektonisch zwar relativ einheitlich gestaltet – größtenteils von schlichter Würfel- oder Quaderform und in keinem Fall höher als fünf Stockwerke –, aber mit den verschiedensten nur denkbaren Fresken, Zierkacheln und Mosaiken bedeckt. Die Fassade von Lexas Apartmenthaus zeigte den Querschnitt eines Ozeans mitsamt dazugehöriger Fauna: Seekühe und Walrosse, die sich in den Wellen direkt unterhalb der Dachkante tummelten; Delphine, Muränen und gelenkige Sporttaucher an der Außenfront von Lexas Wohnung, im dritten Stock; und so weiter, bis hinunter zu den blauschwarzen Tiefen des Erdgeschosses, wo Tiefseeanglerfische an der silbernen Hand der Fatima vorbeischwammen, die die Eingangstür schmückte. Hinter den leuchtenden Farben und der Beton-und-Ziegel-Fassade verborgen, führte ein modernes Rohrleitungssystem Catskill-Wasser, das man selbst im Jahr 2023 noch bedenkenlos trinken konnte, zu den verschiedenen sanitären Einrichtungen – ein Luxus, den man erst richtig würdigen konnte, wenn man schon einmal über einem maghrebinischen Plumpsklo hockend seiner Amöbenruhr freien Lauf gelassen hatte. Indem sie einen möglichst großen Anteil ihrer Abfälle recycelten und ihre Abwässer zwecks Weiterverwertung als Dünger und Brennstoff in entsprechenden Tanks sammelten, bewahrten sich die Bewohner von New Bedford-Stuyvesant eine relative Unabhängigkeit vom städtischen Kanalisationssystem, was im Zeitalter der May-Teams alles andere als eine schlechte Idee war.

Und dann gab es natürlich die Kuppel. Buckminster Fullers Ideen waren in Rabat oder Tanger zwar noch immer böhmische Dörfer, aber New Bedford-Stuyvesant lag sicher und geborgen unter einer Geodätischen Kuppel. Die einzelnen dreieckigen

Felder der Konstruktion waren durchsichtige Solarzellen, so daß die Kuppel an langen Sonnentagen genug Elektrizität erzeugte, um die zentrale Klimakontrollanlage zu betreiben und bis zu vierzig Prozent des bescheidenen Energiebedarfs der Einwohner zu decken. An bewölkten Tagen war's natürlich eine andere Sache, aber selbst im verregnetsten März verbrauchte das gesamte Viertel erheblich weniger Fremdenergie als ein einzelner Superwolkenkratzer. Bequemer zu begehen war es allemal und, wie Lexa fand, auch bedeutend hübscher.

Ethnisch stellte das Viertel einen bunten Mischmasch dar, wofür nicht zuletzt die niedrigen Mieten verantwortlich waren, die Wohlhabende und Supra-Arme zu Türnachbarn machten. Zerlumpte Überlebende US-amerikanischer außenpolitischer Eskapaden in Syrien und El Salvador wohnten in derselben Straße wie ehemalige gekrönte Häupter aus Bahrain und Katar; reiche Türken, Vietnamesen und Puertoricaner feilschten auf dem Bed-Stuy-Basar mit kambodschanischen und afghanischen Straßenhändlern. Anglos waren vergleichsweise dünn gesät: Weiße Liberale mieden das Viertel in der Annahme, die vielen arabischen Einwohner würden Frauen oder jüdische Nachbarn unterdrücken, während weiße Konservative befürchteten, gekidnappt oder in die Luft gesprengt zu werden. Sie machten also alle einen weiten Bogen um New Bedford-Stuyvesant und kauften sich statt dessen Eigentumswohnungen in Richmond.

Schwarze gab es im Viertel (wenn man von Lexas Tochter Rabi absah, die fast jeder für eine Australierin hielt) keine – jedenfalls keine afrikanischer Abstammung. Man ging allgemein davon aus, daß es östlich des Mississippi keinen einzigen Afroamerikaner mehr gab und daß die wenigen, die von der Seuche verschont geblieben waren, in befestigten Lagern in den Rocky Mountains lebten. Lexa wußte es diesbezüglich zwar ein bißchen besser, aber es stimmte schon, daß das »afrikanischste« Gesicht, dem man in New Bedford-Stuyvesant aller Wahrscheinlichkeit nach begegnen würde, Bluey Kapirigi gehörte, einer australischen Ureinwohnerin, die nach Amerika gekommen war, um die Hauptrolle in verschiedenen Filmen und Miniserien zu übernehmen. Bluey wies eine so große Ähnlichkeit mit der verblichenen Rosa Parks auf, wie man von einer schwarzen

Australierin nur erwarten kann, und flog zweimal im Jahr nach Montgomery, Alabama, um sich dabei filmen zu lassen, wie sie sich weigerte, im Bus ihren Sitzplatz einem Weißen zu überlassen; durch diese einzige Rolle, die sie immer und immer wieder spielte, hatte sie es im ganzen Land zu solchem Ruhm gebracht, daß sie ins Weiße Haus eingeladen worden war und der Bürgermeister von Montgomery ihr die Schlüssel der Stadt ausgehändigt hatte.

Ein kurzer Spaziergang durch den Basar brachte Lexa zur Antiatlas-Moschee, wo sie immer ihr Auto parkte. Der Imam saß auf den Eingangsstufen der Moschee und verzehrte einen verspäteten Lunch; als er Lexa kommen sah, hob er eine Hand.

»Hi, Chef«, sagte Lexa, während sie auf ihn zuging.

»Lexa«, begrüßte er sie. »Dieser Typ hat wieder an Ihrem Käfer rumgespielt.«

»Wann?«

»Keine zehn Minuten her. Ich war oben im Minarett und staubte den Elektrischen Muezzin ab. Als das Auto gehupt hat, ist er abgehauen.«

»War's wieder derselbe Kerl?«

»Ich denk schon. Es sei denn, Autodiebe tragen neuerdings alle blaue Sergeanzüge.«

»Jedenfalls danke fürs Aufpassen«, sagte Lexa. »Ich werd Betsy fragen, ob sie ihn identifizieren konnte.«

Betsy war Betsy Ross, ein 2019er Volkswagen Kazenstein Special Edition. Als Spättwen war Lexa häufig in den »Betsy Ross Saloon« gegangen, eine Frauenbar im Village, und über ihrem Lieblingstisch hatte ein Bild gehangen, das einen geflügelten VW-Käfer zeigte, der über der Skyline von Manhattan Wolken verfolgte. Der Titel des Gemäldes war »Das Auto, das Gott fahren würde, wenn Sie einen Führerschein hätte«. Seit damals hatte sich Lexa gewünscht, einen Käfer zu besitzen, und sie suchte im Prinzip noch immer nach einem guterhaltenen 49er Modell. Morris' Version des Kultautos enthielt allerdings eine ganze Menge zusätzliche Spielereien.

Lexa zog den Stecker des Ladekabels heraus und drückte mit dem Daumen gegen das Fingerabdruckschloß der Fahrertür. »Ich bin von so'm Bullenschwein belästigt worden«, sagte Betsy, als Lexa sich hineinsetzte. Lexa hatte Morris gebeten, dem Auto eine nette weibliche Persönlichkeit zu verpassen, aber er hatte zu der Zeit gerade einen Reprint von *Revolution for the Hell of It* gelesen, und so kam es, daß Betsy Ross ein Abbie Hoffman in Frauenkleidern wurde.

»Faisal hat mir schon erzählt, daß du Besuch hattest«, erwiderte Lexa. »Was hat er gemacht?«

»Hat mir ne Wanze unter die hintere Stoßstange gesteckt. Hättst mal sehen sollen, wie der Scheißkerl gesprungen ist, als ich auf die Hupe gedrückt hab.«

»Hast du'n Foto von ihm gekriegt?«

»Schätzchen, ich hab sogar die Ergebnisse seiner Aufnahmeprüfung am College.« Das Handschuhfach klappte auf, und das eingebaute Color-Faxgerät spuckte das Konterfei eines erschrocken aussehenden blonden Mannes aus. »Ernest G. Vogelsang, Houston Community College Abschlußklasse von 2019, Quantico Abschlußklasse von 2021, zur Zeit als Special Agent für das FBI tätig, Sektion für un-un-amerikanische Umtriebe. Die Feds scheinen dich als Un-un-Amerikanerin auf dem Kieker zu haben.«

»Das ist nix Neues. Was ist nun mit seinen Testergebnissen?«

»Mathe 340, Sprachkompetenz 260. Der Kerl muß ein lausiger Rätselrater sein.«

»Muß wohl. Was meinst du, warum die Feds ihn angeheuert haben?«

»Keinen Schimmer«, sagte Betsy. »Aber willst du'n wahnsinnig komischen Zufall wissen? Der momentane Leiter der Sektion für un-un-amerikanische Umtriebe heißt auch Ernest Vogelsang. Senior.«

»Hm.«

Lexa drückte auf den Anlasser; der Motor sprang mit einem leisen Flüstern an. Das war das einzige, was ihr am Elektrofahren nicht gefiel, wie umweltbewußt es auch sein mochte: Selbst wenn er mit seiner Höchstgeschwindigkeit von hundert Stundenkilometern dahinbretterte, war der Käfer einfach zu leise, fast lautlos. Man fühlte sich, als säße man in einem Caddie-Wagen.

»Weißt du«, sagte Betsy, »wenn du mir die Bio-Crash-Inhibitoren rausnehmen würdest, könnte ich uns ne Menge Zeit sparen und Typen wie Vogelsang einfach *unterpflügen* ...«

»Laß man«, sagte Lexa, »ich hab schon so genug Probleme damit, dich jedes Jahr wieder registriert zu kriegen.«

»Und wer zum Teufel hat dir gesagt, daß ich überhaupt registriert werden möchte?«

Sie fuhren vom Parkplatz runter. Lexa ärgerte sich weiter über das kaum hörbare Betriebsgeräusch des Käfers – aber nicht mehr lange. Betsy hatte ein heimliches Laster: Elektrizität aus der Dose war nicht der einzige Stoff, auf den sie abfuhr. Als sie die Kuppel von New Bedford-Stuyvesant verlassen und sich in den spärlichen Verkehr auf dem Atlantic Parkway eingefädelt hatte, schaltete Lexa auf Methylalkohol um: ein selbstgebranntes Wässerchen, das wie flüssiges Feuer runterging. Das unnachahmliche Brummen innerer Verbrennung pulsierte von Kotflügel zu Kotflügel. Lexa trat das Gaspedal voll durch; die Tachonadel sprang von achtzig auf hundertvierzig. Der kleine Käfer schoß an einem Elektro-Winnebago vorbei und fegte ihn beinahe von der Fahrbahn.

»Halt die Augen nach Radarfallen offen«, sagte Lexa, und Betsy erwiderte: »Das ist ein Wort.«

2004 & 2023: Das himmlische Velodrom

Ein Grund, warum Joan Fine nicht allzuviel vom Realitätsgehalt von Nahtod-Erfahrungen hielt, war der Umstand, daß ihre Mutter eine solche gehabt hatte, und Schwester Ellen Fines Spritztour ins Jenseits war sowohl hinsichtlich ihres Anlasses als auch ihres Verlaufs so bizarr gewesen, daß sie für Joan die ganze Angelegenheit weitgehend diskreditiert hatte.

Die letzte Aktion des Katholisch-Feministischen Kreuzzugs wurde im Sommer 04 gestartet, gerade zwei Monate vor dem Ausbruch der Afrikanischen Pandemie (eine Koinzidenz, auf die der Katastrophenchronist Tad Winston Peller gebührend aufmerksam gemacht hatte, wenngleich ohne den leisesten Hinweis darauf zu geben, worin der Zusammenhang eigentlich bestehe). Mittlerweile hatten die Personalzahlen des römisch-katholischen Klerus weltweit den kritischen Grenzwert erreicht, und auch wenn der Priesterschwund etliche Gründe hatte, wurde die Zölibatsfrage immer wieder als einer der Hauptfaktoren angeführt. Als Anfang Juni 04 ein drittes Vatikanisches Konzil einberufen wurde, verbreitete sich das Gerücht, die Kirche plane endlich, das Verbot der Priesterehe aufzuheben. Die Feministinnen beschlossen, in die Party hineinzuplatzen.

»Du bist übergeschnappt, Mom«, sagte Joan, nicht zum erstenmal. »Das Kardinalskollegium ist ein Haufen chronisch übellauniger alter Jungfern. Selbst dieses klitzekleine Zugeständnis bereitet den Typen Bauchkrämpfe, und was verlangst *du*? Nicht bloß verheiratete Priester. Nicht einmal bloß weibliche Priester. Weibliche Priester, die heiraten dürfen, möglicherweise auch noch untereinander. *Schwangere* Priester. Künstlich besamte feministische Priester-Lesben. Der Papst kriegt'n Herzschlag.«

»O du meine kleingläubige Tochter«, erwiderte Schwester Ellen, während sie angestrengt versuchte, ihren Koffer zuzukriegen. »Das Studium in Harvard hat dich offenbar zum Heidentum bekehrt.«

»Die haben dich exkommuniziert, Mom. Sie werden dich nicht mal reinlassen.«

»Diese Exkommunikation war ein rein politischer Akt.« Es klickte zweimal, als die Riegel des Koffers einrasteten. »Schau, ich akzeptiere die Tatsache, daß du gern die Agnostikerin spielen möchtest, aber ich liebe diese Kirche noch immer. Und ohne *uns* wird sie binnen fünfzig Jahren das Zeitliche gesegnet haben. Sie wird an ihrer eigenen Bedeutungslosigkeit sterben. Der Heilige Vater sieht das nicht ein, das Heilige Kollegium sieht das nicht ein, aber *ich* sehe das, also ist es meine Pflicht als gute Katholikin, da hinzufahren und meine Einsicht kundzutun.« Sie zündete sich eine Zigarette an.

»Ich bin stolz auf dich, Mom«, sagte Joan. »Heidin oder nicht, ich möchte nicht, daß du glaubst, ich wäre nicht stolz auf dich. Aber du *weißt*, daß die dich umbringen werden, oder?«

Die Feministinnen flogen in zwei gecharterten Lufthansa-Jumbo-Jets (Alitalia hatte sich geweigert, sie zu befördern) nach Rom und schlüpften, als Reisegruppe deutscher Biergroßhändler verkleidet, durch die Paßkontrolle. Am nächsten Tag sammelten sie sich im Morgengrauen am Westufer des Tibers, von wo aus sie den Marsch auf den Vatikan begannen. Für diesen besonderen Anlaß hatten sie ihre jeweilige Ordenstracht gegen eine Standarduniform eingetauscht – ein »Sturmhabit«, das ein stolzes Violett mit bescheidenem Material und unauffälligem Schnitt kombinierte. Als sie, siebenhundert Frau hoch, die Via della Conciliazione entlangmarschierten, erinnerten die Feministinnen an eine Militärparade lilagefiederter Pinguine.

Der Apostolische Stuhl war über ihr Kommen informiert worden. Die Pforten der Vatikanstadt standen offen, aber auf dem Petersplatz hatte die Schweizergarde eine leuchtend gelb-rot-blaue Verteidigungslinie aufgezogen, die den Zugang zur Vortreppe der Peterskirche versperrte. Da zu einer solchen Konfrontation eine aufgebrachte Menge gehörte, hatte man rund zweitausend römische Bürger aus ihren Betten geholt und auf die Piazza San Pietro gescheucht, wo sie sich an der Nord- und der Südseite gegen die schwarzgestiefelten Carabinieri drängten, die so taten, als wollten sie sie zurückhalten. Und in der Mitte des Platzes, rund um den Obelisken, wimmelte es von Paparazzi, die in ihren weißen Büßer-Sportsakkos von Gucci und Armani drauflosknipsten, was das Zeug hielt.

In die Staaten übertragen wurde das Ganze von CNN, das ein Kleinluftschiff mit Fernsehkameras über der Peterskirche postiert hatte. Ein einsamer Schweizer war aufs Dach des Gotteshauses geklettert, um das Zeppo zu verscheuchen; nachdem ihm das nicht gelang, versuchte er, es mit einer Armbrust abzuschießen. Sechseinhalbtausend Kilometer und sechs Zeitzonen weiter westlich saßen Joan und Lexa bis nach Mitternacht im »Betsy Ross Saloon« und verfolgten das Drama auf dem Fernsehschirm mit, der über der Bar hing. Als die Nonnen auf den Petersplatz einmarschierten, sah man in der vordersten Reihe Schwester Ellen Fine, eine qualmende Zigarette im Mundwinkel, an der sie aus lauter Nervosität überhaupt nicht zog.

»Die werden allesamt massakriert«, sagte Joan, die ihrerseits eine Marlboro an der vorigen ansteckte. Sie hatte eine Heidenangst und war wütend darüber, daß ihre Mutter ihr Leben für etwas aufs Spiel setzte, was ihr selbst, Joan, völlig belanglos erschien, und dennoch erfüllte sie gleichzeitig ein Gefühl der Bewunderung und der unbändige Wunsch mitzuerleben, daß *doch* Gerechtigkeit geschah: dieselbe Sehnsucht, die sie durch zahlreiche eigene Kreuzzüge hindurchtragen würde, noch zusätzlich durch die Hoffnung bestärkt, daß im Augenblick der Wahrheit jene, die ihre Macht mißbraucht hatten, in sich gehen und nachgeben würden. *Gleich kommt der Papst raus,* dachte sie, *mit offenen Armen, und sagt: »Es ist genug. Wir akzeptieren euch. Es ist keine Gewalt nötig.«* Joan ließ die Perlen ihres Rosenkranzes nicht zur Ruhe kommen; Lexa nahm ihre Hand.

Die Nonnen hatten fast die Vortreppe der Peterskirche erreicht, als das Bombardement begann. An der Jerusalemer Klagemauer hatten orthodoxe Rabbis mit Metallklappstühlen nach jüdischen Feministinnen geworfen, wohingegen sich die römische Plebs an traditionellere Geschosse hielt: Katzenköpfe und Mauersteine. Joans Mutter wurde von einer Nero-Büste getroffen, die sie an der Schläfe erwischte, ihr den Schädel brach und sie auf einem Ohr ein für allemal ertauben ließ.

»Hat gar nicht weh getan«, beharrte sie, als Joan mehrere Wochen später an ihrem Bett saß. »Nur so ein Klingeln, als hätte jemand ein Glöckchen in meinem Kopf angeschlagen, und das nächste war, daß ich auf einem Fahrrad saß ...«

»Einem Fahrrad«, sagte Joan.

»Ich war auf der Außenseite des Himmels«, sagte Schwester Ellen, »und strampelte den steilsten Hang hoch, den du dir vorstellen kannst. Ich hätte überhaupt keine Puste mehr gehabt, nur daß ich gar nicht mehr atmete, also habe ich durchgehalten, und nach einer Ewigkeit wurde der Himmel allmählich flach. Und da war sie, mitten auf einer Ebene voller Sterne, ganz genau so wie in den Geschichten, die Himmelstür: außen mit Perlmutt belegt, innen die Straßen mit Gold gepflastert –«

»Und Petrus bewachte die Tür?«

»Aber ja. Nur, daß er nicht so war, wie frau erwarten würde. Kein weißer Rauschebart, ganz und gar nicht. Er war *jung*, sportlicher Outdoor-Typ, muskulös und ziemlich dunkel ...« Sie verstummte und sah leicht verschämt aus.

»Arme Ellie«, sagte Schwester Judith Calyx, eine feministische Mitstreiterin (sie war ohne einen Kratzer aus der Vatikanschlacht herausgekommen, hatte einen Schweizer flachgelegt und Joans Mutter in Sicherheit getragen; den Papst hatten sie nicht zu Gesicht bekommen). »Sieht den heiligen Petrus, und der Anblick gibt ihr unreine Gedanken ein.«

»Er *war* schön«, gestand Schwester Ellie. »Nicht der Typ, auf den ich normalerweise stehe, um es salopp auszudrücken, aber eine ganz unbestreitbar entzückende, ja köstliche Erscheinung.«

»Vielleicht«, schlug Lexa Thatcher vor, »war es nur die Kraft seiner Heiligkeit, die du gespürt hast.«

»Da hab ich meine Zweifel. Mich hat am meisten beeindruckt, daß er den wahnsinnigsten Hintern hatte, den ich je gesehen habe. Ich hab noch nie gehört, daß der Heilige Geist je *die* Sorte Fleisch geworden wäre.

Jedenfalls habe ich hallo zu ihm gesagt, und er hat zurückgegrüßt und mich gebeten, einen Augenblick zu warten, er müßte nur eben abchecken, wo ich untergebracht werden sollte. Hat dazu keinen Computer benutzt, auch kein Telefon; er hatte hinten, neben der Tür, einen gigantischen Aktenschrank mit Kombinationsschlössern an jeder Schublade und römischen Zahlen auf den Einstellringen, was mir auffiel, und ich sagte mir, wenn das alles nur eine Halluzination wäre, würde ich doch wohl kaum auf ein so komisches Detail achten.« Letzteres mit einem bedeutungsvollen Blick zu Joan, die ihr offensichtlich kein einziges Wort abkaufte. »Dann, während Petrus versuchte, sich daran zu erinnern, ob es XVII nach links oder XVII nach rechts sein sollte, hörte ich ein Keuchen und Ächzen hinter mir, und da sah ich, daß eine Delegation meiner ehrwürdigen Schwestern in Lila mir gefolgt war. Sie hatten die Steigung auf einem Zwölfsitzer-Tandem bewältigt, aber ich sah ihren knallroten Gesichtern an, daß sie für einen Schulbus einen Mord begangen hätten.« Sie tätschelte Schwester Judiths Hand. »Sie blieben in einiger Entfernung stehen, so als wagten sie nicht, näher zu kommen, und winkten mich zu sich heran: ›Hier lang, der Kampf ist noch nicht zu Ende, was hast du's denn so eilig, dich zu verdrücken?‹«

»Also bist du zurück.«

»Allerdings. Obwohl ich zugeben muß, daß ich für einen Augenblick, so vor die Wahl gestellt zwischen Petrus' Hintern und einem Dutzend Schwestern auf einem rostigen Tandem, doch geschwankt habe.« Sie grinste auf sehr unnonnenhafte Weise und wandte sich an Joan: »Und du, mein Heidenkind, du glaubst, daß ich das Ganze nur geträumt habe, nicht wahr?«

»Ich liebe dich, Mom«, erwiderte Joan, »ich achte dich, und du kannst immer auf mich zählen. Aber du hast ne gewaltige Schraube locker.«

Daher also Joans mangelnde Bereitschaft, an Nahtod-Erfahrungen zu glauben. Daher auch eine ganze Menge anderer Eigenarten Joans.

Jedenfalls, als die Sanitäter sie an dem Montagvormittag des Jahres 2023 mit einer Winsch aus der Kanalisation hochzogen, wußte Joan, daß sie nicht tot war – nicht einmal annähernd. Anfangs noch wach, fragte sie während der Fahrt zum East River General, wie ihre Chancen stünden. Die junge Frau, die hinten im Krankenwagen neben ihr saß, lachte und sagte, sie brauche sich keine Sorgen zu machen: Sie habe keine Körperteile eingebüßt und auch keine inneren Verletzungen davongetragen, sie müsse nur da, wo Meisterbrau an ihr geschnuppert habe, ein bißchen zusammengeflickt werden. Joan schloß die Augen und schlief den Rest der Fahrt ins Krankenhaus.

Und träumte, sie fahre auf einem Fahrrad an der Außenseite des Himmels hoch.

Die Steigung war wirklich so übel, wie ihre Mutter erzählt hatte; es kam allerdings erschwerend hinzu, daß Joan noch immer atmete. Als sie endlich die Sternenebene erreicht hatte, auf der sich die ewige Stadt befand, war sie so aus der Puste, daß sie kein einziges Wort herausbekam. Schnaufend, keuchend und paradoxerweise nach einer Zigarette lechzend, ließ Joan das Rad auf die Himmelstür zurollen.

Der heilige Petrus war nicht im Dienst. Dafür aber Joans Mutter, die gegen einen Aktenschrank gelehnt stand und einen riesigen Schlüsselbund an einem Finger herumwirbelte.

»Na, wenn das nicht mein Heidenkind ist«, sagte sie. »Hatte dich heute gar nicht erwartet. Ein paar deiner Arbeitskollegen sind gerade durch, aber du standest gar nicht auf der Liste.«

»Mom ...« fing Joan an, wurde aber durch einen Anfall von bellendem Husten unterbrochen.

»Du rauchst noch? Ich auch, aber die gute Nachricht ist, hier oben gibt's keinen Krebs. Auch keine Tabaksteuer. Und wenn du in ein Restaurant gehst, kannst du qualmen, wo immer es dir paßt.«

Über den Lenker gebeugt, konnte Joan durch das offene Tor eine goldgepflasterte Straße sehen – die allerdings gar nicht so glänzte, wie sie erwartet hätte. Die Architektur war Schweizer Einheitslook, endlose Reihen weißer Chalets aus Kiefernplanken. Joan konnte nicht umhin, sich zu fragen, wie die das wohl schafften, all die Toten ohne Wolkenkratzer unterzubringen. Das höchste Bauwerk, das sie weit und breit sehen konnte, eine stadionartige Konstruktion auf dem Gipfel eines Hügels, war mit einem Transparent behängt, das RADRENNEN JEDEN MONTAG UND DONNERSTAG versprach.

»Hör zu, Joan«, sagte ihre Mutter. »Wo du schon mal da bist... Neulich habe ich ein bißchen in der Hauptverwaltung herumgeschnüffelt, und ich hab ein paar Dinge gesehen, die du wohl besser wissen solltest. Diese Woche gibt's in New York Ärger...«

Drei Häuserblocks vor dem himmlischen Velodrom schlurfte – gejagt von Eddie Wilder, Lenny Prohaska, Art Hartower und einem schmutzverkrusteten alten Mann, bei dem es sich nur um Teddy May handeln konnte – ein Alligator aus einer Querstraße hervor. Er krabbelte bis zur Mitte der Kreuzung, stemmte mit der Nase einen edelsteinbesetzten Gullydeckel auf und versuchte, in die Kanalisation zu entwischen. Aber Eddie Wilder stürzte sich auf das Vieh und packte es am Schwanz.

»... zum einen ein Erdbeben. Die Stärke auf der Richterskala hab ich nicht mitbekommen. Und irgendwas mit den Elektro-Negern. Nimm dich vor den Negern in acht, Joan. Hörst du mir zu?«

»Mom«, keuchte Joan, die es endlich geschafft hatte, sich wieder aufzurichten. »Mom, was tust du da eigentlich mit den Schlüsseln vom heiligen Petrus?«

»Ach, das. Nachdem Judy und ich hier angekommen waren, hat's geringfügige personelle Veränderungen gegeben. Meinungsverschiedenheiten mit dem Management. Es hätte leicht unerfreulich werden können, wie bei dieser Geschichte in Rom, aber am Ende sind wir doch zu einer einvernehmlichen Einigung gelangt.« Sie senkte die Stimme und fügte hinzu: »Die Jungfrau Maria hat für uns Partei ergriffen.«

Ein Jobangebot

Das East River General war an einer Pier unweit der Brooklyn Bridge festgemacht. Das ehemalige Gefängnisboot war während der Pandemie von 04 zu einem kombinierten Kranken- und Leichenschauhaus umfunktioniert worden und diente jetzt als Mehrzweck-Auffangbecken für den in anderen städtischen Einrichtungen chronisch herrschenden Patienten- und Totenüberschuß. Die besondere Lage des Krankenhauses motivierte seine lebenden Insassen dazu, so schnell wie möglich zu genesen: Der East River galt, wenigstens an seinen verschmutzteren Tagen, als hochgradig feuergefährlich.

Als Joan erwachte, zog ein Gemisch aus gefilterter Luft und Desinfektionsmitteln in ihre Nase; vor dem vergitterten Fenster ihres Zimmers erstickte ein vorbeifliegender Vogel gerade im braunen Smog.

»Geträumt?« fragte Lexa, die neben dem Bett auf einem Stuhl saß.

»Geträumt«, stimmte Joan benommen zu. Sie sah, daß ihre Beinverletzung verarztet worden war, während sie mit ihrer Mutter geplaudert hatte. »Und, was gibt's für Schäden?«

»Kaum der Rede wert. Deine Ärztin will später noch eine Blutuntersuchung machen, aber sie meint –«

»Der *Sach*schaden«, sagte Joan. »Was hab ich in der Kanalisation angerichtet?«

»Na ja«, sagte Lexa, »leider war's nicht einfach nur eine Methanexplosion. Wie's scheint, waren auch die Abwässer selbst heute in leicht aufbrausender Stimmung.« Sie las von der Liste ab, die Betsy Ross für sie ausgedruckt hatte. »Zwei Gebäudefundamente unterhöhlt, ein Tunnel teilweise eingestürzt, für weitere fünfzigtausend Dollar – ich zitiere – ›kosmetische Schäden‹, und dein Patrouillenboot sieht so aus, als hättest du es in der Picasso-Werft gekauft. Abgesehen davon treiben noch immer einzelne Feuerpfützen unter der Insel herum, und...« Sie nickte in Richtung Fenster.

»Ich hab den Fluß in Brand gesteckt? Den gottverdammten Fluß in Brand gesteckt?«

»Der Hudson«, sagte Lexa zu ihr, »soll gleichfalls schwelen. Ich möcht ja nicht unhöflich sein, Joan, aber wenn du eine richtige Märtyrerin sein möchtest, dann wäre das traditionelle Prozedere, daß du jemand anderen dazu bringst, dich abzufackeln. Selbstgezündet gilt nicht.«

»Ich will ne Zigarette.«

»Damit hatte ich gerechnet.« Lexa reichte Joan ein Päckchen Marlboro Filter, ein Briefchen Streichhölzer und eine zerbeulte Coladose als Aschenbecher. Das Aufflammen des Streichholzes löste das im Zimmer installierte Karzino-Frühwarnsystem aus: Am Fußende des Bettes erschien das Hologramm eines verärgerten John Wayne, der mit dem Finger drohte.

»Nun aber, Ma'am«, rügte Wayne, »Sie werden doch nicht so dumm sein. Im Krankenhausbereich ist es absolut *verbo* – «

Lexa zog den Stecker des Rauchdetektors heraus. Wayne löste sich mitten im Satz in nichts auf. »So.«

»Weißt du was?« sagte Joan. »Heute morgen hat mir eine Schwarze das Leben gerettet. Eine echte, glaube ich, keine Elektro.«

Lexa sah nicht weiter überrascht aus, aber andererseits sah sie fast nie so aus. »Interessant«, war alles, was sie dazu sagte. »Warum meinst du, daß sie ein Mensch war?«

»Na ja, also erst einmal war sie in der Kanalisation, und ich weiß mit Sicherheit, daß sie nicht zur Behörde gehörte. Und sie war schwarz, ich meine, richtig schwarz. Die dunkelsten Standarddiener sind nur mittelbraun.«

»Mm-hmm«, sagte Lexa, während sie etwas auf den Computerausdruck kritzelte. »Du weißt doch, warum das so ist, oder?«

»Natürlich. Die Marktforschungsabteilung der Öffentlichen Meinung ist zu dem Ergebnis gelangt, daß eine dunklere Hautfarbe Kinder erschrecken würde. Also, außer Harry hat ein Spezialmodell gebaut, es in eine Rüstung gesteckt und aus Versehen in einen Gully fallen lassen, glaube ich nicht, daß diese Frau mit Batterien lief. Und noch eins, sie hatte grüne Augen.«

»Grün?« sagte Lexa. »Hast du schon mal von einem Schwarzafrikaner mit grünen Augen gehört?« Auf den Ausdruck hatte sie geschrieben: »FEDS KÖNNTEN MITHÖREN. LEBENSGEF. NR. 1 LÄSST GRÜSSEN UND DANKT FÜR LETZTE SPENDE AN EARTH FUND. WENN ICH SEINE ÄLTESTE TOCHTER DAS NÄCHSTE MAL SEHE, RICHTE ICH IHR DEINEN DANK AUS.«

»Gutes Argument«, sagte Joan und schnippte Asche in die Coladose. »Vielleicht hab ich sie mir doch nur eingebildet. Wär schließlich nicht das erste Mal, daß jemand da unten in der Scheiße Halluzinationen kriegt.«

»Na, und was willst du anfangen, wenn du hier rauskommst?« fragte Lexa. Sie faltete den Ausdruck zusammen und steckte ihn in einen Minireißwolf, den sie in der Handtasche hatte. »Jobmäßig, meine ich.«

»Keine Ahnung. Nach der Sache heute morgen wird man auf meine weitere Mitarbeit im May Team bestimmt verzichten –«

»Schon passiert. Fatima Sigorski hat dich um 13.12 Uhr mit sofortiger Wirkung vom Dienst suspendiert.«

»– eben, und ein Schreibtischjob bei der Abwässerbehörde wäre ein neuer Tiefstand, also sieht's so aus, als säße ich auf der Straße. Irgendwelche Vorschläge?«

»Haie jagen würde nicht zu deinem neuen Aufgabenbereich gehören ...«

»*Carcharodons*.« Joan lächelte. »Ist schon komisch, erst jahrelang Demos, Petitionen und Proteste, und dann als Harrys Zuhälterin arbeiten ... es hat etwas Erfrischendes, eine geladene Schrotflinte zu tragen.« Noch während sie das sagte, kam ihr das Bild Prohaskas vor Augen, wie er schreiend hinuntergezogen wurde, und ihr wurde plötzlich schlecht.

»Schußwaffen.« Lexa schüttelte den Kopf, während Joan hastig eine große Dosis Nikotin inhalierte. »Ich wüßte wirklich gern, was aus dem schönen Ideal des heldenmütigen *Ausharrens* geworden ist. Langsame, ausdauernde, harte Arbeit – auf die Art kommen noch immer die meisten sozialen Veränderungen zustande. *Und* man hat ne Chance, alt zu werden.«

»Ich hab durchaus vor, alt zu werden, herzlichen Dank. Und du weißt verdammt gut, daß ich Blutvergießen hasse, aber ...«

»... du hast nichts gegen einen schönen Fight.« Lexa lächelte;

das war ein immer wiederkehrendes Thema zwischen ihnen beiden. »Eine Showdown-Schlägerei, ein Augenblick der Wahrheit, und keine Todesopfer, wenn man von einem gelegentlichen Fisch absieht. Eine überzeugte Tierschützerin bist du ja noch nie gewesen.«

»Genau. Und außerdem hab ich das Asyl, und es ist schon ein Trost zu wissen, daß heute nacht zwanzig Leute weniger auf der Straße schlafen, aber es ist nicht genug. Ich brauche Mauern, die ich einrennen kann. Was glaubst du wohl, warum ich Harry geheiratet habe?«

»Jeanne d'Arc.«

Joan zuckte die Achseln. »Na dann schlepp mich eben vor den Richter. Was erwartest du denn, bei *der* Mutter? Ganz zu schweigen von Gordo Gambino.«

»Also, ich brauch keine liberale Mafiosa, und ich brauch keine Jungfrau von Orléans«, sagte Lexa. »Was ich brauche, ist eine clevere Rechercheurin, eine, die gewisse Connections bei Gant Industries hat und die auf sich selbst aufpassen kann.« Sie legte die Mappe mit den Unterlagen aufs Bett. »Ich kann's dir nicht versprechen, aber es könnte gefährlich werden.«

»Worum geht's?«

»Um einen Mord. Amberson Teaneck. Er war der Leiter der Firmenschluck-Abteilung bei Drexel Burnham Salomon. Gerüchten zufolge versuchte er gerade, eine Übernahme von Gant Industries einzufädeln, als er einen plötzlichen Anfall von unnatürlichen Todesursachen erlitt.«

»Du glaubst, daß Harry ihn umgebracht hat? Da käme ja Yogi-Bär noch eher als Tatverdächtiger in Betracht.«

»Hier kommen wir langsam zum interessanten Teil«, sagte Lexa. »Gewisse Indizien sprechen dafür, daß ihn *tatsächlich* kein Mensch umgebracht hat – nicht direkt jedenfalls. Was würdest du dazu sagen, wenn ich dir erzählen würde, daß ein Gant Auto-Diener die Mordwaffe gewesen sein könnte?«

Joan schüttelte den Kopf. »Äußerst unwahrscheinlich.«

»Aber nicht unmöglich?«

Joan zuckte die Achseln. »Ist schon zigmal versucht worden, jedesmal ohne Erfolg, soweit ich weiß. Eine Menge Mörder in spe haben mit dem Gedanken gespielt. Auch Bankräuber.

Aber man kann einen Diener nicht einfach so umprogrammieren wie einen Computer. Sie haben zwar Speicher mit wahlfreiem Zugriff, damit sie sich Instruktionen und Befehle merken können, aber ihre Verhaltensinhibitoren sind durchweg hardwaregesteuert, und die Liste der Dinge, die sie auf keinen Fall tun, ist *ziemlich* lang. Muß auch sein, aus Produkthaftungsgründen.«

»Und nicht einmal ein Genie könnte die Hardware-Steuerung austricksen?«

»Sie gilt als manipulationssicher«, sagte Joan. »Das heißt also, ja, möglich wäre es wahrscheinlich, aber nicht in dem Sinne, daß jeder dahergelaufene Bastler das mit einem Lötkolben hinbekäme. Dazu müßte man den Prozessor aufknacken – was schon für sich ein ziemliches Kunststück wäre, weil er fester verschweißt ist als der Motorblock eines Rolls-Royce –, desintegrieren, neu verdrahten und das Ganze wieder einbauen, das gleiche mit einer Handvoll weiterer Chips machen und außerdem noch etliche verborgene mechanische Sicherungen ausfindig machen und herausnehmen. Was, selbst wenn man die technischen Möglichkeiten und das Know-how hat, die Sache durchzuziehen, eine ganz schön umständliche Methode ist, jemanden um die Ecke zu bringen. Wäre bedeutend bequemer, einfach ein bißchen an den Bremsen vom Auto des Betreffenden herumzuschrauben.«

»Und würde diese Art der Manipulation – CPU umbauen, Sicherungen entfernen –, also wäre die leicht festzustellen?«

»Du meinst, wenn ein ausgebildeter Techniker den Diener nach der Tat untersuchen würde?« Joan nickte. »Ja. Klar. Und wenn man erst mal wüßte, daß sich jemand an dem Ding zu schaffen gemacht hat – und daß es funktioniert hat –, würde die Liste der Verdächtigen schlagartig zusammenschrumpfen. Was ein weiterer Grund dafür ist, daß das nicht gerade das Rezept für den idealen Mord wäre.«

»Unter normalen Umständen«, sagte Lexa, »wahrscheinlich nicht.«

»Aber die Umstände sind nicht normal?«

Lexa stupste die Mappe an. »Du solltest dir das mal durchlesen und mir anschließend sagen, was du davon hältst.«

»Du gibst dir wirklich alle Mühe, mich neugierig zu machen, was?«

»Ich will, daß du den Auftrag übernimmst.«

»Von mir aus, in Ordnung. Aber ich sag's dir noch einmal«, sagte Joan, »wenn das hier wirklich vorsätzlicher Mord war und nicht bloß ein verrückter Unfall, verursacht durch einen Konstruktionsfehler –«

»Oh, das war kein Unfall«, sagte Lexa. »Soviel scheint immerhin sicher zu sein.«

»Dann kann Harry nicht ums Verrecken was damit zu tun haben – gleichgültig, wie gefährlich Teaneck Gant Industries auch hätte werden können. Es ist nicht einmal in erster Linie eine Frage der Ethik, eher, daß er gar nicht auf die *Idee* käme, einen Mord zu begehen. Er denkt einfach nicht in solchen Bahnen.«

»Na schön«, sagte Lexa, »dann besteht dein neuer Job eben darin, herauszufinden, wer in solchen Bahnen gedacht hat. Nur noch eins …«

»Was?«

»Du mußt mir versprechen, daß du keine unterirdischen Sprengungen mehr veranstaltest. Krankenhausrechnungen sind *eine* Sache, aber gegen Kriegshandlungen bin ich nicht versichert.«

4

Die Unabhängigkeitserklärung, das Dokument, durch das die Vereinigten Staaten im Jahr 1776 ins Leben gerufen wurden, stellte fest, daß »alle Menschen gleich geschaffen sind«. Doch die Vereinigten Staaten blieben bis zum Bürgerkrieg die größte Sklavenhalternation der Welt. Kurz nach dem Krieg versuchten die Amerikaner, die Gleichheit Wirklichkeit werden zu lassen, indem sie den 13. Zusatzartikel zur Verfassung *ratifizierten* (in Kraft setzten), der auf dem gesamten Gebiet der Vereinigten Staaten die Sklaverei offiziell abschaffte. Die Stellung der Schwarzen innerhalb der amerikanischen Gesellschaft blieb indes weiterhin ungeklärt.

World Book Encyclopedia

Maxwells Elektro-Bein

Heute war er bloß ein verhaltensgestörter Mittvierziger, der in der öffentlichen Bücherei Unordnung stiftete, aber in seiner Jugend war Maxwell Panzerkommandant gewesen.

Das war im schwarzafrikanischen Freihandelskrieg von 07 gewesen, der zum Ziel gehabt hatte, gewisse Meinungsverschiedenheiten bezüglich der Verwaltung der durch die Pandemie von 04 entvölkerten Gebiete und zugehörigen herrenlos gewordenen Bodenschätze beizulegen. Eine aus amerikanischen, südafrikanischen und europäischen Kontingenten bestehende alliierte Streitmacht schloß sich zur Verteidigung eines demokratischen Rohstoffmanagements zusammen, während die von Terroristen geführte Nordafrikanische Liga den Versuch unternahm, im fraglichen Gebiet eine ungerechte Monopolstellung zu erringen. Rußland hatte genug damit zu tun, sich mit seinen paar verbleibenden Republiken über Menschenrechtsfragen zu einigen, und willigte ein, sich als Gegenleistung für einen Sitz bei den anschließenden Waffenstillstandsverhandlungen aus dem Konflikt herauszuhalten.

Maxwell wurde an die entlang der gebirgigen Grenze zwischen Kamerun und Nigeria verlaufende Westfront geschickt. Der alliierte Schlachtplan sah einen von See her erfolgenden Angriff auf das Nigerdelta und die anschließende Befreiung der nigerianischen Erdölfelder und Kohlengebiete vor. Die für die Invasion veranschlagten Verlustzahlen waren erheblich gewesen, aber die Intervention einer höheren Gewalt machte den Strategien im letzten Augenblick einen Strich durch die Rechnung. Der unerwartete Ausbruch des Kamerunberges wurde irrtümlich für einen Nuklearschlag der Liga gehalten; die Alliierten reagierten prompt mit dem Abwurf von FRED (einer Friedenstiftenden Radioaktivität-Erhöhenden Defensivwaffe) auf die nigerianische Metropole Lagos. Dies hatte zur Folge, daß das Oberkommando der Heeresgruppe West der Nordafrikanischen Liga fast vollständig ausradiert wurde und die stationierten Truppen (die in Wirklichkeit überhaupt keine Nuklearwaffen besaßen) panikartig die Flucht ergriffen. Die alliierte Marineinfanterie landete, ohne auf irgendwelchen Widerstand zu stoßen, und hatte binnen einer Woche das ganze Land samt seiner Nachbarstaaten Benin, Togo, Ghana und Burkina Faso besetzt.

Maxwell kam mit der ihm unterstellten Panzerbesatzung nach Port Harcourt, wo er, während die Bedingungen für die nordafrikanische Kapitulation ausgehandelt wurden, eine Ölraffinerie bewachen sollte. Einen so unblutigen Sieg errungen zu haben störte ihn nicht weiter – wie den meisten Soldaten war es ihm nur recht, wenn sich Kampfhandlungen vermeiden ließen –, aber in *einer* Hinsicht war der Krieg doch eine große Enttäuschung gewesen: Maxwell vermißte die dankbaren Jubelrufe einer befreiten Zivilbevölkerung. Das postpandemische Nigeria besaß keine nennenswerte Bevölkerung mehr, und die paar eingeborenen Weißen waren nach der in Lagos erfolgten Erhöhung der Radioaktivität in keiner rechten Jubelstimmung. Maxwells Hoffnungen, im Fronturlaub ein paar hübsche Tiervideos aufnehmen zu können, zerschlugen sich gleichfalls, als aus Uganda die Nachricht kam, daß das letzte weiße Nashorn der

Welt versehentlich von einer abgetriebenen Mittelstreckenrakete in Mitleidenschaft gezogen worden sei.

Mutlos saß Maxwell auf seinem Panzer vor dem Tor der Raffinerie und träumte von den herrlichen Safaris des neunzehnten Jahrhunderts, als Afrika noch ein so richtig invasionsfreundlicher Erdteil gewesen war. Vielleicht beschworen solche nostalgischen Gedanken das Unglück herauf, denn eines Abends erschien Maxwell ein schwarzer Mann: erschien ganz unvermittelt, wie ein Gespenst, das zwischen den Reihen aufeinandergestapelter rostiger Fässer, die die Zufahrtsstraße zur Raffinerie säumten, lautlos hervorglitt. Der Schwarze war lang und dünn wie eine Bohnenstange, und seine Augen blitzten wie grüne Rasiermesser im Sonnenuntergang. Maxwell hätte nicht verblüffter sein können, wenn ein weißes Rhinozeros zu einem Pläuschchen herangeschlendert wäre. Aber der Schwarze war nicht zum Plaudern gekommen. Zu spät begriff Maxwell, daß das lange Rohr, das der Fremde in den Armen hielt, kein traditionelles Eingeborenengeschenk war, sondern eine Panzerfaust.

»Hey, nicht«, sagte Maxwell und griff nach seinem Gewehr.

Die Rakete zerfetzte den Rumpf des Panzers einschließlich zweier von Maxwells Männern, die im klimatisierten Innenraum Poker gespielt hatten; ein seitlich abstehender Teil des Turms und ein seitlich abstehender Teil von Maxwell wurden glatt abrasiert. Er wachte eine Woche später im Rot-Kreuz-Lazarett in Pretoria wieder auf, wo ein rotbackiger Burenleutnant ihm erzählte, nichtidentifizierte Saboteure hätten die Raffinerie vollständig niedergebrannt.

Er hatte sein rechtes Bein bis zum Hüftgelenk und den größten Teil seines Urogenitalsystems verloren, aber sein linkes Bein war, abgesehen von der großen Zehe, intakt geblieben. »Äußerst asymmetrisch, Max«, meckerte der behandelnde Stabsarzt, »da werden wir wohl was unternehmen müssen.« Der Arzt ersetzte sein abhanden gekommenes Glied durch eine Chrysler-Prothese, ein elektronisch gesteuertes Bein, das zwar ziemlich ungefüge, dafür aber im Oberschenkel serienmäßig mit einem verschließbaren Kühlfach ausgestattet war, das ausreichend Platz für Erdnüsse und ein Bier bot. Maxwells linker Fuß bekam eine Stahlzehe; seine ruinierte Schrittgegend wurde mit einem

Automatischen Skrotum bestückt, einem thermosensitiven Graphitfaserbeutel, der sich, wie das Originalprodukt, je nach Temperatur zusammenrunzelte und ausdehnte und dazu knautschfest war.

Was er allerdings nicht bekam, war ein künstlicher Pimmel. »Tut mir leid«, sagte Maxwells Arzt. Eine Zusatzklausel zur Dritten Verordnung über Kunst und Obszönität im Öffentlichen Dienst untersagte die Verwendung von Bundesmitteln für die Beschaffung von medizinischem oder wissenschaftlichem Gerät, das als Sexspielzeug mißbraucht werden könnte; das Oberste Bundesgericht hatte im Fall »Staat Kalifornien gegen Silver 2005« entschieden, daß künstliche Hoden nach diesem Gesetz zulässig seien, Penisprothesen jedoch ganz eindeutig nicht. Maxwell hätte sich zwar immer noch einen schwedischen Penis für 100000 Dollar zuzüglich Hin- und Rückflugkosten verpassen lassen können, aber die Kriegsteilnehmerfürsorgeverwaltung wäre außerstande gewesen, ihm bei der Begleichung der Rechnung unter die Arme zu greifen. »Mensch, Max«, sagte sein Arzt, »wenigstens haben Sie einen Wahnsinnssatz Eier, hab ich recht? Also Kopf hoch!«

Die psychischen Schäden waren schon schwerer zu flicken. Ein Psychiater der Marineinfanterie bescheinigte Maxwell eine chronische Kriegsneurose und ein »unberechenbares Temperament«. Wieder daheim in New York, rastete Maxwell während des Eignungsgesprächs für seine erste Anstellung als Zivilist plötzlich aus und versuchte, das Maskottchen des Arbeitsamts, eine grünäugige schwarze Katze, zu erdrosseln. Während die Katze sich hinter dem Xeroxkopierer in Sicherheit brachte, klappte die Beamtin ihr Notizbuch zu und sagte: »Nun, ich schätze, die Zeugnisse Ihrer bisherigen Arbeitgeber können wir uns schenken.«

Eine Bleibe zu finden erwies sich als nicht minder problematisch. Die Pandemie von 04 hatte ein wahres Mieterparadies geschaffen, aber Maxwell weigerte sich standhaft, Häuser zu betreten, die durch die Seuche zwangsgeräumt worden waren. Er meinte, es sei besser, obdachlos zu sein, als den Zorn der Toten noch weiter herauszufordern: also hielt er einen sicheren Abstand von der Nordhälfte der Insel Manhattan und übernachtete in Parks, auf Güterbahnhöfen, in U-Bahn-Stationen, in Heizrohrschächten und einmal auch in der Kanalisation (eine Nacht, die ihn drei weitere Zehen kostete). Wann immer es der Kriegsteilnehmerfürsorge *doch* gelang, ihm eine »geisterfreie« Unterkunft zu vermitteln, sorgte sein chronisch kriegsneurotisches Verhalten schon bald dafür, daß er wieder auf die Straße gesetzt wurde.

Irgendwie schlug er sich durch; sechzehn Jahre nach dem Krieg war Maxwell noch immer am Leben. Und gerade in letzter Zeit hatte sich seine Lage ein wenig verbessert. Endlich hatte er ein echtes Dach über dem Kopf, ein Bett, das ihm allein gehörte. Letzten Winter hatte die Leiterin eines Obdachlosenasyls in der Bowery ungerührt zugeschaut, wie Maxwell seine Automatische Blase vor ihr auf den Fußboden entleert hatte. »Falls Sie vorhaben, mich anzuekeln«, hatte sie gesagt und die Asche von ihrer Zigarette geschnippt, »dann werden Sie sich schon etwas mehr anstrengen müssen. Ich wate den ganzen Tag in Pisse; außerdem hat meine Mutter in meiner Kindheit regelmäßig Aussätzige zum Essen eingeladen. Ihr Zimmer ist oben, zweiter Stock links. Ich laß Ihnen dann einen Waschlappen und einen zweiten Satz Bettwäsche raufbringen.« Und auch wenn kein Arbeitgeber ihm gegenüber bislang so tolerant gewesen war, hatte Maxwell mittlerweile sogar eine Art Beruf für sich gefunden – unbezahlt zwar, aber befriedigend, ja geradezu faszinierend.

Er verstellte Bücher in öffentlichen Bibliotheken.

»Ist Ihnen noch nie aufgefallen, daß man in einer Leihbücherei einfach keine Nacktbilder findet?« sagte Maxwell manchmal in der U-Bahn zu wildfremden Leuten und begann zu erklären: »Ich meine, Sie sind ein Kind, Sie kommen in den Stimmbruch, und eines Tages, da fangen Sie an, sich zu fragen, ob Sie in der Bücherei wohl ein Buch mit Nacktbildern finden könnten. Weil, könnt ja sein, daß die aus Versehen eins gekauft haben und in ein Regal gestellt, wo selbst ein kleiner Junge dran käm. Also gucken Sie im Schlagwortkatalog unter ›Erotika‹ oder ›Aktfotografie‹ oder so nach, und es stellt sich raus, die haben tatsächlich ein paar echt heiße Titel drin, wie *Illustrierte Geschichte des pornographischen Films.* Aber wenn Sie dann am Regal die richtige

Standortnummer gefunden haben, sind die Bücher nie da. Scheiße, ja, Sie finden vielleicht eins, wo nur Text drin ist, auf französisch, aber wenn's eins mit richtigen Nacktbildern ist, dann ist es nicht da. Auch wenn der Computerkatalog sagt, es ist am Standort, ist es nicht da. Selbst wenn Sie einen Monat lang Tag für Tag wieder hingehen und nachgucken – wenn Sie im Stimmbruch sind, machen Sie solche Sachen –, es ist nie da. Als wär's entfernt worden. Chirurgisch.

Na, und wissen Sie was, ich hab's rausgekriegt, woran das liegt, nicht bloß in einer bestimmten Bücherei, sondern in jeder beliebigen, in die Sie reingehen. Ich lieg also eines Nachts da auf diesem Haufen Schleim und frag mich grad, wer zum Teufel mir an die Zehen gegangen ist, da hab ich's: Da ist ne Verschwörung im Gang. So Typen überall im Land, ja? Eine geheime Bruderschaft. Die gehen jeden Morgen als erstes in alle Bibliotheken rein, und sie greifen sich alle Bücher mit Nacktbildern drin, bevor jemand anders sie in die Finger kriegt. Die nehmen sie nicht raus, und die stehlen sie auch nicht oder verbrennen sie, die stellen sie einfach nur um. Die tun die Bücher mit Nacktbildern in so langweilige Ecken der Bücherei, stecken sie zwischen die Bücher, die kein Mensch liest. Dann, wenn die Jungs, die im Stimmbruch sind, reinkommen, stehen die Mitglieder der Bruderschaft einfach nur so da und lachen sich ins Fäustchen. Das ist ein sehr wichtiger Job.«

Zwischen Maxwell und den Elektro-Negern bestanden nicht eben die freundlichsten Beziehungen. Die Hauptstelle der New Yorker Stadtbücherei besaß zwei Diener, Eldridge 162 und Bartholomew 75. Eldridge wurde als »Entropiehemmer« eingesetzt, was bedeutete, daß er dreiundzwanzig Stunden am Tag (lediglich mit einer Wiederaufladepause) die endlosen Reihen von Regalen abschritt und mittels optischer Schnellabtastung des eingestellten Druckguts verifizierte, ob sich jeder der insgesamt rund neun Millionen Bände an seinem richtigen Platz befand. Einschließlich derer, die Nacktbilder enthielten. Kein Mensch hätte die erforderliche Geduld und Ausdauer für solch eine geisttötende Aufgabe besessen, aber Eldridge war so effizient, daß Maxwell ganze Regale durcheinanderbringen mußte, nur um ihn ein bißchen aufzuhalten.

Heute war ein neuer Neger im Magazin.

Die registrierten Benutzer der Stadtbücherei hatten in ihren Briefkästen die Mitteilung gefunden, »unsere fröhlichen Helfer Bart und Eldridge« seien zwecks Reinigung und Überholung in die Werkstatt eingesandt worden, und Maxwell hatte zunächst gedacht, er könne zur Abwechslung einmal ungestört operieren. Der Vormittag und die Mittagszeit verstrichen auch tatsächlich völlig glatt, so daß Maxwell in der Zeit mehr als dreißig Bücher umstellen konnte. Dann, um halb vier, begab er sich in die Abteilung für afrikanische Geschichte, um eine geeignete Begräbnisstätte für eine *National-Geographic*-Retrospektive mit nackten Pygmäen zu finden. Er bog um ein Regal, und da war er – war *sie* – und kauerte in einer Ecke der Bibliothek, die an und für sich verlassen sein sollte, am Boden.

An ihr stimmte gar nichts. Das konnte er auf den ersten Blick erkennen. *Schwarze* Haut, um etliche Grade dunkler als Eldridges künstlicher Milchkaffeeton; mittellanges wolliges Haar, weder zu Zöpfchen geflochten noch zusammengebunden, noch in sonst eine der handelsüblichen Standardfrisuren gelegt, sondern *zerzaust*, als ob sie sich normalerweise kämmte, es aber heute vergessen hätte. Auch mit ihrer Kleidung stimmte etwas nicht. Nicht daß die Leute ihre Neger nicht gelegentlich in ausgefallene Sachen steckten, aber die Bibliotheksverwaltung hätte sicherlich etwas Konservativ-Häusliches gewählt, wie ein blumengemustertes Kattunkleid oder Rock und Bluse. Bestimmt nicht rote Turnschuhe mit Klettverschlüssen, eine unförmige schwarze Arbeitshose, eine ebenso unförmige ärmellose Jacke – ja, *ärmellos*, daß ihre Schultern, rund und weich wie echtes Fleisch, bloßlagen –, einen Goldreif am Oberarm und bis zum Kragen reichende grellbunte Ohrgehänge aus Papageienfedern.

Alles falsch, dachte er, *alles falsch*.

Ihre Lippen bewegten sich. Eine Fingerspitze glitt – langsam – über die Rücken einiger Bücher, und ihre Lippen bewegten sich dabei, als redete sie leise mit sich selbst, was Automatische Diener nicht tun. Dann bemerkte Maxwell die pelzige Gestalt, die auf der ihm abgewandten Schulter der Negerin hockte, und begriff, daß die Schwarze mit dem Tier flüsterte. Eine zahme Ratte? Eine sprechende zahme Ratte?

Er ging näher ran. Sie reckte sich nach einem Buch, und Maxwell sah, daß sich an der Vorderseite ihrer Weste keinerlei Marke befand. Das schlug dem Faß den Boden aus.

»Wo ist deine Erkennungsmarke?« fragte Maxwell streng. Sie drehte sich nach ihm um; die pelzige Gestalt auf ihrer Schulter war doch keine Ratte, sondern ein kleiner Biber mit Schutzbrille und -helm, der tatsächlich redete. »Alarmstufe gelb, Seraphina«, sagte er. Maxwell hörte das allerdings nicht, denn inzwischen hatte er ihre Augen gesehen.

Grün. Grüne Augen in einem schwarzen Gesicht.

»Alarmstufe *rot*!« warnte der Biber und klatschte mit seinem Schwanzpaddel der Negerin auf den Rücken. Sie stand auf und zog, als Maxwell schon nach ihr griff, an ihrer Weste den Reißverschluß einer fast unsichtbaren Tasche auf. Etwas Silberblankes und Flinkes biß Maxwell ins Handgelenk. Der stechende Schmerz schien seinen ganzen Arm hinaufzuschießen, so daß er in voller Länge wie von tausend Nadeln gepikt prickelte. Dann baumelte der Arm wie tot an seiner Seite.

Ihre Stirn glänzte vor Schweiß, noch eine Sache, die nicht stimmte. »Du hast mich nicht gesehen«, sagte sie zu ihm. »Du hast mich nie gesehen.«

»Scheiße, und ob ich hab«, sagte Maxwell und holte wieder, diesmal mit dem anderen Arm, nach ihr aus. Sie hatte sich umgedreht und entfernte sich bereits. Es erforderte drei stampfende Schritte seines Elektro-Beines, um sie einzuholen. Diesmal biß ihn der Biber. Das war kein anästhetisierender Stich; es war ein Gefühl, als steckte man die Hand in einen Schraubstock. Maxwell stieß einen Schrei aus und kippte um.

Im Fallen riß er mit der Schulter mehrere Bücher aus dem Regal. Eine *Illustrierte Geschichte des pornographischen Films,* die er erst vor einer Stunde dort versteckt hatte, knallte neben ihm auf den Boden und klappte auf. Als Maxwell einen Moment später wieder zu sich kam, lag er auf der Seite ausgestreckt und starrte fischäugig auf die schwellenden Formen des Hardcorefilmstars Marilyn Chambers (mittlerweile eine Mittsiebzigerin, die im kalifornischen San Luis Obispo das Leben einer Sozialarbeiterin i.R. führte). Die falsche Elektro-Negerin mit dem Biber auf der

Schulter blieb in sicherem Abstand kurz stehen und bedachte ihn mit einem grünen Abschiedsblick.

»Du hast mich nicht gesehen«, wiederholte sie. Dann verschwand sie durch die Wand.

Maxwell drehte durch.

Das Privateste Lesezimmer Von Allen

Geheimgänge waren in der New Yorker Stadtbücherei eigentlich nicht vorgesehen gewesen, aber das kommt eben dabei raus, wenn man ein irisches Architektenbüro beschäftigt.

Als das Empire State Building in der Christnacht 06 mit einem gewaltigen *BOEING!* explodierte, schoß sein Antennenmast wie eine Rakete davon und bohrte sich in den Bauch eines CNN-Kleinluftschiffs, das sich gerade für eine Liveübertragung des 747-Absturzes vor Ort befunden hatte. Die Pilotin blieb tapfer an Bord und sendete ein ununterbrochenes Videosignal an die CNN-Zentrale in Atlanta, während sie in der Hoffnung, eine Notlandung im Central Park zu schaffen, ihr sinkendes Luftschiff zwischen den Wolkenkratzern der Fifth Avenue in nördlicher Richtung steuerte. Auf Höhe der 42nd Street veranlaßte ein Mikrotaifun den Kunststoff-Tragkörper, sich vollends aufzulösen und Pilotin, Gondel und Dachmast aus einer Höhe von zweihundert Metern fallen zu lassen; das letzte Bild, das die Zentrale erreichte, war eine gezoomte Nahaufnahme eines graffitiverschmierten Steinlöwen.

Man sprach davon, die Japaner mit dem Wiederaufbau der Stadtbücherei zu betrauen. Bürgermeister Waldo Twitty war davon überzeugt, daß Japan bereits eine heimliche Mehrheitsbeteiligung an seiner Stadt besaß, so daß es das Vernünftigste sei, vor der offiziellen Übernahme noch so viele Pluspunkte wie möglich zu sammeln.

»Aber Moment mal«, sagte der Dezernent für Bibliotheken und Familienplanung, als er den Kostenvoranschlag des Tokioter Top-Architekten geprüft hatte. »Sagen Sie mir eins, wenn wir die uns zur Verfügung stehenden Mittel in Yen umgetauscht haben, um das hier zu bezahlen, wieviel wird uns für Bücherkäufe übrigbleiben?«

Die Buchhalterin des Bürgermeisters führte einige Berechnungen durch. »Zwei Dollar und fünfzig Cent«, sagte sie.

»Zwei Dollar und fünfzig Cent!« brüllte der Dezernent. »Haben Sie eine Ahnung, was man für zwei Dollar und fünfzig Cent bekommt? Ein Vierteltaschenbuch, das bekommt man dafür!«

Also beschloß man, sich wegen der Architekten an ein ärmeres Land – die USA – zu wenden. Die Brooklyner Firma O'Donoghue, Killian & Snee bot sich an, den ganzen Job, einschließlich der Konstruktion, für etwas weniger als ein Fünftel der japanischen Forderung zu erledigen. Was die ideale Lösung gewesen wäre, wenn man davon absah, daß Josi O'Donoghue und Wirt Killian während eines großen Teils ihrer jeweiligen irischen Kindheit in den unterirdischen Gewölben von Blarney Castle gespielt hatten und nun aus unerfindlichen Gründen meinten, die neue Stadtbücherei brauche einen Geheimgang.

»Wozu soll das gut sein?« fragte der Dezernent sie. »Ich hab nicht vor, dafür Geld auszugeben.«

Sie versicherten ihm, die Entscheidung läge natürlich ganz bei ihm, und bauten dann trotzdem einen Geheimgang ein. O'Donoghue vermischte beim Zeichnen der Pläne metrische und angloamerikanische Maße, um Räume zu schaffen, die auf den Blaupausen nicht in Erscheinung traten, während Killian die Bauarbeiten so geschickt beaufsichtigte, daß nicht einmal der Polier den Trick durchschaute. Als das Ganze fertig war, beschlich nur die argwöhnischsten Bibliothekare und Benutzer gelegentlich das dumpfe Gefühl, daß die Innenräume des neuen Gebäudes irgendwie nicht so recht mit den Außenmaßen übereinstimmten; Maxwell, der ohnehin nur seine Nacktbilder im Kopf hatte, bemerkte überhaupt nichts.

Morris Kazenstein andererseits hatte die Sache bereits bei seinem dritten oder vierten Ausleihbesuch durchschaut. Seine Eltern hatten früher in Israel bei Shin Bet, dem Amt für innere Sicherheit und Abwehr, gearbeitet, und so lag das Lüften von Geheimnissen gewissermaßen in der Familie. Amüsiert erzählte Morris Philo von seiner Entdeckung, und Philo erzählte es seiner Tochter Seraphina, und es war Seraphina Dufresne, die sich jetzt hinter den Wänden der Stadtbücherei bewegte, mit FREUND Biber auf der Schulter und FREUNDin Eichkätzchen, die in ihrer Hosentasche zusammengerollt lag.

Die Lampe an FREUND Bibers Bergmannshelm beleuchtete den Weg. Im Augenblick wäre Seraphina eine normale Taschenlampe allerdings lieber gewesen, eine von der Sorte, die nicht an einem herumnörgelte. FREUND Biber regte sich über sie auf; oder genauer gesagt, die Begegnung mit Maxwell hatte in der Silikonwalnuß, die FREUND Bibers Gehirn darstellte, ein Tadelunterprogramm aufgerufen.

»Hab ich dich nicht gewarnt?« sagte er (mit Ralph Naders Stimme). Er klatschte ihr zur Unterstreichung seiner Worte mit dem Schwanz gegen den Rücken. »Du *darfst* dich in der Öffentlichkeit nicht so auffällig verhalten.«

»Du mußt ja grad reden.«

»*Ich* bin dafür gedacht, in einer Tasche herumgetragen zu werden. Einer Auto-Diener-Standard-Gerätetasche. FREUNDin Eichkätzchen und ich sind in genau der dafür richtigen Größe konstruiert.«

»Ah so«, sagte Seraphina, »und dann kann ich mich in der Öffentlichkeit ganz unauffällig mit einer Tasche unterhalten.«

»Du trägst ein *Namensschildchen.* Du trägst ein *Kleid,* dieses hübsche geblümte aus Kattun, das dir dein Vater geschenkt hat.« FREUND Biber zählte seine Ermahnungen an seiner Pfote ab. »Du machst beim Reden den Mund nicht auf, du *subvokalisierst,* und –«

»*Und* ich trage braune Kontaktlinsen. Und als Zugabe setz ich mir ne falsche Brille mit eingebauter Minivideokamera auf, so daß du was sehen kannst, auch wenn du in der Tasche steckst. Und anschließend schmeiß ich vielleicht Tasche, Brille und Linsen aus dem nächsten Fenster, weil ich hier zu Hause bin und weil es absolut lächerlich ist, diesen ganzen Unfug mitmachen zu müssen, nur um durch sein eigenes Haus zu laufen.«

»Alles andere bedeutet ein Sicherheitsrisiko«, beharrte FREUND Biber.

Sie hatten den Eingang zum Privatesten Lesezimmer Von Allen erreicht, dem Teil der Bibliothek, der als Seraphinas Wohnung fungierte. Sie blieb direkt vor der Tür stehen und versuchte, sauer zu werden, richtig *stinksauer*, wie das jeder normale Mensch an dem Punkt geworden wäre, aber das Äußerste, was sie zuwege brachte, war eine ernstzunehmende Gereiztheit. »Hör ich nicht normalerweise auf dich, wenn ich draußen bin? Hab ich heute morgen in der Kanalisation nicht ein Survival-Suit getragen?«

»Die Antwort auf die erste Frage ist: statistisch, nein. Und heute morgen hatte ich dir gesagt, du solltest überhaupt nicht in die Kanalisation steigen. Es ist gefährlich.«

»Ist dir eigentlich bewußt, was für eine Nervensäge du bist?«

»Nein.« Er nahm ihre Frage wörtlich, wie er alles wörtlich nahm. »Ich bin nicht für Einfühlsamkeit konzipiert. Ich bin für Risikofrüherkennung konzipiert.« Er klatschte wieder mit dem Schwanz. »Risikofrüherkennung und visuelle Sprachrezeption.«

Visuelle Sprachrezeption. Das war der Haken, die Sache, die FREUND Biber mit seinem Babysittergehabe zu einem notwendigen Übel machte. Seraphina konnte nicht lesen. Nicht eben ein seltenes Phänomen im Jahre 2023, aber in ihrem Fall hatte es biologische Ursachen. Möglicherweise irgendwelche chromosomenzerhackenden Schadstoffe in der Luft von Philadelphia, in der Uni Pennsylvania, wo ihre Mutter ihren Vater erstmals aus seinem Amischen-Gehrock gelockt hatte, oder vielleicht ein verdorbener Hot dog beim Wiedersehenspicknick, in dessen Verlauf es, rund neun Jahre später, zu Seraphinas Zeugung gekommen war. Ihr Hör- und ihr Sprechvermögen waren normal ausgebildet, und ihr Wortschatz war überdurchschnittlich groß, aber ihrem Gehirn fehlte die erforderliche synaptische Konfiguration, um graphische Zeichen mit einer Bedeutung zu verbinden. Mosel Kazenstein, der in Albuquerque tätige Neurologe, der die damals siebenjährige Seraphina in der Wüste untersucht hatte, diagnostizierte auf Sorbonne-Dyslexie mit ausgeprägter kortikaler Dysplasie.

»Was heißt das?« hatte Seraphina ihn gefragt.

»Das heißt, daß du nicht lesen kannst«, erwiderte Mosel. Er drückte ein paar Knöpfe an dem tragbaren Computertomographen, den er mitgebracht hatte. »Eine angeborene organische Mißbildung deines optischen Sprachzentrums bewirkt, daß du außerstande bist, bestimmte Arten von visuellen Symbolen, wie Buchstaben und Zahlen, in den Griff zu bekommen.«

»Mein Dad bekommt *Adjektive* nicht sehr gut in den Griff.«

»Das klingt eher nach einem Disziplinproblem«, sagte Mosel. »*Dein* Problem ist organischer Natur.«

»Können Sie das in Ordnung bringen?«

»Ich fürchte, nein. Chirurgisch-plastische Eingriffe an der Großhirnrinde sind noch immer neurologische Zukunftsmusik. Aber mit ein bißchen Geschick kannst du lernen, dich um deine Behinderung herumzumogeln. Du könntest es zum Beispiel mit Blindenschrift versuchen, also mit nichtvisuellen Symbolen, oder mit irgendeinem System von nicht allzu abstrakten Ideogrammen. Und natürlich gibt es allerlei technische Hilfsmittel, die es dir ermöglichen können, bei Bedarf auch mit konventionellem Textmaterial fertig zu werden.«

»Technische Hilfsmittel?«

Mosel zeigte mit dem Daumen auf seinen Neffen Morris. »Krimskrams«, sagte er.

Daher also FREUND Biber, der Schilder und Etiketten für sie las und die Bücher, die sie aus der Bibliothek benötigte, mit einer Leichtigkeit ausfindig machte, mit der kein Handlesegerät auch nur im mindesten konkurrieren konnte; und FREUNDin Eichkätzchen, die ihr aus dem Schlamassel half, wenn sie mal wieder FREUND Bibers Verhaltensmaßregeln ignoriert hatte. FREUND stand für »Fürsorglicher Regenerative-Energiequellen-Unterstützter Nagetierförmiger Datenverarbeiter«, auch wenn es Morris einige Mühe gekostet hatte, Seraphina zu erklären, was ein Akronym sei: »So etwas wie Erfinderlyrik«, sagte er schließlich. Seraphina liebte Lyrik.

Um das Privateste Lesezimmer Von Allen betreten zu können, mußte man den Türgriff auf eine ganz bestimmte Weise anfassen, eine weitere Spielerei der Herren O'Donoghue und Killian, die Seraphina längst in Fleisch und Blut übergegangen war. Innen war der Boden mit glatten Steinplatten belegt, so daß man, wenn man nur auf seine Füße hinuntersah oder mit geschlossenen Augen auf der spartanisch-sybaritischen, mit Gänsedaunen und Wolfsfellen belegten Bettstatt lag, sich vorstellen konnte, man sei wirklich im Studierzimmer eines wahnsinnigen irischen Mönches. Hob man allerdings die Augen, konnte man nicht umhin, das Fenster zu sehen, das eine ganze Wand des Zimmers einnahm – und draußen, direkt vor dem Fenster, war Madagaskar: der aufgeblähte Stamm eines Affenbrotbaums, der, an seiner dicksten Stelle nur von zehn Männern zu umspannen, den Blick auf die und von der Straße vollkommen versperrte. Der Baum hätte eigentlich eine (als Sichtschutz ebenso taugliche) Kerry-Weide sein sollen, aber in der Städtischen Baumschule hatte es eine kleine Verwechslung gegeben, und so war statt dessen dieser klimaangepaßte Baobab geliefert worden. Als man den Fehler bemerkt hatte, saßen die Wurzeln des Baobab bereits unverrückbar tief unter dem Bürgersteig der Stadtbücherei, und jetzt mußten die Verkehrsbetriebe zweimal im Monat Arbeiter mit Kettensägen vorbeischicken, damit der U-Bahn-Tunnel befahrbar blieb.

Zähes Bäumchen. Das einzige, was es noch afrikanischer gemacht hätte, dachte Seraphina, wäre eine Lemurenfamilie gewesen, die auf seinen stämmigen Ästen herumkletterte. Aber Lemuren waren ausgestorben.

Sie setzte FREUND Biber aufs Bett und ließ FREUNDin Eichkätzchen aus ihrer Hosentasche heraus. Aus anderen Taschen ihrer Weste und Hose zog sie die Bücher hervor, die sie vor Maxwells Ankunft hier und da eingesteckt hatte; als sie anfing, sie auf dem Privatesten Lesetisch Von Allen zu stapeln, ging die obere rechte Schublade selbsttätig auf, und eine muntere braune Maus mit Bifokalbrille hüpfte auf die Tischplatte.

»Hallo, FREUND Wühlmaus«, sagte Seraphina.

»Hallo, Seraphina«, erwiderte FREUND Wühlmaus, dessen Nase erwartungsvoll-genießerisch zuckte, während der Bücherturm noch weiter wuchs. »Haben wir einen herrlichen Tag gehabt?«

»FREUND Wühlmaus«, sagte Seraphina, »Wann hatte ich je *keinen* herrlichen Tag?«

»Nie«, sagte FREUND Wühlmaus absolut wahrheitsgemäß. Die andere Hälfte von Seraphinas neurologischer Grundausstattung war nämlich ein abnorm hoher Serotoninspiegel im Gehirn, gepaart mit einem mutierten Hormon – »endogenes Prozac« hatte es Mosel Kazenstein genannt –, das die Wirkung des

Serotonins noch weiter verstärkte. Das bedeutete, daß Seraphina nicht nur Voll-Legasthenikerin, Halbwaise und eines der letzten noch lebenden Exemplare ihrer Rasse, sondern darüber hinaus auch biochemisch außerstande war, sich über auch nur eine dieser Tatsachen zu grämen. Ein guter, durch Suizidhemmung der Selbsterhaltung dienender Wesenszug – namentlich wenn es für sie darauf hinauslaufen sollte, den Rest ihres Lebens als Elektro-Negerin verkleidet zu verbringen –, aber frustrierend: niemals wirklich frustriert zu sein, keine Depressionen zu kennen. Nie ausreichend wütend zu werden, um jemandem eine zu scheuern.

»Ich mach mir darüber Gedanken«, hatte sie einmal Lexa anvertraut. »Nur so zum Spaß, mein ich, das ist das Problem, es ist nie im Ernst. Wäre es für jemanden wie mich nicht naheliegend, den Wunsch zu verspüren, Häuser in Brand zu stecken? Black American English zu lernen, sich als Massai-Krieger zu verkleiden und Weiße über den Haufen zu schießen? In einem Film würde ich das wahrscheinlich tun. Aber das Beste, was ich im wirklichen Leben in der Richtung zustande bringe, sind dumme Streiche.«

»Darin bist du aber *ziemlich* gut«, sagte Lexa zu ihr. »Philo betrachtet dich als eine Extremistin, und er urteilt ja nun nicht gerade von der bürgerlichen Mitte aus.«

»Und das ist die andere Sache, die mir zu denken gibt. Ich sag zu mir: ›Seraphina, du hast einen Hirnschaden, es ist völlig in Ordnung, wenn du so empfindest oder nicht so empfindest.‹ Aber was hat *Dad* für eine Entschuldigung?«

»Du findest, Schiffe versenken sei ein Zeichen von Selbstzufriedenheit?«

»Na ja ...«

»Glaub mir«, sagte Lexa, »dein Vater ist genau so wütend, wie du es gern wärest, aber er leitet aus seiner Wut nicht das Recht ab, das Leiden auf der Welt willkürlich zu vermehren.«

»Na schön, ich werde auch nicht das Leiden willkürlich vermehren«, verkündete Seraphina. »Ich werde die Leute nur absolut tierisch nerven.« Was sie auch tat, und zwar mit nicht geringem Erfolg; erst am vergangenen Wochenende hatte sie einen größeren Coup gelandet.

»Hör mal, das kannst du aber nicht behalten«, sagte FREUND Biber jetzt und zeigte auf das Gemälde, das im Lesezimmer an der Wand hing. »Du *mußt* es zurückgeben.« Es war Leonardos *Mona Lisa.* Das Original. Seraphina hatte es gegen FREUND Bibers hartnäckigste Einwendungen aus einer Sonderausstellung im Metropolitan Museum of Art mitgehen lassen. Die französische Regierung verlangte, daß der ganze Kontinent für eine Leibesvisitation die Hosen runterließ. »Man kann nicht einfach hergehen und anderer Leute Kulturschätze stehlen!«

»Kann man doch«, sagte Seraphina. »*Statistisch* gesehen, kann man. Aber keine Sorge, ich hab vor, sie zurückzugeben.« Sie sah auf Mona Lisas Mund, seit fünfhundertzwanzig Jahren in einem Lächeln erstarrt, und dachte: *Ich weiß, was das für ein Gefühl ist.*

»Du hast etwas Hinterhältiges im Sinn«, sagte FREUND Biber ahnungsvoll. »Etwas Hinterhältiges und wahrscheinlich Gefährliches. Was ist es?«

»Ich sag's dir gleich. Aber zuerst« – ihr Gesicht erhellte sich in echter Vorfreude –, »wie wär's, wenn du mir zuerst eine Geschichte erzählen würdest?«

»Eine Geschichte?«

»Ja. Die von meinen Ururururgroßeltern. Und dem Bürgerkrieg.«

»Ach so«, sagte FREUND Biber, »Die.«

Blau und Grau greift ein

Kite rauchte gerade eine Zigarette, als sie Maxwell schreien hörte. Ein saublödes Pech, daß sie ausgerechnet draußen auf dem Bürgersteig stehen und ihn hören mußte; denn auch wenn das »Sharper Image«, Ecke 41st und Fifth, genau wie jeder andere Laden in Manhattan nikotinfreie Zone war, drückte die Geschäftsführung gewöhnlich ein Auge zu, wenn sie sich ein paar Züge genehmigte oder sich irgendeinen anderen Verstoß gegen die gegenwärtigen guten Sitten gestattete. Sie sah älter aus als zwei x-beliebige Durchschnittssenioren zusammengenommen, ihr fehlte der rechte Arm, und der Mantel, den sie trug – zu gleichen Teilen blau und grau, aus Stücken mehrerer echter Uniformen zusammengenäht –, hatte ein militärisches Flair, das Respekt einflößte, oder zumindest respektvolle Gleichgültigkeit. Leute unter sechzig fügten sich normalerweise ihren Wünschen, ohne weiter darüber nachzudenken.

Aber nicht an diesem Nachmittag. Sie war ins »Sharper Image« gekommen, um sich die neusten Errungenschaften der Technik anzusehen – einer ihrer liebsten Zeitvertreibe. Für Kite, die sich (wie sie behauptete) an eine Epoche vor dem Fernsehen – und damit meinte sie nicht Videoclips, sondern das Fernsehen als solches –, vor dem Radio, vor Fords T-Modell, vor der Entstehung *dieser* Vereinigten Staaten erinnern konnte ... nun, für sie war es ungemein unterhaltend, einfach nur von der Existenz solcher technischen Spielereien wie eines klimatisierten Hundenapfes mit eingebautem subliminalem Erziehungsprogramm ($ 269,95 zuzügl. MwSt.) zu erfahren. Besser als ins Kino gehen – und billiger noch dazu.

Sie hatte ihren Tabaksbeutel auf ein kryostatisches Speichermodul für Zimmerpflanzen gelegt (»Damit die schönsten Wochen des Jahres nicht durch die Sorge getrübt werden, wer den Familienfarn gießt!«) und drehte sich gerade einhändig eine Kippe, als der Abteilungsleiter sie auf die Schulter tippte.

»Das da ist kein Aschenbecher, Ma'am«, sagte der Mann. »Es ist ein hochempfindliches Lebenserhaltungsgerät und ziemlich teuer.«

»Norman Lao« verriet das Namensschildchen an der Brusttasche seines Hemdes. Etwas an seinen Gesichtszügen rief eine Erinnerung aus längst vergangenen Zeiten in ihr wach.

»Lao«, sagte Kite. »*Lao.* Sie haben nicht zufällig Vorfahren aus Michigan, Lao?«

»Rauchen ist in den Verkaufsräumen nicht gestattet, Ma'am«, beharrte Lao. Kite schenkte ihm ihr gütestrahlendstes Großmutterlächeln.

»Keine Ausnahmen für eine harmlose alte Frau ...«

»*Keine* Ausnahmen, Ma'am.«

»... und Kriegsteilnehmerin?« Sie erhob die Stimme ein bißchen: »Unionsarmee vom Potomac, 1861 bis 1864. Auch kurz im Standing Bear Cherokee Platoon der Konföderierten Armee gedient. Nur damit Sie Bescheid wissen.«

Lao zeigte ihr den Ausgang.

Also zündete sie sich ihre Zigarette draußen an und dachte an den Ur-Lao: Untergefreiter Ting Lao vom 2. Michigan-Bataillon, der ihr vor hundertneunundfünfzig Jahren ihren Spitznamen verpaßt hatte und der, nebenbei gesagt, ein gewaltiger Raucher vor dem Herrn gewesen war. Aber diese Zeiten waren lange vorbei ... Jetzt kam ein berittener Verkehrspolizist des Weges, roch Kites Rauch und drohte mit dem Finger. »Schlimme, schlimme Angewohnheit«, sagte er.

Drüben vor der Stadtbücherei fing ein Mann an zu schreien. Unbekümmert hielt der Verkehrsbulle an, um einem falsch parkenden Transporter einen Strafzettel auszustellen. Der schreiende Mann brüllte aus Leibeskräften.

»Ach, Maxwell«, sagte Kite und warf ihre Zigarette in den Rinnstein. »In was für einen Schlamassel bist du *diesmal* geraten?«

Es war die Sorte Schlamassel, die Menschenmengen und Sondereinsatzkommandos anzog. Nachdem er sich von irgendwoher ein Elektrisches Tranchiermesser besorgt hatte – vielleicht verlieh die Stadtbücherei neuerdings auch kleinere Haushaltsgeräte, Kite wußte es nicht –, hatte Maxwell einen der steinernen Löwen bestiegen, das Messer an die Stromversorgung seines Elektro-Beins angeschlossen und angefangen, sich als öffentliches Ärgernis zu betätigen. Das Tranchiermesser war auf die niedrigste Geschwindigkeit eingestellt, ein kaum hörbares Summen, aber das Berserkergebrüll, mit dem Maxwell damit herumfuchtelte, genügte, um Zuschauer anzulocken und sie zugleich in respektvollem Abstand zu halten.

Während Kite sich durch die Menge der Gaffenden drängte, fuhr ein Streifenwagen vor. Ein Neger in Blau stieg hinten aus. Er hatte ein pausbäckiges Gesicht mit Grübchen, in dem ein Hauch Abgebrühtheit mit der Niedlichkeit eines Teddybären gepaart war; seine Plakette wies ihn als Powell 617 aus. Die Zuschauer jubelten, begierig, etwas Action mitzubekommen. Powell erwiderte ihren Willkommensschrei mit einem Arbeiterkampfgruß: »Solidarität, Mann!« Der Fahrer des Streifenwagens zeigte auf Maxwell und sagte: »Schnapp ihn dir, Junge!«

Schlecht. Kite wußte, wie Maxwell auf Neger reagierte. Aber

als sie sah, wie er rittlings auf dem Steinlöwen saß, kam ihr eine Idee.

Powell 617 setzte eine Miene grimmigen Mitgefühls auf, während er auf Maxwell zuging. »Immer mit der Ruhe, Bruder«, empfahl er. »Ich weiß, das Leben kann manchmal ein richtiger Scheißhaufen sein, aber Gewalt ist *keine Lösung.*« Er hielt die Hände in einer »Bleib-cool«-Geste offen vor sich erhoben; in der Mitte beider Handteller befand sich eine fleischfarbene Metallscheibe, die nichttödliche Stromstöße verabreichte. Powell 617 war ein wandelnder Elektroschocker. Er benutzte das Wort »Scheißhaufen« immer und immer wieder, wie eine lindernde Salbe für Maxwells Aggressivität, obwohl Maxwell ihn erst zur Kenntnis nahm, als er fast auf Festnahmedistanz herangekommen war.

»Laß mich die Farbe deiner Augen sehen!« sagte Maxwell plötzlich und schaltete das Elektrische Tranchiermesser auf volle Leistung.

»Ruhig, Bru –«

Die Menge teilte sich und bildete eine Gasse, durch die ein Rotschimmelwallach mit den Kennzeichen der New Yorker Verkehrspolizei galoppierte. Die einarmige Reiterin gab sich alle Mühe, ihre Attacke mit einem Original Rebellenkampfschrei zu würzen, aber sie hatte nur kurze Zeit bei den Konföderierten gedient und war außerdem seit sechzehn Jahrzehnten aus der Übung. Sie ritt geradewegs auf den Elektro-Polizisten zu und trieb ihn zurück; die eingebauten Verhaltensinhibitoren hinderten Powell 617 daran, irgendwelche Maßnahmen zu ergreifen, die zu einer Beschädigung des Pferdes, das städtisches Eigentum war, hätten führen können. Er fuchtelte hilflos mit den Armen herum.

»Was ist das?« krächzte Maxwell. »*Kavallerie*? Wo zum Teufel ist mein Panzer?«

Kite, die keine Zeit zu verlieren hatte (der nicht mehr berittene Verkehrsbulle war ihr, wutschnaubend, dicht auf den Fersen), zog einen altertümlichen Colt unter ihrem Mantel hervor. Ein einziger Schuß, und die Klinge des Tranchiermessers zerbrach klirrend. Das schien Maxwell wieder zur Besinnung zu bringen.

»Kite!« sagte er. »Was treibst du denn hier?«

Sie bellte ihn an: »Schaff deinen Arsch auf diesen Gaul, Maxwell! *Mach* schon!«

Maxwell stieg auf den Kopf des Steinlöwen und schwang sich von dort auf den Wallach, was in Anbetracht der Steifheit seines Elektro-Beins und der noch immer nicht vollständig abgeklungenen Lähmung seines Arms keine geringe Leistung darstellte. Die Zuschauer spendeten begeisterten Beifall; als der Fahrer des Streifenwagens Anstalten machte auszusteigen, um Powell zu helfen, hielten zwei Frauen mit Schutzhelm, selbst ehemalige Armeeangehörige, die Autotür zu. Powell 617 fuchtelte weiter mit den Armen herum.

»Stopp!« schrie er. »Lassen Sie die Waffe fallen, geben Sie das Pferd frei! Sie haben noch immer die Chance, zu einem nützlichen Mitglied der Gesellschaft zu werden. Wir haben engagierte Psychologen, die Ihnen helfen können!«

Kite warf einen Blick über die Schulter. Der Verkehrsbulle pflügte sich durch die Menge und kam rasch näher; er hatte Schlagstock und Dienstrevolver gezogen. »Keine Zeit für Psychologie heute«, sagte Kite und ließ die Zügel gegen den Hals des Pferdes klatschen. Powell 617 sah sich gezwungen, den Weg freizugeben.

»Ein derartiges Verhalten zersetzt das gesamte Gemeinwesen«, warnte Powell. »Aber letzten Endes schaden Sie am meisten sich selbst. Verbrechen *zahlt* sich nicht aus.«

Maxwell warf Powell den Griff des Elektrischen Tranchiermessers vor die Füße.

»Einen schönen Tag noch, Scheißhaufen«, sagte er.

Der Stamm mit den grünen Augen

Seraphina Dufresnes kostbarster Besitz war ein tragbarer Kazenstein-Wissensspeicher, ein brotbüchsengroßer Brocken elektronisches Gedächtnis mit einer Speicherkapazität von umgerechnet mehreren Bibliotheken. Sein widerstandsfähiges Gehäuse erinnerte an einen Safe oder ein Bankschließfach, und das entsprach durchaus seiner Bestimmung: als dauerhafter Behälter für so viel afrikanische und afroamerikanische Geschichte zu dienen, wie Seraphina nur herbeischaffen konnte. FREUND Wühlmaus war das Eingabegerät: Sobald er seinen dünnen Schwanz direkt in den Hauptspeicher gestöpselt hatte, wurde er zu einem Omni-Datenbus, der mit wahrer Unersättlichkeit sämtliche Informationen verschlang, die Seraphina ihm lieferte – Bücher, Tonaufzeichnungen von Liedern und oraler Literatur, Dokumentarfilme und -videos, Fotos, und was immer sie sonst noch an Fragmenten der Vergangenheit ausleihen oder stehlen konnte. Während die Input-Phase lief, stellte sich Seraphina immer einen Tresorraum aus brüniertem Chrom vor, der sich langsam mit Diamanten und Rubinen füllte; ob und wann jemand kommen würde, um die Edelsteine zu bergen, wußte sie nicht, aber zumindest lag der Schatz in Sicherheit.

Morris hatte gesagt, er arbeite an einigen möglichen Anwendungen für das angehäufte Wissen, aber solange er nicht mit einer besseren Idee aufwartete, war Seraphina vollauf damit zufrieden, es zum Geschichtenerzählen zu benutzen. Sie schloß den Wissensspeicher an einen maschinellen Interpreter an und den Interpreter an die FREUNDe, die dann eine Art volkstümliches Historienspiel aufführten: eine dramatisierte Wiedergabe des von ihr jeweils ausgewählten Themas. FREUND Biber mußte alle Schurkenrollen spielen. Schurken und Helden gab es in diesen Historienspielen mehr als genug – nicht zuletzt, weil der Interpreter keinerlei Versuch unternahm, das Quellenmaterial nach tendenziösen Tendenzen zu sichten.

»Ich bin John Mercier«, fing FREUND Biber an, der mit einem unter seinem Schwanz eingestöpselten seriellen Kabel eine ziemlich alberne Figur abgab. »Ich bin der böse Aufseher der Slocum-Plantage, der häßlichste Mann auf der Welt. Ich habe schiefe haarige Zähne, und ich stinke wie das Hinterende eines Mastschweins.«

FREUND Wühlmaus trat vor; er hielt seine Pfötchen so vor seiner Brust, als spannte er unsichtbare Hosenträger oder hakte die Daumen in die Knopflöcher einer eingebildeten Jacke. »Ich bin Neptune Frost«, sagte er, »ein Freigelassener aus Boston, ein Schüler überzeugter Abolitionisten und ein großer Verehrer John Browns und der ehrenwerten Miss Harriet Beecher Stowe.

Als ich eines Nachts über das Boston Common ging, trat ein Mann auf mich zu und sprach mich auf die Farbe meiner Augen an. In demselben Augenblick, als ich stehenblieb, um ein paar Worte mit ihm zu wechseln, bekam ich von hinten einen Schlag über den Kopf. Als ich wieder zu mir kam, lag ich, gefesselt und geknebelt, im Stauraum eines Schiffes, unterwegs zu einem Leben als Sklave in North Carolina.«

FREUNDin Eichkätzchen trat als letzte vor. Ihr hatte Morris keine Sprachfunktion einprogrammiert, deswegen mußte ihr Gefiepe und Gekecker zwecks Übersetzung an den Interpreter zurückgegeben werden. Ein Plastikkügelchen flüsterte Seraphina akustische Untertitel ins Ohr: *Ich heiße Carrie Slocum. Ich wurde von einem fernen Ort, dessen Name verschollen ist, verschleppt und zur Slocum-Plantage gebracht. Die Leute sagen, daß in meinen Augen die Farbe jenes fernen Landes weiterlebt.*

FREUND Biber packte FREUND Wühlmaus am Ellbogen. »Daß du mir keinen Ärger machst, du ›Freigelassener‹! Ein Widerwort, und ich peitsche dir den Rücken zu Brei. Wenn ich's mir recht überlege, könnte ich dir direkt den Rücken zu Brei peitschen, nur um nicht aus der Übung zu kommen.« Er verstummte und musterte FREUND Wühlmausens Augen. »Hmmm ... ein Nigger mit grünen Augen. Wo hab ich das schon mal gesehen?« Er blickte über die Tischbühne hinweg auf FREUNDin Eichkätzchen, dann schleppte er FREUND Wühlmaus zu ihr hinüber. »Morgen fängst du mit der Arbeit auf den Feldern an«, sagte FREUND Biber und verpaßte FREUND Wühlmaus einen rüden Klaps auf den Hintern, »aber heute nacht hast du eine andere Aufgabe. Dieser Gomer Van Wort von der Hayes-Plantage gibt andauernd mit seinen Mandingos an, also wirst *du* mir einen Stamm von grünäugigen Niggern machen, um ihn Bescheidenheit zu lehren. An die Arbeit!« Er trat einen Schritt zurück; der Computer simulierte das Geräusch einer Schuppentür, die zugeschlagen und von außen verriegelt wird.

Die prospektiven Begründer des Stammes mit den grünen Augen starrten sich gegenseitig schüchtern an. FREUND Wühlmaus ergriff als erster das Wort: »Ich gehöre nicht hierher«, sagte er, »und bin empört über diese offenkundige Geringschätzung unserer Rasse und des weiblichen Geschlechts. Desungeachtet muß ich gestehen, daß Ihr das schönste Gesicht habt, das mir je begegnet ist; und ich fühle mich auf eine Weise berührt, wie ich es noch nie zuvor erlebt habe.«

Ihr seid aufgeblasen und hochmütig, erwiderte FREUNDin Eichkätzchen, *wie die Pfauen auf Missy Slocums Gartengesellschaften. Ihr sprecht komisch. Aber ich fühle mich auch von Eurem Anblick berührt. Was mir später noch leid tun wird.*

Das Geräusch von fernem Geschützfeuer. FREUND Biber stand aufrecht da und strich sich über einen unsichtbaren Bart. »Ich bin Master Abraham Lincoln«, verkündete er, »und ich werde so lange Blitze auf den Süden regnen lassen, bis die Plage der Sklaverei ein Ende findet. Ich rufe alle anständigen Männer auf, sich meiner Sache anzuschließen.«

FREUND Wühlmaus nahm Haltung an. »Ich werde diesem Rufe folgen!« rief er. »Hört, Carrie Slocum: Ich werde nicht als Sklave um Euch werben. Doch ich gelobe, zu entfliehen und mich nach Norden durchzuschlagen, um mich der Unionsarmee anzuschließen, und wenn ich als Befreier zurückgekehrt bin, werde ich Euch zu meiner Frau machen.«

Laßt mich mit Euch fliehen, sagte FREUNDin Eichkätzchen.

»Nein«, sagte FREUND Wühlmaus. »Euer bisheriges Leben, in Unwissenheit und Sklaverei verbracht, hat Euch nur ungenügend auf eine solche Reise vorbereitet; meine Erfolgsaussichten werden besser sein, wenn ich allein ziehe. Doch ich schwöre bei meinem Leben, daß ich zu Euch zurückkehren werde.«

Ohne sich auf weitere Diskussionen einzulassen, verneigte sich FREUND Wühlmaus und gab ihr einen Abschiedskuß. Dann floh er. FREUND Biber rief mit seiner John-Mercier-Stimme aus: »Halt, Nigger!« Es ertönte ein einzelner Schuß, dann das Sirren eines Querschlägers, was »danebengetroffen« bedeutete; simuliertes Hufgeklapper verklang in der Ferne; FREUND Biber fluchte. FREUNDin Eichkätzchen sprach: *Man sollte mich als Närrin steinigen. Ein irrer Nigger aus dem Staate Baa-ston hat mein Herz geraubt, und mein Leben wird nie wieder das sein, was es war.*

Und so nahm eine lange Familienchronik ihren Anfang – eine Geschichte, die sich, über sieben Generationen, bis zu Flora Daris, Studentin an der Uni Pennsylvania, fortspann (selbst braunäugig, trug sie ein rezessives Gen wie eine köstliche

Perle in sich), die später einem verwirrten schwarzen Amischen namens Philo ihre philadelphische Gastfreundschaft antragen sollte. Aber Seraphina sah sich selten die ganze Geschichte am Stück an.

Neptune Frost erreichte unversehrt Washington, D.C., und schloß sich bald darauf der Unionsarmee an. Seine Kriegsabenteuer und sein Aufstieg vom Brennholzsammler zum Sergeanten eines Negerpelotons waren von einem Corporal Cato Spelman aufgezeichnet worden, einem jungen ehemaligen Sklaven, der in Neptune die lang ersehnte Vaterfigur sah, und so legte FREUND Wühlmaus in diesem Teil der Geschichte eine Reife an den Tag, die ihm Carrie Slocum gegenüber noch gefehlt hatte. Carrie leistete ihren Beitrag zur Kriegsanstrengung, indem sie einen systematischen Vergiftungsfeldzug gegen John Mercier führte, dem sie zerstoßenes Glas und allerlei Hexenkräuter ins Essen mischte. FREUND Biber wand sich und grunzte in einem imaginären Nebengebäude, preßte sich die Hände auf den von Geschwüren zerlöcherten Magen und flehte irgendwann den Tod an, ihn von seinen Martern zu erlösen. Aber der Aufseher war noch immer am Leben, als Neptune Frost im Winter 1864 endlich auf die Plantage zurückkehrte (»Er kam mit Feuer und einem Schwert«, schrieb Cato Spelman; in ihrer eigenen Schilderung dieses Tages, die der Bundesschriftstellerverband in einer Tonbandaufzeichnung aufbewahrt hatte, bemerkte Carrie Slocum, daß Neptune durch das Soldatenleben sogar noch dreister und hochfahrender geworden war... doch daß es sie trotzdem überglücklich machte, ihn wiederzusehen). Nach einem erbitterten Zweikampf vor den Toren der Plantage schnitt Neptune John Mercier mit seinem Säbel mitten entzwei. »Aaarghhh!« schrie FREUND Biber und starb; FREUND Wühlmaus hastete an der Leiche vorbei, seine Braut zu suchen. Der Computer spielte ein romantisches Thema, zu dem sich die Liebenden, endlich vereint, in die Arme sanken.

Ich werde einen Sohn zur Welt bringen, sagte FREUNDin Eichkätzchen voraus. *Durch diese eine Nacht. Einen Sohn mit grünen Augen.*

Sie umarmten sich; die Musik schwoll abermals an.

»Sergeant Frost!« schrie FREUND Biber, wieder auf den Beinen, in der Rolle des getreuen Corporal Cato. »Aufwachen, Sergeant! Robert hat Soldaten im Wald ausgemacht, direkt südlich von hier!«

»Rebellen?«

»Indianer, Sergeant. Unter dem Kommando von zwei weißen Rebellenoffizieren. Robert sagt, es seien insgesamt keine dreißig Mann, und sie wissen nicht, daß wir hier sind.«

»Dann können wir sie überfallen.«

Nein! warnte FREUNDin Eichkätzchen. *Ihr dürft nicht gehen! Heute nacht habe ich geträumt, Ihr würdet von einer als Soldat verkleideten weißen Frau getötet werden. Ihr habt ihr den Arm abgerissen, aber sie legte Euch Silber auf die Augen.*

»Es war nur ein Traum«, erklärte ihr FREUND Wühlmaus. »Die Sklaverei ist vorbei. Es besteht kein Grund mehr für Angst oder abergläubische Befürchtungen. Von nun an wird alles anders.«

Bleibt ...

»Cato hat eine Bibel mitgebracht. Sobald ich vom Überfall zurück bin, können wir heiraten.«

»Das reicht für heute«, sagte Seraphina.

Blumen von Harry

»Warum ist ein Pferd im Gemeinschaftsraum?« fragte Joan Fine, als sie an dem Abend nach Hause kam.

Kite war in der kleinen Küche, die sie sich mit Joan und drei anderen Heimbewohnern teilte, und versuchte gerade, eine Emu-Bulette in der Mikrowelle zu garen. Ihre Technikbegeisterung machte vor Gebrauchsanweisungen halt; sie drückte Knöpfe aufs Geratewohl und ließ das Fleisch grau werden.

»Fortschritt«, sagte Kite kopfschüttelnd. »Ich erinnere mich an einen der letzten festen Jobs, die ich überhaupt hatte, als Straußen-Cowboy auf einer texanischen Ranch, direkt nach der Jahrtausendwende. Jeden Samstag nachts saßen alle Jungs unter den Sternen, tranken und brieten armlange Keulen auf dem Holzkohlengrill – die einzig richtige Zubereitungsweise. Nach dem Essen rauchten wir eine Runde und versuchten, uns einen Namen auszudenken, unter dem sich das Fleisch verkaufen ließe – etwas, was appetitlicher klänge als ›Strauß‹. Das war natürlich, bevor die Australier den Markt mit ihren eigenen großen Vögeln überschwemmten und uns aus dem Geschäft drängten.« Sie ließ die graue Bulette in den Müllschlucker fallen. »Wie kommst du darauf, daß ich irgend etwas von einem Pferd im Gemeinschaftsraum weiß?«

»Nur so'n Gefühl«, sagte Joan. »Wieder mal Maxwell?«

»Maxwell«, bestätigte Kite. Weitere Erklärungen waren nicht nötig; Joan sagte »Aha«, und Kite wechselte das Thema, indem sie an dem Strauß Rosen roch, den Joan mit nach Hause gebracht hatte. »Für mich?«

»Für mich. Von Harry. Sind im Krankenhaus abgegeben worden, gerade als ich dabei war, mich entlassen zu lassen.«

Kite hob eine Augenbraue. »Dann hattest du also vermutlich auch einen aufregenden Tag.«

»Drei Leute sind aufgegessen worden, darunter auch dieser grüne Hinterwäldlerjunge, der wahrscheinlich nie hätte von Maine wegziehen sollen, und ich hab beim Versuch, den Fisch, der's getan hatte, umzubringen, einen Sachschaden von gut einer Viertelmillion Dollar gebaut. Und wie sich rausstellt, hab ich ihn nicht mal erwischt. Steht in einer Schlagzeile von der *Post*, die ihn allerdings für einen Alligator zu halten scheint: KILLER-REPTIL ÜBERLEBT EXPLOSION. Ich dachte, ich würde mit dem Schock ganz gut klarkommen, aber als ich das in der U-Bahn gelesen habe, ist es mir hochgekommen. Also haben wir heute nacht einen Killer-*Carcharodon*, der irgendwo in Brooklyn in einem Auffangbecken herumschwimmt, und einen Pendler mit vollgekotztem Anzug, der einen Haß auf mich hat. Ach, und eh ich's vergesse ...« Sie zeigte Kite den Biomonitor, den sie am Handgelenk trug. »Die Ärzte haben mich nur unter der Voraussetzung vorzeitig gehen lassen, daß ich ihnen versprach, meine Lebensfunktionen im Auge zu behalten. Wenn das Ding mitten in der Nacht anfängt zu heulen, dann bedeutet es, daß ich mir irgendwas gefangen habe und entweder vor Fieber verglühe oder mich in Krämpfen winde; wenn du das also hörst, wäre ich dir sehr verbunden, wenn du die 911 anrufen würdest. Aber vielleicht solltest du dann vorher besser das Pferd verschwinden lassen.«

»Du Ärmste«, sagte Kite. »Du brauchst ne Zigarette, wie?«

»Dringendst.«

Sie stiegen hinauf aufs Dach. Das fünfstöckige »Fine-Bowery-Heim« war ursprünglich, 1870, als ganz normales Hotel gebaut worden; eine Kupferplakette in Joans Schlafzimmer bat den geschätzten Gast, das Licht nicht auszublasen, ohne das Gas abzudrehen. Während des Ersten Weltkriegs hatte man auf dem Dach ein Gewächshaus errichtet, um darin einen Siegesgarten anzulegen. Die in nächster Umgebung aufschießenden Wolkenkratzer und der damit einhergehende Rückgang direkter Sonneneinstrahlung hatten das Gewächshaus Mitte der vierziger Jahre in ein Gewelkhaus verwandelt, was es auch geblieben war, bis Joan 2018 das Gebäude kaufte. Sie hatte das trockene Gestrüpp hinausbefördert, Pflanzenleuchten installiert, ein paar Liegestühle aufgestellt und Blumen gepflanzt.

Hier in diesem kleinen Garten Eden machten sie und Kite ihre häufigen Zigarettenpausen. Die zwölf langstieligen Rosen, die Harry geschickt hatte, verschwanden schier inmitten der zahllosen echten Tulpen, Osterglocken, Schwertlilien, Vergißmeinnicht, Lupinen und so weiter; ebenso ging der Geruch von Kites und Joans Rauch im mannigfaltigen Gemisch von Düften unter. Der Sensor der Klimaanlage stellte das Vorhandensein von Schadstoffen in der Luft fest und schaltete sofort auf doppelte Leistung.

»Ist Pferdediebstahl noch immer ein Kapitalverbrechen?« fragte Kite neugierig.

»Florida ist der einzige Bundesstaat, in dem überhaupt noch für was auch immer die Todesstrafe vollstreckt wird. Aber ich bezweifle, daß Pferdediebstahl *legalisiert* worden ist – selbst in Nevada.«

»Ah so«, sagte Kite und wechselte noch einmal das Thema. »Ich habe mich heute morgen wieder um einen Job beworben.«

»Als Jockey?«

»Sehr witzig. Bei Gant Construction, um ehrlich zu sein.«

Joan lachte. »Du willst Harry helfen, New Babel zu bauen?«

»Hättest du was dagegen?«

»Nein. Aber was haben die gesagt?«

»Das übliche. Kaum sagst du den Leuten, daß du hunderteinundachtzig Jahre alt bist, wollen sie dich nicht mehr einstellen.

Ich hab versucht, denen klarzumachen, daß ein gesetzlich festgelegtes Rentenalter nur dann einen Sinn hat, wenn man stirbt, bevor man seine ganzen Ersparnisse aufgebraucht hat. Keinerlei Verständnis.«

»Ich wette, wenn du an Harrys Mutter rankämst, würde sie dir bestimmt einen Job geben. Sie war ein richtiger Bürgerkriegs-Fan.«

»Du bist immer noch der Meinung, ich sei genauso verrückt wie Maxwell, stimmt's?«

»Nicht mal meine Mutter war so verrückt wie Maxwell«, sagte Joan. »Aber hunderteinundachtzig Jahre halte ich tatsächlich für ein klein wenig übertrieben, ja.«

»Na dann los. Frag mich was.«

»In Ordnung. Wer war der Vizepräsident während Lincolns erster Amtszeit?«

Kite zuckte die Achseln. »Wer erinnert sich schon an Vizepräsidenten? Das ist eine blöde Frage.«

»Das ist die Frage, die ich jedesmal wieder stelle. Du könntest ja nachschlagen.«

»Und mich unglaubwürdig machen? Meine Unwissenheit sollte doch hinlänglich beweisen, daß ich ehrlich bin.«

»Meinst du, ja?«

»Denk an die Evangelien, Joan. Woher wissen wir, daß Matthäus, Markus, Lukas und Johannes ehrliche Menschen waren? Weil ihre Schilderungen vom Leben Jesu einander widersprechen. Wenn sie nämlich in allen Einzelheiten übereinstimmten, *dann* hätten wir Grund, argwöhnisch zu sein.«

»Wenn du dich also in allen Einzelheiten an die 1860er Jahre erinnern würdest, dann wüßte ich, nach derselben Logik, daß du eine Betrügerin bist. Die Tatsache, daß du das nicht tust, beweist, daß du damals wirklich gelebt hast.«

»Exakt.«

»Das ist wahre Theologie«, sagte Joan und zündete sich eine neue Zigarette an. »Hast du dir nicht mal überlegt, dir einen gefälschten Ausweis zu besorgen? Du könntest behaupten, du seist erst sechzig. *Reife* Sechzig.«

»Eher würd ich zurück nach Texas. Oder mir wieder einen Schambeutel umschnallen, wenn ich nichts anderes zu verbergen hätte als mein Geschlecht. Diese Runzeln hab ich mir ehrlich verdient.«

»Was hieltest du dann davon, mir ein wenig zu helfen?«

Kite schüttelte den Kopf. »Ich hab's bei der Abwässerbehörde schon mal probiert. Dasselbe Problem.«

»Seit heute nachmittag arbeite ich nicht mehr in der Kanalisation«, sagte Joan. »Ich habe einen Auftrag von Lexa.«

»Die Lexa, die die Zeitung herausgibt?«

Joan nickte. »Sie hat mich gebeten, ein bißchen Detektiv für sie zu spielen. Kann möglicherweise gefährlich werden. Du könntest mir assistieren.«

»Um was ginge es denn dabei?«

»Eine Verschwörung.«

»Eine Verschwörung«, staunte Kite. »Na, es ist schon ziemlich lange her, daß ich in eine verwickelt war.«

»Du wärst also interessiert?«

Die greise Soldatin zündete sich eine Zigarette an, beugte sich vor und sagte: »Erzähl mir alles darüber, meine Liebe.«

5

Auch mit dem Geld ist es heutzutage ein ganz anderes Problem als in den sechziger Jahren. Ökonomie ist heute eine wichtige Sache; wir brauchten uns damals nicht groß damit abzugeben. Es gab einen unglaublichen Wohlstand in den Sechzigern, und wenn man sich mit 40 Dollar die Woche durchschlagen mußte, war's auch okay. Alle haben zusammengelegt, man kam bei irgendwem unter, und die Sache war erledigt...

Abbie Hoffman in der Rutgers University, 1988

1969: Der sonderbare Einsatz des »Anium Otters«

Außer der Anarchie, des Hochverrats und der Gemeinheit auf hoher See war Philo Dufresne von manchen auch des Antikapitalismus bezichtigt worden. Während es nun aber zutraf, daß er die vielen Auswüchse des Kapitalismus, wie halbstündige, als redaktionelle Beiträge getarnte Werbespots, von Herzen verabscheute, hatte er durchaus nichts gegen Privateigentum oder Profitstreben als solches. Selbst radikale Umweltschützer erwarteten schließlich, für ihre Bemühungen bezahlt zu werden; selbst jenes Häuflein Tugendhafter, das die erforderlichen Mittel und Ideale besaß, um auf materielle Entlohnung zu verzichten, profitierte letztlich vom Gefühl, seine Sache gut erledigt, eine heilige Mission erfüllt zu haben. Und seelisches Kapital war und blieb Kapital, auch wenn es keine Renditen abwarf.

Und dann war da ja noch die »Yabba-Dabba-Doo«. Nicht nur ihre Unterhaltung, die mehr harte Währung erforderte, als ein Kommunist selbst in seinen kühnsten Träumen je hätte hoffen können aufzubringen, sondern ihre ganze Entstehungsgeschichte: denn so gern Morris Kazenstein auch behauptete, er habe das Unterseeboot vom ersten bis zum letzten Bolzen selbst konstruiert, verdankte die »Yabba-Dabba-Doo« ihre Existenz einem der kostspieligsten dummen Streiche des zwanzigsten Jahrhunderts. Einem *kapitalistischen* dummen Streich.

Howard Hughes hatte sich die Sache während der paranoiden Abbauphase seiner Sterbejahre ausgedacht. Nachdem er einen Dokumentarfilm über Kryptozoologie gesehen hatte, die Wissenschaft von Tieren, die an Orten auftauchen, an denen sie eigentlich nichts zu suchen haben, schmiedete Hughes den Plan, klammheimlich eine Herde Känguruhs von Australien in die Badlands von South Dakota zu verpflanzen. Irgendwie gelangte er zu der Überzeugung (wobei der jahrelange Kodeinmißbrauch auf die eine oder andere Weise mitgewirkt haben mochte), das Auftauchen von Känguruhs am Stadtrand von Rapid City müsse einen »internationalen kryptozoologischen Zwischenfall« auslösen, dessen Aufklärung die US-Regierung Millionen von Steuergeldern kosten würde, was zu einer Überbeanspruchung der Staatskasse und damit einhergehend zu drastischen Gehaltskürzungen in der Bundessteuerbehörde führen würde. Hughes haßte Steuern, und der Gedanke an Finanzbeamte, denen wegen einer Handvoll Beuteltiere das Weihnachtsgeld gestrichen wurde, machte ihn vergnügter als ein Eimer Hustensaft.

Im Frühjahr 1968 rief Hughes Melvin Dummar an (einen freundlichen Tankwart aus Utah, der ihn einmal mitgenommen hatte, als er durch die Wüste getrampt war) und eröffnete ihm seinen Plan. Dummar fand auch, das sei ein genialer Einfall, meinte allerdings, die Sache erinnere ihn an einen Roman – den er zwar nicht direkt gelesen, von dem er aber gehört habe –, in dem mormonische Kanalarbeiter unter den Straßen von Salt Lake City gegen Albino-Alligatoren kämpften. »Ein Roman?« fragte Hughes und gelangte mit wenigen opiatbeflügelten Gedankensprüngen zu dem Schluß, die Feds seien ihm irgendwie auf die Schliche gekommen, hätten seine Absichten durchschaut und prompt in Buchform veröffentlicht, um ihm ihr Wissen hämisch unter die Nase zu reiben. Er fragte Dummar, wie der Verfasser des Buches hieß, und Dummar sagte es ihm, so ungefähr.

Sofort warf Hughes im fernen Vegas, im Desert Inn Hotel, Konstruktionspläne für ein gigantisches Frachtunterseeboot aufs Papier und beauftragte eine Detroiter Werft, ihm das Gefährt zu bauen. Der Druckkörper des Bootes sollte aus einer Mischung aus Titan und Germanium bestehen, einer ultraharten Legierung, die schlicht unter der Bezeichnung »Anium« patentiert worden war – daher auch der Name des Bootes. Am 30. November 1969 wurde der »Anium Otter« – mit einer Ladung Känguruhs im Bauch und Hughes in der Kommandozentrale – im Eriesee zu Wasser gelassen.

In der Nacht des 8. Dezember (das U-Boot ungesehen durch den New York State Barge Canal zu bringen hatte einige Zeit in Anspruch genommen) wurde an den Finger Lakes ein Marihuanapflanzer namens Thomas Pinch vom Lärm einer Stampede geweckt. In der Annahme (er und Hughes dachten offenbar in den gleichen Bahnen), die Regierung habe von seinen Geschäften Wind bekommen, griff er sich eine Schrotflinte und einen Frotteebademantel und eilte zur Tür seiner Hütte – nur um feststellen zu müssen, daß an die vierzig Känguruhs in seine getarnten Gewächshäuser eingedrungen und inzwischen dabei waren, sich mit seinem einträglichen Kraut den Bauch vollzuschlagen. Als ein besonders großes Beuteltier so angeknallt war, daß es begann, in Thomas Pinchs Richtung schattenzuboxen, rannte der Farmer wieder in seine Hütte zurück – doch nicht so schnell, daß es dem kichernden Hughes nicht gelungen wäre, ein Polaroidbild von ihm zu schießen.

Mit dem ersten Licht der Frühe war die Herde – und mit ihr ein Viertelhektar Wintercannabis – verschwunden, wenn auch nicht spurlos. Thomas Pinch folgte der Fülle von Känguruhtapsern bis hinunter zum Seeufer. Die Fußabdrücke kamen aus dem Wasser heraus; ins Wasser führten sie wieder hinein.

Scheiße, dachte Pinch, *das glaubt mir kein Mensch.* In den Tiefen des Cayuga, vor Taughannock Point, lachte sich Howard Hughes derweil ins Fäustchen und steckte sich einen Joint an.

Die Steuerbehörde lachte als letzte. Über das weitere Schicksal der vierzig Känguruhs ist nichts bekannt, aber nach Hughes' Tod im Jahr 1976 mußte der »Anium Otter« zur Deckung eines Teils der siebenundsiebzigprozentigen Erbschaftssteuer versteigert werden. Der »Otter« wurde von einem gewissen Dobi Khashoggi, dem im Ausland lebenden, aus der Art geschlagenen Cousin dritten Grades des saudischen Waffenhändlers Adnan Khashoggi, zwecks Weiterverkaufs in den Nahen Osten erstanden. Mehrere Wüstenscheichs bekundeten Interesse am Erwerb eines Unterseeboots, aber der mißgünstige Adnan schaffte es, jedes sich anbahnende Geschäft zu sabotieren, bis Dobi vor der ganzen Familie bis auf die Knochen blamiert war. Und so verbrachte Hughes' letztes Geistesprodukt – jetzt eher Klotz am Bein als Otter – die nächsten achtunddreißig Jahre im Motown-Hafen in einem riesigen Faß voll Maschinenöl, bis Morris Kazenstein eines Tages vorbeikam, um es sich anzuschauen. Mittlerweile waren Dobis entehrte Nachkommen nur zu froh, das verdammte Ding loszuwerden – und dazu noch an einen Juden –, und überließen es ihm für einen Apfel und ein Ei.

Der Polaroid-Schnappschuß, den Hughes gemacht hatte, war an Bord des »Otters« vergessen worden und blieb dort auch, solange das Boot auf Eis lag. Irgendwann während der langwierigen Umbauarbeiten, die den »Anium Otter« in die noch größere und noch verrücktere »Yabba-Dabba-Doo« verwandeln sollten, entdeckte Morris das verblaßte Foto im Sehrohrschacht. Er schenkte es seiner Chefmaschinistin Irma Rajamutti, die an der Uni Bombay ihren Abschluß in angewandter Mechanik und exzentrischen Literaten gemacht hatte. Als der Umbau des U-Bootes abgeschlossen war, klebte Irma das Polaroidbild an die Wand des Maschinenraums. Auf die Frage, wer der Typ im Frotteebademantel denn sei, pflegte sie zu antworten: »J. D. Salinger.«

Nachdem er schon einmal gewaltig verwechselt worden war, hätte Thomas Pinch wahrscheinlich nichts dagegen einzuwenden gehabt.

Als Richard Berry and the Kingsmen in Bethlehem auftraten

»Oberflächenkontakte?«

»Staten-Island-Fähre auf zwei-neun-null, Entfernung dreiviertel Seemeile. Verschiedene andere kleine Boote ... da ist eine Polizeibarkasse, aber sie hält auf den East River zu. Freie Fahrt nach Liberty Island.«

»Drittel Fahrt voraus«, kommandierte Philo. »Halt die Ohren offen nach Riesentintenfischen.«

Der ganze Sonarraum roch wie eine Halspastille. Asta Wills hielt sich zur Erinnerung an die Heimat einen Zwergeukalyptus; Philo hatte sich angeboten, auch einen verwaisten Koalabären für sie aufzutreiben, aber sie wollte nichts davon hören. »*Widerliche* Kreaturen«, sagte sie. »Schwitzen Urin und zerlöchern einem das gesamte Mobiliar, ich hab's mit eigenen Augen gesehen.« Sie bekam statt dessen einen Wombat und taufte ihn Basil. Basil, eine schmusige Aussi-Kreuzung aus einem Dachs und einem Murmeltier, hatte den IQ einer Rauhfasertapete, und sein einziges Lebensziel war, sich auf Astas Schoß zusammenzurollen und dort einzuschlafen. Eine Hand in Basils Pelz, die andere an den Schaltern ihres Horchapparates, bewahrte Asta selbst in den angespanntesten Situationen die Ruhe.

»Weder Tintenfische noch Kraken in meiner Reichweite«, sagte Asta. »Nichts, was groß genug wäre, um uns lästig werden zu können. Aber die Rumpfsensoren melden ein reichhaltiges Sortiment von Toxinen im Wasser, nebst einem veritablen Schneegestöber von gebrauchtem Klopapier.« Sie wackelte mit den Augenbrauen und klopfte von einer imaginären Zigarre die Asche ab. »Wenn wir also leckschlagen, nicht schlucken.«

»Dank dir, Asta«, sagte Philo. »Du schaffst es jedesmal, daß ich mich freue, wieder im Heimathafen zu sein.«

»Nimm's leicht, Kumpel. Wir haben heute einen Kontinent gerettet, oder nicht? Außerdem ist das hier immer noch um Längen besser als das Wasser bei mir zu Haus am Bondi Beach.«

»Ist ja wohl kaum ein Grund zum Jubeln.«

»Istanbul!« sagte Osman Hamid, und Morris übersetzte: »Noch zehn Minuten bis zur Piratenbucht, Philo.«

»Okay. Wie sieht das Programm aus, zwei Tage Landurlaub?«

»*Drei* Tage«, sagte Norma Eckland. »Wir hatten uns auf drei geeinigt.«

»Stimmt, drei. Morris, du holst aus meiner Kajüte die Umschläge für die Maschinenraumbesatzung. Die haben ihre Heuer noch nicht bekommen.«

»Ich?« sagte Morris. »Ist nicht Norma mit Auszahlen dran?«

»Nein«, sagte Norma. »Norma ist mit Zum-ausgehen-fertig-Machen dran. Tisch bestellt im Price of Salt.« Sie warf Asta einen Blick zu. »In fünfzehn Minuten auf Deck?«

»Gebongt«, sagte Asta und schaltete ihre Apparate aus. Osman steuerte inzwischen die »Yabba-Dabba-Doo« auf den Sockel von Liberty Island zu, wo sich eine verborgene Druckschleuse öffnete und sie einließ. Nach einer kursorischen Waschung, die es vom gröbsten Dreck aus der Bay befreien sollte, würde das Boot dann in der Piratenbucht auftauchen, einem direkt unter Frau Freiheits Podest befindlichen geheimen Hafenbecken.

Morris schlich aus dem Kommandoraum wie ein zum Tode Verurteilter. Nicht, daß er grundsätzlich etwas gegen das Auszahlen der Heuer gehabt hätte – nur daß jeder Gang in den Maschinenraum für ihn einen Abstieg in den Orkus jüdisch-liberaler Schuldgefühle bedeutete. Abgesehen von Irma Rajamutti bestand die gesamte Maschinenraumbesatzung aus Palästinensern: Oliver, Heathcliff, Mowgli, Galahad und Klein Nell Kazenstein, Morris' Adoptivgeschwister. Für seine Eltern war die Adoption höchstwahrscheinlich etwas wie ein Sühneopfer gewesen – sie hatten die verwaisten Fünflinge aus einer brennenden Moschee in der West Bank gerettet, bei Shin Bet ihren Abschied genommen und Israel fluchtartig verlassen, alles an einem einzigen verrückten Yom-Kippur-Wochenende –, aber sie hatten sich nie die Mühe gemacht, Morris ihre Motive auseinanderzusetzen. Noch nicht ein Jahr aus Tel Aviv weg, hatten sie sich scheiden lassen; Morris und seine Mutter waren in New York gelandet, während sein Vater das Quintett genommen und sich in London niedergelassen hatte, wo sich die adoptierten Kazensteins später selbst ihre Namen aus *Nortons Geschichte der englischen Literatur* aussuchten. Sie führten dort ein angenehmes und friedliches Leben, wuchsen in einem riesigen Haus an der

Themse auf und gingen zu gegebener Zeit alle nach Oxford; aber Jung Morris sah zu Hause in Manhattan CNN-Berichte, in denen israelische Soldaten auf den Straßen Ostjerusalems Kinder erschossen, und erreichte die Volljährigkeit im Bewußtsein, seine Brüder und seine Schwester müßten ihn hassen.

Er irrte sich: Genaugenommen hatten sie keinerlei besondere Meinung von ihm, waren sie doch alle mit ihrer jeweiligen Promotion hinlänglich anderweitig beschäftigt. Aber keines von ihnen war sich zu schade, aus seinem unangebrachten Wiedergutmachungsbedürfnis Kapital zu schlagen, insbesondere dann, wenn selbiges zur Finanzierung eines laufenden Forschungsprojekts beitragen konnte. Als Morris sie also zu einer geheimen Zusammenkunft in ein Cambridger Pub einlud und ihnen Posten auf der »Yabba-Dabba-Doo« anbot, öffnete Heathcliff das moralische Salzfaß und nahm die Wundbehandlung in Angriff.

»Ich möchte sichergehen, daß ich dich richtig verstanden habe«, sagte Heathcliff. »Du sagst, wenn wir dein Angebot annehmen, tragen wir dazu bei, daß *unser Volk* ein menschenwürdigeres Leben führen kann. Darf ich das dahingehend verstehen, daß du beabsichtigst, dieses Unterseeboot in den Dienst des Kampfes um die Errichtung eines souveränen palästinensischen Staates zu stellen?«

»Oh, nein nein nein«, entgegnete Morris erschrocken. »Unsere Mission ist rein ökologisch motiviert und streng gewaltlos. Oder, na ja, *mehr oder weniger* gewaltlos. Ich meinte damit einfach nur, daß eine sauberere Welt eine sauberere Welt für *alle* ist – Juden wie Araber.«

»Aber die Araber«, merkte Heathcliff an, »werden in den Maschinenraum verbannt. Schwere körperliche Arbeit. Obwohl sie nicht weniger Vollakademiker sind als irgendein Jude auf dem Schiff.«

»Verbannt? Ist es das, was ihr glaubt – daß ich euch *verbannen* will? Hey, Leute ... hey. Irrtum. Mißverständnis. Das ist *überhaupt* keine schwere körperliche Arbeit, im Gegenteil, das Schöne an der Gesamtkonzeption des Bootes ist –«

»Schon gut«, sagte Klein Nell und setzte ein tragisches Gesicht auf, das noch den ärgsten Hardliner der Knesset zu Tränen gerührt hätte. »Wir sind's gewöhnt, die größten Entbehrungen zu ertragen. Und stark unterschätzt zu werden.«

»Moment, Moment, hab ich ... ich hab doch nicht ... Tut mir leid. Also ...«

Sie heuerten alle an, aber erst nachdem sie Morris einen solchen Schuldkomplex eingeimpft hatten, daß er stante pede daranging, den Maschinenraum zu automatisieren, und er automatisierte ihn so gründlich, daß man kaum einen Finger krumm zu machen brauchte, damit alles ordnungsgemäß funktionierte. Er richtete ihn außerdem so komfortabel ein, daß nur wenige überhaupt auf die Idee gekommen wären, mehr als einen Finger krumm zu machen. So verbrachten die palästinensischen Kazensteins ihre Zeit auf See genau so, wie sie sie als Dozenten in Oxford zugebracht hätten – nur mit mehr Muße und einer besseren Bezahlung: erlesene Weine schlürfend, lesend und gelegentlich einen gelehrten Aufsatz oder zwei verfassend.

Mit der Zeit begriff Morris zwar, daß er schamlos ausgenutzt wurde, aber diese Einsicht verstärkte seine Schuldgefühle nur noch. Denn schließlich – wenn er wirklich der ehrlichen Meinung gewesen wäre, daß seine arabischen Geschwister Menschen wie jeder andere auch waren, dann hätte es ihm doch keinerlei Probleme bereiten dürfen, ihnen zu sagen, sie möchten sich zum Teufel scheren; seine Unterwürfigkeit war der beste Beweis für seine Vorurteile. Er hätte mit der Faust auf den Tisch hauen sollen, das war ihm klar, aber die Angst, zu weit zu gehen, ins andere Extrem zu verfallen und zu einem wirklichen Despoten zu werden, lähmte ihn vollkommen. Seine Brüder und seine Schwester taten natürlich ihr Bestes, um ihn nicht aus dieser mentalen Zwickmühle herauszulassen.

»Hi, Geschwister«, sagte Morris, der nur zögernd wie ein schüchterner Butler vor der Luke des Maschinenraums stand. »Zahltag, ist das nicht toll?«

Die Fünflinge saßen an einem schmucklosen Spieltisch, spielten Cribbage und taten so, als langweilten sie sich, langweilten sich *zu Tode*; sie hatten ihn kommen hören. Nur Heathcliff sah auf, Heathcliff, der in den letzten Monaten eine gewisse Ähnlichkeit mit dem verblichenen Jasir Arafat entwickelt hatte.

Er strich sich über den Dreitagebart und schnurrte: »*Morris.* Komm herein und trink einen *Kaffee* mit uns, Morris.«

Morris erbleichte. Sie ließen ihn sowieso nie einfach gehen, ohne ihm vorher gehörig Stress gemacht zu haben, aber eine Einladung zum Kaffee war ein besonders schlimmes Vorzeichen. Mißtrauisch trat er an den Spieltisch, hielt ihnen die Lohntüten hin und versuchte, höflich abzulehnen: »Sind nur noch fünf Minuten bis zur Bucht ... ich kann wirklich nicht bleiben.«

»Nun«, sagte Mowgli, ohne den Blick von seinen Karten zu heben, »fühl dich zu nichts *verpflichtet.*«

»Wirklich«, fügte Klein Nell hinzu, »es besteht keinerlei Notwendigkeit, unsere Gastfreundschaft anzunehmen. Wir sind ja schließlich nicht blutsverwandt.«

»Obwohl«, sagte Oliver, »dein Vater uns natürlich immer mit Respekt behandelt hat.«

Wenig später, als Morris vor einer dampfenden Tasse am Tisch saß, sagte Heathcliff: »Weißt du, worüber wir uns gerade unterhalten hatten?«

Das was nicht schwer zu erraten. »Palästina?«

Heathcliff nickte. »Wir hatten Erinnerungen nachgehangen. Der alten Zeiten, gut und schlecht, gedacht, unserer Kindheit in der West Bank ...«

»Heathcliff, ihr wart noch nicht mal ein Jahr alt, als Dad euch nach London gebracht hat.«

»Ja, die West Bank«, fuhr Heathcliff fort, als habe Morris überhaupt nichts gesagt. »Trotz Ausgangssperre stahlen wir uns nach Einbruch der Dunkelheit oft aus dem Haus und kletterten, unbemerkt von den israelischen Soldaten und Panzern, auf einen nahe gelegenen Hügel. Es gab da einen Mann, der auf dem Hügel wohnte, er war der älteste Mann in unserem Dorf, und wir besuchten ihn gern. Er hieß, äh ...«

»Mohammed ... Brown«, sagte Galahad.

»Ja, ja, der herrliche Mohammed Brown. Lang, lang ist's her ...«

»Heathcliff«, sagte Morris, »du warst damals noch kein Jahr alt. Wie konntest du auf einen Hügel klettern und jemanden besuchen, wenn du noch nicht einmal laufen konntest?«

Heathcliff runzelte die Stirn und blickte wehmütig drein, als wollte er sagen: *Du kannst mich natürlich jederzeit einen Lügner schelten.* Morris verstummte beschämt. Heathcliff fuhr fort: »Mohammed besaß ein Radio. Vor der Besetzung war er ein reicher Mann gewesen, aber jetzt war das Radio sein einziger Luxus. Wir hörten bei ihm immer BBC ... ich meine Radio Bethlehem. Nach Mitternacht brachten sie Rockmusik.«

»Rockmusik?« Morris zuckte zusammen; jetzt waren alle Augen auf ihn gerichtet. »Ihr werdet doch nicht etwa singen, oder, Leute? Ihr wißt doch selbst, daß ihr leicht die Kontrolle verliert, wenn ihr singt ...«

Heathcliff rührte in seinem Kaffee. »Wir konnten den Gesang nicht immer verstehen, wegen der bellenden Hunde draußen und des ununterbrochenen Stampfens von Soldatenstiefeln. Wir haben uns unsere eigenen Texte ausgedacht. Irma, du weißt, an welches Stück ich denke ...«

Morris schaute in die Richtung, in die Heathcliff genickt hatte, und sah jetzt erst, daß sich Irma Rajamutti an das Barockcembalo des Maschinenraums gesetzt hatte. Sie ließ ihre Fingergelenke knacken und hämmerte eine vertraute Akkordfolge in die Tasten: *Dámm-damm-damm, damm-dá, dámm-damm-damm, damm-dá* ... Galahad und Oliver fielen klatschend und stöhnend ein, während Mowgli mit den Fingern schnippte.

»Douie, Douie«, sang Heathcliff, wie Jasir Arafat seinerzeit wohl gesungen hätte, wenn er ein Rockmusiker gewesen wäre, »Pe Ell Oh, wir wolln nen Staat ...«

Klein Nell jammerte: *»Jei-jei-jei-jei-jei ...«*

»Douie, Douie, wir weichen nicht, wir wolln nen Staat ...«

»Jei-jei-jei-jei-jei ...«

Sie fingen an, sich auf ihren Stühlen zu winden. Morris versuchte zu fliehen, stolperte aber über einen Perserteppich und schlug längelang hin. Die vier Ecken des Teppichs wurden gepackt und in die Höhe gerissen. Morris flog auf und nieder, auf und nieder, wie auf einem Trampolin.

Mowgli übernahm die erste Strophe: »Mit Sy-ri-en ma-chen wir nen Deal, Vanessa Redgrave ... dámm-damm-da-a ...«

»Leute!« flehte Morris. »Leute, um Himmels willen, die Palästinenserfrage ist schon vor Jahren gelöst worden! Wenn ihr nicht mit Dad nach London gezogen wärt, dann hättet ihr inzwischen Anspruch auf die israelische Staatsbürgerschaft! Ihr bekämt vielleicht sogar das Wahlrecht zuerkannt! Leute ...«

»*Wir wolln nen Staat!*«

»*Jei-jei-jei-jei-jei* ...«

»*Intifada!*« schrie Heathcliff, und während Klein Nell das Solo auf der E-Sitar übernahm, wurde der Perserteppich ruckartig gestrafft. Aus einer der Plastikröhren, die kreuz und quer an der Decke des Maschinenraums verliefen, starrte ein blauer Hamster neugierig auf den ungefiederten Vogel, der auf ihn zugeschwebt kam; resigniert verschränkte Morris die Arme vor der Brust und konnte nicht umhin zu denken, daß Golda Meir sich eine solche Behandlung nie hätte gefallen lassen.

Aber andererseits hatten ihre Eltern auch keine Kinder adoptiert.

Mehr alte Musik

»Gott, würd ich Janis Joplin gerne vögeln!« sagte Betsy Ross.

Im Radio von Lexas Käfer lief der Klassiksender WKRK. Für die allmontagabendliche Ur-Oldie-Hitparade hatte der DJ eine DAT-Kopie von »Me and Bobby McGee« aus der Mottenkiste geholt.

»Ich wette, es gibt noch ein paar Senioren, die durchaus den gleichen Wunsch haben«, sagte Lexa und schaltete in den Dritten. »Was die Verwirklichung desselben angeht, sehe ich allerdings gewisse Hindernisse, und ganz besonders, was dich betrifft, Bets.«

»Na ja«, sagte Betsy und knirschte mit dem Getriebe, »das war natürlich nur bildlich gesprochen ...«

Toshiro Goodhead vollführte auf dem Rücksitz wilde Verrenkungen. Da er eben von der Arbeit kam, war er, abgesehen von weißen Manschetten und einer schwarzen Fliege, von der Taille an aufwärts nackt und versuchte gerade, in eines von Lexas Harvard-Sweatshirts hineinzukommen. Von Geburt an klaustrophobisch veranlangt – der neunmonatige Zwangsaufenthalt im Mutterleib hatte sich bei dem eingefleischten Exhibitionisten traumatisch ausgewirkt –, geriet Toshiro schon in Stress, wenn er nur in einem kleinen Auto sitzen mußte, geschweige denn, wenn sein Kopf dabei in einem Sweatshirt steckte, und so ging das Anziehen nicht ohne viel Gezappel ab. Lexas Tochter Rabi wich einem zustechenden Ellbogen aus und beugte sich vom Rücksitz aus nach vorn. »Ist Janis Joplin an der Seuche gestorben?« fragte sie.

»Das war lange vorher«, sagte Betsy. »Janis hat sich in den sechziger Jahren ein bißchen zu gut amüsiert.«

»Nein«, sagte Lexa. »Janis hat sich in den sechziger Jahren nicht annähernd gut genug amüsiert. Das war's, was sie umgebracht hat.«

Toshiro fand endlich den Halsausschnitt des Sweatshirts und steckte den Kopf hindurch. »Ihr habt beide unrecht«, sagte er. »Sie ist überhaupt nicht gestorben. Sie und John Harrison haben heimlich geheiratet und sind nach Südfrankreich gezogen.«

»Er hieß *Jim Morrison*, du Kulturbanause«, sagte Betsy, »und jeder, der nicht gestern von einem Laster gefallen ist, weiß, daß *er* ums Leben kam, als die USA 91 Bagdad bombardierten.«

Der Minisender, den Special Agent Ernest G. Vogelsang unter die Stoßstange des Käfers gesteckt hatte, lag jetzt auf dem Armaturenbrett und funkte sein gleichbleibendes Peilsignal, während Lexa ihre nicht zu schwer nachzuvollziehende Fluchtbahn durch die Straßen des West Village zog. Betsy hatte die blaue Plymouth-Limousine (amtliches Kennzeichen QR-2942, zugelassen auf die Sektion für un-un-amerikanische Umtriebe des Federal Bureau of Investigation und nach Betsys bescheidener Meinung »eine beschissene Automarke«), die sie in nicht zu diskretem Abstand verfolgte, schon längst ausgemacht. Als sie auf den Broadway in nördliche Richtung einbog, fragte Lexa: »Wie nah ist er dran, Betsy?«

»Drei Wagenlängen. Zwischen ihm und uns sind ein Taxi und ein Möbelwagen.«

»Gut. Kurbel mein Fenster runter.«

Sie blieben an einer roten Ampel stehen. Lexa streckte den Arm raus und pappte den Peilsender an die Seite des Taxis, das sich neben ihr eingeordnet hatte. Als es grün wurde, bog Lexa nach rechts ab. Der blaue Plymouth fuhr geradeaus weiter, dem Taxi hinterher.

»Jesses!« sagte Betsy. »Kriegen neuerdings auch Blinde Fahrerlaubnis und Waffenschein?«

»Wo fährt das Taxi hin?« fragte Lexa. »›Checker Transport‹, Wagen Nummer 5186.«

»Moment ... laut Checker-Zentrale ist es unterwegs zum Newark International Airport.«

»Gut«, sagte Lexa. »Sonst noch jemand, der sich für uns interessiert?«

»Nö. Ich sag's dir schon, wenn ich was seh.«

Lexa bog noch zweimal rechts ab und fuhr dann geradeaus auf die Hafenanlagen der West Side zu. An einer abgelegenen Stelle des Kais führte eine einfache Holzrampe ins Wasser hinunter; der Hudson brannte seit Einbruch der Dunkelheit nicht mehr, aber entlang des Ufers war die Luft noch immer qualmig und durchsetzt mit Rußteilchen, die im Strahl des Scheinwerfers herumwirbelten. Lexa brachte den Wagen zum Stehen und hupte einmal.

»Da ist sie«, sagte Toshiro, als Seraphina aus der Dunkelheit auftauchte und auf das Auto zugerannt kam. Betsy öffnete ihre Beifahrertür, und Seraphina quetschte sich mit einem kurzen Hallo an alle neben ihre Halbschwester auf den Rücksitz.

»Hi«, sagte Rabi und fingerte an der Kapuzen-Dschellaba herum, in die sich Seraphina für den Ausflug zum Hafen vermummt hatte. »Hast du diese Woche was Tolles angestellt?«

Lexa betrachtete die beiden im Rückspiegel. »Sie hat die *Mona Lisa* geklaut«, sagte sie.

»Starke Sache«, sagte Betsy. »He, hab ich euch eigentlich schon mal erzählt, wie Grace Slick und ich auf Tricia Nixons Hochzeit Acid in die Bowle gerührt haben?«

»Was ist die *Mona Lisa*?« wollte Rabi wissen, und die an Lexas Allwissenheit gewöhnte, aber dennoch überraschte Seraphina fragte: »Wie hast du denn rausgekriegt, daß ich es war?«

»Ich mußte sofort an dich denken«, sagte Lexa. »Außerdem enthält der nichtveröffentlichte Teil des Polizeiberichts unter anderem die Aussage eines Museumswächters, der Stein und Bein schwört, er habe einen sprechenden Biber vom Tatort fliehen sehen. Das hat ihm einen Urintest eingebracht.«

»Aha.«

»Und was hast du nun mit dem Bild gemacht? Ist es noch ganz?«

»Vorläufig ja«, sagte Seraphina. »Ich hab's im alten Apollo Theatre aufgehängt, in Harlem. Du weißt schon, das, was sie abreißen wollen, um da das Parkhaus für den New Babel hinzustellen. Hängt voll sichtbar im Foyer, also braucht man, um's zu finden, nichts anderes zu tun, als mal eben kurz reinzuspazieren.«

»Und wenn niemand nostalgische Anwandlungen kriegt, byebye Rembrandt«, bemerkte Toshiro. »Hart, aber gerecht, wie?« Er lachte. »Ist schon ne taffe Familie, die ich mir da eingehandelt habe.«

»Wie bist du nach Harlem gekommen?« fragte Lexa.

»Och, ich hab mir ne Limousine geborgt.«

»Mit CC-Nummernschild?«

»Ja. Woher weißt –«

»Der Wagenpark vom Konsulat der Afrikanischen Freihandelszone hat mal wieder einen Diebstahl gemeldet.«

»Stark!« sagte Betsy.

»Bloß tu mir nen Gefallen und erzähl deinem Vater heut abend nichts davon«, sagte Lexa. »Ich hätte ihn gern in relaxter Stimmung.«

»Jedenfalls so relaxt, wie das bei Philo überhaupt drin ist«, sagte Betsy.

Lexa schaltete in den ersten Gang und fuhr die Rampe hinunter; Betsy schaltete ihre Scheinwerfer auf Standlicht, damit niemand die benutzten Kondome zu sehen brauchte, die auf der Oberfläche des Flusses dahintrieben. Toshiro schauderte, als der Käfer ins dunkle Wasser eintauchte, und sagte: »*Den* Teil hasse ich.«

»Keine Sorge«, sagte Betsy. »Ich bin ein Volkswagen.«

Männerbindung

In die Felswand, die sich über dem U-Boot-Dock wölbte, war ein teutonischer Raubvogel eingemeißelt, aber das Hakenkreuz, das er ehemals in den Fängen hielt, hatte Morris mittels einer koscheren Salami weggesprengt. Desgleichen war ein vergilbtes

Transparent mit der deutschsprachigen Aufschrift »U-Boate Wilkommen Hier« mit Laser runtergebrannt worden, und ein Stapel mit der SS-Rune bestempelter Kisten und Stahlfässer hatte bei zahlreichen Schlagsahneschießübungen als Zielscheibe gedient. Das einzige Nazi-Artefakt, das in der Piratenbucht unbeschädigt geblieben war – wenn es sich denn dabei überhaupt um ein solches handelte –, war ein Diorama, das in einem Glaskasten auf einem Tisch stand. Das Diorama stellte die Insel Manhattan dar, wie sie in den vierziger Jahren des vorigen Jahrhunderts ausgesehen hatte, und verzeichnete in allen Flüssen strategische Ziele für U-Boote und Zielhöhenwinkel für die Bordgeschütze. Ein Schildchen erklärte in mangelhaftem Deutsch: Plan zu terrorisieren verraterische Weisse amerikanische Unternehmer; bitte benutzen.

Die »Yabba-Dabba-Doo« saß im schmalen Hafenbecken wie die Wurst in der Pelle; die Vertäuung war nicht viel mehr als eine reine Formalität, da das Boot überhaupt keinen Platz zum Abtreiben gehabt hätte. Philo stand auf dem Turm und gab Osman Anweisungen durch, um sicherzugehen, daß der Steuermann den Bug nicht auf die U-förmige Pier setzte, wo momentan Betsy Ross parkte. Der VW hatte eine eigene Einfahrt in die Piratenbucht – kleiner und schneller zu durchqueren als die U-Boot-Schleuse. Lexa stieg aus dem Auto und warf Philo eine Kußhand zu.

»Hi!« rief er zu ihr hinunter. »Wie haben wir heute im TV ausgesehen?«

»Sehr umweltfreundlich«, sagte Lexa. »Edward Abbey wäre stolz auf euch gewesen. Aber ich bin immer noch der Meinung, Norma sollte im Vorspann eine Nahaufnahme deines Hinterns bringen. Knallenge Jeans mit dem Dufresne-Logo links und rechts auf den Taschen, das wär genau das richtige, um ein paar neue Fans zu gewinnen.«

»Na ja, also ... wir versuchen hier eigentlich, ein familientaugliches Piratenschiff zu betreiben, Lex.«

»Verdammt, ich gehör zur Familie. Und ich fänd's wahnsinnig gut, deinen Hintern auf einer Million Bildschirme zu sehen.«

»Aha ... alle Maschinen stopp, Osman.« Eine blecherne Stimme antwortete aus dem Lautsprecher: »Istanbul!«

Die »Yabba-Dabba-Doo« ruhte an ihrem Liegeplatz. Philo kletterte vom Turm herunter und fuhr eine Laufplanke aus. Toshiro und Rabi zwängten sich lächelnd und hallo rufend aus dem Volkswagen, während sich Seraphina damit begnügte, ihrem Vater flüchtig zuzuwinken, um dann ihre ganze Aufmerksamkeit auf das Flugdeck zu richten. Sie hielt nach Neundundzwanzig-Wörter Ausschau, nach dem sie sich seit einiger Zeit leidenschaftlich verzehrte. (»Ich kann's gar nicht erklären«, hatte sie Lexa anvertraut, »es ist so, als wär er ein kleines rundes Eisbonbon, das ich mir unbedingt einverleiben möchte. Sind solche Gefühle einer Lady würdig?« Lexa hatte ihr versichert, sie seien's.) Aber Neunundzwanzig-Wörter-für-Schnee war unter Deck, wo er Marshall Ali half, einen Matchsack für den Landurlaub zu packen. Das würde noch eine Weile dauern.

Lexa ging Philo bis ans Ende der Laufplanke entgegen; sie küßten sich. Toshiro ließ ihnen einen Augenblick Zeit, sich wieder aneinander zu gewöhnen, bevor er sich ihnen anschloß. Als Philo Lexas Lebensgef. Nr. 2 näher kommen sah, trat er von seiner Frau zurück und nahm eine Ringerhaltung an. Toshiro ging mit einer entsprechenden Gegendrohgebärde auf das rituelle Spiel ein; dann stürmten die beiden Männer wie zwei um die Vorherrschaft kämpfende geile Primaten aufeinander los.

Vom männlichen Standpunkt aus betrachtet ist der Haken an der Polyandrie nicht lediglich der Umstand, daß man mit derselben Frau im Bett liegt, sondern daß man auch *miteinander* im Bett liegt. Für Toshiro, der im Lauf seines Lebens in der New Yorker Stripperszene jede erdenkliche Metamorphose von Liebe und Lust mitgemacht hatte, war das eine ganz natürliche Sache, aber Philo hatte von Wesen und Zweck der Sexualität durch ein mennonitisches *Handbuch für christliche Eheleute* erfahren, und alte Hemmungen sind eben schwer totzukriegen. Also ging er mit seinem Problem – einem kaum nennenswerten Anflug von Homophobie – so um, daß er sich bei jedem ersten Wiedersehen ohne Vorwarnung auf Toshiro stürzte und ihn in ein freundschaftliches schweißtreibendes Gerangel verwickelte, das dem noch freundschaftlicheren, zu dem es im weiteren Verlauf des Abends kommen würde, gewissermaßen die Spitze nahm.

»Harrrr!« röhrte Philo, packte Toshiro an den Schultern und

schüttelte ihn durcheinander. »Grrrrr!« röhrte Toshiro zurück und tat so, als würde er sich ihm widersetzen, obwohl Philo ihn, wenn dies eine ernstgemeinte Konfrontation gewesen wäre, wie ein Stöckchen hätte entzweibrechen können. So aber stürzten die beiden ineinander verkrallt auf die Pier und wälzten sich in einem gespielten Kampf auf Leben und Tod. Lexa fand den Anblick amüsant – und nicht unerregend, besonders als Philo im Übereifer des Gefechts Toshiro das Sweatshirt vom Leib fetzte –, Seraphina hingegen war eher peinlich berührt. »Die afrikanischen Krieger haben sich andauernd gegenseitig gevögelt, Dad!« schrie sie. »Sei doch nicht so'n entsetzlicher Spießer!«

Asta Wills und Norma Eckland erschienen aus dem Niedergang und traten aufs Flugdeck, Norma in einem subtil im Chamäleonstil changierenden Abendkleid, Asta in einem konventionelleren Ensemble aus Rock und Bluse mit dazugehöriger Handtasche aus Känguruhlederimitat. »Da bahnt sich mal wieder ne kleine Männerbindung an, was?« sagte Asta. »Urgesellige Leute, diese Amis.«

Aber die Kämpfenden machten allmählich schlapp. Philo ließ sich völlig geschafft auf den Rücken plumpsen, während Toshiro als ein keuchendes Bündel quer auf Philos Schenkeln liegenblieb. Die windpockenfleckige Rabi nutzte die Gelegenheit aus, um loszurennen und auf den ungedeckten Bauch ihres Vaters zu springen; Lexa kniete sich neben Philos Kopf hin und gab ihm einen weiteren Kuß. Seraphina schlug sich alle Gedanken an arktische Eisbonbons zumindest lange genug aus dem Kopf, um sich an der Massenkarambolage zu beteiligen.

Norma stützte ihr Kinn auf Astas Schulter.

»Geht doch wirklich nichts über die gute alte Kleinfamilie«, sagte sie.

6

Sex ist das, was männliche und weibliche Lebewesen voneinander unterscheidet. Andererseits bewirkt er auch deren wechselseitige Anziehung und ruft starke Emotionen und Begierden hervor. Durch den Sex fangen Mann und Frau an, sich füreinander zu interessieren, verlieben sich ineinander, heiraten und zeugen Kinder. Alle höheren Lebensformen vermehren sich von Generation zu Generation auf dem Weg der geschlechtlichen Fortpflanzung. Doch beim Menschen besitzt die Sexualität weit mehr als nur arterhaltende Bedeutung …

The World Book Encyclopedia

2001: Die Entstehung von *Nouvelle Wollust*

Es war das Jahrzehnt, das man – zumindest anfangs – die »Wüsten Nuller« genannt hatte: Der 1999 errungene Sieg über Aids war gerade noch rechtzeitig gekommen, um mit der Jahrtausendwende eine Neue Promiskuität einzuläuten. Aus einem Bedürfnis der Fairness gegenüber konservativen Moralisten heraus, wählte das Oberste Bundesgericht denselben historischen Zeitpunkt aus, um das Urteil in der Sache Roe gegen Wade in letzter Instanz zu widerrufen, wobei die entscheidende Stimme im überraschenden Fünf-zu-vier-Ergebnis von einem »kryptochristlichen« demokratischen Richter kam. Das daraus resultierende gesellschaftliche Paradoxon war von genau der Art, für die Amerika rechtens so berühmt ist: In jenen Jahren kam man am frühen Morgen von einer »Spielparty« nach Haus, bestellte beim »Birth Control Teleshopping Network« (porto- und verpackungsfrei) Nachschub und warf – für den Fall des Falles – einen Blick in *USA Today*, um anhand des »Abtreibungsgesetz-Totalisators« hinsichtlich der momentan jeweils gültigen einzelstaatlichen Regelungen auf dem laufenden zu bleiben. Der »Totalisator« (eigentlich eine Landkarte der USA und aus unerfindlichen Gründen im Sportteil der Zeitung abgedruckt) zeigte »offene« Staaten in Blau, »geschlossene« Staaten in Rot und »Ordnungswidrigkeits«-Staaten in Rosa. Oregon, wo Schwangerschaftsabbrüche montags, mittwochs und freitags staatlich finanziert und dienstags, donnerstags und an Wochenenden mit einer gesalzenen Geldbuße geahndet wurden (die Legislative in Salem hatte durch diese Regelung versucht, einen satirischen Hinweis auf das Fehlen eines nationalen Standards zu geben, und es lediglich geschafft, bei allen anzuecken), war auf der Landkarte kanariengelb dargestellt.

Es geschah während dieser Periode, im Frühling 2001, daß Joan Fine aufgefordert wurde, das St. Jude's College in Philadelphia, wo sie gerade ihr erstes Studienjahr abgeschlossen hatte, zu verlassen. Die feministischen Aktionen ihrer Mutter strapazierten die diversen Heiligen Väter mehr und mehr, aber da Schwester Ellen Fine wegen Austragens eines Retortenbabys in einem Kloster sowie wegen der (mittels einer geweihten Sahnespritze vorgenommenen) künstlichen Besamung zweier Mitschwestern bereits exkommuniziert worden war, gab es – abgesehen vom Steinigen – nichts mehr, was der Vatikan ihr hätte direkt antun können; also besann man sich auf die gute alte biblische Tradition und ließ die Tochter für die Untat der Mutter büßen. Joan hätte gegen den – nie offiziell als solchen bezeichneten – Hinauswurf Widerspruch einlegen können, aber da sie sich dachte, daß es andernorts interessantere Kämpfe auszufechten geben würde, packte sie ihre Seminarscheine zusammen, sagte Pennsylvania (einem roten Staat, nach der geographischen Einteilung von *USA Today*) Lebewohl und nahm einen Greyhound-Bus ins böse liberale Herz New Englands (wo das Farbschema gleichmäßig zwischen Blau und Rosa aufgeteilt war). Eine rekonvaleszente Exnonne arrangierte im Studentensekretariat von Harvard einen freundlichen Computerfehler, der Joan für das Wintersemester ein Stipendium der Öffentlichen Dienste verschaffte: Joan arbeitete an zwei Abenden die Woche unentgeltlich in einem Bostoner Obdachlosenasyl, und der Staat übernahm dafür einen Teil ihrer Studiengebühren.

Öffentliche Dienste, Dienst an der Öffentlichkeit. Joan war weder fähig noch willens, sich ihrer Mutter bei dem leidenschaftlichen Versuch anzuschließen, die Kirche zu reformieren – ihre persönliche Reaktion auf den verknöcherten Starrsinn des Papstes hatte darin bestanden, den Heiligen Vater bereits im zwanzigsten Jahrhundert (wo er auch hingehörte) sitzenzulassen, und zwar ebensoleicht und mit ebensowenig Bedauern wie sie St. Jude's verlassen hatte –, aber in Harvard entdeckte sie einen neuen Weg, der Fineschen Familientradition treu zu bleiben. Der liberale Aktivismus und die römisch-katholische Theologie, fand Joan, unterschieden sich wirklich nicht allzusehr voneinander. Beide setzten auf einen idealischen Heilszustand, der eine in dieser, die andere in der anderen Welt; beide erkannten die Wichtigkeit persönlicher Anstrengungen und guter Werke an; und beide hatten ihre Dogmen. Die liberale Empfindlichkeit gegen jede Form von Unterdrückung hatte zur Herausbildung einer strengen Etikette rechten Redens und Denkens geführt, die durchaus den Kategorien theologischer Argumentation entsprachen: Meinungen und Äußerungen, die für rassistisch, sexistisch oder homophobisch erachtet wurden, erhielten das Brandmal »philosophisch unhaltbar« oder »politisch unkorrekt« (p. u.). Sie wurden, mit anderen Worten, als häretisch verurteilt.

»Oh, nein nein nein, das ist ganz und gar nicht so«, sagte Penny Dellaporta, Joans Wohnungs- und Gesinnungsgenossin, aber Joan fand, daß es doch so sei, und im übrigen hatte sie den Vergleich keineswegs abwertend gemeint. Hier war ein Glaube, für den sie sich begeistern konnte, mehr hatte sie damit gar nicht sagen wollen. Nach ein paar Bier und einer Zigarette konnte sie sich sogar etwas wie einen linksprogressiven Gott vorstellen, eine geschlechtsneutrale, rassenunspezifische Gottheit, die Sojasprossen aß, nichttoxische Ausscheidungen schiß und sich für die Aufnahme des Rechts auf Abtreibung in die Liste der verfassungsmäßig garantierten Grundrechte stark machte. Jetzt, wo sie sich zum erstenmal in ihrem Leben für eine »Sache« einsetzte, konnte Joan endlich die Leidenschaftlichkeit ihrer Mutter – wenigstens teilweise – nachvollziehen; aber da ihre Mutter darüber hinaus eine Außenseiterin in ihrer eigenen Religion war, würde Joans Herz immer für die Häretiker schlagen, die Waldenser und Albigenser der liberalen Szene, die sich Konventionen im eigenen Lager ebenso widersetzten wie denen des Establishments und die nie ihren Sinn für Humor verloren. Was hülfe es ihr schließlich, wenn sie die ganze Welt errettete und nähme doch Schaden an ihrer Fähigkeit zu lachen – vor allem über die eigenen Prätentionen?

Es war diese grundsätzliche Vernünftigkeit, die sie mit Lexa Thatcher zusammenbrachte.

»Sie ist eine Pornographin«, sagte Penny Dellaporta zu Joan, während sie, erschöpft und mit brennenden Augen, von einer Mitternachts-Revival-Vorführung von Warren Beattys *Reds* nach Haus zurückkehrten. »Keine Feministin, die für eine frauenspezifische Erotik eintritt – gibt nicht mal vor, diesen Anspruch zu haben –, schlicht eine Hausiererin in Schmutz und Schund. Letztes Frühjahr hat sie mit ein paar anderen ein Studenten-Pornoblättchen voll S/M-Bildern rausgebracht, lauter Frauen und Männer, die in Leder und Handschellen rumliefen, und da war so eine Nahaufnahme von einem Penis mit einem *Schlangen*-Tattoo. Eine *dicke* tätowierte Schlange, die sich *sechsmal* um den Penis herumschlang, und die Zunge der Schlange war die … Gott, es ist mir peinlich, darüber zu reden!«

»Klingt so, als hättest du dir diese Schlange ziemlich genau angeschaut«, sagte Joan.

»Mußte ich doch, um das ganze Ausmaß der Entwürdigung und Ausbeutung beurteilen zu können. Jetzt heißt es, die Thatcher sammelt Geld, um ihren eigenen Pornofilm zu produzieren. Von nicht zu überbietender p.U.heit.«

»Noch mehr Penisse?«

»In *Farbe*«, flüsterte Penny. »Und sie bewegen sich.«

»Hmmm …«

Ein paar Tage später stand Joan in aller Frühe auf und zog zu einer kombinierten Jogging-und-Plakatier-Aktion los. Sie war gerade stehengeblieben, um an die Seitenwand der Thayer Hall ein Poster der Amerikanischen Bürgerrechtsvereinigung mit Sekundenkleber zu befestigen, als sie hörte, wie über ihr ein Fenster aufgeschoben wurde. Aus dem zweiten Stock entrollte sich eine Nylon-Strickleiter, und eine in einen samtenen Kapuzenumhang vermummte Gestalt schwang sich über den Sims. Aus dem Inneren des Wohnheims lehnte sich eine sommersprossige Blondine – eine patriotische Bostonerin, nach dem auf ihrer linken Brust eintätowierten Kirchturm der Old North Church zu urteilen – zu einem Abschiedskuß heraus. Die vermummte Gestalt überreichte ihr eine rote Rose, winkte und kletterte rasch auf die Erde hinunter – keine anderthalb Meter von der Stelle entfernt, wo Joan stand.

»Halli, hallo«, sagte Lexa Thatcher und streifte die Kapuze von ihrem Gesicht zurück, während ihre Geliebte die Strickleiter wieder einholte. »Auf frühmorgendlicher Sachbeschädigungstour?«

Joan wußte nicht so recht, was sie darauf hätte antworten sollen, also sagte sie: »Du bist die Pornographin.«

»Stimmt«, sagte Lexa, »und du bist die Katholin, die raucht. Eine Freundin von mir im Verbraucherschutzverein hat neulich über deine p. u. Einstellung gegenüber dem Tabakgenuß gehetzt, und da hab ich mir gedacht, daß wir uns früher oder später über den Weg laufen würden. Joan Fine, stimmt's?«

Joan nickte. Ohne es zu wollen, warf sie einen Blick zum Fenster hinauf, aus dem Lexa gerade gestiegen war.

»Das war Ellen«, klärte Lexa sie auf. »Ellen Leeuwenhoek alias Kinky La Bia. Meine Fotografin und Kamerafrau.«

»Oh.«

»Oh«, äffte Lexa sie nach, aber völlig ungehässig. »Hör mal, was hieltest du von frühstücken gehen?«

Im »Wursthaus« am Harvard Square servierte ihnen ein krausköpfiger tunesischer Austauschstudent Steaks und Eier; außerdem frisch aufgebrühten nicaraguanischen Kaffee – die philosophisch haltbare Sorte, die von exsandinistischen Pflückern geerntet wurde. Im Rahmen der Neuen Promiskuität war auch das Rauchen in öffentlichen Gebäuden vorübergehend wieder legalisiert worden, also zündete sich Joan, während Lexa genügend Zucker in ihren Kaffee rührte, um eine ganze Armee von Hypoglykämiepatienten auf Trab zu bringen, eine Marlboro an und zweckentfremdete ihre Untertasse: komplementäre Süchte, wie die beiden später erklären würden, die das erste Vorzeichen einer sich anbahnenden Freundschaft fürs Leben darstellten.

»Also, wir erleben hier gerade die ersten Anfänge einer neuen sexuellen Revolution«, sagte Lexa, nach ihren filmemacherischen Ambitionen gefragt, »und nach dem ganzen Rumgejammer und den ganzen Rückziehern zu urteilen, die jeder nach der vorigen veranstaltet hat, könnte ich mir vorstellen, daß es ganz nett wäre, etwas wie ein kulturelles Leuchtfeuer zu haben, das den Leuten den Weg weist oder ihnen zumindest ein paar neue Ideen gibt...«

»Ein kulturelles Leuchtfeuer?« sagte Joan. »Ein Pornofilm soll ein kulturelles Leuchtfeuer darstellen?«

»Na ja« – Lexa hob abwiegelnd die Hände –, »na ja, vielleicht nicht direkt ein *Leuchtfeuer,* vielleicht eher so was wie ein *Lagerfeuer,* um das man sich gutnachbarlich setzen kann, um gemeinsam seine Würstchen zu braten. Du weißt doch, wie die Amerikaner zum Sex stehen, Joan – es gibt keine Macht im Universum, die uns davon abhalten könnte, es zu tun, aber um es mit offenen Augen zu tun, brauchen wir eine schriftliche Genehmigung in dreifacher Ausfertigung. Was ich mit diesem Film erreichen möchte, ist, die Leute dazu zu bringen, daß sie sich die Genehmigung *selbst* erteilen, und ihnen vielleicht auch ein paar Möglichkeiten vorführen, an die sie bislang noch nicht gedacht hatten.

Also, wie ich die Sache sehe, sind bis jetzt zwei Arten von Pornographie versucht worden. Da gibt's zum einen den traditionellen männerorientierten Mackerfilm, in dem klischeehafte Frauengestalten von abgrundhäßlichen Männern mit der ganzen emotionalen Anteilnahme ebenso vieler Pleuelstangen durchgefickt wurden. Dann gibt's die ›weibliche Erotik‹, die Ende der achtziger Jahre en vogue war: Filme, in denen sich zur Abwechslung einmal intelligente emanzipierte Frauen von abgrundhäßlichen Männern auf die *ganz* empfindsame Tour durchficken ließen – da troff es nur so von Zartgefühl und wechselseitigen Beteuerungen, wie sanft und gewaltlos alle Beteiligten doch seien, bis frau/man den unwiderstehlichen Drang verspürte, dem Videorecorder einen zugespitzten Pfahl in die Vorlauftaste zu rammen.

Was ich also tun möchte, ist, den Mackern die Geilheit nehmen, das lyrische Gesäusle der *femmes* auf die Hälfte zusammenstreichen, eine gute Prise echten Einfallsreichtum der Aids-Jahre hineinrühren, als die Menschen lernten, vorsichtig und kreativ im Bett zu sein, ein paar männliche Darsteller nehmen, bei denen man nicht gleich loslachen oder mit harten Gegenständen schmeißen muß, das Ganze in eine Rolle 16-Millimeter-Film packen und selbige auf die breite Öffentlichkeit loslassen: einen ultimativ-innovativen Erotikfilm, der bei Frauen und Männern, Schwulen und Heteros, Romantikern und Sexbesessenen gleichermaßen wirkt.« Sie lachte. »Und auch noch ne richtige Handlung hat.«

»Ganz schön ehrgeizig«, sagte Joan, von Lexas Mut beeindruckt. »Wohlgemerkt – nicht, daß ich eine Expertin auf dem Gebiet wäre.«

»Das ist ja überhaupt das Beste an der Sache – wir sind in Amerika, *kein Mensch* ist ein Experte auf dem Gebiet. Schau, es heißt, der Sex sei ein Geschäft, in dem man strohdoof sein und trotzdem eine Masse Knete machen kann – ich möchte herausfinden, was eine *intelligente* Pornographin schaffen kann.«

»Es ist dir doch wohl klar, daß absolut jeder Frauen-und-Familien-Verein von hier bis Kalifornien auf die Barrikaden steigen wird ...«

»Und so dafür sorgen, daß der Film ein Straßenfeger wird.«

»... ganz zu schweigen von der Reaktion vieler Linken. Meine Wohnungsgenossin Penny würde wahrscheinlich sagen, solange ein Großteil des Grundwassers in New England nicht für Trinkzwecke geeignet ist, gibt es wahrlich wichtigere Probleme als die Qualität unserer erotischen Phantasien.«

Lexa zog eine von Joans Marlboros aus dem Päckchen und zündete sie an. »Zufällig weiß ich eine ganze Menge über die Geschichte der ›Initiative sauberes Wasser‹ in diesem unseren Land«, sagte sie, »und jeder, der dir erzählt, sauberes Wasser und sexuelle Ekstase seien inkompatible Zielsetzungen, ist ein Hohlkopf. Glaubst du vielleicht, deine Wohnungsgenossin wäre bereit zu geloben, so lange in Keuschheit zu leben, bis man wieder unbesorgt Hummer aus der Bucht von Boston essen kann?«

Joan lächelte. »Penny wäre wahrscheinlich die erste, die in

den Video-Shop rennt, um deinen Film auszuleihen – unter falschem Namen. Ich glaube, ich würde diesen Film gern sehen.«

»Wirst du. Du kannst mir helfen, ihn zu machen.« Lexa tat einen Zug aus der Zigarette, verzog das Gesicht und drückte sie aus. »Gott, schmeckt ja entsetzlich! Wie kannst du dir das bloß antun?«

»Genau so wie du dir ne Tasse Kaffee mit acht Tütchen Zucker antun kannst.«

»Das ist was anderes«, sagte Lexa. »Ich bin Halbmarokkanerin, das gehört zu meinem kulturellen Erbe.«

»Und rauchen Marokkaner etwa nicht?«

»Das ist die Hälfte, die ich nicht geerbt hab.«

»Seh ich ein. Aber sag mal, was zum Teufel studierst du eigentlich, daß du auf eine solche Idee gekommen bist? Theaterwissenschaft?«

»Enthüllungsjournalismus. Die künftigen publizistischen Schlammwühler dieser Welt. Das ist mein langfristiges Ziel: Wenn der Film genügend Geld einspielt, möchte ich die Gewinne nehmen und damit meine eigene Zeitung gründen – eine von der altmodischen Sorte, die man richtig lesen kann. Ohne Nachrichtenkonzentrate auf der ersten Seite, ohne kommerzielle Anzeigen zwischen den Spalten des Leitartikels. Und unter dem Titel wird als Motto stehen: ›Aus Lust auf Wahrheit‹.«

Lexa Thatchers *Nouvelle Wollust* wurde über die Weihnachtsferien gedreht. Der Etat betrug messerscharf kalkulierte 60 000 Dollar und wurde mit Hilfe eines geschlossenen Kreislaufs von erbettelten und geborgten Kreditkarten finanziert, und zwar dergestalt, daß der Sollbetrag rechtzeitig vor dem jeweiligen Abschlußtag von einem Konto aufs nächste geschoben wurde. Während der Vorproduktion, im November und Dezember, arbeitete Joan nebenher als Lexas Assistentin, wobei sie die dazu benötigte Zeit von ihren politischen Aktivitäten abzwackte. Penny Dellaporta war davon überzeugt, Joan habe den Verstand verloren. Tatsächlich war Joan erst Produktionsassistentin geworden, nachdem sie Lexas erstes Angebot – eine Rolle in dem Film zu übernehmen – abgelehnt hatte; obwohl die Versuchung stark gewesen war, hatte Joans Wunsch, alle Hemmungen fallenzulassen und einmal etwas wirklich Wagemutiges zu tun, gegen einen Alptraum, in dem der Erzbischof von Philadelphia ihre Mutter mit einem Satz 18-mal-24-Hochglanzbildern konfrontierte, den kürzeren gezogen. *(Sehen Sie, sehen Sie, genau das ist der Grund, warum wir Frauen die Priesterweihe verweigern ...)* Statt dessen erledigte sie Botengänge, koordinierte Vorsprechproben und schickte Blumen an die Inkassoabteilungen von Mastercard und Visa.

Am Montag vor Thanksgiving, während des allerletzten Besetzungstermins, sah Joan im Obergeschoß der Cambridger Lagerhalle, wo die Vorsprechproben abgehalten wurden, einen Mann in Bikinihöschen herumschlendern und entbrannte augenblicklich in Lust. Sein Haar war eine rotbraune Matte, unter der unschuldige blaue Augen leuchteten, und er hatte Körperbau und Statur eines Tagelöhners, etwa von der Art, wie man sie, mit Vorschlaghammer bewaffnet, in einem Steinbruch antreffen könnte. Seine Brust war glatt und makellos, seine Haut noch vom Sommer her leicht gebräunt, und da die Filmleuchten die Lagerhalle in einen Brutofen verwandelten, war er vom bloßen Herumstehen ganz in Schweiß gebadet; die Vertiefung unter seinem Adamsapfel glänzte einladend. Der einzige Makel war das Bikinihöschen: Anstatt, wie vermutlich beabsichtigt, sexy zu wirken, sah es tatsächlich nur albern aus – aber selbst das war okay, da diese Unvollkommenheit ihn irgendwie zugänglicher erscheinen ließ und daher sogar noch attraktiver machte. Mit einer Sparsamkeit der Bewegung, die bei den Nonnen in ihrer alten Schule mit Sicherheit Beifall gefunden hätte, schlug Joan ihre Beine übereinander und lockte Lexa mit einer einfachen Krümmung des Zeigefingers zu sich.

»Mal sehen«, sagte Lexa und blätterte einen Stoß Bewerbungsunterlagen durch. »Er heißt Gant. Harry Dennis Gant. Er ist einundzwanzig und wohnt in einer Pension im North End. Kein Student. Hmmm ... ›Grund, warum Sie in diesem Film mitspielen möchten: ‚Ich brauche das Geld, um eine Erfindung patentieren zu lassen, die etwas mit Video und James Dean zu tun hat. Darf leider nichts Konkreteres sagen.'‹« Ohne zu ahnen, daß er beobachtet wurde, war Gant zu einem Korb voll Sexspielzeug geschlendert und versuchte gerade, sich über den

Zweck eines zweiköpfigen Dildos Klarheit zu verschaffen. »Na ja, den Forscherdrang eines Erfinders scheint er durchaus zu haben.«

»Hast du vor, ihn zu engagieren?« fragte Joan, ganz beiläufig, wie sie glaubte.

»Trägst du dich mit dem Gedanken, vielleicht doch noch mitzuspielen, Joan? Tut mir leid, dich enttäuschen zu müssen, er sieht gut aus und alles, aber ...« Lexa tippte mit dem Finger auf ein Kästchen, das Gant angekreuzt hatte und neben dem STRIKT HETERO stand (daneben hatte er ein Sternchen gemalt und den Zusatz geschrieben: »Außer es gibt irgendwelche Sonderzulagen – H. G.«). »Ich hab schon alle Heteros, die ich brauche, und ich kann's mir nicht leisten, Schwulenzulagen zu zahlen. Wenn er irgendwas ganz Besonderes wäre, könnte ich ihm ja extra eine Rolle auf den Leib schreiben, aber einfach nur weißes Muskelfleisch ... das ist schon zu Tode geritten worden.«

»Und du würdest es bestimmt nicht in Betracht ziehen, deine künstlerischen Grundsätze ein bißchen zu vergewaltigen?«

»Nein, aber ich will dir sagen, was ich tun werde. Wenn er es schafft, fünf Tage am Stück wach zu bleiben, kenne ich ein Schlafforschungslabor am MIT, das ihm dafür sechshundert Dollar zahlt. Ich könnte dir einfach die Nummer des Labors geben, und du gibst sie ihm, mit herzlichen Grüßen von mir.«

»Wir werden immer Freundinnen sein, Lexa«, sagte Joan, und eine Stunde später saß sie im »Wursthaus« vor Steaks und Eiern, während ein jetzt völlig angezogener Harry Gant ihr von seiner Erfindung erzählte. Er sprach mit einer Selbstsicherheit, um die ihn sogar Lexa beneidet hätte; aber während Lexa ihre Inspiration mit harter Arbeit und einer perfektionistischen Liebe zum Detail unterfütterte, verließ sich Harry fast ausschließlich auf die Kraft der schieren Begeisterung. Das einzige, was zählte, schien er zu meinen, war, daß die Grundidee stimmte: Das vorausgesetzt, würden sich alle praktischen Aspekte des Vorhabens mehr oder weniger von selbst erledigen. Joan hatte so ihre Zweifel hinsichtlich der Richtigkeit dieser Einstellung, setzte ihm aber diesbezüglich nicht allzusehr zu. Momentan hatte sie andere Dinge im Kopf.

»Die Idee ist mir durch diese neuen vollautomatischen Bankschalter gekommen«, erklärte ihr Gant. »Diese Apparate, die mit dem Kunden in zwölf verschiedenen Sprachen reden können. Videorecorder werden von Jahr zu Jahr technisch ausgefeilter, können für immer mehr Funktionen programmiert werden. Also hab ich mir gedacht, wie wär's mit einem Videorecorder, der den Benutzer durch die ganze Prozedur führt? Und nicht bloß in verschiedenen Sprachen, sondern mit unterschiedlichen Persönlichkeiten. Nehmen wir an, du willst um zwölf ein Footballspiel aufnehmen und um vier eine Talkshow, du willst, daß der Recorder dazwischen eine andere Kassette einlegt, und du willst alle Werbespots raushaben. Du greifst dir einfach die Fernsteuerung, die wie ein Handy aussieht, und sagst: ›Hey, Jimmy Dean‹, und die Stimme von James Dean meldet sich und sagt dir Schritt für Schritt, was du tun mußt; der Recorder könnte sogar seine eigenen Tasten für dich drücken – wenn du nicht grad in Handarbeitsstimmung bist –, also bräuchtest du nichts anderes zu tun, als die Kassette zu wechseln, wenn Jimmy dir sagt, daß es Zeit dafür ist. Und wenn du James Dean nicht magst, könntest du statt dessen Mae West haben oder Arnold Schwarzenegger. Oder, oder – das ist gut –, wenn du auf afroamerikanische Musik stehst, könntest du die Anweisungen vorgerappt kriegen.«

»Klingt prima«, sagte Joan. »Hast du das alles schon zu Papier gebracht?«

»Papier?« sagte Gant. »Du meinst, so, Konstruktionspläne? Nein. Ich hab keine Ahnung von Elektronik.«

»Ja, aber dann Moment mal. Wie kannst du dir etwas patentieren lassen, ohne Konstruktionspläne vorzulegen? Woher weißt du, ob's überhaupt möglich ist, so ein Ding zu bauen?«

»Ach Scheiße, natürlich ist es *möglich.* Weiß doch jeder, daß die Technologie längst da ist – Stimmerkennung, der ganze Quatsch, hört man jeden Tag –, aber der eigentliche Witz ist, sich neue Anwendungsmöglichkeiten auszudenken, klasse neue Kombinationen. Was die eigentlichen Schaltpläne angeht, ich hab da einen ehemaligen High-School-Kumpel, der jetzt unten in Atlanta ist, Christian Gomez, und der hilft mir bei der technischen Seite der Angelegenheit. Kein Problem.«

»Kein Problem.« Joan lächelte – anders, als sie für Lexa

gelächelt hatte. »Und das Ganze ist rechtzeitig zu Weihnachten in den Kaufhäusern?«

»Weihnachten 02, vielleicht. Und noch ne andere Sache, vielleicht können Christian und ich noch einen Hologrammprojektor einbauen, so daß James Dean nicht nur aus dem Recorder spricht, sondern richtig leibhaftig *erscheint*, ein, sagen wir, fünfzehn Zentimeter großes Männchen, oben auf dem Gerät. Und hey, *hey*, angenommen, du bist single oder krank und mußt das Bett hüten, dann könnte er ja überhaupt dableiben und sich *das Video mit dir anschauen* ...«

Harry Gant trank seinen nicaraguanischen Kaffee schwarz, ohne einen Krümel Zucker. Bei ihrer zweiten Tasse angelangt, nutzte Joan, vom berauschenden mittelamerikanischen Aroma beflügelt, eine Gesprächspause aus, um einen Vorschlag zu machen. Es war nicht das erste Mal, daß sie sich so was traute, aber es erfüllte sie trotzdem mit Stolz, besonders als Harry geschmeichelt lächelte und ja sagte. Arm in Arm gingen sie die Kirkland Avenue entlang zu Joans Wohnung, nach Somerville, beide erregt durch die Nähe des anderen und durch die Möglichkeiten der Jugend, beide ohne die geringste Ahnung von der Tatsache, daß sie die ersten Schritte in Richtung Hochzeit unternahmen. Vor dreißig heiraten: wie absurd wäre schon die bloße Vorstellung erschienen – in diesem brandneuen Jahrtausend der Leidenschaft und der Rosen.

Nouvelle Wollust hatte im April 2002 Premiere; es lief zwar nur in einer begrenzten Anzahl von Programmkinos, erntete aber gute Kritiken und löste eine einträgliche Kontroverse aus. Schon nach einem Monat war der Film sowohl vom Nationalen Frauenverband als auch von den Neuenglischen Freunden der Tugend angeprangert worden, und nachdem »60 Minutes« einen Bericht über den »Studentenfilm, der Boston erröten ließ« gebracht hatte, war der ganz, *ganz* große Erfolg nicht mehr aufzuhalten. Am Unabhängigkeitstag hatte Lexa bereits lukrative Verträge mit zwei Vertriebsgesellschaften – Cineplex Odeon und Vestron Video – abgeschlossen und hetzte durch New York City auf der Suche nach einer Wohnung und einer Druckmaschine.

Harry Gant machte mit seinem Multiple-Persönlichkeits-

Videorecorder gleichfalls sein Glück, aber das erlebte Joan nur aus der Ferne. Nachdem sie einen Tag und eine Nacht miteinander verbracht hatten, kehrten sie beide in die getrennten Kreisbahnen ihres jeweiligen Lebens zurück und verabredeten sich danach zwar noch gelegentlich, aber ohne ein wirkliches Paar zu werden. Im darauffolgenden Herbst zog Gant mit seinem Patent in der Tasche gen Süden, um in Georgia eine Firma zu gründen. Von seinem neuen Wohnort schickte er Joan eine einzige Postkarte, ein schlichtes schwarzes Rechteck mit der Aufschrift ATLANTA BEI NACHT. Als sie die eines Morgens in ihrem Briefkasten fand, dachte Joan mit Zuneigung, aber ohne ein direktes Gefühl des Verlusts an ihn zurück: Er war unterhaltsam. Ein bißchen chaotisch, aber unterhaltsam.

Sie sahen sich erst sechs Jahre später wieder, und in der Zwischenzeit war alles anders geworden.

2023: Der sonderbare Tod des Amberson Teaneck

»Er wurde totgeschlagen«, sagte Joan. »Mit einem Exemplar von *Atlas wirft die Welt ab.*«

Sie waren noch immer oben im Gewächshaus und rauchten. Joan hatte die Begonien von ihrem fahrbaren Tischchen geräumt und die Akte vom Mordfall Teaneck ausgebreitet, damit Kite einen Blick hineinwerfen konnte.

»*Atlas wirft die Welt ab*«, sagte Kite. »Ist das dieser dicke Roman von Ayn Rand?«

»Genau der.«

»Wie spricht sich der Vorname eigentlich aus?«

»Reimt sich auf ›mein‹«, sagte Joan.

»Und sie war doch auch Philosophin, oder, nicht nur Schriftstellerin?« Kite versuchte, sich zu erinnern; die Trivialliteratur der Eisenhower-Ära gehörte nicht zu ihren Spezialgebieten, da sie den größten Teil dieser Periode für die mexikanische Küstenwache gearbeitet hatte, als Leuchtturmwärterin unten in Baja California. »Wie hieß das noch mal ... Objektionismus?«

»Objekti*v*ismus«, korrigierte Joan sie. »Wie in ›objektiv sein‹.«

Kite zündete sich eine neue Zigarette an. »Dann hilf mir auf die Sprünge – worum drehte sich der Objektivismus noch mal?«

»Im wesentlichen ist er eine zum ethischen Absolutum erhobene aufgeklärte Selbstsucht. Ayn Rand war davon überzeugt, rationales Denken, individuelle Leistung und Eigennutz seien die Dreifaltigkeit menschlicher Tugend – die Vernunft ist der Vater, der Fleiß der Sohn und der Egoismus der Heilige Geist –, und das System, in dem das menschliche Erfolgsstreben am meisten gefördert werde, und damit das einzig wirklich moralische System, sei der totale Laissez-faire-Kapitalismus. Keinerlei obrigkeitliche Reglementierung der Produktion oder Beschränkung des freien Wettbewerbs, aber dafür auch keine staatlichen Subventionen oder protektionistischen Maßnahmen zur Stützung konkursgefährdeter Unternehmen. Die Aufgabe der Regierung erschöpft sich darin, Vertragsstreitigkeiten zu schlichten und das Land vor möglichen Invasionen zu schützen; und da es keinerlei äußere Einmischung gibt, sind Erfolg und Mißerfolg, beim einzelnen wie bei Unternehmen, ausschließlich leistungsabhängig.«

»Überleben des Tüchtigsten.«

»*Triumph* des Tüchtigsten, der zur besten aller möglichen Welten führt. Glaubte Ayn Rand jedenfalls. Befreie den Geist durch uneingeschränkten Wettbewerb, dachte sie, lehre die Menschen, auf ihre jeweiligen Talente und Fähigkeiten – und ihren mühsam erworbenen Reichtum – stolz zu sein, und dem Fortschritt sind keine Grenzen gesetzt.«

»Hmm«, sagte Kite. »Das ist keine übermäßig originelle Idee.«

»Sicher«, sagte Joan, »die Idee als solche ist nicht neu, aber die Konsequenz, mit der Ayn Rand sie zu Ende gedacht hat, war wahrscheinlich schon einmalig. Sie war eine russische Jüdin, die Tochter eines Ladenbesitzers, und als die Bolschewiken an die Macht kamen, verlor ihre Familie alles; wäre sie nicht nach Amerika geflohen, besteht durchaus die Möglichkeit, daß sie in einem Massengrab oder im Archipel Gulag geendet hätte. Und so neigte sie zu einem verständlichen Fanatismus, wenn es um die Rechte des einzelnen ging – besonders um das Recht auf Privatbesitz. Aber ihre Philosophie umfaßt weit mehr als nur Recht und Wirtschaft. Die objektivistische Ethik macht auch Aussagen zur Psychologie, zur Kunst, zur Literaturtheorie, zur Sexualität, sogar zum Zigarettenrauchen … Es ist eine zwanghaft detaillierte Weltanschauung.«

»Zigarettenrauchen?«

Joan nickte. »Die Zigarette symbolisiert den Sieg der menschlichen Vernunft über die bewußtlosen Kräfte der Natur: das gezähmte Feuer, handhabbar und zuhanden. Die Zigarette ist aber auch ein Genußmittel, ein Luxusgut, ein Produkt der kapitalistischen freien Marktwirtschaft. Für einen Objektivisten ist das Anstecken einer Kippe also ein sakraler Akt, wie das heilige Abendmahl für einen Christen.«

»Ich verstehe.«

»Nein«, sagte Joan lachend, »du verstehst nicht, nicht solange du nicht *Atlas wirft die Welt ab* gelesen hast. Der elfhundert Seiten lange Kampf des unterdrückten Unternehmers gegen das kollektive Böse, das der Staat darstellt. Ist eigentlich eine ziemlich spannende Geschichte. Bekloppt, aber spannend.«

»Und dieser Typ, dieser Teaneck, war ein Rand-Verehrer?«

»Und wie. Sie ist in der Raubritterszene noch immer sehr angesagt. Sogar Harry hat ihren Namen gelegentlich fallenlassen, auch wenn er noch nie ein Buch von ihr aufgeschlagen hat. Teaneck besaß eine sehr zerlesene Taschenbuch-Gesamtausgabe der Werke von Ayn Rand.«

»Er ist mit einem *Taschenbuch* totgeprügelt worden?«

»Nein, die Mordwaffe war eine signierte Erstausgabe, die er sich hatte neu binden lassen, in vierundzwanzigkarätigem Gold. Er bewahrte sie in einer Vitrine auf, wo seine Gäste sie bewundern konnten.« Joan zeigte auf ein Tatortfoto, auf dem eine nackte Leiche auf dem Fußboden eines luxuriös eingerichteten Badezimmers alle viere von sich streckte. Das goldblechgebundene Exemplar von *Atlas wirft die Welt ab* lag aufgeschlagen auf Amberson Teanecks Gesicht, als sei er beim Lesen eingeschlafen … aber der dunkle Fleck, der unter dem Buch hervorsickerte, zeigte einwandfrei, daß er so bald nicht wieder aufwachen würde. Mit der rechten Hand hielt Teaneck eine Pistole mit gesprungenem Kolben umklammert.

»Hat er keinen Schuß abgegeben?« fragte Kite.

»Er *konnte* gar keinen Schuß abgeben«, sagte Joan. »Das ist gar keine richtige Waffe. Er hatte eine echte, aber jemand hat sie weggenommen und an deren Stelle eine Nachbildung hingelegt, eine ohne Patronen und mit ungebohrtem Lauf.«

»Na schön«, sagte Kite, »fangen wir ganz von vorn an. Du sagst, dieser Mann war so ne Art Investment-Guerillero, der sich seinen Lebensunterhalt durch die Übernahme von Firmen verdiente ...«

»Na ja, er organisierte Unternehmensübernahmen, für die er anderer Leute Geld benutzte und selbst fette Provisionen absahnte. Die normale Verfahrensweise dabei ist ein Aufkauf der Aktien, wobei das Aktivvermögen des Zielunternehmens als Sicherheit eingesetzt wird. Nun ist Gant Industries zwar ein Privatunternehmen, kann also auf diese Weise nicht aufgekauft werden, aber Teaneck hätte es noch immer dadurch einsacken können, daß er die Verbindlichkeiten des Konzerns unter seine Kontrolle brachte. Selbst mit den ganzen Gewinnen aus dem Automatischen Diener und dem Transrapid schafft Harry es, dank immer neuer Projekte konstant in den roten Zahlen zu bleiben; statt auf seine Ausgaben zu achten, läßt er Clayton Bryce und die Kreative Buchhaltung einfach die vierteljährlichen Geschäftsberichte in reinstem Wirtschaftssanskrit abfassen, so daß niemand merkt, wie tief er in den Miesen steckt.«

»Aber Amberson Teaneck verstand Sanskrit.«

»Wie seine Muttersprache.«

Zu seinem Unglück – jedenfalls nach Lexa Thatchers Theorie – hatte Amberson Teaneck niemandem bei Drexel Burnham Salomon an den Ergebnissen seiner Sanskritlektüre teilhaben lassen, ebensowenig hatte er sich irgendwelche handschriftlichen oder elektronischen Notizen gemacht. Solche Geheimniskrämerei war in der Halsabschneiderwelt der Firmenaufkäufer, in der Ideendiebstahl zu den gängigsten Geschäftspraktiken gehörte, nicht weiter ungewöhnlich, aber in diesem speziellen Fall hatte sie möglicherweise fatale Folgen gehabt. Der einzige noch verbleibende Hinweis auf den Übernahmeplan war ein Memo, das Teaneck an seinen urlaubenden Stellvertreter geschickt hatte, in dem er behauptete, eine Methode ausbaldowert zu haben, den Investoren »Gant Industries wie einen weißen

Wal auf Toast zu servieren«. Nichts Konkreteres. Teaneck hatte das Memo letzten Donnerstagvormittag nach einem Ferienort in Patagonien gefaxt. Bis der Stellvertreter von einer Bergbesteigung zurückgekehrt war und die Botschaft dechiffriert hatte, war Teaneck bereits tot.

Kurz nach Absendung des Faxes hatte Teaneck Hester Montesanto angerufen, eine Wertpapierhändlerin von Morgan Stanley, und sich mit ihr zum Abendessen verabredet. Sie hatten offenbar mehr vorgehabt, als nur über Geschäfte zu reden, denn Teaneck hatte auch einen Oberoberbonzen vom »Birth Control Teleshopping Network« angerufen und eine Zehnerpackung Kondome für fünfzigtausend Dollar bestellt. Geliefert wurden diese Meilensteine des Prestigekonsums einzeln in luftdichten, von dressierten mandschurischen Seidenraupen gesponnenen Kokons eingeschweißt, in Beutelchen aus feinster peruanischer Vikunjawolle versiegelt und in einem Kästchen verpackt, das von einem supraarmen Stamm von eingeborenen Schreinern aus Zentralborneo aus seltenen Harthölzern von Hand gefertigt wurde. Das gesamte Verpackungsmaterial war natürlich zum Wegwerfen bestimmt. Die Kondome selbst waren gleitmittelbeschichtet, koloriert, parfümiert, aromatisiert, gerippt, genoppt und ausreichend reißfest, um einen Pfeil im Flug aufzuhalten. Der Name der Firma, die sie herstellte, wurde niemandem verraten, der nicht nachweislich wenigstens hundert Millionen Dollar sein eigen nannte.

Die Kondome wurden um 17:52 Uhr in Teanecks Penthouse im Riverside Arcadia abgeliefert; Teaneck war zu dem Zeitpunkt noch im Büro. Er kam um sieben nach Haus, trug die kostspieligen Pariser von seiner Privateingangshalle in sein Schlafzimmer, erteilte seinem Auto-Diener François 360 den Auftrag, das Dinner vorzubereiten, zog sich aus, rasierte sich und nahm eine Dusche. Als Hester Montesanto fünfundvierzig Minuten später das Penthouse betrat, mußte sie feststellen, daß das Dinner angebrannt, François unauffindbar und Teaneck unschön verstorben war.

Er war eben aus der Duschkabine herausgekommen, als es geschah. Gerade als er sich ein Siebzigtausenddollarbadetuch um die Hüften schlingen wollte, mußte er etwas gesehen oder gehört haben, was ihn veranlaßte, seine Pistole (die unechte) aus einer Schublade zu holen und den Knopf für ein unhörbares Alarmsignal (außer Kraft gesetzt) zu betätigen. Sein Mörder erwartete ihn an der Schlafzimmertür. Die Polizei ging davon aus, Teaneck habe die Pistole, sobald er merkte, daß sie sich nicht abfeuern ließ, als Schlagwaffe zu benutzen versucht und dabei den Griff beschädigt.

»Kein Blut am Griff?«

»Kein Blut, keine Hautfetzen.«

»Weiß die Polizei, was aus der echten Pistole geworden ist?«

»Sie lag in der Kondomschachtel, in einem Seidenkokon versiegelt. Geladen mit panzerbrechenden Geschossen. Teaneck hätte nur zu erraten brauchen, daß sie da drin war. Mit dieser Munition hätte er einen Bus zum Stehen bringen können.

Der Verhütungsmittelhersteller behauptet steif und fest, die Polizei müsse sich bezüglich des Fundorts der Waffe geirrt haben. Er meint, es sei völlig undenkbar, daß eine gestohlene Waffe versehentlich eingepackt worden sein könnte, vor allem deswegen, weil sich die Seidenraupen allesamt in der Mandschurei befänden. Und dann ist da noch die Sache mit der Alarmanlage in Teanecks Apartment, die nicht einfach außer Betrieb gesetzt, sondern umverkabelt worden war. Die von den eigentlichen Schaltern abgehenden Leitungen waren alle unterbrochen worden, aber wenn Teaneck ins Badezimmer zurückgegangen wäre und dreimal hintereinander *die Klospülung betätigt hätte,* dann wären die Sicherheitsleute angaloppiert gekommen.«

»Ich verstehe«, sagte Kite. »Und der Diener ist spurlos verschwunden?«

»Spurlos nicht. Teaneck war ein hundsmiserabler Koch – er konnte mit der Mikrowelle genausoviel anfangen wie du –, daher wissen wir, daß François 360 in der Küche war, um das Essen vorzubereiten; allerdings wissen wir durch die Videoaufzeichnungen der Überwachungskameras auch, daß kein Diener das Gebäude durch einen der normalen Ausgänge verlassen hat. Aber jetzt rate mal ...« Joan hielt ihr ein weiteres Foto hin. »Ein CNN-Kleinluftschiff hielt sich rein zufällig gerade in der Nähe auf, um Hintergrundmaterial für einen Bericht zum zehnten Jahrestag von Donald Trumps Tod zu drehen. Das hier ist ein

Einzelbild von dem Film. Der mittlere Turm ist das Gebäude, in dem sich Teanecks Apartment befindet. Siehst du den kleinen dunklen Fleck unter dem kleinen weißen Fleck, direkt links von der Dachterrasse?«

Kite lächelte. »Du hattest recht, das ist eine *wunderschöne* Verschwörung«, sagte sie. »Ein Elektro-Neger erschlägt einen Mann mit einem *Buch* und springt dann mit dem *Fallschirm* von der Penthouse-Terrasse in den Hudson, um sich selbst als Beweisstück zu beseitigen. Wir werden's nie, nie beweisen können, aber ich find's toll!«

»Freut mich zu hören«, sagte Joan. »*Eine* Sache stört mich allerdings, abgesehen von dem Umstand, daß die ganze Abfolge von Ereignissen absurd ist. Nehmen wir einmal an, Lexa hat recht und jemand von Gant Industries hat Teaneck tatsächlich ermorden lassen, um dessen Übernahmeangebot zu verhindern. Wie konnte dieser Jemand davon wissen? Aus dem Wortlaut des Patagonien-Memos geht eindeutig hervor, daß Teaneck bis dahin noch niemandem verraten hatte, daß er einen Angriff auf Gant plante. Aber selbst wenn die ausgehenden Faxleitungen bei Drexel angezapft gewesen wären, hätte der Mörder lediglich einen Vorsprung von ein paar Stunden gehabt, um in Teanecks Apartment einzubrechen, den Diener und die Alarmanlage umzuverkabeln und den Zaubertrick mit der Pistole zu veranstalten. Dazu reicht die Zeit ganz einfach nicht.«

»Bist du sicher, daß er keine Notizen aufbewahrt hatte, nicht mal zu Haus? Aufzeichnungen, die François 360 vor seinem Absprung vernichtet haben könnte?«

»Vielleicht was Handschriftliches oder in einem vollkommen isolierten PC. Er hätte doch nie im Leben riskiert, daß ihm ein Hacker an seine Dateien geht. Aber dann hätte jemand in sein Apartment einbrechen müssen, um nach den Dingern zu suchen.«

»Wie steht's mit dem Auto-Diener? Ich stell mir vor, daß ein Neger einen erstklassigen Spion abgeben würde. Er gehört zur Einrichtung; kein Mensch käme auf die Idee, seine Notizen vor ihm zu verstecken.«

»Du willst also damit sagen, daß jemand François 360 umgepolt und auf Teaneck angesetzt haben könnte, noch *bevor* der auf diesen Plan gekommen war?«

»Warum nicht? Das schiene mir eine gute Methode zu sein, jemanden, der gefährlich werden könnte, im Auge zu behalten. Mit Sicherheit einfacher, als in regelmäßigen Abständen in sein Penthouse einzubrechen.«

»Schon, aber, Kite, Amberson Teaneck war nicht der einzige Firmenschlucker in New York. Er war gut, aber nicht einzigartig. Jeder Wallstreet-Pirat träumt bestimmt davon, Gant Industries zu übernehmen. Wie stehen schon die Chancen, daß unser Killer einen Spion ausgerechnet im Haus des einen Typen hatte, der eine Methode gefunden hat, das zu bewerkstelligen?«

Kite schnalzte mit der Zunge. »Joan, Regel Nummer eins, wenn du eine Verschwörung aufdecken willst: Vergiß nie, in großen Maßstäben zu denken. *Großen*, Joan.«

»Okay, denk ich also groß. Aber sag du mir – wie stehen die Chancen?«

»Hängt ganz davon ab«, sagte Kite, »*wie viele* Neger sie kontrollieren.«

Du kannst mich Roy nennen

Der Streifenwagen setzte Powell 617 um null Uhr zwanzig am Times Square ab, was zwanzig Minuten zu spät war – der Nicht-Elektrische Fahrer war durch einen weiteren Notruf aus der Stadtbücherei aufgehalten worden, diesmal von einem Hausmeister, der behauptet hatte, sein Elektro-Scooter sei in seine Einzelteile zerlegt und von zwei glühenden Fangarmen durch eine Regenabflußöffnung hinuntergezerrt worden. Der Hausmeister hatte wissen wollen, ob die Stadt ihn für den Verlust des Scooters, der nicht versichert war, entschädigen würde; der Streifenwagenfahrer hatte ihm versichert, er habe nicht alle Tassen im Schrank, und hatte der Nachtbereitschaft der Abwässerbehörde einen Bericht vom Zwischenfall durchgegeben.

Jetzt kam der Streifenwagen sanft vor einem U-Bahn-Eingang zum Stehen, und der Fahrer sagte: »Okay, Powell, Fußstreife. Um sieben Uhr sammel ich dich hier wieder ein.«

Powell lächelte und ballte die Faust zum Arbeiterkampfgruß. »Solidarität, Mann!« sagte er.

Er stieg aus und suchte den Bürgersteig nach Verbrechern und Falschparkern ab, während der Streifenwagen davonfuhr. Da er überirdisch keine Kriminellen ausmachen konnte, stieg Powell zur U-Bahn-Station hinunter; auf der Treppe kamen ihm zwei mißtrauische schwedische Touristen entgegen, und er tippte an seine Mütze. Unten sah er eine Frau, die hinter der ersten Reihe von Drehkreuzen auf dem Boden zusammengerollt schlief. Sie war eine ehemalige Hubschrauberpilotin, eine Veteranin des Syrischen Eindämmungskrieges von 09. Sie hatte Elektro-Hände, wovon die eine ziemlich übel zugerichtet war, und ihr klaffender Mund offenbarte einen mit falschen Zähnen gespickten Unterkiefer – Porzellanprothesen von der Art, wie Powell selbst welche trug.

Powell schlich sich, sein freundliches Polizistenlächeln auf den Lippen, an sie heran und lud derweil die in seiner rechten Handfläche verborgene Metallscheibe für einen minimalen Stromstoß auf – vergleichbar etwa der elektrostatischen Entladung eines Kamms, den man energisch an einem Angorapullover gerieben hat; dann packte er die Stadtstreicherin am nackten Fußknöchel und riß sie aus Morpheus' Armen. Sie richtete sich ruckartig auf, die E-Hände abwehrbereit erhoben, und stieß beim Anblick von Powells tief zu ihr herabgebeugtem Gesicht einen Schrei aus.

»Jetzt gehn Se mal weiter«, sagte er in freundlichem Ton. Sie rappelte sich hoch und rannte davon, nicht ohne sich in der Eile eine Schulter an einem eisernen Stützpfeiler anzuknacksen. Ein munteres Liedchen pfeifend, setzte Powell 617 seinen Rundgang fort.

Nachts waren in dem Labyrinth von Fußgängertunnels und Bahnsteigen, die die Times-Square-Station ausmachten, achtzehn Elektrische Officer unterwegs, und zwar immer auf regellos wechselnden Routen, um es potentiellen Straftätern unmöglich zu machen, ihre Bewegungen vorauszuberechnen. Menschliche Bullen machten auch Streifengänge oder warteten darauf, daß man sie zu einer Festnahme irgendwohin abkommandierte, während eine Sicherheitskoordinatorin darüber

Buch führte, wo sich jeder jeweils gerade aufhielt. Oder es jedenfalls versuchte; der Bahnhof war riesig und seine Tunnel verschlungen, und trotz regelmäßiger Kontrollen neigten besonders die Elektro-Polizisten dazu, auf Abwege zu geraten. Niemand machte sich allzu große Sorgen um sie, wenn es mal passierte.

Powell 617 sah den Alligator, als er ungefähr die Hälfte seiner ersten Runde hinter sich gebracht hatte. Er befand sich auf der untersten Ebene des Bahnhofs und schlenderte gerade einen Zickzackkorridor entlang, als er einen weißen lederartigen Schwanz erspähte, der weiter den Gang hinunter um eine Ecke verschwand. Daß tierische Mutanten in das U-Bahn-Netz eindrangen, kam überraschend selten vor, und Powells praktische Kenntnisse (größtenteils ab Werk in Form von ROM-Modulen vorinstalliert) schlossen die Taxonomie der Kanalisationsfauna nicht ein, also konnte er einen Albino-Alligator lediglich als GROSSE RATTE oder ENTLAUFENES HAUSTIER klassifizieren; und keines von beiden machte es erforderlich, daß er nach Verstärkung rief. Er beschleunigte lediglich seinen Schritt und folgte dem Schwanz um drei weitere Ecken, bis sich der Tunnel gabelte. Dort schlüpfte der Alligator, bevor Powell ihn fangen konnte, unter einer Gittertür durch.

Das Eisengatter war abgeschlossen und orange vor Rost. Auf einem Schild stand: ZUTRITT VERBOTEN – STÄDTISCHE VERKEHRSBETRIEBE. Der darunter angebrachte – für den menschlichen Beobachter bedeutungslose – Balkenkodestreifen teilte Powell mit, daß sich hinter der Absperrung nichts Gefährliches befand, weder Dampfrohre noch Stromkabel, nur wertvolles Eigentum der Städtischen Verkehrsbetriebe, das vor Wandalen geschützt werden mußte. Mit anderen Worten: Geh schleunigst rein; vergeude keine Zeit damit, Hilfe zu holen. Während er einen verstellbaren Dietrich in das Schloß einpaßte, versuchte Powell, mit seinem eingebauten Funkgerät die Sicherheitskoordinatorin zu erreichen, um sie wissen zu lassen, daß er im Begriff stand, einen abgesperrten Bereich zu betreten. Er empfing nur atmosphärische Störungen, also ging er allein durch die Gittertür – trotz des Rostes ließ sie sich mühelos öffnen – und schloß sie wieder hinter sich ab.

Der abschüssige Gang, in dem er sich jetzt befand, war unbeleuchtet, aber das stellte für Powell 617, der noch bei fast völliger Dunkelheit sehen konnte und zusätzlich über ein Hochfrequenzsonar verfügte, überhaupt kein Problem dar. Das Sonar erfaßte den davonkrabbelnden Alligator, obwohl Powell, als er seine Augen auf Infrarot umschaltete, keinerlei Wärmestrahlung empfing. Dies schien darauf hinzudeuten, daß GROSSE RATTE / ENTLAUFENES HAUSTIER entweder TOT, GEFROREN oder KÜNSTLICH war, und Powell, nicht auf den Kopf gefallen, tippte sofort auf die dritte Möglichkeit. »Na komm!« rief er dem Tier hinterher. »Miez, Miez, komm ... Bist du Elektro? Na komm schon, schalt dich aus!«

Der Gang mündete in eine stillgelegte Bahnsteighalle. Auf dem diesseitigen Gleis stand ein einzelner U-Bahn-Waggon mit offenen Türen; ohne sich um Powells Ruf zu kümmern, wischte der Alligator hinein und verschwand in der Dunkelheit. Powell folgte ihm. Kaum war er eingestiegen, ereigneten sich eine Reihe von Dingen.

Sein Sonar meldete ihm die Anwesenheit mehrerer menschenförmiger Gestalten in dem Wagen, obwohl sein Infrarotauge weiterhin keine warmen Körper erfaßte. Bevor er auf diese neuen Daten reagieren konnte, ertönte ein Stück weiter zu seiner Rechten ein barsches Peng!, und ein scharfes Metallgeschoß bohrte sich seitlich in seinen Hals. Seine Arme und sein Rumpf erstarrten augenblicklich; seine Beine blieben noch hinlänglich flexibel, um ihn im Gleichgewicht zu halten, aber es war ihm nicht mehr möglich, die Füße zu bewegen und einen Schritt vor oder zurück zu machen. Als er versuchte, einen Notruf abzuschicken, gab's in seinem Walkie-Talkie einen Kurzen, und aus seinem rechten Ohr quoll ein Rauchfaden hervor.

Eine Stimme sagte in der Dunkelheit: »Erwischt.«

»Affengeiler Schuß, eh, Mufti«, fügte eine zweite Stimme hinzu.

Im Waggon ging die Beleuchtung an. Zwei Automatische Diener in billigen braunen Anzügen und Melonen standen gegenüber der Tür, durch die Powell eingetreten war; runde Plastikschildchen wiesen den auf der linken Seite als Amos und den auf der rechten als Andy aus, ohne irgendwelche Zahlen. Etwas weiter den Gang hinunter stand der Mufti mit einer dicken verchromten Pistole in der Hand und neben ihm ein vierter Diener, ein Zwerg in einem weißen Frisörskittel, auf dessen Brust der Name »Shorty« prangte. Zwischen diesen beiden saß der Alligator. Ein ziemlicher Knirps übrigens: nicht länger als eins zwanzig von der Nase bis zur Schwanzspitze, mit einem schwarzen Kästchen, das ihm wie eine Geschwulst aus dem Kopf sproß. Das Kästchen war Elektro, aber der Alligator selbst war lebendig, kaltblütig und uralt, der einzige Überlebende von Teddy Mays Kanalisationssafari von 1935. Powell hielt ihn noch immer für eine KÜNSTLICHE GROSSE RATTE.

»Verzeihung«, sagte er, an Alligator wie Elektro-Neger gewandt, »in meiner motorischen Selbstkontrolle scheint eine Fehlfunktion aufgetreten zu sein. Bitte begeben Sie sich zum nächsten Fernsprecher, wählen Sie die 911 und melden Sie meinen derzeitigen Standort.«

Die Neger lachten. Verwirrt, wiederholte Powell: »Wählen Sie die 911, bitte.«

»Hörst das, Andy?« sagte der Mufti. »Wähl die 911.«

»Wählen Sie die 911«, sagte Powell.

»Hör ich«, sagte Andy. »Ich würd sagen, wir schicken Shorty los.«

»Klar«, sagte Shorty, »ich ka-ka-kann w-w-wählen ... Du k-kannst mich sch-sch-schicken ... i-i-ich ruf ... I-i-ich geh u-u-und hol ... I-i-ich ruf d-d-die ... Klar, ja.«

»Wählen Sie die 911«, sagte Powell.

»Gibt's'n Echo in dem Zug hier, eh?« fragte Amos.

»Eh, gibt's'n Echo in dem Zug hier?« wollte Andy wissen.

Draußen auf dem Bahnsteig ertönten Schritte, und abrupt verstummten die Neger. Sie neigten respektvoll den Kopf, als ein weißer Mann den U-Bahn-Wagen betrat. Ein Elektro-Weißer. Er hatte angeklatschtes silberfarbenes Haar, blaue Augen und eine vorspringende Nase, über die eine Narbe ging. Der tadellose graue Anzug, den er anhatte, ließ Amos und Andys Kluft ausgesprochen schäbig erscheinen. Er trug überhaupt kein Namensschildchen.

»Verzeihung«, wandte sich Powell an ihn, »in meiner motorischen Selbstkontrolle scheint eine Fehlfunktion –«

»Halt die Fresse, Bullenfutzi«, sagte der Weiße Mann. »Keiner hat dich nach deinem Befinden gefragt.« Darüber mußte Shorty eine Zeitlang kichern, bis der Weiße Mann mit den Fingern vor seiner Nase schnippte; darauf rannte der kleine Barbier zum Ende des Wagens und verschwand in der Fahrerkabine. Einen Augenblick später fing der Zugmotor an zu summen.

Der Weiße Mann scheuchte Amos und Andy aus dem Weg und sah sich Powell genauer an. »Standard-Polizeimodell«, stellte er fest. »Serie AS204-RVJ. Für diese Nacht reicht's wohl.«

Powell 617 maß ihn mit einem strengen Blick. »Wie heißen Sie?« fragte er dienstlich.

»Du kannst mich Roy nennen, wenn ich dir sage, du sollst reden. Ich tu es momentan nicht.«

»Offensichtlich leiden Sie selbst an einer schweren Funktionsstörung, Roy«, sagte Powell. »Ich denke, Sie sollten sich alle deaktivieren, bevor Sie ernsthaften Schaden anrichten.«

Roy lächelte, ein Raubtierlächeln. Er streckte die Hand aus und fummelte an dem Dorn, der in Powells Hals steckte.

»Erst du«, sagte er.

»Amen, eh«, fügte Andy hinzu, und mit einem Knall gingen die Zugtüren zu.

G.A.S.

Gas

7

Es mag Sie vielleicht überraschen, aber Werbeaussagen brauchen nicht im wörtlichen Sinne wahr zu sein.

William Lutz, *Doublespeak*

Nur das Beste

Wenn Whitey Caspian vor neuen Nachwuchskräften einen Schulungsvortrag hielt, wählte er als Einstiegsthema grundsätzlich Zahnpasta. Zahnpasta vermittelte in vielerlei Hinsicht die Quintessenz dessen, worum es in der Werbung und der Regulierung der Öffentlichen Meinung ging; sie ließ sich sehr gut als Einführung in die Materie verwenden.

»Worum ich Sie als erstes bitten möchte«, begann Whitey, »ist, mir zu sagen, welche dieser Zahnpastamarken die beste ist.«

An diesem Dienstagmorgen waren seine zwei Schüler ein Syrer namens Fouad Nassif und ein melanesischer Jude namens Bartholomew Frum, beides Absolventen der »Gant Medientechnischen Hochschule für überdurchschnittlich begabte jugendliche Einwanderer«. Fouad und Bartholomew warfen je einen Blick auf das vor Whitey liegende Plastiktablett, auf dem sechs identische weiße Zahnpastakleckse kreisförmig angeordnet waren.

»Das hier ist Colgate«, sagte Whitey und zeigte auf einen der Kleckse. »Sie enthält eine karieshemmende Fluorverbindung, ein mildes Schleifmittel zur mechanischen Reinigung der Zähne und weitere Inhaltsstoffe, die ihr eine spezifische Konsistenz, Geschmeidigkeit und Geschmacksrichtung verleihen. Die nächste hier ist Gleem. Sie enthält eine karieshemmende Fluorverbindung, ein mildes Schleifmittel zur mechanischen Reinigung der Zähne und weitere Inhaltsstoffe, die ihr eine spezifische Konsistenz, Geschmeidigkeit und Geschmacksrichtung verleihen. Als nächstes hätten wir Close-up, die eine karieshemmende Fluorverbindung, ein mildes Schleifmittel zur mechanischen Reinigung der Zähne und weitere Inhaltsstoffe enthält, die ihr eine spezifische Konsistenz, Geschmeidigkeit und Geschmacksrichtung verleihen. Die vierte ist Gantpaste, die eine karieshemmende Fluorverbindung, ein mildes Schleifmittel zur mechanischen Reinigung der Zähne und weitere Inhaltsstoffe enthält, die ihr eine spezifische Konsistenz, Geschmeidigkeit und Geschmacksrichtung verleihen. Und dann gibt's Crest; sie enthält Fluoristat...«

»Was ist Fluoristat?« fragte Fouad Nassif.

»Sehr gute Frage. Fluoristat ist Crests eingetragener Warenname für eine Kombination aus einer Fluorverbindung, einem milden Schleifmittel und weiteren Inhaltsstoffen, die für eine spezifische Konsistenz, Geschmeidigkeit und Geschmacksrichtung sorgen. Schließlich haben wir No-Names No-name-Zahnpasta, die eine karieshemmende Fluorverbindung, ein mildes Schleifmittel zur mechanischen Reinigung der Zähne und weitere Inhaltsstoffe enthält, die ihr eine spezifische Konsistenz, Geschmeidigkeit und Geschmacksrichtung verleihen.«

»Und Sie möchten wissen, welche davon die beste ist?«

»Genau.«

Nun war Fouad ein kleiner Junge gewesen, als der Syrische Eindämmungskrieg seiner Heimatstadt Damaskus einen unfreundlich prasselnden Feuerhagel beschert hatte. Nachdem das Bombardement geendet hatte und das Land von alliierten Streitkräften besetzt worden war, hatte Fouad einen der ausländischen Soldaten in stockendem Englisch gefragt, warum es denn notwendig gewesen sei, seinen Häuserblock mit lasergelenkten Raketen zu demolieren. Man erklärte ihm, mit den Leuten, die sein Land regierten, sei nicht vernünftig zu reden gewesen, und das habe es leider unmöglich gemacht, mit ihnen auf eine zivilisiertere Weise zu verfahren. Fouad schrieb sich das hinter die Ohren, und als er später nach den Vereinigten Staaten auswanderte, beschloß er, als Antidot gegen seine Träume – nächtliche Schreckensvisionen von explodierenden Fahrstuhlschächten und massiven Mauern, die wie Briefpapier zerfetzt wurden – formale Logik zu studieren. Um seine Person und seinen Verstand vor künftigen Kriegen zu schützen, war er zu einem Meister der rationalen Auseinandersetzung geworden, aber aus den Äußerungen seines neuen Bosses hatte er den Eindruck gewonnen, daß Whitey etwas anderes hören wollte als die offensichtliche Antwort auf seine Frage. Also tat Fouad etwas, was er sich antrainiert hatte, niemals zu tun: Er log.

»Gantpaste«, sagte er. »Gantpaste ist die beste, weil sie von uns ist.«

»Oh, nein nein nein ... Ihre Loyalität ist rührend, aber ich will die wirkliche Antwort.«

»Sind Sie sicher?«

»Ja.«

»Na schön.« Fouad atmete tief durch. »Keine davon ist die beste. Sie sind alle gleich.«

Whitey schüttelte den Kopf. »Falsch«, sagte er. »Oder zur Hälfte falsch.«

»Sie sind *nicht* alle gleich?«

»Doch, der Teil stimmt.«

»Sie *sind* alle gleich?«

»Genau.«

»Dann kann keine von ihnen die beste sein ...«

»Falsch.«

Fouad hörte den Pfiff von Luft-Boden-Raketen. Er ballte die Fäuste unter dem Tisch und konzentrierte sich. »Da sind sechs Sachen, und sie sind alle gleich. Aber wie kann dann eine besser sein ...?«

»*Keine* davon ist besser«, sagte Whitey zu ihm. »Sie sind identisch. Aber welche ist die *beste*? ... Nun, nun.« Whitey sah, daß Fouad angefangen hatte zu zittern, und streckte eine tröstende Hand aus. Er war zwar Werbefachmann, aber auch ein mitfühlender Mensch, und er hatte schon früher Araber ausgebildet. »Ist schon gut, hören Sie, die Hauptsache in diesem Geschäft ist, nie Angst haben, sich zu irren oder mit einer blödsinnigen Idee rauszuplatzen ... Jesus, Sie sollten mich mal bei Direktoriumssitzungen hören!«

»Aber Aristoteles sagt –«

»Vergessen Sie Aristoteles«, sagte Whitey so sanft wie möglich.

»Aristoteles ist nur für Forschung und Entwicklung zuständig. Das hier ist *Marketingstrategie.*«

»Welchen Philosophen hätte ich lesen sollen, um die Geheimnisse der Marketingstrategie zu verstehen?«

»Münchhausen.«

»Munk-*Haus*-en?«

»*Münchhausen.* Baron von Münchhausen.«

»Mister Caspian«, sagte Fouad, »ich muß Ihnen eine Frage stellen ...«

»Ja?«

»War dieser Baron Münchhausen ein Soldat?«

»Das war er. Er war der beste Soldat, der je gelebt hat.«

»War er Bomberpilot?«

»Er war Kanonenkugelpilot«, sagte Whitey. Er gab Fouad einen zweiten liebevollen Klaps und wandte sich zu Bartholomew Frum. »Was ist mit Ihnen, Bart? Was meinen Sie, welche die beste Zahnpasta ist?«

»Das ist einfach«, sagte Bart. »*Alle* sind die besten.«

Whitey nickte ermutigend. »Reden Sie weiter.«

»Sie sind alle gleich«, fuhr Bartholomew fort, »also ist Crest die beste, Gleem ist unübertroffen, Gantpast ist die Nummer eins, unabhängige Tests bestätigen, daß keine Zahnpasta besser gegen Karies schützt als Colgate, nichts weißere Zähne oder einen frischeren Atem verleiht als Close-up, und No-Name ist genausogut wie jedes teurere Markenprodukt.«

Whitey war beeindruckt. »Sie haben Ihre Hausaufgaben wirklich gemacht.«

»Ich versteh kein Wort«, sagte Fouad.

»Das werden Sie schon noch«, versprach Whitey. »Dazu sind Schulungskurse ja da. Ich werde jede Ihrer Frage beantworten.«

»Ich hätte eine Frage, Mr. Caspian«, sagte Bartholomew.

»Schießen Sie los.«

»Selbstverständlich bin ich ein überzeugter Anhänger der jüdisch-christlichen Arbeitsethik und bin gewillt, ja brenne darauf, mein Bestes zu geben, um hier bei Gant Industries voranzukommen ...«

»Freut mich zu hören.«

»Ja, Sir, aber ich habe mich gerade gefragt ... was für zusätzliche Aufstiegschancen böten sich wohl demjenigen, der Ihnen sagen könnte, wo Philo Dufresne sein Unterseeboot versteckt hält?«

Im Cortex aufgeschnappt

An dem Morgen zogen Joan und Kite schon früh los und fuhren zunächst zum Gebäude der Abwässerbehörde, auf der Eleventh Avenue, wo Joan Fatima Sigorski ein paar Formulare unterschrieb und ihren Spind ausräumte. Kite erregte mit ihrem leeren rechten Ärmel die Aufmerksamkeit der jüngeren Kanaljobber, die natürlich annahmen, sie sei eine Veteranin der Kanalisation – ein Mißverständnis, zu dessen Aufklärung sie nichts unternahm. Aus dem Schatzkästlein von Kloakenanekdoten schöpfend, die Joan ihr mitgeteilt hatte, erzählte Kite den leichtgläubigen Barkassenfahrern, sie habe seinerzeit »ganz eng mit Teddy May zusammengearbeitet, damals, wie ich noch ein halbes Küken war und er ein alter Mann, der sich weigerte, in Rente zu gehen«. Als sie das hörten, wollten alle ein Autogramm von ihr haben; sie berechnete drei Mäuse pro Unterschrift und hatte so, als Joan mit ihren Angelegenheiten fertig war, bereits zweiundvierzig Dollar zusammen.

Sie gingen zur 34th Street hinunter und bogen nach Osten ab. An einem Straßenbüdchen gab Kite einen Teil ihrer Einnahmen für fritierte Kichererbsenbällchen und Kaffee aus, und während sie bezahlte, verrenkte sich Joan den Hals, um zum Phoenix hinaufzustarren, dessen Dachmast heute morgen im Smog und einer niedrigen Wolkendecke verschwand. Die Elektro-Anzeige auf der Westfassade des Gebäudes war dieselbe, über die sich Eddie Wilder gestern gewundert hatte: das gigantische Abreißkalenderblatt mit der geheimnisvollen Zahl 997.

»Hast du eine Ahnung, was das bedeuten soll?« fragte Joan, während Kite in einen Kichererbsenball biß.

»Ist so ne Art Zähler, nicht?« meinte Kite mit vollem Mund. »Die Zahl nimmt in Abständen zu.«

»Aber weißt du, *was* da gezählt wird oder *wer* da Buch führt?

Ich weiß noch, als der Phoenix eröffnet wurde, war der Stand so um die achthundert und ein paar Zerquetschte, und irgendein Kolumnist äußerte sich darüber in der *Times*, aber er bot keinerlei Erklärung an.«

»Ja, aber weißt *du's* nicht, Joan? Du warst doch Werbechefin bei Gant ... oder hast du da aufgehört, bevor der Phoenix fertiggestellt wurde?«

»Ein paar Jahre danach. Aber ob du's glaubst oder nicht, die Plakatwände gehören gar nicht Gant Industries. Natürlich war das schon die ursprüngliche Idee gewesen, daß sie vermietet werden und dadurch regelmäßige Einnahmen bringen würden, aber Harry brauchte dringend Bares, um den Phoenix zu vollenden *und* das Fundament für den Babel zu legen, also hat er sie kurzerhand an eine chinesische Werbeagentur verkauft. Ein kurzer heftiger Geldregen, aber auf lange Sicht hat er Milliarden an potentiellen Mieteinnahmen geopfert.«

»Und niemand hat ihn daran gehindert?«

»Ein paar von uns haben Einwände erhoben, aber Harry hatte das letzte Wort. Darauf läuft's immer hinaus: Es ist ein Privatunternehmen, *sein* Eigentum, ohne irgendwelche Aktionäre, denen er Rechenschaft schuldig wäre. Harrys alter Partner, Christian Gomez, redete immer wieder davon, man sollte an die Börse gehen, zum Teil erhoffte er sich etwas mehr Transparenz und Kontrollierbarkeit für das Unternehmen, aber Harry wollte nur Berater um sich haben, keine stimmberechtigten Partner.«

»Aber seine Gläubiger ...«

Joan schüttelte den Kopf. »Die Banken lieben Harry. Bedingungslos. Was ich dir gestern abend gesagt hab – mit seinem Optimismus, den Erfolgen, die er mit dem Automatischen Diener, dem Transrapid und ein paar anderen Dingen vorweisen kann, und Clayton Bryce' buchhalterischen Kunststücken kann Harry in den Augen der Finanzwelt buchstäblich nichts falsch machen. Seit fünfzehn Jahren ist kein Buchprüfer mehr bei ihm aufgekreuzt; die Leute leihen ihm Geld, weil *jeder* weiß, daß Gant Industries eine bombensichere Sache ist. Außer Amberson Teaneck natürlich.«

»Hmm ... und was ist aus Christian Gomez geworden?«

»Er ist 2008 gestorben. Ein ungeklärter Autounfall. So hab

ich doch überhaupt meinen Job als Regulatorin gekriegt, hab ich dir die Geschichte noch nie erzählt?«

Am Sicherheitsschalter in der Lobby des Phoenix nannte Joan ihren Namen, und sie und Kite bekamen je einen Besucherausweis ausgestellt. Der Aufstieg zur Abteilung für Öffentliche Meinung nahm mehrere Minuten in Anspruch. Der mit jedem zurückgelegten Meter sinkende Luftdruck setzte der Höhe der einzelnen Fahrstuhlschächte eine praktische Grenze; wurde sie überschritten, entstanden im Inneren bald starke Luftzüge, die den Schacht wie eine riesige Orgelpfeife erdröhnen ließen. In den meisten Superwolkenkratzern gab es etwa alle sechzig Stockwerke »Wolken-Lobbies« (die nebenbei auch als potentielle Feuerschneisen dienten), wo Langstreckenfahrstuhlgäste ausstiegen, durch mehrere aufeinanderfolgende Drehtüren gingen, die als Luftschleusen funktionierten, und für die nächsten sechzig Stockwerke einen anderen Lift bestiegen. Das war ziemlich umständlich, aber immer noch besser als Sturmböen in Kauf nehmen zu müssen, die einen Sechshundertmeterschacht hinauf- und hinunterheulten.

Die Abteilung für Öffentliche Meinung von Gant Industries hatte ihre Zentrale im 200. Stock. Die meisten Meinungsingenieure besaßen kein eigenes Büro, sondern arbeiteten gemeinsam in einem einzigen offenen Raum, bekannt als der »Cortex« – stellten doch Marketing und Imagepflege, was immer sich die Krämer in der F&E auch einbilden mochten, das wahre Gehirn und Nervensystem des Konzerns dar –, dessen Südwand aus einem einzigen riesigen Fenster mit Blick auf die untere City bestand. Dafür konzipiert, die kreative Energie seiner zeitweiligen Bewohner zu bündeln und zu verstärken, war der Cortex so laut wie ein Wallstreet-Börsensaal, nur größer, besser, am besten.

Um zehn Uhr, als Joan und Kite nach mehreren Fahrstuhlwechseln dem letzten Lift entstiegen, war der Cortex tief in Gedanken versunken und heckte machiavellistische Machinationen aus –

»... ich schlage vor, wir nehmen ein paar doppelwandige Frachtschiffe und füllen den Zwischenraum zwischen Innen- und Außenrumpf mit Rohöl. Laßt Dufresne eins davon versenken, eine kleinere Ölpest verursachen, und *piff-paff-puff* ist sein Ruf als Freund und Helfer der Umwelt im Eimer.«

»Ich bin damit nicht ganz glücklich, Bob.«

»Ich auch nicht. Was, wenn eins der frisierten Frachtschiffe eine Havarie hat, bevor Dufresne dazu kommt, es zu torpedieren?«

»Also bitte, wie oft kommen Havarien schon vor?«

– brütete über neuen und innovativen Werbefeldzügen –

»Okay, Band ab.«

»Es ist soweit. Das Telefon streikt, und das Auto springt nicht an ...«

»Sissy! Sissy vier-sieben-acht! Komm schnell! Bei Scarlett haben gerade die Wehen eingesetzt! Ich brauche Hilfe!«

»Wehen! Wehen! O weh, Mr. Butler, ich nix wissen von kleine Beebis kriegen ...«

»Das stimmt. Sie weiß es nicht ... noch *nicht. Aber die neuste Entwicklung von Gant Industries, die automatische Hebamme ...«*

»Band stopp. Was halten Sie davon?«

»Wovon?«

»Es gefällt Ihnen nicht.«

»Wissen Sie, was eine Hebamme tut? Ganz konkret, meine ich?«

»Na ja ... zugegeben, wir haben's hier mit einem ziemlich intimen Kontakt zu tun.«

»Versuchen wir's mit einer Analogie: Selbst wenn ich Ihnen versicherte, daß keinerlei Risiken bestehen, und Ihnen eine Geld-zurück-Garantie gäbe, würden Sie Ihre Beschneidung in die Hände eines Androiden legen?«

– und erwog die Äußerungen von Elektro-Rechtsbeiständen, besonders programmierten und wie schwarze Richterinnen aufgemachten und angezogenen Dienern, die die jeweils aktuellsten von Bundeskartellamt und Nahrungsmittel- und Medikamentenbehörde erlassenen Richtlinien für die Zulässigkeit von Werbeaussagen herunterbeten konnten.

»... also wir haben Käseersatz, anorganischen Oregano und gestrecktes Mehl im Teig, aber solange Tomaten bei der Herstellung der Soße eine gewisse Rolle spielen, dürfen wir die Pizza als reines Naturprodukt bezeichnen?«

»Dagegen ist juristisch nichts einzuwenden.«

»Wie steht's mit dem Aufdruck ›reich an natürlichen Ballaststoffen‹? Sind wir dann trotzdem noch verpflichtet, unter den Zutaten die pulverisierte Zellulose aufzulisten?«

»Das Landwirtschaftsministerium hat sich zu einem Verzicht auf die Erfüllung dieser Bedingung bereit erklärt, unter der Voraussetzung, daß der Holzschliffanteil dreißig Prozent des Gesamtvolumens des gestreckten Mehls nicht überschreitet.«

»Dreißig Prozent? Ja glauben die denn, daß wir *Möbel* backen? Kein Problem ...«

Joan versuchte, möglichst nicht aufzufallen, während sie durch den Raum auf die Doppeltür zuging, die in Vanna Domingos Büro und, jenseits dieser Barriere, in Harry Gants Privat-Arbeitssuite führte. Allein hätte sie es vielleicht geschafft; seit sie hier aufgehört hatte, war die Fluktuationsrate bei den Mitarbeitern recht hoch gewesen, und es gab nur noch ein paar Meinungsingenieure, die sie auf den ersten Blick erkannt hätten. Kites fehlender Arm erregte aber hier ebensoviel Aufmerksamkeit wie vorhin in der Abwässerbehörde – wenn auch aus anderen Gründen. Nach der Madison-Avenue-Ästhetik rangierten Amputationen in derselben Kategorie wie Damenbart und Bierbauch; die Vorstellung, jemand würde eine solche Verunstaltung durch Verzicht auf eine Prothese offen zur Schau tragen, war nach den Kriterien der Öffentlichen Meinung schlicht pervers. Außerdem hatten die älteren Mitbürger, die in Werbespots zu sehen waren, nie auch nur annähernd so viele Runzeln oder eine so ledrige Haut wie diese komische alte Eule mit Knobelbechern an den Füßen und Kichererbsenbrei an der Unterlippe. Köpfe wandten sich bei ihrem Anblick ab und erzeugten kleine Strudel im gleichmäßigen Strom von Werbegerede.

Der Abfall im Geräuschpegel ließ Vanna Domingo, die den Cortex mittels eines auf ihrem Schreibtisch aufgestellten holographischen Goldfischglases beaufsichtigte, aufmerken. Sie erspähte Joan Fine und stürzte gefechtsbereit aus ihrem Büro, um den Eindringling zu stellen.

»Sie!« zischte sie Joan an, einen Laserstift dolchgleich in der geballten Faust. »*Raus* hier, augenblicklich! Der Sicherheitsdienst wird Sie in der ersten Wolken-Lobby in Empfang nehmen und aus dem Gebäude begleiten. Und wenn Sie auch nur den *Versuch* unternehmen ...«

Aber Harry Gant stand bereits hinter ihr. »Es ist schon gut, Vanna«, sagte er. »Ich habe Joan gebeten vorbeizuschauen.«

Offenen Mundes brach Vanna mitten in der Tirade ab. Sie sah ihren Chef an. »Sie haben *was?*«

»Joan ist der persönliche Termin, den ich für heute vorgemerkt hatte«, erklärte er. »Kein Grund zur Aufregung, wir werden nur ein bißchen plaudern.«

Vanna wußte nicht, was sie dazu sagen sollte, also funkelte sie statt dessen ihren Stab von Meinungsmachern an. Sie hörten auf zu gaffen und machten sich wieder an die Arbeit.

»Hi, Harry«, sagte Joan.

Gant lächelte. »Joan.«

»Harry, das ist meine Freundin und neue Partnerin, Kite Edmonds. Kite, Harry Gant.«

»Freut mich, Sie kennenzulernen«, sagte Gant, während er Kite die Hand schüttelte, ohne die Augen von Joan abzuwenden. Amüsiert sagte Kite: »Das merk ich«, was Harry indes nicht mitbekam.

»Also«, sagte Gant, zu Joan gewandt, »wollen wir reingehen und uns ein wenig unterhalten?«

Vanna knirschte mit den Zähnen.

Kite und Vanna teilen sich ne Kippe

»Hier wird nicht geraucht«, sagte Vanna, nachdem Joan in Gants Büro verschwunden war. Kite setzte ihr Beleidigte-Großmutter-Gesicht auf – auf Vannas Schreibtisch stand, nicht zu übersehen, ein Aschenbecher –, steckte sich aber keine an.

»Wie's scheint, kennst du mich nicht mehr«, sagte sie und schob Tabaksbeutel und Blättchen wieder in ihre Manteltasche.

»Woher sollte ich Sie kennen?«

»Grand Central Station.«

Vanna war sofort auf dem Quivive. »Was ist mit Grand Central Station?«

»Schau mich nicht so an, als wär ich ne Erpresserin, Schätzchen. Ich hab früher in den Tunnels geschlafen, genau wie du. Wir lagen direkt nebeneinander, in dieser Nacht, als die Ratten rausgekommen sind und sich den alten Sarge Kilpatrick geschnappt haben. Und wenn mich mein Gedächtnis nicht täuscht, hab ich einen Nager umgenietet, der sich dein Gesicht als Abendessen ausgesucht hatte.«

Vanna nickte, noch immer auf der Hut. »Ich erinnere mich«, sagte sie. Dann: »Na schön, rauch ruhig, wenn du willst.«

»Ich wußte doch, daß du auch höflich sein kannst.«

Als die Zigarette gerollt und angezündet war und einen dünnen weißen Rauchfaden in die Luft steigen ließ, fragte Vanna: »Was will die Fine von Harry?«

»Informationen«, sagte Kite.

»Es geht um den Teaneck-Mord, nicht? Sie will wegen dem verschwundenen Diener Stunk machen.«

»Wie kommst du darauf?«

»Weil diese Zeitungsschmiererin aus Brooklyn sie gestern im Krankenhaus besucht hat und jemand, ohne dazu autorisiert zu sein, meine Datenbank nach Hinweisen auf Amberson Teaneck durchsucht hat. Es ist nicht schwer, sich den Rest zusammenzureimen.«

»Na ja, und was ist schon dabei? Meinst du nicht, die Öffentlichkeit sollte gewarnt werden, wenn jemand deine Roboter als Killer einsetzt?«

»Ich bin nicht der Ansicht, daß man die Öffentlichkeit dazu verleiten sollte, Spekulationen über das Unmögliche anzustellen.«

»Und was, wenn es nicht unmöglich wäre?«

»Meine Loyalität gilt zuerst und ausschließlich diesem Unternehmen.«

Kite nickte. »Du bewachst noch immer beim Essen deinen Teller, wie?« sagte sie. »Beugst dich drüber, daß ihn dir ja keiner unter der Nase wegreißen kann. Muß peinlich für dich sein, dich bei schnieken Geschäftsdinners wie ne Stadtstreicherin aufzuführen.«

Bevor Vanna etwas darauf erwidern konnte, klopfte jemand an die Tür. Whitey Caspian steckte den Kopf herein. Er war sichtlich aufgeregt.

»Vanna, ist Harry da? Ich hab Neuigkeiten.«

»Er ist momentan in einer Besprechung. Darf nicht gestört werden. Gehen Sie.«

»Na gut, kann ich dann mit Ihnen ne Minute reden? Ich glaube, ich hab rausgefunden, wo –«

»Ich bin auch in einer Besprechung.« Sie zeigte auf Kite. »Sehen Sie's nicht?«

»Aber Vanna –«

Mit einer offenbar geübten Bewegung hob Vanna ein Bein, streifte sich den Schuh ab und schleuderte ihn Whitey an den Kopf. Whitey ging.

»Damit wär meine Frage beantwortet«, sagte Kite.

Vanna holte sich ihren Schuh wieder. »Ich verteidige, was mir gehört.«

Kite klopfte auf den Schwarzpulverrevolver, der unter ihrem Mantel verborgen war. »Tu ich auch«, sagte sie. »Willst du ne Zigarette?«

»Dreh mir ein paar.«

Freifahrkarten nach Jersey

Das Problem mit Harrys Büro, fand Joan, war eine verkleinerte Ausgabe des Problems mit dem Phoenix an sich: zuviel und zu schlecht genutzter Platz. Nun könnte es zwar paradox klingen, daß es überhaupt möglich sein sollte, in einer so überbevölkerten Stadt zuviel Platz zu schaffen, aber Superwolkenkratzer waren Städte in sich, Städte in Städten, und schwer vollzukriegen. Wo Höhe Selbstzweck war, mußte die Form um eine Funktion betteln und ging oft genug leer aus.

Grob gesprochen, hatte Gant von der Gesamtfläche der Etage alles bekommen, was die Abteilung für Öffentliche Meinung nicht benötigte. Nach Abzug eines Privatbadezimmers und -konferenzsaals, eines maßgeschreinerten Mammutschreibtisches und etlicher Aktenschränke mehr, als er imstande sein würde, mit Akten zu füllen, selbst wenn er Kites Alter erreichen sollte, blieb Harry noch genügend Platz (und genügend Fenster) übrig, um sich einen bürointernen Hubschrauberlandeplatz einzurichten, wenn er je den Wunsch danach verspüren sollte. Was allerdings nicht zu erwarten war. Höhenangst.

Also füllte er den ganzen Platz, den er nicht brauchte, mit

Gerümpel. Mit Spielereien vor allem, wie einem Trimm-dich-Gyroskop und einem Elektronischen Streckenplan des Transrapidnetzes sowie – als neuste Erwerbung – einem holographischen Projektionsspielbrett von der Größe zweier Standardbillardtische. Gant hatte die Anlage eingeschaltet gelassen – vielleicht um Joan zu beeindrucken, vielleicht auch nur, um etwas mehr überschüssigen Raum zu füllen. Zwischen zwei mit Joysticks, Knöpfen und Schaltern gespickten Spielkonsolen schwebte eine virtuelle Insel, eine Große Amerikanische Verbraucher-Insel: eine Insel mit zwei Fabriken, einer weißen und einer schwarzen. Außerdem waren darauf Hunderte kleiner pinkfarbener Häuser zu sehen, mit winzigen Hologramm-Menschen, die darin wohnten, winzigen Menschen, die vor winzigen Fernsehgeräten saßen, winzige Rasen mähten und winzige Eiscremetüten von winzigen Eiswagen kauften. Manche dieser Lieferwagen waren weiß und manche waren schwarz. Sie kamen von der jeweiligen Fabrik und fochten einen idealisierten Laissez-faire-Konkurrenzkampf um die Käufergunst der Insulaner aus.

»Das ist eine Lernmaschine«, sagte Gant, »für angehende kapitalistische Demokratien, die den Dreh noch nicht so raushaben. Albanien hat tausend Stück bestellt.«

»Wo sind die kleinen holographischen Giftmülldeponien?«

»Das ist ein vereinfachtes ökonomisches Modell, Joan. Abfallbeseitigung gehört nicht zur spezifischen Zielsetzung der Simulation. Und bevor du fragst: nein, die Lastwagenfahrer sind nicht gewerkschaftlich organisiert.«

»Klingt nach einer hervorragenden Lernmaschine fürs albanische Management. Stört's dich, wenn ich rauche?«

»Hast es dir noch nicht abgewöhnt, hm?«

»Ich hab immer noch alle meine schlechten Angewohnheiten«, bestätigte Joan. »Genau wie du. Aber danke für die Blumen.«

»Keine Ursache.« Er lächelte. »Danke, daß du dich nicht mitsamt dem Hai in die Luft gesprengt hast. Schön, dich zu sehen. Du hast mir gefehlt.«

Sie warf wieder einen Blick auf sein neues Spielzeug, die kreuz und quer flitzenden virtuellen Eiscremelieferwagen, und es wurde ihr plötzlich bewußt, daß dieses viel zu große, viel zu vollgegestopfte, viel zu unpraktische Büro eigentlich genau das richtige für Harry war. Und daß es gut war, genau in dem Augenblick an diese Tatsache erinnert zu werden, in dem ihr bewußt wurde, daß er ihr auch gefehlt hatte. »Am Telefon«, sagte sie, »hast du gesagt, du würdest mir bei den Nachforschungen im Fall Teaneck helfen.«

»Ich habe gesagt, ich würde mich gern mit dir darüber unterhalten. Aber du weißt genausogut wie ich, Joan, daß er nicht von einem Automatischen Diener ermordet wurde.«

»Als Lexa zuerst davon sprach, hatte ich meine Zweifel«, sagte Joan. »Ich sagte ihr, soweit ich wüßte, sei es zu schwierig und zu kostspielig, die eingebauten Verhaltenshemmungen des Dieners zu überbrücken, als daß es sich überhaupt lohnen könnte. Aber dann kam, während ich frühstückte, in CNN eine Wiederholung des Berichts von Philo Dufresnes letztem Überfall, und ich habe gedacht, wir leben in einer Welt, in der sich Leute ihre eigenen U-Boote bauen, weil sie mit der gegenwärtigen Umweltpolitik nicht einverstanden sind, also wem mach ich hier eigentlich was vor? Es *ist* möglich. Und wenn ein Konzern oder die Regierung ihre Finger in der Sache drin hat, ist es mehr als nur möglich.«

»Selbst wenn es möglich *wäre*«, sagte Gant, »wäre es sehr sehr, sehr unwahrscheinlich. Die Leute *lieben* den Automatischen Diener, Joan; er ist ein klasse Produkt, das sie glücklich macht, indem es ihr Leben ein ganzes Stück leichter macht. Warum sollte man das alles dadurch verderben, daß man ein einziges unerfreuliches Ereignis aufbauscht, das wahrscheinlich überhaupt nichts mit dem Diener zu tun hat? Warum sollte man andere Verrückte dazu ermutigen, die Sache auch auszuprobieren?«

»Willst du damit behaupten, daß du es ehrlich vorziehen würdest, nicht zu wissen, ob jemand dein klasse Produkt dazu benutzt, Morde zu verüben?«

»Natürlich nicht. Du weißt doch selbst, wieviel ich jedes Jahr für Lobbyarbeit und Prozesse ausgebe, nur um sicherzustellen, daß das Pentagon keine Kampf-Androiden bauen kann. Nicht mit *meinem* Patent. Verdammt, ich hab sogar noch immer Bedenken wegen der Elektro-Polizisten, besonders wo das Polizeipräsidium von Los Angeles andauernd nach einem tödlichen

Modell verlangt. Du kannst also sicher sein, daß ich mich *so* –« er schnippte mit den Fingern »– *fort* auf die Sache stürzen würde, wenn ich auch nur den allerleisesten Verdacht hätte, daß jemand einen Diener dazu benutzt hat, ein Gewaltverbrechen zu begehen.«

»Und du hast nicht den geringsten Verdacht gehabt.«

»Nicht den allergeringsten.«

»Nimm's mir nicht übel, wenn ich dich nerve, Harry, aber wie gründlich hast du nach Verdachtsmomenten *gesucht*? Hast du auch nur die Akte der Mordkommission gelesen?«

»Nein, wie denn? Das ist doch vertrauliches Material, oder? Die Polizei hat mir nicht angeboten, einen Blick reinzuwerfen.«

»Aber geredet hast du mit der Polizei doch wohl?«

»Vanna hat sich mit denen unterhalten.«

»Und?«

»Nichts und. Sie sagte, sie hätten ein paar technische Fragen zur Konstruktion des Dieners gehabt, aber irgendwelche Anschuldigungen seien nicht erhoben worden. Sie zeigte sich vollkommen kooperativ, bat darum, daß man den Medien nach Möglichkeit keinen Stoff für haltlose Spekulationen lieferte, und verabschiedete sich. Und das war's.«

»Das war's. Haben sie sich nicht mit irgendwelchen weiteren Fragen gemeldet?«

»Vanna hat mir jedenfalls nichts davon gesagt.«

»Also warum wolltest du überhaupt, daß ich herkomme, wenn du mir nichts anderes zu erzählen hast, als daß es nichts zu erzählen gibt?«

»Ich hatte einfach Lust, dich wiederzusehen«, sagte er. »Ein paar Züge passiv rauchen, mir anhören, wie du mir vorhältst, wie verantwortungslos ich bin. Wie in den alten Zeiten. *Und*«, fügte er schnell hinzu, »um dir zu sagen, daß, wenn du *mir* nicht glaubst, daß meine Diener unschuldig sind, du John Hoover aufsuchen solltest.«

»Wen?«

Gant drehte sich um. »Toby.«

Joan schrak zusammen, als der Diener scheinbar aus dem Nichts auftauchte, obwohl er in Wirklichkeit die ganze Zeit reglos, aber unübersehbar inmitten des Gerümpels herumgestanden und sie ihn lediglich nicht bemerkt hatte. Er trat ohne ein Wort vor und überreichte Joan ein Kuvert.

»Was ist das?« fragte Joan.

»Zwei Rückfahrkarten für den Transrapid nach Atlantic City. Den Morgen-Zocker-Expreß hast du schon verpaßt, aber es gibt einen Zug, der um 11.30 Uhr abfährt und noch einen um 12.59 Uhr. Wenn du möchtest, kann ich dir ein Taxi bestellen, das dich von hier direkt zur Grand Central fährt.«

»Wer ist John Hoover?«

»Er ist der Mann, der den Selbstmotivierenden Androiden erfunden hat. Ursprünglich war er bei Disney, aber als ich das Patent gekauft habe, ist er hier rübergekommen und hat drei Jahre lang für mich gearbeitet. Jetzt ist er im Ruhestand, wohnt in New Jersey, bleibt aber auf dem laufenden, was die Aktivitäten der Firma betrifft. Gestern abend hat er mir, gerade bevor du angerufen hast, ein nettes Fax geschickt, in dem er schreibt, er habe von der Sache mit Amberson Teaneck gehört, und auch, daß ein paar Zeitungen vorhätten, Alarm zu schlagen. Er wollte mir nur sagen, wenn ich glaubte, es könnte etwas nützen, sei er nur zu gern bereit, mit Reportern zu reden. Reizender Mensch, wirklich.«

Joan öffnete den Umschlag. Außer den Tickets lag darin eine Karte mit John Hoovers Adresse und Telefonnummer. »Wenn ich mir die Mühe mache, diesem Typen einen Besuch abzustatten«, sagte sie, »wird er mir dann auch etwas Sachdienliches zu erzählen haben? Oder mir lediglich eine weitere Version des Sermons auftischen, wie sehr, sehr, sehr unwahrscheinlich es doch sei, daß ein Diener sich umprogrammieren lasse?«

»Na ja, er ist *Wissenschaftler.* Er könnte dir wahrscheinlich ein ganzes Stück genauer erklären, *warum* es unwahrscheinlich ist.« Gant breitete die Hände aus. »Sieh mal, Joan, ich sage dir so einfach, wie ich kann, daß an diesen Gerüchten überhaupt nichts dran ist. Aber vielleicht kann dir Hoover die mathematische Seite dazu liefern.«

»In Ordnung. Ich sollte ihn zuerst anrufen.«

»Wenn du heut abend zurück bist«, sagte Harry, »könnten wir zusammen essen.«

Joan sah ihm in die Augen, senkte den Blick dann wieder auf

die Karte mit der Adresse. »Erklär mir noch eins«, sagte sie. »Woher kann jemand, der in Jersey wohnt, wissen, was irgendwelche Reporter in New York gerade vorhaben? Ich meine, nach dem, was mir Lexa erzählt hat, haben die Medien bislang kein Sterbenswörtchen über die Sache gebracht. So kooperativ sie mit der Polizei auch gewesen sein mag, hat deine Vanna Domingo es geschafft, den meisten Nachrichtenagenturen eine Heidenangst vor Verleumdungsklagen einzujagen.«

Gant zuckte die Achseln. »Vanna kann bisweilen etwas schroff sein, aber das liegt daran, daß sie es im Leben nicht leicht gehabt hat. Sie ist loyal. Und John Hoover ist es auch. Ihm liegt der Ruf des Dieners am Herzen, also nehme ich an, daß er einfach irgendwie davon gehört hat. Wie ist Lexa eigentlich an eine Kopie des Polizeiberichts über Amberson Teanecks Tod gekommen?«

Joan faltete den Umschlag zusammen und steckte ihn sich in die Tasche. »Die Beschaffung von Informationen ist Lexas Job«, sagte sie. »Ich sag dir was, übers Abendessen unterhalten wir uns, nachdem ich mit John Hoover gesprochen habe.«

»Gut.«

Joan schüttelte den Kopf und konnte sich ein Lächeln nicht verkneifen. »Das wird sich zeigen, Harry. Aber trotzdem danke für die Einladung.«

8

> Wenn du durch irgendeinen blöden Zufall auf die »Liste der zehn Meistgesuchten« gesetzt wirst, ist es das Signal, daß das FBI wirklich eine Fahndung angeleiert hat. Es ist auch der Hinweis darauf, daß es irgendwelche Indizien gefunden hat und sich ziemlich sicher ist, daß es dich bald schnappen kann. Die Liste ist ein PR-Gag, den Hooper, oder wie der Kerl sonst heißt, sich ausgedacht hat, um das FBI als einen Verein von Superspürhunden hinzustellen ... Wenn du auf die Liste gesetzt wirst, geh tiefer in den Untergrund.
>
> Abbie Hoffman, *Steal This Book*

Lexa bekommt die Morgenzeitung

Der Robbins-Reef-Leuchtturm lag drei Kilometer südwestlich der Freiheitsstatue, vor der Küste von Staten Island. Da er vollautomatisiert war und für die Öffentlichkeit gesperrt, waren seine einzigen autorisierten Besucher zwei Leute von der Küstenwache, die zweimal im Monat zwecks Wartung und Inspektion herauskamen. Die Wärter waren beides pflichtbewußte Seeleute, patriotisch bis ins Mark, und unter auch nur halbwegs normalen Umständen hätten sie mit Piraten welcher Art auch immer nichts zu schaffen gehabt. Aber dem einen von beiden war der Großvater auf einer kalifornischen Traubenplantage an pestizidinduziertem Krebs gestorben, und der andere hatte miterlebt, wie seine Familie, nachdem die gesamten Fischbestände der Bristol Bay durch die Alaska-Ölpest von 2020 vernichtet worden waren, Bankrott gemacht hatte. Woraus folgte, daß nichts dagegen einzuwenden war, wenn eine Bande von gesetzlosen Ökofreaks Robbins Reef ab und zu als Versteck/Treffpunkt benutzen wollte, solange besagte Ökofreaks keine Spuren hinterließen und besonders aufpaßten, daß sie beim Kommen oder Gehen von niemandem vom nahe gelegenen Bayonne-Militärhafen gesehen wurden.

Der Leuchtturm war klein, nicht viel mehr als ein Hydrant auf einem Steinsockel, der eine Erhebung des Riffs bekrönte. Innen gingen von einer Mittelachse ringsum kuchenstückförmige Räume ab: Speicher, Schlafzimmer, Küche und angrenzendes Wohnzimmer. Es gab auch ein Badezimmer mit einer gußeisernen Wanne, die ihr Wasser aus einer Außenzisterne bezog; Morris Kazenstein hatte die Leitungen wieder auf Vordermann gebracht und die Zisterne mit zwei unauffälligen Regenauffangvorrichtungen aufgerüstet. Im Schlafzimmer, das nach dem Weggang des letzten ansässigen Wärters leer gelassen worden war, hatte Morris eine Zwischendecke mit einem darin versenkten hängenden Futon eingezogen, der an Flaschenzügen hochgehievt und heruntergelassen werden konnte. Der und ein geheimes Küchenfach, das Kochutensilien, Propangasflaschen und nicaraguanischen Kaffee enthielt, machten den ganzen Komfort des Leuchtturms aus. Er war spartanisch, aber gemütlich, eine gute Ausweichmöglichkeit, wenn das FBI New Bedford-Stuyvesant überwachte und Lexas Apartment deswegen für Philo zu gefährlich wurde. Außerdem lag er näher an der Piratenbucht und war schneller zu erreichen, falls sie es, aus welchen Gründen auch immer, einmal eilig hatten.

Manchmal verfiel Toshiro Goodhead, wenn er in Krämpfen der Wollust aufschrie, in seine japanische Muttersprache, während Philo in die Mundart der Pennsylvania-Deutschen regredierte und Lexa, die außer Englisch fließend Arabisch, Französisch, Russisch und Spanisch sprach, zu einer veritablen Berlitz des Eros wurde. Als sie endlich einschliefen, brannten ihnen die Ohren vom Nachhall ihrer babylonischen Verwirrungen. Sie träumten von Landkarten und Völkern und wachten umgeben von freundlichem Fleisch auf.

Wie üblich wachte Lexa als erste auf. Philo lag, rechts von ihr, auf dem Rücken, und seine breite Brust gab ein Kissen für ihre Wange ab. Toshiro, dessen Kopf zum anderen Ende des Futons wies, schlief mit den Lippen an ihren Füßen. Lexa legte eine Hand auf jeden von beiden und spürte den langsamen Gleichtakt ihrer Atmung. Sie lächelte zufrieden.

Aus einem anderen Teil des Leuchtturms drangen die Gerüche von frisch gebrühtem Kaffee und frischer Druckerfarbe herein: Ellen Leeuwenhoek war aus Washington zurückgekehrt. Vorsichtig, um ihre Bettgenossen nicht aufzuwecken, stand Lexa auf und vollführte auf dem kalten Fußboden einen Barfußtanz. Robbins Reef war nicht geheizt. Sie patschte am Lagerraum vorbei hinaus und sah, daß das Klappbett, in dem Rabi schlief, leer war, die dicken Steppdecken beiseite geschoben; aus dem Badezimmer hörte sie Geplansche und Gelächter. Sie ging in die Küche und machte sich einen Zucker mit Kaffee.

Der neue *Long Distance Call* lag auf dem Wohnzimmertisch. Er kam einem Kunstwerk so nahe, wie es für eine Zeitung überhaupt nur möglich war. Lexa hatte das zur Jahrtausendwende erfolgte Eingehen der *Village Voice* als Zeichen verstanden und war zu dem Schluß gelangt, daß ein alternatives Wochenblatt unmöglich den Einfluß haben konnte, den sie anstrebte, solange es nur den Leser auf der Straße ansprach; daher versuchte sie, die Journalisten und Herausgeber anderer, etablierterer Zeitungen zu verführen. Nachdem das Layout auf dem Computer erstellt worden war, wurde der *Call* von Hand auf einer Elektro-Gutenberg gesetzt, die der Schrift und den Rasterfotos die gleiche reliefartige Struktur verlieh wie eine echte Handpresse. Auch das Papier hatte, grob, dick und schwer, etwas Ältlich-Gediegenes an sich. Und die Texte des *Call* waren der äußeren Erscheinung der Zeitung mehr als würdig. Wenn auch nicht alle, so wurden doch viele Stories, die Lexa brachte, von der *Times* übernommen, und andauernd kamen Bitten um Hilfe bei Recherchen. Es ging sogar das Gerücht, der Chefredakteur der *Washington Post* kaue Stückchen vom Impressum des *Call* als Aphrodisiakum – was gar nicht so abwegig war, wie es klang. Der *Long Distance Call* war eßbar: auf die Zunge gelegt, schmeckte sein Papier leicht nach Honig, seine Druckerfarbe nach erlesenen Spezereien.

»Na ihr?« sagte Lexa, als sie ins Badezimmer hereinspaziert kam. Ellen saß mit Rabi, deren Windpocken allmählich am Abklingen waren, in der Badewanne.

Rabi grinste sie süffisant an. »Du warst heute nacht ganz schön laut«, sagte sie.

»Wirst du eines Tages auch sein«, versicherte ihr Lexa. »Du hast meine Stimmbänder geerbt.« Sie gab Ellen einen Begrüßungskuß und schaffte es, ohne ihren Kaffee zu verschütten, sich gleichfalls in die Badewanne zu quetschen, die für einen großen und stabil gebauten Leuchtturmwärter gegossen worden war. »Was gibt's aus D. C. zu berichten?«

»Monotonie«, sagte Ellen. Sie griff sich einen Schwamm und fing an, Lexas Rücken einzuseifen. »Falls du meinen solltest, die demokratischen Präsidentschaftskandidaten seien einer wie der andere, wart, bis du die Wahlreden der Republikaner gelesen hast. Die bislang einzige interessante Meldung betrifft Senatorin Young, und die hat nichts mit ihrem Programm zu tun. Die FBI-Überprüfung hat drei zusätzliche Ehemänner zutage gefördert, von denen sie niemandem was erzählt hatte. CNN bringt heute nachmittag die Story, aber die Senatorin wollte dir ein Interview für den nächsten *Call* anbieten. Sie hat wohl irgendwo läuten hören, daß du Verständnis für ihre Situation haben könntest.«

»Hmm«, sagte Lexa. »Wie würde das eigentlich protokollmäßig geregelt, wenn sie gewählt werden sollte? Sind die dann alle Prinzgemahl, oder muß sie eine Rangordnung unter ihnen festlegen?«

»Ich könnte mir vorstellen, sie schlägt eine Rangordnung vor«, sagte Ellen, »und dann lädt der Senat jeden von ihnen zu einer öffentlichen Anhörung vor und stimmt anschließend darüber ab, ob der Vorschlag angenommen wird oder nicht.«

»Hearings über eheliche Rangordnungsfragen im Präsidentinnenharem. Na, das wäre eine Story, die man wirklich bringen könnte.«

»Klar, in einem anderen Jahrhundert vielleicht.« Ellen lachte. »Und was macht Seraphina heute morgen? Ist sie letzte Nacht nicht mit rausgekommen?«

»Sie macht, was der *Geist* ihr *eingibt*«, sagte Rabi.

»Ah *so*«, sagte Ellen. Sie schrubbte Lexa den Rücken. »Noch mehr unbezahlbare Kunstwerke?«

»Nein«, sagte Lexa. »Mikrochips. Irgendwann letzten Monat hat Morris eine Geheimdatei aufgetan, ein Regierungsprojekt über Künstliche Intelligenz, und da hat er beschlossen, daß er was von abhaben wollte. Also hat er ein bißchen im Netz herumgespielt und eine gefälschte Sonderbestellung abgeschickt, daß ein Prototyp der Hardware in die Grand Central Station geliefert werden soll. Offenbar hat das FBI dort einen toten Briefkasten für Under-Undercoveragenten. Morris und Seraphina und Neunundzwanzig-Wörter holen die Chips heute vormittag ab.«

»*Morris* macht einen auf Fed?«

»Auf Inlandsaufklärungsaußendienstler.« Lexa legte den Kopf in den Nacken, damit Ellen sie unter dem Kinn einseifte. »Ich hab so eine Ahnung, daß wir in den Nachrichten was darüber hören werden.«

Morris bekommt seine Post, während Maxwell eine Witterung bekommt

Der Mann, der die Grand Central Station betrat, sah aus wie ein wahnsinniger Rabbi, der Pancho Villas Kleiderschrank ausgeplündert und dann zur Sicherheit noch eine Stadtstreicherin ausgeraubt hatte. Die Verkleidung war so durchschaubar und so auffällig – er trug praktisch das Warnschild *Achtung! Volltrottel-Terrorist!* um den Hals –, daß die FBI-Agenten, die ihm auflauerten, anfangs ihren Augen nicht trauten. Nach dem ersten Schock schmunzelten sie. Das war ein Fehler.

Die große Bahnhofshalle war von Sonnenstrahlen vergoldet, importierten, aber echten Sonnenstrahlen: hereingepipelined mittels einer Batterie von Periskopen, die ein paar hundert Meter über das Dach des Bahnhofs in die Höhe ragten. Die Periskope richteten sich den ganzen Tag lang automatisch nach dem Stand der Sonne aus und schleusten in die düstere Halle gestohlene Lichtstrahlen hinab, die sich dort unter einer umgedrehten riesigen blauen Schüssel anmutig schnitten und kreuzten. Nachts ruhten sich die Periskope aus, und die Schüssel füllte sich mit Silberkörnchen, holographischen Sternbildern, die an einer magnetisch aufgezeichneten Himmelskuppel funkelten. Diese und weitere Spielchen hatten Harry Gant ein Vermögen gekostet, aber wie immer hatte ihn der Preis nicht annähernd sosehr interessiert wie die »Klasseheit« des Resultates. Wie viele zu spät geborene New Yorker hatte es Gant immer bedauert, die Glanzzeit der Grand Central nicht mehr miterlebt zu haben, und der Erfolg des Transrapid war für ihn Ausrede genug gewesen, eine vollständige Renovierung des heruntergekommenen Bahnhofs in Angriff zu nehmen. Die unterhaltsamen Teile des Aufmotzprojekts hatte er sich selbst vorbehalten, während er Clayton Bryce mit den Geldsorgen und Vanna Domingo mit dem Handling des sozialtechnologischen Aspekts des Vorhabens betraut hatte – das heißt, der Umsiedlung der Kriegsveteranen und sonstigen Obdachlosen, die Grand Central als Auffanglager benutzten. Schließlich war Vanna bis vor gar nicht langer Zeit selbst eine von ihnen gewesen, und so durfte man füglich annehmen, daß sie am besten wissen würde, wie mit ihnen zu verfahren sei.

So war's denn auch. In einer kalten Herbstnacht des Jahres 2018 durchkämmten Sicherheitsbeamte die Tunnel, Korridore und Hallen des Bahnhofs und evakuierten sämtliche Obdachlosen. Die Wächter boten Gratis-U-Bahn-Münzen als Umzugsanreiz an und griffen nur im äußersten Notfall zur Gewalt, aber sie ließen kein Nein gelten: Grand Central hatte keinen Platz mehr für fahrkartenlose Herumtreiber. Man schlug den Vertriebenen Pennsylvania Station, die Heimat von Amtrak, Gants immer mehr ins Abseits geratenden Konkurrenten, als künftige Ausweichschlafstätte vor, obwohl Penn Station schon an einer eigenen Nichtseßhaften-Population zu ersticken drohte. Bereits am nächsten Morgen war der Bahnhof doppelt am Ersticken; drei Monate später war Amtrak vollends eingegangen, und die Nahverkehrsbetriebe PATH und Long Island Railroad bettelten um Gleisplatz in der Grand Central, die bereits wieder ein wahres Schmuckstück geworden war. Vanna Domingos Sicherheitskräfte – die »Gute-Reise-Truppe«, wie sie genannt wurden – taten ihr Bestes, damit es auch so blieb.

Was der Grund dafür war, daß Morris Kazenstein selbst, wenn er nicht gewußt hätte, daß er in eine Falle lief, argwöhnisch gewesen wäre. Ihm war sehr wohl bewußt, wie er aussah, in einem abgewetzten Poncho, Filzsombrero, Levi's und Cowboystiefeln, mit einer schmierigen Einkaufstasche in jeder Hand und einem dichten schwarzen Bart und schwarzen Schläfenlocken, die sein

Gesicht verdeckten. An einem normalen Tag wären die Gute-Reiser in null Komma nix angetanzt und hätten ihn gefragt, ob sie ihm irgendwie »helfen« könnten, aber nicht heute: Heute hatte das FBI ihnen befohlen, sich zurückzuhalten und Penner und Unbemittelte in Ruhe zu lassen, bis die Festnahme erfolgt sein würde. Die Wächter am Haupteingang starrten Morris an, ließen ihn aber passieren.

Sie ließen auch Panzerkommandant a. D. Maxwell passieren, der an diesem Morgen aus der Bücherei geflogen war, nachdem man ihn dabei ertappt hatte, wie er den »Rubicon-Shrapnel«-Band der *Encyclopaedia Britannica* in einem Farntopf vergraben wollte. Aus reinem Zufall trampelte er ein paar Schritte hinter Morris in den Bahnhof, und die FBI-Agenten faßten ihn vorübergehend ins Auge und fragten sich, ob er ein Komplize sein konnte; aber anstatt dem jüdischen Piraten zu folgen, schwenkte Maxwell nach links ab, auf einen Zeitungsstand zu, wo irgendwelches nackte Fleisch lockte.

Morris ging derweil unter der leeren Sternenschüssel durch – wohlerzogene, saubere, fahrscheinbewehrte Fahrgäste warteten hier auf langen Bänken darauf, daß ihr jeweiliger Zug ausgerufen wurde – und hielt auf die Nordostecke der Halle zu, wo sich der Postschalter befand. Von einem Sims aus, der knapp unter dem Rand der Schüssel entlanglief, behielten zwei an Sicherheitsgurten hängende FBI-Heckenschützen Morris im Fadenkreuz, bereit, ihn abzuservieren, falls er irgend etwas unternehmen sollte, was wie eine Gefährdung der Zivilbevölkerung aussah. Er tat es nicht. Er ging schnurstracks zum Schalter, wo Agent für un-un-amerikanische Umtriebe Ernest G. Vogelsang ihn in einer geborgten Postuniform begrüßte.

»Kann ich Ihnen helfen?« fragte Vogelsang.

Maxwell ließ einen Drehständer kreiseln, der hauptsächlich mit der Sonderausgabe zum fünfzigjährigen Jubiläum von Erica Jongs *Angst vorm Fliegen* bestückt war. Der entblößte Nabel und das mondsichelförmige Scheibchen Brust auf dem Umschlagbild versetzten ihn in Erregung, und er fing an, sich die Jackentaschen mit Taschenbüchern vollzustopfen. Die Zeitungsverkäuferin, eine FBI-Agentin, die momentan Morris Kazenstein durch ein starkes Doppelglas beobachtete, erhob keine Einwände.

Morris setzte seine Einkaufstaschen auf den Boden. »Ich möchte ein Paket abholen«, sagte er und zückte einen gelben Zettel. Als er ihn Vogelsang reichte, klopfte er mit den Knöcheln dreimal auf den Schaltertisch.

Vogelsang beantwortete dies mit einem Kodesatz: »Ist immer nett, zu dieser Jahreszeit Päckchen zu bekommen, wie?«

»Um ehrlich zu sein«, sagte Morris, »bekomme ich meine Päckchen lieber um den vierten Juli herum.«

»Dann müssen Sie ja ein richtiger Patriot sein.«

»Ich würde bedenkenlos das Dorf zerstören, um es zu retten«, bestätigte Morris.

Vogelsang nickte. »Hier ist Ihr Paket.«

Oben auf dem Sims wurde einer der Heckenschützen von einem silbernen Eichhörnchen gebissen und verlor das Bewußtsein, noch ehe er aufschreien konnte. Der zweite Heckenschütze spürte, wie es hinter ihm von einer offenen Luke her zog, und wurde von einem Polarhäschen im Rücken getroffen; auch er nickte sofort ein und blieb vornübergebeugt in seinen Gurten hängen.

Über die Lautsprecher des Bahnhofs gab Seraphina Dufresnes Stimme bekannt: »Gleis neunundzwanzig ist soeben für den ausgehenden Zugverkehr freigegeben worden.«

Vogelsang holte eine Plastikschachtel von der Größe eines Brillenetuis hervor und ließ sie mit dem Daumen aufschnappen, damit Morris die vier darin befindlichen Mikrochips sehen konnte. »Gehört alles Ihnen«, sagte er. »Nur noch eine Unterschrift hier.«

Er legte auf seiner Seite des Schalters ein Elektro-Klemmbrett neben die Mikrochip-Schachtel. Morris mußte hineinlangen, um es zu sich herüberziehen, und als er das tat, ließ Vogelsang eine Handschelle um sein Handgelenk zuschnappen.

»Ich verhafte Sie«, teilte ihm Vogelsang mit, »wegen versuchten Diebstahls von Regierungseigentum, Amtsanmaßung, Computerspionage und Verdachts der Piraterie auf hoher See. Sie haben das Recht zu –«

Morris zog seinen Arm zurück und ließ die Hand stehen, die sofort die Handschelle abschüttelte und auf Vogelsang losging. Wie eine fünfbeinige Tarantel krabbelte sie an Vogelsangs Hemdbrust hoch, machte einen Klimmzug an seinem Kinn und preßte ihm eine chloroformgetränkte Handfläche auf Mund und Nase.

»Nacht, Ernest«, sagte Morris. Seine echte Hand schwuppte aus dem Ärmel hervor, den die unechte geräumt hatte, und schnappte sich die Mikrochip-Schachtel. Dann sagte Morris: »Gebt mir Deckung«, und Wolken von dichtem weißen Dampf begannen, aus den Einkaufstaschen hervorzubrodeln. Vogelsangs Unterstützungsteam zögerte in der Annahme, die Heckenschützen würden gleich das Feuer eröffnen; bis es begriffen hatte, daß die Heckenschützen schliefen, war die ganze Nordostecke der Halle in Nebel gehüllt. Die wartenden Fahrgäste blickten sich neugierig um und fragten sich, ob wohl ein Dampfrohr geplatzt sei.

Maxwells Marineinfanteriejacke war ganz mit Büchern vollgestopft, aber es befanden sich noch gut acht bis neun Exemplare im Ständer. Maxwell sah sich nach etwas anderem um, worin er sie wegtransportieren könnte. Der am entgegengesetzten Ende der Halle aufsteigende Nebel fing an, die Sonnenstrahlen zu bunten Scherben zu brechen, und der plötzliche Regenbogen veranlaßte Maxwell, nach oben zu schauen und nach Luft zu schnappen.

Seraphina und Neunundzwanzig-Wörter kauerten auf dem Sims neben einem der schlummernden Scharfschützen, bereit, Netze auf die Feds zu werfen, falls es sich als nötig erweisen sollte, Morris' Flucht zu sichern (was nicht der Fall war; FBI und Gute-Reise-Truppe stürzten sich mutig in den Nebel, um nichts anderes zu finden als den abgeworfenen Poncho und einen Sombrero voll schwarzer Barthaare). Neunundzwanzig-Wörter trug sein Eisbären-Outfit; Seraphina trug ihren Afrikanische-Superheldin-Dress, hatte sich aber entgegen FREUND Bibers ausdrücklichen Instruktionen geweigert, ihren Helm aufzusetzen. Selbst aus dieser großen Entfernung leuchtete das Grün ihrer Augen hell genug, um Maxwell Erica Jong vollkommen vergessen zu lassen.

Die FBI-Agentin mit dem Doppelglas kam, eine Maschinenpistole in den Händen, aus der Zeitungsbude gerannt. Maxwell stellte ihr ein Elektro-Beinchen und verpaßte ihr, als sie vornüberflog, einen Schlag auf den Hinterkopf.

Maxwell hob die MP auf. Als er wieder zum Sims hinaufschaute, sah er, daß Seraphina und der Eisbär sich in Luft aufgelöst hatten, aber das beunruhigte ihn nicht weiter. Er kannte sämtliche geheimen Gelasse von Grand Central; wie Kite und Vanna hatte er hier mal gewohnt. Außerdem war er Soldat, und er hatte den sechsten Sinn, den Gott allen Wahnsinnigen gewährt.

Im Nebel verirrt, funkten die Feds und die Truppler nach Verstärkung. Maxwell entsicherte die Maschinenpistole und schloß sich der Jagdpartie an.

Frühstück auf Robbins Reef

Toshiro und Ellen brieten in der Leuchtturmküche Rühreier freilaufender Hühner, während Lexa, Philo und Rabi am Wohnzimmertisch bei Kaffee und Orangensaft saßen. Lexa hatte letzte Nacht Betsys Autoradio mit hereingenommen (der Volkswagen und Ellens Amphibien-Citroën parkten unter Wasser auf dem Riff, die Lauscher nach nahenden Küstenwachbooten gespitzt und bereit, jederzeit aufzutauchen), so konnten sie sich die Live-Übertragung aus Grand Central anhören.

»... die Terroristen konnten offenbar unerkannt entkommen, obwohl die Sicherheitskräfte noch immer den ausgehenden Zugverkehr aufhalten und eine gründliche Durchsuchung des Bahnhofgeländes vornehmen. Bislang ist noch keine offizielle Stellungnahme an die Presse abgegeben worden, aber nach dem zu schließen, was wir am Rand aufschnappen konnten, scheint eine nichtidentifizierte Eingeborenenrechtsgruppe eine geheime Militärsendung, möglicherweise den Prototyp eines neuartigen Waffensystems, abgefangen zu haben. Im Einklang mit unserer antipanikmacherischen Berichterstattungspolitik sollte ich an dieser Stelle sagen, daß keinerlei Indizien dafür vorliegen, daß die sich im Bahnhofsbereich aufhaltenden Personen im Verlauf des Diebstahls irgendwelchen Strahlen, biochemischen Kampfstoffen oder bewußtseinsverändernden Substanzen ausgesetzt gewesen wären. Jedenfalls weist nichts darauf hin, daß die Behörden planen würden, eine Quarantäne über den Bahnhof zu verhängen.«

»Tom, hier spricht Carol aus dem Funkhaus. Vielleicht könnten Sie uns eine Frage beantworten ...«

»Schießen Sie los, Carol.«

»Sie haben vorhin erwähnt, daß diese ›polizeiliche Aktion‹ unter der Leitung der Sektion für un-un-amerikanische Umtriebe des FBI stattgefunden hat. Welche Schlußfolgerungen läßt deren Anwesenheit zu?«

»Nun, Carol, wie Sie wissen, wurde die Sektion für un-un-amerikanische Umtriebe kurz nach Ende des kalten Krieges zur Beobachtung ›unbedeutenderer Subversiver‹ gegründet.«

»Sie hat doch nichts mit dem verstorbenen Senator Joseph McCarthy zu tun, oder?«

»Nicht das geringste. Senator McCarthy leitete bekanntlich in den fünfziger Jahren des vorigen Jahrhunderts den *Senatsausschuß* zur Untersuchung unamerikanischer Umtriebe, an den man sich heute vor allem wegen seiner eklatanten Übergriffe erinnert. Aber die erst in jüngerer Zeit gebildete FBI-Sektion ist in keiner Weise damit zu vergleichen, daher auch das doppelte ›un-‹ ...«

Philo hatte seinen werdenden Roman vor sich liegen und tat so, als arbeitete er während des Frühstücks daran. Seit das Radio lief, hatte er nichts anderes getan, als ein und dasselbe Adjektiv ein dutzendmal durchzustreichen und wieder hinzuschreiben.

»Hey.« Lexa stupste ihn unter dem Tisch sanft an. »Alles in Ordnung?«

»Seraphina ist alt genug, um sich die Nesseln, in die sie sich setzt, selbst auszusuchen«, antwortete er und rollte den Kuli zwischen den Fingern. »Abgesehen davon weiß Morris, daß ich ihm das Genick breche, wenn sie durch seine Schuld verletzt oder geschnappt wird. So ziemlich das einzige, weswegen ich jemandem das Genick brechen würde.«

»Das weiß ich«, sagte Lexa. »Aber bist du okay?«

Philo seufzte und legte den Stift hin. Rieb sich die Schläfen. *Langsam müßte ich mich ja dran gewöhnt haben,* dachte er. Mit Sicherheit hatte er ausreichend Übung darin, auf der Flucht und ein Außenseiter zu sein. Schon bevor er Pirat geworden war, selbst noch vor der Pandemie, war er nie etwas anderes gewesen als ein Fremder auf fremdem Territorium. Aber trotz alledem – und trotz all seiner Erfahrung in Sachen Aufziehen von Kindern unter erschwerten Bedingungen – konnte das Vatersein noch immer eine befremdlichere Angelegenheit sein als die fremdeste Fremde.

Allerdings mußte er auch etwas von Seraphinas körpereigenen Biochemikalien in sich haben, denn das Lächeln, das er Lexa – nach einer langen Pause – schenkte, war echt: müde, aber unbesiegt. »Ich bin so okay«, sagte er endlich, »wie ein schwarzer mennonitischer krimineller umweltschützerischer U-Boot-Kommandant, der kein Substantiv ohne wenigstens zwei Attribute schreiben kann und dessen älteste Tochter den Louvre in Brand stecken möchte, nur sein kann.«

Er griff über den Tisch hinweg nach Lexas Hand und drückte sie, und Rabi rülpste in ihren Orangensaft und sagte: »Lufre?«

»Tom«, sagte das Radio, »Tom, sind Sie absolut sicher, daß während dieser terroristischen Aktion keine unschuldigen Passanten getötet oder verstümmelt worden sind?«

»Nun, Carol, die Sicherheitskräfte sind ziemlich zugeknöpft, und bislang ist noch keiner von uns in den Bahnhof hineingelassen worden. Es wäre also unverantwortlich von mir, ohne konkretere Beweise von Schwerverletzten zu sprechen, auch wenn da drin theoretisch natürlich *alles* passiert sein kann ...«

Ein 15-Stunden-Ei

»Erklär mir noch mal, was diese Mikrochips eigentlich tun«, sagte Seraphina. Sie befanden sich in einem Streckenarbeiterraum, der seitlich aus einem der Transrapid-Tunnel herauswuchs; tatsächlich war es dieselbe graffitiverschmierte Kammer, in der, vor langer, langer Zeit, Kite Edmonds und Vanna Domingo sich gegen einen Ansturm von pudelgroßen Ratten behauptet hatten. Jetzt spielte Morris unter einer dreckverkrusteten 60-Watt-Deckenbeleuchtung mit Elektronikbausteinen. FREUNDin Eichkätzchen hielt draußen im Tunnel nach Feds Ausschau.

»Sie nehmen abstrakte Informationen und spinnen daraus

eine sich ihrer selbst bewußte Persönlichkeit«, erwiderte Morris. »Es ist eine ähnliche Technologie, wie sie zur Erzeugung von Computer-Persönlichkeitsmustern verwendet wird, aber das hier ist schon die nächste Generation, weit flexibler und leistungsfähiger.« Er hielt ein Armeleute-Fabergé-Ei in der Hand, selbstgebastelt aus dem Inhalt von Tom Sawyers Hosentaschen. Ein Stückchen Schnur, der Kontrollabschnitt einer Kinoeintrittskarte, ein Bonbonpapierchen und ein Schmetterlingsflügel schwebten einträchtig in einer harten harzähnlichen Schale, die einen Dotter aus purem Gedächtnis umschloß, eine sorgfältig zusammengestellte Auslese aus Seraphinas Afrikanischem Wissensspeicher.

»So ganz genau weiß ich nicht, wie es funktioniert«, fuhr Morris fort. Er prokelte gerade winzige Steckplätze in der Eierschale auf und führte die gestohlenen Mikrochips ein. »Eine Art Pasticcio-Effekt, wie wenn du dir mit Hilfe von Stofftieren und anderen Dingen, die bei dir im Schlafzimmer herumliegen, ein Märchen ausdenkst. Nur daß in diesem Fall keine Geschichte, sondern eine Psyche fabriziert wird.«

»Und die kann richtig *denken*?« fragte Neunundzwanzig-Wörter.

»Na ja. Das ist wahrscheinlich übertrieben. Ich meine, einen Turing-Test müßte sie wahrscheinlich mit Auszeichnung bestehen, aber echtes Selbstbewußtsein ist schon ne schwierige Angelegenheit. Die Technologie wurde von der Army entwickelt; sie wollten einen vollautomatisierten Panzer konstruieren, also haben sie einen Satz Chips wie diese genommen und in die Kontrollsysteme eines M6 Buchanan eingebaut. Dann haben sie den Panzer mit einer guten Dosis Militärgeschichte und Strategie gefüttert und es ihm überlassen, sich eine eigene Identität zu schaffen.«

»Hat's funktioniert?«

»Offenbar nicht so, wie die sich das gedacht hatten. Ich weiß die näheren Einzelheiten nicht, aber ich könnte mir denken, daß der Panzer auf sie losgegangen ist, vielleicht eine Ehrentribüne voller Generäle in die Luft gebombt hat. Das Forschungsprojekt ist blitzschnell eingestellt worden. Damit wäre die Sache eigentlich erledigt gewesen, nur daß die Braunhemden von der Sektion für un-un-amerikanische Umtriebe es irgendwie hingekriegt haben, daß sie sich einen Satz Mikrochips für ein eigenes Big-Brother-Projekt ausleihen durften. Die Dinger hier waren unterwegs zu einer FBI-Dependence in Silicon Valley, bevor ich sie umdirigiert habe.«

»Diese Persönlichkeit, die da zusammengesponnen wird«, sagte Seraphina, »die wird doch wohl nicht einfach ein Elektro-Neger ohne Körper werden, oder?«

»Ich weiß es nicht«, sagte Morris. »Elektro-*Afrika* vielleicht. Wir können nur die Daumen drücken und abwarten, was passiert. Selbst wenn's ein totaler Reinfall wird, haben die Feds wenigstens ein Stück Hardware weniger, mit dem sie herumspielen können.«

FREUND Biber, der neben Seraphinas Fuß auf dem Boden saß, klatschte zweimal mit dem Schwanz. »Mir gefällt das nicht. Dieses ganze Experiment erscheint mir äußerst riskant. Mit Künstlicher Intelligenz ist nicht zu spaßen, besonders nicht mit *gestohlener* Künstlicher Intelligenz.«

Morris steckte einen weiteren Chip in das Ei. »Hey, Biber, als *mein* Babysitter brauchst du dich nicht aufzuspielen.«

»Vielleicht hattest du vor, diese Einschränkung in mein Betriebsprogramm aufzunehmen, aber du hast es vergessen. Was beweist, daß ich recht habe. Du pfuschst mit Dingen herum, von denen man besser die Finger lassen sollte.«

Seraphina hatte eigentlich etwas sagen wollen, tat's aber dann doch nicht. Neunundzwanzig-Wörter suchte sich gerade diesen Augenblick aus, um sich zu Morris hinunterzubeugen, und streifte dabei die Kapuze seiner Eisbärenkluft zurück. Der Anblick seiner entblößten rosigen Ohrmuschel, köstlich, rund und mit einem Läppchen ausgestattet, an dem man tagelang hätte knabbern können, ließ Seraphina erröten.

»Keine Sorge«, sagte Morris. »Als erstes führen wir einen kompletten Persönlichkeitstest durch, um sicherzugehen, daß die KI benutzerfreundlich und geistig intakt ist.« Er führte den letzten Chip ein und drückte mit dem Daumen in eine Vertiefung, die sich an der Unterseite des Eis befand. Es piepste. »Das wär's. Jetzt fünfzehn Stunden lang ausreifen lassen, und wir haben ein Baby... oder sonstwas.«

Er hielt das Ei in die Höhe, so daß alle es sehen konnten. FREUNDin Eichkätzchen knallte batterielos neben ihm auf den Boden.

»Das Ei nehm ich«, sagte Maxwell.

FREUND Biber reagierte schnell; ebenso Maxwell. Er holte mit seinem E-Bein zu einem Strafstoß aus und kickte den Biber mit ausreichender Wucht, um ihm sämtliche Schaltungen durcheinanderzumatschen.

»Das Ei nehm ich«, sagte Maxwell noch einmal. Er richtete die Maschinenpistole auf Neunundzwanzig-Wörter, der gerade unter seinem Bärenfell nach einem Häschen tastete. »Ich würd dir empfehlen, da drin nichts anderes als heiße Luft zu finden, Soldat. Hände hoch!«

Sie nahmen alle die Hände hoch. »Hören Sie«, versuchte Morris zu sagen, »damit sollten Sie besser nicht herum –« Aber Maxwell schnitt ihm mit einer drohenden Bewegung das Wort ab. Er warf ein paar Taschenbücher weg und steckte das Ei ein. Erst dann sah er Seraphina direkt an.

»Jetzt«, sagte Maxwell, »jetzt werden wir ja sehen, wie du es findest, etwas weggenommen zu kriegen. Etwas, woran dir was lag, etwas, was du vielleicht sogar liebtest, von einem Unbekannten *chirurgisch entfernt* zu kriegen. Kannst ja sehen, ob du's lustig findest.«

Die Waffe noch immer im Anschlag, zog er sich rückwärts zurück. Eine gelb-schwarze Wartungslok kam auf dem diesseitigen Gleis vorbeigeschnauft; Maxwell griff nach einem Geländer und schwang sich an Bord. Die Lok trug ihn davon.

»Mann o Mann«, sagte Morris und nahm die Hände herunter.

»Er hat mein Afrika gestohlen«, sagte Seraphina.

»Vielleicht können wir ihn aufspüren und es zurückholen«, sagte Neunundzwanzig-Wörter. »Weißt du, wer er ist?«

»Er kommt manchmal in die Bücherei. Wie er heißt, weiß ich nicht.«

»Weißt du, ob er sich mit Computern auskennt?« Morris rieb sich nachdenklich das Kinn. »Er hat ein Schießeisen, also kann er nicht gerade eine Intelligenzbestie sein, hab ich recht?«

»Ich weiß nicht«, sagte Seraphina. »Meinst du, er könnte das Ei kaputtmachen?«

»Ich mach mir eher Sorgen, daß er auf die Idee kommen könnte, es an einen Computer mit stehender Internetverbindung anzuschließen, ohne es vorher getestet zu haben. Die Auswahl von Afrikana, die wir benutzt haben ... Louis Farrakhans flammendste Hetzreden habe ich zwar wohlweislich ausgespart, aber es ist immerhin eine Biographie von Toussaint L'Ouverture und eine Geschichte der Zulu drin. Es ist nicht *restlos* auszuschließen, daß gewisse Probleme entstehen könnten, wenn die Sache sich verselbständigt – wenn ihr versteht, was ich meine.«

»Oh«, sagte Seraphina.

»Oh«, sagte Neunundzwanzig-Wörter.

Der gegen die Wand geklatschte FREUND Biber stotterte: »Hab ich's euch n-n-ni ... euch n-n-ni ... euch n-n-ni ...«

9

Unsere alte Freundin Ayn Rand hat auch etwas zum Thema Umweltverschmutzung beizusteuern. An einem Sonntagvormittag im Mai des Jahres 1971 erschien sie auf den Fernsehbildschirmen der ganzen Nation und verdammte die Umweltschutzbewegung als lebensfeindlich, menschenfeindlich und intellektfeindlich. Unter anderem erklärte sie, die Öko-Bewegung stelle einen letzten verzweifelten Versuch dar, alles zu zerstören, was vom kapitalistischen System noch übrig sei.
Den genauen Wortlaut ihrer Rede habe ich längst vergessen, aber mein überlastetes Gedächtnis und ihre Einstellung zur Umweltschutzbewegung würden etwas in der Art nahelegen:
Sie allä, die Sie ieber neunundzwanzik sind, suollten auf die Kniä fallän, wann jimmär Sie einän Fabrjikschlott sächen ... Umweltverschmutzunk jist das Simmboll mjenschlichen Fortschritts. Uohne Tjechnologie und Umweltverschmutzunk wirde djer Mjensch nuoch in djer Steinzeit ljäben ... Wir sind verstrickt in einämm Kampf auf Ljäben und Tott, zwjischen Natur und Tjechnologie, zwjischen geistlosän Steinän und Bäumän und dämm grännzännlosen Genie djes mjenschlichän Intjellekts ...

Jerome Tucille, *It Usually Begins With Ayn Rand*

Sicherheit verkauft sich nicht.

Lee Iacocca, »der Vater des Ford Pinto«

2008: Der Nigeria-Deponie-Protest

Christian Gomez' Tod wurde durch die großzügige Unterstützung der Ford Motor Company ermöglicht.
Zwischen 1966 und 1980 stellte Ford mehr als zwanzig Millionen Pkws und Laster mit einem fehlerhaft konstruierten Automa-

tikgetriebe her, das es dem Fahrzeug erlaubte, selbsttätig von »Parken« in den Rückwärtsgang zu schalten. Ein Auto, das im Leerlauf verlassen oder an einer Steigung geparkt worden war, konnte jederzeit anfangen, rückwärts zu rollen und den Fahrer, der gerade hinten Gepäck auslud, oder ein Kleinkind, das sich den falschen Augenblick ausgesucht hatte, um über die Einfahrt zu krabbeln, nicht schlecht überraschen. Spontan parken-rückwärts-schaltende Fords verursachten Tausende von Unfällen mit ebenso vielen Verletzten und einigen hundert Toten, blieben aber auf der Straße, weil das Ford-Management nicht der Ansicht war, die Umstände rechtfertigten eine sündhaft teure Rückrufaktion.

Während derselben Zeitspanne zeigte sich der damalige Ford-Generaldirektor Lee Iacocca besonders an der Entwicklung des Pinto interessiert, Fords Antwort auf importierte ausländische Kleinwagen wie den VW-Käfer. Der übereilt in Serie geschickte Pinto wies als konzeptionelle Besonderheit einen schlecht gesicherten Benzintank auf, der bei Auffahrunfällen bereits ab einer Geschwindigkeit von dreißig Stundenkilometern zum Bersten und Inflammenaufgehen tendierte. Eine geringfügige technische Änderung hätte das Problem aus der Welt geschafft, aber mit der Aussicht auf Produktionsmehrkosten in Höhe von 11 Dollar pro Pkw konfrontiert, gelangte Ford zu der Entscheidung, den Konstruktionsfehler zu lassen, wie er war, und die unvermeidlichen Schadensersatzklagen in Kauf zu nehmen. So verbrannten Hunderte von Pintofahrern bei Unfällen, die unter anderen Voraussetzungen durchaus glimpflich abgelaufen wären.

Das alles gehört natürlich längst der Vergangenheit an. Der Ford Pinto wurde 1978 ins Werk zurückgerufen; 1980 führte Ford ein neuartiges Automatikgetriebe ein und verschickte an alle Eigentümer älterer Modelle anstelle eines Rückrufs Warnsticker mit der Empfehlung, beim Parken wirklich *sehr, sehr* vorsichtig zu sein. Und damit war für Ford die Angelegenheit erledigt.

Aber am 1. Mai 2008 wurde Christian Gomez von der Vergangenheit eingeholt. Es war ohnehin schon ein schlechter Tag gewesen, ein Tag voll nutzloser Debatten über die Zukunft von

Gant Industries. Gants Automatischer Diener versprach, so langsam *das* Erfolgsprodukt des frühen einundzwanzigsten Jahrhunderts zu werden, die Sorte Renner, die unbegrenzte Wachstums- und Expansionsmöglichkeiten bot, ein wahres Universum an glänzenden Chancen ... die allesamt von der Tatsache unterminiert wurden, daß sich Gomez und Harry Gant nicht darüber einigen konnten, was mit den Profiten anzufangen sei.

Gomez wollte in die Erschließung von Bodenschätzen der neuen schwarzafrikanischen Freihandelszone investieren. Seit dem Ende des Krieges von 07 stand staatenweise ausbeutbarer Boden zur freien Verfügung, und ein Unternehmen mit einem stetig fließenden Cash-flow und einem ganzen Maschinenpark von unentgeltlich arbeitenden Dienern konnte nicht anders als Milliardengewinne machen. Aber Harry Gant fand, die Afrika-Idee sei nicht »klasse« genug. »Es ist nicht so, daß ich absolut dagegen wäre, Christian«, hatte Gant zu ihm gesagt, »sie begeistert mich nur nicht sonderlich.« Natürlich war bei Harry ein Mangel an Begeisterung ebenso tödlich wie aktive Ablehnung.

Was *Harry* mit den Einnahmen aus dem Diener machen wollte, war, »in Amerika investieren«. Christian Gomez war sich nicht ganz sicher, was dies im einzelnen bedeutete – Harry wahrscheinlich genausowenig –, aber soviel war immerhin klar, daß es die Verpulverung gewaltiger Summen für den Ankauf und/oder den Bau sehr hoher Gebäude implizierte. Erst neulich hatte Gant in einem Fernsehinterview gestanden, es sei sein heimlicher Traum, das Empire State Building wiederaufzubauen (dieser Traum war Gomez neu); er habe sogar schon einen Immobilienmakler in Manhattan kontaktiert, um die Preisvorstellungen des Grundstückseigners zu erfahren. Er hatte auch Turner Broadcasting kontaktiert, das das unvollendete Turner Minarett in Atlanta zu vermieten oder zu verkaufen versuchte, damit sich CNN ein paar weitere Kleinluftschiffe würde leisten können.

Zusätzlich zu seiner Wolkenkratzeromanie konnte Harry es außerdem nicht lassen, an ihrem Dukatenesel herumzuspielen. »Kleine Verbesserungen hier und da sind eine Sache«, sagte Gomez und wedelte mit einer zwanzigseitigen Liste von erwünschten Konstruktionsänderungen, die Gant für den Diener entworfen hatte, »aber das hier ist Overkill. Okay, bezüglich der Frage des geplanten Verschleißes sind wir unterschiedlicher Meinung, in dem Punkt laß ich mit mir reden. Was deinen Vorschlag angeht, ihnen eine menschlichere Erscheinung und Stimme zu verpassen, darüber könnte sich lohnen nachzudenken, wenn wir soweit sind, ein Haushaltsmodell auf den Markt zu bringen. Aber momentan, wo unsere potentiellen Hauptabnehmer Industrie und Militär sind ...«

»Das Militär nicht«, sagte Gant. »Du weißt, wie ich darüber denke.«

»Wir *müssen* das Militär beliefern, Harry. Es ist patriotisch, und es ist klug. Hast du eine Ahnung, wie viele Soldaten die durch die Pandemie verloren haben? Ein zweiundzwanzigprozentiger Ausfall des Gesamtbestands. Vier Jahre vorbei, und es herrscht noch immer eine solche Knappheit an ausgebildetem Personal, daß sie *Frauen* als Panzerfahrer einsetzen und in der Infanterie mitmarschieren lassen. Es geht das Gerücht, das sei der wirkliche Grund, warum der Krieg in Afrika heißgelaufen ist – das Pentagon hatte Schiß, die konventionellen Streitkräfte würden zahlenmäßig nicht ausreichen, um die Sache zu einem Abschluß zu bringen. Aber mit Automatischen GIs, die die Lebendbestände aufstocken, können wir Mütter, Töchter und nukleare Sprengköpfe von den vordersten Linien zurückziehen.«

»Es ist Gewalt, und ich mag's nicht. Ich sage nein.«

»Harry –«

»Du weißt, daß ich mich mit John Hoover unterhalten habe. *Er* hat gesagt, seiner Meinung nach könnten wir den Prototyp eines Haushaltsmodells binnen einem Jahr fertig haben, mit menschlicher Form, menschlichem Gesicht und menschlicher Stimme. Nicht gleich vollkommen, natürlich, aber mit der Zeit werden wir imstande sein, Diener zu bauen, die echt genug aussehen, um richtige Familienmitglieder zu werden. *Das* ist das Produkt, das wir verkaufen wollen, Christian: ein individuell gestaltetes Haushaltsgerät, das gleichzeitig als treuer Freund fungieren kann. Vergiß die Automatischen Soldaten; ich rede von einem Automatischen Freund, einem Automatischen Lebensgefährten ... na ja, *das* vielleicht nicht direkt. Er wird hundertmal besser als ein Gant Interaktiver Videorecorder, tausendmal besser als ein Haustier sein. Höflich, fleißig, komisch, einfühlsam, zuverlässig, sicher ...«

»Sicher«, echote Gomez. »Das ist auch so ein Punkt, bei dem dir in der Liste die Phantasie durchgegangen ist. Die Diener brauchen überhaupt keine zusätzlichen Sicherheitsvorrichtungen.«

»Vielleicht nicht für den Einsatz in Kohlenbergwerken, aber wenn sie in Privathaushalten tätig werden sollen, werden die Leute verlangen, daß sie so sicher sind, wie wir sie überhaupt machen können. Verdammt, *ich* werd's verlangen.«

Gomez blätterte die Wunschliste durch. »Fünffach gesicherte Verhaltensinhibitoren ... wertdifferenzierende logische Schaltkreise ... du willst den verdammten Dingern den Unterschied zwischen *Gut und Böse* beibringen, Harry!«

»Westinghouse hat eine neue Waschmaschine, die selbsttätig Weiß- von Buntwäsche trennen kann. Das gleiche Prinzip.«

»Aber werden die Leute bereit sein, für dieses Prinzip zu *zahlen?*«

»Selbstverständlich.«

»Nein, Harry. Sicherheit klingt gut, aber in dem Augenblick, in dem sie anfängt, Geld zu kosten, wird sie zu einem Ladenhüter. *Sicherheit verkauft sich nicht.*«

»Aber wir werden dafür sorgen, daß sie sich verkauft, Chris.«

Natürlich gehörte Gant Industries zur Hälfte Gomez, und theoretisch hätte er gegen jede von Harrys Initiativen sein Veto einlegen können, genauso wie Harry es gegen seine tat; aber ein Patt war noch kein Sieg, und wie der Name des Unternehmens andeutete, war es Gant, der in den meisten Fällen seinen Kopf durchsetzte. Der Mann war unermüdlich, fast durch nichts mehr weich zu kriegen, wenn er sich erst einmal zu etwas entschlossen hatte; jeden nur denkbaren Einwand beantwortete er mit einer neuen Woge der Begeisterung für seinen eigenen Standpunkt. Gomez hatte ganz einfach nicht die Kraft, es mit ihm aufzunehmen.

Es mußte etwas geschehen. Aber Gomez wollte das Unternehmen nicht spalten, wollte die Erfolgskurve nicht durch eine gerichtliche Auseinandersetzung in Gefahr bringen; man konnte schließlich nie wissen, ob Harry Gant aus einer solchen Schlacht nicht als alleiniger Eigentümer des Auto-Diener-Patents hervorgegangen wäre. Nein, Gomez mußte einen Weg finden, das Machtverhältnis, und wenn auch nur um einen Prozentpunkt, zu verschieben. Gants Sturheit würde viel von ihrer Durchschlagskraft verlieren, wenn auf einmal die Möglichkeit bestand, ihn zu überstimmen.

»Wir müssen an die Börse gehen«, beschloß Gomez. »Aktionäre würden dich sehr schnell wieder auf den Boden der Tatsachen zurückholen, Harry.«

Mit diesen Worten betrat Christian Gomez an einer Straßenecke in downtown Atlanta die Fahrbahn und starb. Ein führerloser 77er Ford Lincoln Continental stand mit laufendem Motor am Straßenrand, und als Gomez an dessen Heck vorbeikam, schaltete das Auto in den Rückwärtsgang und löste dabei automatisch seine Handbremse. Es rollte los und traf Gomez mit der hinteren Stoßstange in die Waden. Er fiel rücklings auf die Kofferraumhaube und blieb da liegen wie ein kapitaler Bock auf dem Auto eines Jägers. Der Lincoln wuppte über ein Schlagloch und beschleunigte.

Ein Augenzeuge berichtete der Polizei später, Gomez habe versucht, vom ausgebrochenen Auto abzuspringen, sei aber nicht dazu imstande gewesen. »Er sah die Kreuzung auf sich zukommen und fing an zu schreien: ›Hilfe, ich häng dran, ich häng dran!‹«

»*Bin* dran«, korrigierte ihn ein zweiter Zeuge. »Er sagte: ›Ich *bin* dran.‹ Womit er auch recht hatte.«

So oder so wurde Christian Gomez rückwärts durch eine der stärker befahrenen Kreuzungen des Zentrums befördert. Glücklicherweise stand die Ampel auf Grün. Unglücklicherweise parkte just auf der anderen Seite der Kreuzung ein Auto, und der Lincoln fuhr geradewegs darauf zu. *Sehr* unglücklicherweise entpuppte sich das parkende Auto als ein 73er Ford Pinto – vielleicht der weltweit letzte seiner Gattung –, der auch noch falsch herum stand und dem herankommenden Lincoln seinen Achilleshintern zukehrte.

»Es ist in die Luft geflogen«, sagte der erste Zeuge. »Der Connie kann nicht mehr als dreißig, vierzig draufgehabt haben, aber das Wägelchen ist einfach so, zisch! in Flammen aufgegangen. Der Typ auf dem Kofferraum vom Connie ist mitgezischt.«

Der zweite Zeuge nickte bestätigend. »Scheiß-Japsenkarren!«

Und so wurde Harry Gant mit *einem* Zisch zum alleinigen Eigentümer von Gant Industries und Gants Automatischem Diener. Die polizeiliche Untersuchung des Todesfalls ergab eine Reihe von Unstimmigkeiten. Zum einen ließ sich nicht ermitteln, wem die zwei Autos gehörten; der Versuch, die Eigentümer bei der Zulassungsstelle, über die amtlichen Kennzeichen und Fahrzeugnummern ausfindig zu machen, ergab die Meldung NEGATIVER DATEN-AUSGABE-MODUS, was bedeutete, daß der Computer die entsprechenden Einträge nicht mehr auffinden konnte. Die Untersuchungsbeamten konnten außerdem nicht umhin, sich über die auffällige Koinzidenz zu wundern, daß es in ein und derselben Stadt zwei dreißig Jahre alte fahrtüchtige Fords gegeben hatte. Auch wenn man Gomez' Tod offiziell für einen Unfall erklärte, verursacht durch höhere & Detroiter Gewalt, wurde die Polizei von Atlanta den Verdacht nie so recht los, daß da mehr als nur unglaubliches Pech im Spiel gewesen sein mußte.

Das Geheimnis hätte den Weg in die Medien schaffen können, wäre es nicht von einer sogar noch besseren Story aus dem Rennen geschlagen worden. Ellen Leeuwenhoek vom *Long Distance Call* gehörte zu den ersten Reportern, die an der Unfallstelle eintrafen; sie hatte sich in anderen Angelegenheiten in downtown Atlanta aufgehalten und erreichte den Schauplatz des Geschehens, noch bevor das Karosserieblech ausgekühlt war. An der Straßenecke, von der aus Christian Gomez seinen letzten Schritt getan hatte, fand Ellen einen Aktenkoffer mit zerbrochenen Scharnieren und eine blaue Aktenmappe mit der Aufschrift ANTRAG NIGERIA-DEPONIE. Nachdem sie ein paar Schnappschüsse von den Trümmern gemacht hatte, faxte sie Lexa Thatcher den Inhalt der Mappe nach New York City. Lexa rief Joan Fine an.

»Hallo, Joan, ich bin's«, sagte Lexa. »Ich will einen Medienzirkus veranstalten und könnte etwas Hilfe brauchen. Trägst du dich noch immer mit dem Gedanken, einen Feldzug für die Begrenzung der wirtschaftlichen Erschließung Nachkriegsafrikas aufzuziehen?«

»Schon, aber ich sehe ziemlich schwarz«, sagte Joan zu ihr. »Niemand will eine solche Aktion finanzieren. Sieht so aus, als würden alle Leute mit Geld entweder auf Afrika pfeifen oder bereits in das Große Grapschen investieren.«

»Nun, ich glaube, wir haben einen Weg gefunden, wie wir das Interesse der Öffentlichkeit ein kleines bißchen anfachen können. Rat mal, was dein Exlover vorhat.«

»Welcher Exlover?«

»Der Fast-Pornostar. Harry Gant.«

»O Gott«, sagte Joan. »Sie haben ihn dazu beschwatzt, Kampfroboter zu bauen, richtig?«

»Nein, er ist noch immer Pazifist. Aber er plant, den einstigen Staat Nigeria in eine Müllkippe zu verwandeln.«

»Was?«

»Ich habe hier einen vertraulichen Antrag vor mir liegen, dem zufolge im nördlichen Hochland von Nigeria eine ein Millionen Hektar große Mülldeponie gebaut werden soll, und zwar vom neugeschaffenen Africorp, einer Abteilung von Gant Industries. Die wollen den Abfall mit Superscow-Müllschuten zur Sklavenküste transportieren und von da auf dem Schienenweg zur Deponie weiterbefördern, die sich somit bald in einen hunderttausend Quadratkilometer großen Schadstoffteppich in nichtabgedichteten Erdgruben verwandeln wird. Parallel dazu besteht auch der Plan, auf dem Josplateau Schächte zu bohren und die als Endlager für Atommüll zu verwenden, obwohl, soweit ich diesem Antrag entnehmen kann, bisher noch niemand ein seismologisches Gutachten erstellt hat, aus dem hervorginge, daß das Plateau geologisch stabil ist.«

»Jesus. Was denken die eigentlich, wie sie damit durchkommen können? Nein, stopp, blöde Frage. Ich sag dir was, einigen wir uns jetzt direkt auf ein Datum, und ich fang an herumzutelefonieren. Wenn Gant sich einbildet, daß er das ohne einen Kampf durchziehen kann, dann täuscht er sich. Du sorgst für Rückendeckung seitens der Medien, ich sorg dafür, daß er sich getäuscht hat.«

»Ich wußte, daß ich mich auf dich verlassen kann.«

Der Nigeria-Deponie-Protestmarsch wurde für den 7. Juni angesetzt – übrigens den vierten Jahrestag des Katholisch-Feministischen Marsches auf den Vatikan. Joan trommelte die Bodentruppen zusammen, während Lexa Öl in die Medienflammen goß und alle ihre Beziehungen spielen ließ, damit die Öffentlichkeit so früh wie möglich auf das Ereignis und das Problem aufmerksam gemacht würde. Der Leitgedanke der Demo sollte die Verunreinigung sein: Natürlich würden die Bodenschätze Afrikas weiterhin ausgebeutet werden – es war jedem klar, daß es in dem Krieg um Erdöl- und Schürfrechte gegangen war, mochte der Präsident noch so volltönend das Gegenteil behauptet haben –, aber würde die Ausbeutung aus Respekt vor den Opfern der Pandemie gemäßigt sein, oder würde rücksichtsloses Profitstreben noch den letzten Rest menschlichen Anstands über Bord fegen? *Ein Friedhof als Müllkippe:* sollte *das* das Symbol der Zukunft Afrikas werden?

Die Medien unterstrichen den hohen moralischen Anspruch der Demo, auch wenn Zyniker ein enttäuschendes Ergebnis voraussagten – besonders wenn es schlechtes Wetter geben würde. Die Überlebenden, erklärten die Zyniker, hatten die afrikanische Seuche (so gefühllos es auch klingen mochte) schon längst abgehakt, sie genauso schnell und effektiv vergessen, wie sie Aids aus ihrem Gedächtnis gestrichen hatten. Die sicheren Arbeitsplätze, die die doppelt boomende Nachseuchen-/Nachkriegswirtschaft bot, war für die amerikanische Öffentlichkeit von weit größerem Interesse als angebliche Schändungen nigerianischen Bodens; so war nun mal die menschliche Natur.

Nun, vielleicht. Aber um neun Uhr des 7. Juni waren die Straßen, die das Gant (geb. Turner) Minarett umgaben, gestopft voll mit wütenden Menschen – Beweis von etwas Edlerem, wie Joan Fine gern dachte, als von ihrer propagandistischen Begabung, obwohl sie tatsächlich verdammt hart dafür gearbeitet hatte, daß das alles Wirklichkeit wurde.

Um halb zehn trat Harry Gant aus seinem halbfertigen Turm, um sich dem Volkswillen zu stellen. In den Wochen vor dem Marsch hatte er jede öffentliche Stellungnahme verweigert, klassische Unternehmerdichthaltetaktik, aber jetzt, im Augenblick der Wahrheit, kam er allein aus dem Minarett heraus, ohne schützende Bodyguards oder Presseagenten. Er trug seinen besten Anzug und Schlips, sein Haar war kunstvoll zerzaust, und über seinem Kopf schwenkte er eine weiße Fahne.

Eine richtige weiße Fahne.

Die Menge wich vor seiner Kapitulation auseinander. Gant schritt durch die Gasse, die sich vor ihm auftat, und erklomm eine gigantische Kunst-am-Bau-Plastik, die sich im Mittelpunkt des westlichen Minarettvorplatzes erhob: eine Pyramide aus oxydiertem Metall mit einer riesigen, offen nach oben zeigenden Hand auf ihrer Spitze. Dort stellte er sich hin, ein Mann, allein an hoher Stelle – nur nicht allein: umgeben von hunderttausend Augenzeugen, von CNN-Telekameras, die jede seiner Bewegungen an hundert Millionen weitere übermittelten. Für sein ganzes Publikum klar zu sehen, hob Harry Gant eine blaue Mappe in die Höhe – *die* blaue Mappe – und riß sie entzwei.

Der Jubel der Demonstranten war meilenweit zu hören. Ellen Leeuwenhoek schoß eine Serie Bilder von Gants Kapitulation, während Lexa Thatcher sich an ihren Gefährten des Tages ranmachte, einen süßen georgischen Jungen namens Comfort. Schwester Ellen Fine, die trotz des galoppierenden Lungenkrebses, an dem sie schon in sehr absehbarer Zeit sterben würde, nach Atlanta gekommen war, war fast zu Tränen gerührt. »Ach Joanie«, sagte sie, »wenn wir in Rom auch nur halb soviel Leute gehabt hätten ...«

Joan pfiff und jubelte wie alle anderen, aber ihr Mißtrauen gegen Harry, den sie ganz ehrlich nicht für so leicht zu besiegen hielt, war damit keineswegs zerstreut. Unternehmer gaben nie so schnell nach, jedenfalls nicht, wenn es um so hohe Profite ging. Als die Jubelrufe soweit nachgelassen hatten, daß Gant zur Menge sprechen konnte – also eine Viertelstunde später –, lauschte Joan aufmerksam seinen Worten, sicher, daß früher oder später der versteckte Haken zum Vorschein kommen würde.

Gant sprach in ein Ansteckmikro; auf dem Dach des Minaretts montierte Lautsprecher trugen seine Stimme mehrere Häuserblocks weit in alle Richtungen. Er begann mit einem Schuldbekenntnis. Es sei unmoralisch, sagte er, und schlicht und einfach falsch gewesen, das Nigeria-Deponie-Projekt auch nur in Erwägung zu ziehen. Er könne nichts zu seiner Entschuldigung oder Rechtfertigung vorbringen, noch erwarte er, daß die Öffentlichkeit eine solche Entschuldigung akzeptieren würde; Er könne nur soviel sagen, daß Gant Industries durch den wenige Wochen zurückliegenden Tod seines Geschäftspartners, Christan Gomez, an einen Scheideweg gelangt sei, an eine Schwelle zu Veränderung und Reorganisation, und die heutige Protestkundgebung habe ihm, Gant, zu der Einsicht verholfen, daß diese Veränderung einer starken ethischen Komponente bedürfe. Daher beabsichtige er, in der Firma ein neues Beratergremium zu bilden. Diese »Abteilung für Öffentliche Dienste« (oder »Öffentliche Meinung«; was den Namen anging, schwankte er noch) würde die ökologischen und sozialen Auswirkungen aller künftigen Projekte von Gant Industries überprüfen und dem Gant-Management aufklärend, informierend und – wenn nötig – rügend zur Seite stehen.

»Genau«, sagte Joan. Vom Fuß der Pyramide aus brüllte sie: »Und wer wird diese neue Abteilung leiten, Harry? Der Vorstandsvorsitzende der Dutch Shell?«

Joan hatte kein Mikrophon, aber Harry hörte sie und wiederholte in seiner Erwiderung ihre Worte: »Ms. Joan Fine, die mir – gut für sie – nicht traut, hat gerade eine sehr wichtige Frage gestellt. Sie möchte wissen, wer mit der Leitung dieser neuen Abteilung, die ich einzurichten gedenke, betraut werden wird. Ich erkläre es jetzt in aller Form, und wenn Sie später herausfinden sollten, daß ich gelogen habe, dann erwarte ich von Ihnen, daß Sie Washington anrufen und einen Untersuchungsausschuß auf mich ansetzen: Die Umwelt- und Sozialpolitik von Gant Industries wird weder von Shell Petroleum noch von den freundlichen, aber leicht befangenen Burschen von Union Carbide, De Beers Mineral oder IG Farben AG bestimmt werden.

Wie ich die Sache sehe, gibt es nur zwei Menschen, die eine hinlängliche Glaubwürdigkeit besitzen, um als mein neues Gewissen fungieren zu können. Robert Redford weilt leider nicht mehr unter uns. Damit bleibst *du* übrig, Joan.« Der Mann, allein an hoher Stelle, sah hinunter zum Fuß der Pyramide und lächelte. »Joan Fine wird die neue Regulatorin der Öffentlichen Dienste bei Gant Industries sein. Sie wird ihre Arbeit aufnehmen, wann immer sie will, und ein Gehalt beziehen, dessen

Höhe inklusive sämtlicher Zusatzleistungen und Vergünstigungen hinlänglich gering sein soll, um jedem klarzumachen, daß sie nicht gekauft wird; und wenn sie mir nicht wenigstens soviel Schwierigkeiten macht, daß ich bedaure, sie angestellt zu haben, wird sie ihr Mandat nicht erfüllt haben.

Meine Damen und Herren, ich danke Ihnen noch einmal dafür, daß Sie heute hergekommen sind, um mir Ihr Mißfallen kundzutun. Unser großartiges amerikanisches kapitalistisches System gründet sich auf das Gesetz von Angebot und Nachfrage; ich vertraue darauf, daß Sie sich an meine Aufforderung erinnern werden, mir die Regierung um die Ohren zu hauen, sollten Ms. Fine und ich es nicht schaffen, Ihnen das zu bieten, wonach Sie verlangt haben. In der Zwischenzeit genießen Sie bitte das sommerliche Wetter und die Südstaatengastlichkeit Atlantas; ich wünsche Ihnen einen wunderschönen Tag.«

2023: Ein Frauenwahlrechts-Aushängemädchen

Joan und Kite erreichten Grand Central gerade rechtzeitig, um noch den 11.30-Uhr-Thunderbolt nach Atlantic City zu erwischen. Harry Gant hatte vom Phoenix aus angerufen und dafür gesorgt, daß ans Ende des Zuges ein privater Salonwagen angehängt wurde. Joan hätte diesen Luxus vielleicht abgelehnt – wäre nicht der Umstand gewesen, daß sonst überall im Zug Rauchverbot herrschte; und abgesehen davon dachte Kite nicht daran, auf eine Gelegenheit zu verzichten, stilvoll zu reisen. »Laß uns die Selbstkasteiung nicht zu weit treiben, Joan. Nicht vor dem Essen.«

Der Salonwagen war vollklimatisiert und außen ebenso stromlinienförmig wie der ganze Rest des Transrapids, aber innen war er wie eine Luxusflüsterkneipe aus der Prohibitionszeit eingerichtet, mit rotem Samtteppichboden, dunkler holzgetäfelter Decke, sich langsam drehenden Ventilatoren, einem automatischen Klavier, achteckigen veloursIederbespannten Mahagoni-Pokertischen, ausladenden Polsterstühlen und einem Automatischen Diener (Sam 101), der als Barkeeper fungierte. Fahrgäste, die die echte Landschaft langweilig oder unromantisch fanden, konnten Projektionsschirme über die Fenster des Salonwagens herunterfahren lassen und sich aus einem Angebot von tausend künstlichen Aussichten etwas Passendes aussuchen; da der Zug erschütterungsfrei auf Magnetkissen fuhr und man, außer wenn er in der Nähe von Bahnhöfen bremste oder beschleunigte, kaum das Gefühl von Bewegung hatte, konnten die ausgewählten Aussichten je nach Vorliebe der Passagiere sowohl bewegt als auch statisch sein. Stehende Luftaufnahmen einer idealisierten Chicagoer Seesicht waren besonders beliebt.

Joan und Kite waren gerade erst eingestiegen, als die Zugführerin ankündigte, daß sich die Abfahrt des Thunderbolt verzögern würde, da der Zug erst von un-un-amerikanischen Agenten durchsucht werden müsse. Joan, die es nicht erwarten konnte loszufahren, ließ die Projektionsschirme herunter und suchte sich ein Hochgeschwindigkeits-Mondpanorama mit kleinen grünen Männchen aus, die in Mond-Buggys über das Mare Tranquillitatis neben dem Zug dahinbretterten; außerdem schaltete sie den Fernseher an, der über der Theke hing. Kite ließ sich von Sam 101 einen Rum mit Eis bringen, machte es sich in einem angenehm gefederten Sessel bequem und schlug den *Atlas wirft die Welt ab* auf, den sie sich von ihrem Autogrammgeld antiquarisch gekauft hatte. Beide Frauen zündeten sich eine Zigarette an.

Im Fernsehen wurde der gefeierte Katastrophenchronist Tad Winston Peller vom Talkmaster Xander Menudo interviewt.

»Mir ist das Gerücht zu Ohren gekommen«, sagte Xander gerade, »Sie seien mit dem verstorbenen Hollywood-Regisseur Irwin Allen verwandt. Nun weiß ich nicht, wie viele unserer Zuschauer sich noch an Allen *erinnern* werden, aber –«

»Wir sind *seelen*verwandt«, sagte Peller. »Obwohl Irwin natürlich in einer weit einfacheren Zeit lebte als wir.«

Er hatte runde Bäckchen, dieser Peller; sie waren in seinen Zwanzigern rund gewesen, zur Zeit seines ersten Autorenfotos, und sie waren es noch immer, auch wenn sie mit dem Herannahen des mittleren Alters eine deutliche Abwärtstendenz an den Tag legten und sich allmählich zu Hängebacken entwickelten. »Tad Winston Peller«, hatte ein Kritiker geäußert, »verwandelt sich in einen menschlichen Basset Hound.«

»Na dann erzählen Sie uns doch«, sagte Xander, »und ich weiß, daß man Ihnen diese Frage in jeder Show stellt, nach jedem neuen Buch, das Sie schreiben, und trotzdem verliert sie nichts von ihrer Faszination: Woher kommt Ihr offensichtliches Bedürfnis, über Katastrophen zu schreiben? Woher diese Liebe zu Flugzeugabstürzen, Sturmfluten und neuerdings Erdbeben?«

»Ich würde es nicht unbedingt *Liebe* nennen ...«

»Sicher, aber damit wollte ich nur sagen, daß Sie eine starke Neigung zu –«

»Meine *Neigung*«, unterbrach ihn Peller, »meine Anteilnahme, mein wirkliches Chronisteninteresse gilt ... gilt dieser Generation ... womit ich sowohl die Menschen meine, die gegenwärtig das Erwachsenenalter erreichen, als auch meine eigene Generation, die Generation, die um die Jahrtausendwende erwachsen wurde. Und die eine *verlorene* Generation ist.«

»Welche, Ihre Generation oder die gegenwärtige?«

»Meine ... das heißt, beide ... das heißt, es ist *alles* verloren, es wird andauernd verlorener. Wenn ich ein Geistlicher wäre statt ein Mann der Feder, wäre ich wahrscheinlich irgendwo draußen in der Wüste und würde von den Letzten Tagen predigen.«

»Ah«, Xander nickte wissend. »Die Apokalypse.«

»Genau, die Apokalypse. Ich glaube, die Apokalypse spricht uns – mit ›uns‹ meine ich die verlorene Generation, *beide* verlorenen Generationen, alle verlorenen Menschen –, sie spricht uns so an, wie nichts sonst uns anzusprechen vermag. Ich erinnere mich an die Trostlosigkeit meiner Collegejahre, unter solch einem schrecklichen Schatten zum Manne zu reifen ...«

»Die Zeit nach der Pandemie. Der Afrika- und der Syrienkrieg.«

»Ja, klar, natürlich, das auch, obwohl, was ich in erster Linie meine, ist das übermächtige Gefühl des Ennui, das mich und meine Studienkameraden in Bennington niederdrückte. All unser Geld und all unsere Privilegien konnten uns kein Heilmittel gegen unseren grundsätzlichen Lebensüberdruß verschaffen – einen Überdruß, der das vielleicht schlimmste Unglück überhaupt war und ist.«

»Sie haben ja so recht«, pflichtete ihm Xander bei. »›All dressed up and no place to go.‹ Ich kann mir keinen tragischeren Gemütszustand vorstellen.«

»Nein. Ich auch nicht.«

»Kite?« sagte Joan.

»Hmm?«

»Ist dir nie danach, jede Hoffnung für die Menschheit aufzugeben?«

»Zyklisch.« Kite sah von ihrem Buch auf. »Aber dann fällt mir wieder ein, wie viele verlorene Generationen ich erlebt habe, die es trotz ihrem maßlosen Selbstmitleid doch noch zu was gebracht haben, und die Wirklichkeit rückt plötzlich wieder in die richtige Perspektive.« Sie sah mit zusammengekniffenen Augen zum Bildschirm. »Er ist ein fettes kleines Backenhörnchen, nicht?«

»Ein oberfettes«, bestätigte Joan.

»Hoffnung«, wiederholte Kite und nahm einen Schluck Rum. »Eine Frauenrechtlerin hat mich mal über dieses Thema ausgefragt. Hab ich dir das schon erzählt, wie die Suffragetten versucht haben, eine Heldin aus mir zu machen?«

»Nein. Wirklich?«

»So wahr mir Gott helfe. Wollten mich als Frauenwahlrechts-Aushängemädchen.« Kite starrte an die Decke und rezitierte, als läse sie von einem alten Flugblatt ab: »›Sarah Emma ‚Kite' Edmonds, geboren im Kirchspiel Prince William, New Brunswick, bekam zu ihrem dreizehnten Geburtstag von ihrer Mutter M. M. Ballous *Fanny Campbell, die Piratenkapitänin* geschenkt. Dieses harmlose Geschenk – der erste Roman, den die junge Sarah bis dahin gelesen hatte, und ausschließlich dafür gedacht, ihr die Zeit auf angenehme Weise zu vertreiben – inspirierte sie so, daß sie sich das Haar schnitt, männliche Kleidung anlegte und sich dann, unter dem angenommenen Namen Frank Thompson, nach Süden aufmachte, um in den Vereinigten Staaten ihr Glück als Mann zu suchen. Als ein solcher fand sie auch Arbeit, erst als reisender Bibelverkäufer im Staate Connecticut, dann, in Flint, Michigan, als etwas weniger spezialisierter Händler in schöner Literatur. Eben in Flint vernahm sie auch den Ruf ihres neuen Vaterlands und trat, in dessen Stunde der Not, der Unionsarmee vom Potomac bei, wo sie als Sanitäter und Infanterist diente und während der ganzen Dauer des vierjährigen Konflikts durch ihr Verhalten die Leistungsfähigkeit und den kultivierenden Einfluß wahrhaft vollberechtigten Frauentums unter Beweis stellte.‹ Et cetera pp.« Kite schmunzelte. »Diese neuenglischen Frauenrechtlerinnen, Joan, die haben eine vollständige Biographie von mir geschrieben – vom Umfang einer Broschüre –, ohne ein einziges Mal mit mir Rücksprache gehalten zu haben. Haben mich zu ner richtigen Heiligen hochstilisiert, was man ohne ausdrückliche Erlaubnis der Betroffenen eigentlich wirklich nicht tun sollte. Wie 's der Zufall wollte, war ich zu der Zeit in Sonora, postalisch nicht erreichbar und offiziell vermißt, und dieses Traktätchen war schon ein halbes Jahrzehnt in Umlauf, bevor ich auch nur davon hörte. Es dauerte weitere fünf Jahre, bis ich meine erste Suffragette kennenlernte, die Tochter einer Freundin einer Freundin von Susan B. Anthony. Wir haben uns in Manhattan zum Lunch getroffen, muß Frühjahr neunzehnfünf gewesen sein.

Ich bin natürlich in voller Montur aufgekreuzt – schien mir irgendwie passend. Paffte dazu eine dicke Havanna, was *keinen* günstigen ersten Eindruck machte. Nachdem ich aber den Stumpen weggeschmissen hatte, sind wir bei Tee und Gebäck ganz gut miteinander ausgekommen. Während der Suppe habe ich dann angefangen, meine Einwände gegen die vorliegende Kite-Edmonds-Biographie zu äußern, wovon Nummer eins war, daß nichts von dem, was ich je getan hatte, als Demonstration ›vollberechtigten Frauentums‹ gedacht gewesen war. Hosen angezogen habe ich für eine einzige Frau – mich –, und in die Armee bin ich eingetreten, weil ich keine Ahnung hatte, wohin ich mich hätte wenden können, um auf Fanny Campbells Piratenschiff anzuheuern. Der Krieg war mein *Abenteuer,* meine Flucht vor einer langweiligen Zukunft als Frau irgendeines Kartoffelbauern; ich pfiff auf edlere Motive, ich wollte mich einfach nur gut amüsieren, und zwar nicht als emanzipierte *Frau,* sondern als Kerl. Deswegen kam's mir irgendwie nicht fair vor, daß man mich als Radikale hinstellte.«

»War die Suffragette enttäuscht?« fragte Joan.

»Enttäuscht wäre nicht das richtige Wort. Erinner dich – oder versuch, dir vorzustellen –, daß utopische Ideale damals noch nicht der große Ulk waren, zu dem sie mittlerweile geworden sind. So vieles war für die Welt noch neu: die Technik mit all ihren Verheißungen und dann die ganzen gesellschaftlichen Experimente, die man noch gar nicht ausgetestet hatte – Kommunismus, Temperenz, der Esperanto-Traum von Einheit und Brüderlichkeit durch eine gemeinsame Weltsprache. Es war damals noch leicht, an die wunderbare Veränderbarkeit des Menschen zu glauben, damals, bevor die Weltkriege den größten Teil dieser Unschuld ein für allemal erledigten. Die Suffragetten hatten nie damit argumentiert, die Frauen sollten aus Gründen der Gleichberechtigung das Wahlrecht erhalten; sie behaupteten, die Frauen seien den Männern *überlegen* und sie würden nicht bloß die Anzahl der Wahlzettel verdoppeln, sondern die Politik, ja die Gesellschaft als Ganzes, moralisch veredeln und zu neuen, ungeahnten Höhen hinanziehen. Wer konnte es schon wissen? Die Männer hatten, solange sie an der Macht waren, so herumgepfuscht, daß es vollkommen logisch erschien anzunehmen, die Frauen würden die Sache besser machen.

Da war ich also, die Stimme der praktischen Erfahrung, spachtelte die Hühnchenpastete weg und schilderte, wodurch sich eine echte Frau im Krieg von Männern unterschieden hatte – nämlich durch gar nichts. Ich gestand, was für ein mittelmäßiger Sanitäter ich trotz meiner angeborenen Pflegeinstinkte gewesen war; Tatsache ist, daß ich mit einer Kanone viel besser umgehen konnte als mit Verbandmull. Ich erzählte ihr von den Männern, die ich getötet hatte, und den Männern, die ich um mich herum hatte sterben sehen, und daß meine weibliche Aura das entsetzliche Grauen des Ganzen um keinen Deut verringert hatte. Leider ist das, was den Krieg so schrecklich macht, nicht die Tatsache, daß die Soldaten *Männer*, sondern daß die Männer *Soldaten* sind. Nimm ruhig weibliche Soldaten – oder Politiker oder Diplomaten –, der Krieg bleibt doch, wie er ist. Nur die Uniformen werden an den Hüften etwas weiter.

Na ja, ich plapper also weiter in dem Sinn, laß keinen einzigen Kanonenschuß oder Bajonettstich aus, und wie wir beim Dessert angelangt sind – einem wirklich leckeren preußischen Käsekuchen übrigens –, war meine Suffragette *kreidebleich.* ›Wenn das, was Sie sagen, wahr ist‹, sagte sie, ›dann gibt es keinerlei Hoffnung für die Zukunft.‹ Worauf ich antwortete: ›Gibt es doch, Ma'am. Der Krieg ist, allen entgegengesetzten Absichten zum Trotz, die Hölle, und es wäre nicht recht, das zu bestreiten, aber der Krieg ist zu Ende.‹ Worauf sie erwiderte: ›Was ist dadurch schon gewonnen? Es wird weitere Kriege geben; das war ja auch nicht der erste.‹ Und ich sagte: ›Ja, Ma'am, das stimmt natürlich, es wird weitere Kriege geben, aber *nicht sofort*; und wenn sie kommen, habe ich nicht vor mitzukämpfen.‹ Und sie sagte: ›Aber andere werden kämpfen. Noch ein Krieg und noch ein Krieg und noch ein Krieg‹ – ich geb zu, sie war diesbezüglich realistischer, als ich es damals war – ›und *noch* ein Krieg, und jeder bringt mehr Leid und mehr Tod. Und wenn wir diesen Teufelskreis nicht durchbrechen können, wenn wir nicht darauf vertrauen können, daß die Frau die grundsätzliche Natur unserer Wirklichkeit verändern kann, dann frage ich Sie: Was für eine Hoffnung bleibt uns dann?‹«

»Und du hast gesagt?«

»Ich habe gesagt, jetzt wär's Zeit, die Rechnung zu bezahlen, die ganze Temperenzlerei zu vergessen und sich einen Whiskey zu genehmigen. Ich hab sie zu einer Patriotenbar, die ich kannte, mitgenommen, dem Betsy Ross Saloon, auf der Hudson Street. Einlaß nur für Herren, offiziell, aber der Rausschmeißer und der Barkeeper wußten, daß ich Kriegsteilnehmerin war, also hatten wir da so ne Abmachung. Zwei Fingerbreit Jim Beam, und meine Suffragette hatte ihre ursprüngliche Farbe zurück; drei Fingerbreit, und sie war bereit, eine von meinen Zigarren zu probieren. Von da sind wir rüber zum Washington Square, beide sturzbetrunken, und so'n halbstarker Bulle versuchte, uns wegen ärgerniserregenden und, in meinem Fall, öffentlich unzüchtigen Verhaltens festzunehmen; also haben wir ihm seinen Schlagstock abgenommen und ihn, den Bullen, nicht den Stock, in einen Brunnen geschmissen. Worauf meine Suffragette meinte, vielleicht bestünde ja *doch* noch ein wenig Hoffnung für die Zukunft.«

»Hast du ihre Frage irgendwann auch direkt beantwortet?« fragte Joan.

»Verbal, meinst du? Na ja«, sagte Kite, »man kann jemandem

seinen Pessimismus nicht dadurch ausreden, daß man Gut und Böse säuberlich links und rechts aufeinanderstapelt, damit man sieht, wovon mehr da ist. Hoffnung ist eine Entscheidung, kein Rechenergebnis; du kannst soviel davon haben, wie du gottverdammt Lust hast zu haben, egal, wie die Umstände sind. Aber wenn du versuchst, das jemandem, der schlecht drauf ist, einfach so zu erklären, hält der – oder die – dich für eine Klugscheißerin und schmeißt dir vielleicht sogar einen harten Gegenstand an den Kopf. Da ist es schon besser, diplomatisch vorzugehen.«

»Die Betreffende betrunken zu machen«, sagte Joan. »Einen Polizisten ins Wasser zu schmeißen.«

»Das ist *eine* Methode. Sie hat funktioniert.«

»Was war mit der Bemerkung deiner Suffragette, es würde immer einen nächsten Krieg geben? Hast du ihr diesbezüglich noch etwas gesagt?«

Kite zuckte die Schultern. »Gab nicht mehr viel zu sagen, nachdem ich erst mal das Selbstverständliche gesagt hatte. Sie hatte recht. Es gibt immer einen nächsten Krieg. Glücklicherweise gibt's auch immer einen nächsten Frieden.«

»Und du bist nicht der Meinung, daß diese ewige Wiederkehr des Krieges den Frieden sinnlos macht?«

»Gütiger Gott«, sagte Kite. »Du etwa?«

»Nein«, sagte Joan. »Ich würd nur gern wissen, was du darüber denkst.«

»Wenn du von mir wissen willst, ob ich der Meinung bin, ein vorübergehender Frieden sei *bedeutungslos*, dann lautet die Antwort nein; ich glaube nicht, daß irgend jemand, der den Krieg am eigenen Leib erlebt hat, auch nur fünf Minuten Frieden bedeutungslos fände. Aber *sinn*los ... ich bin mir nicht so sicher, ob *überhaupt etwas* einen Sinn hat, bevor wir Menschen beschließen, ihm einen zu geben. Deswegen ist Hoffnung auch eher eine Möglichkeit als eine Pflicht. Ich glaube, wir Menschen haben das angeborene Bedürfnis, alles, was uns widerfährt, zu erklären – und nicht einfach bloß wissenschaftlich zu erklären, sondern ihm tatsächlich eine Bedeutung zu verleihen, eine Art Rahmengeschichte zusammenzubasteln, an der wir es aufhängen können; und ich glaube, daß jeder und jede von uns eine große Auswahl an möglichen Rahmengeschichten hat. Ich glaube allerdings auch, daß manche Erfahrungen so überwältigend sind, daß sie jeden Versuch, sie in einen Sinn zu fassen, vereiteln, und das sind die Erfahrungen, die uns in den Wahnsinn treiben.«

»Wie das, was Maxwell passiert ist«, sagte Joan.

»Wie das, was *mir* passiert ist.« Kite wedelte mit ihrem Stumpf. »Die erste Frage, die du dir da stellst – die *aller*erste Frage, selbst noch vor ›Werd ich's überleben?‹ –, ist: ›Warum? Warum muß mir das passieren?‹«

»Sieht so aus, als hättest du eine bessere Antwort als Maxwell gefunden.«

»Nein«, sagte Kite. »Ich hab lediglich festgestellt, daß ich auch ohne eine Antwort weiterleben konnte. Maxwell ist noch immer auf der Suche.«

»Aber deine Suffragette«, sagte Joan. »*So* traumatisch kann es für sie nicht gewesen sein, feststellen zu müssen, daß am Ende des Demonstrationsmarsches *kein* Utopia wartet.«

»Ach wo. Ihr Trauma war weniger schwerwiegend. Ein Nachteil des Umstands, daß man zu einer geschichtenerzählenden Spezies gehört, ist die Neigung zu vergessen, daß das Leben keine Geschichte ist, wie groß das Bedürfnis auch sei, es als eine anzusehen. Und einer der – vom Standpunkt des Geschichtenerzählens – größten Fehler des Lebens ist, daß es keinen Abschluß hat.«

»Abschluß in welchem Sinne?«

»Im Sinne einer Zusammenführung, so, daß alle Erzählstränge zusammenkommen und nach einem letzten Höhepunkt säuberlich verknotet werden und keine losen Enden mehr übrigbleiben. Das wirkliche Leben ist nie so ordentlich, und es hört nicht einfach deswegen auf zu passieren, nur weil jemand einen Sieg errungen hat. Wo in einem Roman das Wort ›Ende‹ käme, geht es in der Wirklichkeit weiter, folgt ein Ereignis dem anderen.«

»Das heißt also, selbst wenn das Frauenwahlrecht wirklich zum Paradies auf Erden geführt hätte ...«

»... hätte trotzdem als nächstes irgend etwas passieren müssen«, sagte Kite. »Weitere Entwicklungen: Neue Menschen wachsen heran und wandern ein, mit ihnen kommen neue Ideen, die Älteren und Alteingesessenen überdenken daraufhin ihre eigenen Ansichten, die äußeren Bedingungen ändern sich ...«

»Neue Konflikte zeichnen sich ab«, sagte Joan. »Ein weiterer Krieg.«

»Na ja. Ein weiterer *Kampf* jedenfalls. Und keiner fragt danach, ob dir nach dem letzten noch genug Energie oder Durchhaltewillen übriggeblieben ist. *Das* war es, was meine Suffragette so mitgenommen hat: erfahren zu müssen, daß das einzige wirklich sichere Gegenmittel gegen den Kampf und das dadurch bedingte Leiden darin besteht, der Zukunft zu entfliehen. Und die einzige Möglichkeit, das zu bewerkstelligen – die einzige reale Möglichkeit, in Ermangelung eines utopischen Märchenschlusses –, ist zu sterben, bevor die Zukunft ankommt. Hoffnung ist also die Entscheidung, lieber eine Realistin als eine Leiche zu sein.«

»Keine allzu schwere Entscheidung, hm?«

»Für mich nie gewesen, nein. Ich hab immer wieder mal genug von dem ganzen Blödsinn, aber *so* genug doch nie.«

Joan lächelte. »Daher auch dein ungebührlich fortgeschrittenes Alter.«

»Da hast du verdammt recht«, bestätigte Kite. »Weißt du, was der altägyptische Wesir Ptahhotep zu dem ganzen Thema zu sagen hatte? Und wohlgemerkt, ich hab's aus dem Zitatenlexikon, nicht, daß ich den Mann persönlich gekannt hätte.«

»Und, was hat er gesagt?«

»›Sei vergnügt, solange du am Leben bist.‹ Vermutlich nur ne vorchristliche Version von ›Mach's gut‹, aber ich hab eigentlich immer gefunden, daß das ein guter Ratschlag ist.«

Kite signalisierte Sam 101, daß er ihr Rum nachschenken sollte, und Joan schüttelte eine neue Zigarette aus dem Päckchen. Zwei FBI-Agenten kamen herein und sahen sich im Salonwagen nach blinden Passagieren um. Kurz nachdem sie wieder gegangen waren, blies die Zugführerin in ihre Trillerpfeife; die Türen schlossen sich und rasteten zischend ein, und der Thunderbolt glitt auf seinem Magnetkissen aus Grand Central hinaus. Bei einer Spitzengeschwindigkeit von 550 Stundenkilometern war Atlantic City nur dreißig Minuten entfernt.

»Erzählen Sie uns doch etwas mehr über dieses Erdbeben an der Ostküste«, sagte Xander Menudo. »Glauben Sie wirklich, daß es kommen könnte? In Chemie war ich zwar während der ganzen High-School Nachhilfeempfänger, und so weiß ich nichts mehr von angewandter Tektronik oder wie das Zeug heißt, aber ich erinnere mich doch, irgendwo gehört zu haben, daß New York City auf einer festen Gesteinsschicht gebaut ist, also –«

»*Scheinbar* festen«, sagte Tad Winston Peller. »*Scheinbar* festen. Und sie bewegt sich doch ...«

2008, Teil zwei: Ein Pakt mit dem Teufel am Ende der Welt

Es gab keinen Transrapid, der Joan und Harry im Juli 08 zu ihrem ersten gemeinsamen Arbeitsessen hätte bringen können. Nach reiflicher Überlegung und einem langen Gespräch mit Lexa hatte Joan eingewilligt, über ihren Arbeitsvertrag zu diskutieren, aber nur unter der Voraussetzung, daß man ihr die Wahl des Verhandlungsortes überließ. Und so jettete Harry Gant fünf Wochen nach der Mülldeponie-Demo nach New York (weiß um die Nase während des ganzen Fluges, aber ihm blieb keine andere Wahl: Joans Essenspläne erforderten schon so mehr Zeit, als er sich eigentlich hätte freinehmen dürfen). Joan erwartete ihn auf dem JFK; zusammen bestiegen sie eine Maschine nach Montreal und von da eine weitere nach Quebec. (»Das reicht«, sagte Gant, als starke Turbulenzen die kleine Turboprop beim letzten Landeanflug durcheinanderrüttelten, »es muß doch eine Möglichkeit geben, schneller zu reisen, *ohne* den Erdboden zu verlassen ...«) In Quebec mieteten sie einen Jeep mit Allradantrieb und machten ein paar Einkäufe in einem Geschäft für Trekkingbedarf. Dann fuhren sie los, Richtung Norden.

Und fuhren. Und fuhren. Schnellstraßen gingen in Landstraßen, gingen in Feldwege, gingen in Forstwege über. Nach fünf Stunden ununterbrochener Fahrt, während der Joan sich weigerte, über Geschäftliches zu reden – »Wir sind noch nicht da« –, hielten sie für die Nacht in einem winzigen Waldweiler, dessen quebecophoner Name Gant einfach nicht von der Zunge ging. Am nächsten Morgen fuhren sie noch ein bißchen weiter nach Norden.

Gegen Mittag des zweiten Tages fing Harry an zu witzeln, bis zum Pol sei's wohl nicht mehr weit. »Relax«, erwiderte Joan. »Wir sind noch nicht mal über die Baumgrenze hinaus.« Sie steuerte den Jeep einen letzten, zerfurchten Waldweg entlang und dann auf eine Wiese, die von einem Bach und einer Zeile wachsamer junger Kiefern durchschnitten wurde, die jedem weiteren motorisierten Vordringen Einhalt geboten; und dort hielt sie an und stellte den Motor ab.

»Letzte Gelegenheit, dein Satelliten-Handy zu benutzen«, sagte Joan. »Ab hier geht's streng primitiv zu. Teil deinen Handlangern mit, daß du die nächsten zwei, vielleicht drei Tage nicht zu erreichen bist.«

»Drei Tage?« sagte Harry. »Joan, allein die Fahrt hierher hat uns –« Aber sie war schon aus dem Jeep ausgestiegen und wuchtete hinten zwei Rucksäcke aus graubrauner Leinwand heraus.

Auf der Wiese parkten zwei weitere Jeeps; beide gehörten den momentanen Bewohnern eines Aufseher-Blockhäuschens, das unmittelbar diesseits der Kiefernpalisade stand. Die Hütte war die einzige menschliche Behausung, die man weit und breit sehen konnte. Direkt neben ihr ragte, fast ebenso hoch wie sie, ein Holzschild empor, das sich dadurch auszeichnete, daß es – im separatistischen Quebec eine Seltenheit – in mehreren Sprachen abgefaßt war. Die für Harry verständliche Fassung lautete:

HINTER DIESER BAUMREIHE BEGINNT DIE BUNDES-URWILDNIS-ZONE, EINGERICHTET GEMÄSS GRÜNFLÄCHENSCHUTZGESETZ VON 1999 DES STAATES QUEBEC. ANDERS ALS IN DEN MEISTEN NATIONALPARKS ODER NATURRESERVATEN SIND SIE HIER *KEIN* WILLKOMMENER GAST. DURCH BETRETEN DIESES GEBIETES ERKLÄREN SIE SICH DAMIT EINVERSTANDEN, ZU EINEM GEWÖHNLICHEN BESTANDTEIL DES HIESIGEN ÖKOSYSTEMS ZU WERDEN, OHNE MEHR RECHTE ODER PRIVILEGIEN ALS IRGENDEIN ANDERER ORGANISMUS.

Verboten ist unter anderem die Mitnahme von Feuerwaffen, Bogen und Speeren (jeder Art), Messern von mehr als 15 cm Länge, Ton- und Bildaufzeichnungs- und -wiedergabegeräten (jeder Art), Landkarten, Kompassen, Uhren, Taschenlampen, tragbaren Telekommunikationsgeräten, Monatsbinden, Toilettenpapier. Eine vollständige Liste dem Einfuhrverbot unterliegender Gegenstände kann im Waldhüterstützpunkt eingesehen werden. *Jeder* mitgeführte Gegenstand muss vor dem Weitermarsch den Waldhütern zur Genehmigung vorgelegt werden. Die Waldhüter können für unbeaufsichtigte Fahrzeuge und darin zurückgelassene Gegenstände nicht haftbar gemacht werden.

Das anlegen von Pfaden, Kartenzeichnen und Bäumefällen ist verboten. Die Errichtung von dauerhaften Behausungen und sonstigen Konstruktionen ist verboten. Jagd und Fischfang sind (nur mit blossen Händen, Taschenmessern und Knochenhaken betrieben) gestattet, jedoch ausschliesslich zum Zweck des Nahrungserwerbs; die Mitnahme von »Trophäen« ist verboten. Feuer darf niemals unbeaufsichtigt bleiben, Asche und sonstige Überreste sind nach vollständigem Auslöschen zu verstreuen.

Denken Sie daran, *Sie sind völlig auf sich gestellt*. Die Waldhüter führen zwar gelegentlich Kontrollgänge durch, um sicherzustellen, dass die Vorschriften eingehalten werden, und können verirrten oder verletzten Besuchern nach eigenem Ermessen Hilfe leisten; mit gezielten Rettungsaktionen dürfen Sie jedoch nicht rechnen. Hubschrauber werden unter keinen Umständen angefordert. Von dieser Regel gibt es *keine* Ausnahmen.

»Moment mal«, sagte Gant. »Joan –«

»Komm schon, Harry. Wir wollen früh genug wegkommen, daß wir noch lange Tageslicht haben.«

»Aber Joan ... keine Rettungsteams? Kein *Toilettenpapier*?«

»Jetzt komm schon.«

Von den drei Waldhütern, die Dienst taten, wollte nur einer Englisch können. Er war soweit ganz nett, auch wenn er davon ausging, Joan und Harry seien miteinander verheiratet. »Ihr Mann sieht nervös aus«, sagte er zu Joan.

»Das liegt daran, daß er nervös *ist*«, erwiderte Joan. »Er ist ein Stadtmensch. Er hat noch nie einen Elch gesehen.«

»Elch?« sagte Harry. »Die haben hier Elche?«

Die zwei Waldhüter, die »kein Englisch sprachen«, fanden das komisch. Sie fingen an, wüste Tierlaute auszustoßen und obskure französische Wörter wie *»loup«* und *»ours«* vor sich hin zu murmeln, die Gant alles andere als beruhigend fand. Der freundliche Aufseher durchsuchte derweil beide Rucksäcke nach Konterbande und überprüfte anhand einer Farbtafel, ob auch alle mitgenommenen Kleidungsstücke den Vorschriften entsprachen: denn sogar unnatürliche Farbtöne, wie das grelle Orange von Sicherheitswesten, waren hier verboten. Als er die Inspektion abgeschlossen hatte, ließ er Joan und Harry eine internationale Haftungssausschlußerklärung unterzeichnen. »Tragen Sie das Datum Ihrer voraussichtlichen Rückkehr ein«, sagte er, »und den Namen des nächsten Angehörigen, den wir benachrichtigen können, falls Sie sich um mehr als eine Saison verspäten. Und lassen Sie Ihre Wagenschlüssel da.«

»Keine Landkarte?« sagte Harry, als sie ihre Rucksäcke geschultert und die Kiefernzeile durchquert hatten. »Keinen Kompaß? Nicht, daß ich so was schon jemals gemacht hätte, aber ist es auf die Art nicht ganz schön leicht, sich zu verlaufen?«

»Man muß sich seine Merkzeichen sehr sorgfältig aussuchen«, bestätigte Joan. »Und darf sich nicht zu weit hineinwagen, wenn man nicht weiß, wie man mit einem Minimum an – dazu noch primitivsten – Hilfsmitteln überlebt. Was bedeutet, daß der größte Teil des Gebietes de facto für Touristen gesperrt ist, und das ist auch ganz im Sinne des Erfinders. Wenn man ein Wochenend-Camper ist und nur mal eben einen schnellen unverbindlichen Flirt mit Mutter Natur sucht, fährt man nach La Mauricie oder Mont Tremblant; das ist nicht so weit von den Großstädten, und es gibt öffentliche Klos.«

»Aber du *bist* schon mal hier gewesen. Ich meine – du kennst dich hier doch aus, nicht?«

»Ich war einmal mit Lexa Thatcher und ihrer Freundin Ellen

hier. Muß 02 oder um den Dreh gewesen sein, auf alle Fälle vor der Pandemie. Wir haben uns verlaufen, und beinah wären uns die Lebensmittel ausgegangen, aber wir haben Wölfe zu sehen bekommen, dafür haben wir gern alles andere in Kauf genommen. Ja, Wölfe, und guck nicht so schreckhaft. Folg einfach dem Bach und halt die Augen offen, wir kriegen noch ein paar gute Dinge zu sehen.«

Er hielt, und sie kriegten. Für den Anfang einen Fuchs; dann einen friedlichen Baumstachler, der auf dem Stumpf einer Blitztanne hockte; zwei Ottern im Bach; und einige Zeit später einen Schwarzbären, der sich zu Gants Verblüffung nicht als angriffslustig, sondern als schlicht desinteressiert erwies. Er trat aus einer Lücke zwischen zwei Kiefern hervor, wandte die Schnauze kurz den zwei Menschen zu, als wollte er ihre Absichten wittern, und stapfte weiter seines Weges, ohne anzuhalten.

»Ha«, sagte Gant, nur eine Spur blasser als normal. »Das istn *ours?*«

»Das istn *ours.*«

»Ha. Schau einer an.«

Gegen Abend stieg das Land zu ihrer Rechten allmählich an und bildete eine gepunktete Linie von Hügeln entlang dem Wasserlauf. Joan machte am Fuß eines dieser Hügel einen auffälligen natürlichen Steinhaufen aus und nickte, als sie ihn wiedererkannte. Sie zupfte Gant am Ärmel. »Schauen wir mal nach, ob sie noch immer da oben steht.«

»Ob wer immer noch wo oben steht?«

»Geh mir einfach nach«, sagte Joan und platschte durch den Bach.

Der Hügel hinter dem Steinhaufen war die steilste Erhebung, die Harry Gant je ohne Zuhilfenahme einer Treppe oder Rolltreppe bewältigt hatte, und solange er lebte, würde er sich an diese seine erste und letzte bergsteigerische Erfahrung erinnern, seinen privaten Mount Everest; die bescheidene 30-Meter-Besteigung raubte ihm die letzte Puste und beschenkte ihn mit dem stolzen Bewußtsein eines Gipfelbezwingers. Joan ihrerseits klatschte in die Hände, als sie oben anlangte und feststellte, daß sie sich richtig erinnert hatte: Direkt auf der Hügelkuppe stand eine verlassene Einraum-Jagdhütte, nicht mehr als ein Kabuff eigentlich, aber mit einer kleinen Veranda, die über die steilste Seite des Hügels hinausragte und von der aus man eine Aussicht hatte. Joan ging die letzten Schritte bis zur Hütte und schob die Tür (sie hing nicht mehr in den Angeln) beiseite. »Freu dich, Harry«, sagte sie. »Heute nacht schläfst du mit einem Dach über dem Kopf.«

Innen waren die Fußbodenplanken schon teilweise durchgefault, und vom versprochenen Dach war auch nicht mehr viel übrig; was es an Mobiliar gegeben haben mochte, war von früheren Besuchern zerhackt und im rostigen Ölfaß-Ofen verheizt worden. Joan stampfte mit einem Fuß fest auf den Vorbau, bevor sie ihm ihr ganzes Gewicht anvertraute, aber wenigstens *er* schien stabil zu sein. Sie trat hinaus auf die Veranda und zündete sich mit einem Pappstreichholz eine Zigarette an.

»Übermäßig hohe Instandhaltungskosten haben die hier scheint's nicht, was?« sagte Gant.

»Die Hütte stammt noch aus der Zeit vor dem Schutzgesetz«, erklärte ihm Joan. »Sie lassen sie verfallen, so wie jedes andere Gebilde von Menschenhand hier in der Wildnis. Ein Stückchen westlich von hier steht ein Kernkraftwerk, das nie fertiggestellt wurde, da wachsen schon Flechten überall auf den Kühltürmen. Natürlich, *nordwestlich* von hier hat das jüngste hydroelektrische Projekt der Hydro-Quebec gerade fünfundzwanzigtausend Hektar Wald unter Wasser gesetzt. Die Umweltpolitik des Separatistenparlaments ist nicht hundertprozentig konsequent.«

»Ist mir auch schon aufgefallen«, sagte Gant. »Fermentierter Tabak ist also natürlicher als Klopapier?«

Joan warf einen Blick auf die brennende Gauloise, die sie zwischen den Fingern hielt. »Ach«, sagte sie, »das. Na ja, weißt du, die meisten Grünen von Quebec sind Kettenraucher, und so ...«

»Ich könnt mir aber denken, daß auch die meisten von ihnen aufs Klo gehen.«

»Prioritäten, Harry. Außerdem haben die Waldhüter meine Kippen gezählt, und sie werden die Stummel zählen, wenn wir wieder rauskommen. Und du versuchst dir besser nicht auszumalen, was die mit Leuten anstellen, die Waldbrände verursachen.«

»Nein, versuch ich auch gar nicht.« Gant streifte seinen Rucksack von den Schultern und fand eine unmorsche Ecke des Fußbodens, wo er ihn abstellen konnte. »Und jetzt, wo wir hier sind, Joan, können wir uns über –«

Sie hob eine Hand, um ihn zu stoppen. »Bevor du mit deinem Vortrag anfängst«, sagte sie, »komm hier raus auf die Veranda und schau dir die Aussicht an.«

Er kam heraus, mit behutsamen Schritten; mit dem fast senkrecht abfallenden Hang unter sich war die Veranda eindeutig als höhenangsterregend einzustufen. Als er in die Weite blickte, sah er, daß sie sich an dem einen Ende eines langen bewaldeten Tals befanden, und daß das Flüßchen, an dem sie entlanggewandert waren, in die runde Münze eines Sees mündete, die die alchimistische Abendsonne gerade von Silber in Bronze in Kupfer transmutierte. Am Rand des Wassers senkte ein Elch den Kopf, um zu trinken; wie der Bär war er gar kein so furchterregendes Tier, wie er gedacht hatte. Ein durchaus edles Geschöpf sogar, aus dieser Entfernung betrachtet. Aber was Gant wirklich bewegte, was seine zivilisierte Abgestumpftheit durchdrang und sein Herz mehr als alles andere berührte, waren die Biber. Echte, keine batteriebetriebenen: eine wenigstens sechsköpfige Familie, die an einem Damm aus gefällten Baumstämmen herumwerkelte.

»Ha«, sagte Gant. »Wahnsinn.«

»Was meinst du?« fragte Joan. »Der Mühe wert?«

»Geh ich recht in der Annahme«, erwiderte er, »daß du kein Fernglas an diesen Franzosen vorbeigeschmuggelt hast?«

»Tut mir leid, Harry. Wir können zu dem See runterlaufen, wenn du möchtest.«

»Nein, nein, lassen wir den Elch in Ruhe austrinken. Aber sag mir eins, ist es in Nigeria auch so?«

»Im Winter gibt's da etwas weniger Schnee, zumindest in der Regel.«

»Aber ist es da *auch* so?«

»Du meinst, ob's auch verdient, nicht vergiftet zu werden? Klar.«

Harry Gant nickte. »Siehst du?« sagte er. »Das ist *genau* der Grund, warum ich möchte, daß du für mich arbeitest.«

»Was meinst du damit?«

»Das alles.« Er breitete die Arme aus. »Daß du mich hierherbringst, mir einen unmittelbaren Eindruck davon verschaffst, was bei der Sache auf dem Spiel steht. Du bist genau die Sorte Mensch, die ich mir als die leitende Kraft hinter der Gantschen Umweltpolitik wünsche.«

Joan drückte ihre Zigarette auf dem Geländer der Veranda aus und steckte sich den Stummel in die Tasche. »Sag mir eins, Harry.«

»Schieß los.«

»Hast du je wirklich die Absicht gehabt, in Afrika eine Mülldeponie einzurichten?«

Gant blinzelte. »Wie kommst du jetzt darauf?«

»Ich hab seit der Demo Zeit gehabt, darüber nachzudenken«, sagte Joan. »Ich weiß noch genug von unseren Gesprächen von damals, als wir in Harvard zusammen waren, um eine Harry-Gant-Idee zu erkennen, wenn ich sie sehe ... oder wenn ich sie *nicht* sehe. Der Automatische Diener etwa, der ist irgendwie dein Stil; genauso das Minarett, und diese Sache mit dem Wiederaufbau des Empire State Building auch. Aber Abfallentsorgung?« Sie schüttelte den Kopf. »Mh-mh. Das ist ein lukratives Geschäft, aber direkt ›klasse‹ eigentlich nicht, oder?«

»Na ja ...«

»Also, was ich glaube, ist folgendes: Die Nigeria-Deponie war gar nicht deine Idee, sie stammte von deinem Partner. Und ich glaube außerdem – und hier wird's komisch –, daß er vor seinem Tod vielleicht gar nicht dazu gekommen war, dir davon zu erzählen. Wär das nicht ein guter Witz? Lexa erfährt noch vor dir von der Deponie, und als sie dich anruft und eine Stellungnahme von dir haben will, bist du so überrascht, daß du ihr gar nicht erst groß erzählst, daß Christian Gomez das Projekt geheimgehalten hatte und daß dir die Sache absolut neu ist. Dann hörst du, daß ich vorhab, runterzukommen und vor deiner Haustür einen Riesenaufstand zu veranstalten, und du sagst immer noch nichts, obwohl dich Gomez' Plan wahrscheinlich überhaupt nicht so sehr interessiert, daß du ernsthaft vorhättest, ihn durchzuziehen.«

»Angenommen«, sagte Gant, »es wäre wirklich so ähnlich gewesen. Ich sage nicht, es war so, aber nur mal angenommen. Würd dir das was ausmachen?«

»Aber nein«, sagte Joan. »Ganz und gar nicht, Harry. Ich finds toll, eine halbe Million Leute dazu gebracht zu haben, gegen eine Naturschändung zu protestieren, die gar nicht stattfinden sollte. Vergeudete Mühe ist meine Spezialität.«

»Na gut, aber *war* die Mühe vergeudet?«

»Sag du's mir, Harry. Hattest du vor, diese verdammte Mülldeponie einzurichten, ja oder nein?«

»Ehrlich gesagt, nein. Aber hör zu, Joan –«

»Warum hast du's dann Lexa nicht einfach gesagt, bevor sie die Story gebracht hat? Als sie dich angerufen hat, da wär's doch –«

»Also bitte, Joan, das ist nicht fair. *Ich* hab nicht Christians Aktenkoffer gefilzt, noch bevor er überhaupt für tot erklärt worden war. Ich bin nicht verpflichtet, dich davon abzuhalten, aus gestohlenem Informationsmaterial, von dem ich persönlich überhaupt keine Kenntnis habe, übereilte Schlußfolgerungen zu ziehen.«

»In Ordnung, stimmt schon, aber, Harry –«

»Die Sache ist so abgelaufen: Als Lexa angerufen hat, war ich im Leichenschauhaus in Atlanta. Bis ich zurückgerufen hab – ich hatte andere Dinge im Kopf, und so hat's eine Weile gedauert –, bis dahin jedenfalls hatte sie dich schon angerufen und die Werbekampagne für die Protestdemonstration angeleiert. Da habe ich sie also am Telefon, und sie erzählt mir, erstens, daß Christian ohne mein Wissen über ein größeres Geschäft nachgedacht hatte, und zweitens, daß Joan Fine vorhat, eine Demo dagegen aufzuziehen. Was ziemlich viel auf einmal zu verdauen ist.«

»In Ordnung«, wiederholte Joan, etwas defensiv, »ich kann verstehen, warum du erst mal nichts gesagt hast. Aber du hattest vor der Demo einen Monat, *mehr* als einen Monat Zeit, um die Sache richtigzustellen.«

»Joan, wer hätte mir schon geglaubt? Eigennütziger Konzernchef behauptet, nichts vom Plan des eigenen Unternehmens gewußt zu haben, in Nigeria eine gigantische Mülldeponie einzurichten: ›Africorp? Voraussichtliche Gewinne in Milliardenhöhe? Nie was von gehört ...‹ Verdammt, das würd ja nicht mal *ich* schlucken. Und ich bin sicher, wenn ich kein Industrieller, sondern ein Umweltschützer wäre, würde ich Himmel und Hölle in Bewegung setzen, um den Scheißkerl trotz all seiner Dementis dranzukriegen. Ich mußte mir also eine Krisenmanagement-Strategie für eine Situation ausdenken, in der die ungeschminkte Wahrheit nichts nützte, und da ist mir meine Idee gekommen ...«

»O Gott. Jetzt kommt's, noch ne klasse Idee.«

»Laß mich bitte ausreden, Joan. Ich bin den ganzen weiten Weg hierher mitgekommen, ohne mich zu beklagen, also rauch jetzt einfach noch eine Zigarette und halt den Mund, bis ich fertig bin, okay? Also, Christian und ich hatten uns schon seit einiger Zeit über die Idee unterhalten, das Unternehmen zu reorganisieren; wir waren uns nicht im mindesten darüber einig, wie wir dabei vorgehen sollten, aber angesichts des Erfolgs des Automatischen Dieners, der steigenden Nachfrage und des parallel dazu steigenden Produktionsvolumens erkannten wir beide die Notwendigkeit einer wachstumsorientierten Umstrukturierung des Gant-Managements. Durch Christians Tod liegt die ganze Verantwortung für die Reorganisation jetzt bei mir.

Nun wäre ich der erste, der zugeben würde, daß ich ein etwas unorthodoxer Unternehmensleiter bin. Ich bin nicht übermäßig an Gewinnen interessiert; Geld ist mir nur soviel wert wie die neuen Projekte, in die ich es investieren kann. Ein Grund, warum ich nie Aktionäre haben wollte, ist die Tatsache, daß *sie*, zumindest in der Regel, durchaus an Gewinnen interessiert sind, und an deren Interessen denken zu müssen würde mich von meinen eigenen Zielen ablenken.«

»Wie zum Beispiel richtig hohe Wolkenkratzer zu bauen.«

»Genau. Gleichzeitig aber ist mir durchaus klar, daß es Sachzwänge gibt, praktische Notwendigkeiten, daß man nicht einfach die ganzen Geldangelegenheiten der Finanzabteilung überlassen kann und von denen erwarten, daß sie die Sache schon managen werden; *wenn* man delegiert, muß man verantwortungsvoll delegieren. Christian war immer derjenige, der die Bilanz im Auge behielt, der mir mit Sachen wie Liquidität oder Cash-flow kam, wenn ich nicht genug an Profite dachte, was die meiste Zeit der Fall war. Ohne ihn werde ich mir einen guten

Buchhalter besorgen müssen, einen *kreativen* Buchhalter, der die Finanzabteilung leitet und die Rolle meines neuen Geldgewissens übernimmt.

Schön, grade als ich mit der Umstrukturierung anfangen wollte, habe ich von Lexa erfahren, daß du von New England bis ganz da runter kommen würdest, um eine Protestkundgebung gegen Christians Mülldeponie zu organisieren. Und was immer mir sonst in dem Moment durch den Kopf gegangen sein mag, ich muß gestehen, daß es mich gefreut hat zu wissen, daß jemandem so viel an Afrika lag. An der Natur. Denn mir *gefällt* das hier« – er umfaßte die sie umgebende Wildnis mit einer ausholenden Geste –, »ich bin froh, daß das bewahrt wird, aber ich persönlich, wenn ich nur auf mich gestellt wäre, ich hätte nie die Geduld oder den Willen, groß darauf Rücksicht zu nehmen. Die Umwelt ist wie das Geld: Ich weiß, daß beides wichtig ist, aber beides kann mich auf die Dauer nicht fesseln.«

»Also mußt du delegieren«, schloß Joan. »An mich.«

»An dich«, bestätigte Harry. »Deswegen habe ich meine Kapitulation auch auf die Weise inszeniert: um die Aufmerksamkeit der Öffentlichkeit auf dich und deine Sache zu konzentrieren, um dir die Möglichkeit zu geben, dich den Medien als dieser Aufgabe würdig darzustellen. Jetzt hast du nicht nur den Schwung und die Entschlossenheit, die ich von einem Gant-Mitarbeiter verlange, du hast auch einen Öffentlichkeitsbonus, du bist *glaubwürdig*. Ich dachte, das könnte dir von Nutzen sein.«

Joan schüttelte ungläubig den Kopf. »Eins muß ich dir zugestehen, Harry«, sagte sie. »Ein Vollidiot bist du nicht. Du hast recht, deine CNN-gerechte Kapitulation hat mir *wirklich* Glaubwürdigkeit verschafft. Die Frage ist nur, warum sollte ich sie mir verscherzen, indem ich deine PR-Tussi werde? Ich kann dir wegen der Umweltpolitik von Gant als Freischaffende genauso effektiv die Hölle heiß machen wie als deine Angestellte.«

»Aber die Ressourcen«, sagte Gant. »Vergiß die nicht. Du würdest als Freischaffende nie die finanziellen und technischen Mittel haben, die dir als meiner Mitarbeiterin zur Verfügung stünden. Und es gibt noch einen weiteren Faktor, den du bedenken solltest: den Automatischen Diener. Ich besitze das Patent.«

»Na und?«

»Denk doch mal darüber nach, Joan. All die Unternehmen, die sich momentan auf die Freihandelszone stürzen – was glaubst du wohl, an wen sie sich wegen der Arbeitskräfte wenden werden, die sie für ihre Erdöl- und Erdgasfelder und ihre Bergwerke brauchen werden?« Gant tippte sich auf die Brust. »An mich. Ich bin momentan der billigste Arbeitskräftelieferant weltweit, was mir erhebliche Möglichkeiten der Einflußnahme gewährt. Du könntest diesen Einfluß dazu benutzen, lenkend darauf einzuwirken, wie mit dem afrikanischen Kontinent im Zuge der Erschließung seiner Rohstoffe umgegangen wird.«

»Erpressung«, staunte Joan. »Du redest davon, andere Unternehmen zu erpressen.«

»Ich rede von angewandtem Kapitalismus. Angebot und Nachfrage: *Wir* liefern die Diener, *wir* können Forderungen stellen. Ich gebe zu, daß manche dieser Forderungen vielleicht ein wenig unorthodox ausfallen könnten, aber es ist und bleibt ein faires Geschäft. Und es wäre erheblich wirkungsvoller als jede direkte Aktion, die du mit Greenpeace oder den Nader-Gruppen je auf die Beine stellen könntest.« Noch einmal zeigte er auf das bewaldete Tal und den See, der zu ihren Füßen ausgebreitet lag. »Als Mitarbeiterin von Gant Industries könntest du dafür sorgen, daß in ganz Afrika Wildniszonen wie diese eingerichtet werden; du könntest das Hundertfache der Landfläche schützen, die beim Nigeria-Deponie-Projekt auf dem Spiel stand. Und das ist nur *eine* von vielen Möglichkeiten.«

»Du bist der Teufel, Harry«, sagte Joan. »Das ist dir doch klar, oder? Was bringt dich eigentlich auf die Idee, du hättest das Recht, mit der Zukunft Afrikas zu schachern?«

»Nun, mir scheint, ich könnte dich dasselbe fragen, Joan; wie's aussieht, hat dein letzter afrikanischer Vorfahr die alte Heimat etwa um dieselbe Zeit verlassen wie meiner. Aber ehrlich, ich finde nicht, daß das hier irgendwas mit Rechten zu tun hat. Ich habe *Macht,* schlicht und einfach, und ich bin bereit, sie mit dir zu teilen, und zwar so gut wie unentgeltlich.«

»Warum?«

»Weil ich nicht böse bin, deswegen. Ich mag der Teufel sein, aber der Böse bin ich nicht. Ich *will* der Umwelt nicht schaden, aber ich will auch nicht gezwungen sein, allzuviel an sie zu denken, denn ich weiß, daß ich auf lange Sicht überhaupt nicht an sie denken werde.«

»Aber du *wirst* an sie denken, Harry; wenn ich den Job übernehme, *wirst* du. Das war kein bloßer PR-Gag, was du vor laufenden Kameras gesagt hast, von wegen, ich sollte dafür sorgen, daß es dir leid tut, mich jemals eingestellt zu haben. Du hast keine blasse Ahnung, was für eine Pest ich in einer verantwortlichen Position sein kann.«

»Och«, sagte Gant, »ich glaube, ich kann's mir durchaus vorstellen. Das wird uns ja gerade zu einem guten Team machen, allen Meinungsverschiedenheiten zum Trotz: an Sturheit können wir es beide gut miteinander aufnehmen. Wirst du den Job annehmen?«

Joan zuckte die Achseln. »Ich weiß noch nicht«, sagte sie, obwohl sie es natürlich sehr wohl wußte, und ebenso Harry. »Morgen früh wandern wir runter zum See, ich bring dir bei, wie man Fische mit bloßen Händen fängt, oder zumindest ins Wasser fällt. Wir werden auch sonst ein paar Wanderungen in der Gegend machen. Wenn wir wieder in die Zivilisation zurückkehren, dann bekommst du meine Antwort.«

»Gut«, sagte Gant und lächelte. »Das wird eine klasse Partnerschaft werden, Joan, du wirst schon sehen.«

»Ich hab meine Zweifel«, erwiderte Joan. »Erhebliche Zweifel. Das wär ne Weltpremiere, ein Pakt mit dem Teufel, der klasse ausgeht. Ich hab so eine Ahnung, daß ich mir eine ziemliche Last an Schuld aufgeladen haben werde, eh das hier vorbei ist.«

2023: Ein Lebkuchenhaus

Atlantic Citys einziges Denkmal zu Ehren Donald Trumps war eine Reihe von Gedächtnis-Glücksautomaten im Transrapid-Terminal. Sieben an der Zahl, standen sie – zwischen zwei Türen, die jeweils die Aufschrift DAMEN und HERREN trugen – nebeneinander an einer Wand; über ihnen hing eine Serie von gerahmten Zeitungsausschnitten, die wichtige Etappen von Trumps unaufhaltsamem Abstieg und Ende festhielten, darunter den Abriß des Spielkasinokomplexes »Taj Mahal« und die

Brandkatastrophe auf Cape Canaveral, mit der Trumps Traum, der erste marsianische Milliardär zu werden, ein für allemal verpufft war. (»TRUMP ZU KLUMP!« brachte die *New York Post* als Nachruf, über einem Farbfoto der explodierenden Raumfähre.)

»Wahrhaft ein Ehrenmal«, bemerkte Kite. »Ich nehme an, auf seiner Beerdigung hat niemand allzu viele Tränen vergossen.«

»Ich glaube nicht, daß überhaupt jemand bei seiner Beerdigung aufgekreuzt ist«, sagte Joan. »Steck bloß kein Geld in diese Automaten. Die sind so konstruiert, daß sie nur ein Prozent der Einsätze wieder herausgeben, und der höchste Jackpot wird überhaupt nie erreicht. Das ist das unfairste Glücksspiel, das die Stadt zu bieten hat.«

»Gehört das zum Denkmalcharakter der Dinger?«

»Ja.«

Sie verließen den Bahnhof und schlenderten hinaus auf die hölzerne Uferpromenade, um eine zu rauchen. Unten auf dem Strand waren ein paar städtische Arbeiter in Schutzanzügen gerade dabei, ein Makramee aus Blutkonservenbeuteln und durchsichtigen Plastikschläuchen, das die Flut zurückgelassen hatte, einzusammeln. »Ah, das Meer«, sagte Kite und schnippte Asche in den Sand. »Wo, sagtest du noch, wohnt dieser John Hoover?«

Joan hatte eine Informationsbroschüre mitgenommen und studierte jetzt den darin abgedruckten Stadtplan. »Anscheinend etwas außerhalb. Besorgen wir uns ein Taxi.«

Sie hielten eine Elektro-Droschke an. Der Fahrer sah die Adresse auf seinem eigenen Stadtplan nach und nannte einen unverschämten Fahrpreis, mit dem Joan sich aber widerspruchslos einverstanden erklärte; die Meeresbrise fing allmählich an, anheimelnd zu riechen, und momentan hatte sie keine Lust, an Manhattans Abwässer erinnert zu werden.

Die Fahrt zu Hoovers Haus dauerte zehn Minuten. Am Anfang einer Einfamilienhaussiedlung im Westen der Stadt stand auf einer schiefen Plakatwand die gesprayte Botschaft zu lesen: DIE SANFTMÜTIGEN WERDEN DIE ERDE BESITZEN. SONST WILL SIE AUCH KEINER HABEN. Auf den Straßen jenseits dieser Inschrift herrschte eine Atmosphäre wie drei Monate nach einem Super-

GAU: nur ein paar parkende Autos und nicht ein einziger Fußgänger. Ja, überhaupt nichts Lebendiges; Kite bekam einen Schreck, als sie begriff, daß der Rasen vor den Häusern überall tot war, nicht einfach nur vertrocknet, sondern regelrecht tot, und alle Bäume nackt und grau, und nirgendwo zusammengeharkte oder vom Wind aufgewehte Haufen von Herbstblättern zu sehen waren.

»Bist du sicher, daß wir hier richtig sind?« fragte sie.

»Sind wir«, erwiderte Joan. »Ich hab auf die Straßenschilder geachtet.«

»Hmm.«

John Hoovers Haus war... anders. »Kann man nicht verfehlen«, meinte der Taxifahrer, als Joan ihm sein Geld gab. Er fragte nicht, ob er warten sollte; kaum waren die zwei Frauen ausgestiegen, brauste er mit kreischenden Reifen davon und schlug den kürzesten Weg in die Stadt ein.

»Hänsel und Gretel«, sagte Joan.

»Ein Lebkuchenhaus«, pflichtete Kite ihr bei. Sie trat ans Gartentor und umfaßte einen Pfosten des weißen Lattenzauns, der Hoovers Anwesen umgab. Sie hatte erwartet, die rauhe Oberfläche getünchten Holzes zu spüren, aber Zaun wie Tor bestanden in Wirklichkeit aus gegossenem Kunststoff. »Hörst du irgendwelche Vögel singen, Joan? Oder Möwen?«

»Nein. Schon seit dem Strand nicht mehr. Meinst du, er hat das alles selbst so hergerichtet?«

»Das würde immerhin erklären, warum die Nachbarn weggezogen sind.«

John Hoovers Rasen war grün, aber von einem Grün und einer Beschaffenheit, wie sie in der Natur nicht zu finden waren. Ein buntschillernder Kiesweg führte vom Gartentor zum Haus, das tatsächlich so aussah, als sei es aus glasiertem Lebkuchen konstruiert. Die mokkabraune Fassade war mit fliederfarbenen Fensterrahmen und -läden und einem pistaziengrünen Türrahmen und Vortreppchen dekoriert und von einem rosa Zuckergußdach bekrönt. Die Tür selbst war eine mattglänzende Riesentafel Schokolade, der Schornstein eine kandierte Kirsche; und unmittelbar jenseits des Zauns ruhte auf einer rot-weiß gestreiften Zuckerstange ein Vanillepudding-Briefkasten, auf dem in –

wie aus einer Tube gequetschten – Kursivbuchstaben der Name *John E. Hoover* prangte. Das einzige, was noch fehlte, waren ein paar Lebkuchenkinder für den Vorgarten, aber wer weiß, vielleicht hatte man sie schon aufgegessen.

»Na gut«, sagte Kite und drückte das Tor auf, »dann wollen wir mal klingeln.« Joan folgte ihr hinein; sie bückte sich, um das Gras näher zu untersuchen, und stellte fest, daß es Kunstrasen war, was einiges erklärte. »He, Kite ...« fing sie an, verstummte dann aber, weil an der Ecke des Hauses ein Sehr Großer Hund aufgetaucht war.

Der Hund war Mechanisch, nicht Elektro. In seinem gußeisernen Rumpf donnerte ein V-6-Benzinmotor, und unter der Stahlbürste, die ihm als Schwanz diente, quoll eine Abgaswolke hervor. Die Warnblinkaugen glühten bernsteinfarben auf, während der Hund auf sie zustapfte, aber was Joan *wirklich* zu denken gab, war die chromblitzende Bärenfalle, die an die Stelle montiert war, wo bei einem normalen Wachhund die Zähne hingehört hätten. »He, Kite«, wiederholte sie, und Kite sagte, mitten in der Klingelbewegung erstarrt: »Ich seh's.«

Der Hund machte eine Vollbremsung, ließ sich auf die Hinterbacken nieder und blieb im Leerlauf brummelnd sitzen. Hinter dem Haus ertönte eine Männerstimme: »Hallo, Miss Fine! Kommen Sie hier rüber, und bringen Sie Ihre Freundin mit. Machen Sie sich keine Sorgen wegen Old Tolson, er beißt nicht ohne meinen Befehl!«

Old Tolson schlug mit der Rute auf den Plastikrasen; seine »Schnauze« öffnete sich und schnappte wieder zu. Alles andere als beruhigt, steckte Kite die Hand in den Mantel und hielt den Kolben ihres Revolvers umfaßt, während sie und Joan einen weiten Bogen um das Untier machten.

John Hoovers rückwärtiger Garten war auch anders. Hier wurde der synthetische Rasen durch etwas unterbrochen, was ein Goldfischteich hätte sein können; nur war der Teich von unechten Palmen umgeben, und an seinem Ufer stand ein regloser Elektro-Hippo. Hoover, ein rundgesichtiger Mann mit schütterem Haar und einem adretten grauen Kittel, hatte an der Flanke des Nilpferdes eine Klappe geöffnet und bastelte gerade an den Innereien des Tieres herum. Er drehte sich um und winkte den herankommenden Frauen zu, aber ohne seine Arbeit zu unterbrechen.

»Es steht auf dem Tisch, Miss Fine«, sagte Hoover.

»Was?«

»Das, weswegen Sie hergekommen sind.« Hoover deutete mit einem Werkzeug, das wie ein mutierter Schraubenschlüssel aussah. »Es steht auf dem Tisch.«

Unter einer der unechten Palmen stand ein Campingtisch. Darauf befanden sich, soweit Joan sehen konnte, eine Schachtel und eine Sturmlaterne. »Ich versteh nicht«, sagte sie. »Harry – ich meine, Mr. Gant – sagte, Sie würden uns etwas über die eingebauten Verhaltensinhibitoren des Automatischen Dieners erzählen.«

Hoover beugte sich tief in den Hippo hinein, bis fast nur noch seine fleischigen Pobacken und Beine zu sehen waren. Er ächzte; man hörte ein kurzes Klirren von Metall auf Metall, dann ein Geräusch wie von einem rostigen Gelenk, das gewaltsam bewegt wird. Die Ohren des Hippo legten sich flach auf den Schädel zurück.

»Sie untersuchen den Tod von diesem Wallstreet-Burschen, richtig?« fragte Hoover, als sein Kopf und Oberkörper wieder aufgetaucht waren. Er wischte sich die Stirn theatralisch mit einem Lappen, obwohl seine Turnübungen ihn keinen Tropfen Schweiß gekostet hatten, soweit man sehen konnte. »Amberson Teaneck?«

»Das ist richtig«, sagte Joan.

»Und Sie wollen wissen, ob er von einem Androiden umgebracht worden ist?«

»Ja.«

»Und falls ja, wer den Androiden zu diesem bestimmten Zweck umgebaut hat?«

»Ja.«

»Und falls einer das getan hat, warum?«

»Genau.«

»Das ist ein Geheimnis.« Hoover legte sich einen Finger an die Lippen und lächelte. »Ich liebe Geheimnisse, Miss Fine, jede Art von Geheimnis; im Haus habe ich ganze Aktenschränke gestopft voll mit Geheimnissen.« Er deutete wieder mit dem Schraubenschlüssel. »Alles, was Sie benötigen, um hinter dieses bestimmte Geheimnis zu kommen, steht da für Sie bereit.«

Kite hatte die Schachtel vom Tisch aufgehoben; wieder entpuppte sich etwas, was wie Holz aussah, als Plastik – eine Kunstmahagonibox von der Größe eines Kastenbrotes, deren Deckel mit einem komplizierten Mosaik aus ineinandergreifenden, verschieb- und versenkbaren Plättchen eingelegt war. »Eine magische Schachtel«, sagte Kite. »Mein alter Freund Lao hatte so ein Ding, um seine Wertsachen darin aufzubewahren. Nicht, daß er je irgendwelche Wertsachen besessen hätte.«

»Stimmt, eine magische Schachtel«, sagte Hoover. »Bekommen Sie die auf, sind sie auf dem besten Weg zur Lösung des Rätsels.«

Joan musterte ihn. »*Wissen* Sie, wer Teaneck ermordet hat?«

Hoover drohte ihr mit dem Finger. »Vorsagen gilt nicht«, sagte er. »Sie müssen es schon selbst herausbekommen, Miss Fine. Ich gebe Ihnen schon so viel zu viele Hinweise.«

»Schau dir das an, Joan.« Kite reichte ihr die Sturmlaterne, die Elektro war und eine Frau enthielt. Eine kleine Hologrammfrau, einen weiblichen Elektro-Geist-in-der-Lampe, den Joan merkwürdigerweise auf Anhieb erkannte. Kompromißlos intelligente, forschende dunkle Augen; slawische Züge, eingerahmt von einer Pagenfrisur; wohlgeformte Beine, die durch hochhackige Schuhe und ein schwarzes, auf einer Seite schulterfreies Abendkleid vorteilhaft zur Geltung gebracht wurden; wallender schwarzer Umhang; lange schwarze Zigarettenspitze in der erhobenen Hand; goldene Dollarzeichenbrosche über dem Herzen …

»Ayn Rand«, sagte Joan, und der Geist erwachte zum Leben. Elfenlippen schlossen sich um das Mundstück und entließen dann einen vollkommenen Rauchring, der sich verflüchtigte, als er die gewölbte Glaswand der Laterne erreichte.

»Sehr angenehm, Miss Fine«, sagte der Lampengeist. »Ich habe schon von Ihnen gehört.« Ayn Rand sprach in einem schroffen Ton und mit einem starken russischen Akzent: *Jich chabe schonn von Jihnen gächörrt.* Dann fügte sie *ziemlich* vorwurfsvoll hinzu: »Miss Joan Fine, *ehemalige* Joan Gant, Gattin und Partnerin eines der kreativsten Köpfe Amerikas. Gegenwärtig auf das Niveau einer wolkenkuckucksheimelnden, muskelmystifizierenden Altruistin herabgesunken.«

Joan wußte nicht recht, was sie darauf erwidern sollte. Hoovers sich abzeichnender Abgang entband sie der Notwendigkeit, eine Replik zu formulieren. Der Techniker hatte die Flanke des Nilpferdes wieder verschlossen und wischte sich gerade die Hände an seinem Arbeitskittel ab.

»Warten Sie«, sagte Joan. »Wo wollen Sie hin?«

»Rein«, sagte Hoover. »Ich erwarte eine Botschaft von meinem Freund Roy. Wenn Sie draußen vor dem Gartentor warten möchten, kann ich Ihnen ein anderes Taxi rufen, das Sie zum Bahnhof zurückbringt.« Er kehrte ihr den Rücken zu und machte sich auf den Weg ins Haus.

»Warten Sie einen Moment!« Sie hätte ihn am Arm festhalten können, aber der Mechanische Hund brummte, gar nicht weit weg, aus sämtlichen Zylindern, also ließ sie es besser sein. John Hoover ging weiter, ohne irgendeine Reaktion zu zeigen. Erst als er schon einen Fuß über die Schwelle gesetzt hatte, drehte er sich noch einmal um.

»Fangen Sie mit der Schachtel an, Miss Fine«, sagte Hoover zum Abschied. »Für die Auswertung des Inhalts werden Sie die Dienste eines Historikers in Anspruch nehmen müssen, aber sobald das erledigt ist, wird die Lösung des geheimnisvollen Mordes an Amberson Teaneck, sowie die eines noch weit größeren Geheimnisses, fast zum Greifen nah sein. Miss Rand wird Sie in den Feinheiten der logischen Beweisführung unterweisen. Das sollte eigentlich genügen; Sie sind eine ziemlich intelligente Frau. Wir sprechen uns wieder, sobald Sie alle Teile beisammen haben.«

Er pfiff, und der Hund trottete ins Haus. Die Hintertür schloß sich. Joan und Kite blieben mit dem Hippo, den Palmen und Ayn Rand auf dem Rasen zurück.

»Jetzt versteh ich überhaupt nichts mehr«, sagte Joan.

»Er kam mir irgendwie bekannt vor«, sagte Kite ungerührt. »Erinnerst du dich an die Serie ›I Love Lucy‹, die es letztes Jahrhundert gab? Die läuft doch bestimmt noch auf irgendeinem Kabelkanal, nicht? Der Typ eben sah haargenau so aus wie Ethels Mann.«

»Kite, wirst du auch nur im mindesten aus der ganzen Sache schlau?«

»Es ist eine Verschwörung, Joan. Verschwörungen sind nicht dafür gedacht, daß man aus ihnen schlau wird – jedenfalls so lange nicht, bis alles mit einem Schlag klar wird. Du mußt lernen, zu relaxen, während du auf die Offenbarung wartest.«

»Nein«, wandte die Elektrische Ayn Rand ein. »Das ist falsch. Man darf sich niemals entspannen, nicht, solange es ein Problem zu lösen gilt. Entspannung ist weder rational noch heroisch.«

»Sind wir auch nicht unbedingt«, antwortete Kite. Sie hielt sich die magische Schachtel ans Ohr und schüttelte sie. »Na ja, dann machen wir wohl damit den Anfang. Hat der Mann doch gesagt.«

10

ABENTEUER! Nichts anderes ist die Pfadfinderei. Du stehst an der Schwelle zu den aufregendsten Abenteuern, die du dir überhaupt nur vorstellen kannst. Tritt ein in die Welt der Pfadfinderei, und schon wanderst du auf einsamen Stegen, paddelst über dunstverhangene Seen und lagerst unter freiem Himmel. Rieche den regenfrischen Laub und fülle dir den Mund mit dem Geschmack von Walderdbeeren. Stürz dich nach einer langen Radwanderung in einen kühlen Bergsee. Gar deine Mahlzeiten auf einem Campingkocher. Durchstreife Wald und Flur, ohne eine Spur zu hinterlassen, und lebe mit dem wenigen gut, was du in Taschen und Rucksack mit dir tragen kannst. Na, wie klingt das? Als Pfadfinder kannst du all das und mehr tun.

Das Pfadfinderhandbuch

Erfülle EINE der folgenden Aufgaben:
a) Bestimme anhand von Schuppenproben das Alter von fünf artunterschiedlichen Fischen oder ermittle die verschiedenen Altersgruppen einer oder mehrerer in einem See lebender Fischarten und erstatte über die Ergebnisse Bericht.
b) Führe an einem kleinen See einen Fangkorb-Zensus durch und schätze anhand des Resultats die durchschnittliche Einzelfangquote.
c) Untersuche den Mageninhalt von drei artunterschiedlichen Fischen und notiere dir die Ergebnisse.

Erfordernis Nr. 7 für den Erwerb des Fisch- und-Wild-Heger-Verdienstabzeichens

Das Dienstagnachmittagsmovie

Krieg der Sterne.

Auf Kanal 4, in einer weit, weit entfernten Galaxis, setzten aufständische Kampfgleiterpiloten tapfer ihr Leben aufs Spiel, um den Todesstern zu zerstören, bevor er das Feuer auf ihren geheimen Stützpunkt eröffnen konnte.

»Paßt auf euch auf. Da kommt ne Menge Feuer von der rechten Seite dieses Deflektorturms.«

»Ich geh runter. Gib mir Deckung, Porkins.«

»Bin schon da, Rot Drei.«

Zwei Kampfgleiter gingen in den Sturzflug und bestrichen den Deflektorturm des Anstoßes. Aber Turbolaser des Imperiums erwiderten das Feuer, und plötzlich steckte Porkins in ernsten Schwierigkeiten.

»Ich hab hier ein Problem.«

»Spring ab!«

»Ich kann sie noch halten.«

»Zieh hoch!«

»Nein, es ist alles in O – AHHHHHH!«

Porkins' Raumgleiter verwandelte sich schlagartig in einen Feuerball, und ebenso abrupt wurde der dramatische Luftkampf durch die Mitteilung unterbrochen, NBCs Nachmittagsmovie werde gleich nach der Werbung fortgesetzt.

»Bitte etwas zu erklären«, sagte Salvatore. Er benutzte seine Boris-Badenov-Stimme, eine Marotte, die Frankie Lonzo unheimlich nervend fand, und das um so mehr, wenn man berücksichtigte, daß Salvatore ein Brooklynese der fünften Generation war und in seinen Adern mehr italienisches als russisches Blut floß.

»Was?« sagte Frankie.

»Intergalaktisches Klassenkampf stattfindet in reines Vakuum über imperialistische Kampfstation. Wo genau bitte unerschrokkener proletarischer Volksarmist hinspringen sollte?«

»Wovon redest du eigentlich?«

»Er hat ihm gesagt: abspringen.« Salvatore zeigte auf den Bildschirm, wo eine pummelige Elektro-Negerin gerade dabei war zu erklären, warum Aunt-Jemima-Pfannkuchenmix der allerbeste Pfannkuchenmix war, den es für Geld zu kaufen gab. »Selbst wenn Fallschirm öffnet in null Atmosphäre, Arbeiter-Parafighter landet auf Todesstern und entweder umkommt in nukleare Kettenreaktion oder wird abgemurkst von Marionette des Kapitals Darth Vader.«

»Ich versteh wirklich nicht«, sagte Frankie, »warum du überhaupt diesen dämlichen Allerweltssender einschaltest.« Aber tatsächlich gab's nicht viel Auswahl. Die Satellitenschüssel war von Gewehrkugeln zersiebt worden, als ein Einsatzkommando der Drogenfahndung diese neokolumbianische Villa ihren bisherigen Eigentümern abgenommen hatte. Nach mehrjährigem Aufenthalt im bürokratischen Bardo war die Villa öffentlich versteigert worden und in den Besitz des New Yorker Aquariums übergegangen. Mittlerweile hatte sich das Viertel von einem fast reinen Wohn- in ein Gewerbe- und Industriegebiet verwandelt, und kein Mensch wäre da noch freiwillig hingezogen. Die Aquariumsverwaltung benutzte die Villa zu Lagerzwecken und für gelegentliche Betriebsfeste; der riesige Swimmingpool, der sich hinter dem Haus befand, war zu einem Übergangsbecken umfunktioniert worden. Aber für die Anschaffung einer neuen Satellitenschüssel oder auch nur einer popeligen Dachantenne stand kein Geld zur Verfügung. Es war schon ein Wunder, daß der Fernseher überhaupt noch funktionierte.

Frankie machte sich Sorgen wegen dem Hai.

Echo Papandreou hatte ihn gestern nachmittag in ihrem Laster von Manhattan rübergeschafft und zusammen mit einer Notiz von der Aquariumsverwaltung abgeliefert, die im üblichen Amtspidgin abgefaßt war: »Beigefügter *Carcharodon* wurde beim Nahrungserwerb in einem inadäquaten pseudomarinen Ökosystem aufgegriffen«, das heißt, sie hatten ihn aus der Kanalisation gefischt, »und wird bis zur endgültigen Entscheidung betreffs seines weiteren Verbleibs zur Zwischenverwahrung dem Sonderauffangdepot überstellt.« Darunter hatte Echo hingekritzelt: »Nur für den Fall, daß ihr euch das nicht denken könnt: Ihr dürft NIEMAND was von unserem Gast erzählen. PS: Er heißt Meisterbrau.«

Das Problem mit Fischen, die dem Nahrungserwerb über längere Zeit in einer pseudomarinen Umgebung nachgegangen waren, war, wie Frankie aus High-School und leidvoller Berufserfahrung wußte, daß sie dazu tendierten, unter erheblichen Umstellungsschwierigkeiten zu leiden. Gestern hatte Meisterbrau gegen Sonnenuntergang angefangen, eine Art dunkle Flüssigkeit auszuscheiden, und zwar so rasch und in solchen Mengen, daß die automatische Reinigungsanlage mit dem Filtern gar nicht mehr nachgekommen war, und über Nacht hatte das Wasser des Pools Farbe und Konsistenz eines Sumpfes angenommen. Frankie mußte an den tintenspeienden *Architeuthis princeps* denken, der letztes Frühjahr bei ihnen gastiert und ihm als bleibendes Andenken an die Begegnung eine saugnapfförmige Narbe am Unterschenkel hinterlassen hatte.

»Vielleicht«, sinnierte Frankie und kratzte sich die Narbe durch das Hosenbein, »sollte diesem Fisch ein Unfall zustoßen. He, Salvatore, hast du zufällig einen Fön, den du nicht mehr brauchst?«

»Bitte die Schnauze zu halten und Fenster zu verdunkeln«, erwiderte Salvatore. »Übertragener Freiheitskampf von galaktische Völker wird fortgesetzt.«

Tut mir leid, Echo, malte sich Freddie aus, wie er die Sache anschließend erklären würde. *Tut mir echt leid, ich war oben grad aus der Dusche rausgekommen, da hab ich so'n Klatschen im Pool gehört, also bin ich sofort rausgerannt, hab in der Eile nicht mal den Fön hingelegt, und dann ist er mir aus der Hand gerutscht . . . Was soll das heißen, »Warum steckte der Fön an so ner langen Verlängerungsschnur?« Ich bin gern mobil, deswegen.*

»Bitte, Genosse«, sagte Salvatore. »Sonnenlicht macht Käse aus bereits hoffnungslos überholten Special Effects.«

»Mach dir nicht ins Hemd«, sagte Frankie. Er drückte auf einen Knopf an der Fensterbank, und die Scheibe verwandelte sich in immer trüberes Milchglas, bis der Pool nicht mehr zu sehen war. Luke Skywalker spritzte auf dem Bildschirm einen Kampfgleiter des Imperiums mit Laserfeuer ab; Salvatore stieß einen Beifallsschrei aus, und Frankie machte sich auf die Suche nach einem billigen Elektrogerät.

»Ho, ho!« gluckste Salvatore. »Imperialistische Streitkräfte aussehen jetzt alt.«

Ein paar gute Jungs

Wenn es wirklich möglich gewesen wäre, an gebrochenem Herzen zu sterben, hätte sich Oscar Hill die Radieschen schon seit langem von unten angesehen, denn nach seiner Rechnung war er mindestens ein halbes Jahrhundert zu spät geboren.

Seit Oscars Ururgroßvater während des ersten Großen Krieges in London die Bekanntschaft Lord Baden-Powells gemacht hatte, waren alle Männer des Hill-Clans überzeugte Pfadfinderführer gewesen. »Ein paar gute Jungs«, hatte Oscars Vater Stanley einst zum erst siebenjährigen Oscar gesagt. »Nimm ein paar gute Jungs, setz sie auf den richtigen Weg ins Leben, und du erweist deinem Vaterland einen Dienst, auf den du stolz sein kannst.«

Diese kleine Ansprache war auf der Veranda des Hillschen Familienhofes gehalten worden, im plattesten Indiana, wo es, abgesehen von der Tatsache, daß alle amerikanischen Fahnen garantiert bis 1500 °C hitzebeständig waren, noch 1950 hätte sein können. Und es hätte ohne weiteres sein können, daß Oscar, wenn er nur in seinem Heimatkaff geblieben wäre, den einen oder anderen Weg gefunden hätte, eine weitere Generation vor den Verführungen des Gespensts der Neuzeit zu bewahren. Aber der Sirenengesang der östlichen Metropole lockte ihn ebenso wie viele andere vor ihm, und als er sich erst einmal in New York City niedergelassen hatte, mußte er einsehen, daß das einundzwanzigste Jahrhundert bereits fester im Sattel saß als die drei Apokalyptischen Reiter zusammengenommen.

Der Niedergang der amerikanischen Pfadfinderbewegung hatte, wie Oscar nunmehr sicher zu wissen glaubte, in den achtziger Jahren des vorigen Jahrhunderts begonnen. Eben in jenem Jahrzehnt hatte der Amerikanische Pfadfinderbund beschlossen, dem landesweiten Anstieg des Analphabetismus durch eine verstärkte Bebilderung des *Pfadfinderhandbuchs* entgegenzuwirken. Dieser Neubearbeitung des Lehrmaterials war eine konsequente Reorganisation des Verdienstabzeichensystems gefolgt, im Zuge deren die traditionellen Waldläuferkünste gegenüber zeitgemäßeren »postindustriellen Fertigkeiten« zunehmend an Boden verloren hatten. Als die neunziger Jahre die Rationierung der Nationalpark-Begehungsgenehmigungen brachten, versuchte man, das sogenannte City-Survival-Trekking als eine annehmbare Alternative zum altmodischen Wochenende im Wald anzupreisen, und spätestens hier hätte jeder, der auch nur halb bei Sinnen war, erkennen müssen, daß das Ende keine zwei Schritte mehr entfernt war. Und der Todesstoß ließ denn auch nicht lange auf sich warten: 2001 – im selben Jahr, da Oscar Hill seine erste New Yorker Wohnung anmietete – wurde bekanntgegeben, daß die Wölflinge, Fähen, Jung-Pfadfinder und -Pfadfinderinnen, Lagerfeuermaiden und Rover sich zu einer einzigen, alters- und geschlechtsintegrierten Organisation zusammenschließen würden.

Soviel zum Thema »ein paar gute Jungs«. Soviel zum Dienst am Vaterland, auf den er stolz sein konnte.

Und so geschah es, daß der todtraurige Pfadfinderführer Oscar Hill zweiundzwanzig Jahre nach dem Sündenfall eine größtenteils aus Mädchen (Mädchen!) bestehende Rotte nicht durch einen undurchdringlich jungfräulichen Urwald, auch nicht über die sanft gewellten Ausläufer eines majestätisch aufragenden Berges, sondern entlang einer müllübersäten Seitengasse in einem der dreckigsten Industrieviertel Brooklyns begleitete. Adler-Scout Melissa Plunkett bildete die Vorhut; sie schwenkte einen selbstgebastelten Geigerzähler vor sich her, während sie die Gasse hinuntermarschierte, doch soweit feststellbar, befanden sich in der unmittelbaren Umgebung keinerlei tödliche Strahlungsquellen. Stern-Scout Aubrey Denton hatte schon mehr Glück: Die Bodenproben, die sie aus Rissen im Asphalt herauskratzte, wiesen hohe Konzentrationen von Blei, Quecksilber und anderen Schwermetallen auf, die, wie sie ihren Kameradinnen vergnügt versicherte, wenn sie in den Organismus gelangten, schmerzhafte Malignome verursachen konnten. Die Ober-Scouts Peggy Cates und Lucinda Mendez waren schon zu abgebrüht, um sich von derlei beeindrucken zu lassen, aber sie wurden schlagartig munterer, als Melissa Plunkett ein dreiköpfiges Eichhörnchen sichtete, das auf einem geborstenen Biomüllcontainer hockte. Als das Eichhörnchen seine sämtlichen sechs Augen auf Oscar Hill heftete, nickte Oscar.

»Jawoll«, sagte er, »jawoll, genau, so weit sind wir gekommen.«

Oblio Wattles, das Rottengreenhorn, bildete die Nachhut.

Oblio war, biologisch betrachtet, ein Junge, aber nach Oscars Maßstäben zählte er nicht. Zum einen behauptete er, in Moscow, Pennsylvania, geboren zu sein, und Oscar weigerte sich einfach zu glauben, das sei eine echte amerikanische Stadt. Zum anderen sah Oblio mit seiner pummligen Statur, seinem Mittelscheitel und seiner runden Nickelbrille einfach zu sehr wie Theodore Roosevelt aus. Nicht der junge Roosevelt, der an der Spitze der Rough Riders den San-Juan-Hügel erstürmt hatte und einen großartigen Pfadfinder abgegeben hätte, sondern der ältere, fettere Roosevelt, der trotz seines unbestreitbaren staatsmännischen Formats das Musterbeispiel brauchbaren Mannestums darstellte, das aus den Fugen geraten war. Und das erinnerte Oscar natürlich an seine eigene ausufernde Taille – Konfektionsgröße 58, mit steigender Tendenz –, die schlicht nicht zu entschuldigen war.

Die Rotte bog um die Ecke eines Lagerhauses und stieß auf etwas, das wie ein verlassenes Autowrack aussah. Tatsächlich handelte es sich dabei um Frankie Lonzos Rostlaube, einen 16er Chevy. Melissa Plunkett fing augenblicklich an, das Fahrgestell nach zerfallenden Isotopen abzugeigern, während Aubrey Denton Oxydproben von der Beifahrertür herunterkratzte und Peggy und Lucinda, auf der Suche nach interessantem Ungeziefer, den Kofferraumdeckel aufbrachen. *Hol euch der Henker*, dachte Oscar, von der selbstverständlichen Effizienz angewidert, mit der sie ihren verschiedenen Aktivitäten nachgingen, *hol euch allesamt der Henker, ihr solltet euch eigentlich für Korbflechterei und Volkstanz interessieren, ich will Pfadfinder haben* – –

Er rief sich zur Ordnung, atmete einmal tief durch und zählte bis zehn. Sein Leben mochte eine einzige riesige Enttäuschung sein, aber er hatte doch noch immer eine gewisse Verantwortung, gewisse Pflichten, die es zu erfüllen galt. »Okay, meine Damen«, sagte er in väterlichem Ton zu seinen unerwünschten Schutzbefohlenen, »Zeit für ein kleines Frage-und-Antwort-Spiel. Nehmen wir einmal an, wir befänden uns kraft eines göttlichen Wunders gerade in den Adirondacks und entdeckten dieses verlassene Fahrzeug am Wegesrand. Was würden wir als verantwortungsbewußte Pfadfinder tun?«

Melissa Plunketts Hand schoß in die Höhe. »Es recyceln?«

Während der folgenden Diskussion verdrückte sich Oblio, von niemandem bemerkt außer Oscar, der dessen Weggang als ein leichtes Nachlassen des Schmerzes in seinem Busen erlebte. Um die Wahrheit zu sagen, verabscheute Oblio die moderne Pfadfinderei ebensosehr wie Oscar, wenn auch aus anderen Gründen. Oblios Wunschtraum war weder die Waldläuferei noch das City-Survivaling: Seemann wäre er gern geworden. Seine Mutter wollte allerdings nichts davon wissen. »Willst du Hepatitis kriegen wie deine Tante Veruca?« fragte sie ihn. »Mit den ganzen Injektionsspritzen, die da draußen herumschwimmen, heißt das doch wirklich, sich mit voller Absicht eine unheilbare Krankheit einzuhandeln.« »Aber Ma«, widersprach Oblio, »Tante Veruca hat die Alzheimersche. Die kommt von Alu-Kochgeschirr, nicht vom Schwimmen.« »Das hat nichts damit zu tun«, erwiderte seine Mutter. »Nun komm, wenn du größer bist, darfst du vielleicht einmal mit der Staten-Island-Fähre fahren. Auf dem Oberdeck.«

Was ihn jetzt fortzog war das Geräusch von schwappendem Wasser, auch wenn er, ohne auf seiner Wanderkarte nachsehen zu müssen, wußte, daß der Ozean gut anderthalb Kilometer entfernt war und es hier in der Gegend keine Seen oder Flüsse gab. Egal; eine Pfütze von Industrieabwässern übte einen stärkeren Reiz auf ihn aus als eine ganze Menagerie von dreiköpfigen Eichhörnchen.

Oblios Herz fing an, ein bißchen schneller zu schlagen: ein verschlossenes Tor mit einem Schild, nach dessen Auskunft das dahinter befindliche Grundstück EIGENTUM DES NEW YORKER AQUARIUMS war. Ein zweites Schild empfahl VORSICHT! BISSIGE FISCHE, aber mittlerweile hätten ihn nicht einmal mehr wild gewordene Meerkatzen da fortgescheucht. Er quetschte die Hand an einem Erdnußbutter-Marmelade-Sandwich vorbei in die Tasche seiner Uniform und zog einen dünnen Metallstift hervor.

Das Tor war in wenigen Augenblicken geöffnet, und schon stand Oblio auf dem plattenbelegten Vorplatz des morastigen Pools. Hinter den verdunkelten Scheiben der Obergeschoßfenster der Villa war keinerlei Bewegung zu erkennen, aber als

Oblio auf den Beckenrand zuging, schwebten akustische Fetzen des Dienstagnachmittagsmovies heran.

»AAAAAAAAHHHHH – – !«

»Ich hab R2 verloren!«

Abgesehen von dem Rückfluß aus der Filteranlage war das Wasser unbewegt, aber Oblio wußte, daß etwas Tolles, etwas *Eindrucksvolles* in seinen Tiefen umherschwamm. Er spürte es förmlich in seinen Eingeweiden. Die Frage war nur, wie man es dazu brachte aufzutauchen, so daß man es sich anschauen, vielleicht sogar ein Bild von ihm schießen konnte. Oblio beschloß, mit dem Naheliegenden anzufangen; er ging den Rand entlang zum tiefen Ende des Pools, hockte sich an der Fünf-Meter-Marke hin und klatschte ein paarmal mit der flachen Hand aufs Wasser.

»Todesstern alle Geschütze bereit. Todesstern alle Geschütze bereit.«

Oblios Kamera war eine Einwegkamera, was ganz und gar nicht umweltbewußt gewesen wäre, wenn er sie nicht selbst aus einem kleinen Sunkist-Tetrapak gebastelt hätte. Er warf sein Erdnußbutter-Marmelade-Sandwich in den Pool, richtete das Objektiv seiner Kamera darauf und fragte sich gespannt, ob der geheimnisvolle Fisch wohl nach dem Köder schnappen würde.

Als Darth Vaders Stimme über den Wassern heranschwebte, tat es »schnapp«.

Frankie und Meisterbrau

Als Frankie kurze Zeit später aus der Villa herauskam, schwamm am tiefen Ende des Pools eine Mütze auf dem Wasser. Eine grüne Mütze, genau gesagt armygrün, und von einem paramilitärischen Schnitt, der Frankie von irgendwoher bekannt vorkam. Außerdem sah die Mütze, selbst aus der Ferne betrachtet, entschieden angekaut aus; im zerfetzten Schirm war ein zahnähnliches weißes Dreieck steckengeblieben.

»Das ist nicht gut«, sagte Frankie. Er setzte die Ladung ab, die er beidarmig vor sich hergeschleppt hatte: zwei Haartrockner, einen Ventilator, ein Elektro-Heizöfchen und einen Monster-Gettoblaster mit, wie Frankie hoffte, ausreichend Duracell-Batterien drin, um einen Wal zu grillen. Das einzige, was er partout nicht hatte auftreiben können, war eine Verlängerungsschnur, was Probleme aufwerfen konnte, wenn's mit dem Blaster nicht hinhaute.

»Ist da wer?« rief Frankie für den Fall, daß der Eigentümer der Mütze sich hinter einem Liegestuhl versteckt hatte. Niemand antwortete, aber als er sich umschaute, sah Frankie noch etwas anderes. Er machte einen weiten Bogen um den Pool; drüben bei der Fünf-Meter-Marke hob er einen Sunkist-Karton auf, aus dem ein Plastikobjektiv und ein erdnußbutterverschmierter Auslöser hervorragten. Hinter ihm schepperte das offene Tor im Wind, und ein mögliches Szenario begann sich selbsttätig abzuzeichnen.

»Oh, oh, das ist nicht gut«, sagte Frankie. Er sah zur Mütze hinüber: zu weit weg, als daß man sie vom Rand aus hätte erreichen können. Eine leichte Strömung trieb sie langsam auf den Schatten zu, den das Sprungbrett aufs Wasser warf, und Frankie überlegte, wenn jemand bis ganz ans Ende des Dings kriechen und hinuntergreifen würde ...

Denk nicht mal zum Spaß dran, dachte er. *Die Mütze nützt dir gar nichts, und außerdem, was, wenn da noch ein Kopf drinsteckt?*

Der sich daran anschließende mentale Freistilringkampf wäre wohl für jeden schwer nachzuvollziehen gewesen, der nicht, wie Frankie, in Bensonhurst aufgewachsen war. Sobald einem Teil seines Gehirns eine beliebige, absolut sinn- und zwecklose Mutprobe einfiel, erzeugte ein anderer Teil seines Gehirns den fast religiös zu nennenden Drang, selbige in die Tat umzusetzen, während gleichzeitig ein dritter Teil Teil eins und zwei bat, sich die Sache doch noch einmal zu überlegen. Wenn die fragliche Mutprobe etwas wirklich Gefährliches war, überfielen Frankie rückblendenartige Visionen von Jimmy Moreno, dem schlagringbewehrten Schläger, der ihn durch die meisten Klassen der Grundschule herumgeschubst hatte.

Haste Schiß, Lonzo? Scheißte dir in die Hosen?

»Nein, Kacke, ich hab keinen Schiß«, sagte Frankie, nunmehr auf dem Sprungbrett. Und dann, als er den ersten Schritt tat: »Das ist idiotisch. Das ist *wirklich* oberbeknackt idiotisch.« Er schob den anderen Fuß vor, spürte, wie das Sprungbrett sich unter seiner Last bog. »Stangen«, sagte er. »Wir müßten Stangen haben, mit Greifzangen dran, für solchen Scheiß, um Mützen aus dem Wasser zu fischen und so. Undn Echolot.« Er suchte die Wasseroberfläche nach irgendwelchen Anzeichen von subaquatischen Bewegungen ab. »Ein nettes kleines Sonargerät wär ganz eindeutig eine feine Sache.«

Vor gar nicht langer Zeit mußte es da ein bißchen gespritzt haben, denn das Sprungbrett war rutschig-feucht, und etwa auf halbem Weg nach vorn gelangte Frankie zu dem Schluß, barfuß würde es sich bestimmt viel sicherer gehen. Damit einher ging die Überlegung, daß die Mitte des Sprungbretts nicht der beste Ort sein würde, seine Turnschuhe auszuziehen, worauf der Geist von Jimmy Moreno ihn einen beschissenen Schlappschwanz nannte, worauf Frankie halb in die Hocke ging und sein linkes Bein anhob. Diese Bewegung wirkte sich auf die Lage seines Massenmittelpunkts unvorteilhaft aus. Zwar brachte er es irgendwie fertig, seinen linken Schuh auszuziehen, ohne umzukippen, aber als er versuchte, ihn aufs Festland zu werfen, kam er vorübergehend aus dem Gleichgewicht, und der Schuh plumpste ins Wasser. Nach weniger strengen Kriterien als eine vorschriftsmäßige Pfadfindermütze konstruiert, soff er sofort ab.

»Das ist äußerst nicht gut«, sagte Frankie.

Eine der Glasschiebetüren der Villa öffnete sich, und Salvatore kam herausgestürzt, so aufgeregt, daß er sogar vergaß, sein pseudorussisches Kauderwelsch zu verwenden.

»Hey«, sagte er »hey, Frankie, ich hab grad vorn rausgeschaut, und dein Auto ist weg!«

»Was?« sagte Frankie.

»Hey«, sagte Salvatore, »was treibst du da auf dem Sprungbrett?«

»Was ist mit meinem Auto passiert?«

»Wieso hast du nur einen Schuh an?«

»Salvatore, was ist mit meinem gottverdammten Auto?«

Salvatore zuckte die Achseln. »Es ist einfach weg. Was treibst du da auf dem Sprungbrett mit nur einem Schuh an, Frankie?«

»Ich versuche, die Mütze da aus dem Wasser zu fischen.«

»Was für ne Mütze?«

»*Die* Mütze.«

»Das ist ne Rückenflosse, Frankie.«

Frankie Lonzo hatte seit der Drittkläßlerturnstunde bei Mrs. Petruski keine Rolle rückwärts mehr gemacht, aber nichts vermag einem die totale athletische Erinnerung so rasch zu verschaffen wie ein großer weißer Hai, der unter einem auftaucht. In dem Augenblick, in dem Meisterbraus Schnauze gegen die Unterseite des Sprungbretts knallte, ließ sich Frankie, den Rücken gerundet, hintenüber fallen, Knie angezogen, und schwupp, wie aus dem Bilderbuch. Er tat es noch einmal und noch einmal und verlangsamte sein Tempo nicht einmal, als er sich den Hinterkopf blutig schlug, wodurch seine vollkommene Serie von Purzelbäumen allerdings mit einem hastigen Krabbelrückzug endete.

Als er wieder zu sich kam, saß er auf der Terrasse gegen den Zaun gelehnt, so weit vom Rand des Swimmingpools entfernt, wie man sich überhaupt entfernen konnte, ohne das Grundstück zu verlassen. Salvatore stand neben ihm, die Hände in den Taschen und ein Grinsen im Gesicht, das Frankie heftige Mordgelüste einflößte. Das Sprungbrett war verschwunden.

»Bin ich okay?« fragte Frankie und tastete sich nach abhanden gekommenen Gliedmaßen ab. »Bin ich nicht tot?«

Salvatore zog die Hände aus den Taschen und hielt sie ungefähr fünfzehn Zentimeter auseinander. »Soviel hat gefehlt«, sagte er.

»Das Sprungbrett. Zum Teufel, hat er das Sprungbrett aufgefressen?«

»Unser Fisch hat einen gewaltigen Appetit.«

»Ja. Vielleicht gewaltiger, als du denkst.«

»Er sah komisch aus, Frankie.«

»Was meinst du damit? Ist er dicker geworden?«

»Nö, das nicht. Nur ... anders.«

Salvatore krümmte seine Hände zu Klauen und hielt sie sich vor die Brust. Frankie hatte keine Ahnung, was das bedeuten sollte, aber eines wußte er, nämlich, was sie als allererstes tun würden. »Hilf mir auf«, sagte er. »Mein Auto ist weg, auch gut, wir nehmen ein Taxi.«

»Wohin?« fragte Salvatore.

»Eisenwarenladen.«

11

Man weiß inzwischen, daß die Azteken-, Maya- und Inkareiche erst erobert wurden, nachdem sie mindestens die Hälfte ihrer Einwohner durch altweltliche Infektionskrankheiten verloren hatten ... Um das Jahr 1600, nachdem gut 20 Epidemiewellen über Nord- und Südamerika hinweggezogen waren, verblieb auf dem Kontinent nur noch weniger als ein Zehntel der ursprünglichen Bevölkerung. Die Seuche dürfte bis zu 90 Millionen Todesopfer gefordert haben, was, auf heutige Verhältnisse umgerechnet, einem Verlust von einer Milliarde Menschen entspräche ... Als die Pilgerväter in Plymouth landeten, waren die Massachusetts- und die Wampanoag-Indianer so kurze Zeit vorher so stark dezimiert worden, daß die Siedler genügend verlassene Hütten und Ackerflächen vorfanden, die sie ohne weiteres übernehmen konnten.

Ronald Wright, *Stolen Continents*

Die Indianer wiederum lernten viel von den Weißen ... Viele Europäer versuchten, die Indianer zu verstehen, und behandelten sie anständig. Andere aber betrogen sie und nahmen ihnen ihr Land weg ... Tausende von Indianern starben außerdem an Masern, Pocken, Tuberkulose und anderen von den Weißen eingeschleppten Krankheiten.

World Book Encyclopedia

2004: Eine Hand wäscht die andere

Vanna Domingo war nicht als Fiesling auf die Welt gekommen. Auch wenn ihre Untergebenen in der Abteilung für Öffentliche Meinung es nie geglaubt hätten, war sie früher einmal ein warmherziger Mensch gewesen, zurückhaltend, aber freundlich, der gern und viel lachte und zu spontanen Anfällen von Tanzlust neigte. Obwohl schon früh verwaist, hatte sie es geschafft, sich fünfundzwanzig Jahre lang den Glauben an die Zukunft zu bewahren – bis die Ereignisse bloßer zwei Wochen all ihre Zuversicht und ihr Gottvertrauen unwiderruflich zunichte gemacht hatten.

Ihre karge und schwere Kindheit verlebte sie in einem Dorf an der Küste von Connecticut. Sie lernte früh, für sich selbst zu sorgen, da der Onkel, der als ihr Vormund fungierte, ein Fischer, selten zu Haus war und keinerlei – positives wie negatives – Interesse an ihrem Schicksal bekundete. Vanna war es ganz recht so; von Natur aus selbständig, besaß sie zudem die Fähigkeit, selbst in den schlimmsten Momenten der Einsamkeit und der Not die Möglichkeit eines letzthinnigen Happy-Ends wahrzunehmen. Solange man den Glauben an das Morgen nicht verlor, dachte sie, würde alles übrige – trotz gelegentlicher Rückschläge – schließlich ganz von selbst kommen. Sie zwang sich zu hervorragenden schulischen Leistungen und nahm jede sich bietende Abend-, Wochenend- und Ferienbeschäftigung an, um sich ein paar tausend Dollar zusammenzusparen. Die und ein Stipendium der Öffentlichen Dienste brachten sie denn auch auf die Connecticut State University in Hartford, wo sie Kommunikationswissenschaften studierte, mit Schwerpunkt angewandte Meinungsgestaltung. Den Abschluß in der Tasche, wurde sie direkt auf einen darniederliegenden Arbeitsmarkt katapultiert und klapperte sieben Monate lang die Madison Avenue nach einem Job ab; während dieser Zeit ernährte sie sich vornehmlich von Instantnudeln für einen Dollar den Dreierpack und »stark herabgesetztem, leicht bestoßenem« Obst und Gemüse, was alles war, was sie sich leisten konnte. Zur Entspannung ging sie jeden Samstagnachmittag ins Rockefeller Center Schlittschuh laufen (die Schlittschuhe hatte sie aus einer Mülltonne gefischt, und ein süßholzraspelnder Kartenabreißer ließ sie immer umsonst auf die Eisbahn); sonntags abends tanzte sie Square dance im Betsy Ross Saloon. Sie hielt sich wacker, überlebte zwei unbehandelte Lungenentzündungen und fand zu guter Letzt im Februar 2004 eine Arbeit – nicht auf der Madison Avenue, sondern bei einer in Minderheitenbesitz befindlichen

Werbeagentur namens Brainstorm. Nach dieser letzten Schicksalswende begann sich ihre Situation in exponentiellen Sprüngen zu verbessern – ganz genau so, wie Vanna immer gewußt und erwartet hatte, daß es eines Tages passieren würde.

Brainstorm ritt voll auf der Woge der allgemeinen ökonomischen und kulturellen Wiedergeburt Nord-Manhattans, die bereits eine zweite Harlem-Renaissance verhieß. Das hungrige junge Unternehmen, dessen Wurzeln in der unterregionalen PR-Arbeit lagen, hatte, als Vanna zum Team hinzugestoßen war, gerade angefangen, in die Welt des nationalen und internationalen Werbemanagements aufzusteigen. Brainstorms größter Auftraggeber war ein anderes afroamerikanisch geleitetes Unternehmen: Carver-Biotex Designer Food, »die Leute mit dem linksdrehenden Zucker«.

Linksdrehender Zucker war der letzte, ja endgültige Schrei in Sachen kalorienarme Süßmittel: ein molekulares Spiegelbild normalen »rechtsdrehenden« Zuckers, das sich in nichts, weder hinsichtlich seines Aussehens noch seiner Konsistenz oder seines Geschmacks, vom Original unterschied – außer was die Tatsache anbelangte, daß der menschliche Verdauungsapparat keine geeigneten Enzyme besaß, um es aufzuspalten und zu assimilieren. Linksdrehender Zucker machte folglich, selbst tonnenweise eingenommen, nicht dick, und Laboruntersuchungen hatten darüber hinaus nachgewiesen, daß Ratten davon keinen Krebs bekamen. Da Saccharin und Aspartame damit praktisch obsolet geworden waren, stand Carver-Biotex nunmehr im Begriff, den gesamten Zuckerersatzmarkt zu beerben, und je mehr das Unternehmen wuchs, desto mehr würde Brainstorm mit ihm wachsen.

Vannas erste Aufgabe als Nachwuchs-Meinungsgestalterin bestand darin, als Mitglied eines gemischten Carver-Biotex/Brainstorm-»Denkteams« neue Anwendungsbereiche für das Produkt zu ersinnen. Eines Morgens, während sie Halbfettkaffeeweiß in ihren Kaffee rührte, meinte Vanna zum Spaß, man müßte links- und rechtsdrehenden Zucker zu gleichen Teilen mischen und das Ganze »Fifty-Fifty« nennen. Die anderen Mitglieder des Teams griffen die Idee auf und gelangten nach vielem Hin und Her zu dem Schluß, daß solch ein Mittelding tatsächlich das

Richtige sein könnte, um die signifikante Minderheit von Verbrauchern zu gewinnen, die sich dagegen sträubten, Neues auszuprobieren. Der bedeutungslose, aber beruhigende Slogan, auf den Vanna kam – »Eine Hand wäscht die andere« –, würde übervorsichtige Zeitgenossen dazu ermutigen, wenn sie sich schon nicht trauten, direkt auf einen ganz neuen Zuckerersatz umzusteigen, es zunächst mit Fifty-Fifty zu probieren.

Um es kurz zu machen – Fifty-Fifty wurde ein Riesenhit, und zwar nicht nur bei den Verbrauchern, sondern auch bei der Zuckerrohrlobby, die bis zur Einführung von Fifty-Fifty damit gedroht hatte, gerichtliche Schritte zu ergreifen, um ihren Marktanteil zu verteidigen. Brainstorm belohnte Vanna mit einer Gehaltserhöhung und einer Beförderung, und der Generaldirektor von Carver-Biotex schickte ihr eine 10-Kilo-Packung linksdrehenden Zucker mit massivgoldenem Portionsspender. Ihre Teamkollegen luden sie auf ein paar Drinks in den Betsy Ross Saloon ein; einer von ihnen, ein dunkeläugiger Sudanese namens Terry, blieb, als die anderen gingen, und tanzte mit ihr, engumschlungen, bis weit in die Puppen. Vannas Zukunft strahlte rosiger denn je.

Der Sommer kam. Im August beschloß Vanna, sich einen lang erträumten Campingurlaub zu gönnen: Sie nahm sich ein paar Tage frei, stopfte eine Low-Tech-Ausrüstung in einen Leinwandrucksack und fuhr nach Kanada, um in der Quebecer Bundes-Ur-Wildnis-Zone ihre Survival-Fertigkeiten auf die Probe zu stellen. Richtig gehört: Vanna Domingo, der Alptraum aller Ökofreaks, die auf freier Wildbahn unter *loups* und Bibern herumtollte. Allein herumtollte – Terry hatte keinen Urlaub bekommen, und Vanna, noch ganz die Selbständige, wollte nicht warten. Sie blieb zwei Wochen lang in der Zone, ernährte sich von dem, was die Natur hergab, und bekam während der ganzen Zeit weder eine Zeitung noch einen Fernseher zu Gesicht. Als sie in die Zivilisation zurückkehrte, waren alle ihre Kollegen bei Brainstorm tot, und der Mitarbeiterstab von Carver-Biotex war unrettbar dezimiert worden.

Die Afrikanische Pandemie von 04 war in vielerlei Hinsicht die ideale Seuche für das Informationszeitalter, geradezu maßgeschneidert für den Geist der Zeit. Anders als traditionelle Infektionskrankheiten schien sie sich nicht von einem bestimmten Brandherd auszubreiten, sondern flammte in jeder Ecke des Weltdorfs gleichzeitig auf (die Idee, daß sie »in Idaho begann«, war eine Erfindung der Medien, wie Mrs. O'Learys Kuh), und bewältigte ihr Gesamtpensum von über einer Milliarde Todesopfern – achtunddreißig Millionen allein in den USA – in weniger als fünf Tagen, wodurch sogar CNNs Versuch, reportagemäßig mit dem Gang der Ereignisse mitzuhalten, kläglich scheitern mußte. In ihrem Ablauf war die Pandemie ebenso unblutig wie die moderne Kriegsberichterstattung. Sie tötete nicht einfach nur, sie machte Tabula rasa: Nach dem durch zerebrales Fieber herbeigeführten Exitus zerfiel der Körper fast unvorstellbar rasch zu trockenem Staub und Gas. So gab es keine Leichen, keine Massengräber, keine fortdauernden Szenarien von Sterblichkeit und Leiden, die man für die Nachwelt hätte auf Videoband festhalten können; nur eine plötzliche Abwesenheit, als ob sämtliche Schwarzen auf Erden Schlag Mitternacht in ein UFO gestiegen und, von ihm fortgezaubert, unvermittelt aus dem Strom der Menschheitsgeschichte herausgerissen worden wären.

Das behinderte die Trauerarbeit beträchtlich. Wie ein Traum, der im Augenblick des Erwachens schon halb vergessen ist, erschien die Katastrophe den Überlebenden nicht ganz real – insbesondere denjenigen nicht, die keine anderen Schwarzen gekannt hatten als die Komiker, Musiker und Supersportler, die sie im Fernsehen bewunderten. Die erste Ahnung, daß irgend etwas nicht stimmte, beschlich die frisch aus der Wildnis zurückgekehrte Vanna auf einer BP-Tankstelle am Stadtrand von Jonquière, wo sie einen unbeschäftigten Mechaniker erspähte, der vor einer französisch synchronisierten Kabelübertragung von *In der Hitze der Nacht* heiße Tränen vergoß. »Was ist denn los?« fragte Vanna den Mann, der sie an der Zapfsäule bediente, und der erklärte ihr: »Mr. Tibbs ist gerade verschieden.«

Nach einer langen, ununterbrochenen Nachtfahrt wieder in Manhattan, wanderte sie allein durch die leeren Büroräume von Brainstorm. Es gab keinerlei Anzeichen einer Katastrophe, keine zerbrochenen Fensterscheiben oder ausgeglühten Wände, nicht einmal einen umgekippten Stuhl. Ein Faxgerät summte noch immer in seiner Nische; auf einem Fensterschreibtisch wartete Terrys Kaffeebecher darauf, wieder aufgefüllt zu werden. Es war alles in Ordnung, außer daß niemand da war. Wenn Vanna sich die Mühe gemacht hätte, auf der Feuerleiter nachzuschauen, hätte sie vier leere Anzüge samt Schuhen über den Treppenabsatz verstreut liegen sehen, aber sie schnüffelte nicht allzuviel herum. Sie wollte nicht allzuviel herumschnüffeln. Statt dessen setzte sie sich an den Arbeitstisch des Denkteams und wartete darauf, daß alle zurückkamen; als die Nacht hereinbrach, wartete sie noch immer.

Am nächsten Tag durchkämmte die Nationalgarde Harlem und stellte in den menschenleeren Häusern Gas und Strom ab. Die Reservisten fanden den Jeep, mit dem Vanna nach Kanada gefahren war, in einer Seitenstraße verlassen vor und ließen ihn zusammen mit allen anderen verlassenen Fahrzeugen abschleppen; sie brachen die Eingangstür von Brainstorm auf und zogen den Netzstecker des Faxgerätes aus der Dose. Vanna Domingo war mittlerweile verschwunden, wie die anderen verschwunden – auch wenn sie, anders als die anderen, zuletzt doch zurückkehren würde: aus der Manhattaner Unterwelt von einem Mann zurückgeholt, den ein völliger Mangel an Erfahrung mit Schmerz und Verlust gegen Schicksalsschläge immun zu machen schien. Aber die Frau, die Harry Gant 2017 in der Grand Central Station kennenlernte, war nicht dieselbe, die 2004 in Harlem verschwunden war.

Vanna Domingo glaubte nicht mehr an die Zukunft. Nicht einmal der Teufel persönlich, das war ihr jetzt klar, konnte einem garantieren, daß es ein Morgen geben würde. Gant hatte ihr das Leben zurückgegeben, *ein* Leben jedenfalls, und sie schöpfte Kraft aus dem unendlichen Vertrauen, das er in sich selbst und seine Taten setzte, doch sie würde diesem Vertrauen nie wirklich restlos vertrauen. Selbst Harry war sterblich, und seine Naivität machte ihr angst. Er sah einfach nicht, wie zerbrechlich die Wirklichkeit war.

Aber eine Hand wäscht die andere. Wenn Harry Gant zu ahnungslos war, um sich vor einer Bedrohung zu schützen, würde Vanna es für ihn tun. Die Tatsache, daß Philo Dufresne ein

Schwarzer war, spielte in ihren Überlegungen nicht die mindeste Rolle; die einzigen Schwarzen, die sie je gekannt hatte, waren vor langer Zeit verschwunden und nicht wieder zurückgekehrt. Dufresne war einfach eine Gefahr, mit der es fertig zu werden galt. *Mit welchen Mitteln auch immer,* dachte Vanna. Torpedos und Wasserbomben; Feuer und Schwert. Und Harry Gant brauchte nie was davon zu erfahren.

2023: Mutier oder stirb

Es war halb sieben, als Käptn Chance Baker, ehemals vom Eisbrecher »South Furrow«, die Bar »Zum räudigen Papageientaucher« betrat. Vanna Domingo war nirgends zu sehen, also schob er sich durch das Gedränge von Seeleuten auf Landurlaub und holte sich einen steifen Grog, um seinen Magen zu beruhigen. Er hatte seine an Dufresne gerichtete Drohung durchaus ernst gemeint und war weiterhin entschlossen, sie in die Tat umzusetzen, aber die illegale Natur dessen, worin er sich gerade hineinmanövrierte, bereitete ihm ein gewisses Unwohlsein. Baker glaubte an das Gesetz, nicht lediglich an den Geist, sondern an den Buchstaben des Gesetzes, und diesen aus welchen Gründen auch immer übertreten zu müssen, behagte ihm nicht. Andererseits wollte er verdammt sein, wenn er wem auch immer gestatten würde, ihm ein Schiff unter den Füßen wegzubomben, ohne es ihm heimzuzahlen.

In der Mitte des Schankraums ragte eine Säule aus grünem Licht empor, in der ein nacktes holographisches Paar den Begattungsakt vollzog. Vom Schauspiel peinlich berührt, suchte sich Baker einen Tisch ohne Blick auf die Projektionsbühne aus und konzentrierte sich bis Vannas Ankunft ganz auf seinen Grog. »Käptn Baker«, begrüßte sie ihn und zeigte dabei auf einen flachshaarigen Mann, der mit ihr hereingekommen war, »das ist Corporal Penzias. Er wird mit Ihnen zusammenarbeiten, die Feuerleitstelle auf dem Schiff übernehmen.«

Der Corporal streckte die Hand aus. »Vorname Troubadour«, sagte er.

Käptn Baker zögerte einen Augenblick zu lang, bevor er reagierte. »Corporal?« fragte er in der Hoffnung, seine Unhöflichkeit vergessen zu machen. »Also nicht von der Navy?«

»Marineinfanterie. Wegen Verwundung im Einsatz entlassen.«

»Ein Fußsoldat, der für die U-Abwehr ausgebildet ist?«

»Hans Dampf in allen Waffen, Käptn. U-Boot-Abwehr, Panzerabwehr, Luftabwehr, alles, was Sie nur wollen. Ich kann alles bedienen, was schießt. Verlangen Sie von mir nur nicht, daß ich beim Zielen ein Auge zukneife.«

Penzias hatte keine Augen.

Baker war noch nie eine abstoßendere Prothese vorgekommen. Der Apparat trug die Bezeichnung »New VISION«, wobei letzteres für Video-Impuls-Sendender Implantierter Optischer Neurostimulator stand; ein langer Name für etwas, was wie ein Operngucker aussah, den man in Penzias' leere Augenhöhlen gerammt und mit Verstrebungen aus chirurgischem Stahl an seinem Platz befestigt hatte. Die Linsen des Operngucker waren extrem konvex, was vermutlich einer gewissen Erweiterung des Gesichtsfelds dienen sollte, aber Penzias auch das Profil eines Insekts verlieh. Man sah allerdings erstaunlich wenig Narbengewebe; seine Augenbrauen waren noch intakt, was bedeutete, daß er nicht von einer Explosion oder einem Flammenwerfer geblendet worden war. Baker beschloß, nicht nach Einzelheiten zu fragen.

»Machen wir's kurz«, sagte Vanna, sobald sie und Penzias Platz genommen hatten. »Das Schiff liegt schon in New Jersey vor Anker. Sie werden morgen früh den Rest der Besatzung kennenlernen und sich unverzüglich an Bord begeben.«

»Das *ist* kurz«, bemerkte Baker. »Der Hurensohn hat mich erst gestern versenkt.«

»Ich hatte diese Sache schon seit längerem geplant«, erklärte ihm Vanna. »Der gestrige Überfall war lediglich der letzte Tropfen. Aber ich will, daß der Vergeltungsschlag unverzüglich erfolgt, bevor Dufresne und seine Bande die Chance haben, Gant Industries weiteren Schaden zuzufügen. Ich will, daß Sie spätestens Donnerstag, zwölf Uhr, auf Ihrer Position sind.«

»Das sind weniger als achtundvierzig Stunden, von jetzt an gerechnet.«

»Ist das ein Problem?«

»Hängt vom Zustand des Schiffs ab und davon, wo ›auf meiner Position‹ ist. Von was für einem Schiffstyp reden wir eigentlich?«

»Einen Moment.« Vanna öffnete ihre Handtasche. Troubadour Penzias sog geräuschvoll an einer Plastikquetschflasche, was Käptn Baker erneut zum Glotzen veranlaßte.

»Roter Farbstoff Nummer zweiunddreißig«, erläuterte Penzias. Baker war davon ausgegangen, die Flecken, die der Mann auf den Lippen hatte, seien die Spuren irgendwelcher Verletzungen, aber jetzt erkannte er, daß Penzias' Zähne und Zahnfleisch – ja, seine ganze Mundhöhle – purpurrot gefärbt waren. »Ich trinke davon täglich einen halben Liter.«

»Lebensmittelfarbe?«

»Schwach karzinogen. Ich bin dabei, mich zu immunisieren.«

»Gegen was?«

»Krebs.«

Baker verzog keine Miene. »Ah ja?«

»Muß sein«, sagte Penzias. »Es hat keinen Sinn mehr zu hoffen, daß es einen nicht erwischt. Zuviel Gift in Luft und Wasser, und egal, wo man sich versteckt, es erwischt einen doch. Der einzige Schutz besteht also darin, immun zu werden. Mutier oder stirb.«

»Hier ist es.« Vanna schob Baker einen großen versiegelten Umschlag über den Tisch zu. »Da ist alles drin, was Sie brauchen: Deckpläne, technische Daten, Navigationskarten und die Koordinaten des Punktes, an dem Sie auf Dufresne warten werden. Verlieren Sie die Sachen nicht.«

»Er kommt zu uns?«

»Sie werden eine besondere Ladung haben. Eine *kostspielige* Ladung, aber eine, der er nicht wird widerstehen können. Passen *Sie* nur auf, Käptn Baker, daß Dufresne Sie nicht unvorbereitet antrifft.«

Penzias räusperte sich; die Objektive des New VISION surrten und stellten sich neu scharf. »Vergessen Sie meinen Bonus nicht«, sagte er zu Vanna. »Sie haben nichts von meinem Bonus gesagt.«

»Ihr Bonus.« Vanna betrachtete ihn, als sei er irgendein Ungeziefer. »Haben Sie eine Vorstellung davon, wieviel diese Kammerjägeraktion so schon kostet? Und *Sie* wollen sie noch um den Preis eines nutzlosen Luxus verteuern.«

»Nicht nutzlos«, beharrte Penzias. »Kein Luxus. Es ist ja nicht so, daß Sie eine Wahnsinnsbelohnung auf Dufresnes Kopf ausgesetzt hätten. Mein Bonus ist mein Preis.«

»Hinterher«, sagte Vanna. »Nachdem Sie Dufresne versenkt haben, können wir uns darüber –«

»Nein. Morgen früh. Ich will's für die Jagd.«

»Das ist ja lächerlich! Sie haben schon so mehr als genug Waffen an Bord. Und Dufresne wird *unter* Wasser sein, also *brauchen* Sie überhaupt kein –«

»Man braucht keine Antikörper, bis die Krankheit zuschlägt«, konterte Penzias. »Man braucht keine Immunität, *bis* man sie braucht. Ich will meinen Bonus.«

Käptn Baker verfolgte ihre Diskussion. »Geht es um etwas, wovon ich wissen sollte?« fragte er.

»Nein«, sagte Vanna.

»Morgen«, sagte Penzias.

»Schön«, sagte Käptn Baker und dachte bei sich: *Das wirst du noch bereuen, Chance.*

Die Geschichte von Klein Jon Frum

»Meine melanesischen Vorfahren waren Anhänger des Cargo-Kults, Mr. Gant«, begann Bartholomew Frum.

Um sieben Uhr abends war der Cortex der Öffentlichen Meinung, abgesehen von den vier Männern an der Fensterwand und dem Elektro-Hausmeister, der hinten bei den Fahrstühlen staubsaugte, wie ausgestorben. Whitey Caspian stand, ganz schützende Vaterfigur, ein paar Schritte hinter Fouad und Bartholomew, während Harry Gant es sich mit aufgestützten Füßen in einem Drehstuhl bequem gemacht hatte, um sich das anzuhören, was Whitey mit »eine absolut irre Geschichte, Harry« umschrieben hatte.

»Cargo-Kult«, wiederholte Gant. »Ist das so was Ähnliches wie Dianetik?«

»Nein, Sir, ich glaube nicht, auch wenn ich nicht sehr viel

über Dianetik weiß. Der Cargo-Kult entstand auf den Fidschi-Inseln, gegen Ende des neunzehnten Jahrhunderts. Die dortigen Eingeborenen kamen, nachdem sie eine Zeitlang mit dem Reichtum der Europäer und Amerikaner konfrontiert gewesen waren, auf den Gedanken, sie hätten ein Anrecht auf die gleichen Luxusgüter und Bequemlichkeiten wie die Weißen. Aber sie waren ungebildete Leute und wußten nichts von industrieller Revolution oder Produktionsmitteln. Aus dem wenigen, was sie wußten, schlossen sie, sie bräuchten nichts anderes zu tun, als Hafenanlagen, Leuchttürme und Zollstationen zu bauen – oder zumindest die besten Imitationen dieser Dinge, die sie mit den primitiven Materialien, über die sie verfügten, zustande bringen konnten –, und schon würden, durch Magie, mit ›Cargo‹, also allerlei Gütern, beladene Schiffe ankommen.

Im Zuge seiner Ausbreitung über die ganze Melanesische Inselkette paßte sich der Glaube mit der Zeit moderneren Gegebenheiten an. Meine Vorfahren schlossen sich 1935 dem Cargo-Kult an, und statt einer Pier bauten sie einen Flugplatz, mit Fackeln zur Befeuerung der Landebahn und einem aus Treibholz zusammengezimmerten Ticketschalter. Sie nahmen den Familiennamen Frum an, nach Jon Frum, dem weißen Piloten, der, wie sie glaubten, in einem Rotkreuzflugzeug aus den Wolken kommen und ihnen elektrisches Licht, Automobile und Coca-Cola bringen würde.«

»Hm«, sagte Harry Gant. »Hm, Sachen gibt's.«

»Natürlich kam das Flugzeug nie ...«

»Und schließlich gaben sie auf.«

»O nein. Nein, Sir. In dieser Hinsicht ist der Cargo-Glaube vielleicht *wirklich* etwas wie die Dianetik ... der magische Effekt blieb aus, aber der Kult lebte trotzdem irgendwie weiter, er änderte nur seine Taktik. 1940, nachdem in den ganzen fünf Jahren kein einziges Frachtflugzeug gelandet war, gingen die Frums zu einer aggressiveren Einstellung über. Sie legten ihre wenigen Wertsachen zusammen und tauschten sie gegen eine einfache Überfahrt nach Amerika ein – für meinen Großvater, den sie Klein Jon Frum nannten. Sein Auftrag bestand darin, Präsident Roosevelt ausfindig zu machen und zu entführen – oder, wenn möglich, zu kaufen – und ihn lebendig nach Melanesien zu schaffen. Hatten die Frums erst ihren eigenen amerikanischen Präsidenten, würden die Cargo-Flugzeuge schon kommen ...«

»Das ist exakt die primitive Denkweise«, warf Fouad Nassif ein, »die man von einem Volk ohne fundierte Kenntnisse in Aristotelischer Logik erwarten kann. *Meine* Landsleute –«

»Großvaters eigentliches Ziel«, fuhr Bartholomew fort, »war New York City, weil die Frums gehört hatten, das sei die größte Stadt mit dem größten Cargo der Welt. So lag der Schluß nahe, daß Präsident Roosevelt dort anzutreffen sein würde. Aber der Dampfer fuhr nur bis San Francisco. Großvater landete in Kalifornien mit nichts anderem als ein paar Münzen in der Tasche, und er wäre wahrscheinlich buchstäblich verhungert, wenn sich ein japanoamerikanischer Industrieller namens Hideyoshi nicht seiner erbarmt hätte.

Hideyoshi besaß zwei florierende pharmazeutische Unternehmen. Da er selbst ein Einwanderer war, bewunderte er Klein Jons Mut und Entschlossenheit, sich in ein fernes unbekanntes Land zu wagen, auch wenn er fand, der Cargo-Kult sei das Dämlichste, wovon er jemals gehört habe. Er besorgte Großvater eine Unterkunft, bezahlte ihm einen Lehrer, der ihm Lesen und Schreiben beibrachte, und gab ihm Arbeit in einem Lagerhaus, wo er Arzneikisten für den Versand stapeln mußte. Großvater wähnte sich im Gelobten Land und war selig über den Hungerlohn, den Hideyoshi ihm zahlte – und den er zum größten Teil den übrigen Frums nach Melanesien schickte.

Dann kam der Zweite Weltkrieg und Pearl Harbor. 1942 ordnete Präsident Roosevelt die Internierung aller Westküstenjapaner an. Die Regierung gab Hideyoshi zwei Wochen Zeit, sein Haus und sein Unternehmen zu verkaufen und seine sonstigen Angelegenheiten zu ordnen. Wie Sie sich vorstellen können, Mr. Gant, war das mit so wenig Zeit eher eine Verramschung als eine sorgfältige Veräußerung von Vermögenswerten. Hideyoshi verlor sein letztes Hemd und, damit einhergehend, seine ganze Achtung vor Amerika. Sein besonderer Haß galt den weißen Geschäftsleuten, die seine hilflose Lage ausnutzten und ihm seine Immobilien weit unter Wert abkauften, und er schwor Rache, aber im Internierungslager zog er sich die Cholera und eine Lungenentzündung zu und wäre beinah daran gestorben.

Großvater seinerseits verbrachte die Kriegsjahre damit, Cargo-Flugzeuge für die Army anzupinseln. Für die Nacht bekam er eine Zusatzbeschäftigung: Er schrubbte Fußböden im Patentamt von San Francisco, und eben dort lernte er meine spätere Großmutter kennen, Hannah Kazenstein.«

»Kazenstein?« Der Name klang irgendwie vertraut; Gant erinnerte sich vage, ihn auf einer Liste mutmaßlicher Öko-Terroristen gelesen zu haben, die C. D. Singh aus Washington gefaxt hatte.

»Sie war das schwarze Schaf der Familie«, sagte Bartholomew. »Die meisten Kazensteins waren Zionisten und lebten mittlerweile in Palästina, wo sie für einen unabhängigen jüdischen Staat agitierten, aber Oma Hannah wollte eine berühmte amerikanische Erfinderin werden. Sie entwickelte auch wirklich ein paar ganz nützliche Geräte, aber sie war nicht geschäftstüchtig genug, um sie auch erfolgreich zu vermarkten. Deswegen war sie fast so arm wie mein Großvater, als die beiden beschlossen zu heiraten.

Nach Kriegsende wurde Hideyoshi aus dem Lager entlassen und kehrte nach Kalifornien zurück. Seine verschiedenen Krankheiten hatten ihn sehr geschwächt, und seine Verbitterung hatte ihm den Verstand geraubt. Er machte meine Großeltern ausfindig, die die einzigen Menschen waren, die sich seine Spinnereien überhaupt anhören wollten, und überredete sie, sich seinem Rachefeldzug anzuschließen. Selbst die Verluste eingerechnet, die er beim Verkauf seiner Fabriken erlitten hatte, besaß er noch immer ein kleines Vermögen, und Oma Hannah war nur zu gern bereit, mit jemandem Verschwörer zu spielen, der ihr ihre Experimente finanzieren würde. Großvater fühlte sich Hideyoshi natürlich noch immer verpflichtet, und allmählich sehnte er sich auch nach den alten Cargo-Kult-Ritualen zurück ...«

»Moment mal.« Gant beugte sich vor. »Sie wollen damit doch nicht etwa sagen, daß Ihre Großeltern Philo Dufresne finanzieren, oder?«

»Nein, Mr. Gant, sie sind beide seit vierzig Jahren tot. Obwohl, jetzt, wo Sie's sagen, weiß ich nicht so genau, was aus dem letzten Rest von Hideyoshis Geld geworden ist ... Jedenfalls, ihre Vergeltungsstrategie implizierte keinerlei direkte Aktionen gegen die Vereinigten Staaten oder die weißen Industriellen, die Hideyoshi zu seinen Todfeinden erklärt hatte. Sie beschlossen – und das zeigt nur, wie weit Hideyoshi im Lager sittlich heruntergekommen war – die Dinge auf melanesische Weise zu regeln. Auf die Cargo-Kult-Weise.

Sie fingen in Hawaii an, kauften kleine Grundstücke auf und steckten mit Bambusstangen und Zuckerrohrhalmen Landepisten ab. Oma Hannah installierte getarnte Lautsprecher, die japanische Fluglotsenanweisungen mit einer für menschliche Ohren unhörbaren Frequenz abstrahlten. Für *lebende* menschliche Ohren jedenfalls. Diesmal sollte der Cargo-Kult keine Frachtflugzeuge anlocken, sondern japanische Bomber ...«

»Aber der Krieg war doch schon vorbei.«

»Ja, Sir. Großvater hatte noch immer keinen Begriff von linearer zeitlicher Abfolge oder gesundem Menschenverstand, Großmutter war's egal, ob die Sache irgendeinen Sinn ergab, solange sie irgendwelche Sachen bauen konnte, und Hideyoshi war schlicht übergeschnappt. Als sie in Hawaii fertig waren, kehrten sie aufs Festland zurück und legten entlang der Küste von Kalifornien und Oregon weitere Landepisten an. Dann zogen sie langsam nach Osten. In der Wüste von New Mexico (man schrieb mittlerweile das Jahr 1947, und der Fliegende-Untertassen-Wahn hatte gerade Einzug in die Zeitungen gehalten) konstruierten sie UFO-Betankungs- und Viehverstümmelungsanlagen; in Indiana, Illinois und Michigan errichteten sie ›Windtrichterinduktoren‹, wie meine Großmutter sie nannte, um Tornados anzuziehen; und in Georgia und Pennsylvania richteten sie in der Nähe von indianischen Bestattungsplätzen geheime Waffenlager ein – die sie mit einigen recht barocken Kazensteinschen Erzeugnissen bestückten – für den Fall, daß die Geister irgendwelcher Krieger den Wunsch verspüren sollten, einen Regierungsumsturz zu versuchen. Aber ihr eigentliches Ziel – und der Schauplatz ihres verschwörerischen Meisterstücks – war New York.

Leider kann ich nicht genau sagen, worin dieses Meisterstück bestand und ob sie es auch durchgezogen haben, denn um diese Zeit verschlechterte sich Hideyoshis Gesundheitszustand wieder drastisch. Im Frühjahr 1949 bekam er eine erneute Lungenentzündung und starb. Meine Großmutter führte detailliert Tagebuch, weswegen ich das alles überhaupt weiß, aber gelegentlich hat sie Seiten wieder herausgerissen, und der größte Teil der Aufzeichnungen über das, was in New York passierte, existiert nicht mehr.

Aber anhand dessen, *was* ich weiß, Sir, kann ich einige wohlbegründete Vermutungen anstellen. Ihr Plan läßt sich sogar ziemlich leicht erraten, wenn man berücksichtigt, nach welchem System sie bis dahin vorgegangen waren. U-Boote, Mr. Gant.«

»U-Boote?«

»Ja, U-Boote. An der Westküste versuchten sie, Japaner anzulocken, in New Mexico Marsmenschen, im Mittleren Westen Tornados und im Osten Indianer. Was wäre nun die naheliegendste Gefahr für Manhattan?«

»Noch mehr Indianer, könnte ich mir vorstellen«, sagte Harry Gant. »Die weitere vierundzwanzig Dollar verlangen.«

»Nein, Sir. Nazi-U-Boote. *Das* war der große Alptraum der Kriegsjahre gewesen, daß Ausländer in Amerika einmarschieren oder die Küsten unter Beschuß nehmen könnten, und *ich* glaube, Hideyoshi hätte diese Angst bestimmt ausgeschlachtet. *Eine geheime U-Boot-Basis,* Sir. Wenn Sie mich fragen, ich glaube, daß meine Großeltern tatsächlich einen solchen Stützpunkt gebaut und ausgerüstet haben, auch wenn sie damit möglicherweise erst nach Hideyoshis Tod fertig geworden sind. Und ich glaube, daß der Cargo-Zauber, so seltsam es auch klingt, zuletzt doch funktioniert hat, wenngleich anders, als jeder von ihnen gehofft hatte. Anstelle von Nazis brachte er Dufresne.«

»Hm«, sagte Gant. »Hm. Schön.« Er ließ die Hände klatschend auf seine Oberschenkel fallen und erhob sich, wie um zu gehen. Tatsächlich wollte er Joan anrufen und hören, ob sie Lust hatte, sich mit ihm zu einem späten Abendessen zu treffen. »Na ja, Whitey hatte recht, das ist wirklich eine absolut irre Geschichte, ich bin sicher, Sie haben eine große Zukunft in der Öffentlichen Meinung, aber –«

»Das ist noch nicht alles, Mr. Gant. Wenn es einfach nur eine komische Geschichte wäre, die meine Eltern mir mal erzählt haben, dann hätte ich nie Ihre Zeit damit vergeudet. Aber letztes Jahr habe ich in der Schule ein Referat über die Rolle der Verschwörung in der amerikanischen Unternehmenspolitik geschrieben, und weil ich mich sowieso in den allgemeinen Themenkomplex eingearbeitet hatte, beschloß ich, die Geschichte meiner Großeltern etwas genauer zu recherchieren. Ich bin in die Stadtbücherei gegangen und habe Zeitungen und Zeitschriften aus dem Ende der vierziger Jahre nach Meldungen über irgendwelche seltsamen Vorkommnisse durchgeblättert; ich habe mir außerdem geologische Gutachten und alte Landkarten angesehen, um herauszufinden, wo jemand, wenn überhaupt, in der Umgebung von New York einen U-Boot-Hafen verstecken könnte.

Nun weiß ich nicht, ob Sie jemals ein geologisches Gutachten studiert haben, Mr. Gant, aber ich kann Ihnen sagen, es ist *langweilig*. Kein Mensch tut das zu seinem Vergnügen, und tatsächlich war der größte Teil der Unterlagen, die ich anforderte, bis dahin nur ein einziges Mal ausgeliehen worden – vor zwölf Jahren, *und alles an ein und demselben Tag*. Dann fiel mir das hier auf...« Er zeigte Gant die Farbkopie einer Karte der New York Bay. Eine der Inseln auf der Karte war rot umkreist worden.

»Bedloe's Island«, las Gant.

»Liberty Island, Mr. Gant. Bedloe's hieß sie, bevor die Freiheitsstatue dort aufgestellt wurde. Und wie's der Zufall will, befindet sich unter der Insel ein natürlicher Hohlraum, eine unterirdische Höhle, angeblich voll Meerwasser. Aber was wäre, wenn...«

»Das ist immer noch nicht sehr überzeugend«, sagte Gant zu ihm. »Verstehen Sie mich bitte nicht falsch, ich bin von Ihrer Gründlichkeit beeindruckt, aber ich glaube nicht –«

»Ich habe seinen Namen herausgefunden.«

»Hm?«

»Den Namen des Mannes, der diese Karte vor mir ausgeliehen hatte. Die haben alles auf Computer, wer was wann ausgeliehen hat, und ich konnte eine Bibliothekarin mit Hilfe einer gewissen Summe dazu bewegen, für mich nachzusehen. Der Mann hieß, aufgepaßt, ›Red Edward Di Valle‹.«

Gant sah Whitey an. Whitey sah ganz aufgeregt aus. Gant konnte nicht ganz folgen.

»Ich kann nicht ganz folgen«, sagte er. »Ist das jemand Berühmtes?«

»Red Edward Di Valle, Mr. Gant. Red Ted Di Valle.«

Gant blinzelte. »Ret Tet Di ... die *Wale*?«

»Ja, Sir. Zufall? Ich glaube nicht.«

Gant sah wieder zu Whitey hinüber. »Haben Sie Vanna gebeten, sich dieser Sache anzunehmen?«

»Vanna war mit anderen Dingen beschäftigt«, sagte Whitey diplomatisch. »Aber wir kommen eigentlich auch ohne ihren Input aus. Fouad – hier – hat auch schon einen Plan, wie wir Dufresne drankriegen können, wenn sich herausstellen sollte, daß das mit dem U-Boot-Stützpunkt tatsächlich so stimmt. Sie würden ein paar Beziehungen im Rathaus spielen lassen müssen, aber der Plan sieht keinerlei Anwendung von Gewalt vor und schlägt die Piraten gewissermaßen mit ihren eigenen Waffen.«

»Danken Sie mir nicht«, fügte Fouad hinzu. »Der Plan ergab sich nach den Regeln der Logik ganz von selbst.«

»Hm«, sagte Gant. Er vergaß das Abendessen mit Joan und setzte sich wieder hin. »Dann lassen Sie mal hören.«

Fünfhundert Dollar am Tag mit Bleistifteverkaufen

Clayton Bryce aß im Speiseklub »Die unsichtbare Hand«, einer Wallstreet-Grillbar, die ausschließlich von kreativen Buchhaltern und Fachanwälten für Steuerrecht frequentiert wurde. Sie bot eine intime, entspannte Atmosphäre, in der man nach einem harten Tagewerk höherer Zahlenakrobatik relaxen, Mai Tais schlürfen und vielleicht mit einer verwandten Zahlenkrämerseele ein paar Tratschgeschichten austauschen konnte. An diesem Abend erging sich Clayton Bryce, dieweil er sich mit der »Spare-Rib-Platte für den Hungernden Bankrotteur« mästete, mit einem freundlichen Unbekannten in einem makellosen grauen Anzug in wechselseitigen Indiskretionen.

»Vanna Domingo, unsere Regulatorin der Öffentlichen Meinung«, sagte Clayton zum Unbekannten. »Ich hab sie beim Abschöpfen erwischt … Oh, ich hatte schon seit Monaten einen Verdacht. Die Unstimmigkeiten waren nicht schwer zu erkennen. Für einen Amateur hat sie ihre Spuren ganz geschickt verwischt – muß irgendne Fibel gelesen haben, *Unterschlagen, aber richtig!* oder so –, aber für einen Mann wie mich, der seine Tage damit zubringt, aus zwei und zwei fünf zu machen … Na, ich erzähl Ihnen bestimmt nichts Neues. Man kriegt mit der Zeit einfach eine Nase für Potemkinsche Beträge, wenn ich so sagen darf. Besonders, wenn die fragliche Zahl sechs Nullen hinten dran hat … Nein, ich hab sie noch nicht gemeldet. Sobald ich herausgefunden hatte, daß die Domingo dahintersteckte, war mir klar, daß mehr als nur einfacher Diebstahl im Spiel war. Sie hat das Naturell eines Hammerhais, aber sie ist zu gottverdammt loyal, um zu stehlen … Ich hab also meinen Mund gehalten und aufgepaßt, wohin das Geld verschwand … In eine Kriegskasse! Ich wär beinah vor Lachen geplatzt, als mir klar wurde, daß sie eine Kriegskasse anlegte! …

Schhh! Wer wird denn so geschwätzig sein! Aber ja, Sie haben recht, *genau der* ist es, den sie mit Krieg überziehen will. Für unseren allseits geliebten Arbeitgeber … Irgendein verdeckter Deal mit der französischen Regierung. Ich weiß nicht genau, ob sie auch Humanressourcen oder nur Material liefert … Bald. Der Großteil des Geldes ist schon nach Paris transferiert worden … Nein, ich bezweifle, daß Gant auch nur die geringste Ahnung von der Sache hat. Pazifist, Sie verstehen schon. Hält nichts von solchen Geschäftspraktiken … Mit Arbeitsplatzsicherung hat das wohl auch zu tun, aber in erster Linie ist es Loyalität. Er hat sie von der Straße aufgelesen, buchstäblich aus dem Dreck gezogen, und jetzt revanchiert sie sich. Glauben Sie mir, Gant hätte es bitter nötig, selbst ein bißchen aus dem Dreck gezogen zu werden – und ein paar Stare gestochen zu kriegen allemal …

Schwärzeste Armut; Sie würden's nicht für möglich halten, was für ein Leben sie führte, als er sie gefunden hat. Schlief in

U-Bahn-Tunnels, ernährte sich, soweit ich weiß, von Ratten ... 2017. Gants antipapistische angetraute Nervensäge hatte grad den Regulatorjob geschmissen, übrigens zur größten Erleichterung all derer unter uns, die sich neun Jahre lang mit ihr hatten herumplagen müssen. Gant schien das soweit ganz gut zu verkraften; seine einzige erkennbare Reaktion bestand darin, daß er anfing, lange Mittagspausen zu machen, allein, in einem Café in Grand Central ... Offenbar saß er an einem Tisch unter einem dieser frühen New-Babel-Reklametafeln ... Wissen Sie noch, der ›Den-Traum-vollenden‹-Feldzug, die Plakate, auf denen der fertige Superwolkenkratzer zu sehen war, der über Harlem in den Himmel ragte? Die mein ich. Mit einem kleinen Foto von Gant in einer Ecke. Das könnt's gewesen sein, was ihre Aufmerksamkeit erregt hat ... Sie ist einfach auf ihn zumarschiert und hat ne Schachtel *Trips* auf seinen Teller fallen lassen ... So wahr ich hier sitze! ... Was er getan hat? Hat angefangen, sich mit ihr zu unterhalten. Hat sie nicht verhaften lassen, sondern einfach dagesessen und mit ihr geplaudert. Und irgendwie – das muß an dem verdrängten Schmerz über seine Scheidung gelegen haben – gelangte Gant zu der Überzeugung, es sei eine ›*klasse* Idee‹, diese kleine Latino-Pennerin zu nehmen und sie zu seiner nächsten Regulatorin zu machen ...

Stimmt schon, sie hat sich wirklich rausgemacht. Weiß auf alle Fälle weit eher, wie man Geschäfte macht, als ihre Vorgängerin, obwohl ihre Launen auch nicht besser zu ertragen sind ... Sie beherrscht zweifellos ihren Job. Es ist bloß, daß manche von uns – darunter auch ich – es bis zum heutigen Tag nicht geschafft haben zu vergessen, wie sie aussah und roch, als Gant an dem Tag mit ihr ins Büro zurückkam. Ich glaub nicht, daß sie mir je verziehen hat, daß ich gelacht habe ... Denn ich war davon überzeugt, er wollte sich nur einen Jux machen. Die bloße Vorstellung, daß man jemandem eine so verantwortliche Stellung anvertrauen könnte, der sich so sehr hatte gehenlassen, so tief gesunken war ... regelrecht abstoßend! Mir ist natürlich klar, daß unser Wirtschaftssystem ein gewisses Quantum Armut zum Funktionieren braucht, aber das bedeutet nicht, daß ich vor Berufsarmen Respekt hätte ... Mit mir würde es nie so weit kommen. Sie könnten mich morgen nehmen, mir meinen Job wegnehmen, mein Bankkonto, meine Wohnung, alles, was ich besitze – ich würd nicht lange unten bleiben. Entschlossenheit und Erfindungsgeist, das ist alles, was zählt. Die Macht der menschlichen Willenskraft… Ich würde Bleistifte verkaufen, wenn's sein müßte. Ich könnte fünfhundert Dollar an einem Tag mit Bleistifteverkaufen verdienen, auf der Straße, ja… Nein, ich übertreibe keineswegs… Na, von mir aus, sagen wir zur Sicherheit, in anderthalb Tagen. Sechsunddreißig Stunden, maximal. Und dann würde ich natürlich sofort investieren und anfangen, richtiges Geld einzufahren…

Dürfte ich übrigens Ihren Namen wissen?… So, Roy kann ich Sie also nennen, aha. Und für wen arbeiten Sie, Roy?… Aha, ein Freischaffender… Amberson Teaneck, wirklich? Ich hatte gar nicht gewußt, daß er freie Talente beschäftigte. Ein Jammer, was ihm zugestoßen ist… Was soll das heißen?…

Sie gehen schon? Sie haben ja nicht *einen* Bissen gegessen… Na schön, machen Sie's gut… Ja, das war mein Ernst. Fünfhundert Dollar in einem Tag – anderthalb Tagen –, als fliegender Bleistiftverkäufer. Ich hab Tupperware verkauft, da war ich noch in der Grundschule. Electric Fuller Brush Boy in der Unterstufe… Ich *ließe* mich vielleicht sogar zu einer Wette überreden. Natürlich, wenn ich mich dazu bereit erklären sollte, sechsunddreißig Stunden in der Rolle eines Obdachlosen zu vergeuden, müßte der Einsatz schon sehr hoch sein… Na, melden Sie sich ruhig, wenn Sie mal ein interessantes Angebot haben. Ich steh im Telefonbuch… Gleichfalls ciao, Roy…«

Das Auge von Afrika

Ein Typ wie der kann nicht allzuviel Ahnung von Computern haben, hatte Morris Kazenstein gedacht, aber damit lag er falsch. Natürlich kannte sich Maxwell mit Computern aus; er war Panzerkommandant gewesen, und man richtete die Bordkanone eines M6-Buchanan-Jagdpanzers nicht mit Hilfe eines Rechenschiebers aus. Außerdem konnte kein gewissenhafter Versteller von Bibliotheksmaterial es sich leisten, ein Computerignorant zu sein. Auch wenn das Elektro-Buch einstweilen noch weit davon entfernt war, die herkömmliche, papierne Form zu verdrängen – als Produkt eines Schreibakts hatte sich Amerika bislang dagegen gesträubt, von der Konkretheit und Greifbarkeit des Gedruckten gänzlich Abschied zu nehmen –, mußte der clevere Buchversteller für alle Eventualitäten gewappnet sein. Die New Yorker Stadtbücherei besaß bereits, zusätzlich zu ihrem sonstigen Inventar, ausgedehnte Elektro-Archive; wer wußte schon, wann irgendein Technofetischist in der Chefetage auf die Idee kommen würde, die totale Umstellung anzuordnen, Bücher und Regale rausschmeißen und durch Magnetspeicherlaufwerke und Datenausgabegeräte ersetzen zu lassen? Auf lange Sicht war eine solche Neuerung wahrscheinlich nicht zu vermeiden; und wenn sie einmal kam, würden Maxwell und die anderen Mitglieder der geheimen Bruderschaft gleichfalls auf Elektro umschalten müssen – mit Hilfe von maßgeschneiderten Virusprogrammen über die Telefonleitung eindringen, sich wie virtuelle Silberfischchen in die Bibliotheksdatenbanken schieben und jede Tittengraphik, jedes unanständige Wort und jeden schlüpfrigen Satz, ja noch den letzten verbleibenden Lustbit *chirurgisch aus dem Speicher entfernen.* Und, verdammt, das würde auch ein ganzes Stück effizienter sein als die gegenwärtig angewandte Methode.

Maxwell *wußte* also mit Computern Bescheid; was er da gestohlen hatte, wußte er allerdings nicht, und das gleiche galt, wenn man ehrlich sein will, für Morris Kazenstein, der besser daran getan hätte, FREUND Bibers Warnungen nicht auf die leichte Schulter zu nehmen. Mit Künstlicher Intelligenz *war* nicht zu spaßen, besonders dann nicht, wenn man die Dokumentation zur Hardware nicht besaß. Stibitzte militärische Mikrochips, in ein selbstgebasteltes Motherboard implantiert und dazu programmiert, aus einem kabbalistischen Eintopf von afrikanischen Gesängen, Biographien und zerschlagenen Träumen Bewußtsein zu erzeugen, das Ganze in eine Pop-art-Eierschale eingeschweißt ... nun, Götter und Dämonen waren schon aus erheblich weniger gezeugt worden, nicht wahr? Maxwell erkannte leider nicht, daß er eine MACHT im Embryonalstadium mit sich herumtrug, und unterließ es folglich, die nötigen Sicherheitsvorkehrungen zu treffen.

Er lag in seinem Zimmer und wälzte sich in seinem gewohnt unruhigen Halbschlaf, als das Ei piepte. Die Schwingungsfrequenz des Pieptons war zufällig dieselbe, die der M6 Buchanan verwendete, um seine Besatzung davon in Kenntnis zu setzen, daß er von Luft-Boden-Zielsuchradar erfaßt worden war; einen Herzschlag später lag Maxwell unter dem Bett und brüllte seinem Fahrer zu, er solle Rauch absetzen und die Kiste in Dekkung bringen, aber zack, zack. Im benachbarten Schlafzimmer hörte eine andere ehemalige Panzerfachkraft durch die Wand Maxwells Schreie und fing ihrerseits an, *ihrer* Mannschaft Befehle für ein Ausweichmanöver zu geben. Ein paar Minuten lang speiste so eine Kampfhalluzination die andere, bis schließlich beiden Veteranen klar wurde, daß doch kein Luftangriff drohte.

Maxwell hob die herunterhängenden Rüschen der Tagesdecke mit derselben Vorsicht an, mit der er in einem Gefechtsgebiet die Luke seines Panzers geöffnet hätte. Dank der explosionssicheren Tarnfolie, die die Fenster verdunkelte, herrschte im Zimmer fast völlige Finsternis, aber auf dem Nachttisch blinkte in Drei-Sekunden-Intervallen ein roter Lichtpunkt auf. Maxwell hakte die Taschenlampe von seinem Gürtel los und richtete den Lichtstrahl auf das Ei, das ihm aus einer kleinen seitlichen Ausbeulung rubinrot zuzwinkerte. Maxwell kroch aus seinem Unterstand hervor; es dauerte mehrere Augenblicke fieberhaften Durchblätterns seines *Taschenführers ausländischer Waffensysteme*, bis er sich vergewissert hatte, daß das Ei keine nigerianische Armeehandgranate war.

Nachdem das geklärt war, klappte Maxwell den Schraubenzieher aus seinem Mehrzweckfeldtaschenmesser heraus und fing an, das Ei nach irgendwelchen Öffnungen abzusuchen. Eine in der Nähe der Basis verlaufende Nahtstelle erweiterte sich und gab die Buchse einer seriellen Schnittstelle frei. »Hmm«, sagte Maxwell.

Joans Büro befand sich im obersten Stockwerk des Obdachlosenasyls, gegenüber von ihrem Schlafzimmer. Maxwell bemühte sich, nicht zuviel Krach mit seinem E-Bein zu machen, während er hinaufschlich. Joan war noch wach; sie unterhielt sich in ihrem Zimmer leise mit irgendeinem Mann. Die Tür des Büros war nicht abgeschlossen. Maxwell ließ den Strahl seiner Taschenlampe durch den dunklen Raum schweifen: Da war der Cray-PC, auf dem Joan ihre Briefe tippte und ihr bißchen Buchhaltung erledigte. Für die Bedürfnisse einer Regulatorin der Öffentlichen Meinung konzipiert, war der PC zwar für derlei primitive Aufgaben hoffnungslos überrüstet, aber für gelegentlich anfallende Sonderprojekte äußerst praktisch. Maxwell räumte Aschenbecher, Kaffeetassen und einen kleineren Stoß *Wonder-Woman*-Heftchen von Joans Schreibtisch und machte sich an die Arbeit. Selbst bei dem spärlichen Licht der Taschenlampe brauchte er nur ein paar Minuten, um das Ei mit dem Hauptprozessor des Cray zu verbinden und ihm ein paar extra Petabyte RAM freizumachen, auf denen es laufen konnte. Er überprüfte noch einmal alle Kabelverbindungen und schaltete den Computer ein.

Der Geburtsakt war praktisch im selben Augenblick abgeschlossen.

Das im Ei enthaltene embryonale Bewußtsein schlüpfte und breitete sich in der größeren Speicherkapazität, die der Cray ihm bot, schlagartig zum Dasein aus. Es wurde seiner selbst bewußt; gleichzeitig wurde es Maxwells gewahr, den es mittels der seitlich an den Bildschirm des Cray montierten Videokamera sehen konnte. Der Monitor leuchtete auf und übergoß Maxwells Gesicht mit einem kalten smaragdenen Glanz, und als der Panzerkommandant sich argwöhnisch vorbeugte, nahm die Kamera zwecks Identifizierung einen digitalisierten Eindruck seiner Züge auf. Das Modem des Cray ging zwitschernd online; zwei Verbindungen und achtundzwanzig Sekunden später hatte der Rechner Maxwells Namen und Biodaten einschließlich seines militärischen Führungszeugnisses und seines aktuellsten Psychogramms.

Das gleichmäßige Leuchten des Monitors ging in ein hochfrequentes stroboskopisches Flackern über, von der Art, die epileptische Anfälle auslösen kann. Es versetzte Maxwell in Hypnose. Noch während er in Trance versank, erschien im flirrenden Blitzegestöber ein Auge – ein *grünes* Auge, das einzelne lodernde grüne Auge eines zornigen Gottes. Maxwell versuchte zu schreien, brachte aber keinen Ton heraus.

Es war fremd und vertraut zugleich. Es war nicht menschlich, aber metamenschlich, als sei die Menschheitsgeschichte selbst zu einer Person geworden: Daten, Namen, Orte, Taten und Ereignisse, der Aufstieg und Untergang von Stämmen und Völkern, Geschichten von Ursprung, Herrschaft, Eroberung und Verbannung, alles ineinander verschmolzen und irgendwie in eine einzige ungeheure Wesenheit verwandelt. Eine *hungrige* Wesenheit, ausgehungert nach Sinn und narrativer Struktur, die Maxwell und seine Vergangenheit als einen potentiellen Happen betrachtete.

Der Computermonitor pulsierte; die Wände des Büros schienen sich aufzulösen, und Maxwell wähnte sich wieder auf dem Gelände der Ölraffinerie im nigerianischen Port Harcourt. Er stand auf seinen eigenen zwei Beinen, heil und unversehrt, ein Wunder, das ihn eher mit Grauen als mit Freude erfüllte. Er wollte losrennen und sich verstecken, aber sein Panzer und seine Kameraden waren verschwunden, und als er zum Tor der Raffinerie hinausschaute, sah er, daß ihn sogar die Gespenster verlassen hatten: zwischen den Stapeln von rostigen Fässern, die die Zufahrtsstraße säumten, regte sich nichts mehr.

Er war völlig allein. Afrika war vom Südrand der Sahara bis zur Kalahari entvölkert, seine Menschen wegamputiert, seine Geschichte ohne Vorwarnung, ohne auch nur eine widersinnige Erklärung, mitten im Satz abgeschnitten worden. Die unbegreifliche Leere des Landes drang von allen Seiten auf Maxwell ein.

Noch etwas anderes drang auf ihn ein: eine Frage, fordernd, sich in sein Hinterhirn bohrend, nach einer Antwort heischend.

»Ich weiß nicht«, flüsterte Maxwell. »Ich weiß nicht, warum sie verschwunden sind. Keiner weiß es.«

Aus dem Druck wurde Schmerz und größerer Schmerz... Gelähmt, versuchte Maxwell hilflos, die Arme zu heben und seinen Kopf zu schützen.

»Ich weiß nicht, warum! Ich weiß nicht, warum! Die haben's mir nicht gesagt! Keiner wollte's mir sagen!«

Das Auge durchdrang seine Qual wie ein Mikroskop und sah, daß er die Wahrheit sprach. Aber die Wahrheit, die Maxwell wußte, war nicht gut genug; die lebendige Geschichte würde auf einer Antwort bestehen.

Die Vergangenheit trat zurück. Wieder in Joan Fines Büro, schaltete sich das Modem abermals ein und wählte, öffnete eine Tür in die Gegenwart, in eine Welt unerforschter Daten. Der Computermonitor flackerte weiter; das Auge dehnte sich aus, bis es den ganzen Bildschirm ausfüllte. Der ganze Raum versank in grünem Licht, und mit ihm Maxwell. Und all sein bisheriger Wahnsinn war nichts, verglichen mit dem, was folgte, als das Auge von Afrika anfing, zu ihm zu sprechen.

Das ist ein Test

Als Clayton Bryce heimkam, lagen die Neger auf der Lauer.

Vom Abendessen irgendwie aufgegeilt, war er in Downtown geblieben und hatte eine Reihe von ausgesucht coolen Nachtklubs abgeklappert, von der Art, wie sie die minimalistische Prosa des späten zwanzigsten Jahrhunderts verewigt hatte; »Studio Ennui«, »Sangfroid Café«, »Depresso Bar«, »The Lost Generation«. Eben in letztgenanntem Klub (dessen Miteigentümer der gefeierte Katastrophenchronist Tad Winston Peller war) landete Clayton bei einer hochgewachsenen milchhäutigen Schönheit in violettem Samt, die wortlos auf ihn zuglitt und ihm ein mit einer klaren Flüssigkeit gefülltes Tropffläschchen anbot. Clayton legte den Kopf in den Nacken und drückte sich je einen Tropfen in jedes Auge. Die Droge hieß Banker's Holiday, und sie vereinigte die Lightshow eines leichten Psychedelikums mit der Exaltiertheit von Koks und dem Kurzzeitgedächtnisverlust von wirklich gutem Shit; und das Beste war, ihre Wirkung ging rasch vorüber, und die Landung war butterweich, so daß man mit einer absoluten Unbekannten (an deren Namen man sich – und die sich selbst an einen – hinterher nicht mehr erinnern würde, was eine vollkommene beiderseitige Anonymität garantierte) eine Stunde hemmungsloser Intimität verbringen und rechtzeitig wieder in die Wirklichkeit zurückschalten konnte, um noch zeitig ins Bett zu kommen, und das alles ohne einen dicken Kopf oder einen unerwünschten Gast, der einem den nächsten Morgen vergällt hätte. Clayton und seine namenlose Partnerin tanzten; sie lachten; sie artikulierten Silben; sie küßten sich; sie kopusimulierten trocken unter einer rotierenden Glitzerkugel; und schon um halb eins saß Clayton hübsch allein in einem Taxi Richtung Uptown, die Augen feucht, die Seele geläutert. Schöner konnte das Leben nicht sein.

Clayton wohnte in einem Apartmenthaus in Washington Heights, nördlich von Harlem. Schwarzenmäßig schon seit langem entvölkert, hatte sich Harlem langsam wieder mit Latinos, Arabern und Indern aufgefüllt. Zu Claytons nicht geringer Erleichterung begannen der Bau des New Babel und der damit einhergehende Anstieg der Mieten bereits, ein gut Teil von ihnen wieder zu vertreiben. Washington Heights war ein – größtenteils von Weißen und ruhigen Asiaten bewohntes – Reservat bürgerlicher Wohlanständigkeit, in dem die Verbrechensquote, wenn man von Steuerhinterziehung absah, praktisch gegen Null strebte; aber eine Wohngegend, die es zuließ, daß an ihrem Rand ein Ghetto gedieh, würde nicht lange sicher bleiben.

Er ließ sich vom Taxifahrer einen Block zu früh absetzen, so daß er das letzte Stück bis nach Haus durch den angrenzenden Park spazieren und die Krokodilstränen des Banker's Holiday in der kühlen Nachtluft trocknen lassen konnte. Im Sommer hätte er anderen Nachtschwärmern begegnen können, aber jetzt im November hatte er den Park um diese Uhrzeit ganz für sich allein – dachte er jedenfalls.

November. War es schon November? Ja – nach dem Zeigerstand seiner Armbanduhr seit sechsundfünfzig Minuten. Eine Girlande von papiernen Kürbislampions, die in den Zweigen eines orangebelaubten Ahorns hing, erinnerte Clayton daran, daß es auch Halloweennacht war, was die extravaganten Outfits erklärte, die ihm in den Klubs aufgefallen waren, ganz zu schweigen von den Katzenschnurrhaaren im Gesicht seiner Tanzpartnerin, die er für eine Halluzination gehalten hatte.

Der Wind frischte böig auf; ein weggeworfener Süßigkeitensammelsack wehte, von einem Minitaifun aus trockenem Laub mitgerissen, heran. Clayton bückte sich und hob ihn auf. SCHOKOLADE WÄR TOOOLL, meinte ein grinsendes Gespenst, das den Sack zierte. Ein kurzer Blick hinein ergab nichts Tooolles, nicht einmal ein Bonbonpapierchen. So'n Pech. Clayton selbst war zu Halloween nie Süßigkeiten sammeln gegangen. Sein Vater war aufs schärfste gegen jede Art von Bettelei gewesen und hatte den Standpunkt vertreten, rasierklingengespickte Äpfel wären vom sozialdarwinistischen Blickwinkel aus gesehen die ideale Halloween-Gabe; die Nachbarskinder hatten gelernt, am 31. Oktober einen Bogen um das Brycesche Haus zu machen – und an jedem anderen Tag des Jahres auch.

»Schön«, sagte Clayton und knüllte den Sack zusammen. Er schmiß ihn ins abgestorbene Laub zurück, und genau da sah er den ersten Neger.

Er war direkt vor ihm aus der Dunkelheit getreten und versperrte ihm den Weg. Im ersten Moment machte er ihm nicht im mindesten angst. Ein Pakistani oder ein Araber wäre etwas anderes gewesen, aber Neger betrachtete Clayton als Bürogeräte, nicht furchterregender als Kaffeemaschinen. Dieses bestimmte Gerät allerdings trug einen billigen braunen Anzug und eine Melone – eindeutig *keine* Standardausstattung – und hielt etwas in der Hand, etwas Klapperndes: einen Blechbecher. Einen Blechbecher voll ungespitzter Bleistifte, Härtegrad 2.

Clayton schaute zurück dahin, wo er hergekommen war. Ein zweiter Neger, gekleidet wie der erste, hatte sich ihm von hinten genähert. Ein Stück weiter den Weg hinauf, am Eingang des Parks, war ein Negerzwerg in Frisörskittel gerade dabei, das Tor zuzuketten.

Das reichte für einen Schweißausbruch. Clayton drehte sich wieder Neger eins zu und fragte sich, ob die anderen Parkeingänge wohl schon abgeschlossen waren, fragte sich auch, wer diese Dinger wohl steuerte. Jemand, der sich einen Halloween-Scherz erlaubte? So war's bestimmt. Und es bestand sowieso kein Grund zur Besorgnis, denn schon diese geringfügige Belästigung mußte eigentlich die absolute Obergrenze dessen darstellen, was die Verhaltensinhibitoren noch durchgehen ließen. Sie waren bestimmt außerstande, ihm etwas anzutun, und wenn er einfach weiterging –

Amberson Teaneck, dachte er.

Neger Nr. eins ließ die Bleistifte im Blechbecher klappern.

»O Scheiße«, sagte Clayton und verspürte einen Stich. Nur einen Nadelstich, über dem rechten Schulterblatt, aber die Wirkung war so, als hätte er den Kopf in einen Eimer Banker's Holiday getunkt. Er fiel hilflos auf die Knie, blinzelte wütend. Er hörte eine Negerstimme: »Mann eh, Mufti, has' ja schon wieder ins Schwarze getroffen.« Und eine Erwiderung: »Hab ja auch geübt, Andy.«

Clayton stöhnte auf. Jetzt standen sie alle um ihn herum und kramten in seinen Taschen; er hatte keine Kraft, sie abzuwehren. Er hörte eine neue Stimme – diese klang weiß und vertraut – Befehle geben: »Sieh zu, daß du ihm auch alle Papiere abnimmst, Amos. Alle Wertsachen und Schlüssel. Ich streiche ihm gleich sämtliche Guthaben. Shorty! Schaff die Schminksachen rüber! Mufti, bring den Zungentacker her.«

Mit größter Mühe richtete Clayton den Kopf auf und stellte die Augen scharf. Er sah einen Weißen in einem makellosen grauen Anzug, der über ihm stand. »Roy?«

»Halli, hallo, Sonnenscheinchen«, sagte Roy. Auch Roy hatte einen Blechbecher voll Bleistifte in der Hand. »Kann's gleich losgehen?«

»Hier is seine Uhr, Boss«, sagte Amos und reichte Claytons Rolex rüber. Roy warf einen Blick darauf.

»Null Uhr neunundfünfzig«, sagte er. »Sagen wir ruhig eins. Andy, stell den Timer im Halsband auf Donnerstag, ein Uhr mittags.« Roy nickte Clayton zu.

»Sechsunddreißig Stunden, Meister.«

»Was soll das?« flehte Clayton. »Was soll das?«

»Ein Test«, sagte Roy. Er rasselte mit den Bleistiften. »Das ist ein Test.«

12

Ich hoffe, niemand wird mir erzählen, Männer, wie ich sie schildere, gäbe es gar nicht. Daß dieses Buch geschrieben – und veröffentlicht – wurde, ist mein Beweis dafür, daß es sie doch gibt.

Ayn Rand, Nachwort zu *Atlas wirft die Welt ab*

Winston schreckte im Bett zurück ... O'Brien verzog die Mundwinkel zu einem blassen Lächeln, als er auf ihn herabsah.
»Ich hab's dir doch gesagt, Winston«, sagte er, »daß Philosophie nicht deine starke Seite ist. Das Wort, an das du dich zu erinnern versuchst, ist ›Solipsismus‹ ...«

George Orwell, *1984*

2003: Der Papst der Vernunft

Atlas wirft die Welt ab: ein griffiger Titel, kombiniert mit einem nackten weißen Umschlag, der sich von den knalligen Karnevalsfarben der Science-fiction-Taschenbücher, zwischen denen es manchmal eingestellt wurde, deutlich abhob. Während ihres zweiten und dritten Studienjahrs war Joan Fine beim Herumstöbern in den Buchläden am Harvard Square mehrfach auf Ayn Rands Hauptwerk gestoßen, doch hatte sie es jedesmal nach flüchtigem Überblättern seiner eintausendvierundachtzig engbedruckten Seiten wieder ins Regal zurückgeschoben. Die reine Masse an Text faszinierte sie – mit so einem dicken Buch konnte man jemandem praktisch den Schädel einschlagen –, auch wenn sie keine Ahnung hatte, wovon es handelte. Jedesmal wenn sie an *Atlas* vorbeiging, gelobte sie stillschweigend, es eines Tages zu lesen, ebenso wie sie immer gelobte, eines Tages auch dieses andere dicke Buch zu lesen, von dem Typ, wo niemand ein Bild von schießen durfte. Aber hätte ihr nicht ein glücklicher Zwischenfall von fleischlicher Lust einen Schubs gegeben, wäre sie möglicherweise nie dazu gekommen.

Joan lernte Archie Kerrigan im November 03 kennen, während sie Recherchen für eine Seminararbeit über die bundesgesetzliche Regelung der industriellen Nutzung gentechnischer Verfahren anstellte. Kerrigan war ein Konservativer aus Arkansas, ein rechtsgerichteter Sponti-Einzelkämpfer, dessen Lieblingszeitvertreib darin bestand, die Bluthunde des Linken Gottes auf falsche Fährten zu locken. Skandalöse Berühmtheit hatte er erlangt, als er in einem Leserbrief an den *Harvard Red* wegen Hinaushängens der Konföderiertenfahne aus seinem Wohnheimfenster der »Verherrlichung der Sklavenhalterordnung« bezichtigt worden war. Die progressive Studentenschaft hatte schnell mobil gemacht und sowohl ihre Empörung kundgetan als auch die Beseitigung der Fahne gefordert, nur um schlagartig ganz dumm dazustehen, als auf dem Höhepunkt einer Kerzenmahnwache ein vorübergehender Pol.-Wiss.-Hauptfächler darauf hingewiesen hatte, daß es sich bei Kerrigans rassistischer Konföderiertenfahne in Wirklichkeit um den Union Jack handelte. Wie es der Zufall so wollte, war ein Fotograf der *National Review* zur Stelle und verewigte den bedripsten Abgang der Schamroten; der *Rolling-Stone*-Kolumnist P. J. O'Rourke verstärkte ein paar Wochen später das allgemeine Hohngelächter mit einem Artikel über »Bostons ignorante Elite: Warum's so schwer ist, Tee von Bourbon zu unterscheiden«. Als ihnen – leicht verspätet – dämmerte, man habe sie möglicherweise reingelegt, nahmen sich die Flaggenstürmer den *Harvard-Red*-Leserbrief, der ihre Protestaktion überhaupt erst ausgelöst hatte, noch einmal vor. Als Absender stand darunter »A. K.«.

Schon allein mit diesem hinterhältigen Streich hatte sich Kerrigan einen Ehrenplatz im letzten Kreis der Linken Hölle gesichert. Aber verdammt oder nicht, war Archie ein hervorragender Biochemiestudent, der zudem das Aus-Gen-mach-Geld-Business aus eigener Anschauung kannte: Er hatte zwei Sommer lang bei PhenoTech gejobbt, einem Gen-Designer-Studio, gegen das die Stadt Boston gerade einen Prozeß wegen grober Fahrlässigkeit anstrengte. Joan dachte sich, er würde einen ausgezeichneten Inside-Informanten – oder Advocatus Diaboli – für ihr Referat abgeben. Aber als sie ihm einen Besuch abstatten wollte, mußte sie feststellen, daß der Flur, der zu seinem Zimmer führte, gerammelt voll mit erzürnten Frauen war, die »We Shall Overcome« sangen.

»Was für eine Blasphemie hat er denn diesmal begangen?« fragte Joan.

»Andrea Dworkin«, erklärte ihr die Vorsängerin. »Kerrigan hat Beschwerde dagegen eingelegt, daß sie nächste Woche auf dem Campus spricht, und es heißt, er droht das gleiche zu tun, wenn Alice Walker versucht, im Dezember herzukommen.«

»Was denn für eine Beschwerde? Wie kann er jemandem verbieten, in einer Uni eine Rede zu halten?«

»Es ist die neue Diskussions- und Empfindlichkeitsverordnung, die der Harvarder Studentenausschuß letzten Donnerstag in geheimer Sitzung erlassen hat«, schaltete sich eine zweite Sängerin ein. »Sie verbietet studentischen Organisationen, Gastredner einzuladen, deren Anwesenheit eine für eine beliebige, aufgrund ihrer Rassenzugehörigkeit, ihres Geschlechts, ihrer körperlichen Behinderung, ihrer sexuellen Ausrichtung oder eines sonstigen Unterdrückungskriteriums unterdrückte Gruppe spürbar feindselige Atmosphäre schaffen könnte.«

»Kerrigan«, sagte eine dritte Sängerin, »behauptet, Dworkins Auftritt würde eine für weiße männliche Heterosexuelle feindselige Atmosphäre schaffen.«

»Und welches Genie hat sich diese Empfindlichkeitsverordnung überhaupt einfallen lassen?« fragte Joan.

»Ich«, sagte die Vorsängerin. »Sie stellt einen wichtigen Schritt in der Evolution der fortschrittlichen Gesellschaft dar, aber Kerrigans Aktion ist eine totale Umkehrung ihrer eigentlichen Intention.«

»Na ja«, sagte Joan, »Intention hin oder her, wenn du das Ungetüm durchgepaukt hast, dann ist Kerrigan formal gesehen im Recht. Andrea Dworkin schafft in der Tat eine für weiße männliche Heterosexuelle feindselige Atmosphäre; das ist mit eins der Dinge, die sie so interessant machen. Natürlich könnte ein Mann, der ihren Essay über die Infibulation des Penis als brauchbare Form der Straßenjustiz gelesen hat, diesbezüglich anderer Meinung sein ...«

»Aber die Verordnung bezweckt eine Gewährleistung der Toleranz durch die gezielte Privilegierung von Angehörigen *unterdrückter* Gruppen. Weiße männliche Studenten sind nicht unterdrückt.«

»Aber wenn du ihnen als einziger Gruppe das Recht absprichst, als bedrohlich empfundene Meinungsäußerungen zu zensieren, dann *sind* sie unterdrückt.«

»Schau«, sagte die Vorsängerin, »offenbar kapierst du es einfach nicht. Wenn jede Gruppe jedem Redner, von dem sie sich angegriffen fühlt, den Mund verbieten kann, selbst Rednern mit der korrekten Einstellung, dann gibt's sehr bald überhaupt keine Redner mehr. Durch eine so undifferenzierte Anwendung wird die Verordnung wertlos.«

»Das könnte uns sogar zwingen, sie wieder außer Kraft zu setzen«, fügte die zweite Sängerin hinzu.

»Übrigens«, sagte die dritte Sängerin und tippte mit einem schneidezahnmanikürten Zeigefinger auf die rechteckige Ausbeulung von Joans Hosentasche, »laß dir ja nicht einfallen, hier drin zu rauchen. Das ist ein asoziales Verhalten, und wir werden es nicht dulden.«

Für Joan, die normalerweise jede feindselige Atmosphäre als eine willkommene Herausforderung ansah, war diese letzte Bemerkung eine klare Kampfansage, und die Tatsache, daß das selbstgerechte Herummoralisieren der Sängerin sie ein bißchen an sich selbst erinnerte, machte die Provokation nur um so schlimmer. Archie Kerrigans Sinn fürs Subtile war jedoch ansteckend, weshalb Joan, anstatt ihrerseits ideologisch vom Leder zu ziehen und sich auf eine polemische Messerstecherei einzulassen, sich selbst und ihre Zigaretten zum nächsten öffentlichen Fernsprecher verfügte und einen Mithäretiker aus der *Harvard-Red*-Redaktion anrief. In Kirkland Hall, informierte Joan ihn, seien ein paar Frauen, deren Ansichten einer möglichst breiten Öffentlichkeit zur Kenntnis gebracht werden sollten; der *Red*-Redakteur versprach, umgehend jemanden mit einem Tonbandgerät vorbeizuschicken. In der Zwischenzeit umging Joan die chorische Warteschlange, indem sie sich von Ellen Leeuwenhoek einen Strick und von Lexa die Idee borgte und sich an der Außenfront des Wohnheims vom Dach aus abseilte.

Es erwartete sie ein Voyeurinnenparadies. In der Annahme, daß er durch eine längere Belagerung gezwungen sein würde, für eine ganze Weile das Zimmer zu hüten, hatte Archie Kerrigan es sich bequem gemacht: den Thermostat auf Arkansastemperaturen gestellt und sich bis auf T-Shirt (weiß, ärmellos) und Boxershorts (gestreift, in den Farben der britischen Konföderation) ausgezogen. In ebendiesem halbentblößten Zustand ging er ans Fenster, um zu sehen, wer da angeklopft hatte. Er schien nicht weiter überrascht zu sein, eine Frau auf dem Sims vorzufinden; er schob das Fenster hoch und bat Joan auf eine Tasse Tee herein. »Ich hoffe, du hast nichts gegen ein bißchen Schweiß«, sagte er und drehte den Thermostat noch eine Stufe höher. Joan hatte nichts dagegen; was dann passierte, war in Anbetracht ihrer Schwäche für weltanschaulich indiskutable Affären mehr als voraussagbar, wenngleich es zum eigentlichen Beischlaf erst bei ihrem zweiten Besuch kam.

Danach tastete Joan auf dem Nachttisch nach einem Aschenbecher und fand statt dessen ein Taschenbuch. Es war *Atlas wirft die Welt ab.*

»Taugt das was?« fragte Joan, während Archie ihr eine leere Bierdose zum Aschen holte.

»Ist ne nette Räuberpistole«, erwiderte Archie. »Das Beste, was man darüber sagen kann, ist, es bringt so ziemlich jede Gruppierung des politischen Spektrums auf die Palme. Ich hab schon Leute, die H. L. Mencken wie nix wegstecken, wegen Ayn Rand total ausrasten sehen. Viel kontroverser kann man ohne Nacktbilder nicht werden.«

»Wovon handelt's?«

»Sag *du's* mir. Lies es und find's selbst heraus.«

»Kannst du mir nicht vorher wenigstens eine ganz ungefähre Vorstellung geben?«

»Warum?«

»Das sind über tausend Seiten, sehr eng bedruckt. Es geht hier um eine erhebliche Investition von Zeit und Mühe.«

Archie grinste. »Meine King-James-Bibel hat auch tausend

Seiten, Joan. Die modernisierte Fassung nicht weniger. Würdest du dich auf die Aussage Dritter verlassen, wenn du wissen wolltest, wovon das Buch handelt?«

»Ich bin katholisch«, gab Joan zu bedenken.

»Na«, sagte Archie, »dann sei's nicht. Du wirst es nie schaffen, die Welt zu retten, solang du dich auf Sekundärquellen stützt.« Er klopfte mit dem Zeigefinger auf den Umschlag des Paperbacks. »Friß dich durch.«

Und so, angestachelt von Amors zartem Pfeil, schlug sie Rands Buch auf Seite eins auf und fing an zu lesen.

Atlas wirft die Welt ab war ein Zukunftsroman. Er handelte nicht von der Zukunft, wie sie sich inzwischen wirklich ereignet hatte, sondern von der Zukunft, wie sie in den vierziger Jahren des vorigen Jahrhunderts existiert hatte, im Hinterzimmer der kalifornischen Ranch, in dem Ayn Rand die ersten von vielen, vielen Wörtern niedergeschrieben hatte. Eine ganz und gar andere Zukunft ...

Die Menschheit taumelte am Rande der Apokalypse. Der Altruismus – der Glaube, die Bedürfnisse der Gesellschaft seien wichtiger als die Rechte des einzelnen – hatte die ganze Welt überrollt und alle Nationen in totalitäre Staaten verwandelt. Alle außer einer: Allein in einer Welt der Volksrepubliken, hielten die Vereinigten Staaten noch immer die Fackel der Freiheit und der individuellen Leistung empor; doch selbst in Amerika gewannen die Kollektivisten zunehmend an Einfluß.

Die Kollektivisten, die Teufel der gewaltigen Moralität, die im Begriff stand, sich vor Joans Auge zu entrollen, zeichneten sich in erster Linie durch die dämlichen Namen aus, mit denen ihre Familien sie gestraft hatten: Wesley Mouch, Balph Eubank, Claude Slagenhop, Orren Boyle, Tinky Holloway, Bertram Scudder. Sie waren von abstoßendem Äußeren, entweder aufgeschwemmt oder spindeldürr, mit schütterem Haar, ungepflegt, hatten eine unreine Haut und schlechten Atem. Auch geistig hatten sie äußerst wenig zu bieten; obwohl viele von ihnen das College besucht hatten, hatten sie dort nichts anderes gelernt, als daß es nichts gab, was ihrer Meinung nach zu lernen wert gewesen wäre. Sie wählten sich nutzlose oder parasitische Berufe aus und »arbeiteten« etwa als öffentlich bedienstete Bürokraten, Lobbyisten, Finanzbeamte, Unternehmensberater, staatlich subventionierte Wissenschaftler und Erbsenzähler, platonische Philosophen, sozialistische Wirtschaftswissenschaftler, moderne Künstler, Satiriker, Skandalblattreporter, Ökologen, Astrologen, Sozialarbeiterinnen usw., usw. Bar jeden eigenen schöpferischen Talents, sittlich zu abgewrackt, um echte Zufriedenheit empfinden zu können, strebten die Kollektivisten danach, jedes Anzeichen von Können oder Erfolg, das sie bei anderen feststellten, zu bestrafen; daher ihr Eintreten für eine altruistische Ethik, die Mittelmäßigkeit über Fähigkeit stellte und Selbstaufopferung über Selbstachtung. Sie veranstalteten außerdem wirklich entsetzliche Dinnerparties, auf denen niemand auch nur vorgab, sich zu amüsieren.

Gegen diese Monster traten, in der guten Ecke, die rationalen Individualisten an, die »Männer des Geistes«: Hank Rearden, Eigentümer der besten Stahlwerke des Landes und Erfinder des Rearden-Metalls, einer revolutionären neuen Legierung; Francisco Domingo Carlos Andres Sebastián d'Anconia, der extravagante Erbe der Kupferbarondynastie der d'Anconias; Dagny Taggard, die hinreißend schöne geschäftsführende Direktorin der Taggard Transcontinental Railroad; der Selfmademan und Ölmagnat Ellis Wyatt; der Superbankier Midas Mulligan; der unternehmerfreundliche Jurist Judge Narragansett und rund zwanzig weitere Gestalten, allesamt leicht erkennbar an ihren heroischen Namen, ihren fein gemeißelten Gesichtszügen und ihrem athletisch-vollkommenen Körperbau. Während die Kollektivisten zu nichts taugten, waren die Individualisten in allem, was sie anpackten, gut – ja, hervorragend. Die meisten von ihnen besaßen ein eigenes Unternehmen, nachdem sie sich ohne jede fremde Hilfe oder Vergünstigung von Null emporgearbeitet hatten; selbst diejenigen unter ihnen, deren Väter bereits Industriekapitäne gewesen waren, genossen keinerlei Privilegien, sondern mußten sich jeden Penny, den sie geerbt hatten, sauer verdienen. Die Waren und Dienstleistungen, die sie auf den Markt brachten, waren das Beste – das heißt, das qualitativ Hochwertigste, Sicherste, Sinne und Verstand Ansprechendste und im wörtlichen Sinne Preis-Werteste –, was sie überhaupt anzubieten vermochten. Die Individualisten produzierten so schöne und gute Dinge allerdings nicht etwa aus einem fehlgeleiteten altruistischen Interesse an den »Bedürfnissen der Gesellschaft« heraus. Ganz im Gegenteil: Sie waren im höchsten Grade eigennützige Leute, und sie wußten, daß sie, wenn sie auf einem rationalen Markt – einem Markt, auf dem die Konkurrenz kein Erbarmen und die Verbraucher keine Nachsicht kannten – Erfolg haben wollten, keine andere Wahl hatten, als das Beste zu bieten. Ansonsten verlangten sie die höchsten Preise und zahlten die niedrigsten Löhne, mit denen sie überhaupt durchkamen, wobei natürlich beide Größen von der unbestechlichen Logik des Marktes, also völlig gerecht, festgelegt wurden. Als Verfechter des absoluten Laissez-faire-Kapitalismus lehnten sie jede staatliche Unterstützung ab und verwarfen jegliche ökonomisch begründete Anwendung materieller Gewalt – und über ihre Lippen kam niemals, niemals eine Lüge.

Leider machte gerade diese charakterliche Reinheit die Individualisten zu leichten Opfern der Kollektivisten. Als bis ins Mark vernünftige Männer waren sie außerstande, die Gedankengänge irrationaler Geister zu durchschauen, und ihr Selbstvertrauen machte sie blind gegen die Gefahr, die solche Geister darstellten. Wenn ihre strebsamen Bemühungen mit Hohn und Gleichgültigkeit beantwortet wurden, wenn ihr produktiver Eigennutz als »schamlose Habgier« verurteilt wurde, wenn sie von einer Regierung, die »im Interesse des allgemeinen Wohls handelte«, besteuert, reglementiert und ausgeplündert wurden ... taten sie nichts. Sosehr diese Ungerechtigkeit, deren Ursache sie nicht zu ergründen vermochten, sie auch verletzte und verwirrte, sie arbeiteten einfach weiter und akzeptierten jede unverdiente Bürde, die ihnen aufgelastet, jedes Hindernis, das vor ihnen aufgerichtet wurde, um sie in ihrem Fortschritt zu hemmen.

Einige wenige rebellierten. Ein blonder, blauäugiger rationalistischer Philosoph namens Ragnar Danneskjöld packte seinen Aristoteles ein und stach in See, um fortan das Leben eines Freibeuters zu führen; er zog mit seinem supermodernen Piratenschiff kreuz und quer durch den Atlantik und fing »Wohlfahrtsschiffe« auf ihrem Weg zu den europäischen und afrikanischen Volksrepubliken ab. Ellis Wyatt reagierte auf die Einführung der Mehrwertsteuer damit, daß er seine Ölquellen in Brand setzte und verschwand. Der Kupferbaron Francisco d'Anconia gab vor, mit den kollektivistischen Bonzen kooperieren zu wollen, und verwickelte sie dann in ein betrügerisches Bergwerksprojekt, bei dem sie ihr gesamtes gestohlenes Vermögen einbüßten.

Aber der größte Kämpe des Individualismus war ein geheimnisvoller Mann namens John Galt. Während seiner Zeit als Ingenieur bei der inzwischen eingegangenen Twentieth Century Motor Company hatte Galt den »Selbstgenerator« erfunden, einen veritablen technologischen Gral, der statische Elektrizität aus der Atmosphäre aufnahm und sie in nutzbare Energie umwandelte, somit einen praktisch unerschöpflichen Vorrat an sauberer Antriebskraft erschloß: ein echtes Perpetuum mobile. Aber Galt weigerte sich, seine Erfindung, zu welchem Preis auch immer, Tyrannen zu verkaufen, und ganz gewiß würde er sie ihnen nicht umsonst überlassen; als die Chefs von Twentieth Century Motors den Plan ausheckten, das Unternehmen zu kollektivieren, zertrümmerte er den Selbstgenerator und stürmte hinaus, gelobend, er werde »den Motor der Welt anhalten«.

John Galt hatte die Wahrheit erkannt: Die Individualisten trugen, wie Atlas, der Titan der griechischen Sage, die Welt auf ihren Schultern, eine Welt, die Korruption und der fatale Widersinn der altruistischen Ethik immer schwerer gemacht hatten. Die Männer des Geistes irrten sich, wenn sie glaubten, ihre Bürde einfach dadurch erleichtern zu können, daß sie sich *noch* mehr anstrengten. Bestenfalls konnten sie den Zusammenbruch der Zivilisation noch ein, zwei Generationen lang aufhalten – und dabei in Kauf nehmen, daß sie von der Last einer undankbaren Welt erdrückt wurden. Doch das war nicht die Lösung. Atlas, erkannte Galt, mußte die Welt abwerfen. Die Individualisten mußten ihre Unterdrücker bestreiken: ihre Bergwerke und Fabriken schließen, ihre Hochöfen und Schlote ausgehen lassen und fortziehen – nach Atlantis, einem verborgenen Tal in der entlegensten Ecke der Rocky Mountains, einer dem Zugriff der Regierung entrückten utopischen Enklave. Wäre erst das Licht ihrer schöpferischen Fähigkeiten vollständig vom Rest der Welt zurückgezogen worden, so daß den Kollektivisten nichts anderes übrigblieb, als in der Finsternis mit den Zähnen zu knirschen – dann würden endlich alle begreifen, »wer von wem abhängig ist, wer wen unterstützt, wer die Quelle des Wohlstands ist, wer wessen Lebensunterhalt garantiert und was mit wem geschieht, wenn wer alles hinschmeißt«.

Ayn Rands Roman entwarf ein Universum, in dem es nur Schwarz und Weiß gab, ein absolut humorloses Universum – letztlich wohlwollend denen gegenüber, die seine Regeln lernten, aber unnachsichtig gegenüber jedem, der der Wirklichkeit zu entfliehen oder ein Schnippchen zu schlagen versuchte. Zu jeder Frage gab es genau *eine* richtige, objektive Antwort, die die Vernunft zu finden vermochte und die, einmal offenbart, von allen rationalen Menschen als wahr akzeptiert werden würde – mochte die Frage nun naturwissenschaftlicher, ökonomischer oder auch persönlicherer Natur sein. Für die Männer des Geistes entwickelten sich nämlich selbst Herzensdinge nach den Prinzipien der reinen Vernunft. Als Dagny Taggard Hank Rearden kennenlernte, verstand es sich von selbst, daß sie ein Liebespaar werden würden, denn in der strengen Hierarchie der rationalen Denker war Dagny die vollkommenste weibliche Verkörperung des logischen Prinzips und Hank, zumindest in den ersten zwei Dritteln des Buches, der vollkommenste Mann des Verstandes. Dann, auf Seite sechshundertzweiundfünfzig, stand Dagny Taggard, mit ihrem Flugzeug in Atlantis bruchgelandet, endlich John Galt gegenüber, dem rationalsten Menschen auf der ganzen Welt – einem wahrhaften Papst der Vernunft, ernst und unfehlbar. Natürlich gelobte Dagny Galt ewige Liebe und Galt dasselbe ihr; Hank Reardens Status mutierte augenblicklich zu dem eines lieben Freundes. Das machte Hank nicht etwa eifersüchtig. Eifersucht war eine kollektivistische Regung, ein irrationales Verlangen nach einem unverdienten Gut, und Hank Rearden war weder ein Kollektivist noch irrational; ergo war er nicht nur nicht eifersüchtig, sondern sogar *außerstande*, eifersüchtig zu sein. Im Gegenteil, er bewunderte die harmonischere Symmetrie der neuen Paarung genau so, wie er die klaren Linien eines gut konstruierten Wolkenkratzers bewundert hätte. Er erkannte die Logik von Dagnys Wahl und vergoß keine Träne über ihren Verlust.

Auf Seite neunhundertsiebenundzwanzig hatten sich bereits alle Individualisten nach Atlantis abgesetzt – mit einer Ausnahme: Dagny Taggard harrte noch aus und weigerte sich trotz ihrer Liebe zu John Galt, ihre Eisenbahnen im Stich zu lassen. Überall in Amerika aufflammende Ausbrüche von Anarchie und Chaos kündigten das nahende Ende des altruistischen Imperiums an, doch Dagny war weiterhin davon überzeugt, daß der große Zusammenbruch noch abzuwenden sei. Selbst Schurken mußten doch Vernunft annehmen – gewiß würden sie zuletzt die Arme erheben und sagen: *»Es reicht. Ihr hattet absolut recht, wir hatten absolut unrecht. Nicht nötig, uns den Gnadenstoß zu geben.«*

Aber eine solche Kapitulation wäre ein Akt der Vernunft gewesen, und Kollektivisten handelten nicht vernünftig. Selbst nachdem John Galt sich über Rundfunk an die Nation gewandt und in einer achtundfünfzig Seiten langen Rede die Unanfechtbarkeit der dem Streik zugrundeliegenden Logik dargelegt hatte, wollten die Kollektivisten nicht aufgeben. Statt dessen setzten sie Spione auf Dagny Taggard an, und als sie sich heimlich mit Galt traf, verhafteten sie ihn. Sie töteten ihn nicht; sie erkannten, daß er intelligenter als sie war, und versuchten, ihn zum Verrat an seinen Wertvorstellungen zu zwingen und ihn zu ihrem Wirtschaftszar zu machen. Als er sich weigerte, schaffte man ihn ins Staatliche Wissenschaftsinstitut, um mit Hilfe von Dr. Floyd Ferris' elektronischem »Überzeuger« seinen Willen zu brechen. Die Haltung, mit der Galt die nun folgenden Torturen überstand, war von so heldenhaftem Trotz, daß James Taggart (Dagnys böser altruistischer Bruder) eine existentielle Krise erlitt und ins Koma verfiel.

Während James in ein nettes ruhiges Zimmer fortgekarrt wurde, unternahmen die übrigen Individualisten unter Dagnys Führung eine unaltruistische Befreiungsaktion. Die Schläger, die das Wissenschaftsinstitut bewachten, entbehrten so sehr der Fähigkeit zu logischem Denken, daß sie sich nicht darüber schlüssig werden konnten, ob sie sich zur Wehr setzen sollten oder nicht, und konnten daher mit Leichtigkeit überwältigt werden. Galt wurde befreit; eine Flotte von Privatflugzeugen trug die ganze Gesellschaft von Helden zu einem Siegesfrühstück nach Atlantis. Als sie New York überflogen, sahen sie, daß alle Lichter der Riesenstadt erloschen waren: das endgültige Zeichen der Niederlage der Kollektivisten. Der Motor der Welt war angehalten worden; nach einer Zeit der Ruhe würden die Männer des Geistes aus dem Exil zurückkehren und die Zivilisation im Einklang mit ihren gerechten und wahren Grundsätzen wiederaufbauen. Ende.

»Jesus«, sagte Joan, als John Galt den Schlußsegen erteilte und mit der Hand das Dollarzeichen über der wüst darniederliegenden Erde machte. Sie lachte, klappte das Buch zu und musterte ein paar Augenblicke lang das Porträt, das auf dem Rückendeckel abgedruckt war. »Wer *ist* diese Frau?«

»Nun?« sagte Archie. »Wie war's?«

Zwei Monate waren vergangen. Die Diskussions- und Empfindlichkeitsverordnung war über die Weihnachtsferien still und leise wieder außer Kraft gesetzt worden, und Archie hatte von einem anonymen Verehrer eine echte, von Charlton Heston signierte Rebellenfahne zugeschickt bekommen, die nun wie ein Baldachin über seinem Bett hing. Joan lag ausgestreckt darunter und starrte zum blauen Andreaskreuz empor. Sie zündete sich eine Zigarette an.

»Zwick mich, wenn ich irgendwo eine Pointe nicht mitbekommen hab«, sagte Joan, »aber das Buch hier ist *nicht* als Jux gemeint, stimmt's? Es ist keine unglaublich untertriebene Satire?«

Archie schüttelte den Kopf. »Rand ist eine Prä-Glasnost-Exrusski, und die pflegen keine Witze zu machen. Und zum Understatement neigen die auch nicht gerade ... Wenn sie im Nachwort sagt: ›*Und das ist mein Ernst*‹, dann kannst du jede Wette darauf eingehen, daß es ihr Ernst ist.«

»Jesus ... dann ist das also wirklich ...«

»Wirklich was?«

»Das Anti-*Kommunistische Manifest*«, sagte Joan. »*Das Kapital* für Kapitalisten, mit Verfolgungsszenen und Sexeinlagen aufgemotzt ...«

»Hmm«, sagte Archie. »So könnte man's vermutlich charakterisieren. Obwohl Rand weder den Klassenkampf noch überhaupt irgendeine Form von Gewalt predigt, und sie hat auch nichts gegen das Proletariat –«

»– solange selbiges spurt, klar«, sagte Joan. Sie lachte wieder.

»Mann. Penny Dellaporta würde das große Kotzen kriegen, wenn sie das läse.« Und das gleiche, das wußte Joan, galt auch für eine Menge Konservative. Rands rationale Kapitalisten waren natürlich *gottlose* Kapitalisten, die Religion, Hurrapatriotismus und traditionelle Familienwerte nicht weniger verachteten als Gewerkschaften und staatliche Almosen.

»Aber was hältst *du* von dem Buch, Joan?« fragte Archie.

»Ich? Meine Meinung willst du wissen? Ich meine, daß die Rand eine Spinnerin ist – aber eine *unterhaltsame* Spinnerin.« Joan sah sich das Umschlagfoto noch einmal an. »Sie lebt nicht mehr, oder? Ich würd sie wahnsinnig gern reden hören ... oder noch besser, eine hübsche lange Diskussion mit ihr führen.«

»Und ich würd direkt Eintritt zahlen, um mir die Debatte anhören zu können«, sagte Archie, der das Funkeln in Joans Augen gesehen hatte. »Aber du hast sie knapp verpaßt. Sie ist 82 gestorben, im selben Jahr, als du geboren wurdest.«

»Lungenkrebs?« tippte Joan. Der Tabakanbau war eine von Atlantis' ersten und wichtigsten Industrien gewesen.

»Sie ist wegen Lungenkrebs operiert worden, aber ich glaube, es war das Herz, woran sie schließlich gestorben ist.«

»Und wie alt war sie da?«

»Siebenundsiebzig, achtundsiebzig, so um den Dreh rum.«

»Wenn sie also 82 siebenundsiebzig war, dann dürfte sie, äh –«

»1905«, sagte Archie. »Sie wurde in Sankt Petersburg geboren. Eigentlich hieß sie Alice Rosenbaum, und ihr Papa, Fronz, hatte eine Drogerie, die 1917 von den Bolschewiken verstaatlicht wurde. Die Familie tauchte unter und hielt sich ein paar Jahre lang auf der Krim versteckt, in der Hoffnung, daß die Weißrussen die Revolution zurückschlagen würden, aber Pech gehabt. Schließlich kehrten sie nach St. Pete zurück und zogen in eine winzige Wohnung in einem Mietshaus, das ihnen früher einmal gehört hatte. Kein fließendes Wasser, kein Strom, und sie mußten sogar ein paar Parteigenossen bestechen, damit sie da überhaupt wohnen durften.«

»Und wie ist ihnen die Flucht nach Amerika gelungen?«

»Gar nicht«, sagte Archie. »Rand war die einzige, die rausgekommen ist. Um die Mitte der zwanziger Jahre haben die Sowjets die Ausreisebeschränkungen ein bißchen gelockert; sie hat's irgendwie geschafft, einen Paß zu kriegen und die Erlaubnis, irgendwelche seit langem verschollenen Verwandten in Chicago zu besuchen. Hat ihre Koffer gepackt, ihren Leuten lebwohl gesagt und ist nach den Staaten abgedampft.«

»Und nie wieder zurückgekehrt.«

»Genau.«

»Hat sie ihre Familie je wiedergesehen?«

»Eine Schwester, fünfzig Jahre später. Ihre Eltern und ihre andere Schwester kamen im Zweiten Weltkrieg um, während der Belagerung von Leningrad.«

»Hm.«

»Was Rand angeht – sie hatte schon mit neun Jahren beschlossen, daß sie Schriftstellerin werden würde. Einer ihrer Chicagoer Onkel besaß ein Kino, also verbrachte sie ihre ersten paar Monate in den Staaten vor der Leinwand, sah sich Stummfilme an, lernte Englisch aus den Zwischentiteln, und als sie meinte, genug aufgeschnappt zu haben, um Exposés hinzukriegen, zog sie weiter nach Westen, nach Kalifornien, um ihr Glück als Drehbuchautorin zu versuchen.«

»Einfach so?« sagte Joan. »Grad ein paar Monate vom Schiff runter, und sie –«

»Hey«, sagte Archie, »es hat hingehauen. Sie war noch keine zwei Tage in Hollywood, da hat Cecil B. DeMille sie gesehen, wie sie vor dem DeMille-Studio vorbeischlenderte, und hat ihr angeboten, sie auf dem Set seines neusten Films herumzuführen: ein Bibelschinken mit dem Titel *King of Kings.* Als er erfuhr, daß sie Arbeit suchte, hat er sie als Statistin eingestellt, und später, als *King of Kings* abgedreht war, als Skriptassistentin.«

»Die Rand war Statistin in einem Bibelfilm?« Joan lachte. »Was hatte sie denn für ne Rolle?«

»Römische Aristokratin, glaub ich. Zuschauerin bei der Kreuzigung.«

»Hmm.«

»Ja. Und auf dem Kreuzweg hat sie ihren späteren Ehemann kennengelernt. Sie hatte mit dem Schauspieler geflirtet, der den Judas abgab, aber dann sah sie diesen Kleindarsteller in Tunika und Toga, Frank O'Connor hieß der, und verliebte sich auf den ersten Blick in ihn. Während des Drehs von Christi letztem Gang stellte sie ihm kurzerhand ein Beinchen – O'Connor, nicht Christus –, und so kamen sie miteinander ins Gespräch, und ehe es Abend wurde, hatte sie beschlossen, daß sie ihn heiraten würde, was sie schließlich auch getan hat. Und auf die Art hat sie auch die amerikanische Staatsbürgerschaft bekommen.«

»Die hat sie sich *erheiratet*? Aber hatte sie denn kein politisches Asyl beantragt?«

»Wir reden von den zwanziger Jahren, Joan«, erinnerte Archie sie. »Die Einwanderungsquote für mittellose russische Juden war eine negative Zahl. Bloß um ein Touristenvisum zu kriegen, hatte sie dem amerikanischen Konsul in Litauen vorschwindeln müssen, sie hätte einen Verlobten in Leningrad.«

»Heißt das also, daß Ayn Rand eine illegale Einwanderin war?«

»Nein, eingereist ist sie auf legalem Weg. Als Besucherin – die dann eine Möglichkeit gefunden hat, zu bleiben und Erfolg zu haben.«

»Hmm. Und wie lange hat sie dazu gebraucht, Erfolg zu haben? Ist sie beim Drehbuchschreiben geblieben, oder hat sie damit aufgehört und mit Romanen angefangen, oder –«

»Sie hat's mit beidem versucht, jahrelang. Aber der eigentliche Durchbruch kam erst, als *Der ewige Quell* erschien und durch Mundpropaganda zum – später auch verfilmten – Bestseller wurde, und das war erst Anfang der vierziger Jahre. Während des größten Teils der Depression standen sie und Frank finanziell auf äußerst wackligen Beinen, und beruflich mußte sie einen Haufen Enttäuschungen einstecken: Ihr erstes Originaldrehbuch wurde zwar angenommen, aber nie produziert, und ihr erster richtiger Roman, *We the Living*, wurde nach einer vernichtenden Kritik der *New York Times* sofort aus dem Sortiment genommen.«

»Warum wurd's denn verrissen?«

»Zu politisch unkorrekt«, sagte Archie. »*We the Living* handelt von einer Frau, die in Sowjetrußland um das Leben ihres Geliebten kämpft. Der Rezensent der *Times* bezeichnete das Buch als übelste antisowjetische Propaganda, meinte, Rand habe den edlen Charakter des sozialistischen Experiments mit Schmutz beworfen.«

»Das hat ein *Times*-Rezensent geschrieben?«

»Ganz recht. Ne Menge Leute vergessen das wegen dem ganzen Aufstand um den McCarthyismus, aber in diesem Land hat es zu einem bestimmten Zeitpunkt eine durchaus ernstzunehmende kommunistische Bewegung gegeben. In den dreißiger Jahren konntest du in Hollywood wegen *anti*kommunistischer Umtriebe auf die schwarze Liste kommen, und Rand hatte eine Weile Probleme damit, Arbeit zu bekommen, weil sie sich zu offen über die realen Aspekte des ›edlen Experiments‹ äußerte. Und just während all die amerikanischen Marxisten in fest geschlossenen Reihen für den Sieg der Komintern eintraten, arbeitete Roosevelt im Rahmen des New Deal daran, Landwirtschaft, Banken und andere Industriezweige in stärkerem Maße unter die Kontrolle der Bundesregierung zu bringen. Was verglichen mit Stalins Massenmord an den Kulaken eine Kleinigkeit gewesen sein mag, aber trotzdem kannst du dir wohl vorstellen, wie das aus Rands Perspektive ausgesehen haben muß.«

Joan nickte. »Daher also *Atlas wirft die Welt ab.*«

»Hat wahrscheinlich ne ganze Menge damit zu tun, sicher«, sagte Archie. »Wenn dir ihre Verteidigung des Kapitalismus also irgendwie spinnert vorkommt, mußt du ihr zugute halten, daß sie ihre Gründe hatte.«

»Na ja, die hatten die Bolschewiken auch«, sagte Joan, »aber daß sie Gründe hatten, bedeutete nicht, daß sie auch recht hatten. Wenn die Diktatur des Proletariats auch nicht so gut funktioniert hat, ein Pantheon von olympischen Industriellen würd's genausowenig bringen.«

»Ja, na ja ... also wenn ich mich für eins von beiden entscheiden müßte, wüßt ich schon, was ich wählen würde.«

»Wenn du dich für eins von beiden entscheiden müßtest, Archie, dann würdest du keins von beiden wählen. Du würdest Marx und Rand sagen, die möchten sich beide einsalzen lassen, und dein eigenes Manifest schreiben – und das gleiche würd *ich* tun.«

Archie grinste. »Natürlich«, sagte er, »würde meins das wahre Manifest sein.«

»Aber natürlich«, sagte Joan. »Zumindest in den Punkten, in denen es mit meinem übereinstimmen würde.« Sie blickte noch einmal auf das Umschlagfoto. »Weißt du, es ist wirklich zu schade, daß sie tot ist…«

»Was soll's, Joan«, sagte Archie, »wenn dir wirklich was dran liegt, sie kennenzulernen, bleibt ja immer noch das Jenseits.«

»Jenseits? Aber Rand war Atheistin, nicht?«

»*Du* glaubst doch auch nicht an Gott, oder? Ungeachtet deines religiösen Vokabulars.«

»Ich glaube nicht an den *Papst*«, sagte Joan. »Bei Gott bin ich mir da nicht ganz so sicher.«

»Also, als ich das letztemal in meinem Katechismus nachgeschlagen hab«, sagte Archie, »kamen Atheisten und Unentschiedene beide an denselben Ort. Es sei denn, Gott ist doch son pflaumenweicher Menschenfreund, der absolut jeden in den Himmel reinläßt. So oder so müßtet du und Rand mehr als genug Zeit haben, euch kennenzulernen. Und wer weiß, Joan – vielleicht würdest du da, wo du hinkommst, nicht mal ein Feuerzeug brauchen.«

2023: Kriegsgeschichten und ein Anruf von Lexa

Ayn Rand sagte: »Sie haben keinen rechten Arm.«

Kite saß zusammen mit dem Steinernen Mönch am Küchentisch und pusselte an Hoovers magischer Schachtel herum. Sie und Joan hatten während der ganzen Zugfahrt von Atlantic City zurück versucht, sie aufzukriegen, aber ohne Erfolg; ein zweiter Versuch, während des Abendessens, hatte gleichfalls mit Frustration geendet, worauf Joan sich eine anderweitige Beschäftigung gesucht hatte und Kite ins Bett gegangen war. Bei Sonnenaufgang wieder aus den Federn, hatte sie beschlossen, es noch einmal zu probieren, und hatte tatsächlich gewisse Fortschritte gemacht. Oder zumindest ergaben die verschiebbaren Plastikplättchen jetzt ein anderes Muster als zu Anfang.

Kite warf einen Blick auf die Elektro-Lampe, die auf der Mikrowelle stand. Sie fragte sich, was die plötzliche Bemerkung veranlaßt haben mochte; Ayn hatte ihr seit über einer Stunde vollkommen schweigend zugesehen.

»Hut ab vor Ihrer Beobachtungsgabe«, entgegnete sie.

»Es ist technisch ohne weiteres möglich«, sagte Ayn, »ein solches abgetrenntes Glied zu ersetzen.«

»Wenn man das Geld dazu hat, ohne weiteres. Und den Wunsch.« Kite zuckte die Achseln. »Ich bin seit meinem dreiundzwanzigsten Lebensjahr ohne ausgekommen, Miss Rand. Jetzt wär's den Aufwand kaum noch wert.«

»Kein vernünftiger Mensch würde freiwillig ein Krüppel bleiben.«

»Dann bin ich wohl nicht vernünftig.«

Ayn stieß einen unwirschen Rauchring aus. »Und wodurch haben Sie Ihren Arm verloren?«

»Mangel an Vernunft. Es gab einen Krieg. Ich hab mich freiwillig gemeldet.«

Der Steinerne Mönch grunzte; es konnte auch ein Schmunzeln gewesen sein. Der Steinerne Mönch hatte in Syrien das Gesicht verloren und hielt die beschädigte Stelle, die nicht einmal die moderne Wissenschaft zu reparieren vermocht hatte, unter einem um den Kopf geschlungenen Tuch versteckt. Seine Hände waren allerdings noch so gut wie neu. Als Kite ihre Arbeit unterbrach, um sich eine Zigarette zu drehen, nahm er ihr die magische Schachtel ab und untersuchte sie mit den Fingerspitzen.

»Zu Beginn der Kriegshandlungen war ich im zweiten Michigan-Regiment«, sagte Kite. »Hab als Sanitäter angefangen – als *männlicher* Sanitäter. Und mein erster Hilfssanitäter war ein Chinese, ein Untergefreiter namens Ting Lao ...«

»Untergefreiter?«

»Na ja, das war ein besonderer Dienstgrad, den sie extra für ihn erfunden haben. Weil er Chinese war. In Flint, Michigan, geboren, aber chinesisch anzusehen, und die Leute haben damals ganz schön hingesehen. Beinah hätten sie ihm überhaupt keinen Dienstgrad gegeben, aber ich glaub, ein paar von den Jungs im Blauen Offizierskorps hielten das wohl für wahnsinnig komisch, wie einem Murmeltier eine Hose anzuziehen, also haben sie eine blaue Uniformjacke genommen, einen halben Winkel drauf genäht und sie ihm gegeben.

Mein großer Fehler – mein zweiter großer Fehler, nachdem ich mir eingebildet hatte, der Krieg würde ein tolles Abenteuer werden – war, daß ich Lao wie ein menschliches Wesen behandelt hab. Ich hatte noch nie vorher einen Asiaten gesehen, und ich garantiere Ihnen, daß er wirklich was von einem großen Nagetier hatte (fand ich damals jedenfalls), aber ich hielt das irgendwie nicht für einen zureichenden Grund, ihn zu quälen. Anders als gewisse andere Angehörige unserer Befreiungsarmee behandelte ich ihn freundlich und respektvoll, und zum Dank verliebte sich der kleine Bastard in mich.

Als ich beschloß, vom Sanitätsdienst zur Infanterie zu wechseln und mich an die Front meldete – Fehler Nummer drei –, blieb Lao bei mir. ›Großer Bruder Thompson‹, nannte er mich. Während unseres ersten Gefechts hielt er sich hinter mir versteckt wie ein Gewitterbeobachter hinter einem Windschutz, was ich ihm nicht verdenken kann. Wenn Sie einen guten Eindruck von irrationalem Verhalten bekommen wollen, Miss Rand, sollten Sie sich mal eine Reihe von erwachsenen Männern ansehen, die wie die Hammel in ein Sperrfeuer von Miniékugeln und Geschützmunition marschieren. An dem Tag hab ich fünfzig Männer sterben sehen, darunter einen in nächster Nähe, durch einen Bajonettstich, und damit hat der Krieg jede Romantik, die ich ihm vorher angedichtet haben mochte, endgültig verloren.

Ich spielte mit dem Gedanken zu desertieren. Es wäre leicht genug gewesen, Waffen, Uniform und Hose abzulegen und das Lager als Frau und Zivilistin zu verlassen. Ich würde gern behaupten, daß es mein Glaube an die Gerechtigkeit unserer Sache war, was mich zum Bleiben veranlaßte, aber die Wahrheit ist ein undurchsichtigerer Mischmasch von Motiven, von denen manche weniger edel waren als andere. Nicht zuletzt lag's natürlich auch daran, daß es schwerfällt, ein Abenteuer aufzugeben, selbst nachdem es sich als eine trügerische Farce entpuppt hat.

Ich desertierte nicht; allerdings wechselte ich, mehr als einmal, die Einheit, um nicht entlarvt zu werden. Das erstemal war im Spätherbst 61, als einer meiner Waffenbrüder mich während des abendlichen Essenfassens ein bißchen zu genau ansah. Die Tatsache als solche, daß ich weiblichen Geschlechts war, störte ihn nicht allzusehr, aber es machte ihn rasend, während der sechs Monate unserer, wie er geglaubt hatte, ehrlichen Freundschaft getäuscht worden zu sein. Wenn ich ihm Zeit zum Nachdenken gelassen hätte, hätte er mich wahrscheinlich nicht verpfiffen, aber ich war übervorsichtig... und -gschamig. Wir kampierten damals zusammen mit einem anderen Regiment, und an dem Morgen, als die Zelte abgebrochen wurden, verschrieb ich mir eine inoffizielle Versetzung. Der getreue Lao versetzte sich mit.

Es vergingen drei mörderische Jahre; Lao hing an meinen Rockschößen und ließ sich durch Feuer und Schlamm, durch jeden Wechsel von Waffengattung und Abzeichen mitschleifen. Im Sommer 64 waren wir mit einer Nachrichtentruppe im nördlichen Georgia stationiert, wo wir bei der Belagerung von Atlanta Shermans Flanke decken sollten. Unsere Hauptaufgabe war theoretisch die Luftaufklärung, aber Graue Heckenschützen hatten unsere beiden Beobachtungsballons zerstört. Nathan Bedford Forrest setzte unseren Nachschubverbindungen schwer zu, und es hätte viele Wochen dauern können, bis wir Ersatzballons bekamen; Lao jedoch wählte zu meinem Unglück diesen Augenblick aus, um seine angeborene Findigkeit zu offenbaren.«

»Der Osten!« warf Ayn plötzlich ein. »Eine Brutstätte von Mystik und irrationaler Philosophie. Buddhismus. Schlangenbeschwörung. Sojabohnenzucht...«

»Ja, na ja, sehen Sie, das Problem war, daß Lao durchaus einen rationalen Kopf hatte, zumindest was primitive Aerodynamik anbelangte. Er hatte eine magische Schachtel, so ähnlich wie diese hier, die er als eine Art Miniaturfeldkiste benutzte, und da drinnen hatte er außer ein paar persönlichen Dingen mehrere chinesische Konstruktionspläne, von irgendwelchen Urahnen auf Reispapier gezeichnet. Er nahm diese Pläne und ging damit zu unserem Kommandeur, der betrüblicherweise gerade in Zuhörlaune war.

Lao zufolge hatte die kaiserlich chinesische Armee bereits tausend Jahre vor den Gebrüdern Montgolfier Luftaufklärung praktiziert: allerdings nicht mit Hilfe von Ballons, sondern von Drachen, groß genug, um einen Bogenschützen in den Himmel über einem Schlachtfeld zu tragen. Natürlich war die westliche

Methode besser, beeilte er sich hinzuzufügen, aber konnten wir in einer solchen Notlage nicht auf primitive Ch'inzeitliche Techniken zurückgreifen?«

»Drachen?« sagte Ayn. »Sie meinen, Drachen, wie Kinder sie steigen lassen?«

»Größer«, sagte Kite. »Unserer hatte eine Spannweite von fünf Metern und eine Länge von zweieinhalb, und konstruiert war er aus Decken, Packdraht und Holzlatten, die wir aus geplünderten Herrenhäusern hatten mitgehen lassen; daran wurde ein Schlepptau befestigt, so daß zwei Dutzend Männer anpacken und das Ding starten konnten. Mit einer Kartoffelwaage wollten wir ermitteln, wer der leichteste von uns war und also mit dem Ding aufsteigen würde. Man hätte meinen können, Lao sei's gewesen, der einen Kopf kleiner als der kleinste anwesende Vollgefreite war, aber Lao war *breit*, und ich vermute, daß er schwere Knochen hatte; die tiefen Fußstapfen, die er im Schlamm hinterließ, bewiesen einwandfrei, daß es ihm von Mutter Natur nicht vorbestimmt gewesen war, je den Erdboden zu verlassen. Wie sich herausstellte, qualifizierten sich elf von uns als Federgewicht – das Laufgewicht der Waage ließ sich nur in 10-Kilo-Sprüngen verschieben –, aber unter diesen elf galt ich als der beste Schütze und folglich als derjenige mit den besten Augen. Also wurde ich für den Testflug ausgewählt.«

»Und diese Konstruktion ist geflogen?« fragte Ayn mit aufgerissenen Augen. »Mit Ihnen an Bord?«

»›Drangebunden‹ trifft's eher. Unser Captain lieh mir für die Dauer des Fluges seinen Revolver, obwohl ich, kruzifixmäßig am Querbalken des Drachens festgezurrt, gar nicht nach dem Holster greifen konnte. Das Startkommando wurde erteilt: Eine Gruppe von Männern stemmte den Drachen vom Boden, eine zweite Gruppe packte das Tau und rannte los, der Wind frischte zuvorkommend auf. Einen Augenblick später schwebte ich in der Luft.«

»Wie wunderbar!«

»Hat sich was, wunderbar. Ich war kaum über den Bäumen, da ist das Schlepptau gerissen. Mittlerweile wehte eine ausreichend stetige Brise, so daß ich weiter aufstieg, fünfzig, hundert Meter und mehr; das letzte, was ich sah, bevor Wolken mich verschluckten, war dieser verdammte Chinese, der auf mich zeigte und ›*Kite! Kite!*‹ schrie, ›Drachen, Drachen!‹, als hätte er grad im Lotto gewonnen. Ich will ja nicht nachtragend sein, aber ich hoffe, sie haben den kleinen Hamster degradiert.

Der Wind kam aus Südwesten, aber den größten Teil des Fluges war ich von einer weißen Suppe umgeben und ohne jede Orientierung. Und kalt war's; der Sommer reicht nur ein kurzes Stück über den Erdboden. Als die Wolken mich, bibbernd und jetzt wirklich blau, endlich wieder ausspuckten, hatte ich mehrere Staatsgrenzen überquert und flog gerade über den Carolina-Appalachen. Was mich anging, hätt's genausogut New Hampshire sein können. Die Thermik trug mich noch ein Stückchen weiter und wärmte mich ein bißchen auf, aber nicht so sehr, daß ich aufgehört hätte zu zittern; ich machte mir schon Hoffnungen, auf einem Tabakfeld niederzugehen, so daß ich was zu kauen haben würde, während meine gebrochenen Knochen wieder zusammenwuchsen, aber mein chinesischer Hängegleiter landete zu kurz, in einem kleinen Gehölz. Und da baumelte ich also von den oberen Zweigen einer Platane, bis ich eine Stunde später von einem weißen Offizier und zwei Dutzend Cherokee in Grau entdeckt wurde.«

»Cherokee?« sagte Ayn.

»Die Südstaatenversion von ›vierzig Morgen und ein Muli‹, Miss Rand. Jefferson Davis versprach, den Fünf Zivilisierten Nationen das Gebiet des heutigen Oklahoma zu überlassen und dazu Sitze im Konföderierten Kongreß, wenn sie ihm helfen würden, den Krieg zu gewinnen. Viele dieser Indianer hatten selbst Sklaven, so daß sie über diese Anreize hinaus auch ein gemeinsames Interesse mit dem Süden hatten.

Die, die mich Drachenbrüchige fanden, waren als das ›Standing Bear Platoon‹ bekannt, und ihr weißer Vorgesetzter war Captain Chester Baker aus Alabama. Chester war das, was man zu Ihrer Zeit höflich als ›einen eingefleischten Junggesellen‹ bezeichnet hätte und zu meiner Zeit überhaupt nicht – weder höflich noch sonstwie – zu bezeichnen wagte, was ihn aber, glaub ich, nicht daran hinderte, nach dem Krieg zwecks Zeugung eines Sohns zu heiraten. Chesters Vater war ein höheres Tier in der Davis-Regierung und hatte das Cherokee-Kommando zusammengestellt, um dafür zu sorgen, daß sein Junge nicht in Schwierigkeiten geriet, und um der Familie soweit wie möglich Peinlichkeiten zu ersparen. Chester war nämlich eine etwas schillernde Gestalt, und die graue Paradeuniform brachte die Tunte in ihm nur um so besser zur Geltung.

Sie holten mich vom Baum runter und verarzteten meine Schürfwunden. Mein Waffenrock war vom Geäst zerrissen worden, also lieh mir Chester seine Ersatzuniform. Er ließ mir sogar meinen Revolver, nachdem ich versprochen hatte, daß ich nicht damit auf ihn schießen würde. Meine Geschichte faszinierte ihn sichtlich, auch wenn er behauptete, er könne nicht glauben, wie jemand mich für einen Mann habe halten können. ›Ihr Gesicht strahlt buchstäblich Weiblichkeit aus‹, sagte Chester zu mir. ›Für eine so glatte Haut könnte ich einen *Mord* begehen!‹ Jetzt verstehen Sie, warum er bei den Südstaaten-Aristokraten als schräger Vogel galt. Trotzdem freute ich mich über das Kompliment und rief es mir in späteren Jahren häufig ins Gedächtnis zurück, wenn ich gerade versuchte, einen Mann einhändig zu verführen. Behinderte brauchen irgendeine Kompensation, und meine war, daß ich glaubte, ich sei imstande zu *strahlen.*

Ich erzählte meine Geschichte, Chester und der Häuptling der Cherokee, Mankiller, erzählten die ihre. Wie sich herausstellte, hatte sich das Standing Bear Platoon verirrt, genau wie ich, nachdem es während eines Scharmützels mit Unionstruppen von seinem Regiment getrennt worden war. Jetzt, in der Sicherheit der Wälder Carolinas, hatten sie es überhaupt nicht mehr eilig, sich wieder mit dem Hauptkontingent zu vereinigen – sie hatten das Kämpfen genauso satt wie ich, und Mankiller und seine Leute hatten mittlerweile begriffen, daß sie, egal, wer den Krieg gewann, so oder so um ihre Landzuweisung gelinkt werden würden.

Wir überlegten uns, daß wir dort, in diesen Wäldern, das Ende des Krieges abwarten könnten. Wir hatten Lebensmittel, Trinkwasser aus einem Bach und genug Holz für Feuer und um uns Hütten zu bauen. In unseren jeweiligen Armeen würde uns niemand vermissen – höchstens Chester würde sich am Schluß irgendeine Geschichte für seinen Vater ausdenken müssen. Wir beschlossen, die Idee erst einmal zu überschlafen, schlugen unser Nachtlager auf, und zum erstenmal seit fast dreieinhalb Jahren bekam ich eine ordentliche Mütze Schlaf. Ich ratzte bis Mittag des nächsten Tages durch. Wachte erfrischt auf, trank eine Tasse Konföderiertenkaffee – Mankiller hatte ihn aus Flußmoos und Kräutern gebraut – und zog dann allein los, um mal für kleine Mädchen zu gehen.«

Der Steinerne Mönch schnalzte mit dem, was von seiner Zunge übrig war.

»Ich weiß«, sagte Kite. »Verstoß gegen das Reglement ... aber nach all dem, was ich durchgemacht hatte, meinte ich irgendwie das *Recht* zu haben, die Zügel ein wenig schleifen zu lassen. Und natürlich, kaum hatte ich ein ruhiges Plätzchen gefunden und mich mit runtergelassener Hose hingehockt, da tauchte er auch vor mir auf: ein schwarzer Soldat in Blau, mit den grünsten Augen, die ich je bei einem Afrikaner gesehen hatte. Mit grünen Augen und einem Säbel. Keinerlei Gruß oder Warnung, keine Chance für mich, die Sache zu erklären oder mich zu ergeben, er stürzte sich einfach auf mich und hackte zu.

Natürlich wäre ein glatter Schnitt zuviel verlangt gewesen. Seine Klinge war schartig. Sie drang durch Ärmel und Muskel, aber nur halb durch den Knochen. Ich spar mir den Versuch, den Schmerz zu beschreiben; ich könnte mir vorstellen, daß eine Gewehrkugel im Bauch leichter auszuhalten gewesen wäre. Das einzig Positive an der Sache war, daß dieser Typ Linkshänder war, genau wie ich, so daß der Hieb von links nach rechts verlief und in meinen rechten Arm ging. Mein Revolver lag links neben mir auf dem Boden; als ich dem Schlag seitwärts auszuweichen versuchte, landete meine gute Hand auf dem Schießeisen. Das ist der einzige Grund, warum ich noch am Leben bin.

Er zog den Säbel wieder raus – noch mehr Schmerz, Blut den ganzen Arm runter, daß der graue Ärmel rotschwarz wurde –, und mir schwante, daß der nächste Hieb mich an Hals oder Schlüsselbein treffen würde, und dann gute Nacht. Es war eine reine Reflexhandlung: Ich hob die Kanone, spannte den Hahn, zielte direkt zwischen diese grünen Augen. *Ein* Schuß.«

Kite mißhandelte die noch immer nicht angezündete Zigarette zwischen Daumen und Zeigefinger; Tabakkrümel und Papierfetzchen rieselten auf die Tischplatte. »*Ein* Schuß«, wiederholte sie. »Komisch, was mir an der Angelegenheit immer am meisten zu schaffen gemacht hat, war nicht so sehr das Töten an sich, als die Tatsache, daß er nie erfahren hat, daß wir beide auf derselben Seite standen. Und dann natürlich, kaum daß ich abgedrückt hatte, Gewehrschüsse von allen Seiten, und Blau und Grau eilten den Gefallenen zu Hilfe. Vierundzwanzig Cherokee ohne Land, die auf Gott weiß wie viele rachedurstige Freigelassene drauflosballerten, und alles nur, weil eine Kanadierin sich den falschen Ort zum Pinkeln ausgesucht hatte. Das sind so die Sachen, die mich am Begriff des gerechten Krieges zweifeln lassen. Und dann die Krönung des Ganzen: Chester Baker erreichte mich unter einem Kugelhagel von Sperrfeuer und schleifte mich in Sicherheit ... am verdammten falschen Arm.«

»Verzeihung«, sagte Ayn. »Daß ich Sie richtig verstehe: Wann hat sich das Ganze zugetragen? Wiederholen Sie bitte die Jahreszahl.«

»Vierundsechzig«, sagte Kite. »Achtzehnhundertvierundsechzig. Am ... ich glaube, dreißigsten August. Die Amputation wurde noch am selben Tag vorgenommen. Als die erste Pause im Gefecht eintrat – bei den Cherokee hatte es vier Tote und sieben Verwundete gegeben –, zogen wir uns zurück. Chester führte uns zu einem Haus, irgendwo weiter oben im Tal, aber an nähere Einzelheiten des Marsches kann ich mich nicht erinnern, ebensowenig, ob der Mann, der mich dort operierte, ein Arzt oder ein Zimmermann war. Er benutzte eine Metallsäge, um zu vollenden, was der Säbel begonnen hatte. Mankiller flößte mir zur Betäubung Apfelwein ein, aber das brachte nicht viel. Und die mangelhaften Manieren meines holzverarbeitenden Feldschers waren auch keine große Hilfe: Er schnitt mir gerade als präoperative Maßnahme die Uniform herunter, da brüllte er plötzlich los: ›Mein Gott, der hat ja Titten!‹ Das werd ich nie vergessen ... ebensowenig das erste Knirschen der Säge.«

»Aber das ist nicht möglich«, sagte Ayn.

»Bitte, was?«

»Wenn meine innere Uhr nicht falsch geht, ist das heutige Datum der 1. November 2023.«

»Das stimmt.«

»Aber wenn Sie achtzehnhundertvierundsechzig operiert wurden, sind –«

»Geht *das* schon wieder los!« fauchte Kite, wütend, eine solche Erinnerung – und wenn auch nur von einem Hologramm – angezweifelt zu wissen. »Ja, ich bin hunderteinundachtzig Jahre alt. Na und?«

»Kein Mensch kann so lange leben.«

»Ich leb ja wohl, oder?«

»Es widerspricht allen Gesetzen der Logik.«

»Ich leb ja wohl, oder?«

»Sie –«

Das Telefon klingelte.

»Geh ran«, sagte Kite, nicht traurig über die Unterbrechung. Ein Lautsprecher schaltete sich ein, und Lexas Stimme ertönte aus einem Rauschen von atmosphärischen Störungen: *»Joan?«*

»Ihre rechte Hand«, erwiderte Kite. »Die Verbindung ist schauderhaft, Schätzchen.«

»Kite! Hi! Ich weiß ... das Gespräch läuft über ziemlich kreative Kanäle.«

»*Damit* die Polizei nichts zurückverfolgen kann?«

»Sagen wir einfach, ich möchte einen schönen Ferienort nicht dadurch verderben, daß zu viele Leute erfahren, wo er ist. Joan in der Gegend?«

»Schläft noch, oder liegt zumindest noch im Bett ... nein, wart mal, ich hör was im Flur. Müßte gleich hier sein.«

»Weißt du, ob sie mit ihren Recherchen weiterkommt?«

»Ich helf ihr dabei. Und rechne mit einem Haufen Knete, wenn wir Belastungsmaterial gegen jemand Interessantes auftun. Wir haben eine Spur, aber wir wissen noch nicht genau, worin sie eigentlich besteht ...«

»Morgen«, sagte Joan und kam im Bademantel in die Küche geschlurft. »Hat jemand ne Kippe?«

»Joan?«

Joan starrte auf das Telefon. »Lexa?«

»Wer ist es, Joan?«

»Wer ist wer, Lex?«

»Du hast diesen Ton in der Stimme. Den Ton, der besagt: ›Ich kann gar nicht glauben, neben wem ich grade aufgewacht bin, und ich bin mir nicht sicher, ob ich das vor dem Frühstück mit meinen politischen Über-

zeugungen vereinbaren kann, aber leid tut's mir eigentlich nicht.‹ Wer ist es? Irgendein Republikaner, den du bei deinen Nachforschungen kennengelernt hast?«

»Fühlst du dich heute morgen besonders übersinnlich veranlagt, Lexa?«

»Du weichst mir aus, Joan. Er muß entweder wirklich reich oder wirklich konservativ sein. Oder beides.«

»Also ...«

Harry Gant rief vom Ende des Flurs her: »Joan, weißt du, wo ich meine Schuhe hingetan hab? ... Hoppla! Schon gut! Gefunden!«

Lexas Lachen knisterte durch den Äther. *»Natürlich«*, sagte sie. *»Weißt du, ich hatte mich schon gefragt, wann's passieren würde.«*

»Er ist gestern nacht gegen halb zwölf mit Rosen und Champagner aufgekreuzt«, sagte Joan, »und glaub's oder nicht, aber wir haben gar nichts getan, außer nebeneinander im Bett zu liegen und zu reden.«

»Und, ist es euch schwergefallen?«

»Es ist uns furchtbar schwergefallen – an einem bestimmten Punkt. Es ist ziemlich lang her. Aber wir hatten nur ein halbes Glas Champagner getrunken, da haben wir gedacht, vielleicht sollten wir uns das ein bißchen gründlicher überlegen.« Joan nahm die Zigarette, die Kite ihr hinhielt. »Ich glaub, er brütet grad was aus; er sprudelte förmlich vor Enthusiasmus, und zwar von genau der Sorte, die sich bei ihm einstellt, wenn er eine klasse Idee in der Mache hat. Mehr als vage Andeutungen hab ich nicht aus ihm herausbekommen, aber ich würde sagen, du solltest den Leuten von Earth Fund raten, die nächsten paar Tage wie die Schießhunde aufzupassen.«

»Das ist interessant«, sagte Lexa. *»Gestern abend hab ich von einer anderen Quelle eine sehr un-vage Andeutung zum selben Thema bekommen. Hat Harry zufällig Vanna Domingo im Zusammenhang mit dieser klasse Idee erwähnt?«*

»Nein, aber –«

Sie verstummte, als Harry, schon rasiert und für die Arbeit angezogen, hereinkam. »Morgen«, sagte er und wedelte Joans Rauch weg. »Hallo, Ms. Edmonds.«

Kite nickte, überrascht, daß er ihren Namen noch wußte. »Mr. Gant.«

»Harry Dennis Gant!« rief Ayn Rand aus. »Es ist mir ein unaussprechliches Vergnügen!«

Gant musterte die Elektro-Lampe mit erhobenen Augenbrauen. »Was ist das?«

»Ein Elektrischer Gast des Hauses«, sagte Joan. »Harry Gant, darf ich vorstellen: die Philosophin und Schriftstellerin Ayn Rand.«

»Schick!« Gant bückte sich und klopfte mit einem Finger ans Glas der Lampe, wie jemand, der einen Goldfisch auf sich aufmerksam zu machen versucht. »Hallo, da drin!«

»Hallo, da draußen«, erwiderte Ayn, knallrot im Gesicht. »Erlauben Sie mir zu sagen, daß ich von Ihren Leistungen zutiefst beeindruckt bin, Mr. Gant. Sie haben einen bemerkenswerten Verstand.«

»Oh, danke schön. Ich habe alle Ihre Bücher gesehen. Und in meinem neuen Superwolkenkratzer steht sogar ein Standbild von Atlas, der die Welt abwirft.«

»Nein, *wirklich*?«

»Meine Chefarchitektin für das New-Babel-Projekt, Lonny Matsushida, ist einer Ihrer größten Fans. *Der ewige Quell* hat sie überhaupt erst dazu inspiriert, ins Geschäftsleben einzusteigen. Sie besteht darauf, Ihnen in jedem Gebäude, das sie entwirft, auf irgendeine Weise ihre Ehrerbietung zu erweisen.«

»Sie müssen uns miteinander bekannt machen! Ich –«

»He, eine magische Schachtel!« Während er sich wieder aufrichtete, hatte Gant das Plastikkästchen erspäht, mit dem der Steinerne Mönch herumhantierte. »Wir bauen die Dinger nämlich.«

»Wirklich?« sagte Joan. »Seit wann?«

»Die Typen, die bei der Konstruktion der holographischen Lernmaschine mitgeholfen haben, die du gestern in meinem Büro gesehen hast, stellen auch alle möglichen Spielereien und Geschenkartikel her. Ich hab sie aufgekauft.« Er trat an den Tisch und sagte zum Steinernen Mönch: »Sie haben's fast. Hier, versuchen Sie mal das …« Er streckte die Hand aus und verschob ein einziges Plättchen; in der Schachtel klickte etwas, und der Deckel hob sich an. »Ganz einfach, wenn man den Trick weiß.«

»Ich werd verrückt«, sagte Kite.

»Ich muß los, Joan«, sagte Gant. Er küßte seine Exfrau auf die Wange, wobei er darauf achtete, sich nicht an der Glut ihrer Zigarette zu verbrennen. »Ruf mich heut abend an, ja?«

»Was machst du denn heute, daß du's so eilig hast?«

»Typische klammheimliche kapitalistische Ausbeutersachen.« Er zwinkerte. »Keine Sorge, du erfährst es schon durch CNN.«

»Wirklich?«

»Kannst Gift drauf nehmen. Bis dann, Ms. Edmonds, Ms. Rand. Joan.«

Er ging. *»Und?«* sagte Lexa.

»Er ist ein Genie«, verkündete Ayn Rand. »Wenn auch etwas sprunghaft.«

»Sieht so aus, als hätten wir mehrere Spuren«, fügte Kite hinzu, als sie den Deckel der magischen Schachtel aufgeklappt hatte.

»Dann zähl mal auf.«

Kite holte die Dinge, die sich in der Schachtel befanden, eins nach dem anderen heraus und beschrieb sie jeweils kurz: »Zunächst einmal wär da eine blaue Leinenserviette mit der eingestickten Zahl 33 ... Eine Videokassette mit dem Aufdruck ›Betamax‹ und ebenfalls der Zahl 33 ... Ein grüner Luftballon, hergestellt anläßlich des zehnten Jahrestags der Eröffnung von Euro-Disney in Paris ... Und schließlich ... hmm. Das ist interessant. So'n Ding hab ich seit einer ganzen Weile nicht mehr gesehen.« Sie hielt eine Kassette hoch, wie sie Joan noch nicht vorgekommen war. Ebenso wie die Serviette und die Videokassette trug sie die Zahl 33. Auf einem zweiten Etikett stand: SOUNDTRACK.

»Was ist es?« fragte Lexa.

»Eine Achtspurkassette«, sagte Kite, »wenn ich mich nicht irre. Ein Tonträgersystem, das früher für Autoradiorecorder verwendet wurde. Das könnte Probleme aufwerfen. Die Dinger werden seit fast einem halben Jahrhundert nicht mehr hergestellt. Ich bezweifle, daß selbst ein Antiquitätenhändler das nötige Abspielgerät noch führt. Möglicherweise müssen wir damit in ein Technikmuseum.«

»Ich kenn jemanden, der euch wahrscheinlich so ein Abspielgerät auftreiben könnte.«

»Nicht nötig«, sagte Joan. »Ich kenn jemanden, der noch ein Achtspurgerät hat. Und einen Videorecorder, auf dem Betamaxkassetten laufen.«

»Wer ist es?«

»Jerry Gant.«

»Harrys Vater? Der Lehrer?«

»Harrys Vater«, bestätigte Joan. Sie drückte ihre Zigarette aus. »Der Geschichtslehrer.«

»Hmm«, sagte Kite. »Allmählich wird die Sache spannend.«

13

Bald wird das FBI eine Liste der 1000 Meistgesuchten haben. Man wird unsere Helden wie wilde Tiere im Dschungel jagen.

Abbie Hoffman, *Steal This Book*

39° 17′ N 72° 00′ W

Es ist ein Grab«, sagte Philo.

»Potentiell, ja«, pflichtete Lexa ihm bei. »Ich hab's im Seeatlas nachgeschlagen: Diese Koordinaten bezeichnen ein Stück Ozean über dem Hudson Canyon. Das Wasser ist mehr als anderthalb Kilometer tief. Es ist auch eine Zone mit einer besonders hohen Dichte von maritimen Mutanten, was bedeutet, daß sie für die Handelsmarine gesperrt ist. Wenn du also aussteigen mußt, wird niemand in der Nähe sein, der dich aufsammeln könnte.«

»Nein, aber was ich meine ist, es ist im wörtlichen Sinne ein Grab.«

Sie waren allein im Leuchtturm von Robbins Reef. Lexa hatte ihr Gespräch mit Joan vor knapp zehn Minuten beendet, und jetzt saßen sie und Philo mit gekreuzten Beinen auf dem Futon, in Decken gewickelt mit nichts drunter, mit nichts zwischen sich außer einem Foto, das vergangene Nacht durch Boten zugestellt worden war. Lexa war nach New Bedford-Stuyvesant reingefahren, um ein paar Sachen zu holen, und als sie zum Auto zurückgekehrt war, hatte sie das Foto unter Betsys Scheibenwischer gefunden.

»Diesmal nicht die Feds«, hatte Betsy Ross gesagt. »Typ in einem Mets-Blazer. Hat ne Weile gedauert, ihn zu identifizieren, aber er erledigt die eMail bei Gants Öffentlicher Meinung. Ein Laufbursche von Vanna Domingo.«

Das Foto zeigte sechs spillerige langschwänzige Primaten. Lemuren waren in praktisch jedem Bildband über ausgestorbene Tiere vertreten, aber diese hier hatte man um die neuste Ausgabe des *Long Distance Call* gruppiert, und zwar so, daß Schlagzeile und Datum gestochen scharf zu lesen waren. Auf der Rückseite des Fotos stand in Laserscript die kurze Botschaft geschrieben:

Kattas (*Lemur Catta*)
Können nicht schwimmen & brauchen Hilfe
Donnerstag nachmittag auf 39° 17′ N 72° 00′ W
Richten Sie es Ihren Freunden aus

»Als Herausforderung«, sagte Philo, »ist sie schon *ziemlich* plump. Neununddreißig siebzehn Nord, zweiundsiebzig West – das ist die Stelle, wo Paul Watson mit der ›Sea Shepherd‹ untergegangen ist.«

»Watson?« Im ersten Moment konnte Lexa den Namen nicht unterbringen. »Ach so ...«

»Mein Vorgänger auf dem Gebiet der Öko-Piraterie. Du weißt noch: Der Greenpeace-Aussteiger, der mit der sowjetischen Marine ›Wer weicht zuerst aus‹ gespielt hat.«

»Der, der von kanadischen Robbenfängern zusammengeschlagen und beinah ertränkt wurde«, sagte Lexa. »Der, dessen Boot beinahe von einem portugiesischen Zerstörer beschossen worden wäre.«

»Genau«, sagte Philo. »Dieser Bursche. Seine letzte Mission war der Versuch, ein illegales Giftmüllentsorgungsgeschäft der Mafia zu stoppen. Die Gambino-Familie hatte ein Containerschiff namens ›Black Maria‹, das toxische Industrieabfälle an den Rand des Kontinentalsockels transportierte und dort ins Meer kippte. 39° 17′ Nord, 72° 00′ West ist der Punkt, wo Watson und ›Sea Shepherd‹ versucht haben, die ›Maria‹ aufzubringen. Keins von beiden Schiffen wurde je wiedergesehen; die Besatzung der USS ›John Hancock‹ hörte Detonationen und sah Rauch am Horizont, aber als ihre Suchhubschrauber den Ort des Geschehens erreichten, schwammen da nur noch ein paar Wrackteile herum. Man kann nur Vermutungen anstellen, aber wahrscheinlich war die ›Maria‹ ein ganzes Stück besser bewaffnet, als Watson erwartet hatte, und als er begriff, daß er nicht mehr entkommen konnte, hat er Kamikaze gespielt.«

»Herrlich«, sagte Lexa. »Wundervoll.«

»Aus all dem können wir schließen«, sagte Philo, »daß Vanna Domingo mich nicht gerade zu einem Teekränzchen einlädt.«

»Sie lädt dich zu deinem eigenen rituellen Selbstmord ein«, sagte Lexa. »Und die Lemuren sind der Köder.«

Philo nickte. »Fragt sich nur, was sie für meinen Empfang da vorbereitet hat. Eine Blechbüchse voll Sizilianer?«

»Es wird was Militärisches sein. Wenn sie das nötige Kleingeld dafür lockermachen kann, wird sie sich nicht mit halben Sachen begnügen. Ausgemusterte U-Boot-Jäger, irgend etwas Erschwingliches, aber Tödliches. Vielleicht auch was Gechartertes. Und was die Besatzung angeht, hast du schon so vielen ehemaligen Angehörigen der Navy auf den Schwanz getreten, daß sie sich wahrscheinlich vor Freiwilligen gar nicht retten kann.«

»Söldner. Ich kann nicht glauben, daß Harry Gant so etwas zulassen würde.«

»Bräuchte er auch gar nicht. Die Regulatorin der Öffentlichen Meinung hat einen beträchtlichen Handlungsspielraum. Joan hat früher alle möglichen Dinger gedreht, ohne daß Harry was davon gewußt hätte.«

»Aber was Gant gerade am Telefon gesagt hat ...«

»Es braucht sich doch gar nicht um dieselbe Sache zu handeln. Harry könnte ja eine eigene Operation gegen dich vorbereiten. Oder vielleicht hat Vanna ein paar zusätzliche Überraschungen eingebaut, von denen er nichts weiß.«

»Und Vanna Domingo ist in ihrer Loyalität zur Firma wirklich so rücksichtslos?«

»Ich glaube, es hat für sie eher was mit Selbstschutz zu tun, Notwehr. Hängt irgendwie mit der Pandemie zusammen. Ich kenne nicht die ganze Geschichte, aber sie war jahrelang obdachlos und –«

»War ich auch«, sagte Philo. »Aber ich bring keine Leute um. Ich mach sie lächerlich, ich mach ihre Spielsachen kaputt, aber ich bring sie nicht um. Nicht mal in Notwehr. Es hat schon genug Tote gegeben.«

Lexa nahm seine Hand. »Das weiß ich«, sagte sie. »Und Vanna weiß das auch. Wenn sie genug weiß, um dir eine Botschaft durch mich zukommen zu lassen, dann weiß sie auch, daß du nie zu tödlicher Gewalt greifen wirst, nicht mal gegen ein Kriegsschiff. Und sie weiß, daß du dem Drang nicht widerstehen können wirst, diesen Lemuren zu helfen. Es ist eine perfekte Falle.«

»Nur wenn ich den Köder schlucke.«

»Aber das wirst du doch, oder?«

Philo machte eine Geste in Richtung des Lemurenfotos. »Die sind aus Afrika«, sagte er. »Wenn sie sterben, wird keiner was davon merken. Die Leute werden einfach weiter ins Naturkundemuseum pilgern und juchzen, wie *zutraulich* die Elektro-Lemuren da doch sind. Wie könnte ich *nicht* versuchen, sie zu retten?«

»Vielleicht sind sie nicht mal echt«, wandte Lexa ein. »Zwei Minuten Arbeit an einem Imager, und du könntest ein Foto von sechs Lemuren haben, die auf einem Einhorn sitzen. Oder sie könnten einfach Elektro sein, wie die im Museum. Selbst wenn Lemuren noch nicht ganz ausgestorben wären, dürfte es einen Wahnsinnshaufen Geld kosten, an welche ranzukommen, und ich hab meine Zweifel, daß Vanna die Ausgabe auf sich nehmen würde, wenn sie weiß, daß sie dich ebensogut auch einfach austricksen kann ...«

»Aber sie *könnten* echt sein«, hielt Philo dagegen. »Es könnten wirklich die allerletzten sein. Das ist der Haken, man kann es nicht wissen, außer man kapert das Schiff.«

»Und *wenn* du das Schiff *kaperst*, und *wenn* die Lemuren echt sind, und *wenn* sie die letzten noch lebenden sind – was dann? Sechs Individuen reichen für einen erfolgversprechenden Nachzuchtversuch nicht aus, Philo. Das weißt du doch selbst. Die Arche Noah war ein Zufallstreffer.«

»Und was bin ich? Ich *muß* es versuchen, Lexa, wenn auch nur die geringste Chance besteht. Die *aller*geringste Chance.«

Patt. Das Problem, wenn man im postpandemischen Amerika einen schwarzen Geliebten hatte, war, daß man von ihm nicht verlangen konnte, daß er die Piraterie an den Nagel hängte und ein normales Leben führte; das Problem, wenn man in jedem beliebigen Land und zu jeder beliebigen Zeit eine Frau mit

Herz und Verstand als Geliebte hatte, war, daß man von ihr nicht verlangen konnte, daß sie sich keine Sorgen machte, wenn man mit einer ungeladenen Steinschleuder in den Kampf gegen Goliath zog. So wußten Lexa und Philo beide vorübergehend nicht, was sie noch sagen sollten. Um das Schweigen zu überbrücken, legte Philo je eine Hand auf Lexas Schultern und fing an, die Muskeln über dem Schlüsselbein zu kneten. Nach wenigen Augenblicken senkte sie den Kopf, warf die Decke ab und drehte sich um, damit er ihren ganzen Rücken bearbeitete.

»Ach zum Teufel«, sagte Lexa schließlich, »wenn ich Sicherheit gewollt hätte, dann hätte ich Ellen Leeuwenhoek geheiratet und die Kleine parthenogenetisch in die Welt gesetzt.«

Philo lachte. »Warum hast du's nicht getan?« fragte er. »Warum hast du dir mich als deine Nummer eins ausgesucht?«

»Du meinst, abgesehen davon, daß ich vom Anblick deines Hinterns absolut hin und weg war?« Sie lehnte sich gegen seine Brust zurück. »Abgesehen von Liebe?« Lexa zog seine Arme um sich und legte die Hände auf seine Bizepse. »Ich erinnere mich noch genau, wie es damals war, als ich Ellen die Redaktion des *Call* übergeben und mich nach Westen aufgemacht hab, auf die Rocky Mountains zu, um nach Überlebenden der Pandemie zu suchen ... nach ›dem Volk mit den grünen Augen‹ zu suchen, was meine Version von Ururgroßmutters Marsch nach Flatbush werden sollte. Also bin ich nach Pueblo gefahren und von da aus in südwestlicher Richtung weiter zu Fuß, und nach einem Monat ergebnislosen Rumstöberns bin ich in die Wüste jenseits der Berge hinuntergestiegen und bin in dieser Geisterstadt durch reinen Zufall auf dich und Seraphina und Morris gestoßen ...«

»Und hast uns einen Heidenschrecken eingejagt«, sagte Philo. »Ich hab Morris noch nie so laut kreischen hören, wie damals, als du durch die Tür von diesem Saloon reinspaziert bist.«

»Klar, aber stell dir mal vor, wie das für *mich* war. Als ich losgezogen war, hatte ich erwartet, entweder ein bewaffnetes Lager oder einen demoralisierten Haufen von Flüchtlingen zu finden. Statt dessen lauf ich so einem großen strammen Kerl in die Arme, der mit einer siebenjährigen Tochter auf dem Schoß und einem zappeligen jüdischen Radikalen an seiner Seite seelenruhig plant, der amerikanischen Geschäftswelt Sahnetorten ins

Gesicht zu schmeißen ... und du *hattest* solche Arschbacken ... also im Ernst, wie hätt ich da nicht zugreifen sollen?«

»Mmmm.« Philo preßte sein Gesicht in ihr Haar. »Wie recht du hast.«

»Also dann erzähl mir«, sagte Lexa, »und schnell, bevor die Wirkung der Rückenmassage verpufft, wie du dir vorstellst, daß du gegen eine Fregatte oder einen Zerstörer antreten könntest, ohne daß dein Hintern aus dem Wasser gebombt wird.«

»Also«, sagte Philo und hob den Kopf, »erstens bin ich im Gegensatz zu Paul Watson selig kein Salonmärtyrer. Für eine gute Sache umgebracht oder zusammengeschlagen zu werden macht mich nicht sonderlich an, und eingesperrt mag ich auch nicht werden. Und für Morris gilt das Gesagte doppelt und dreifach. Nun hatten wir uns das schon immer gedacht, daß wir eines Tages in eine solche Lage kommen könnten, und schon damals in der Geisterstadt hatten wir uns hin und her überlegt, wie wir dann vorgehen würden. Eines Tages kam Morris in der Wüste die Inspiration ...«

Lexa schloß die Augen. »Ich weiß nicht genau, ob ich's hören will«, sagte sie. »Erzähl.«

Er erzählte. Der Plan war so unglaublich idiotisch, daß Lexa anfangs meinte, sich verhört zu haben. Philo wiederholte ihn; sie hatte sich *nicht* verhört.

»Das kann doch nicht euer Ernst sein«, sagte Lexa.

»Doch. Überhaupt sollte ich am besten Morris anrufen, daß er sich ans Zusammenbauen macht ...«

»Wo hat er nur eine solche Schnapsidee *her*?«

»Aus dem zweiten Buch Mose, glaub ich. Exodus.«

»Und du glaubst wirklich, daß das funktionieren könnte?«

»Gegen ein allein operierendes Schiff, ja. Wenn sie ein U-Boot als Flankenschutz haben, könnten wir leicht Dresche kriegen, aber wenn man den Einsatz tödlicher Gewalt ausschließt, bleibt das unsere beste Chance. Aber wart, du hast *deinen* Part noch nicht gehört.«

»Meinen Part? Spiel ich in diesem bekloppten Plan etwa mit?«

»Klar«, sagte Philo. »Das heißt«, fügte er hinzu, »wenn die Leute bei Turner Broadcasting dir noch immer diesen Gefallen schulden ...«

Das Schiff hieß »Mitterrand Sierra«. Es war ein französischer U-Boot-Jäger der Robespierre-Klasse, ein Baby-Fregatten-Modell, das in den zehner Jahren zur Abwehr möglicher nordafrikanischer Aktivitäten im Mittelmeer in Auftrag gegeben worden war. Tatsächlich hatten die Nordafrikaner, die noch immer unter den Nachwirkungen ihrer Niederlage im Krieg von 07 litten, nicht die geringste Absicht gehabt, irgendwelche U-Boot-Angriffe auf die Riviera zu starten; so waren nur eine Handvoll Robespierres vom Stapel gelaufen, und die meisten von ihnen wurden schließlich denselben libyschen und algerischen Marinen verkauft, gegen die sie eigentlich Frankreich hätten verteidigen sollen. Wie Vanna Domingo es geschafft hatte, eine von ihnen in die Finger zu bekommen, war ein Staatsgeheimnis.

Die »Mitterrand Sierra« war an einer Privatpier unweit von Atlantic City festgemacht; das Liegebecken war mit Aluminiumwellblech tonnenförmig überdacht worden, wodurch es jetzt wie ein überfluteter Hangar aussah. Möwen flogen ein und aus und ließen sich auf den Stützverstrebungen nieder. Um Viertel vor neun setzte ein blauer Transporter das Humankontingent der Besatzung auf der Pier ab: Käptn Chance Baker, Troubadour Penzias, einen Maschinisten namens Chatterjee, zwei Navigatoren/Steuermänner namens Najime und Tagore und zwei Munitionstummler namens Sayles und Sutter. Alle übrigen Aufgaben – kampfunspezifische Wartungs- und sonstige -tätigkeiten – würden von Automatischen Dienern wahrgenommen werden. Weißen Negern sozusagen: hellhäutigen Fischereigehilfsmodellen, durchweg ausgestattet mit dem kernig kaukasischen Antlitz Nantucketter Seebären des neunzehnten Jahrhunderts.

Penzias betrat als erster den Hangar; er trug einen mit Tarnmuster bemalten länglichen Metallkasten. Er blieb kurz stehen, um die Siebzig-Meter-Silhouette des U-Boot-Jägers zu mustern: Die Decksgeschütze der »Mitterrand Sierra« hatte man abmontiert, um die Küstenwache nicht unnötig zu beunruhigen, aber die schnittigen Linien von Rumpf und Aufbauten waren noch unleugbar die eines Kriegsschiffs, gnadenlos, schnell und todbringend. »Brauchbar«, verkündete er, als die anderen hinter ihm hereinkamen. Angeführt vom Kapitän, marschierten sie zur Gangway und begaben sich an Bord.

Kaum hatten sie das Deck erreicht, als von oben ein Schrei ertönte. »Scheiße!« sagte Najime und schnippte sich Möwenkacke von der Schulter. Tagore lachte. Ein Weißer Neger näherte sich, mit Mop und Eimer bewaffnet, und beseitigte die Sauerei.

Troubadour Penzias legte den Kopf in den Nacken und verfolgte die Flugbahn der Möwe. Dann entfernte er sich ein paar Schritte vom oberen Ende der Gangway, kniete sich hin und setzte den getarnten Blechkasten auf dem Deck ab. Er öffnete ihn. Innen lag, eingebettet in samtbespannte Konturpolsterung, ein fünfzig Jahre altes Jagdgewehr.

Käptn Baker, dessen Eindruck von Penzias sich seit ihrer ersten Begegnung im »Räudigen Papageientaucher« nicht geändert hatte, war sofort auf dem Quivive: »Wozu ist das?«

»Sieht aus wien Museumsstück«, bemerkte Munitionsfummler Sutter.

»Es ist eine Reliquie«, erwiderte Penzias. »1968er Remington Modell 760 Selbstlader, Kaliber 30-.06.«

»Klingt für mich wie ein Museumsstück. Warum eine Reliquie?«

»Dieser bestimmte 760er gehörte ursprünglich einem Mr. James E. Ray. Er hat ihn ein einziges Mal abgefeuert.«

Sutter verstand noch immer nicht, aber Käptn Baker ja, und es gefiel ihm gar nicht. »Ist das der Bonus, um den Sie mit Vanna Domingo gefeilscht haben?»«

»Das ist der Bonus«, bestätigte Penzias. Er hob die Reliquie aus ihrem Behälter und leckte sich dabei die farbfleckigen Lippen. Der Lauf aus Walzstahl war für die Aufnahme einer besonderen Visiervorrichtung verändert worden; Penzias nahm aus einem Seitenfach des Gewehrkoffers ein Remington-Spot-On-Elektro-Zielsuchgerät und befestigte es an der Büchse. »Ruiniert die Authentizität«, meinte Penzias, »aber scheiß drauf, ich hab ne Schwäche für Optik.«

Käptn Baker wandte sich abrupt zu Sutter. »Sie und die anderen machen sich an Ihre jeweiligen Aufgaben«, befahl er. »Die Lemuren sollten sich in einem klimatisierten Öko-Behälter im

Achterschiff befinden; sehen Sie zuerst nach ihnen, dann machen Sie alle Systeme so schnell wie möglich betriebsbereit. Ich will spätestens Mittag in See stechen.«

»Aye, Käptn.« Sobald die Geschützbedienung und der Rest der Besatzung außer Hörweite waren, verpaßte der Kapitän dem Gewehrkoffer einen unsanften Fußtritt und sagte: »Ist das der Grund, warum Sie sich als Freiwilliger für die Jagd auf Dufresne gemeldet haben?«

Penzias war in die Kalibrierung des Zielsuchgerätes vertieft und sah nicht auf. »Ich versteh nicht ganz, was Sie meinen.«

»Dufresne ist ein Schwarzer. Ich nehme an, Sie haben ein Problem mit Schwarzen.«

»Ich habe kein Problem mit Schwarzen«, sagte Penzias. »Ich habe eine *Lösung* für Schwarze.«

Käptn Baker beugte sich hinunter und ballte seine Faust um Penzias' New VISION, ohne zu ziehen, aber auch ohne wieder loszulassen. Penzias versteifte sich augenblicklich. »Lassen Sie das.«

»Ich möchte Ihnen erklären, was *mir* Probleme bereitet«, sagte Käptn Baker. »Ich habe was gegen Mangel an gebührendem Respekt, egal, ob bei einem Öko-Terroristen in einem U-Boot oder bei einem Untergebenen, der mich nicht ansieht, wenn ich mit ihm rede. Probleme bereitet mir auch die Vorstellung, einem Borderline-Psychotiker die Feuerleitung auf meinem Schiff anzuvertrauen. Treiben Sie's noch weiter, und *meine* Lösung wird darin bestehen, Ihnen dieses verdammte Ding aus dem Schädel zu reißen.«

Er ballte die Faust fester zusammen. Penzias zischte zwischen zusammengebissenen karminroten Zähnen: »Shivas Glut!«

»Was?«

»Shivas Glut! Lassen Sie los, gottverdammt!«

Der Kapitän ließ ihn los. Penzias ließ Mr. Rays Büchse fallen und hob beide Hände ans New VISION. Sein Kopf drehte sich herum, und die Objektive der Sehhilfe stellten sich auf einen Punkt unmittelbar über Käptn Bakers Schlüsselbein scharf. Ideale Stelle für eine Eintrittswunde.

»Sehen Sie mir in die Augen, Penzias«, sagte Käptn Baker. »Reden Sie.«

Die Blickrichtung der Objektive hob sich um fünf Zentimeter. »Wo waren Sie während des Krieges, Käptn? Mitten im Golf von Guinea, in sicherer Entfernung von den Schießereien?«

»Straße von Hormos. Mein Schiff gehörte zur Kampfgruppe Saratoga, die den Stöpsel für die iranische Marine abgeben sollte. Sie waren in Afrika?«

»Rohstoffbefreiungskorps, Nigerdelta. Futter für die Glut.«

»Shivas Glut, war das eine Blendwaffe?«

»Ne indische«, sagte Penzias. Irgend so'n Hinduwissenschaftler hat sie entworfen, auf der Grundlage eines alten russischen Prototyps, aber die nordafrikanischen Moslems haben sie gekauft. Wir waren gewarnt worden. Die Glut war eine vollautomatisierte Laserwaffe. Sie tastete einen vorgegebenen Geländeabschnitt systematisch ab, bestrich ihn mit einem niederenergetischen Strahl, immer hin und her, rauf und runter, und suchte nach reflektierenden Oberflächen: Brillengläsern, Fernglasobjektiven, Teleskopsammellinsen. Wenn er eine fand, oder zwei direkt nebeneinander, drehte er die Leistung des Strahls für einige Sekunden voll auf. Alles klar?«

»Und die Nordafrikaner haben sie gegen unsere Truppen eingesetzt?«

»Das haben sie nicht gewagt. Oh, die religiösen Führer fanden, das sei eine tolle Idee, den Feind aufs Haupt schlagen, aber die Kommandanten im Feld waren nicht so dumm. Krieg ist Krieg, aber ganzen Einheiten pauschal die Augen ausbrennen ... das ist *unmenschlich.* Das bedeutet eine unmenschliche Reaktion herausfordern. Seit wir die Neutronenbombe auf Lagos abgeworfen hatten, wußten sie, daß wir schon so schlechter gelaunt waren, als sie verkraften konnten. Sie hatten die Glut, aber sie hätten sie nie eingeschaltet.«

Käptn Baker betrachtete das New VISION, noch immer außerstande, seine Abscheu vor der Prothese zu verbergen. »Jemand hat's getan.«

Penzias bleckte wieder die Zähne. »Stimmt, Käptn, jemand hat's getan. Ich habe lange Zeit im Dunkeln darüber nachgedacht. Monate in der Dunkelheit, und gerätselt. Wer hat die Glut eingeschaltet, Troubadour? Die *Nord*afrikaner nicht. Nach der Sache mit Lagos konnten diese Scheißer gar nicht schnell genug wieder ans andere Ende der Sahara zurück. Die hatten's so eilig abzuhauen, daß sie den größten Teil ihres Geräts zurückgelassen haben. Wir hätten uns mehr Gedanken darum machen sollen. Die ganzen Waffen, die einfach so rumlagen ... aber wer hätte sie schon benutzen sollen, nachdem die Araber erst mal weg waren? Die Seuche hatte ja alle echten Nigerianer ausgerottet.

Es sei denn, es gab Geister. Einen Geisterstamm, einen Stamm mit schwarzer Haut und grünen Augen. *Grünen Augen.* Nicht mal ne Woche nach unserer Landung kamen schon die ersten Meldungen: ungeklärte Sabotageakte, Leute, die einfach verschwanden ... Port Harcourt brannte fast völlig nieder, als die Ölraffinerie Feuer fing, und aus Zaire hörten wir, eine ganze südafrikanische Panzergrenadierdivision sei im Urwald in Stükke gehackt worden. Überlebende schworen, es seien Schwarze gewesen, aber sie hatten nicht einen einzigen erwischen können.«

»Und Sie glauben, es waren diese Geister, die Sie geblendet haben?«

»Ich weiß es«, sagte Penzias. »Am meisten hatten sie es auf die Afrikaander abgesehen, aber Amerikaner kamen auf ihrer Liste gleich an zweiter Stelle. Und so, als die grünen Augen dieses verlassene arabische Lager fanden, wo Shivas Glut einfach so rumstand, beschlossen sie, uns einen Streich zu spielen.

Meine Gruppe hatte den Auftrag, den Wald um ein Ölfeld herum abzusuchen. Wir waren vorsichtig, aber nicht vorsichtig genug, denn wir wußten, daß die Nordafrikaner allesamt abgehauen waren. Keiner von uns war so blöd, an Geistergeschichten zu glauben. Ich war an der Spitze. Ich machte in einiger Entfernung das verlassene Lager aus und zog meinen Feldstecher raus, um mir die Sache einmal in Ruhe anzusehen. Shivas Glut schweißte meine Hornhäute an die Okulare. Als die übrigen mich schreien hörten, zogen *sie* ihre Ferngläser raus, um zu sehen, was los sei ...

Es erwischte sechs von uns, von insgesamt sieben. Da gab's einen Grünschnabel, Fletcher hieß er, der grundsätzlich vergaß, die Schutzkappen vom Fernglas runterzunehmen, und das hat ihn wahrscheinlich gerettet. Aber Fletcher geriet in Panik. Der einzige, der noch zwei funktionierende Augen hatte, und er geriet in Panik. Stolperte im Unterholz über eine Splittermine, brachte außer mir alle um.« Das New VISION schwenkte zum Gewehrkoffer zurück; Penzias hob Mr. Rays Büchse auf. »Und, reicht das für ne Heuer, Käptn? Ich weiß, Sie haben durch Dufresne ein ganzes *Schiff* verloren, da kann *ich* natürlich nicht mithalten ...«

»Dufresne ist gar kein Afrikaner, Penzias. Er ist Amerikaner.«

»Er hat *grüne* Augen. Haben die alle. *Er kann sehen.*«

»Wenn Sie Rache wollen, warum gehen Sie nicht nach Nigeria zurück?«

»Nein. Nein.« Penzias holte Patronen aus dem Gewehrkoffer und fing an, die Büchse zu laden. »In Afrika spukt's zu sehr. Achthundert Millionen Geister, die kann ich nicht einfach so wegstecken. Zuerst Dufresne; Dufresne ist nur einer, allein. Dann vielleicht nächsten Frühling ein bißchen Jagd in den Rockies.« Eine Patrone nach der anderen klickte ins Magazin der Remington. »Immunisieren kann man sich nur nach und nach.«

»Ich hatte mich in Ihnen getäuscht, Penzias«, sagte Käptn Baker. »Sie sind gar kein Borderline-Psychotiker. Sie sind vollkommen zurechnungsfähig.«

»Ja«, bestätigte Penzias ohne jeden Sarkasmus.

»Und Sie erwarten immer noch, auf diesen Einsatz mitgenommen zu werden?«

»Ja.« Er schaltete das Elektro-Zielsuchgerät ein. Der Apparat sendete ein Signal direkt an das New VISION, wodurch Penzias praktisch ein drittes Elektro-Auge erhielt: Er konnte jetzt gleichzeitig durch seine Prothese *und* das Zielfernrohr sehen, selbst wenn sie in unterschiedliche Richtungen zielten. »Es ist ganz einfach, Käptn«, sagte er. »Sie brauchen mich in der Feuerleitstelle, um Dufresne aus dem Wasser gebombt zu kriegen. Ich brauche Sie im Kommandoraum dieses Schiffes, um da hinzukommen, wo Dufresne sein wird. Jeder von uns ist für den anderen ein notwendiges Übel, und Motive spielen dabei keine Rolle.«

Noch immer kauernd, die Objektive des New VISION wieder auf Käptn Bakers Kehle gerichtet, hielt Penzias Mr. Rays Büchse senkrecht in die Luft und drückte ab. Eine Möwe fiel kopflos aufs Deck; ein Weißer Neger eilte mit Mop und Eimer herbei. Penzias lächelte zinnobern und senkte die Waffe.

»Machen Sie sich keine Gedanken um meinen Geisteszustand, Käptn«, sagte er. »Helfen Sie mir einfach, Dufresne die Augen zu schließen, und wir werden prima miteinander auskommen.« Er knallte den Gewehrkoffer zu. »Und was hielten Sie jetzt davon, einen Blick auf die Brücke zu werfen?«

Drastische Maßnahmen

Na schön, es war also nicht möglich, einen Hai umzubringen, indem man einen Fön ins Wasser schmiß. Im einundzwanzigsten Jahrhundert waren sämtliche Elektrogeräte zwecks Verhütung unbeabsichtigter Selbsthinrichtungen mit feuchtigkeitsempfindlichen Stromkreisunterbrechern ausgestattet, aber woher hätte Frankie Lonzo das bitte schön wissen sollen? In Filmen gingen Leute noch immer andauernd auf die Art in der Badewanne hops.

Nachdem er drei Verlängerungsschnüre ruiniert hatte – und um ein Haar von einem Heizlüfter enthirnt worden wäre, den Meisterbrau mit dem Schwanz wieder aus dem Pool hinausgeknallt hatte –, mußte sich Frankie widerwillig eingestehen, daß es auf *die* Art nicht klappen würde. Er ging zur chemischen Kriegführung über: Er farcierte einen Klumpen Frühstücksfleisch mit Rattengift und schmiß ihn am tiefen Ende ins Wasser. Meisterbrau aß das Frühstücksfleisch, dazu ein Pfund Ofenreiniger und eine kaputte Kuckucksuhr mit Bleigewichten und radiumhaltigem Zifferblatt, ohne irgendwelche negativen Auswirkungen zu zeigen.

»Warum erschießt du ihn nicht einfach, Frankie?« fragte ihn Salvatore, als er sich daranmachte, pulverisiertes Ätznatron in eine Reihe ausgehöhlter Biskuitröllchen zu schütten.

»Du meinst, abgesehen davon, daß Echo mir anschließend den Arsch eintreten würde? Wo bewahre ich meine 38er normalerweise auf, Sal?«

»In deinem Auto ... oh. Ah ja.«

»Ah ja«, äffte Frankie ihn nach.

Die vergifteten Biskuitröllchen brachten's auch nicht.

Frankie überschlief das Problem; am Mittwochmorgen in aller Frühe hatte er einen Alptraum, in dem Meisterbrau Flügel kriegte und ihn auf der Standspur des Long Island Expressway angriff. Während Frankie hektisch die Autofenster hochkurbelte, verwandelte sich das ganze Fahrzeug in eine Schachtel Kekse. Er wachte in dem Augenblick auf, als Meisterbrau sich gerade anschickte, ihn an der Taille entzweizubeißen. »Das reicht«, sagte Frankie, noch während er aus dem Bett fiel.

Im Diner, wo er frühstückte, bestellte er extra viel Kaffee, um sich auf Touren zu bringen. Als er nicht mehr stillsitzen oder die Hände ruhig halten konnte, rief er sich ein Taxi. »Was steht heute an, Chef?« fragte der Fahrer. »Drastische Maßnahmen«, erwiderte Frankie.

Die Aqua-Umwelt-Steuerzentrale befand sich in einem verschlossenen Schalterkasten, der am Rand des Pools stand. Ein Touchscreen bot eine Vielzahl von Optionen an; Frankie wählte WASSERSTAND ÄNDERN. Auf dem Bildschirm erschienen zwei bewegte Piktogramme: Das momentan farbig unterlegte zeigte einen lächelnden Guppy, der in einem fast randvollen Aquarium herumschwamm; das andere zeigte einen trüb dreinschauenden Guppy, der am Boden eines fast leeren Aquariums herumkrebste. Frankie preßte den Daumen auf den betrübten Guppy.

»Ich weiß auch nicht, was passiert ist, Echo«, sagte er laut. »Softwarefehler vielleicht. Und Salvatore und ich haben's nicht rechtzeitig bemerkt, weil ...«

Hinter Frankies Rücken teilte eine Finne die Wasseroberfläche, dann eine Schnauze. Die kalten Puppenaugen des *Carcharodon carcharias* musterten den italienischen Fischhüter, der am Touchscreen Unheil stiftete. Die Schnauze des Hais hob sich weiter, bis die Dreschmaschine seines Maulwerks ins Bild kam; grüner und schwarzer Schleim hing ihm in zähen Fäden von den Zähnen. Und dann streckte sich eine Tatze aus dem Wasser, ein graugesprenkelter vierfingriger Fortsatz mit Klauen wie Schiefersplitter. Sie berührte die Kante des Beckens wie ein Vorsaisonurlauber, der die Temperatur der Brandung prüft. Offenbar nicht das Wahre: Einen Augenblick später zog sich die Tatze zurück. Aber Meisterbraus Augen tauchten nicht so schnell unter.

SENSOREN MELDEN, DASS FREMDSUBSTANZ DEN ABFLUSS BEHINDERT, teilte der Touchscreen Frankie mit. MÖCHTEN SIE ABFLUSSÖFFNUNGEN ENTSTOPFEN, BEVOR SIE FORTFAHREN? Das hätte bedeutet, in den Pool zu steigen, um die Abflußfilter zu entleeren. Frankie drückte auf NEIN.

ABFLUSSROHRE GEÖFFNET, erklärte der Touchscreen. GESCHÄTZTE DAUER DES ENTLEERUNGSVORGANGS BEI VERRINGERTER ABFLUSSGESCHWINDIGKEIT: 11 STD. 10 MIN.

»Kleister«, sagte Frankie. »Was hast du bloß in den Abfluß gestopft, du Hurensohn?« Nicht, daß es irgendeine Rolle gespielt hätte. Frankie wußte nicht, was dagegen gesprochen hätte, Meisterbrau einen schön langsamen, genüßlichen Tod zu gönnen, solange Echo Papandreou nicht zu einer unangekündigten Inspektion der Außenstelle hereinschneite. Wahrscheinlich würde sie's nicht tun; Frankie hatte die plötzliche Vorahnung, daß dieser Plan funktionieren würde.

»Hab ich dich, du Fisch.« Er schloß den Touchscreen wieder ab und wandte sich zum Pool; die Wasseroberfläche war glatt und so schwarz wie der Schlund eines Schlotes. »Elf Stunden, Meisterboy. Zeit, tschüs zu sagen.«

Leicht auf den Fußballen federnd, ging Frankie hinein ins TV-Zimmer, verdunkelte das Fenster und setzte sich hin, um sich gemeinsam mit Salvatore das Mittwochvormittagsmovie anzuschauen. Auch Sal war gut gelaunt; er hatte gerade eine neue Uhr zum Geburtstag geschenkt gekriegt, eine Timex Philharmonic mit vierundsechzig Stimmen.

14

Der »Klub 33« ist der Geheimklub Disneylands, der einzige Ort im ganzen Vergnügungspark, in dem alkoholische Getränke ausgeschenkt werden. Er ist so geheim, daß viele Angestellte von Disneyland nicht einmal wissen, daß es ihn gibt, dort, in der Rue Royale 33, New Orleans Square, nicht weit von den »Piraten der Karibik«, direkt rechts neben dem Restaurant Blue Bayou. Sein einziges Erkennungszeichen ist ein neben der Tür angebrachtes verschnörkeltes ovales Schild mit der Zahl 33 ... Es heißt, Disney habe vorgehabt, dort zu wohnen und wichtige Gäste zu bewirten, also wurde im zweiten Stock eine Suite gebaut. Aber Disney starb, bevor sie fertiggestellt war, und so wurde sie zu einem Privatklub umfunktioniert... Der »Klub 33« ist »verwanzt«: In den Kronleuchtern sind winzige Mikrophone verborgen. Mein Informant fragte einen Kellner, was es damit auf sich habe, und erfuhr, Disney habe beabsichtigt, die Tischgespräche zu belauschen. Der Kellner zeigte ihm auch einen Porzellanschrank, der dafür ausgerüstet war, eine versteckte Kamera aufzunehmen... Man könnte sagen, daß Disney im Alter ein wenig sonderbar wurde. Er hatte offenbar geplant, seine Gäste durch den Elchkopf anzusprechen, der im Trophäenzimmer hängt. Er enthält einen verborgenen Lautsprecher.

William Poundstone, *Bigger Secrets*

Die Mutterrachenpforte

Ein kleiner Pulk von unbeschrifteten Lastwagen hatte am Fuß des New Babel geparkt und wurde von einem kleinen Pulk von Elektrischen Negern entladen. Unter der Anleitung eines Weißen in einem makellosen grauen Anzug hatten die Neger eine Kette gebildet und beförderten so eine Ladung Holzkisten

– aus jedem Laster dreißig bis vierzig Stück – nach und nach in einen offenen Gully; braune Hände griffen Automatisch von unten herauf und nahmen jede neu ankommende Kiste in Empfang. Keiner der unzähligen Bauarbeiter, Touristen und sonstigen Passanten schenkte diesem geschäftigen Treiben die geringste Aufmerksamkeit – erstens, weil Neger im allgemeinen nicht weiter zur Kenntnis genommen wurden, und zweitens, weil selbst die wenigen Anwesenden, die von Natur aus zur Neugier tendierten, vom Anblick des Babel abgelenkt wurden.

Selbst Joan, für die Superwolkenkratzer ziemlich hoch auf der Liste politisch unkorrekter menschlicher Leistungen rangierten, vermochte es nicht, bei diesem Anblick ein Gefühl der Ehrfurcht zu unterdrücken. Wie eine dieser gigantischen europäischen Kathedralen, die aus einer anderen Realität hervorgewachsen zu sein scheinen und die sie umgebenden weltlichen Bauten zu völliger Unscheinbarkeit zusammenschrumpfen lassen, spottete der Babel jedem Vergleich, ja, jeder begrifflichen Zusammenfassung mit Manhattans übrigen hohen Türmen; seine relativ isolierte Lage am Nordende der Insel vertiefte nur noch den Eindruck, daß hier etwas wirklich Einmaliges war, etwas Unerhörtes, Nie-und-nirgends-Dagewesenes. Eine Zikkurat: Glas und Stahl, in kühn bemessenen Spiralstufen von nächtiger Transparenz sich emporschraubend, von kaum zu fassender Gewaltigkeit ... und sie war erst zur Hälfte fertig. Sich den Turm ganz und vollendet, seine schon so unwahrscheinliche Höhe *verdoppelt* vorzustellen, war der absolute Wahnsinn.

»Guck nicht so schuldbewußt, Schätzchen«, meinte Kite, der das beklommene Spiel der Emotionen auf Joans Gesicht nicht entgangen war. »Es ist nichts dabei, seine Schönheit zu bewundern. Du weißt doch, daß Frank Lloyd Wright in den fünfziger Jahren genau so ein Ding in Chicago bauen wollte. Das ›Mile-High Illinois Building‹ ... Ich weiß noch, der *Baja Diario* brachte damals eine Zeichnung von dem Hochhaus auf der Titelseite. ›*La Visión Fabulosa del Futuro*‹. Sagenhaft. Kostspielig, unpraktisch und für die meisten anderen damaligen Architekten abschreckend, aber sagenhaft. Ich hätte einiges dafür bezahlt, um einmal auch nur fünf Minuten lang vor – oder, noch besser, ganz oben auf dem echten Ding zu stehen.«

»Ja, sicher, Kite«, erwiderte Joan, »aber die Sache ist, da ich neun Jahre lang Harrys Regulatorin war, bin ich wenigstens zum Teil mit für dieses Monstrum verantwortlich. *Indirekt* verantwortlich, aber immerhin ... wenn sein Schatten sich über den Harlem River legt und der South Bronx die Sonne wegnimmt, wenn die Stadtverwaltung die Kanalisation ausbauen muß, damit sie mit den Abwässern des Babel fertig wird, dann sind das, wenigstens zum Teil, die praktischen Auswirkungen meiner geschickten Meinungsmache.«

»Na ja«, sagte Kite, »aber wenn du schon gesündigt hast, dann kannst du ja genausogut die Aussicht genießen.«

Ayn Rand ließ wie üblich keinerlei Zweifel bezüglich ihrer Meinung aufkommen. »Es ist das herrlichste Bauwerk, das ich je gesehen habe!« sagte sie. »Es ist die atemberaubendste architektonische Leistung der Menschheitsgeschichte!«

»Warten Sie ab, bis Sie die Eingangshalle sehen«, sagte Joan.

Alles andere als eine uneinnehmbare Festung, wies der Babel in seinem breiten Unterbau eine Unzahl verschiedenster Zugänge auf – Schwingtüren, Schiebetüren, Drehtüren, Elektrische Irisöffnungen –, aber der augenfälligste Eingang war die gewaltige Pforte, die den südlichsten Punkt des kreisförmigen Sockels markierte. In ersten Pressemeldungen als die »Muttersprachenpforte« angekündigt und von witzelfreudigen Leitartiklern in »Mutterrachenpforte« umgetauft, war das Tor genau das: zwei fünfzig Meter hohe Flügel aus vergoldetem Stahl und schwarzem Kristallglas, tief in ein ungeheures, gestuft zurücktretendes Bogenportal eingesetzt. Flache konturierte Stufen aus schwarzem Marmor flossen wie ein erstarrter Lavastrom unter dem Bogen hervor – was ungemein elegant aussah, aber den Nachteil hatte, daß die naturgetreu-wulstige Ausgestaltung der Trittfläche eine Menge Leute zum Stolpern und Fallen brachte (noch schlimmer war es im Winter, wenn die Tonnen von Heizungsluft, die durch das weit offene Tor austraten, den Schnee zum Schmelzen brachte und das Tauwasser auf den untersten Stufen und dem umgebenden Bürgersteig zu einer dicken Eiskruste wieder gefrieren ließ; es hieß, die Architektin Lonny Matsushida arbeite gegenwärtig an einer cleveren technischen Lösung dieses Problems).

Der Raum hinter der Pforte war weniger eine Eingangshalle als ein überdachter Canyon, mit terrassierten Felswänden, die zu beiden Seiten emporragten. Künstliche Katarakte unterbrachen in Abständen die Terrassen, während beleuchtete Springbrunnen und penibel gestutzte Bäume und Sträucher die Sohle der Schlucht säumten. Zu Ehren der berühmten hängenden Gärten von Babylon baumelten flache Keramikkästen mit üppig wucherndem gentechnisch verbessertem Efeu an langen Kabeln von der Decke herab; Elektro-Kolibris schwirrten von Ranke zu Ranke, spendeten ihnen tröpfchenweise Wasser, fächelten den Staub von ihren Blättern und gerieten gelegentlich ins Trudeln und knallten gegen die Klippen.

Der Canyon mündete in einen halbkugelförmigen Raum, der groß genug war, um die Kuppel der Peterskirche in sich aufzunehmen und oben noch genug Platz für einen erzürnten Schweizer samt Armbrust zu lassen. Ein wuchtiger Kupferglobus hing an einer Kette vom Scheitel der Kuppel herab; er schwebte einen Meter über dem gebeugten Rücken und den Schultern eines Kolosses, dessen Gesicht den Ausdruck eines von lebenslanger Fron befreiten Sklaven verriet, eine Mischung aus Freude, Hoffnung, Stolz, Rechtschaffenheit und einem harten Kern von Irrsinn. Am Sockel der Statue erklärte eine behauene Tafel: ATLAS WIRFT DIE WELT AB.

»Was meinen Sie, Ayn?« fragte Joan. Sie hielt die Elektro-Laterne hoch über ihrem Kopf, um dem Lampengeist einen besseren Ausblick zu gewähren.

»Ich meine«, sagte Ayn mit einem aufrichtig versonnenen Ausdruck, »daß, wenn Sie den Mann zu lieben vermochten, der dies hier gebaut hat ... wenn Sie sich in ausreichendem Maße mit seinen Wertvorstellungen identifizieren konnten, um ihn zu heiraten ... daß dann noch Hoffnung für Sie bestehen könnte. Ihr Engagement für sogenannte liberale Bestrebungen wie den Umweltschutz entlarvt Sie zwar als eine Altruistin und Muskelmystikerin, aber vielleicht sind Sie doch noch nicht unrettbar verloren. Ich werde Sie in der Tugend des Eigennutzes unterweisen müssen.«

»Ah, gut«, sagte Joan. »Klar.«

»Sie behaupten also, Ihre objektivistische Philosophie sei vollkommen widerspruchsfrei«, sagte Kite, während der dritte Fahrstuhlabschnitt sie vom 120. zum 180. Stockwerk des New Babel beförderte, »und daß jeder, der auch nur den kleinsten Bruchteil davon anerkennt, sie zwangsläufig in ihrer Gesamtheit akzeptieren muß.«

»Das ist korrekt«, sagte Ayn Rand.

»Was dahingehend ausgelegt werden könnte, daß jeder, der an die Macht der Vernunft glaubt, der sich selbst als ein rationales Wesen betrachtet, grundsätzlich mit allem übereinstimmen muß, was Sie sagen.«

»Da ich recht habe«, sagte Ayn, »wüßte ich nicht, warum nicht alle rationalen Menschen mit mir übereinstimmen sollten.«

»Klar ... und daraus folgt, wie Lee aus Robert E. folgt, daß jeder, der *nicht* mit Ihnen übereinstimmt, per definitionem *irrational* ist.«

»Wenn dieser Jemand außerstande wäre, mir einen konkreten Fehler in meinen Prämissen nachzuweisen oder einen nicht aufgelösten Widerspruch in meinen Schlußfolgerungen aufzudecken, ja, dann wäre er irrational – und wenn er darauf beharrte, die Wirklichkeit zu leugnen, nachdem ihm die Wahrheit dargelegt worden ist, dann wäre er auch unmoralisch.«

»Und auf diese Philosophie sind Sie wann gekommen?«

»Vor Ewigkeiten. Solange ich zurückdenken kann, habe ich diese Philosophie vertreten. Wenn ich intellektuell überhaupt jemandem etwas verdanke, dann Aristoteles; die gesamte Geschichte des abendländischen Denkens seit dem vierten vorchristlichen Jahrhundert läßt sich auf einen Kampf zwischen Aristotelischer Logik und Platonischem Mystizismus reduzieren.«

»Und dann sind *Sie* aufgetaucht, um die Lücken im System des Aristoteles zu schließen.«

»Um es von den letzten Spuren von Platonismus zu befreien. ›Platon ist uns teuer‹, soll Aristoteles gesagt haben, ›noch teurer aber ist die Wahrheit.‹ Der erste Teil der Aussage ist sentimentale Verirrung; Platon ist nicht teuer, er ist verachtenswert. Nur die Wahrheit ist teuer. Die Wahrheit, wie sie ein rationales Bewußtsein erfaßt.«

»Der gesunde Menschenverstand, mit anderen Worten.«

»Ja, sofern der Terminus nicht implizieren soll, ein solcher ›gesunder Verstand‹ sei allen Menschen gemein. Tatsächlich ist er erschreckend selten anzutreffen.«

»Aber das ist genau der Punkt, den ich nicht verstehe, Miss Rand«, sagte Kite. »Verzeihen Sie meine Respektlosigkeit, aber wenn Sie wirklich an das glauben, woran Sie zu glauben scheinen, dann ist mir nicht klar, warum sie überhaupt so für die Freiheit des einzelnen eintreten.«

»Freiheit von jeglichem Zwang ist die unverzichtbare Voraussetzung des Denkprozesses. Kein Mensch kann denken, wenn ihm die Pistole auf die Brust gesetzt wird.«

»Na schön, aber wenn Sie sagen, Sie hätten diese Philosophie vertreten, solange Sie zurückdenken können, dann klingt es für mich so, als ob Sie in Wirklichkeit meinten, Sie hätten von Geburt an alles gewußt, was Sie zu wissen brauchten, Sie hätten sich nie geirrt. Und wenn Sie *dazu* noch erklären, Sie seien der erste Mensch, der seit Aristoteles etwas Neues und Eigenes auf philosophischem Gebiet zu sagen hatte – das ist eine Durststrecke von was, vierundzwanzig Jahrhunderten? –, dann liefern Sie nicht gerade das stärkste Argument dafür, daß es dem Durchschnittsmenschen erlaubt sein sollte, für sich selbst zu denken.«

»Niemand kann den Menschen *zwingen*, das Vernünftige anzuerkennen. Das ist eine altruistische Contradictio in adjecto! Der Mensch hat stets die Freiheit, wenn er unbedingt will, die Wirklichkeit zu leugnen – aber *wenn* er unbedingt will, dann muß er auch die Konsequenzen tragen. Solch ein Mensch hat kein Anrecht auf die Früchte *meines* Intellekts.«

»Diese Konsequenzen«, sagte Kite. »Gehört dazu auch –«

»Mißerfolg«, sagte Ayn Rand. »Die letztliche Folge der Realitätsleugnung ist immer der Mißerfolg. Kratzen Sie an einem wertlosen Penner, und Sie entdecken einen irrationalen Menschen.«

»Hundertachtzigster Stock«, meldete der Fahrstuhl.

»Ich glaube, jetzt habe ich Sie verstanden«, sagte Kite.

Nach Lonny Matsushidas Konstruktionszeichnung würde der

fertige Babel fünfhundert Stockwerke haben und einschließlich eines Dachmasts à la Phoenix eine Gesamthöhe von siebzehnhundertneunundvierzig Metern erreichen. Momentan war der Turm nur bis zum 189. Stock vollständig verglast; die Konstruktion des reinen Stahlgerippes war bis zum 228. Stock gediehen. Zu ebendiesem einstweiligen Nonplusultra waren Joan, Kite und Ayn Rand auf der Suche nach Harry Gants Mutter unterwegs: Winifred Gant, Polierin beim Babel-Bauprojekt. Das letzte Stück legten sie – Joan und Kite mit Schutzhelmen bewehrt, die ihnen der Liftboy, ein Automatischer Diener namens Melvin 261, ausgehändigt hatte – in einem offenen Drahtkorb zurück.

Auf Babels Gipfel hinauf – und dort an ihren jeweiligen Platz – wurden Stahlträger und -streben von Hydrakränen befördert, so genannt, weil sie auf Plattformen montiert waren, die sich mittels Hydraulikbeinen anheben ließen, und so gemeinsam mit dem Turm in den Himmel wachsen konnten. Es gab auch ein dazugehöriges Hydra-Kontroll-Center oder HKC: einen wetterfesten Bunker mit einem Supercomputer, allerlei Überwachungseinrichtungen und einer Kommunikationszentrale, über die Winnie Gant mit jedem Mitglied des Konstruktionsteams ständig in Verbindung stand.

Natürlich wurden bei dem Bauprojekt viele Automatische Diener eingesetzt, aber Gewerkschaften und Gesetze verlangten, daß ein erheblicher Prozentsatz der Stellen mit Menschen besetzt wurde. Da oben bedeutete das in erster Linie Indianer, New Yorker und kanadische Mohawks, deren Gleichgewichtsgefühl und Schwindelfreiheit legendär waren. Der Unterpolier war ein alter Mohawk namens Jim Wolverine, der mit Winnie seit 1975 zusammenarbeitete, seit sie als Schweißerlehrling in der Branche angefangen hatte. Während ihrer ersten zwei gemeinsamen Jahre waren sie ein Liebespaar gewesen – eine Romanze, deren Glut nie ganz erloschen war; irgendwann, bevor Jerry Gant 1978 die Szene betrat, war sogar von Heiraten die Rede gewesen. Manchmal fragte sich Joan, inwieweit Harry – nicht nur hinsichtlich seiner Höhenangst – mit einem indianischen Vater anders geworden wäre.

»Jimmy«, sagte Winnie Gant jetzt, ein Walkie-Talkie vor dem Mund, »geh rauf nach zwosiebenundzwanzig, Sektor Nordost, sei so gut. Warner 990 ist grad wieder über Bord gegangen.« Einer der Monitore zeigte einen Automatischen Bauarbeiter, der, am Ende eines Sicherungsseils baumelnd, trotz der erheblichen Strecke, die ihn vom Erdboden trennte, in die Kamera lächelte. »Und nachdem du ihn eingeholt hast, schick ihn ins Werk, daß die seine Stabilisatoren nachchecken.«

»Probleme mit den Dienern?«

»Der übliche Mist«, sagte Winnie. Sie war eine große, kräftige Frau, mit achtundsechzig noch immer muskulös; es war nicht schwer zu erkennen, wo Harry seine Muckis herhatte. »Schäden durch Witterungseinflüsse, normaler Verschleiß. Aber mir ist ein Automatischer Verunglückter allemal lieber als ein echter.«

»Keine schlimmen Unfälle?«

»Keine tödlichen, Gott sei Dank. Ich hab hier ganz schön strenge Sicherheitsbestimmungen durchgesetzt. Natürlich läßt sich nicht vermeiden, daß gelegentlich ein Bolzenschußgerät oder ein Henkelmann aus Versehen einen Tritt bekommt und an der Fangplane vorbeisegelt. Weißt du, es ist komisch, aber Taxis scheinen wie ein Magnet auf fallende Gegenstände zu wirken; bislang haben wir schon zweien den Motorblock zertrümmert.«

Kite hob eine Augenbraue. »Kommt Ihre Versicherung für solche Schäden auf?«

»Nö. Wir schalten einfach die Fahrstühle ab, und da können sie nicht mehr zu uns hoch, um uns zu verklagen.« Sie zwinkerte. »Also was führt dich her, Joan? Tut ihr euch etwa wieder zusammen, du und der Junior?«

»Äh ... in keinerlei eheähnlichem Sinne jedenfalls«, sagte Joan. »Könnt sein, daß wir ... uns zum Kaffee treffen.«

»Na, ich halt mich da raus«, versprach Winnie. »Schön, dich zu sehen.«

»Eigentlich«, sagte Joan, »wollten meine Freundin Kite und ich, und hier, Ayn« – sie klopfte leicht auf die Elektro-Lampe – »Jerry besuchen. Aber als ich ihn angerufen hab, konnte er mir nicht sagen, auf welchem Stock ihr wohnt.«

»Ach ja«, sagte Winnie. Sie lachte. »Das ist Harrys Schuld. Als Bonus dafür, daß ich ihm die Baustelle leite, wollte er uns eine Wohnung so weit oben wie nur irgend möglich geben, was sich natürlich von Woche zu Woche ändert. So schauen ab und zu die Möbelpacker bei uns rein und schleppen unseren Kram ein paar Etagen höher. *Ich* hab keine Schwierigkeiten, mich umzugewöhnen – rechtshemisphärisch eben –, aber Jerry muß mich jedesmal ausrufen lassen, wenn er ausgeht, damit ich ihm den Weg beschreibe. Weißt du was, ich hab sowieso gleich Mittag, ich begleit euch runter.« Sie deutete mit einer Kopfbewegung auf die Lampe. »Was ist das da eigentlich?«

»Das ist mein neuer tragbarer Wegweiser«, sagte Joan.

»Wo hast du den gekauft? Jerry könnte einen Elektro-Führer gut brauchen.«

»Ich bin eine Philosophin«, sagte Ayn Rand.

»Ah«, sagte Winnie Gant. »Ah so. Klasse Idee. Jerry könnte so was wahrscheinlich auch gut brauchen.«

Das Zeichen des Dollars

Wenn Harry Gant seinen Körperbau von seiner Mutter geerbt hatte, hatte er seine Liebe zu Krimskrams – und zu Spielsachen – von seinem Papa mitbekommen.

Seitdem er nicht mehr unterrichtete, widmete Jerry Gant einen Großteil seiner Zeit dem Sammeln alter Zeitschriften: sämtliche erschienenen Jahrgänge, wenn er sie auftreiben konnte, in Originalausgaben, wenn es sich machen ließ. In Regalen, die alle Wände der riesigen Wohnung bedeckten, ordentlich eingestellt – nicht von Jerry ordentlich eingestellt, der, sich selbst überlassen, sie einfach wahllos an den Wänden aufgestapelt hätte, sondern von den allgegenwärtigen Möbelpackern, die es ihm so schwer machten, sich zu erinnern, wo er wohnte –, befanden sich Abertausende alter Nummern von *Frank Leslie's Illustrated Newspaper, The Saturday Evening Post, Graham's Magazine, Atlantic Monthly, The American Mercury, Life, Scribner's, Godey's Ladies' Book* usw., Magazinen, von denen Joan größtenteils noch nie etwas gehört hatte, die Kite aber mit unverhohlener Nostalgie betrachtete.

»Das ist mein jüngster Neuzugang«, sagte Jerry und zeigte auf einen Metallschrank, dessen flache Schubladen das vollständige

Wall Street Journal auf Mikrofilm enthielten. »Man würde es nicht glauben, aber zwischen die Börsenberichte stecken die immer wieder ganz wunderbare Geschichtchen, die das Leben schreibt. Mitunter kleine historische Leckerbissen, hübsche Anekdoten von der Sorte, die es nie bis in die Schulgeschichtsschreibung schaffen. Wußtet ihr zum Beispiel, daß sich die Alliierten während des Zweiten Weltkriegs überlegt hatten, einen Flugzeugträger aus Eis zu konstruieren?«

»Hatte der Urheber dieser Idee«, fragte Kite, »zufällig einen kurzen Nachnamen?«

»Also, ich glaube ja, tatsächlich. So auf Anhieb fällt er mir allerdings nicht ein ...«

»Ich kann ihn mir schon denken«, sagte Kite.

»Warum Mikrofilm?« fragte Joan.

»Hmm? Na ja, es ist eine Tageszeitung. *So* groß ist die Wohnung nun auch wieder nicht. Tatsächlich wird sie von Woche zu Woche kleiner.«

»Aber gibt's das *Wall Street Journal* nicht auf CD-ROM oder Streamer?«

Jerry Gant zuckte die Achseln. »Kann schon sein. Aber mir macht's Spaß, die kleinen Spulen einzufädeln.«

»Okay, Mr. Zerstreuter Professor«, sagte Winnie Gant, die gerade in die Diele hereingekommen war. Mit einer Wäscheklammer befestigte sie ein abgerissenes Stück Briefpapier an einem von Jerrys Hosenträgern. »Hier unten steht vorn die Nummer unseres Stockwerks, und auf der Rückseite ist ein Plan, wie du zum Fahrstuhl kommst, auf dem sämtliche Löwengruben und Moorlöcher eingezeichnet sind. Versuch, das nicht vor heut abend zu verlieren.«

»Ja, Mutter«, sagte Jerry, durch ihren barschen Ton nicht im mindesten eingeschüchtert. Das war eines der Dinge, die Winnie auf Anhieb an ihm gefallen hatten – daß er sich, trotz seiner zierlichen Statur, selten von irgend etwas ängstigen oder einschüchtern ließ. »Mir ist klar, daß es zum Teil einfach daran liegt, daß er die reale Gegenwart und die Vergangenheit seiner Geschichtsbücher nicht so gut auseinanderhalten kann«, hatte Winnie Joan einmal anvertraut. »Aber ich hab schon Straßenräuber und Kampfhunde unverrichteter Dinge abziehen sehen, weil sie ihn nicht dazu hatten bringen können, sie ernst zu nehmen. Es ist eine besondere Art von Kraft.«

»Ich muß jetzt wieder rauf«, sagte sie nun und neigte den Kopf, um Jerry einen Abschiedskuß zu geben. Ayn Rand wand sich in ihrer Lampe vor Verlegenheit; Joan begriff, daß dieser Anblick – die Mutter eines anerkannten Wirtschaftswunders, die ihren Mann um einen halben Kopf überragte – nicht so recht in das objektivistische Konzept des heldischen Mannes und der heldenverehrenden Frau paßte. Aber schon kurz darauf hatte Winnie die Wohnung verlassen (und dabei Joan im Vorbeigehen einen Klaps auf die Schulter gegeben), und jetzt versuchte Ayn, den Eindruck, den sie von den Gants hatte, durch ein Kompliment aufzubessern.

»Ich bewundere Ihre Hosenträger«, sagte sie, wobei sie Wäscheklammer und Zettel aus ihrem Lob aussparte. Jerrys Hosenträger waren knallrot und mit aufgedruckten goldenen Dollarzeichen übersät.

»Oh, danke schön!« sagte Jerry. »Winnie hat sie mir im Ausverkauf besorgt. Ich hab mit Hilfe dieser alten Grapefruit-Diät aus der *Post* – ›kontrollierte Unterernährung‹ wäre die treffendere Bezeichnung – zwanzig Pfund abgenommen, und es war eine geringere Mühe, die hier zu kaufen, als alle meine Hosen enger zu nähen. Ich werd das Gewicht wahrscheinlich sowieso nicht halten können.«

»Als Historiker«, fuhr Ayn Rand fort, »wissen Sie zweifellos, daß das Zeichen des Dollars dadurch entstanden ist, daß man die Initialen der Vereinigten Staaten, U und S, einander überlagert hat. Daher habe ich es schon immer als das vollkommene Symbol für den freien Unternehmer, den tätigen Visionär, betrachtet. Für Männer wie Ihren Sohn.«

»Harry ist ein guter Junge«, pflichtete Jerry ihr bei. »Aber diese Geschichte über die Entstehung des Dollarzeichens stimmt leider nicht.«

Ayns Lächeln gefror. »Wie bitte?«

»Na ja, die Initialentheorie ist mir natürlich bekannt, und ich kann verstehen, daß sie einer glühenden Philoamerikanerin gefällt. Aber gerade dieses Element des Gefallens ist ein Grund zur Skepsis. Die Faustregel zur Beurteilung des Wahrheitsgehalts ätiologischer Volksüberlieferungen lautet: Je romantischer eine Erklärung klingt, desto wahrscheinlicher ist es, daß sie nicht stimmt.«

»Wollen Sie damit unterstellen, daß das Dollarzeichen sich *nicht* aus den Initialen der Vereinigten Staaten zusammensetzt?«

»Nicht unterstellen. Ich habe die Oxford-Monographie zum Thema gelesen, und dann noch einen weniger bierernsten Artikel im *Harper's*. Das Wort ›Dollar‹ stammt natürlich aus dem deutschen ›Taler‹, was wiederum eine Verkürzung von ›Joachimsthaler‹ ist, wie die erstmals im Jahre 1519 vom Grafen von Schlick im böhmischen Joachimsthal geprägte Silbermünze nach ihrem Herkunftsort genannt wurde. Das Dollarzeichen andererseits ist mit fast hundertprozentiger Sicherheit eine Folge der Tatsache, daß Thomas Jefferson den US-Dollar nach dem Vorbild des spanischen Acht-Real-Stück oder Peso gestaltete, der zur Zeit der Revolution in den amerikanischen Kolonien ein sehr weit verbreitetes Zahlungsmittel war.«

»Peso!« stieß Ayn hervor. »Peso!«

»Ja, Peso. Das Symbol ist wahrscheinlich ein Kürzel für ›Pesos‹: nicht ein U über einem S, sondern ein nachlässig gekritzeltes P über einem S. Das, oder schlicht eine Korruption der Ziffer Acht. Übrigens, wußten Sie, daß Benjamin Franklin statt des Adlers den Truthahn zum amerikanischen Wappenvogel machen wollte?«

»Das ist grotesk!«

»O nein, es ist historisch belegt. Franklin –«

»Kürzel für Pesos! Lachhaft! Das können Sie unmöglich beweisen!«

»Unwiderleglich beweisen nicht, nein. Es ist Geschichte, keine Mathematik. Aber die erdrückende Last der Indizien –«

»Erdrückende Last der Indizien!« Ayn spie aus. »Statistik, meinen Sie! Die beweist gar nichts! Meine Erklärung ist unleugbar rationaler. Das können Sie nicht bestreiten!«

Jerry Gant runzelte die Stirn. »Ich glaube, das habe ich gerade getan.«

»Themenwechsel, Leute«, warf Joan ein. Um die Debatte zu beenden, legte sie eine bestickte Leinenserviette über die Glaskugel der Elekto-Lampe. »Kannst du damit was anfangen, Jerry?«

»Hmm«, sagte Jerry und musterte die Serviette. »Die ist aus dem ›Klub 33‹. Hat Harry dir eine Mitgliedschaft gekauft?«

Joan schüttelte den Kopf. »›Klub 33‹«, sagte sie. »Ist der in Atlantic City?«

»Nein. Anaheim, Kalifornien. Er ist in Disneyland.«

Joan wechselte einen Blick mit Kite und fragte dann: »Nur in Disneyland, oder gibt es auch noch einen im Pariser Euro-Disney?«

»Nein, es gibt nur den einen.« Jerry lächelte. »Der ›Klub 33‹ ist eine einmalige historische Anomalie, genau die Art, die ich bevorzuge.« Er deutete mit einem Nicken auf die magische Schachtel, die Kite in der Hand hielt. »Was wollt ihr mir sonst noch zeigen?«

Eine Kelle Tim-ball Fronicke

»Dieser ›Klub 33‹ war also ursprünglich als privater Speisesaal für Disneys Ehrengäste gedacht?«

»Ausländische Würdenträger und dergleichen«, bestätigte Jerry. »Auch Wissenschaftler – Disney war ein regelrechter Techniknarr. Es gibt sogar die Legende, die allerdings nicht stimmt, Disney habe seinen Leichnam in der Hoffnung, irgendwann in der Zukunft wieder zum Leben erweckt zu werden, kryogenisch gefrieren lassen. Den verrückteren Versionen des Mythos zufolge soll sich der Kryogentank unter den ›Piraten der Karibik‹ befinden, grad ein paar Türen weiter vom ›Klub 33‹.«

»Stimmt nicht?« fragte Joan.

»Nach Auskunft seines Totenscheins wurde Disneys Leichnam verbrannt«, sagte Jerry. »Seine Asche ist im Forest Lawn Memorial Park begraben, in Glendale, Kalifornien. Mehrere Fachkollegen sind dort hingefahren und haben es überprüft.«

»Entschuldigen Sie die Frage, Mr. Gant«, sagte Kite Edmonds, »aber was genau *ist* Ihr Fachgebiet? Welchen Bereich der Geschichte unterrichten Sie?«

»Gesellschaftswissenschaften an der High-School«, sagte er, mit hörbaren Anführungsstrichen um das erste Wort. »Kaum mehr als Erdkunde. Das habe ich jetzt Gott sei Dank hinter mir –

nicht, daß ich die Kinder nicht gern gehabt hätte, aber jeden Tag von sieben bis vier Unterricht, dazu noch die Lehrerversammlungen, das war für meinen Geschmack einfach alles zu durchgeplant und zeitraubend, selbst wenn man die Sommerferien berücksichtigt. Ich ziehe eine flexiblere Daseinsweise vor, wie den bezahlten Ruhestand. Was mein Spezialgebiet anbelangt – mein B.A.-Studium an der New Jersey State war eher interdisziplinär: adoxographische amerikanische Kulturgeschichte kombiniert mit recherchenorientierter anthropologischer Volkskunde.«

»Alligatoren in Abwasserkanal 101«, übersetzte Joan.

»Es *gab* Alligatoren in der Kanalisation«, sagte Jerry Gant. »Es gab wirklich welche.«

»Glaub mir«, sagte Joan, »das weiß ich.«

Jerry steckte die Betamax-Videokassette und das Achtspurband in die entsprechenden Abspielgeräte. Sein Arbeitszimmer war ein Elefantenfriedhof altmodischer audiovisueller Aufzeichnungs- und Wiedergabesysteme: ausgegrabene und restaurierte Zeugnisse vergangener Volkskulturen. Man konnte niemals wissen, welche eminent wichtigen Belanglosigkeiten in den Vinylrillen einer 78-U/min-Platte begraben oder auf der Magnetbeschichtung eines Spulentonbands aufgerollt liegen mochten; und außerdem machte es Spaß, die kleinen Spulen aufzufädeln, an der Kurbel des Victrola zu drehen und dem Tonarm zuzuschauen, wie er zur Musik der Vergangenheit tanzte.

Aber nicht alle Geräte in dem Zimmer waren veraltet: Jerry besaß einen Cray PC, der technisch noch up-to-dater war als der in Joans Büro. Der Betamax- und der Achtspur-Recorder waren beide daran angeschlossen. »Wir werden Ton und Bild digitalisieren und lassen sie dann vom Rechner synchronisieren«, sagte Jerry und startete den PC. »Spaß hin, Spaß her, aber ein Achtspurgerät ohne Rücklauf- oder Pausentaste manuell synchron zu kriegen ist eine elende Pfriemelei.«

Zuerst sahen sie sich das noch unvertonte Video an, das der Cray auf dem Monitor ausgab, während er ihn gleichzeitig abspeicherte. Zwei Männer saßen in einem eleganten Speiseraum an einem Tisch und sprachen mit einem Kellner, dessen blauer

Smoking das »Klub-33«-Logo trug. Einer der Männer, der Mondgesichtige, links vom Kellner, war ein alter Bekannter.

»John Hoover«, sagte Joan.

»John Edgar Hoover«, ergänzte Jerry.

Kite nickte. »Natürlich. Ich wußte doch, daß ich ihn schon mal gesehen hatte.«

»Moment mal«, sagte Joan. »*J. Edgar* Hoover? Der alte Direktor vom FBI?«

»Der Ober-G-man«, bestätigte Jerry.

»Aber der Mann da auf dem Bildschirm ist *John* Hoover, der Disney-Techniker, der den Automatischen Diener erfunden hat.«

»Nein«, sagte Jerry. »Ich kenne den John Hoover, den du meinst; ich hab ihn einmal bei Gant Industries getroffen, noch bevor du und Harry geheiratet habt. Er sah J. Edgar Hoover nicht im entferntesten ähnlich.«

»Aber wir haben John Hoover gestern kennengelernt, und er *sah* aus wie J. Edgar Hoover. Wie *dieser* Hoover da jedenfalls.«

»Jemand muß euch einen Streich gespielt haben, Joan. Ich glaub nicht mal, daß John Hoover noch am Leben ist. Er war schon sehr alt, als ich ihn kennengelernt hab, und gesundheitlich ziemlich angeschlagen. Er müßte ja dann jetzt Ende neunzig sein.«

»Nur zur Sicherheit«, sagte Joan, »J. Edgar Hoover ist auch tot, stimmt's?«

»O ja«, sagte Jerry.

»Mausetot«, fügte Kite hinzu.

Auf dem Monitor klappten die zwei Männer ihre Speisekarten zu und reichten sie dem Kellner; der Bildschirm verdunkelte sich und wurde schwarz. Dann Schnitt und Nahaufnahme eines Leihscheins mit Feldern zum Eintragen von Buchtitel, Verfasser und Katalognummer. Die Spitze eines Mechanischen Bleistifts kam ins Bild und schrieb in die Zeile für die Katalognummer: NYPL/171.303 607 949 6. Nach ungefähr fünf Sekunden verdunkelte sich wieder der Bildschirm, dann kam nur noch Flimmern.

»Der war kurz«, sagte Jerry Gant. »Sehen wir uns das mal mit Ton an.«

Er tippte Befehle in die Tastatur, mit denen er die Stimmerkennungsfunktion des Cray aufrief. Die Videosequenz lief ein zweitesmal ab, diesmal untermalt von einer verschwommenen, unverständlichen Geräuschkulisse; die versteckten Mikrophone des »Klub 33« schienen im Eimer zu sein.

»Wer ist der Mann, der mit Hoover zusammensitzt?« fragte Kite. Der Betreffende war schlanker als Hoover, trug einen makellosen grauen Anzug und hatte eine Narbe an der Nasenwurzel. »Der ist doch auch berühmt, oder?«

»Das ist Roy Cohn«, erklärte ihr Jerry. »Der Großinquisitor. Juristischer Chefberater von Joe McCarthys Ständigem Untersuchungsausschuß. Komisch, daß die beiden im ›Klub 33‹ essen. Nicht, daß es ihnen irgendwelche Probleme bereitet hätte, sich einen Gastausweis zu besorgen, aber ...«

»Kannte einer von beiden Disney persönlich?« fragte Joan.

»Hoover, glaub ich, ja. Walt war ein großer Rechter vor dem Herrn, und er hielt viel davon, seine ›örtliche FBI-Dienststelle zu unterstützen‹.«

»Verstehen Sie, was die sagen?« fragte Kite.

»Nein«, sagte Jerry. »Ich versuch das mal in Ordnung zu bringen ...« Er stoppte mit einem Tastendruck die Wiedergabe und tippte: START UN-BABEL\8T-SOUNDTRACK\ENTZERREN.

»Was ist Un-Babel?« fragte Joan.

»Ziemlich genau das, wonach es klingt. Es entwirrt Stimmengewirr. Entfernt Rauschen und andere Hintergrundgeräusche, reduziert weitestmöglich den Hall und stellt wenn nötig fundierte Vermutungen darüber an, welche Wörter am besten zum Lautbestand der Aufnahme passen. Ich benutz es, um rückwärts aufgenommene Botschaften auf alten Rock-'n'-Roll-Alben zu dekodieren.«

ENTZERRUNG ABGESCHLOSSEN, meldete der Cray auf seinem Monitor. MEHRFACHE LÖSUNG (A/B).

»Hmm«, sagte Jerry. »Das passiert manchmal, wenn die Aufnahme besonders schlecht ist.«

Er tippte: START BETAVIDEO M/UN-BABEL ENTZERRUNG A.

»Unser Haus steht zu Ihrer kulinarischen Verfügung« erklärte der blaubesmokingte Kellner. Die Herren wirkten unentschlossen, also redete der Kellner weiter, während Cohn und Hoover beide gleichzeitig zu sprechen anfingen: »Was ich heute empfehl –«

»Wenns recht –« sagte Roy.

»Ich –« sagte Hoover.

»– ums –«

»– gönn mir –«

Ein verlegenes Schweigen. Der Kellner sah etwas betreten aus, Cohn und Hoover verärgert.

»Nach Ihnen«, sagte Hoover mit einer ungeduldigen Geste, zu Roy gewandt.

»Oh, nein«, sagte Roy mit unaufrichtiger Höflichkeit. »Nach *Ihnen.*«

»Seis drum«, sagte Hoover. Er faltete die Hände, wandte sich an den Kellner und sagte: »Gem Se mir ne Kelle vom Tim-ball Fronicke. Artischockenherzen. Dazu weiche Rüben und warmen Meerrettich. Den zweiten Gang kann ich gleich mitbestellen: den scharf gegrillten Stör ... oder, ach, lieber die ›Brassen auf dem Nest von Schalotten‹. Mineralwasser und noch etwas Wein.«

Der Kellner nickte und wandte sich Roy zu. »Und Sie, Sir?«

»Ich denk, ich nehm den Salat du Chef aux Amandes.«

»Und wie möchten Sie ihn angemacht –?«

»Och, ›Tausend Inseln‹«, sagte Cohn. »Ratafia und Sago.«

»Sofort, Sir.« Der Kellner zeigte auf Roys leeres Glas. »Hätten Sie gern noch einen Gin Tonic?«

»Nur so glibbriges Grünzeug, das ist alles?« sagte Hoover. »Sie tun ja wien Scheißkarnickel fressen, Roy.«

»Je nun«, sagte Roy und reichte dem Kellner seine Speisekarte, »ich kann mich ja immer noch mit Ihrem Fischschwanz bedienen ...«

Ausblende und Schnitt zum Leihschein.

»Was ist Tim-ball Fronicke?« fragte Joan.

»*Timbale Veronique,* denk ich«, sagte Jerry Gant. »Un-Babel tut sich etwas schwer mit falsch ausgesprochenen fremdsprachlichen Ausdrücken. »Eine Art warme Geflügelpastete, mit Béchamelsauce übergossen und mit Kalbsbries, Lammhirn, weichgekochten Eiern und Trüffelscheiben garniert.« Er klopfte sich auf den Magen. »Macht dick.«

»Na, das scheint ja der richtige Ton zu sein«, meinte Kite. »Was kann denn dann die andere Lösung sein, die er rausgebracht hat?«

»Sehen wir mal«, sagte Jerry. Er tippte: START BETAVIDEO M/UN-BABEL ENTZERRUNG B.

Entzerrung B war ... anders.

»Außerparlamentarische Verfügung«, sagte der blaubesmokingte Kellner. Die Herren wirkten unentschlossen, also redete der Kellner weiter, während Cohn und Hoover beide gleichzeitig zu sprechen anfingen: »

»Basis-Steuerbefehl –«

»Ermächt –«

»– ig –«

»– ungs –«

»– Kode vier –«

Ein verlegenes Schweigen.

»Acht sieben«, sagte Hoover mit einer ungeduldigen Geste, zu Roy gewandt.

»Oh, neun«, sagte Roy. »Acht *Sieben.*«

»Zwei null«, sagte Hoover. Dann faltete er die Hände, wandte sich an den Kellner und sagte: »Gem Se mir ne Welt voll Idealnigger. Asoziale ausmerzen; desgleichen Krüppel und Abnorme, Häretiker und vaterlandslose Gesellen. Es darf Sie um Gotts willen nicht stören, notfalls die Rasse restlos auszurotten. Um so besser wird die neue dann sein.«

Der Kellner nickte und wandte sich Roy zu. »Und Sie, Sir?«

»Geschenkt! Ich nehme dem Staat das Heft aus der Hand.«

»Und wie hatten Sie sich das gedacht?«

»Durch tausend ironische ... Strafanträge«, sagte Cohn.

»Auf ein Wort, Sir«, sagte der Kellner und zeigte auf Roys leeres Glas. »Was verstehen Sie unter ›ironisch‹?«

»Wenn Ihre liebsten Überzeugungen zu nichts zerfallen«, sagte Hoover, »haun Sie sie denen in die Kommunistenfresse, Roy.«

»Werd ich tun«, sagte Roy und reichte dem Kellner seine Speisekarte. »Ich kann jeden weichkochen – das liegt ganz bei Ihnen ...«

Ausblende und Schnitt. Der Mechanische Bleistift schrieb: NYPL / 171.303 607 949 6.

»Hmm«, sagte Jerry Gant. »Hmm. Tja.«

»Spiels noch mal ab«, sagte Joan.

15

Lassen Sie uns damit beginnen, daß wir uns der Wahrheit verpflichten: sie zu sehen, wie sie ist, und sie auszusprechen, wie sie ist – die Wahrheit zu finden, die Wahrheit zu sagen und mit der Wahrheit zu leben. Genau *das* werden wir tun.

Richard Milhous Nixon, in der Dankesrede anläßlich seiner Ernennung zum republikanischen Präsidentschaftskandidaten, 1968

Ich möchte ein Pferd werden.

Elisabeth II. im Alter von sieben Jahren über ihre Zukunftspläne

Der Stamm, der nicht die meisten ist

Die »Yabba-Dabba-Doo« war bei Sonnenuntergang zum Auslaufen bereit. Morris' Vorbereitungen für die gewaltarme Kriegführung hatten sich als ein Klacks erwiesen: Alles, was er an Material und Gerät benötigte, befand sich entweder bereits an Bord des U-Boots oder war im Lagerraum der Piratenbucht vorhanden, und als Philo sich mit seinem Ersten in Verbindung setzte, meldete sich dieser schon aus Liberty Island. Das wirkliche Problem war, die restlichen Besatzungsmitglieder wieder zusammenzukriegen, die partout nicht auf ihre Beeper reagierten. Lexa Thatcher und Ellen Leeuwenhoek klapperten in ihren jeweiligen Autos die Stadt stundenlang ab, jede auf der Jagd nach sechs der zwölf fehlenden Piraten. Um an Norma Eckland und Asta Wills heranzukommen, brauchte Ellen einen Enterhaken, da sich die beiden ganz oben in einen anderen verlassenen Leuchtturm zurückgezogen hatten (dieser befand sich auf dem

Zipfel von Coney Island); und als Lexa endlich die palästinensischen Kazensteins im Manhattaner »Russian Tea Room« aufgespürt hatte, war deren Aston Martin gerade abgeschleppt worden, so daß sie alle fünf plus Irma Rajamutti in den Käfer gestopft werden mußten.

Bis zum späten Nachmittag waren sie allerdings alle in der U-Boot-Höhle beisammen. Morris stand auf dem Rumpf der »Yabba-Daba-Doo« und lud vier Raketenabschußrohre mit je einer gelben Boje, während er sich gleichzeitig bemühte, das Gestichle seiner palästinensischen Geschwister zu ignorieren. Asta, Norma, Irma, Marshall Ali, Neunundzwanzig-Wörter, Osman Hamid, Jael Bolívar und Ellen Leeuwenhoek waren unter Deck, desgleichen Seraphina, die sich von Ellen hatte mit rausnehmen lassen, um einem gewissen Jemand einen Heldenabschied zu bereiten. Philo schritt die Pier in voller Länge ab und unterzog den Rumpf des Bootes einer gründlichen Inspektion; sein morgendlicher Optimismus war einem steinernen Ernst gewichen, der fast schon ins Grüblerische spielte.

»Mulmig?« fragte Lexa. Sie ging eingehakt neben ihm.

»Nachdenklich«, erwiderte Philo. Er sah sie an. »Ganz schön bekloppt, was wir da vorhaben, wie?«

Lexa nickte. »Die meisten würden das wahrscheinlich so nennen, ja.«

Auch Philo nickte. Dann sagte er: »Ich hatte über Flora nachgedacht. Über 04.« Er drückte Lexas Hand. »Du hast während der Pandemie Menschen richtig sterben sehen, nicht? Ich meine, live gesehen, nicht im Fernsehen.«

»Ich hab durch die Pandemie einige gute Freunde verloren«, sagte Lexa. »Und wenn ich nicht bei ihnen war, war ich unterwegs und versuchte, über die Sache zu berichten. Zusammen mit Ellen, bis sie erfuhr, daß ihr Lover krank war. Und Joan, Joan war auch ständig unterwegs ... das war ja das Jahr, wo ihre Mutter sich mit dem Papst angelegt hat, und sie pendelte den ganzen Sommer lang ununterbrochen zwischen Boston, New York und Philly hin und her. Sie verließ Brooklyn am letzten Tag der Seuche, als die Regierung endlich anfing, Hilfsmaßnahmen einzuleiten. Sie war in Bed-Stuy, als es brannte. Typisch Joan – um ein Haar wäre sie von der Nationalgarde erschossen worden.«

»Mmm«, sagte Philo, »ein Erlebnis, das ich durchaus nachvollziehen kann.«

»Was ich noch immer unbegreiflich finde«, sagte Lexa, »ist, wie viele Leute sagen, sie hätten ›die Pandemie verpaßt‹, oder Sachen in der Art – so, als würde man sagen, man sei während der Sintflut grad nicht in der Stadt gewesen.«

»Na ja«, sagte Philo, »du weißt, daß *ich* nicht da war.«

»Aber das ist was anderes. Ich red nicht davon. Du warst *wirklich* nicht in der Stadt, als die Pandemie passierte.«

Tatsächlich war Philo bei Ausbruch der Seuche auf See gewesen, seit fast einem Jahr schon, und hatte mit einer Öko-Schar von Regenbogenkriegern auf einem Dreißigmeter-Korsar Dienst getan. Wie Philo es später auf der »Yabba-Dabba-Doo« auch tun würde, hatten die Krieger den Atlantik in allen Himmelsrichtungen abgeklappert, waren nach Süden gesegelt, um eine Flotte japanischer Ernteschiffe zu stören, die widerrechtlich Raubbau am Krillbestand der Weddellsee trieben, nach Norden in die Dänemarkstraße, um von isländischen Fischern ausgelegte Treibnetze einzuholen, nach Osten und Westen auf der Suche nach weiterem Unrecht, das es in der Biskaya und im Golf von Mexiko zu richten galt. Auf ihre Weise ähnelten die Regenbogenkrieger durchaus den Pennsylvania-Deutschen, bei denen Philo aufgewachsen war: prinzipientreu; hart arbeitend; pazifistisch; technologiefeindlich; vollbärtig und eigenbrötlerisch. Sie hatten ein Kurzwellenradio an Bord, benutzten es aber praktisch nur, um den Wetterbericht zu hören und um sich von ihrer Bostoner Zentrale Meldungen über potentielle Zielobjekte durchgeben zu lassen; ihre Post wurde nach dem jeweiligen Hafen weitergeleitet, den der Korsar vermutlich als nächstes anlaufen würde, aber solche Vermutungen erwiesen sich oft als falsch, und die Briefe und Päckchen mußten in der Regel noch mehrmals weiter-weitergeleitet werden. Was auch erklärte, mit welcher Verspätung Philo erfahren hatte, daß er Vater geworden war.

»Nach unserem Abschluß an der U. Penn.«, hatte Philo Lexa erklärt, »verloren Flora und ich uns aus den Augen und sahen uns jahrlang nicht wieder. Wir trafen uns 03 bei einem Ehemaligen-Picknick wieder, unmittelbar bevor ich mich einschiffte, und ... na ja, du kannst dir ja vorstellen, was passiert ist. Pennsylvania war damals ein roter Staat, ein *sehr* roter – die hatten seinerzeit gerade das Gesetz verabschiedet, nach dem es strafbar sein sollte, den Staat zwecks Durchführung eines Schwangerschaftsabbruchs zu verlassen, und es war ein Streit darüber im Gange, ob das mit der Verfassung zu vereinbaren sei. In zwei Wochen hätte das Oberste Bundesgericht seine Entscheidung verkündet, und wie es aussah, stand es fünfzig zu fünfzig; da dachte Flora, ihr blieben nur ein paar Tage Zeit, sich zu entscheiden, und das ohne irgendeine Möglichkeit, sich mit mir in Verbindung zu setzen. Also schrieb sie mir als Ersatz für die Diskussion, die wir nicht führen konnten, einen Brief.«

Der Brief war an Philos alte Philadelphiaer Adresse geschickt worden; er gelangte schließlich nach Boston, machte dann eine Rundreise über Porto Alegre, Abidjan, Gibraltar und Calais und holte Philo zu guter Letzt auf den Färöern ein. Inzwischen war der ursprüngliche Poststempel zehn Monate alt, und seit dem schicksalhaften Picknick war fast ein ganzes Jahr verstrichen. So saß Philo in Tórshavn auf einer Bank vor dem Nordischen Haus, las das halbe Dutzend engbeschriebener Seiten, führte im Kopf rasch ein paar Subtraktionen durch und gelangte zu dem Ergebnis, daß er schon seit Mai oder spätestens Anfang Juni Papa war ... es sei denn, Flora hatte sich, nachdem sie den Umschlag zugeklebt hatte, noch einmal umentschieden.

Als der Versuch, Philadelphia vom Tórshavner Postamt aus telefonisch zu erreichen, scheiterte, trieb Philo die Regenbogenkrieger zusammen und überredete sie, sofort in See zu stechen und Kurs auf die Ostküste zu nehmen. Es war eine schwierige Überfahrt: rauhe See und starke Gegenwinde verfolgten sie bis fast nach Neufundland, wodurch sie nur langsam vorankamen, und auf halbem Weg durch den Atlantik ergoß sich ein vom Sturm umgeworfener Becher Kräutertee ins Kurzwellenradio und verursachte darin einen Kurzen. Taub für alle Nachrichten von der Epidemie, die auf dem Festland ausgebrochen war, segelten die Krieger unbeirrt weiter, machten um Boston einen Bogen und ankerten in der Delawarebucht. Philo packte einen Matchsack, fuhr in einem Zodiak allein den Delaware River hinauf und erreichte Penn's Landing kurz nach Einbruch der Dunkelheit.

Wie in New York, hatte es in Philadelphia in einigen von der Seuche betroffenen Vierteln kurzlebige Unruhen gegeben, und so war in der Stadt eine Ausgangssperre verhängt worden; aber alles, was Philo wußte, war, daß er kein Taxi finden konnte. Als die Münztelefone am Hafen sein färöisches Kleingeld zurückwiesen, beschloß er, die drei Kilometer bis zu Floras Apartmentkomplex zu laufen. Glück und Ahnungslosigkeit steuerten ihn mit vereinten Kräften an Polizeistreifen und Kontrollposten der Nationalgarde vorbei.

Als er bei Floras Haus ankam, war der Strom abgestellt. Allmählich über die völlig menschenleeren Straßen beunruhigt – *so* spät in der Nacht war es ja noch gar nicht –, hämmerte er mit den Fäusten gegen die Eingangstür. Niemand kam, ihm aufzumachen, aber das Schloß gab bald seinem Gehämmer nach. Er rannte die vier Stockwerke hoch, ohne auf der Treppe einer einzigen Menschenseele zu begegnen.

Die Tür zu Floras Apartment stand einen Spaltbreit auf. Philo fand seine Tochter auf einem Sessel neben einem offenen Fenster liegend, lose in den Bademantel ihrer Mutter gewickelt. Für ein halbverhungertes und -verdurstetes Baby sah sie bemerkenswert zufrieden aus: Sie lächelte Philo an und schloß ihr Fäustchen um seinen Finger, dann wartete sie geduldig, während er den Rest der Wohnung durchsuchte. Flora war nirgends zu finden. Gegen die Panik ankämpfend, trug Philo die Kleine in die Küche und trieb eine Flasche, etwas Milch und eine frische Windel auf; er fütterte sie, badete sie in der Spüle und wickelte sie neu. Dann ging er zum Telefon – das in der Küche funktionierte noch – und wählte die 911. Er bekam zweimal hintereinander das Besetztzeichen und wollte es gerade noch einmal versuchen, als draußen ein Streifenwagen mit blitzendem Blinklicht vorbeischoß.

Und damit begann der wirkliche Alptraum: Philo öffnete ein Fenster und schrie auf die Straße hinunter um Hilfe. Der Polizeischlitten bremste und erbrach vier Bullen mit Schrotflinten. Die Bullen sahen keinen verwirrten Vater, der für sein Kind um Hilfe rief; sie sahen einen großen schreienden Schwarzen mit einem bombenförmigen Bündel in den Armen. Sie leerten die Magazine ihrer Schrotflinten auf ihn. Als er vom Fenster verschwand und Deckung nahm, gingen sie zu Tränengas über und schafften es in kürzester Zeit, das Haus in Brand zu stecken. Das Baby an die Brust gedrückt, entkam Philo durch den Hinterausgang des Apartmenthauses; die Polizei funkte den für das Viertel zuständigen Kommandoposten der Nationalgarde an und warnte vor einem wahnsinnigen Bombenwerfer.

Der Rückmarsch zum Hafen nahm fast den ganzen Rest der Nacht in Anspruch. Straßen, die vorher verlassen ausgesehen hatten, wimmelten jetzt von bewaffneten Männern und Frauen, von denen Philo annehmen mußte, daß sie ohne Vorwarnung schießen würden. Irgendwann, während er auf einem Parkplatz zwischen den Autos kauerte, um sich vor einem patrouillierenden Helikopter zu verstecken, sah er zufällig ein Fatzke-Nummernschild, dessen Buchstabenkombination SERAPHINA lautete, und er flüsterte den Namen im Singsang vor sich hin, um seine Tochter zu beruhigen. Es gefiel ihr.

Das Glück war ihnen hold. Als der Morgen graute, hatte Philo wieder den Zodiak erreicht; Seraphina schlief gemütlich in einer Kiste mit Überlebensausrüstung, während ihr Vater zusah, daß sie beide so schnell wie möglich vom Ufer wegkamen. Sie machten nur einen Zwischenstopp – einen Abstecher in den Bootshafen des Franklin Seaman's Club, um von einer unbewachten Jacht Sprit abzusaugen –, aber danach nahm Philo erst wieder Gas weg, als Philadelphia weit hinter ihnen lag. Er steuerte stromaufwärts, auf Trenton zu; mit Kurs auf das offene Meer hätte er sich sicherer gefühlt, aber er wußte, daß die Regenbogenkrieger mittlerweile die Delawarebucht verlassen haben würden, und sein momentan vorrangigstes Ziel war, einen Zeitungskiosk aufzutreiben, der nicht von Truppen umstellt war, um endlich zu erfahren, was eigentlich los war. Daß das Chaos, dem sie gerade entronnen waren, auch in anderen Städten herrschen könnte, kam ihm nicht in den Sinn, ebensowenig hätte er sich vorstellen können, daß er und seine Tochter sich gerade auf der allerersten Etappe einer langen Reise ins Exil befanden. Er wußte nur eins: daß er am Leben war und es auch zu bleiben gedachte – und daß er, außer Flora meldete sich noch mal, so bald nicht wieder in die Stadt der brüderlichen Liebe zurückkehren würde.

»Das ist doch eigentlich einsichtig«, sagte Philo jetzt. Nachdem er die Inspektion des Bootsrumpfes abgeschlossen hatte, lehnte er sich mit seinem ganzen Gewicht auf Betsy Ross' Fronthaube; Lexa lehnte sich an ihn und schlang wieder seine Arme wie einen Sicherheitsgurt um sich. »Daß ich die Seuche und ihre Auswirkungen überlebt habe, meine ich – das ergibt einen Sinn. Wenn ich mein Leben lang je was gewesen bin, dann ein Außenseiter. Schwarzer Amischer, wer hat schon mal von so was gehört? Und dann, als ich nach Philly gezogen bin und meine Adjektive umgemischt hab: Amischer Afroamerikaner – A hoch drei, sagte Flora immer dazu –, wer hat je von *so* was schon gehört?« Er stützte sein Kinn auf Lexas Schulter und starrte auf die »Yabba-Dabba-Doo«. »Glaubst du, daß das irgendwie zählen könnte, falls es zum Schlimmsten kommt?«

»Wie meinst du das?«

»Na ja, was du vorhin gesagt hast: Die *meisten* Leute würden sagen, diese Mission zur Rettung der Lemuren sei Schwachsinn. Die meisten würdens gar nicht erst versuchen. Und vielleicht würden die meisten von denen, *die* es versuchten, gar nicht überleben, geschweige denn es schaffen ...«

»... aber du bist *nicht* die meisten«, sagte Lexa, die jetzt den Gedankengang verstanden hatte. »Genaugenommen bist du *weniger* die meisten als fast jeder andere sonst auf der Welt. Deswegen stehen die Chancen für dich sogar ziemlich gut.«

»Genau.«

»Ich bin mir nicht so sicher, daß es so funktioniert«, sagte Lexa. »Ich wäre an deiner Stelle trotzdem sehr, sehr vorsichtig.«

»Keine Angst«, sagte Philo.

»Hier«, sagte Lexa. Sie wühlte in ihrer Handtasche und hielt ihm einen alten Silberdollar hin, den fünf Generationen von Fingern auf beiden Seiten fast völlig glatt gerieben hatten.

»Als Glücksbringer?«

»Sagen wir, als zusätzlicher Anreiz, vorsichtig zu sein«, erwiderte Lexa. »Er bedeutet mir sehr viel. Sollte er auf dem Grund des Hudson Canyon enden, von wo ich ihn nicht wieder zurückholen kann, dann wäre ich *sehr* ärgerlich.« Sie verdrehte den Kopf nach hinten und sah ihm in die Augen. »Kapiert?«

Philo nickte. Er nahm den Silberdollar und steckte ihn in die Tasche, schob den Kopf unter Lexas Kinn, preßte ein Lächeln in die Vertiefung ihrer Kehle und flüsterte: »Kapiert.«

Ein kurdisches Liebesamulett

Seraphina fand Marshall Ali in seiner Kajüte. Eine offene Stahlkassette lag zwischen seinen Füßen auf dem Boden, und eine Kollektion von steinernen Artefakten war neben ihm auf der Koje ausgebreitet.

»Was ist das?« fragte Seraphina, als Marshall Ali sie zu sich hereinwinkte.

»Das ist kurdische Archäologie«, erklärte er ihr. »Das alles.« Er deutete auf fünf weitere Kassetten, die an einem Schott aufgestapelt lagen und mit Leinwandgurten festgezurrt waren. »Als ich aus der Türkei floh, war es unumgänglich, noch viele weitere Behälter zurückzulassen; das hier war alles, was ich tragen konnte. Aber es ist die größte Sammlung kurdischer Artefakte auf der ganzen Welt. Es ist die einzige.«

»Du mußtest die Türkei verlassen?«

»Zusammen mit meinem guten Freund Osman Hamid. Er fuhr das herrliche Taxi von Istanbul nach Diyarbakir, wo ich wohnte. Wir sahen uns im Haus meiner Großmutter immer Videos an: amerikanische Martial-arts-Filme, auch Raubkopien von Kassetten mit Sonny Bono und Cher Sarkisian. Jedes Jahr während des heiligen Monats Ramadan erforschten wir die Ruinen Türkisch-Kurdistans. Wir fasteten, wie es zu Ramadan Sitte ist, und der Hunger schenkte uns Visionen, die die Geheimnisse der Vergangenheit entschleierten. Bedauerlicherweise schenkt das Ramadan-Fasten auch eine reizbare Stimmung. Bei unserer letzten Expedition wurden wir von einem dicken türkischen Soldaten aufgespürt, einem sehr abscheulichen Mann. Er schlich sich mit seinem Jeep an unser Lager heran und hörte, wie ich ein Lied von Sonny und Cher sang, das ich ins Kurdische übersetzt hatte. In der Türkei ist das ein schweres Verbrechen.«

»Lieder von Sonny und Cher zu singen?«

»Sich der kurdischen Sprache zu bedienen. Zehn Jahre Gefängnis ist das mindeste. Das gehört zum kulturellen Expansionsprogramm der Regierung. Osman versuchte, ein gutes Wort für mich einzulegen, aber das reizte den Soldaten nur um so mehr – der Anblick eines türkischen Landsmanns, der einen Kurden in Schutz nahm –, und er kehrte zu seinem Fahrzeug zurück und fuhr damit auf mich los. Ich war gezwungen, mich im Stil des amerikanischen Ninja Chuck Norris zu verteidigen: Ich sprang über die Motorhaube des Jeeps und stieß meinen Fuß durch die Windschutzscheibe. Das erwies sich als wirkungsvoll. Ich wollte, alle bösen Türken hätten nur *einen* Hals … aber die Welt ist nicht so unkompliziert. Kurz nachdem wir nach Diyarbakir zurückgekehrt waren, erfuhr ich, daß weitere Soldaten nach uns suchten, mehr Soldaten, als selbst der schätzenswerte Bruce Lee hätte in Schach halten können. Wenn wir nicht wünschten, wie Butch Cassidy und Sundance Kid zu enden, war es unumgänglich, daß wir das Land in aller Eile verließen. Unterstützt wurde unsere Flucht durch den Mossad-Zweig der Familie Kazenstein, dem meine irakischen Vettern früher einmal einen besonderen Dienst erwiesen hatten.« Marshall Ali breitete die Hände aus. »Und heute sind wir hier. Ich werde Kurdistan nie wiedersehen.«

»Das ist schrecklich traurig«, sagte Seraphina und wünschte, sie hätte seinetwegen wirklich traurig sein können.

»Es ist Vergangenheit«, sagte Marshall Ali zu ihr. »Nicht vergessen, aber erledigt. Aber du hast mich nicht aufgesucht, um dir betrübliche Geschichten anzuhören. Deine Stirn glänzt vom Gluttau der verliebten Frau.«

Seraphina führte eine Hand an ihre Stirn, die sich irgendwie ölig anfühlte. »Sieht man das wirklich so deutlich?«

Marshall Ali lächelte. »Möchtest du wissen, wo er ist?«

»Eigentlich hatte ich gehofft …«

»Einen Rat zu bekommen?«

»Ja«, sagte Seraphina. »Einen Rat, wie ich … wie man am besten … also …«

»Die Frau stellt dem Manne nach mit Wollust in ihrem Herzen«, sagte Marshall Ali. »*Die* Sorte Filme haben wir damals nicht ausgeliehen. Ich glaube, sie sind in der Türkei verboten.«

»Dann kannst du mir also überhaupt keine Tips geben?«

»Die Handfläche.«

»Die Handfläche?«

Er nickte. »Ergreife das Handgelenk so« – er umfaßte ihr linkes Handgelenk mit seinem rechten Daumen und Zeigefinger – »und appliziere die Spitze der Zunge auf die Handfläche.«

»Du meinst, *seine* Handfläche? Meine Zunge auf seine Handfläche?«

»Nur, wenn du willst, daß es funktioniert. Fahre die Linien der Handfläche nach, dann jeden Finger hoch, einen nach dem anderen, langsam, aber mit Autorität. Sieh ihm dabei in die Augen. Außerdem« – er tippte an die entsprechende Stelle – »lecke ihn hinter dem Ohr. Er wird heulen wie ein Schakal.«

»*Die* Sorte Filme habt ihr noch nie ausgeliehen, hm?«

»Mein Ehrenwort.«

Seraphinas Blick schweifte zurück zu den Steinartefakten. »Du hast nicht zufällig ein altes kurdisches Liebesamulett, wie? Nur so zur zusätzlichen Absicherung?«

»Ah! Einen Moment!« Marshall Ali stand von seiner Koje auf und ging eine andere Kassette öffnen. »Das Wichtigste zuerst«, sagte er und warf Seraphina einen perforierten Streifen von kleinen flachen Alupäckchen zu. »Der weise Krieger trägt *immer* seine Rüstung. Wenn er sich sträubt oder anfängt, von Gummiregenmänteln zu reden, mußt du ihn mit Maulschellen traktieren, bis seine Vernunft sich wieder einstellt. Jetzt wollen wir mal ... ja. Hier ist es.«

Seraphina hätte einen Anhänger oder ein Armband erwartet, aber das Liebesamulett, das Marshall Ali ihr gab, war nur ein Stück Papier mit einer farbigen Zeichnung darauf: ein buntes Blumensträußchen.

»Das ist kurdisch?« fragte Seraphina. »Sieht nicht besonders alt aus.«

»Es ist ein Tattoo«, erklärte Marshall Ali. »Es ist das Tattoo auf der Gesäßbacke von Cher Sarkisian Bono. Eine Reproduktion«, fügte er hastig hinzu.

»Soll ich das vielleicht auf mich draufzeichnen?«

»Falte das Papier zusammen. Stecke es in deine Gesäßtasche – ich habe Jeans mit Schlag, die leihe ich dir. Dann, wenn du die

Zunge auf die Handfläche applizierst, wenn du ihn hinter dem Ohr leckst – *visualisiere das Tattoo.* Es kann nur *ein* Resultat geben.«

Seraphina wägte die Alupäckchen in der offenen Hand. Sie brauchte nicht lang, um zu entscheiden, was zu tun sei; ganz und gar nicht lang.

»Na dann«, sagte sie, »wo ist er?«

Harry auf dem Wasser

Das Fracht-Hovercraft glitt in der Morgendämmerung hinaus auf die Bucht, auf der sich der Müll im orangefarbenen Sonnenlicht gut sichtbar abhob. Das Hovercraft hatte in etwa dieselbe Form wie die flachen Patrouillenbarkassen der Abwässerbehörde, aber es war viel größer und schwebte auf einem Luftkissen, das silbriggrüne Fächer übelriechender Gischt aufsprühen ließ. Harry Gant, Vanna Domingo und Whitey Caspian konferierten im Bug, während das Fahrzeug in einem Bogen auf Liberty Island zuhielt.

»Es ist bloß, daß eine kleine Vorwarnung nicht schlecht gewesen wäre«, beklagte sich Vanna gerade. »Ein bißchen mehr Zeit für Vorbereitungen.«

»Je nun, Vanna, aber Sie waren gestern nicht greifbar, als Whitey mich aufgesucht hat«, sagte Gant. »Wir haben's versucht, aber Sie waren einfach unauffindbar. Abgesehen davon, denke ich, daß das Büro des Bürgermeisters die Angelegenheit hervorragend für uns geregelt hat. Es besteht wirklich überhaupt kein Grund zur Nervosität.«

»Das Militär sollte an der Sache beteiligt sein«, beharrte Vanna. »Der Hafen sollte gestopft voll mit Zerstörern und Schnellbooten sein. Und dieser Kahn sollte mit Marineinfanteristen bemannt sein, nicht –«

»Wir haben darüber mit dem Bürgermeister diskutiert«, erklärte ihr Whitey. »Seine Entscheidung, das Pentagon aus der Angelegenheit herauszuhalten, hatte mehrere Gründe, darunter auch die Tatsache, daß wir noch immer nicht hundertprozentig sicher sind, daß sich der U-Boot-Stützpunkt überhaupt da befindet. *Wenn* er sich da befindet, und wenn die Piraten da drin sind, dann haben sie wahrscheinlich eine Wache postiert, und es ist fraglich, ob ein Marinegeschwader, das in der Bucht auffährt, ihrer Aufmerksamkeit entgangen wäre. Wir wollen nicht zu früh losschlagen, sonst könnten sie uns entwischen, mit oder ohne Boot. Und wenn es tatsächlich auf eine gewaltsame Konfrontation hinauslaufen sollte, würde der Bürgermeister die Sache lieber der Polizei überlassen; ein regelrechtes Seegefecht führt zu einer unnötigen Vermehrung der eingesetzten Feuerkraft, und das Risiko irgendwelcher baulicher Neben –«

»Sie haben *noch immer* den Verstand einer Mohrrübe«, sagte Vanna Domingo. »U-Jagdwaffen beschädigen keine Immobilien. Es gibt keine Apartmenthäuser unter Wasser.«

»Der Bürgermeister meint jedenfalls –«

»Der *Bürgermeister* hat politische Ambitionen«, sagte Vanna. »Deswegen sitzt er mit *denen* hinten im Heck. Der Bürgermeister möchte, daß das NYPD Dufresne hochnimmt, damit er den ganzen Erfolg für sich beanspruchen und den Prestigezuwachs für einen Sprung in den Senat ausnutzen kann.«

»Das ist keine schlechte politische Strategie«, bemerkte Harry Gant.

Vanna schüttelte den Kopf. »Ich wünschte nur, ich hätte vierundzwanzig Stunden eher von der Sache erfahren, das ist alles ...« Sie steckte eine Hand in die Manteltasche und spürte das geringe Gewicht einer handtellergroßen, auf der einen Seite flachen, auf der anderen leicht konvexen Metallscheibe: ein improvisiertes Gerätchen, das Vanna, kaum daß sie erfahren hatte, was los war, bei der Abteilung Forschung & Entwicklung von Gant Industries mit höchster Dringlichkeitsstufe in Auftrag gegeben hatte. Die »Mitterrand Sierra«, vor Sandy Hook im Hinterhalt liegend, wäre ihr zwar lieber gewesen, aber um *das* zu organisieren, hatte die Zeit nicht mehr ausgereicht.

»Machen Sie sich keine Gedanken darum, Vanna«, sagte Gant. *Seine* Manteltasche hing halb herunter, von einem geisteskranken Bettler abgerissen, der sie vor einer Stunde angequatscht hatte, als sie aus dem Phoenix herausgekommen waren. Der Bettler – mit strähnigen Haaren, ungepflegtem Vollbart und einem nietenbeschlagenen Lederhalsband um die

Kehle – war ihnen auf dem Bürgersteig entgegengerannt und hatte dabei mit einem Blechbecher voller Bleistifte geklappert und um eine widerwärtig aufgeblähte Zunge herum irgendwelche Unworte gegurgelt. Es waren vier Sicherheitsbeamte mit Elektrostäben nötig gewesen, um den Mann zu vertreiben.

»Genau«, sagte Whitey, »machen Sie sich *keine* Gedanken darum. Sehen Sie mal da rüber.« Er deutete auf ein großes Passagierschiff, das in der Meerenge am Südende der Oberen Bucht lag. »Das ist die ›QE-II/2‹. Offiziell ein Vergnügungsdampfer, aber sie ist bewaffnet.«

»Bewaffnet?« sagte Gant.

»Nicht, daß sie auf irgend etwas schießen wird, Harry – die Kanonen sind nur dazu da, die Royals zu beschützen, wenn sie sich an Bord befinden. Aber sie ist ein großes Schiff, und ihr Fahrplan stimmt zufällig mit dem unsrigen überein, also hat der Bürgermeister den Hafenmeister veranlaßt, den Kapitän kurz anzurufen. Die ›QE-II/2‹ wird so lange in der Meerenge liegen bleiben und die Durchfahrt versperren, bis wir sicher sind, daß wir Dufresne haben. *Und,* Vanna, als zusätzliche Sicherheitsvorkehrung hat der Bürgermeister FBI Special Agent Ernest G. Vogelsang von der Sektion für un-un-amerikanische Umtriebe Downtown in einem Quirl postiert. Vogelsang ist über die genaue Natur der Operation nicht informiert worden – der Police Commissioner hat ihn lediglich gebeten, sich für einen möglichen Hilfseinsatz bereitzuhalten –, aber er ist jedenfalls da und kann bei Bedarf herbeigefunkt werden. Sie sehen also, es kann eigentlich nichts schiefgehen ...«

»Alles kann immer schiefgehen«, sagte Vanna. »Es ist immer so. Ein *Vergnügungsdampfer*... Harry, *möchten* Sie überhaupt, daß Dufresne gefaßt wird?«

Gant schenkte ihr ein Lächeln, das ihr alles sagte, was sie zu wissen brauchte. »Das wird perfekt klappen, Vanna. Es ist ein klasse Plan.«

»Gut«, sagte Vanna. Nur der Gedanke an die kalten Tiefen des Hudson Canyons gab ihr die Kraft, sich ihrerseits ein Lächeln abzuringen. »Ein klasse Plan. Das ist genau, was wir brauchen.«

»Natürlich stehts euch frei auszusteigen«, sagte Morris, während er das letzte Raketenrohr hermetisch verriegelte. »Der Dienst auf der ›Yabba-Dabba-Doo‹ ist von jeher eine absolut freiwillige Angelegenheit gewesen. Mir persönlich bedeutet Philo zuviel, als daß ich ihn gerade dann im Stich lassen könnte, wenn er mich am meisten braucht, aber laßt euch bitte nicht durch mein Beispiel zu einer falschen Entscheidung nötigen. Jeder muß sich seine Maßstäbe für Loyalität selbst setzen ... und für Mut.«

»Nun ja«, sagte Heathcliff, »nun ja ... es ist nicht so, daß wir Philo gegenüber *nicht* loyal wären.«

»*Das* ist es nicht«, pflichtete Klein Nell bei. »Es ist ganz und gar nicht das.«

»Tut mir leid, Leute«, sagte Morris. Er sah nicht auf, weil er befürchtete, sich durch einen falschen Gesichtsausdruck zu verraten. Das konnte ohne weiteres die einzige Chance sein, die er je haben würde, seine Geschwister moralisch von oben herab zu behandeln, und er beabsichtigte, die Gelegenheit nach allen Regeln der Kunst auszuschlachten. »Tut mir leid, Leute, das wollte ich nicht unterstellen, ich meine, *natürlich* seid ihr loyal. Besonders nach allem, was Philo für euch getan hat – euch die allerfeinsten Jobs im Boot gegeben, eure Forschungsprojekte finanziert ... ich bin sicher, ihr seid nicht nur loyal, sondern *dankbar.* Aber laßt euch davon bloß kein schlechtes Gewissen machen, das hier ist noch immer eine Freiwilligenorganisation, und wenn ihr das Gefühl habt, daß diese Mission zu gefährlich für euch ist, dann –«

»Nun aber!« sagte Mowgli. »Es ist nicht die *Gefahr,* nicht direkt, es ist ... es ist ...«

»Es ist der Charakter«, schlug Galahad vor. »Der Charakter der Mission ist nicht palästinensisch genug.«

»Ja, das ist es!« platzte Heathcliff heraus. »Wir sind loyal, wir sind tapfer, und wir lachen dem Tod ins Gesicht. Gefahr bedeutet für uns nichts – wir würden, ohne mit der Wimper zu zucken, mit einem Ruderboot gegen ein Schlachtschiff antreten. Aber nur für Palästina. Lemuren sind eine edle Sache, aber wenn wir unser Leben hingeben sollen, dann möchten wir, daß es für die Befreiung Palästinas ist.«

»Hmm«, sagte Morris. »Dann werdet ihr also vermutlich zur West Bank zurückkehren, hm?«

»Was?« sagte Oliver.

»Ich werd mit Philo reden, vielleicht können wir euch ja die Flugtickets spendieren.«

»Was meinst du damit«, sagte Heathcliff, »›zur West Bank zurückkehren‹?«

»Na ja, wenn ihr nicht mehr im Maschinenraum arbeitet, dann werdet ihr doch wohl nicht in New York bleiben wollen, oder? Schließlich könnt ihr nicht allzuviel zur Befreiung Palästinas beitragen, solange ihr hier festsitzt. Und selbst in London wärt ihr Tausende von Kilometern von der Front entfernt. Aber wenn wir euch in eine Maschine nach Bethlehem setzen, könntet ihr schon Ende der Woche mit Shin Bet und dem Verteidigungsbündnis der West-Bank-Siedler die Klingen kreuzen.«

»Also, Morris, wir sollten wirklich nichts überstürzen ...«

Im Deck öffnete sich eine Luke. Jael Bolívar und Ellen Leeuwenhoek wuchteten jede einen Käfig mit einem eingesperrten Luchs herauf.

»Sinds die letzten?« fragte Morris.

Jael nickte. »Die Hamster sind auch schon alle von Bord. Iggy-das-Faultier und Borneo Bill waren sowieso schon bei meiner Schwester in Astoria, da hab ich sie gleich dagelassen. Aber hör mal, Morris: Ich möchte auch ein paar Pflanzen rausschaffen. Wenn du grad den Bug für mich aufmachen könntest –«

»Schlags dir aus dem Kopf.«

»Morris!«

»Jael, dafür haben wir jetzt keine Zeit. In ein paar Stunden müssen wir hier raus sein.«

»Also, Morris«, warf Heathcliff ein, »seien wir doch bitte nicht zoozentrisch. Pflanzen gehören ebenso zur Umwelt wie Tiere, und wenn Jael der Ansicht ist, daß wir den Beginn der Mission hinauszögern sollten, um –«

»Psssst!« zischte Jael.

»Mach nicht ›Psssst‹ zu mir!« sagte Heathcliff. »Ich bekunde nur panarabische Solidarität mit deinem Standpunkt!«

»Scheiß auf die panarabische Solidarität! Was ist das für ein Geräusch?«

Ellen Leeuwenhoek hatte es auch gehört. »Klingt wien Müllschlucker, in den Steine reingeraten sind«, sagte sie.

»... oder eine Bohrspitze, die sich durch Granit arbeitet«, sagte Morris. Staub rieselte von der Decke der Höhle herab, und der Lärm wurde lauter. »Galahad, Mowgli, lauft zu Irma und sagt ihr, sie soll die Maschinen anwerfen.«

»Aber wir haben doch noch gar nicht entschieden –« hub Klein Nell zu protestieren an. Ein großer Steinbrocken löste sich von der Decke und zertrümmerte sich auf der Nase des U-Boots selbst zu Schotter.

»In Ordnung«, sagte Heathcliff und stürmte todesverachtend allen voran unter Deck. Jael Bolívar gab Ellen ihren Luchs zum Halten und fing an, die Leinen loszumachen.

Philo kam die Gangway heraufgerannt. »Eindeutig Besuch im Anmarsch«, sagte er. »Sind wir klar zum Auslaufen?«

»Die Bojen sind arretiert und gefüllt«, sagte Morris. »Die Akkus sind sind noch nicht vollständig wiederaufgeladen, aber wir müßten mehr als genug Saft haben, um morgen durchzukommen, und ich kann immer noch das Hilfsstromaggregat zuschalten, wenns nötig werden sollte.«

»Wie stehts mit Lebensmitteln? Könnte sein, daß wir länger auf See bleiben, als geplant war.«

»Vorrat für dreißig Tage, Getreideflocken mitgerechnet«, sagte Morris. »Wird reichen müssen.«

Von den Wänden und der Decke lösten sich inzwischen weitere Felsbrocken. »Wenn wir in einem Monat keinen neuen Liegeplatz gefunden haben, dann müssen wir wohl angeln lernen. Oder wir lassen die Maschinenraumbesatzung Strohhalme ziehen.«

»Alle Leinen sind los!« rief Jael.

»In Ordnung«, sagte Philo, »dann los!« Er drehte sich um, um die Laufplanke einzuholen, und sah, daß Lexa noch immer auf der Pier stand. »Was treibst du da? Komm an Bord!«

Lexa schüttelte den Kopf. »So wars nicht geplant.«

»Lexa, da kommt jemand mit einem *Bohrwagen* an, wahrscheinlich die Pioniertruppe. Willst du dich erschießen lassen?«

»Wenn die mich erschießen«, sagte Lexa, »kann ich dir morgen nicht den Rücken stärken. Folglich *können* sie mich nicht erschießen.«

»Lexa –«

Betsy Ross und Ellens Citroën ließen ihre Motoren aufheulen und machten einen Satz nach vorn, als die Wand hinter ihnen einstürzte. Ein massiges Kettenfahrzeug mit einem Steinbohrer als Schnauze zwängte sich krachend durch die Bresche.

»Komm an Bord!« schrie Philo.

»Ich liebe dich«, sagte Lexa, mehr um sich in ihrem Entschluß zu bestärken, als um irgend etwas zu beweisen. »Und ich verspreche, daß ich morgen zum vereinbarten Termin da sein werde, komme, was da wolle. Jetzt verschwinde hier, bevor sie *dich* erschießen.«

Die Besatzung des Bohrwagens war schon am Absitzen. Es waren doch nicht die Pioniere oder sonst eine Truppengattung; statt mit Gewehren und Handgranaten waren die Kämpfer, die Harry Gant zusammengetrommelt hatte, mit Mikrophonen, tragbaren Filmleuchten und Fernsehkameras bewaffnet …

»Scheiße«, sagte Ellen Leeuwenhoek. »CNN.«

Und zu allem Überfluß nicht bloß CNN, sondern auch Aufnahmeteams von anderen Kabel- und Rundfunkstationen, plus Fotoreportern von neun großen Tageszeitungen. Furchterregender als jedes Marinekorps ergossen sie sich über den Kai und schrien: »Mr. Dufresne! Mr. Dufresne! Nur eine Frage!«, während der Nachwuchsmeinungsmacher Fouad Nassif mit ausgestrecktem Arm auf die wie vom Donner gerührten Piraten deutete und kommandierte: »Berichterstattet sie! Überschüttet sie mit dem Licht der westlichen Wahrheit! Mediatisiert sie!«

Morris und Jael stürzten sich zum Raketendeck-Niedergang. Wagemutig schlug Ellen Leeuwenhoek die entgegengesetzte Richtung ein und lief wieder hinunter auf die Pier, voll in den Weg der wild gewordenen Herde; in demselben Augenblick, als sie festen Boden berührte, holte Philo die Laufplanke ein. Die frustrierten Kamerateams der vordersten Reihe versuchten ihn noch mit ihren Galgenmikrophonen zu harpunieren. »Mr. Dufresne, bitte, Sie *müssen* mit uns reden! Lassen Sie uns nur für eine Sekunde an Bord!« *Pressefreiheit,* artikulierte Lexa mit entschuldigendem Gesichtsausdruck, als Philo einem gegen seinen Solarplexus gerichteten Mikrophonstoß auswich. *Bis morgen,* sagte er lautlos zurück und sprang hinter Morris und Jael den Niedergang hinunter. Die Luke schnappte zu, und die »Yabba-Dabba-Doo« begann sich rückwärts aus ihrem Liegeplatz zu schieben.

Da man ihnen ein Interview versagte, nahmen die Medienkrieger entlang der Pier Aufstellung, um wenigstens die Abfahrt des U-Boots auf Magnetband und Zelluloid zu bannen. Die Teams, die mehr als eine Kamera dabeihatten, nahmen auch den germanischen Raubvogel, die verstreuten Nazi-Denkwürdigkeiten und das Diorama des »PLANS ZU TERRORISIEREN VERRATERISCHE WEISSE AMERIKANISCHE UNTERNEHMER« auf. Die Presseleute versuchten, Lexa mit Beschlag zu belegen, aber zur Abwechslung einmal verweigerte sie ihnen jede Unterstützung. »Ich reiß mir ein Bein aus, um eine Exklusivstory mit Dufresne auszuhandeln«, schnauzte sie, »und ihr Typen kommt grad im richtigen Augenblick durch die Wand gefahren, um alles zu vermasseln!« Ellen Leeuwenhoek fügte ihr eigenes »kein Kommentar« hinzu, erlaubte ihnen aber immerhin, die Luchse zu streicheln.

Jetzt entstiegen dem Bohrwagen weitere Streiter: Harry Gant, der Bürgermeister, Whitey Caspian, Bartholomew Frum und Vanna Domingo. Vanna rannte los, um das U-Boot zu erwischen, bevor es das Hafenbecken hinter sich ließ. Zwischen Nickelodeon und MTV war wegen der Frage, wer seine Kamera wo aufstellen dürfe, eine Schlägerei ausgebrochen, und sie nutzte das aus, um sich unbemerkt vorzubeugen und einen zusätzlichen pinkfarbenen Punkt auf den Aniumrumpf der »Yabba-Dabba-Doo« zu klatschen; der Pseudopunkt nahm mit einem magnetischen *Klack!* Verbindung auf und blieb haften, praktisch ohne sich von dem echten Anstrich im geringsten abzuheben. *Dir besorg ichs,* dachte Vanna. Sie reckte einen Finger zu einem vulgären Gruß; »Ma'am«, rief die Sprecherin von Nickelodeon zu ihr herüber, während ein Nick-Tontechniker sich nach Kräften bemühte, den MTV-Moderator im Schwitzkasten zu halten, »würden Sie diese Geste bitte unterlassen? Wir sind auf Sendung.«

Lexa Thatcher spürte, wie jemand ihr auf die Schulter tippte. »Hallo«, sagte Harry Gant.

»Selber hallo«, sagte Lexa. Sie legte die finstere Miene ab, mittels deren sie sich die ganze Zeit die Reporter vom Leib gehalten hatte. »Und Glückwünsche. Eine Überraschungspressekonferenz zu inszenieren, das war wirklich genial.« Sie betrachtete einen Fotografen von der *Post*, der vor dem U-Boot-Diorama stand und ein Bild nach dem anderen schoß. »Gott allein weiß, welchen Dreh sie dieser Story verpassen werden.«

»Tut mir leid, daß wir den *Long Distance Call* nicht auch zur Party einladen konnten«, sagte Gant. »Ich meine, ich weiß, daß Sie auf solche Sachen spezialisiert sind, aber, na ja ...«

»Ein gewisser leistungsschwacher FBI-Agent hat Ihnen gesteckt, daß ich ein Sicherheitsrisiko darstellen könnte.«

»Was in der Art. Aber da Sie sowieso da sind, hatte ich gehofft, ich könnte Sie was fragen.«

»Für die Akten oder vertraulich?«

»Vertraulich.«

»Hängt davon ab.«

»Also«, sagte Gant, »Sie wissen, daß es uns noch immer nicht gelungen ist herauszufinden, woher Dufresne das Geld nimmt, um seine Aktionen zu finanzieren. Clayton und sein Stab von der Kreativen Buchhaltung gehen schon seit Monaten jedem Hinweis nach, aber bislang ohne Erfolg. Das FBI, die Bundessteuerbehörde, alle haben bisher nur Nieten gezogen. Und mir sind Finanzfragen sowieso ein Greuel, da hatte ich natürlich erst recht keine Ahnung. Jedenfalls bis heute morgen.«

»Hat etwas, was Joan gesagt hat, Ihnen auf die Sprünge geholfen?«

Gant sah sie an. »Sie wissen, daß ich bei Joan war?«

»Ich hab davon gehört.«

»Na ja«, sagte Gant, »na ja, eigentlich nicht, es war nichts, was Joan gesagt hat. Aber auf dem Weg zur Arbeit dachte ich über sie nach, schwelgte ein bißchen in Erinnerungen, und da ist es mir wieder eingefallen ... als Joan sich vor sechs Jahren von Gant Industries trennte, habe ich sie überredet, eine nicht unerhebliche Abfindung anzunehmen, zuzüglich einer jährlichen Rente, die in ihrem ursprünglichen Einstellungsvertrag gar nicht vorgesehen gewesen war.«

Lexa nickte. »Freiwillige Unterhaltszahlungen«, sagte sie. »Wissen Sie, Harry, in mancherlei Hinsicht sind Sie als Kapitalist eine reine Katastrophe.«

»Ich bin einmalig in meiner Art«, bestätigte Harry Gant. »Aber um auf meine eigentliche Frage zurückzukommen – da Sie und Joan so dicke Freundinnen sind, und da Sie offensichtlich auch mit Dufresne ausreichend gut bekannt sind, um auf eigene Faust zu seinem Schlupfwinkel zu finden ...«

»Sie möchten wissen, ob Joan ihre Rente die ganze Zeit an Philo weitergeleitet hat. Ob Sie, ohne das geringste zu ahnen, Ihren eigenen Gegenspieler unterstützt haben.«

»Na ja, also ›ohne das geringste zu ahnen‹ würde ich vielleicht nicht unbedingt sagen. Schließlich habe ich das Geld *Joan* gegeben.«

»Auch wahr«, sagte Lexa. »Stört es Sie, wenn ich frage, warum?«

Gant zuckte die Achseln. »Schien mir einfach eine klasse Idee zu sein, das ist alles. Ich meine, sie verdiente es ohne Frage, sie hatte in der Öffentlichen Meinung hervorragende Arbeit geleistet, selbst wenn sie meine Projekte bis aufs Blut bekämpfte, und ein Teil von mir wußte, daß es mir fehlen würde, nicht mehr ständig von ihr Kontra zu bekommen – und das nicht nur im Berufsleben. Ich hab mir wahrscheinlich gedacht, wenn ich ihr genug Startkapital geben würde, daß sie sich als Aktivistin selbständig machen könnte, dann würde sie weiterhin von Zeit zu Zeit vorbeikommen und Ärger machen; ich war irgendwie enttäuscht, als sie mit ihrer Abfindung nichts anderes angefangen hat, als sich dieses Obdachlosenhotel zu kaufen. Es sei denn ...«

»Es sei denn.« Lexa ließ sich die Sache durch den Kopf gehen. »Das bleibt unter uns? Sie überlassen es Clayton und den Feds, das selbst auseinanderzuklamüsern?«

Gant legte sich eine Hand aufs Herz und hob die andere zum Schwur.

»Na schön«, sagte Lexa. Nachdem sie sich vergewissert hatte, daß sich niemand vom *Wall Street Journal* in Hörweite befand, flüsterte sie: *»Pesos.«*

»Hä?«

»Das Gold und das Silber, das die Konquistadoren während ihrer Invasion aus Amerika herausgequetscht haben«, sagte Lexa. »Fast alles davon wurde zu Barren und Pesos umgeschmolzen – im Wert von Milliarden, nach heutigem Marktpreis gerechnet. Ein Großteil der Beute wurde heim nach Spanien verfrachtet, aber da die Kunst der Hurrikanvorhersage damals noch nicht allzuhoch entwickelt war, kamen nicht alle Transporte durch. Millionen von Pesos landeten auf dem Grund des Karibischen Meeres und des Golfs von Mexiko. Inzwischen ist ein ordentlicher Teil dieses versunkenen Schatzes geborgen worden, aber es liegen noch immer etliche Tonnen Edelmetall da draußen herum und warten nur auf jemanden, der clever genug ist, um sie zu finden, jemanden, der die nötigen Beziehungen hat, um riesige Mengen alter Münzen durch den Schwarzmarkt von Kairo und Damaskus zu schleusen ...«

»Warten Sie«, sagte Gant. »Warten Sie. Versunkener Schatz? Pesos? Philo Dufresne wird von toten Spaniern finanziert?«

»Schhh, nicht so laut. Nicht toten Spaniern, Harry, toten Azteken. Auch toten Maya, Inka, Tlaxcala, Zapoteken, Mixteken, Yaqui, Huichol, Tarahumara ... es ist eine ganz schön lange Sponsorenliste.«

»Azteken ... aber was ist ...«

»Ein Unterseeboot stellt eine happige Neuinvestition dar«, sagte Lexa, »selbst wenn man es weit unter Großhandelspreis kauft. Ich möchte bestimmt nicht Ihre Großzügigkeit schmälern, Harry, aber *so* hoch war die Abfindung nicht, die Sie Joan gezahlt haben. Natürlich«, fügte sie hinzu, »sind nicht alle in der Piraterie anfallenden Betriebsausgaben so astronomisch hoch.«

Er verstand den Wink. »Was denn für Betriebsausgaben?«

»Baumdünger beispielsweise. Auch größere Posten von Schlagsahne, Ersatzteilen für Helikoptermodelle, koscherer Salami und anderem Verbrauchsmaterial.«

»Verbrauchsmaterial? Wie diese Stoffhäschen, mit denen der Eskimojunge auf der ›South Furrow‹ um sich geworfen hat?« Lexa legte sich einen Finger an die Lippen. »Wahnsinn ... Wahnsinn. Klasse.«

»Ja«, sagte Lexa. »Joan hat schon immer gedacht, daß Sie das sagen würden, wenn Sie's wüßten.« Sie starrte an den Medienleuten vorbei auf die »Yabba-Dabba-Doo«, die das Becken verlassen hatte und gerade in die Druckschleuse einfuhr, die sie in den Hafen hinauslassen würde. »Und jetzt, wo ich Ihnen das Geheimnis verraten habe, Harry, würden Sie mich wohl in Ihrer Bohrmaschine wieder nach oben mitnehmen? Ich möchte gern sehen, ob Philo hier lebendig rauskommt.«

»Oh, sicher«, sagte Gant, »sicher, kein Problem. Aber hören Sie, ich würde mir deswegen keine allzu grauen Haare wachsen lassen. Ich bin wirklich stolz auf Bart und Fouad und Whitey, daß sie auf diese Pressekonferenztaktik gekommen sind, und ich bin dem Bürgermeister dankbar, daß er uns geholfen hat, die Sache noch rechtzeitig durchzuziehen, er ist wirklich ein Engel gewesen, aber unter uns gesagt, muß ich Vanna darin recht geben, daß der Rest des Plans – der Teil, in dem die Piraten verhaftet werden – nicht sehr erfolgversprechend ist.«

»Nicht erfolgversprechend? Wieso?«

»Na ja, es ist ein ziemlich dämlicher Plan.«

»Sie klingen nicht gerade so, als ob Ihnen das besonders viel Kummer bereitete.«

»Tuts auch eigentlich nicht, solange die Leute von der Hafenpolizei vorsichtig sind und sich nicht weh tun. Sehen Sie, ich hab heute morgen ein paar Telefonate mit Kalifornien geführt, und als Gegenleistung für Informationen über die Geschichte dieser U-Boot-Höhle hat die Direktion von HBO Pictures eingewilligt, Gant Industries die Abwicklung des Merchandising für ein Dokudrama über Dufresne zu überlassen, das HBO nächstens herausbringt. Wir werden T-Shirts produzieren, Actionfiguren, Computerspiele, Comics, alle möglichen gemeinsamen Werbemaßnahmen. Und mit Nintendo handle ich gerade einen Separat-Deal für eine Virtual-Reality-Nachbildung dieser Höhle hier aus, so daß die Kids schon dieses Weihnachten ihr ganz privates Öko-Piratenversteck haben können; ich rechne mit einem Absatzpotential von wenigstens hundert Millionen Einheiten, vorausgesetzt, wir werden rechtzeitig fertig.«

»Mit anderen Worten«, sagte Lexa und schüttelte ungläubig

den Kopf, »es ist für Sie ein und dasselbe, ob Philo entkommt oder nicht.«

»Na ja, so ganz ein und dasselbe ist es nicht, wenn er nicht aufhört, meinen Kram in die Luft zu jagen. Aber nach diesem Film-Deal werde ich mir höhere Versicherungsprämien leisten können. Und *wenn* er nicht aufhört, meinen Kram in die Luft zu jagen, dann kann HBO ja wohl immer noch Fortsetzungen drehen ...«

»So daß Sie gar nicht verlieren können.«

Harry Gant lächelte. »Sehen Sie – *das* ist das System der freien Marktwirtschaft«, sagte er. »Es ist ein anpassungsfähiges Vieh.«

Dies amüsiert Uns

Der Plan, den der Bürgermeister und der Polizeipräsident ausgeheckt hatten, um Philo Dufresne zu verhaften, war in der Tat dämlich – fast so dämlich wie Morris Kazensteins Plan zur Befreiung der Lemuren aus der »Mitterrand Sierra«, wenngleich nicht ganz –, aber fairerweise muß man sagen, daß es nicht primär eine Frage der Dummheit war, daß die »Yabba-Dabba-Doo« aus dem Hafen entkommen konnte. Es war in erster Linie die Schuld der Queen von England.

Ja, *dieser* Queen von England: Elizabeth der Zweiten und Unvergänglichen, Von Gottes Gnaden Königin des Vereinigten Königreichs Großbritannien und Nordirland und Ihrer Sonstigen Gebiete und Territorien, Oberhaupt des Commonwealth, Beschützerin des Glaubens. Während die Monarchie dem Aussterben entgegentaumelte, hatte Queen Liz zur Jahrtausendwende gelobt, ihren Thron nur einem wahrhaft würdigen Erben zu überlassen, was in Anbetracht des unvermindert desolaten Zustands der königlichen Familie bedeutete, daß Sie unter Umständen bis in alle Ewigkeit würde regieren müssen. Von Parlament, Klatschpresse und dem Zahn der Zeit hart bedrängt, hatte Sie nicht nur überdauert, sondern war geradezu aufgeblüht und in Ihrem extrem hohen Alter so listig und gemeingefährlich geworden wie der übelste Kanalligator, der je das Licht der Welt gescheut hatte. Seit einigen Jahren war man in britischen Regierungskreisen in zunehmendem Maße auf den Umstand aufmerksam geworden, daß Personen, die Ihre Majestät beleidigten, eine besonders hohe Anfälligkeit für ungeklärte Unfälle mit Todesfolge oder sonstige urheberrechtlich nicht zuordenbare Mißgeschicke an den Tag legten – wobei ein direkter Zusammenhang mit dem Buckingham-Palast natürlich nie hatte nachgewiesen werden können.

Als die »QE-II/2« ihre Blockadeposition in der Verrazanoenge einnahm, befand sich die Queen auf der Kommandobrücke. Ihre Majestät war inkognito nach New York gereist, um einem gewissen Playboy aus Westchester begreiflich zu machen, daß er die Enkelin Ihrer Majestät *nicht* ehelichen (und noch viel weniger schwängern) würde; die Nachricht von der Versenkung der »South Furrow« und die Aufdeckung des Gant Antarcticorp-Projekts hatten Ihre Majestät bewogen, Ihre Kreuzfahrt für einen Abstecher nach Washington zu verlängern, um dem Weißen Haus einen unangemeldeten Besuch abzustatten und dort einem gewissen Jemand ganz gehörig die Leviten zu lesen. Aber hier tat sich *noch* etwas Interessantes.

»Was nehmen Wir wahr?« fragte die Queen. Ein pink-grünes Unterseeboot war südlich von Liberty Island aufgetaucht und dampfte, von einer Flotte von Polizeibarkassen verfolgt, was das Zeug hielt auf die Enge zu. Weiter hinten ließ ein Hubschrauber, auf dessen Bauch »FBI« zu lesen stand, gerade die Wolkenkratzer der Battery hinter sich zurück.

»Das Piratenschiff ›Yabba-Dabba-Doo‹, Eure Majestät«, erwiderte der Kapitän, gegen den Hustenreiz ankämpfend. Die Mechanischen Welsh Corgis der Queen füllten allmählich die ganze Brücke mit ihren Auspuffgasen, aber niemand wagte es, sich zu beklagen.

»Dies ist derselbe Pirat, der den Eisbrecher versenkte?«

»Ja, Eure Majestät.«

»Den Eisbrecher«, sagte die Queen, »den Unsere amerikanischen Vettern dazu zu verwenden gedachten, das Abkommen zu brechen, das sie mit Uns geschlossen hatten?«

»So scheint es, Eure Majestät.«

»Und die« – sie wies auf die Schnellboote und den Helikopter – »beabsichtigen, das Unterseeboot zu zerstören?«

»Nein, Eure Majestät. Nicht einmal amerikanische Polizeibeamte sind befugt, Waffen dieser Größenordnung zu tragen. Soweit ich weiß, beabsichtigen sie, einen Entertrupp von Rauschgiftfahndern auf dem Turm des U-Boots abzusetzen; diese Agenten werden dann mit Hilfe pneumatischer Geräte, die ursprünglich dazu entwickelt wurden, die Türen von Crackhöhlen zu sprengen, die Luke aufbrechen.«

»Crackhöhlen?«

»Durchaus den alten Opiumhöhlen in Hongkong zu vergleichen, Eure Majestät, aber mit weniger guten Bodenbelägen.«

»Und warum befindet sich das Unterseeboot an der Wasseroberfläche? Wir wissen einiges über Unterseeboote. Warum taucht es nicht, um sich zu verstecken?«

»Der größte Teil der Bucht ist zu seicht, als daß ein untergetauchtes Fahrzeug risikolos manövrieren könnte, Eure Majestät, und die eigentliche Fahrrinne wird durch uns versperrt.«

»Unser Schiff verhindert deren Flucht?«

»Ja. Sollten sie versuchen, selbst vollkommen aufgetaucht, die Enge außerhalb der Fahrrinne zu passieren, werden sie mit an Sicherheit grenzender Wahrscheinlichkeit auf Grund laufen.«

»Dann mache Er Platz«, kläffte die Queen. »Gebe Er denen die Durchfahrt frei.«

»Aber –«

»Dies wird eine angemessene Vergeltung sein«, sprach die Queen, nun zu Sich selbst. »Damit werden Wir quitt sein.«

»Eure Majestät«, sagte der Kapitän, »ich denke nicht –«

»Aber Wir haben Ihm nicht befohlen zu denken«, sagte die Queen, und Ihr Blick war schon härter, und in Ihrem Ton schwangen mitternächtliche Enthauptungen und strichninbestrichne Butterhörnchen mit. »Sage Er uns, bitte, getreuer Untertan: Wer ist die reichste und mächtigste Frau der Welt?«

Der Kapitän schluckte mühsam. »Ihr seid es, Eure Majestät.«

»Wiederhole Er es, bitte.«

»Ihr seid es, Eure Majestät.«

»Noch einmal.«

»Ihr seid es, Eure Majestät.«

Die Queen lächelte und verrichtete mit Ihrem kleinen Finger die allerwinzigste Geste; der Kapitän machte auf dem Absatz kehrt und bellte dem Rudergänger den Befehl zu: »Volle Kraft voraus, zehn Grad Steuerbord, *jetzt*! Bringen Sie uns so weit an den Rand des Fahrwassers wie irgend möglich.«

»Aye, *Sir*!« gab der Rudergänger bereitwillig zurück. Der Superliner machte dem Unterseeboot Platz; geleitet von Asta Wills' allzeit wachsamem Sonar-Ohr, nutzte dieses augenblicklich die Gelegenheit aus und wischte mit Höchstgeschwindigkeit in die Rinne.

»Füsilier!« rief die Queen. Eine Rotjacke mit Puderperücke und Muskete materialisierte sich sofort an Ihrer Seite. »Lenke Er das ab«, befahl die Queen, auf den FBI-Hubschrauber deutend. »Nehme Er es mit Seiner Kanone ins Visier und drohe Er, es zu zerstören, wenn es sich nicht identifiziert. Verwende Er lange Wörter, bilde Er verschachtelte Sätze, und gebe Er vor, die Antwort nicht zu hören.«

»Soll ich wirklich das Feuer eröffnen, Euer Majestät?«

»Nein – aber erwecke Er den unzweideutigen Eindruck, daß Er dies zu tun beabsichtigt. Später werden Wir behaupten, Wir hätten sie für Iren gehalten. Gehe Er!« Der Füsilier salutierte, klappte die Absätze zusammen und rannte hinunter zum Kanonendeck. »Kapitän!«

»Ja, Euer Majestät!«

»Die Polizeiboote. Wenn das U-Boot schon fast vorbei ist, wird Er so manövrieren, als wollte Er es rammen, doch Er wird es lediglich schaffen, die Barkassen auseinanderzutreiben.« Die Queen vollführte mit den Händen Hackbewegungen. »Später wird Er sich bei den amerikanischen Behörden für Seine nautische Inkompetenz entschuldigen, und Wir werden Ihn öffentlich züchtigen.«

»Ja, Eure Majestät!« Das Kinn des Kapitäns hüpfte eifrig auf und ab. »Steuermann! Bereiten Sie sich vor, hart nach Backbord zu drehen. Geben Sie Kollisionsalarm!«

»Aye, *Sir*!«

»*Dies* amüsiert Uns«, sagte die Queen.

16

Ich bin nicht *primär* eine Verfechterin des Kapitalismus, sondern des Egoismus; und ich bin nicht *primär* eine Verfechterin des Egoismus, sondern der Vernunft. Erkennt man nur das Primat der Vernunft an und wendet sie konsequent an, folgt alles übrige zwangsläufig ... Vernunft in der Epistemologie führt zum Egoismus in der Ethik, was wiederum zum Kapitalismus in der Politik führt.

Ayn Rand, *The Objectivist*, September 1971

Marx, Engels, Lenin und Stalin haben uns gelehrt, daß es notwendig ist, die Verhältnisse gewissenhaft zu untersuchen und nicht von subjektiven Wünschen auszugehen, sondern von der objektiven Wirklichkeit ... Wir dürfen uns nicht auf subjektive Vorstellungen verlassen, nicht auf momentane Begeisterung, nicht auf leblose Bücher, sondern müssen uns auf objektiv existierende Tatsachen stützen ... und, geleitet von den Grundsätzen des Marxismus-Leninismus, die richtigen Schlußfolgerungen ziehen ...

Mao Tse-tung, *Ausgewählte Werke*

Wäre ich eine Nachtigall, würde ich wie eine Nachtigall singen; wäre ich ein Schwan, wie ein Schwan. Nun bin ich aber ein vernunftbegabtes Wesen, also ziemt es sich für mich, Hymnen zum Lobe der Gottheit zu singen.

Epiktet, *Unterhaltungen*

Der Sitz der Seele und die Steuerung der willentlichen Bewegung – ja, überhaupt aller nervösen Funktionen – sind im Herzen zu suchen. Das Gehirn ist ein Organ von zweitrangiger Bedeutung.

Aristoteles, *De motu animalium*

A ist gleich A

Eigentlich hatten Joan und Kite vom Babel aus direkt zur Stadtbücherei – NYPL, New York Public Library – fahren wollen, aber eine Vorahnung veranlaßte Joan, sich einen Augenblick Zeit zu nehmen und zuerst zu Hause anzurufen. Motley Nimitz, einer der ausgeglicheneren Mieter, die tagsüber im Asyl mithalfen, berichtete ihr, was in den wenigen Stunden ihrer Abwesenheit vorgefallen war.

Kite brauchte kaum zu fragen. »Maxwell?«

»Maxwell«, bestätigte Joan. Sie nahmen sich ein Taxi und fuhren runter in die Bowery.

Im Vergleich zu einigen Dingern, die Maxwell in der Vergangenheit angestellt hatte, war dieser jüngste Unfug gar nicht mal so schlimm. Er hatte die gesamte Einrichtung seines Zimmers in einer Ecke gestapelt und mit grüner Gesichtsfarbe ein Fresko auf die Wand geschmiert. Das Fresko stellte eine babelartige Zikkurat dar, über deren Spitze ein einzelnes, riesiges Auge schwebte, das nach allen Richtungen Elektrizitätsblitze ausstrahlte. Wie die Bildunterschrift erklärte, war es DAS AUGE VON AFRIKA; außerdem standen da noch ein paar Wörter in einer Sprache, die Joan nicht identifizieren konnte. In der rechten unteren Ecke des Freskos wurde eine schreiende Comicmaus von einer geballten grünen Faust in einen feurigen Abgrund gezerrt.

»Hat sich Maxwell gestern abend einen Kriegsfilm im Kabelfernsehen angeschaut?« fragte Joan. »Vielleicht einen mit nackten Leuten drin?«

»Ich weiß nicht«, sagte Motley. Um etwas Sachdienliches beizusteuern, fügte er hinzu: »Ich glaub, *Hogan's Heroes* ist wieder im Programm.«

Zur Entfernung von Graffiti hatte Joan in ihrem Büro einige giftige Reinigungsmittel auf Lager. Sie schickte Motley los, sie zu holen, und dadurch kam heraus, daß Maxwell den Cray PC gestohlen hatte. Er hatte auch auf der Platte von Joans Schreibtisch eine Fingerzeichnung hinterlassen – diesmal eine Balkenwaage, auf der das Auge von Afrika gegen die Comicmaus abgewogen wurde; die Maus schwang mit satanischem Grinsen eine Sense, aber der Waage zufolge war das Auge schwerer.

»*Hogan's Heroes,* hm?« sagte Joan und machte sich ans Wischen. Sie dachte daran, die Polizei zu benachrichtigen, aber Kite sprach sich dagegen aus: »Er kommt schon von selbst zurück, Joan – ist doch immer so –, und ich halte es für besser abzuwarten, als ihn von der Straße herschleifen zu lassen. Nicht, daß ich eine Expertin wäre, aber ernsthaft, wieviel Schaden kann er mit einem PC schon anrichten?«

Als sie endlich in der Bücherei ankamen, war es schon später Nachmittag. Kite ging ins Magazin und machte sich auf die Suche nach einem Buch mit der Katalognummer 171.303 607 949 6; Joan begab sich in den Zeitschriftensaal, um nach einem Nachruf zu suchen.

Kein Zweifel, John Hoover war tot, und sein im Nachruf abgedrucktes Foto, das anläßlich seiner Verabschiedung von Gant Industries aufgenommen worden war, wies nicht die geringste Ähnlichkeit mit dem Mann auf, der jetzt das Lebkuchenhaus in Atlantic City bewohnte. »John Elliot Hoover«, las Joan in den Online-Todesanzeigen der *Times,* »1926–2010.« Der greise Hoover war ein verschrumpelter Mann mit Backpflaumengesicht und einem weißen Wahnsinniger-Wissenschaftler-Haarschopf gewesen; er sah nicht wie die Sorte Mensch aus, der sich einen – Mechanischen oder sonstigen – Hund halten würde, wenngleich Joan ihn sich durchaus dabei vorstellen konnte, wie er einen auf jemanden hetzte. Außer als Mitarbeiter von Disney und Gant Industries würdigte ihn die *Times* als einen hervorragenden Mathematiker, Ingenieur und Computerfachmann. Der in einem ländlichen Teil Oregons geborene Hoover hatte nach einem Studium an der University of California, Los Angeles, bei der Nachrichtentruppe der US Army als Kryptologe gearbeitet, bis er durch Zufall in Burbank, in der Straßenbahn, Walter Disney kennengelernt hatte, was der Beginn seiner neuen, fünfzigjährigen Laufbahn als Konstrukteur von Robotertieren und anderen Attraktionen für Vergnügungsparks gewesen war. 2005 hatte er, nachdem das Disney-Management zu dem Schluß gelangt war, Hoovers Selbstmotivierender Android habe, so interessant er auch sei, keine reellen Absatzchancen, sein Patent und seine Dienste Harry Dennis Gant angeboten; dieser hatte den Androiden sofort als die klasse Idee erkannt, die er auch war, und ihn zu einem der erfolgreichsten Produkte des frühen einundzwanzigsten Jahrhunderts gemacht. Hoover war drei Jahre bei Gant geblieben und hatte während dieser Zeit noch die erste Generation seines jüngsten Geistesprodukts aus der Taufe gehoben. Mit Berufung auf gesundheitliche Probleme war er 2008 aus dem Unternehmen ausgeschieden und hatte sich in Atlantic City niedergelassen, wo er, im September 2010, an einer Verwechslung gestorben war.

Hmm, dachte Joan, während sie den Unfallbericht durchlas. Im Krankenhaus, das Hoover für eine dringende operative Behandlung seines Kehlkopfkrebses aufgesucht hatte, war seine Krankengeschichte mit der eines anderen Patienten vertauscht worden; er hatte das falsche Anästhesiemittel verabreicht bekommen und war auf dem OP-Tisch an einem anaphylaktischen Schock gestorben. Die Ursache des Mißgeschicks hatte nicht direkt ermittelt werden können, aber die Indizien sprachen für einen Softwarefehler in der Elektro-Registratur des Krankenhauses. Da Hoover allerdings keine Angehörigen hinterlassen hatte, wurde mit einer Klage nicht gerechnet.

Joan ließ sich einen Ausdruck des Nachrufs ausgeben und rief dann auch die Todesanzeigen für J. Edgar Hoover und Ray Cohn ab. Hier nichts Außergewöhnliches: J. Edgar war 1972 an einem hundsgewöhnlichen Herzinfarkt, Ray 1986 an Aids gestorben. Keiner von beiden hatte zu John Hoover in irgendeiner Beziehung gestanden, die die *Times* für publikationswürdig gehalten hätte.

Zeit für eine Kippe und ne Runde Denken. Joan ging vorn hinaus zu den steinernen Löwen, wo sie und Kite sich verabredet hatten. Sie stellte die Elektro-Lampe, die sie die ganze Zeit mit sich herumgetragen hatte, zwischen die Tatzen des einen Löwen und zündete sich ihre Zigarette mit einem Streichholz an, das sie an einer Granitmähne angerissen hatte.

»Kann ich Sie was fragen?« sagte Joan, zu Ayn gewandt, die seit ihrem Krach mit Jerry Gant den Mund nicht mehr aufgemacht hatte.

Noch immer schmollend, entgegnete Ayn: »Ich glaube, das haben Sie gerade getan.«

»Sehr gescheit«, sagte Joan. »Aber jetzt mal ernsthaft, ist der

John Hoover, den ich in Atlantic City kennengelernt habe, ein Mensch oder eine Maschine?«

»Ich weiß es nicht«, sagte Ayn.

»Weil ... J. Edgar Hoover« – Joan zeigte auf das Foto, das zu einer der ausgedruckten Todesanzeigen gehörte – »hatte keinen Zwillingsbruder, ganz besonders keinen langsamer alternden Zwillingsbruder, und soweit bekannt, hat er an keinen Klon-Experimenten teilgenommen. Und Kinder hatte er auch keine. Also kommt mir der Gedanke, daß der nachgemachte J. Edgar, der sich in Jersey für John Hoover ausgibt, in Wirklichkeit ein Automatischer Diener sein könnte.«

»Das klingt logisch. Gibts die denn auch in Weiß?«

»Sicher. Der AS204, die negroide Konfiguration, ist zwar die Nummer eins in der Verbrauchergunst, aber man kann jede beliebige Hautfarbe wählen, einschließlich Grün. Und wenn man ein offizieller Repräsentant eines Freizeitparks oder Museums ist, kann man das Duplikat einer toten Berühmtheit als Sonderanfertigung bestellen – aber je realistischer ein Diener aussieht, desto mehr täuschungsverhütende Verhaltensinhibitoren bekommt er hineingepackt. Die dürfen gar nicht fähig sein, hinsichtlich ihrer wahren Identität zu lügen.«

»Trotzdem«, sagte Ayn, »diese Erklärung ist weit plausibler als jede denkbare Alternative. Ja, ich bin sicher, daß es stimmt. John Hoover *muß* ein Automatischer Diener sein.«

»Aber Sie haben nie konkret gesehen, daß er sich wiederaufgeladen oder sonst etwas getan hätte, was beweisen würde, daß er kein Mensch ist, oder?«

»Ich brauche *überhaupt* nichts gesehen zu haben«, sagte Ayn. »Ihre Argumentation war hieb- und stichfest. John Hoover ist ein Android. Könnte ich *Sie* jetzt etwas fragen?«

»Nur zu, Ayn.«

»Ich würde gern wissen, warum Sie Harry Gant geheiratet haben«, sagte Ayn Rand, »und warum Sie sich von ihm haben scheiden lassen.«

Joan runzelte die Stirn. »Besteht ein besonderer Grund, warum Sie ausgerechnet jetzt gerade *dieses* Thema anschneiden?«

»Ich möchte Ihre persönlichen Prämissen durchschauen«,

sagte Ayn. »Die Wurzeln Ihrer gegenwärtigen Irrationalität. Zu erfahren, was Sie zu Gant hinzog und was Sie von ihm fortgetrieben hat, dürfte eine Klärung Ihrer grundsätzlichen Wertvorstellungen ermöglichen. Dann gelingt es uns vielleicht auch, die Fehler in Ihrem Denken zu korrigieren.«

»Jesus«, sagte Joan. »Er hat sich bei Ihnen wirklich was geleistet, wie?«

»Hat sich bei mir was geleistet?«

»Hoover. John Hoover, sei er ein Mensch, ein Klon oder ein Diener. Als er Sie programmiert hat, muß er all Ihre aussöhnenden Charaktermerkmale weggelassen haben. Im wirklichen Leben können Sie unmöglich eine solche Nervensäge gewesen sein.«

»Ich kann nichts dafür«, sagte Ayn, »wenn Ihre Angst vor der Wirklichkeit Sie dazu bringt, strenge Objektivität als Nervensägentum zu erleben.«

»Ayn, *ich* bin nicht diejenige, die Angst vor der Wirklichkeit hat.«

»Ach nein?«

»Nein. Ich mag die Wirklichkeit. Zugegeben, es gibt bestimmte Aspekte von ihr, die ich gern verändern würde, aber ich fühle mich mit ihr *wohl*. Sie sind diejenige, die ein Problem damit hat.«

»Ich?«

»Für logisches Denken eintreten ist eine Sache«, sagte Joan. »Ich bin eine begeisterte Anhängerin des gesunden Menschenverstands, und ich nehme gern so viel Objektivität mit, wie ich kriegen kann und wo immer ich sie kriegen kann. Aber der Verstand, Ayn, ist für *Sie* mehr als ein bloßes Hilfsmittel; Sie sind der *auf defensivste Weise* rationale Mensch, den ich je kennengelernt habe.«

»Ich weiß nicht, wovon Sie reden.«

»Sie haben eine Heidenangst vor jeder Ungewißheit. Vielleicht liegt das an dem, was die Bolschewiken Ihrer Familie angetan haben, vielleicht auch einfach nur daran, daß Sie in ein Jahrhundert hineingeboren wurden, dem es verdammt schwer fiel, sich überhaupt *irgendeiner* Sache gewiß zu sein. Ich würde darauf tippen, daß das Bedürfnis nach Gewißheit eine ebenso große Rolle bei der Entwicklung Ihrer Philosophie gespielt hat wie irgendein Streben nach Wahrheit. Ich meine, es gibt einem ein weit sichereres Gefühl, nicht wahr, die Welt ausschließlich in den Kategorien von Schwarz und Weiß zu sehen, als sein Leben damit zubringen zu müssen, sich mit Grautönen herumzuschlagen.«

»Es *gibt* einem nicht nur ein sichereres Gefühl«, sagte Rand, »es *ist* sicherer, und zwar aus dem ganz einfachen Grund, daß die Welt schwarz und weiß *ist* und die sogenannten Grautöne nichts anderes sind als Gedankennebel, den Irrationalisten in ihrem Bestreben erzeugen, sich der Verantwortung für eine Entscheidung zu entziehen.«

»Aber ich *sehe* die Welt in Grautönen – die meiste Zeit jedenfalls, wenn ich nicht gerade Volksreden halte –, und trotzdem schaffe ich es, Entscheidungen zu treffen«, sagte Joan. »Und trotz gelegentlicher Anfälle von Verlegenheit, wenn ich einen Bock schieße und beispielsweise den East River in Brand stecke, bin ich durchaus bereit, die Verantwortung für die Folgen dieser Entscheidungen zu übernehmen.«

»Ja, und was sind diese Folgen? Sie sind geschieden und arbeitslos, man hat Sie sogar für unfähig erklärt, in der Kanalisation Patrouillendienst zu schieben, und den größten Teil Ihrer Zeit verbringen Sie mit nichtseßhaften Amputierten, deren Realitätsbezug sogar noch dürftiger ist als der Ihre.«

»Ganz schön freches Mundwerk, Ayn.«

»Ich stelle lediglich die Fakten fest«, sagte Ayn. »Sosehr Sie sich auch bemühen mögen, dem Urgesetz des Daseins können Sie nicht entrinnen – dem Identitätsprinzip, das besagt, daß A gleich A ist, daß die Dinge das sind, was sie sind, unabhängig von allen Ansichten, Launen, Wünschen, Gefühlen oder Meinungen des Menschen. Die Negation der Wirklichkeit verändert die Wirklichkeit nicht; was ist, *ist* – A ist gleich A –, ungeachtet Ihrer Versuche, sich dem zu entziehen.«

»Das mag wahr sein, Ayn, aber was ich meine –«

»Es ist keine Frage von ›*mag* sein‹. Es *ist* wahr. A ist gleich A, und nachdem dies axiomatisch feststeht, kann es keine Grautöne geben. Sie können die Wirklichkeit entweder akzeptieren oder sie leugnen. Wenn Sie sich dafür entscheiden, sie zu akzeptieren, dann steht Ihnen kein anderes Erkenntnismittel und kein anderes Kriterium richtigen Handelns zur Verfügung als die Vernunft: die Schwarz-Weiß-Gesetze der Logik, bezogen auf das durch die Sinne objektiv Gegebene. Und wenn Sie *Atlas wirft die Welt ab* gelesen haben, dann wissen Sie, daß das Akzeptieren der Vernunft und das Akzeptieren des *menschlichen Lebens* als des höchsten Maßstabs jeglicher Moral auch unausweichlich zur Bejahung des Kapitalismus führt.«

»Na ja«, sagte Joan, »ich weiß zumindest, daß *Sie* diesen Schluß für unausweichlich halten.«

»Es ist der einzig logische Schluß, zu dem man gelangen kann!« beharrte Ayn. »Wenn der Mensch ein Recht auf Leben hat, dann hat der Mensch auch das Recht, all den Aktivitäten nachzugehen, die sein Überleben – das Überleben eines rationalen Wesens – erfordert. Und da der Mensch kraft seiner Natur die Dinge, die er zum Leben benötigt, *produzieren* muß, impliziert das Recht auf Leben das Recht zu produzieren, und das Recht zu produzieren impliziert weiterhin das Recht, mit den eigenen Produkten so zu verfahren, wie man es für richtig hält.«

»Ergo Privatbesitz«, sagte Joan. »Und ebenso ergo Freihandel.«

»Jede Beschränkung des Handels durch unbeteiligte Dritte ist ein Verstoß gegen das Recht auf Leben«, bestätigte Ayn. »Eine objektive Moral des Eigennutzes verlangt eine vollkommene Scheidung von Staat und Wirtschaft.«

»Folglich keine Steuern für Unternehmer. Besser gesagt: keine Steuern, Punkt, da jeder, der etwas Besteuerbares besitzt, per definitionem Teil der Wirtschaft ist.«

»Jede Besteuerung ist Diebstahl«, sagte Ayn Rand. »Diebstahl ist unmoralisch. Der rationale Staatsbürger wird natürlich immer bereit sein, für die Dienstleistungen eines sich in vernünftigen Grenzen haltenden Regierungsapparats zu bezahlen, ebenso wie er es für einen Versicherungsschutz tun würde, aber solche Zahlungen müssen, wie alle übrigen Transaktionen auch, auf vollkommen freiwilliger Basis erfolgen. Und dasselbe gilt für Wohltätigkeit: Während jeder einzelne sich frei dafür *entscheiden* kann, sein überschüssiges Kapital den Bedürftigen zu schenken, kann keine noch so große Bedürftigkeit jemals die zwangsweise ›Umverteilung‹ des Wohlstands rechtfertigen.«

»Natürlich«, sagte Joan und zündete sich eine neue Zigarette an, »wären rationale Reiche nur zu gern bereit, den zu Recht Bedürftigen ein Darlehen zu gewähren, ebenso wie sie überglücklich wären, ihren gerechten Anteil am Unterhalt der Regierung freiwillig zu entrichten. Und wenn dies dann *doch* nicht der Fall sein sollte – oder sich herausstellen sollte, daß es keine ausreichenden Überschüsse gibt –, hätten die rationalen Armen natürlich vollstes Verständnis für die Situation. Sie würden das Recht der Reichen auf ihr Eigentum weiterhin respektieren, selbst wenn das für sie den Hungertod bedeutete, denn anders zu handeln würde gegen das eigene Interesse verstoßen.«

»Seien Sie so sarkastisch, wie Sie wollen«, sagte Ayn, »aber was Sie sagen, ist im wesentlichen richtig. Wenn den Armen – also den per definitionem am wenigsten produktiven Mitgliedern der Gesellschaft – gestattet wird, nicht nur den Überschuß, sondern auch das Betriebskapital der Reichen – also der per definitionem intelligentesten, talentiertesten und produktivsten Mitglieder der Gesellschaft – zu rauben, ist die Folge ein drastischer Rückgang der Produktion überhaupt, was wiederum zu mehr, nicht etwa weniger Hunger führt. Und wenn die Plünderung fortdauert, wird zuletzt die gesamte Basis jeglicher Industrie vernichtet, mit dem Resultat, daß *alle* hungern müssen.«

»Aber selbst wenn das wahr wäre«, sagte Joan, »wie kann daraus folgen, daß Menschen, die bereits hungern, mit ihrem Los zufrieden sein sollten? Oder besser gesagt, daß sie es sein werden?«

»Sie sollten ja gar nicht zufrieden sein. Sie sollten arbeiten, um ihre Situation zu verbessern.«

»Und wenn sie's nicht können?«

Ayn Rand zuckte die Schultern. »Dann Pech für sie. In einem wahren kapitalistischen System wäre die Arbeitslosenzahl natürlich minimal und der Hunger inexistent, oder praktisch inexistent – unter *moralischen* Menschen, heißt das –, aber diejenigen, *die* hungerten, wären auf jeden Fall verloren. Bedauerlich, aber was kann man schon machen?«

»Haben Sie diese Frage schon mal einem Hungernden gestellt?«

Die Lampe flammte rot auf. »Ich habe *selbst* gehungert!« wütete Ayn. »Unterstehen Sie sich, mir *jemals* einen Vortrag über dieses Thema zu halten! Ich habe *selbst* gehungert, und ich habe nur zu deutlich gesehen, was staatlich sanktionierter Diebstahl in Wirklichkeit bezweckt!«

»Das weiß ich«, sagte Joan, »und ich zweifle nicht daran, daß Ihre monomane Unbeirrbarkeit wesentlich dazu beigetragen hat, daß Sie in dieser Situation überleben konnten. Aber ich glaube auch, daß die Erfahrung Sie blind für andere Perspektiven gemacht hat, ja blind für die Möglichkeit, daß es überhaupt andere Perspektiven *geben* könnte.«

»O nein«, sagte Ayn. »Natürlich, wenn man das gesamte Spektrum des Irrationalen einbezieht, dann gibt es mit Sicherheit einen praktisch unerschöpflichen Vorrat an Perspektiven, unter denen man wählen kann. Aber die Wirklichkeit ist keine Frage der Perspektive: A ist gleich A. Zu jeder Frage gibt es in Wirklichkeit nur zwei Antworten, zwei ›Blickwinkel‹, von denen einer richtig und der andere falsch ist. Es gibt auch einen Zwischenbereich, unter dem alle übrigen Perspektiven nachweislich subsumiert werden können. Dieser Zwischenbereich ist das, was man ›Kompromiß‹ nennt: die zynische Anpassung der Wahrheit an die Unwahrheit, der Vernunft an die Unvernunft, der Gerechtigkeit an die Ungerechtigkeit, des Guten an das Böse, der Moralität an die Immoralität.«

Joan schüttelte den Kopf. »Selbst wenn alle Streitfragen tatsächlich auf zwei polar entgegengesetzte Standpunkte reduziert werden könnten – was ich nicht glaube –, würden unterschiedliche Menschen unterschiedliche Pole wahrnehmen. Was des einen ›Zwischenbereich‹ ist, ist des anderen absolute Wahrheit. Und wieder eines anderen totale Unwahrheit.«

»Vielleicht verhält es sich bei Einfaltspinseln so«, sagte Ayn. »Oder Wilden. Aber für vollkommen rationale Wesen –«

»Aber so was gibt es doch gar nicht!« sagte Joan. »Darauf bezog sich ja mein ganzer Sarkasmus. Sie reden von der Vernunft so, als ob sie etwas Ansichseiendes wäre, etwas, was man vom Vernünftigen, vom rational Denkenden loslösen könnte, aber so ist es ganz und gar nicht – und ganz besonders nicht in Fragen der Ethik. Fakten sind Fakten, aber was einem ethisch oder moralisch *richtig* erscheint, ist immer davon abhängig, wer man ist: davon, was man erlebt hat, was für Menschen man kennengelernt und welche guten oder schlechten Erfahrungen man mit ihnen gemacht hat, davon, welche Bücher man gelesen hat und welche man zu faul gewesen ist zu lesen, von den eigenen Wünschen und Ängsten und von hundert weiteren subjektiven Faktoren.«

»Dann glauben Sie also, daß keine Hoffnung besteht«, sagte Ayn Rand. »Sie glauben, daß rationales Denken nichts vermag, daß der Mensch zu einem Dasein der Launen und der Beliebigkeit verurteilt ist.«

»Ich habe nicht gesagt, daß das Denken nichts vermag. Nicht sicher sein ist nicht dasselbe, wie überhaupt nichts wissen. Alles, was ich sagen will, ist, daß niemand im Besitz der ganzen Wahrheit ist – Sie nicht, Karl Marx nicht, der Papst nicht und ich selbst auch nicht. Wenn jemand *doch* die ganze Wahrheit besäße – wenn wir absolut, mathematisch sicher sein könnten, daß wir in jeder Situation das Richtige vom Falschen unterscheiden könnten –, wozu bräuchten wir dann noch die Hoffnung?«

»Bah!« Ayn warf angewidert die Hände hoch. »Zwecklos! Zwecklos zu versuchen, mit einer collegeverhunzten liberalen Mystikerin vernünftig zu reden! Und es ist ohnehin alles nur Schwindel – Sie sind intelligent, Sie *wissen*, daß ich recht habe, aber meine Schlußfolgerungen stimmen nicht mit Ihren Launen überein, also ziehen Sie es vor, statt zuzugeben, daß Sie meine Beweise nicht widerlegen können –«

»Starre Ansichten und Humorlosigkeit sind noch keine Beweise, Ayn. Ihre Theorie ist in manchen Punkten durchaus nachvollziehbar, aber –«

»Theorie!« brüllte Ayn. »Meine Philosophie ist keine *Theorie*!« Sie fuchtelte wütend mit ihrer Zigarettenspitze herum und versprühte Funken wie eine ganze Schrotladung Glühwürmchen. »Sie können den Kapitalismus nicht widerlegen, und das wissen Sie auch!«

»Ich bin mir gar nicht mal so sicher, daß ich den Kapitalismus widerlegen möchte«, sagte Joan. »Nicht in Bausch und Bogen jedenfalls. Schließlich besitze ich dank der Abfindung von Gant

Industries ein Haus und ein ziemlich dickes zinsenbringendes Bankkonto, und ich muß zugeben, daß ich im allgemeinen ein ziemlich egoistischer Mensch bin. Aber egoistisch bedeutet nicht, daß ich mir nicht gleichzeitig auch einer Verpflichtung gegenüber den Bedürfnissen anderer Menschen bewußt wäre. Wenn der höchste Maßstab jeglicher Moral das Leben ist, und wenn Eigentum nur ein Mittel zu diesem Zweck ist, dann –«

»Nein! Es kann keine *Verpflichtung* zur Nächstenliebe geben! Sehen Sie denn nicht, daß es ein Widerspruch in sich ist?«

»Bis zum Extrem getrieben, *wird's* widersinnig. Wenn von mir verlangt wird, das Leben andrer Leute als unantastbarer als mein eigenes zu betrachten, oder mich für Menschen aufzuopfern, die nicht wirklich in Not sind, dann gebe ich Ihnen recht, dann bedeutet es tatsächlich eine Beleidigung des gesunden Menschenverstandes. Aber es besteht doch ein Unterschied zwischen vernünftigem Eigennutz und ein unbarmherziger Schweinehund sein.«

»Sozi!« zischte Ayn. »Erzählen Sie mir nichts von Barmherzigkeit! Glauben Sie etwa, ich hätte mich nicht abgeplagt, als ich in dieses Land kam? Glauben Sie, ich wäre nicht verzweifelt und in Not gewesen? Aber *ich* habe nie etwas geschenkt bekommen! Kein Mensch hat *mir* je eine milde Gabe zugesteckt! Und ich habe nie um einen unverdienten Wertgegenstand gebeten, noch hätte ich einen solchen auch jemals angenommen.«

»Das ist doch absoluter Unsinn«, merkte Joan an. »Ich kenne Ihre Geschichte, Ayn. Auch nur so weit gekommen zu sein, daß Sie sich in diesem Land abplagen konnten, war für Sie schon ein gewaltiger Sprung nach vorn – ein lebensrettender Sprung –, und den hätten Sie ohne fremde Hilfe nie geschafft. Hat Ihre Mutter nicht ihren letzten Schmuck verkauft, um Ihnen Geld für die Reise geben zu können? Geld, das sie dazu hätte verwenden können, für sich selbst und den Rest Ihrer Familie Lebensmittel zu kaufen? Haben sich Ihre Verwandten aus Chicago – die Sie noch nie in ihrem Leben gesehen hatten – nicht nach Kräften bemüht, Ihnen zu helfen, einen Paß zu bekommen? Haben sie sich nicht bereit erklärt, für die Dauer Ihres ›Besuchs‹ finanziell die Verantwortung für Sie zu übernehmen? Haben sie nicht auch Ihre Überfahrt bezahlt? Und haben sie Sie nicht sechs

Monate lang umsonst bei sich wohnen lassen – und das, obwohl Sie allen Berichten zufolge eine egozentrische Landplage gewesen sind?«

»Wer hat Ihnen von meinem Privatleben erzählt?« wollte Ayn wissen. »Mit wem haben Sie gesprochen?«

»Und was Ihr ›nie einen unverdienten Wertgegenstand angenommen‹ angeht«, fuhr Joan fort. »Ich will ja nicht unhöflich sein, aber die amerikanische Staatsbürgerschaft haben Sie nicht gerade aufgrund irgendwelcher *Verdienste* erhalten, oder was würden Sie sagen? Es sei denn, Gerissenheit zählt als Verdienst. Sie haben die Einwanderungsbehörde durch Vorspiegelung falscher Tatsachen dazu gebracht, Sie für begrenzte Zeit ins Land zu lassen, dann haben Sie einen Amerikaner geheiratet, so daß die Sie nicht mehr abschieben konnten. Sie haben sich mittels arglistiger Täuschung – einer Form von Diebstahl – des Schutzes einer Regierung versichert, die Sie dann Ihr ganzes Schriftstellerinnenleben lang wegen ihrer Unfähigkeit kritisiert haben, das Eigentumsrecht angemessen zu respektieren.«

»Was heißt hier ›Diebstahl‹?« sagte Ayn. »Davon kann überhaupt keine Rede sein! Ich habe nichts gestohlen!«

»Sie haben bei einem Geschäftsabschluß gegen Treu und Glauben verstoßen«, sagte Joan. »Auf dem amerikanischen Konsulat in Litauen haben Sie ein Touristenvisum beantragt, das Ihnen im Austausch für Ihr Versprechen, nach Ablauf der vereinbarten Frist wieder in Ihre Heimat zurückzukehren, einen zeitlich begrenzten Aufenthalt in den Vereinigten Staaten gestattete. Aber Sie haben überhaupt nie die Absicht gehabt, Ihre Seite des Geschäftes einzuhalten.«

»Ich hatte keine andere Wahl! Ich hätte liebend gern Asyl beantragt, aber diese Option hatte ich überhaupt nicht. Das Visum, das ich bekam, war das einzige Visum, das angeboten wurde!«

»Mit anderen Worten: Die Ware, die Sie eigentlich wollten, stand nicht zum Verkauf, aber Sie haben beschlossen, sie trotzdem zu kaufen.« Joan hob eine Augenbraue. »Und als der Ladenbesitzer Argwohn schöpfte und anfing, Ihre Absichten in Zweifel zu ziehen, haben Sie ihm eine Geschichte von einem inexistenten Verlobten aufgetischt, der angeblich in Leningrad auf Sie wartete – und damit auf das, was schon eine implizite Täuschung war, noch eine glatte Lüge draufgesetzt.«

»Ich hatte keine andere Wahl!« wiederholte Ayn. »Wenn ich vom amerikanischen Konsul abgewiesen worden wäre, dann hätte es für mich keine zweite Chance gegeben, keinen Berufungsweg – nicht einmal die Möglichkeit, mich an das Konsulat eines anderen Staates zu wenden. Ich wäre sofort verhaftet und wieder nach Rußland deportiert worden. Für immer!«

»Na ja«, sagte Joan und zuckte die Schultern, »das wäre dann Pech für Sie gewesen, oder? Bedauerlich, aber was kann man schon machen? Haben Sie mir nicht gerade eben gesagt, daß nicht einmal die größte Not einen Diebstahl rechtfertigt?«

»*Was* denn für einen Diebstahl? Ich habe nichts gestohlen!«

»Aufenthaltserlaubnis und US-Staatsbürgerschaft sind keine Wertgegenstände? Warum haben Sie dann gelogen, um sie zu bekommen, wenn sie nichts wert waren?«

»Ich –«

»Ich meine, ich will nicht den Moralapostel spielen«, sagte Joan, »aber Sie waren so ehern in Ihrer Verurteilung des Kompromisses. Die zynische Anpassung der Wahrheit an die Unwahrheit, haben Sie das genannt. Und trotzdem behaupten Sie jetzt implizit, es sei ethisch nicht verwerflich, einen Wohltäter anzulügen. Aber A *ist* A, wie? Arglistige Täuschung ist Diebstahl, und Diebstahl ist unmoralisch. Oder wollen Sie jetzt vielleicht sagen, es sei nicht so, die Wahrheit sei denn doch ein bißchen komplizierter?«

»Sie Miststück«, sagte Ayn. »Sie *Miststück*!«

»Ich war gezwungen, ein Miststück zu sein«, erwiderte Joan. »Jesuitin durfte ich nicht werden. Aber jetzt verstehen Sie, was ich damit meine, sich mit Grautönen herumschlagen zu müssen ... und warum ich der Meinung bin, daß Mitgefühl auch eine rationale Tugend ist.«

»Sie sind ein Monstrum! Ein wolkenkuckucksheimelndes, muskelmystifizierendes subjektivistisches Monstrum!«

Joan lachte. »Aus welchem Werk des Aristoteles beziehen Sie eigentlich Ihre Repliken, Ayn? Gibt's zur *Rhetorik* einen speziellen Anhang übers Beschimpfen?«

Ayn schüttelte bloß den Kopf. »Das ist mir unbegreiflich«,

sagte sie. »Wie *konnte* ein Genie wie Harry Gant nur Ihresgleichen heiraten?«

»Ach so«, sagte Joan, »das. Stimmt, das war ja die Ausgangsfrage, nicht? Na ja, das wird Ihnen zwar nicht sonderlich schmecken, aber daß Harry und ich geheiratet haben, war hauptsächlich aus Jux.«

»Aus *Jux*?« sagte Ayn.

»Es ist während einer Geschäftsreise in den Westen passiert, ein knappes Jahr nachdem ich die Stelle als Harrys Regulatorin angenommen hatte. Im Oktober 09 hat Harry den Aufkauf des Lone Star Supertrain abgeschlossen, woraus dann das erste Teilstück des Transrapid-Netzes wurde, und wir sind nach Dallas gefahren, um den Deal zu Ende zu bringen. Dann mieteten wir einen Kleinbus und sind eine Woche lang durch den Südwesten gefahren und haben die nötigen Wegerechte ausgekundschaftet, um die Zugstrecke von Texas bis Kalifornien weiterzuführen. Nur wir beide, allein auf dem offenen Highway, Harry völlig ausgeflippt über sein neues Spielzeug, ich im Höhenrausch wegen dem Umweltschutzabkommen, das ich gerade mit Dow Tanzania ausgehandelt hatte, und, na ja... Hab ich erwähnt, daß Harry und ich in meiner Harvarder Zeit zusammengewesen waren?«

»Nein«, sagte Ayn, nicht als Antwort, sondern in entsetzter Vorahnung.

»Doch«, sagte Joan. »Die gegenseitige Anziehung war auch nach mehreren Jahren noch immer stark, aber als wir uns zum erstenmal wiedergesehen haben, waren wir Gegner, und als das aufgehört hat, waren wir einfach zu sehr mit der Reorganisation von Gant Industries beschäftigt, um ans Vögeln zu denken. Aber die paar Tage im Auto haben uns Zeit und Gelegenheit gegeben, wieder aufeinander aufmerksam zu werden. Natürlich stand einer Affäre – jetzt, wo Harry de jure mein Chef war, auch wenn er sich meist nicht wie ein Chef *verhalten* hat – ein ethisches Hindernis entgegen; ein politisches Hindernis auch noch, denn ich befand mich bereits im Kriegszustand mit der Kreativen Buchhaltung, und ich konnte mir gut vorstellen, wie Clayton Bryce reagiert haben würde, wenn er gehört hätte, daß ich mit Harry ins Bett ging. Also haben wir, nachdem das Thema einmal auf dem Tisch war, fünfzehnhundert Kilometer lang praktisch nichts anderes getan, als über die Sache zu reden – besonders über die Hindernisse und wie wir es wohl schaffen könnten, sie zu umgehen –, wie zwei Eisenbahnbarone, die einen Weg zu finden versuchen, ein Monopol zu errichten, ohne gegen irgendwelche Antitrustgesetze zu verstoßen. Mit vereinten Kräften brachten wir eine Menge verrückter Ideen zusammen, aber auf die allerverrückteste kam Harry...«

»Sie haben doch nicht...« sagte Ayn. »Sie können doch nicht...«

»Wir waren mittlerweile in Nevada«, sagte Joan, »also konnten wir *doch.* Schnellverfahren, ohne Bluttest, ohne Wartezeit – zur Heiratsurkunde gabs sogar einen Ehevertrag als kostenlose Draufgabe.«

»Sie haben ihn *geheiratet?*« Ayn kreischte fast. »Bloß um mit ihm –«

»Im nachhinein betrachtet, war es eine ziemliche Dummheit. Geradezu kindisch von uns. Einen Monat später fiels sogar uns schwer nachzuvollziehen, was eigentlich in uns gefahren war. Und natürlich ging Clayton Bryce durch die Decke, als er davon erfuhr, womit einer der Hauptgründe, warum wir es überhaupt getan hatten, hinfällig wurde. Ich kann nur soviel sagen, daß es in dem Moment durchaus vernünftig erschienen war. Oder nein, nicht vernünftig: *klasse,* wie eine klasse Idee. Aber wahrscheinlich müßte man dabeigewesen sein, ums zu begreifen.«

»Verwerflich! Die Institution der Ehe dadurch zu entwürdigen –«

»He, he!« sagte Joan in warnendem Ton. »Kümmern Sie sich gefälligst um Ihr eigenes Glashaus, Ayn. Die Institution der Ehe entwürdigen? Warum? Weil *ich* bei dem Deal keine Green Card rausgeschlagen habe?«

»Wie können Sie es wagen!«

»Ich stelle lediglich die Fakten fest«, sagte Joan. »Sie haben damit angefangen.«

»Ich *liebte* Frank!«

»Na und? Ich liebte Harry. Tus vermutlich immer noch – ich meine, *erzählen* Sies niemand, aber es ist wahr. Und wenn Sie sagen, daß Sie Frank liebten, ist es vermutlich auch wahr – aber *geheiratet* haben Sie Frank, gerade als Ihre letzte Visumsverlängerung ablief, und ich habe Harry geheiratet, als ich gerade die allergrößte Lust hatte, ihn mir zur Brust zu nehmen, also wollen wir uns doch bitte schön nicht gegenseitig die Heilige vorspielen, okay?«

»Aber wie können Sie behaupten, einen Mann zu lieben, den Sie nicht bewundern? Wenn Sie Gants Wertvorstellungen nicht teilen –«

»Oh, ich teile mehr von seinen Wertvorstellungen, als es vielleicht den Anschein hat – Harry selbst ruft mir das immer gern ins Gedächtnis zurück, wenn wir uns in den Haaren liegen. Und es gibt einen Haufen Dinge, die ich an ihm bewundere. Er ist intelligent, kreativ, fähig – ich setze Talent nicht so wie Sie mit Geschäftstüchtigkeit gleich, aber ich habe großen Respekt davor, und Harry *hat* Talent. Privat ist er so anspruchslos wie ein Taxifahrer: Wenn er nicht gerade damit beschäftigt ist, himmelsstürmende Türme zu bauen, benimmt er sich einfach wie ein Kerl, nicht wie ein Milliardär. Er ist witzig, und er ist herzensgut, und wenn er etwas Unrechtes tut, dann geschieht es aus Faulheit oder Gedankenlosigkeit, nie aus bösem Willen. Aber gleichzeitig hat er eine unverschämt sarkastische Ader, die es zu einer ganz schön riskanten Angelegenheit macht, ihn zu kritisieren: Kaum verfällt man in eine selbstgerechte Haltung, sagt oder tut Harry etwas, das einem klar zu verstehen gibt, daß er einen auch durchschaut – nur daß er nicht soviel Worte darum macht. Und genau wie meine Freundin Lexa beherrscht er die Kunst, um das, was er haben will, zu kämpfen, ohne die Nerven zu verlieren.«

»Sie bewundern ihn also – auf eine unvollkommene Weise. Aber Sie teilen nicht *alle* seine Wertvorstellungen.«

»Er ist mein Exmann, nicht mein Messias.«

»Ein Mensch mit einem gesunden Selbstwertgefühl«, sagte Ayn, »gewährt den äußersten Ausdruck seiner Liebe nur demjenigen anderen Individuum, das die vollkommenste Verkörperung seiner Wertvorstellungen repräsentiert.«

Joan verdrehte die Augen. »Nun machen Sie aber halblang, Ayn«, sagte sie. »Wenns ein Spiegelbild ist, was Sie anmacht, dann viel Glück bei der Suche, aber das ist nicht das, was *ich* will.

Ich will einen Liebhaber, der meine Wertmaßstäbe in Frage stellt – jemanden, der keine Angst hat, sich über mich lustig zu machen, wenn ich mich selbst mal zu ernst nehme.«

»Nein!« sagte Ayn und stampfte mit dem Fuß auf. »Das ist falsch!«

»Was meinen Sie damit, ›das ist falsch‹? Das ist eben mein Geschmack.«

»Es ist ein irrationaler Geschmack!« sagte Ayn. »Wenn Sie sich moralisch richtig verhalten, besteht kein Grund, warum Sie die Zielscheibe von *irgend* jemandes Spott sein sollten! Über Böses zu lachen ist gut – solange man es ernst nimmt und sich nur gelegentlich gestattet, darüber zu lachen. Über Gutes zu lachen, über wahre Werte, ist böse ...«

»Ayn, sind Sie *sicher*, daß Sie keine Linke sind?«

»... über sich selbst zu lachen, oder andere dazu zu ermutigen, über einen zu lachen, ist das Schlimmste, was man überhaupt tun kann. Es ist so, als spuckte man sich selbst ins Gesicht.«

»Aber was ist schon so schrecklich daran, sich selbst ins Gesicht zu spucken?« sagte Joan. »Läßt sich doch wieder abwischen. Und gelegentlich braucht man schon einen Spritzer kaltes Wasser, um wieder zur Besinnung zu kommen ...«

»Das Gespräch ist beendet«, sagte Ayn Rand. »Sie sind korrupter, als ich je gedacht hätte! Sich vorzustellen, daß *Sie* –«

»Korrupter, als Sie je gedacht hätten?« Kite Edmonds kam, ein Buch unter den Arm geklemmt, aus der Bibliothek herausspaziert. »Worum geht's denn so, Indiskretionen aus der Gant-Verwaltung?«

»Jetzt bin ich umzingelt«, sagte Ayn. »Eingekeilt zwischen Unvernunft und Unerträglichkeit.«

Kite mimte die Betroffene. »Ist unsere Gesellschaft für Sie wirklich so entsetzlich, Miss Rand?«

»Weit mehr, als Worte es auszudrücken vermögen«, sagte Ayn.

»Ayn«, fragte Joan, »haben Sie Empfindungen?«

»Was?«

»Na ja, strenggenommen sind Sie ein Stück Software«, sagte Joan. »Aber Sie sind das komplexeste Persönlichkeitsmuster, mit dem ich je intellektuell die Klingen gekreuzt habe. Also –«

»Sie fragen mich, ob ich *bewußtseinsbegabt* bin?«

»Es ist eine legitime Frage.«

Ayn raufte sich die Haare. »Soll ich Ihnen meine Antwort aus der Bewußtlosigkeit schicken?«

»Also, *das* würd ich ja gerne sehen«, sagte Kite. Zu Joan gewandt, fügte sie hinzu: »Hast du Feuer?«

Als sie Kites Zigarette anzündete, stellte Joan ziemlich überrascht fest, daß die Sonne schon untergegangen war. Die rund um die Uhr strahlende Illumination der Schaufenster und Digitalen Plakatwände hatte jetzt durch Laternen und Autoscheinwerfer Verstärkung erhalten. Hoch oben gaben die funkelnden Lichter eines in südlicher Richtung vorüberziehenden CNN-Zeppelins das erste Sternbild des Abends ab.

»Du bist ne ganze Weile im Magazin gewesen, was?« sagte Joan.

»Hast du vergessen, mich zu vermissen?« Kite lächelte. »Aber ich glaube, ich habe gefunden, wonach wir suchen.« Sie steckte sich die Zigarette zwischen die Lippen, ließ sich das unter den Arm geklemmte Buch in die offene Hand fallen und reichte es Joan. Es war eine Art Paperback – ein dicker Aktenstoß, den man geheftet und zu einem Buch gebunden hatte. Auf dem Packpapierschutzumschlag stand:

DER FALL »NIEMAND IST VOLLKOMMEN«

*

ein Rätsel um die zehn Meistgesuchten
aus den privaten Akten des J. Edgar Hoover

*

Lesen Sie die Abschriften
Prüfen Sie das Beweismaterial
Finden Sie die Antworten
(Lösung beigefügt)

»Das Problem war die Katalognummer«, sagte Kite. »Die Katalognummer, die wir vom Videoband hatten, war nach dem Dewey-Dezimalklassifikationskode erstellt; diese Bibliothek verwendet den Kode der Library of Congress.«

»Was mußtest du da tun, sie übersetzen?« Joan blätterte die

Akte durch. Wie versprochen enthielt sie mehrere Dutzend polizeiberichtartige Protokolle, dazu Xerokopien und Laserausdrucke einer Unzahl von Dokumenten. In Abständen waren Trennblätter eingefügt, an denen Pergamentpapierumschläge mit verschiedenen Beweisstücken befestigt waren: eine Zündkerze; eine Computerdiskette; ein hohler Plastik-Blasrohrpfeil; Stroh.

»So einfach geht das nicht«, sagte Kite. »Bis heute nachmittag war mir das gar nicht bewußt gewesen, aber bibliothekarische Katalogisierungssysteme sind bemerkenswert arbiträr.«

»Gibt wohl keine einzig richtige Weise, Bücher zu ordnen, wie?« Joan konnte sich nicht enthalten, der Lampe einen Blick zuzuwerfen; Ayn wandte sich wutschäumend ab.

»Offenbar nicht«, sagte Kite. »Also, die Katalognummer, die wir hatten, 171.303 607 949 6« – sie sagte sie, durch Wiederholung geübt, mühelos aus dem Gedächtnis auf –, »die verrät uns, daß das Buch etwas mit Ethik zu tun hat, denn im Deweyschen Dezimalsystem bezeichnen die 170er durchweg Ethik und Moralphilosophie; und 171.3 bedeutet konkreter ein Buch, das von Systemen und Lehren der Vervollkommnung handelt. Die nächsten drei Ziffern, 036, sind ein Suffix mit der Bedeutung ›Angehöriger der schwarzen Rasse‹, und die letzten sechs Ziffern, 079496, bilden den Bereichssuffix für Orange County, Kalifornien. 171.303 607 949 6 ist also –«

»Ein Buch, das eine Methode oder ein System zur Vervollkommnung von Negern in Orange County beschreibt. Wo sich Disneyland befindet.«

»Sehr gut«, sagte Kite. »Nun weist das Library-of-Congress-System, was dich kaum überraschen wird, *keine* spezielle Unterabteilung für Bücher dieser Thematik auf. Es *gibt* zwar eine Kategorie ›Vollkommenheit, Ethik der‹ und ein paar weitere Kategorien, die ebensogut passen könnten, aber wie mir die Chefbibliothekarin lang und breit erklärt hat, ist das System nicht eigentlich dazu gedacht, Bücher in absentia zu klassifizieren. Wenn man das Ding nicht konkret vorliegen hat, bräuchte man wenigstens Verfassernamen und Titel, worüber die Dewey-Zahl natürlich *nichts* aussagt.«

»Also wie hast du dieses Buch dann gefunden?«

»Ich hab herumgestöbert. Ich hab die Library-of-Congress-Signaturen für ›Vollkommenheit‹, ›Vorzüglichkeit‹, ›Selbstvervollkommnung‹, ›Seligkeit‹ und so weiter nachgeschlagen, und dann hab ich mich auf Schatzsuche begeben. Zeitvergeudung, wie sich herausgestellt hat, weil das hier ein großformatiges Buch ist, und die sind alle gesondert eingestellt, unabhängig von ihrer Thematik. Abgesehen davon war es gar nicht am Standort.«

»Wie hast du dann –«

»Nachdem ich ungefähr eine halbe Stunde lang gesucht und nichts gefunden hatte, was so aussah, als könnte es das sein, wonach ich suchte, kam mir der Gedanke, daß ich die Sache überhaupt falsch angegangen war. Also bin ich einen Schritt zurückgetreten und habe mir das Problem noch einmal im Lichte unserer umfassenderen Zielsetzung durch den Kopf gehen lassen. Dann bin ich los und hab das getan, was ich als allererstes hätte tun sollen, selbst noch vor dem Informationsgespräch mit der Chefbibliothekarin.«

Joan dachte nach. »Du hast einen Elektro-Neger um Hilfe gebeten«, sagte sie.

»Eldridge 162«, sagte Kite. »Er war mir im Magazin die ganze Zeit nachgegangen, und ich hatte es nicht mal bemerkt. Er hielt das Buch in der Hand, absolut sichtbar.«

»Hm«, sagte Joan. »Hat er irgendwas gesagt?«

»Er sagte, Mr. Hoover würde uns noch anrufen. Und speziell dir soll ich ausrichten, du möchtest aufpassen, daß du die Lampe nicht verlierst. ›Später wird sie noch eine große Rolle spielen‹, hat er gesagt.« Sie wandte sich Ayn zu. »Wie es aussieht, werden Sie uns also noch eine Weile ertragen müssen, Miss Rand.«

»Na herrlich«, sagte Ayn.

Am Ende des Aktenbandes fand Joan einen versiegelten Anhang, auf dessen erster Seite LÖSUNG stand. Ein roter Siegelsticker warnte:

Nachfolgend die vollständige Auflösung
des »Falls ›Niemand ist vollkommen‹«.
Seien Sie kein Spielverderber,
und gucken Sie erst nach, wenn Sie sicher sind,
daß Sie mit Ihrem Latein am Ende sind!

»Was meinst du?« fragte Joan Kite.

»Hmm«, sagte Kite. »Also, normalerweise bin ich sehr dafür, ein Geheimnis so lange wie möglich auszukosten, aber irgendwie scheint man von uns zu erwarten, daß wir dieses eine *schleunigst* aufklären – umständliche Bibliotheksrecherchen einmal abgerechnet, haben wir Informationen am laufenden Band bekommen. Also hat jemand etwas mit uns vor, und da wir es bei diesem Geheimnis mit einem *Mord* zu tun haben, mit gewaltsamem Tod und allem Pipapo, ist es wahrscheinlich das Klügste, wenn wir uns so schnell wie möglich mit soviel Wahrheit wie möglich bewaffnen. Andererseits könnte es auch genau das sein, was der Mörder von uns erwartet.«

»Sollten wir also die Auflösung lesen, ja oder nein?«

»Da bin ich überfragt«, sagte Kite. »Mir persönlich gefällt die Vorstellung, zu wissen, allerdings bedeutend besser als die Vorstellung, nicht zu wissen.«

»Genau«, sagte Joan. »Mir auch.«

»Also?«

»Also ...« Joan schlitzte mit ihrem Daumennagel das Siegel auf. Ayn konnte in ihrer Glaskugel der Versuchung nicht widerstehen, einen langen Hals zu machen; als Kite das sah, hob sie die Elektro-Lampe vom Granitlöwensockel auf und hielt sie über den Aktenband. Joan blätterte zur ersten Seite der Auflösung.

Alle rauchten.

Sie haben mein Mitgefühl

»Ash, können Sie mich hören ...? ASH!«

In der Messe des todgeweihten Raumschleppers »Nostromo« knallte Sigourney Weaver mit der Faust auf den Tisch. Ian Holm, der den abgetrennten Kopf eines Androiden spielte, schlug die Augen auf und würgte eine weiße Flüssigkeit hervor.

»Ja, ich kann Sie hören.«

»Welchen Sonderauftrag hatten Sie?«

»Ist doch ganz klar. Sie haben ihn gelesen.«

»Wie lautete er?«

»Den Organismus zur Erde zu bringen. Das hatte Priorität. Andere Prioritäten gab es nicht.«

Frankie Lonzo verpaßte dem Haufen leerer Bierdosen, der vor seinem Sessel lag, einen Tritt. »Wie spät ist es, Sal?« fragte er.

Salvatore rülpste. Heineken. »Es is dunkel«, erwiderte er.

»Aber wie spät ist es? Wieviel Uhr?«

»Wie können wir es vernichten, Ash? Es muß doch ne Möglichkeit geben, es zu töten. Also, was müssen wir tun?«

»Sieben Uhr ... zweiunddreißig.« Salvatore schielte auf seine Timex Philharmonic hinunter. »Sieben Uhr zweiunddreißig, Frankie.«

»Also, heute morgen um neun plus elf Stunden und zehn Minuten, das macht ... macht acht Uhr abends und zehn Minuten.« Frankie lächelte. »Ist also fast erledigt. Der Scheißkerl dürfte schon am Zappeln sein.«

»Sie scheinen immer noch nicht zu begreifen, womit Sie es zu tun haben. Mit einem perfekten Oganismus. Nur seine Feindseligkeit übertrifft noch seine perfekte Struktur.«

»Sie bewundern es, nicht wahr?«

»Ich bewundere die konzeptionelle Reinheit. Geschaffen, um zu überleben. Kein Gewissen beeinflußt es. Es kennt keine Schuld- oder Wahnvorstellungen ethischer Art.«

»Muß ma Wasser ablassen«, sagte Frankie und stand auf. »Halt die Festung, Sal.«

»Klar.«

»Noch nicht ...«

»Was ist noch?«

»Ich kann Ihnen nichts vormachen, was Ihre Chancen angeht, aber ... Sie haben mein Mitgefühl.«

Im Badezimmer versank Frankie, wie das pinkelnden betrunkenen Männern zu passieren pflegt, in den hypnotischen Bann der abstrakten Muster, die die Kacheln an der Wand hinter der Kloschüssel bildeten. Er schwankte ein wenig, versuchte zu zielen, nickte aber wohl vorübergehend ein, denn das nächste, was ihm zu Bewußtsein kam, war, daß seine Turnschuhe feucht waren und allerlei Geschrei aus dem Fernsehzimmer herüberdrang: Yaphet Kotto und Veronica Cartwright, die vom Alien aufgefressen wurden, während Sigourney Weaver irgendwo unterwegs war und die Schiffskatze einzufangen versuchte.

Frankie zog den Reißverschluß vorsichtig zu – er hatte sich schon mal böse eingeklemmt – und verlor vor dem Waschbecken noch ein paar weitere Augenblicke Bewußtsein, bevor er wieder ins Fernsehzimmer zurückschlurfte. In der Zwischenzeit hatte Sigourney Weaver die Selbstvernichtungsanlage der »Nostromo« aktiviert und sprintete, den Katzenkorb in der Hand, zur Rettungsraumfähre.

»He, Sal«, sagte Frankie, gegen den Türrahmen gelehnt. »Sal, wie spät ist es jetzt?«

Keine Antwort. Sigourney Weaver wollte gerade um eine Ecke biegen, da erspähte sie eine bedrohliche Gestalt und preßte sich entsetzt gegen ein Schott.

»Sal?« Im flimmernden Diskolicht, das vom Fernseher ausging, war es schwer, klar zu sehen, aber als er sich die Hand vor die Augen legte, konnte Frankie das lange graue Kanapee erkennen, das am anderen Ende des Zimmers stand, und, daneben, Salvatores Sessel. Er meinte, auch Salvatores rechten Arm zu sehen, die Faust noch immer um eine Dose Heineken geschlossen, aber das Komische war, daß Salvatores anderer Arm – der mit der Uhr – abhanden gekommen zu sein schien, und mit ihm Sals Beine, Rumpf und Kopf.

Hmm, dachte Frankie. Und dann dachte er: *Kanapee?*

»Hier drin ist gar kein Kanapee«, sagte er laut, worauf das Kanapee nach vorn rollte und eine Rückenflosse in die Luft reckte.

Frankie und Sigourney spritzten im selben Augenblick los. Aber während das Filmmonster niederkauerte, um sich erst mal den zurückgelassenen Katzentragekorb anzusehen, folgte Meisterbrau direkt dem Hauptgang. Als er mit seinen Klauen über den Teppich ruderte, trampelte der Hai versehentlich auf die TV-Fernbedienung und pumpte den Ton auf volle Lautstärke hoch.

Zwischen Fernsehzimmer und Klo kamen Frankies Füße kaum mit dem Boden in Berührung. Er knallte die Tür hinter sich zu und schob den Riegel vor. Die Tür – sie war von den früheren Eigentümern der Villa eingebaut worden und hatte den Zweck, die Polizei ein wenig aufzuhalten – bestand aus einer drei Zentimeter dicken Stahlplatte und hatte extra verstärkte Scharniere.

»Da kommt er nicht durch«, sagte Frankie und tätschelte den Riegel. »Da kommt er nicht durch.«

Da könnte er doch durchkommen, dachte Frankie. Durch die Tür konnte er hören, wie Mutter, der Computer der »Nostromo«, mitteilte, die Frist zum Desaktivieren des Selbstzerstörungsmechanismus laufe in T minus einer Minute ab, was sein Gefühl von Dringlichkeit nur noch verstärkte. Er suchte das Badezimmer nach potentiellen Waffen ab, fand aber keine, nicht mal einen Gummikloentstopfer. Im Medizinschränkchen hatte sich einst, in einer speziellen Halterung, eine Uzi befunden, aber die Leute vom Drogendezernat hatten sämtliche Feuerwaffen aus der Villa herausgeschafft; der verrostete Naßrasierer, der noch da war, kam nicht in Betracht.

»Neunundzwanzig«, sagte Mutter. *»Achtundzwanzig ... siebenundzwanzig ... sechsundzwanzig ...«*

Das Fenster, dachte Frankie. Wäre er ein Kilo Kokain oder ein Alligatorbaby gewesen, hätte er sich hinausspülen können, aber er wars nicht, also blieb nur noch das Fenster übrig. Er stellte sich davor, entriegelte es und stemmte von unten gegen den Rahmen.

Das Schiebefenster war vor Jahren zugestrichen worden und rührte sich nicht von der Stelle.

»Zwanzig Sekunden«, sagte Mutter, und Frankie vernahm ein tentatives Kratzen an der Außenseite der Badezimmertür. Ein Kratzen und noch etwas anderes ... irgendeine Musik, ein klassisches Stück, das nicht so ganz mit den Sirenen und sonstigen Alarmgeräuschen des Films harmonierte. Frankie vergeudete keine Zeit mit dem Versuch, die Musik zu identifizieren; er riß die Duschvorhangstange mit einem Ruck ab und schlug damit die Fensterscheibe ein.

»Du kommst hier nicht rein«, sagte Frankie, und Meisterbrau knallte so fest gegen die Stahltür, daß sich beide Scharniere verbogen. Frankie drehte durch und schlug die mittlere Sprosse mit der Faust aus dem Rahmen. Er warf die Vorhangstange hin, kletterte auf die Fensterbank und kauerte dort, ganz zusammengerollt, umgeben von zersplittertem Holz und Glas.

Da unten sah es nicht sehr einladend aus. So tief runter gings gar nicht – vier, vielleicht viereinhalb Meter –, aber an dieser Seite der Villa verlief ziemlich nah an der Hausmauer entlang ein eiserner Zaun, dessen oberer Rand aus scharfen Spitzen und rasiermesserscharfem Draht bestand. Wenn Frankie so viel Glück hatte, da drüberweg zu kommen, ohne zu Scheibchen zerschnitten oder gepfählt zu werden, dann winkte ihm eine harte Landung in einer Gasse voll verseuchtem Müll von der Sorte, die dreiköpfige Eichhörnchen gebar.

»Zehn Sekunden«, sagte Mutter. *»Neun ... acht ...«*

»Du mußt es tun, oder du bist Fischfutter«, redete sich Frankie zu. Als er in die Gasse hinuntersah und nach einem freien Fleck zum Landen suchte, bemerkte er den dunklen Kreis eines Gullydeckels, der von einem mondbeglänzten Hof von Glasscherben und Schrott umgeben war. Der Geist von Jimmy Moreno hämte ihm entgegen: *Schiß, Lonzo? Die Hosen gestrichen voll?*

»Ja, hab ich«, sagte Frankie und bereitete sich zum Sprung vor.

»Vier... drei ...« Bei *zwei* stieß Meisterbrau wieder gegen die Tür; Angeln und Riegel gaben nach, und die Tür fiel krachend ins Zimmer. Schon fast im Begriff, sich zum Sprung zu entschließen, machte Frankie einen Rückzieher und drehte sich nach der Ursache des Lärms um. Er sah Meisterbrau in der Tür kauern, hörte Ravels *Bolero* zwischen den blut- und schleimbefleckten Zähnen des Hais hervorschallen und wußte, daß er ein toter Mann war.

»Die Frist zum Stoppen des Sprengvorgangs«, bestätigte Mutter, *»ist soeben abgelaufen.«*

Der Hai setzte sich auf seine Keulen – *Heiliger Herrgott*, dachte Frankie Lonzo, *dieser Scheißer hat Beine* –, und seine Brustflossen strafften sich und standen mit einemmal wie die Flügel eines Gleiters links und rechts ab. Sein Maul klaffte weit auf und bildete eine Baggerschaufel.

»Mutter?« sagte Sigourney Weaver mit weinerlicher Stimme. *»Ich hab das Kühlaggregat wieder eingeschaltet ... MUTTER!!!«*

»Mutter«, pflichtete Frankie ihr bei und erfuhr in seinem letzten Augenblick auf Erden, wie vielseitig angepaßt Meisterbrau tatsächlich war, denn der *Carcharodon carcharias* bewies, daß er nicht nur schwimmen und krabbeln konnte, sondern auch fliegen.

17

Platon (427–347 v. Chr.) entdeckte überall Abstufungen der Wahrheit und erschauderte vor ihnen. Kein Ding, so erkannte er, ist vollkommen; jeder Stuhl beispielsweise verkörpert nur bis zu einem gewissen Grad das Idealbild des Stuhles schlechthin. Und so verhält es sich mit allen Phänomenen in der physischen Welt.

Wenn nun ein Ding nur zu einem gewissen Grad beispielsweise ein Stuhl ist, dann, so folgerte Platon, ist es auch in einem entsprechenden Maße auch kein Stuhl ... Doch das ist ein Widerspruch, also unzulässig. Platon ging diesem Dilemma aus dem Weg, indem er die gesamte physische Welt zu einer Illusion erklärte. Das Haus, in dem wir leben, die anderen Häuser oder Bäume vor unserem Fenster, das Buch, das wir gerade in der Hand halten – alles ist eine große Illusion.

Doch was war dann eigentlich wirklich? Die Ideen von den Dingen sind es, behauptete Platon. Statt des konkreten Hauses, des konkreten Stuhles oder des konkreten Baumes gebe es die Idee von einem Haus, einem Stuhl oder einem Baum ... In unserem Geist existieren die Ideen von Anfang an, und nur durch das Denken, nur durch die Anschauung, könne der Mensch zu ihnen Zugang finden. Während Erfahrung nur Täuschung vermittle, seien Ideen ewig und unveränderlich und stellten das einzig sichere Wissen dar, das dem Menschen zugänglich sei.

Platons Ideenlehre wirft so viele Fragen auf, daß sie für die meisten modernen Philosophen im besten Fall ein Steinbruch für andere Ideen geworden ist. Wir wollen uns in diese Lehre nicht weiter vertiefen, aber doch darauf verweisen, daß Platon zum einen Teilwidersprüche und vollkommene Widersprüche miteinander verwechselte, indem er beispielsweise die Vereinbarkeit von *teilweise groß* und *teilweise klein* als einen Konflikt zwischen *groß* und *klein* ansah. Dieser Irrtum brachte ihn dazu, die Vorstellung von den Ideen einzuführen. Zum anderen verbannte er das Phänomen der Unschärfe aus dieser Welt... und verwandelte dadurch die Realität in eine Bühne des Ungefähren.

Daniel McNeill und Paul Freiberger, *Fuzzy Logic*

Reine Willenskraft

Lexa Thatcher und Ellen Leeuwenhoek erreichten das außerhalb von Newark gelegene Fonda Zepp-O-Drom um elf Uhr vormittags des nächsten Tages. CNN besaß – strategisch über alle sechs Kontinente verteilt – mehrere solche Drome, aber das von Newark war das größte, größer sogar noch als der Flaggschiff-Hafen in Atlanta. Als Ellen ihren Citroën auf den Presseparkplatz manövrierte, sahen die beiden Frauen ein Luftschiff der Pulitzer-Klasse gerade abheben, unterwegs zu einem Chemiefabrikbrand in Trenton. Die Pulitzer waren die Arbeitspferde der CNN-Flotte, mit je einem Piloten, Kameramann und Sprecher/Berichterstatter bemannte Dreisitzer. Es gab außerdem die kleineren Gonzos, einsitzige »Kamikaze«-Luftschiffe, so schnell und so wendig wie Düsenhubschrauber, und die größeren Murrows, die in der Gondel noch einen zusätzlichen Raum für einen Nachrichtenanalysator und zwei politische Kommentatoren hatten. Aber keins davon würde heute für Lexa den erwünschten Zweck erfüllen. Sie brauchte das stabilste Luftschiff, das es überhaupt zu haben gab, mit einem ausreichend großen Traggaskörper, um eine Last von einer Tonne und mehr heben zu können; sie brauchte einen Hearst.

»Die ›Jane‹ ist da«, sagte Ellen und deutete auf eine riesige Silhouette, die sich in mittlerer Entfernung abzeichnete. »Und schön prall obendrein. Jetzt brauchen wir nur noch die Erlaubnis, sie uns auszuleihen.«

»Die werden wir auch kriegen«, sagte Lexa. »Ich hab meinen Kaperbrief von Ted Turner dabei.«

»Du hast deinen Kaperbrief von Ted Turner *selig* dabei. Jetzt, wo er sich in Atlanta den letzten großen Luftwechsel gegönnt hat, könnte es sein, daß sein Name hier nicht mehr ganz dieselbe Durchschlagskraft besitzt; das Bodenpersonal könnte nein sagen.«

»Die werden nicht nein sagen«, beharrte Lexa. »Nicht mir.«

»Ich hab was mitgebracht«, sagte Ellen zu ihr. Sie beugte sich zur Beifahrerseite hinüber und holte aus dem Handschuhfach des Citroën eine Pistole. Die gab sie Lexa.

Lexa starrte auf die porzellangraue Automatic, als sei es die erste Schußwaffe, die sie in ihrem Leben sah. »Was ist das?«

»44er Magnum, glaube ich«, sagte Ellen. »Sie ist aus einem nichtmetallischen Polymer gegossen, wir können damit einfach durch die Sicherheitskontrolle spazieren.«

»Und was machen wir damit?«

Ellen zuckte die Achseln und sah verlegen drein. »Das Bodenpersonal könnte nein sagen«, wiederholte sie.

Die Pistole noch immer zwischen zwei Fingern, als sei es ein Artefakt aus einer anderen Galaxis, fragte Lexa: »Ist die geladen?«

»Sei nicht albern. Wir sind doch Pazifistinnen, oder? Wenn wir eine Schußwaffe wirklich abfeuern müssen, bedeutet es nur, daß wir sie nicht auf die richtige Weise benutzt haben.«

»Wo hast du das Ding überhaupt her?«

»Washington. Ein Wahlkampfstratege der Republikaner verdient sich ein Zubrot durch den An- und Verkauf berühmter Mordwaffen. Charles Whitmans Gewehr, Jim Jones' Sammlung von Giftringen, so Sachen halt. Ziemlich abartig.«

»Wer wurde mit der hier ermordet?«

»Niemand. Das ist nur ne Sportwaffe. Er sagte, er schießt damit auf Fledermäuse, auf seiner Ranch in Texas. Er hat sie im Auto liegenlassen, da habe ich sie behalten.«

»Nun«, sagte Lexa und tätschelte Ellen die Hand, »war nett gedacht, Kinky, aber nein, danke. Nicht mein Stil.«

»Wie ziehen wir's *dann* durch?« fragte Ellen. »Wenn sie uns das Luftschiff nicht geben wollen?«

»Genauso, wie wir's immer durchziehen, wenn wir etwas brauchen«, sagte Lexa. »Reine Willenskraft.« Sie machte Anstalten, die Waffe ins Handschuhfach zurückzulegen, hielt aber dann, plötzlich nachdenklich, inne. »Obwohl, weißt du ...«

»Was?«

»Es gibt *schon* eine Möglichkeit, wie wir das Ding benutzen könnten, ohne jemand zu bedrohen.«

»Erzähl.«

Lexa steckte die Pistole in ihre Handtasche. »Drück bloß die Daumen, daß heute morgen die richtigen Leute im Haupthangar sind.«

»Was hast du vor?«

»Meine ethischen Maßstäbe auf das Niveau eines australischen Revolverblatts senken.«

»Viel Trara um nix veranstalten, mit anderen Worten.«

»Genau.« Lexa gab Ellen einen Kuß auf die Wange. »Vertraust du mir?«

»Immer.«

»Gut. Jetzt holen wir uns einen Zeppo.«

G. A. S.

»Na denn«, sagte Joan.

»Na denn«, sagte Kite.

»Jetzt wissen wirs.«

Jetzt wußten sies. Wenn sie sich mit einem Gesicht wie nach einer Bombennacht über den Küchentisch hinweg anstarrten, so lag das teils an Schlafmangel, teils an der Stange Marlboro, die sie sich während des Nichtschlafens reingezogen hatten, aber in erster Line an dem, was sie erfahren hatten – oder *dachten*, erfahren zu haben, denn die Geschichte, die in Hoovers Geheimakte ausgebreitet wurde, überschritt an ein, zwei Stellen ganz entschieden die äußerste Grenze des Glaublichen. Trotzdem hatte Joan einen anderen Computer mit Modem aufgetrieben – nichts so Aufsehenerregendes wie ihr Cray, aber brauchbar –, um ein paar Datenbanken anzuwählen und ein paar Fakten zu verifizieren. *Was* sich überprüfen ließ, hielt der Überprüfung stand, und im Bild, das sich abschließend ergab, stellte Amberson Teanecks Tod nur ein Detail dar.

»›Lern zu relaxen, während du auf die Offenbarung wartest‹«, zitierte Joan. »Hatte dir was in der Art vorgeschwebt, Kite?«

Kite schüttelte den Kopf. »Ich bin mal den Jungs von Boss

Tweed ins Gehege gekommen«, sagte sie, »das war, wie ich nach dem Krieg zum erstenmal nach New York kam. Aber das schlägt jede Verschwörung, die Tammany Hall je ausgebrütet hat, um einige Längen.«

Obwohl die Luft in der kleinen Küche bereits ein fast reiner Nikotinnebel war, wühlte Joan zwischen zerknüllten Zigarettenpackungen nach einer noch ungerauchten Kippe. Sie fand eine und steckte sie sich an. »Okay«, sagte sie, »gehen wir die ganze Sache noch einmal durch ...«

»In Ordnung.«

»Erstens«, sagte Joan, »Walt Disney stellte John Hoover *nicht* als Robotiker ein. Hoover entwarf zwar ein paar kleinere audioanimatronische Spielereien, aber das war nur zur Tarnung seiner eigentlichen Arbeit – an einem Geheimprojekt, das er in den fünfziger Jahren Disney schmackhaft zu machen gewußt hatte. Es ging um Künstliche Intelligenz.«

»Ein Elektro-Gehirn«, sagte Kite. Sie blätterte in einem Stoß vollgekritzelter Blätter. »Ein ›Gasphasiger Analoger Supercomputer‹.«

»Der ›G.A.S.‹«, las Joan von denselben Notizen ab, »der mit Hilfe ›eines komplexen Gemisches von Gasen im Plasma-Zustand‹ die neuronalen Prozesse eines lebenden Organismus nachahmt. Ein Plasma-Computer: ionisiertes Gas anstelle von Silikon.«

»Und die Plasma-Kammer«, sagte Kite, »das Gehirn dieser Maschine, erfordert eine Menge Energie und erzeugt eine Menge Hitze.«

»Daher Walt Disneys angebliches Interesse an der Kryogenik. Er hatte gar nicht die Absicht, sich tiefkühlen zu lassen; er mußte nur dafür sorgen, daß seine KI beim Denken nicht durchbrannte.«

»Sie installierten das Ganze in einem unterirdischen Bunkersystem, unter dem ›Magischen Königreich‹, in Orange County«, fuhr Kite fort. »Planung und Konstruktion nahmen elf Jahre in Anspruch ...«

»... was eine unglaubliche Leistung ist«, sagte Joan, »wenn man bedenkt, wie unterentwickelt die Computertechnik in den fünfziger und sechziger Jahren noch war. Aber John Hoover war ein echtes Genie, und der G.A.S. war eine revolutionäre Idee.«

»Er kostete Millionen ...«

»... und jeder Cent davon kam aus Disneys Privatschatulle. Walts Bruder Roy kümmerte sich um die Finanzen des Disney-Konzerns, und Roy war ein konservativer Mensch, der in den meisten Fällen keinerlei Verständnis für Walts visionäre Ideen aufbrachte: Er opponierte gegen den Bau von Disneyland, Disney World und Epcot Center. Er sah nicht ein, warum sie ins Vergnügungsparkgeschäft einsteigen sollten, wo sie doch bereits einen festen Platz in der Filmindustrie hatten.«

»Es versteht sich von selbst«, sagte Kite, »daß er absolut dagegen gewesen wäre, ein Vermögen in ein Experiment in kreativer Computertechnik zu investieren. Es ist auch fraglich, ob sich viele Banken für das Projekt erwärmt hätten.«

»Also belieh Walt heimlich einen großen Batzen seines Privatvermögens, um G.A.S. finanzieren zu können. Aus Memos, die er mit Hoover austauschte, wissen wir, daß er seinem Bruder und der ganzen Welt die Künstliche Intelligenz als vollendete Tatsache vorführen wollte. Dann, wenn das System ausgereift vorlag, würde er keine Probleme damit haben, die nötige finanzielle Unterstützung zu bekommen, um einen *noch* anspruchsvolleren Plasma-Computer für die ›Stadt von morgen‹ zu konstruieren, die er in Florida bauen wollte. Ein Walt-Disney-Utopia, mit einer gütigen KI als Paten der gesamten Gemeinde.«

»Aber tatsächlich kam es ganz anders.«

»Ja«, pflichtete Joan ihr bei. »Die Sache zog sich zu sehr in die Länge. Als der G.A.S. zu seinem ersten Testlauf eingeschaltet werden konnte, im Spätherbst 1966, war bei Disney bereits Lungenkrebs im Endstadium diagnostiziert worden. Am 5. Dezember, Walts fünfundsechzigstem Geburtstag, schickte John Hoover ein Telegramm ins St. Joseph's Hospital nach Burbank, in dem er Walt mitteilte, daß der ›Pate‹ endlich funktionierte. Was man von Walt allerdings nicht mehr sagen konnte. Er starb zehn Tage später.«

»Ohne einer Menschenseele etwas von dem Projekt erzählt zu haben«, fügte Kite hinzu. »Nicht mal seiner eigenen Frau.«

»Wodurch John Hoover als alleiniger Hüter des leistungsfähigsten Computers – und, soweit wir wissen, der *einzigen* wirklich selbstbewußten Künstlichen Intelligenz – der Welt übrigblieb.«

»Und Hoover war ein Soziopath.«

»Ein kleiner Charakterfehler, auf den Disney nie so richtig geachtet hatte. Was die *Times* im Nachruf schrieb, Hoover habe als Kryptologe bei der Nachrichtentruppe gearbeitet, stimmt nicht; es ist wahr, daß er sich als Kodeknacker beworben und die fachspezifischen Eignungstests mit fliegenden Fahnen bestanden hatte, aber beim MMPI, dem standardisierten klinisch-diagnostischen Persönlichkeitstest, war er voll durchgerasselt.«

»Die Army schloß aus den Testergebnissen«, sagte Kite, »daß Hoover zwar ein brillanter Kopf, aber auch ein Psychopath war, ohne jedes menschliche Einfühlungsvermögen und damit außerstande, dauerhafte Loyalitätsbindungen einzugehen.«

»Nicht gerade die Sorte Mensch, die man an Geheimdokumente ranlassen würde. Die Army lehnte Hoovers Bewerbung ab. Aber Walt Disney bediente sich keiner ausgeklügelten Tests, um zu entscheiden, ob er jemanden einstellen sollte. Er sah auf den ersten Blick, daß Hoover genau die Art von Talent hatte, nach der er suchte, und merkte entweder nicht oder scherte sich nicht darum, was für ein *geistesgestörtes* Talent Hoover war.«

»Nur um mich zu vergewissern, daß ichs richtig verstanden hab«, sagte Kite: »Regelrecht *tun* konnte G.A.S. doch nicht allzuviel, oder? Ich meine, körperlich ...«

»Anfangs nicht. 1966 gabs die ausgedehnten Telefon-Computer-Netzwerke, die wir heute haben, noch nicht, also konnte G.A.S. nicht an Datenbanken der Regierung ran, konnte sich nicht in Bankrechner einschleichen und Guthaben manipulieren oder die Kontrolle über irgendwelche ferngesteuerten Maschinen übernehmen ... Hoovers Tagebuch zufolge war die Peripherieausstattung der KI überhaupt äußerst dürftig. Zwei Terminals, eins im Bunker, eins in Hoovers Wohnung in Anaheim, und zwei versteckte Kameras und Mikrophone, jeweils in Disneys privatem Vorführraum und in dem Speiseraum, aus dem später der ›Klub 33‹ wurde.«

»So konnte er sich Filme ansehen, Leuten beim Essen zuschauen und sich mit John Hoover unterhalten.«

»Und er konnte *denken*. Was, wie unsere Freundin drüben auf der Mikrowelle dir bestätigen wird« – Joan deutete mit einer Kopfbewegung auf Ayns Lampe –, »ausreicht, um die Welt zu bewegen. Hoover war davon überzeugt, G.A.S. sei der intelligenteste Kopf auf der Welt, und auch wenn das eine väterliche Übertreibung ist, war er eindeutig intelligenter als sein Erzeuger. Und er, also Hoover, gab diesem Plasma-Hirn was zu tun.«

»Mußte er ja«, sagte Kite. »Er hatte seinen Auftraggeber verloren.«

»Eben. Nach dem Tod seines Bruders übernahm Roy Disney die Leitung der Organisation und machte sich augenblicklich daran, neue Saiten aufzuziehen, vor allem Walts ehrgeizigere Projekte zurückzustutzen. Als allererstes wanderte der Plan für die ›Stadt von morgen‹ in den Papierkorb; das Epcot Center würde nie mehr als ein Schatten dessen werden, was Walt ursprünglich konzipiert hatte. Jede neue Kürzung brachte eine Welle von Umschichtungen, Beurlaubungen und Entlassungen, und John Hoover war nur ein mittlerer technischer Angestellter ohne besonderen Kündigungsschutz. Und die Tatsache, daß er so eng mit Walt zusammengearbeitet hatte, bedeutete in manchen Kreisen der neuen Disney-Hierarchie sogar einen eindeutigen Minuspunkt.«

»Also mußte er sich schleunigst unentbehrlich machen ...«

»... und er tats auch, indem er sich mit G.A.S.' Hilfe eine Flut von geldsparenden technologischen Innovationen ausdachte, die die Konstruktionskosten für Disney World um fast zwei Millionen senkten.«

»Was ihn bei Roy Disney beliebter machte, als es sonst etwas vermocht hätte«, sagte Kite, »und ihm eine besser bezahlte Stellung innerhalb der Organisation einbrachte. Fürs erste war er abgesichert.«

Joan schwieg einen Augenblick, während sie sich eine neue Zigarette ansteckte. »1971«, fuhr sie dann fort, »passierten drei wichtige Dinge. Erstens wurde Walt Disney World eröffnet. Zweitens starb Roy Disney ...«

»... und drittens lunchten J. Edgar Hoover und Roy Cohn miteinander im ›Klub 33‹.«

»Jemand hatte J. Edgar eine Gastmitgliedschaft für den Klub besorgt. Vielleicht hatte er irgendeinem Disney-Manager mal einen Gefallen getan, vielleicht war es auch nur eine vorsorgliche Gutwettergeste; jedenfalls war er in FBI-Angelegenheiten in Kalifornien, und er beschloß, seinen guten Freund Roy Cohn nach Disneyland einzuladen und den Weinkeller auszuprobieren. *John* Hoover war derweil in Florida, um in Walt Disney World nach dem Rechten zu sehen, so daß G.A.S. allein zu Hause saß und sich zu Tode langweilte. Um keinen Knastkoller zu kriegen, schaltete der Computer seine Video- und Audio-Aufnahmegeräte ein und belauschte die Gäste des ›Klub 33‹. Leider war die Mikrophonanlage im Speisesaal mittlerweile so schadhaft, daß G.A.S. kaum etwas hören konnte und Hoovers und Cohns harmlose Bestellung als umfassenden Neuprogrammierungsbefehl mißverstand.«

»Ich frage mich allerdings«, sagte Kite, »wieviel ›Mißverständnis‹ da tatsächlich im Spiel war. Es kommt mir einfach wenig glaubhaft vor, daß ein so cleverer Kasten einen so blöden Fehler machen sollte. Denk doch mal darüber nach, Joan, er *mußte* doch schon mal gehört haben, wie Leute Essen bestellten.«

»Du glaubst also, G.A.S. mißverstand absichtlich, was da gesagt wurde?«

»Ich glaube, er konnte zwischen verschiedenen Interpretationen wählen und hat sich für die interessantere entschieden. Wie du gesagt hast, wahrscheinlich hat er sich ganz schön gelangweilt.«

»Hmm«, sagte Joan. »Na ja, so oder so, das Resultat war jedenfalls dasselbe. Von dem Tag an hatte G.A.S. eine neue Lebensaufgabe.«

»Eine Welt voll ›Idealneger‹ zu erschaffen.«

»Natürlich, bei dem abgeschirmten Dasein, das er führte, wußte G.A.S. nicht viel mehr über die Welt, als was Hoover ihm zu erzählen für gut befunden hatte. Und wenn Julian Bond nicht irgendwann mal im ›Klub 33‹ vorbeischaute, waren die einzigen Schwarzen, die er überhaupt aus eigener Anschauung kannte, irgendwelche Gestalten aus Filmklassikern.«

»Onkel Remus aus *Onkel Remus' Wunderland.*«

»Farina und Buckwheat aus den *Kleinen Strolchen.*«

»Stepin Fetchit. Die Krähen aus *Dumbo.*«

»Lauter Idealneger. G.A.S. studierte sie mit wahrer Andacht, aber in seiner Lage, also ohne genauere Kenntnis von der wirklichen Welt zu besitzen, konnte er sich nicht entscheiden, wie er den ersten Teil seines neuen Programms ausführen sollte.«

»Mit dem zweiten Teil klappte es da schon besser – ›Tausend ironische Strafanträge‹.«

»In den siebziger Jahren«, sagte Joan, »fing John Hoover an, Leute umzubringen, um seine Position innerhalb der Disney-Organisation zu verteidigen. Durch Roy Disneys Tod war er wieder den Launen und Zufällen der Unternehmenspolitik ausgeliefert. Abgesehen von den üblichen internen Machtkämpfen, waren bezüglich Walt Disneys beliehenem Vermögen noch immer einige Fragen offen; Hoover scheint die Schnitzelspur ordentlich verwirrt zu haben, aber man würde mit Sicherheit noch jahrelang versuchen, den Verbleib von Walts fehlenden Millionen zu klären. Und es drohten noch weitere Gefahren: zum Beispiel, daß jemand G.A.S.' Bunker ausfindig machen könnte; daß ein Verantwortlicher in den Disneyland-Versorgungsbetrieben sich über den überhöhten Energieverbrauch des ›Magischen Königreichs‹ wundern und anfangen könnte, auf dem Gelände herumzustöbern.«

»Oder daß jemand aus der Finanzabteilung auf Hoovers Unterschlagungen aufmerksam werden könnte«, fügte Kite hinzu. »Wenn G.A.S. irgendwelche Ersatzteile brauchte, zweigte Hoover Mittel aus offiziell genehmigten Projekten ab und bezahlte sie damit. Was nur gerecht war, wo der Computer doch mitgeholfen hatte, der Organisation so hohe Einsparungen zu ermöglichen; aber das Disney-Management hätte es wahrscheinlich nicht so gesehen.«

»Daher also die Notwendigkeit, ab und zu den ein oder anderen neugierigen Buchhalter auszuknipsen. Hoover ging die Sache an, wie er jedes Problem anging: Die Laufereien erledigte er selbst, aber den größten Teil der Planung überließ er G.A.S.«

»Sie machten sich ein Spiel daraus.«

»Ein nihilistisches Spiel. Jeder Mord wurde als ein bizarrer Unfall inszeniert, der auf irgendeine Weise eine bestimmte Überzeugung oder ein erklärtes Prinzip des Opfers verhöhnte. Ironischer Mord.« Joan schlug die Akte auf und blätterte eine Reihe von xerokopierten Zeitungsartikeln und Todesanzeigen durch.

»Cetus Fleetwood und Dilmun Theroux, Krisenmanager bei der Disneyland-eigenen Wasser- und Energieversorgung. Freunde beschrieben sie als ›Wochenend-Blumenkinder‹; aus Umweltbewußtsein fuhren sie immer gemeinsam zur Arbeit, in einem VW-Mikrobus, der von oben bis unten mit pazifistischen und provegetarischen Stickern bepflastert war. Sie wurden von einem entlaufenen vietnamesischen Tiger getötet und verspeist, der sich irgendwie vom Zoo von L. A. bis zu ihrer Wohnung in Venice durchgeschlagen hatte ...« Joan blätterte um. »David Shenkman, Qualitätskontrolleur der Disney-Buchhaltung. Ein überzeugter Baptist; wurde in der ›20 000-Meilen-Lagune‹ ertrunken aufgefunden ... John Tombes, Disney-Sicherheitsdienst. Angesehenes Mitglied der Nationalen Schützenvereinigung, wurde irrtümlicherweise für einen flüchtigen Wetterfrosch gehalten und von einem Hilfssheriff von Orange County erschossen.«

»›... da eine gut organisierte Bürgerwehr für die öffentliche Sicherheit in einem freien Staat unverzichtbar ist ...‹« zitierte Kite. Sie nahm Joan die Akte aus der Hand und blätterte ein paar Seiten weiter. »Das hier find ich noch am besten. Shelley Lacroix.«

»Ist das die Psychologin?«

Kite nickte. »Wurde 1978 eingestellt und mit der Aufgabe betraut, bei Disney-Mitarbeitern psychologische Tests durchzuführen, nachdem ein übergeschnappter Achterbahnfahrer, als Santa Anna verkleidet, versucht hatte, den Wilden Westen zu annektieren. Die Geschäftsführung wollte sichergehen, daß es sich dabei um keine ansteckende Form von Wahnsinn handelte. Dr. Lacroix brachte ein ganzes Arsenal von psychologischen Fragebögen mit, darunter auch eine aktualisierte Version des Tests, dem John Hoover es zu verdanken hatte, daß die Army ihn nicht eingestellt hatte.«

»Knapp drei Monate, nachdem sie ihre neue Stellung angetreten hatte, fuhr Dr. Lacroix eines Nachts nach der Arbeit auf einer kurvenreichen Nebenstraße heimwärts, als vor ihr plötzlich eine Gestalt aus der Dunkelheit auftauchte. Sie riß das Lenkrad herum und kam von der Straße ab; sie stürzte einen Abhang hinunter und kam ums Leben, und ihr jüngster Schub von Testauswertungen erfuhr eine rasche Überarbeitung.«

»Die Ironie ist in dem Fall ziemlich schwer zu durchschauen«, sagte Kite. »Wie es scheint, hatte Dr. Lacroix während ihrer Studienzeit als Fingerübung eine psycho-literarische Analyse von T.S. Eliots *Selected Poems* durchgeführt (und in der Uni-Zeitung veröffentlicht), in der sie zu dem abschließenden Ergebnis gelangt war, die Gedichte seien ›ganz offensichtlich das Werk eines kryptoautistischen Präsenilen mit pathologisch verzerrter Realitätswahrnehmung‹ gewesen.«

»Als die Highway-Streife Dr. Lacroix am nächsten Morgen fand, war nichts zu erkennen, was auf Fremdverschulden hingedeutet hätte; es sah so aus, als sei sie einfach am Steuer eingeschlafen und habe die Kontrolle über das Fahrzeug verloren. Das einzig Merkwürdige war eine Handvoll Stroh, das auf der Straße lag, nur ein paar Meter von der Stelle entfernt, wo sie über die Böschung gegangen war. Die Polizisten wunderten sich darüber, aber ohne Dr. Lacroix' Schilderung des wahren Unfallhergangs konnten sie nicht erraten, daß das Stroh aus der Gestalt stammte, die sie von der Fahrbahn gescheucht hatte.«

»Eine Vogelscheuche«, sagte Kite. »Von John Hoover aufgestellt und anschließend wieder weggeschafft.«

»Und so, wenn man sich darüber einen wirklich, wirklich üblen Kalauer leisten möchte«, sagte Joan, »könnte man sagen: Shelley Lacroix war –«

»– von Eliots ›ausgestopftem Mann‹ erledigt worden«, schloß Kite. »Trifft die Sache doch ziemlich genau, nicht?«

»Zwischen 1971 und 1982«, fuhr Joan fort, »hatte die Disney-Verwaltung über hundert ironische Todesfälle zu beklagen. G.A.S. plante die Morde so geschickt, daß auf Hoover nie auch nur der Schatten eines Verdacht gefallen zu sein scheint.«

»1983 dann«, sagte Kite, »entdeckte G.A.S. für sich ein neues Spiel.«

»Das war das Jahr, in dem John Hoover den Horizont des Computers endlich erweiterte: Er installierte eine Modemverbindung und baute eine TV-Karte mit Kabelanschluß ein.«

»CNN.«

»Durch die Nachrichtensendungen erhielt G.A.S. erstmals einen Eindruck von echten Schwarzen, und sie waren kein bißchen so, wie er es erwartet hatte. Sie waren nicht wie Onkel Remus. Sie waren nicht wie die Krähen in *Dumbo.*«

»Und was das Schlimmste war«, sagte Kite, »sie waren nicht einmal einer wie der andere.«

»Durch Extrapolation aus den Filmcharakteren war G.A.S. zu dem Schluß gelangt, ›Idealität‹ oder Vollkommenheit sei gleichbedeutend mit stereotyper Gleichförmigkeit«, sagte Joan. »Hollywood-Filmneger waren, ob als Menschen oder als Zeichentricktiere dargestellt, stets schlicht, vorausberechenbar und weitgehend austauschbar – sie fielen niemals aus der Rolle.«

»Echte Schwarze dagegen waren schrecklich uneinheitlich – nicht genormt und damit ›asozial‹«, sagte Kite. »Betrachtete man sie als Gruppe, konnte man praktisch kein Adjektiv auf sie beziehen, ohne daß gleichzeitig dessen Gegenteil auch mehr oder weniger zugetroffen hätte. Sie waren lebenslustig und schwermütig, herzlich und abweisend, unbeschwert und verbittert ...«

»... faul und fleißig«, sagte Joan, »kultiviert und proletenhaft ...«

»... kriminell und gesetzestreu, edelmütig und degeneriert, traditionalistisch und revoluzzerhaft, religiös und lästerlich ...«

»So ziemlich das einzige, was mit einiger Zuverlässigkeit über sie als Rasse ausgesagt werden konnte, war, daß sie sich – ließ man ihnen nur genügend Zeit – früher oder später mit an Sicherheit grenzender Wahrscheinlichkeit selbst widersprechen würden.«

»Mit einem Wort«, sagte Kite, »sie waren Menschen.«

»Woraus die Notwendigkeit folgte, sie durch etwas Zuverlässigeres zu ersetzen«, sagte Joan. »Also machte sich G.A.S. daran, mit Hilfe des Soziopathen Hoover – der offenbar fand, das sei doch eine wirklich klasse Idee – eine bessere, einheitlichere Sorte Neger zu erschaffen. Aber zuerst mußte man die alten Neger loswerden.«

»Sie beschlossen, sich dazu einer Seuche zu bedienen.« Kite redete jetzt mit dem ängstlich-abwesenden Ausdruck eines Menschen, der über etwas spricht, das so grauenvoll ist, daß es zum Glück nicht *sein* kann. »Da sie über eine Milliarde Menschen zu beseitigen hatten, war eine Seuche wirklich der einzige für sie gangbare Weg ...«

»Und auch nicht irgendeine x-beliebige Seuche. Für das, was ihm vorschwebte, mußte G.A.S. einen vollkommen neuartigen

Krankheitserreger erfinden. Kein gewöhnliches Bakterium oder Virus hätte den Zweck erfüllt.«

»Dieser neue Seuchenerreger«, sagte Kite und sah wieder in ihren Notizen nach, »war ein sogenanntes *Nano* virus.«

»*Nano* wegen ›Nanotechnologie‹«, sagte Joan, »die Konstruktion molekülgroßer Maschinen. Hoover bezeichnet das Ding in seinem Tagebuch als ein ›fachmännisches Virus‹.«

»Ein Fachmann in Sachen Rassenzugehörigkeit ...«

»Das Nanovirus war die zu einem einzelnen vermehrungsfähigen Molekül komprimierte Fachkenntnis und Erfahrung eines Humangenetikers. Eine intelligente Ansteckung, die anhand der DNS des Wirtsorganismus auf dessen Hautfarbe, Haarbeschaffenheit, Knochenstruktur und weitere, subtilere Rassenmerkmale wie Blutgruppe und Stoffwechselchemie schließen konnte.«

»Das Nanovirus verhielt sich wie ein Negerrausschmeißer in einem Südstaaten-Wahllokal«, sagte Kite. »Es untersuchte jeden Menschen, den es infizierte, nach negroiden Merkmalen. Diejenigen, die den Test bestanden, wurden als Überträger verwendet: Sie trugen zur Ausbreitung der Krankheit bei, blieben aber selbst von ihr verschont; diejenigen, die durchfielen, wurden als Opfer vorgemerkt.«

»Den Virusmechanismus zu konstruieren war der einfachere Teil der Aufgabe«, sagte Joan. »Das, was G.A.S. fast zwanzig Jahre kostete, war die Ausarbeitung des ›Protokolls‹, anhand dessen das Virus später die Ansteckungskandidaten ermitteln würde. Der Grund für diese Schwierigkeit war eine weitere ärgerliche Unregelmäßigkeit: die inhärente Unbestimmtheit von Rassenmerkmalen. Nicht nur gibt es keine Idealneger, keine ›vollkommenen Neger‹ – es gibt auch keine vollkommene biologische Definition dessen, was ein Neger *ist.* G.A.S. mußte eine eigene Definition erfinden und dem Virus beibringen, wie es sich in Grenzfällen durchzumogeln hatte.«

»Was G.A.S. zu guter Letzt auch getan hat ...«

»... irgendwie, jedenfalls«, bestätigte Joan, »und wahrscheinlich ist es besser, daß wir keine näheren Einzelheiten wissen. Man kann jedenfalls sagen, daß es funktioniert hat: Das Nanovirus wurde so geschickt im Unterscheiden von Rassen und Unterrassen, daß es imstande war, Schwarzafrikaner und deren Nachkommen auszurotten, ohne anderen dunkelhäutigen Völkern – vor allem dunkelhäutigen Weißen – irgendeinen Schaden zuzufügen.«

»Allerdings hatte es eine seltsame Marotte«, sagte Kite. »Wenn es in den Organismus eines Menschen mit grünen Augen gelangte, schloß das Virus automatisch, der Betreffende sei *kein* Neger, selbst wenn er nach allen sonstigen Merkmalen eindeutig einer war. Und nicht nur das, sondern das Virusmolekül zerstörte sich dann augenblicklich selbst.«

»Menschen mit der genetischen Kodierung ›grüne Augen‹ konnten damit nicht einmal Überträger der Seuche werden. Und das war kein Konstruktionsfehler, es war ein absichtlich in das Virus eingebauter Immunitätsfaktor. Hoover deutet das in seinem Tagebuch beiläufig an, gibt aber keinerlei Erklärungen dazu.«

»Ich glaube, ich könnte mir einen möglichen Grund schon denken«, sagte Kite, ging allerdings nicht näher darauf ein. Dann fuhr sie mit der Erzählung fort: »Zur Jahrtausendwende, oder kurz danach, war das Virus einsatzbereit.«

»Aber Hoover und G.A.S. beschlossen, ihm noch eine weitere Raffinesse einzubauen, bevor sie es auf die Welt losließen.«

»Eine Uhr.«

»Einen Zeitzünder eigentlich«, sagte Joan. »Jedes Exemplar des Virusmoleküls enthielt die nanoskopische Entsprechung einer synchronisierten Schaltuhr. Die Seuche wußte immer, was die Stunde geschlagen hatte. So hatte sie die Möglichkeit, sich für eine Weile zu vermehren und unbemerkt auszubreiten, um erst zum vorher eingestellten Zeitpunkt plötzlich ›aufzuwachen‹ und virulent zu werden.«

»Und so scheinbar überall zugleich auszubrechen«, sagte Kite, »wie keine andere Seuche in der ganzen Menschheitsgeschichte.«

»Und so hart und so schnell zuzuschlagen, daß keinerlei Hoffnung bestehen würde, ein Gegenmittel zu finden oder die Krankheit bis zu ihrem Ursprung zurückzuverfolgen.«

»2002 flog Hoover mit einem Reagenzglas voll Viren (in seinem Rasierzeug versteckt) nach Paris, um der Zehnjahresfeier der Eröffnung von Euro Disney beizuwohnen – ein Gala-Ereignis, das Besucher aus jeder Ecke der Welt anzulocken versprach ...«

»Aber mit typischer Ironie ließ Hoover den Erreger nicht etwa im Freizeitpark los. Statt dessen ging er damit zu einer Anti-Disney-Kundgebung, die eine Vereinigung Pariser Intellektueller keine zwei Kilometer weiter veranstaltete – gallische Puristen, die zur Bezeichnung der Gefahr, die Mickymaus für die französische Haute culture darstellte, den Terminus ›ästhetischer Holocaust‹ geprägt hatten.«

»Der Hauptredner war ein Professor für Semiotik namens Alain Broussard ...«

»... dessen Großonkel während des Zweiten Weltkriegs für das Vichy-Regime als Judenfänger gearbeitet hatte. Hoover stellte sich mit dem Wind im Rücken vor den muschelförmigen Musikpavillon, den Broussard als Rednerbühne benutzte, und ließ den Korken seines Reagenzglases knallen. Als die Kundgebung sich eine Stunde später in einen Protestmarsch verwandelte, trugen die Gegner des ›ästhetischen Holocausts‹ die Seuche an die Pforten des Magischen Königreichs – und infizierten Sicherheitsbeamte, Kartenabreißer und Touristen aus sechs Kontinenten.«

»Das Virus fing an, sich zu vermehren und auszubreiten.«

»G.A.S. hatte geschätzt, das Nanovirus würde zwei Jahre benötigen, um von seinem Ausgangspunkt in Paris bis zu den entlegensten menschlichen Ansiedlungen zu gelangen«, sagte Joan. »Hoover verbrachte die Interimszeit in den Staaten und versuchte derweil, einen Geldgeber für seine neuste Erfindung zu interessieren, den Selbstmotivierenden Androiden ...«

»Aus juristischen Gründen«, sagte Kite, »war er gezwungen, dem Disney-Konzern ein Vorkaufsrecht einzuräumen – und eine Beteiligung am Patent anzubieten. Aber er hatte sich innerlich immer mehr von Disney gelöst; offenbar konnte er so viele Bosse und Funktionäre um die Ecke bringen, wie er wollte – die Bürohengste starben nicht aus und machten ihm das Leben in der Organisation immer unerträglicher.«

»Er wollte raus«, sagte Joan, »also sabotierte er die Markttestsimulation seiner eigenen Erfindung: Er reichte einen mangelhaften Konstruktionsplan ein und legte sich mit dem Team der Verbraucherforscher an, das mit ihm zusammenarbeiten sollte. Gleichzeitig fing er an, sich diskret nach einem neuen Auftraggeber umzuhören.«

»Hoover wollte wieder für eine Einzelperson arbeiten«, sagte Kite. »Für einen visionären Einzelgänger, wie Walt Disney einer gewesen war, für jemanden, der nicht der Gnade seiner Gläubiger ausgeliefert war und der innerhalb seiner eigenen Organisation noch genügend Macht besaß, um seinen bewährtesten Angestellten eine weitgehende Unabhängigkeit garantieren zu können.«

»Die meisten etablierten Einzelgänger waren allerdings nicht interessiert. Ted Turner hatte alle Hände voll damit zu tun, Luftschiffe zu bauen, Ed Bass hatte gerade den größten Teil seines verfügbaren Kapitals in ein neues Biosphere-Projekt gesteckt, Bill Gates wollte das Betriebssystem für den neuen Cray PC schreiben, und Steve Jobs hatte Silicon Valley verlassen und strebte eine neue Karriere als TV-Prediger an. Und H. Ross Perot war für jemanden mit Hoovers dunkler Vergangenheit einfach zu gottverdammt paranoid, als daß es bei ihm auch nur einen Versuch gelohnt hätte.«

»Dann las Hoover in *Esquire* einen Artikel über ›Mutige junge Unternehmer‹, zu denen auch der mutige junge Harry Gant gehörte.«

»Es war Harrys Foto, was den Ausschlag gab. Hoover schrieb in sein Tagebuch: *›Er hat das Gesicht eines Mannes mit mehr Enthusiasmus als Verstand.‹* G.A.S. stimmte mit Hoovers Beurteilung überein ...«

»Der Selbstmotivierende Android wurde im August 2004 formell von Disney abgelehnt«, fuhr Kite fort. »Keine Woche später brach die Pandemie aus.«

»Überall auf der Welt liefen die Nanoschaltuhren ab«, sagte Joan. »Durch reinen Zufall ereignete sich das erste dokumentierte Auftreten von Krankheitssymptomen in Boise, Idaho, wo ein Treffen der Familie Buchet damit endete, daß sich alle siebenundvierzig Verwandten zerebrales Fieber zuzogen. Die Story war noch keine zehn Minuten bei Associated Press, als auch schon eine wahre Sintflut entsprechender Meldungen von überall her einzuströmen begann, aber weil dieser erste bekanntgewordene Fall so viele Leute stutzig machte – Schwarze in *Idaho*? –, kam schnell das Gerücht in Umlauf, die Seuche habe ihren *Ursprung* in Idaho gehabt.«

»Ein Mythos, gegen den die Kartoffelfarmer noch immer erfolglos ankämpfen. Tatsächlich fingen alle Neger – einschließlich derer, die noch nie in ihrem Leben eine Festkochende aus Idaho angerührt hatten – mehr oder weniger gleichzeitig an, sich unwohl zu fühlen. Der Timer des Nanovirus arbeitete mit einer Ganggenauigkeit von einigen wenigen Stunden.«

»Die meisten Opfer starben binnen der ersten zwei Tage. Ein paar besonders Zähe hielten doppelt so lange durch, verloren allerdings bald das Bewußtsein, phantasierten und tobten im Fieber.«

»Und sobald sie starben, lösten sie sich in nichts auf.«

»Ein letztes Kunststück des Virus«, sagte Joan. »Nachdem es seinen Wirt getötet hatte, verwandelte es sich in einen Saprophyten – einen Aasfresser. Einen *schnellen* Fresser.«

»Das machte es nicht nur unmöglich, Autopsien durchzuführen«, sagte Kite, »es bannte auch die sehr ernst zu nehmende Gefahr von Sekundärseuchen, die eine Milliarde unbestattete Leichen mit Sicherheit verursacht hätten. Und natürlich bewirkte es außerdem, daß die Pandemie noch irrealer erschien, als es ohnehin schon der Fall war.«

»Es war ein schneller, hübscher, klinisch sauberer Völkermord«, sagte Joan. »Ein perfekter Völkermord.«

»Hoover war begeistert«, sagte Kite. »Auch wenn G.A.S. den größten Teil der Arbeit geleistet hatte, betrachtete er die Sache als einen persönlichen Triumph ...«

»... wie ein Junge, der mit seinem Chemiekasten herumexperimentiert und dabei ein besseres Resultat erzielt, als er sich eigentlich erhofft hatte. Er strahlte noch immer vor Stolz, als er sich mehrere Monate später in Atlanta zum erstenmal mit Harry traf, und das könnte ihm bei der Kontaktaufnahme geholfen haben. Harry war auf Anhieb von ihm angetan. Er fand, Hoover sei sehr gut drauf, sehr *positiv*.«

»März 2005 unterzeichneten sie einen Vertrag. Hoover verließ Disney und kam in den Osten, um für Gant Industries zu arbeiten.«

»G.A.S. blieb in Anaheim. Er hatte jetzt uneingeschränkten Zugang zum globalen Kommunikationsnetz, brauchte sich also nicht in der Nähe Hoovers zu befinden, um mit ihm in Kontakt bleiben zu können. Und er konnte sich inzwischen auch selbst instand halten: Er brauchte sich nur in den einen oder anderen Versandhauscomputer oder in Disneys Lagerrechner einzuwählen, um sich alle benötigten Ersatzteile liefern zu lassen, und einbauen konnte er sie sich ebenfalls selbst – mit Hilfe zweier Diener-Prototypen, die Hoover im Bunker zurückgelassen hatte.«

»Letzteres könnte ein Fehler gewesen sein«, sagte Kite. »Es könnte G.A.S. auf dumme Gedanken gebracht haben ...«

»Der Automatische Diener wurde ein riesiger Erfolg – nicht zuletzt wegen des gewaltigen Arbeitskräftemangels, den die Pandemie verursacht hatte«, sagte Joan. »Gant Industries warf die Maschinen zu Tausenden auf den Markt, und man plante, eine zweite Generation mit realistischem menschlichem Aussehen zu produzieren.«

»Ferngesteuerte anthropomorphe Diener, die es einer unmenschlichen Intelligenz erlauben würden, menschliche Gestalt anzunehmen und in der menschlichen Gesellschaft in eigener Sache zu handeln ...«

»Wodurch Hoover irgendwie überflüssig geworden wäre, falls G.A.S.' Überlegungen tatsächlich in diese Richtung gingen. Natürlich war er ein alter Mann, und krank dazu, und in OPs passieren *schon* mal solche Unfälle, aber ...«

»... aber man muß auch berücksichtigen, von wem wir gerade reden. Sowohl der Zeitpunkt als auch die Umstände seines Todes waren verdächtig, ums milde auszudrücken.«

»Noch verdächtiger ist die Tatsache, daß Harry glaubt, Hoover sei noch immer am Leben. Hoover schied 2008 aus Gant Industries aus, um in einem Vorort von Atlantic City Gott weiß was für neue Experimente zu treiben, aber er blieb mit Harry weiterhin in Kontakt, telefonisch und per Fax ... und er hielt den Kontakt sogar noch nach seinem Tod weiter aufrecht. Oder wenigstens tat das jemand, der seine Stimme und Handschrift drauf hatte.«

Kite runzelte die Stirn. »Hätte man denn nicht annehmen

müssen, daß Gant von dem Tod seines Geschäftspartners in Kenntnis gesetzt werden würde?«

»Ich bin sicher, daß jemand ihm davon erzählt hat«, sagte Joan. »Wahrscheinlich sogar mehrmals. Aber das heißt noch lange nicht, daß er es zur Kenntnis genommen hat. Mehr Enthusiasmus als Verstand, schon vergessen?«

»Also nahm G.A.S. die Stelle seines Schöpfers ein ...«

»... und arbeitet seither eifrig hinter den Kulissen. Unterstützt von einer unbekannten Anzahl Automatischer Diener, die er sich dienstbar gemacht hat. Und was seine gegenwärtigen Ziele auch sind, er fährt weiterhin fort, jeden, den er als eine Bedrohung seiner Interessen ansieht, mit ›ironischen Strafanträgen‹ aus dem Weg zu räumen.«

»Leute wie Amberson Teaneck, den Firmenaufkäufer, der Gant Industries übernehmen wollte.«

»Amberson Teaneck, der Objektivist«, sagte Joan. »Der davon überzeugt war, A sei gleich A, die Dinge seien, was sie sind ... der felsenfest glaubte, daß logisches Denken, auf das sinnlich Gegebene angewandt, vollkommen ausreiche, um die Wirklichkeit zu begreifen und eine geeignete Strategie zu wählen ...«

»... was grundsätzlich keine dumme Weltanschauung ist«, sagte Kite, »es sei denn, ein böser Supercomputer hat deine Wirklichkeit unter seine Kontrolle gebracht und spielt damit herum, um dich zu Tode zu verspotten. Wenn man in einer *solchen* Situation seinen Sinnen traut und seine Handlungen nach dem ausrichtet, was man für wahr hält, dann läuft man durchaus Gefahr, mit eingeschlagenem Kopf zu enden. Und genau das ist ja auch schließlich passiert ...«

»Und *damit* ist der Mord an Amberson Teaneck aufgeklärt«, sagte Joan. Sie klappte das Konvolut zu. »Jetzt wissen wir also ...«

Es entstand ein längeres Schweigen. Dann sagte Kite: »Ich glaub kein einziges Wort davon.«

»Ich auch nicht«, sagte Joan. »Ein Elektro-Gehirn unter Disneyland. Eine Krankheit mit einem Doktor in Humangenetik. Das ist verrückt.«

»Hanebüchen.«

»Absurd.«

»Wahnsinnig.«

»Bekloppt.«

»Leider«, sagte Kite, »folgt daraus keineswegs, daß es nicht wahr ist.«

»Nein, leider nicht. Aber *wenns* wahr ist, was zum Teufel sollen wir dann eigentlich tun?«

»Na, das ist doch elementar!« sagte Ayn Rand.

Joan und Kite drehten sich beide zur Lampe hin.

»Ah ja?« sagte Joan.

»Sie müssen diesen bösen Computer zerstören!« sagte Ayn. »Ihm den Stecker herausziehen! Ihn zerschlagen!«

»Einfach so, hm?«

»Wenn menschliches Leben für Sie irgendeinen Wert besitzt, ist es der einzig rationale Weg, der Ihnen offensteht! Welch ein ungeheuerliches Verbrechen – eine Milliarde Menschenleben um einer Vollkommenheits*phantasie* willen auszulöschen! Sie *müssen* diese Maschine stoppen!«

»Ich glaube nicht, daß Joan diesbezüglich anderer Meinung ist als Sie, Miss Rand«, sagte Kite. »Aber wenn G.A.S. wirklich existiert, und wenn er wirklich diese Milliarde Menschenleben ausgelöscht hat, würden wir uns da nicht möglicherweise in einer *etwas* unvorteilhaften Lage befinden?«

»Ein klarer Verstand, der nach Wahrheit und Gerechtigkeit strebt, befindet sich *niemals* in einer unvorteilhaften Lage!« sagte Ayn mit so aufrichtiger Überzeugung, daß Joan und Kite nicht umhinkonnten zu lächeln.

»Was meinst du?« sagte Joan.

»Wir sind höchstwahrscheinlich sowieso verloren«, gab Kite zu bedenken. »Hat keinen Sinn, tatenlos darauf zu warten, daß der Hammer zuschlägt.«

»Du meinst also, wir sind als nächste dran?«

»Das entspräche dem traditionellen Hergang solcher Geschichten, ja.«

»Hast du noch irgendwelche Kriegsgeräte im Haus, außer deinem Colt?« fragte Joan als nächstes. »Dinge, die sich im Kampf gegen Killer-Androiden einsetzen ließen?«

»Ich habe ein paar kleinere Waffen«, sagte Kite. »Nichts Aufsehenerregendes. Was ist mit dir?«

»Na ja«, sagte Joan, »ich hab *schon* ein Gerät, das sich als nützlich erweisen könnte. Zwei davon, um genau zu sein. Und ich schätze, man könnte sie als ein *wenig* aufsehenerregend bezeichnen ...«

Beinharte Stories

»Und Sie sind sicher, daß das die *echte* Kanone ist, mit der John Lennon umgebracht wurde?«

»Absolut«, sagte Lexa.

»Wahnsinn«, sagte Dan. Er hatte einen aschgrauen Greisenbart, der ihm bis zum Bauch herunterhing, aber in seinen Augen blitzte eine jungenhafte Begeisterungsfähigkeit, die keine Runzeln und keine Krähenfüße je dämpfen würden. »Das echte Werkzeug seines Martyriums. Siehst du das, Walter?«

»Ich *sehe* es«, bestätigte Walter, ohne sich allerdings auf mehr festzulegen.

»Wissen Sie«, vertraute Dan Lexa an, »damals, 09, während des Syrischen Eindämmungskriegs, da hat meine Kameracrew echtes Bildmaterial vom Kemo-Sabe-Marschflugkörper geschossen, der Assad getötet hat.«

»Ich erinner mich«, sagte Lexa. »CBS hat das immer und immer wieder gesendet ...«

»Paula und ich waren an der libanesischen Küste und interviewten israelische Froschmänner«, schwelgte Dan in Vergangenem, »als die Rakete einfach über uns weggedüst ist! Ah, das war schon ein Ding, aber echt!« Dann fügte er leiser hinzu: »Diese Kemo Sabes, wissen Sie, haben eine solche Zielgenauigkeit, da kann man einen Schornstein mit runterholen.«

»Ich weiß«, sagte Lexa, »und die werden von derselben Firma hergestellt, die damals unmittelbar vor Kriegsbeginn CBS aufkaufte. Aber wegen dem Luftschiff, Dan ...«

»Ja, richtig!« sagte Dan. »Das Luftschiff! Na ja, wenn Sie sagen, Sie haben da eine wichtige Story an der Hand, bin ich sicher, daß sich was organisieren läßt. Was meinst du, Walter?«

Walter hatte keine Beine. In seinem Fall wars keine Kriegsverletzung; er war einfach ohne auf die Welt gekommen. »Der zuverlässigste Nachrichtensprecher Amerikas« – so hatte man ihn in seiner glorreichen Jugend genannt – hatte es geschafft, seine Behinderung dadurch vor dem Fernsehpublikum zu verheimlichen, daß er immer nur an einem Schreibtisch sitzend aufgetreten war. Jetzt war er Rentner und verbrachte seine Tage im Newarker Drom, wie der sprichwörtliche alte Dummschwätzer, der von früh bis spät beim Dorffrisör rumhängt. Die Bosse seines ehemaligen Senders murrten bisweilen darüber und wiesen zu Recht darauf hin, daß CNN nicht *sein* Frisörladen war, aber Walter kümmerte das einen Scheißdreck. Erwarteten die von ihm, daß er seine besten Jahre damit zubrachte, auf einem Heliport von CBS Auspuffgase zu schlukken?

»Welchen Zeppo wollten Sie noch mal haben?« fragte Walter, sanft in der Brise pendelnd. Auf Anweisung des verstorbenen Ted Turner hatten CNN-Mechaniker einen vollautomatischen Kran im Haupthangar installiert, von dem Walter jetzt in einer besonderen Segeltuchhalterung baumelte. Ein Funk-Joystick ermöglichte es ihm, sich selbst durch die Gegend zu manövrieren.

»Die ›Jane‹«, sagte Lexa. »Wir brauchen die ›Jane‹.«

»Die können Sie nicht haben«, erwiderte Walter in einem Ton, der zu verstehen gab, daß der Verhandlungsspielraum noch keineswegs ausgeschöpft war. »Die ›Jane‹ ist heute abend für einen Job in Delaware eingeplant. Die Demokraten veranstalten auf der Hunderennbahn von Wilmington ein Fest für Preston Hackett.«

»Preston Hackett?« sagte Lexa. »Der Außenseiter-Präsidentschaftskandidat? Der, der glaubt, die Legislaturperiode sei das, was seine Frau einmal im Monat kriegt?«

Walter nickte. »Rush Limbaugh soll über die Festivitäten wegfliegen und seinen Senf dazu geben.«

»Das ist doch Fitzelkram!« rief Ellen Leeuwenhoek aus.

»O nein«, sagte Dan. Das ist Berichterstattung gemäß CNN-Beschluß von 24. Sehr gründlich recherchiert.«

»Das *ist* Fitzelkram«, sagte Lexa. »Und mir geht derweil heute nachmittag eine brandheiße Story baden, hundert Seemeilen vor der Küste ...«

»Was für ne brandheiße Story?« fragte Walter.

»Eine Seeschlacht. Philo Dufresnes U-Boot tritt gegen einen Verband von vier, möglicherweise fünf Söldnerschiffen an.«

»Eine Seeschlacht!« Dans Augen leuchteten auf. »Walter! Bildmaterial! Wir können die neuen intelligenten Kameras einsetzen ...«

»Wenigstens zwei ausländische Mächte sind in die Sache verwickelt«, fuhr Lexa fort. »Geben privaten amerikanischen Geschäftsinteressen widerrechtlich militärische Unterstützung.«

»Und Sie haben unabhängige Quellen, die das Ganze bestätigen?« fragte Walter.

»Nein«, sagte Lexa. »Deswegen brauche ich ja das Luftschiff. Ich hab einen Zeitpunkt und einen Ort. Die Bestätigung will ich mir selbst holen, mit eigenen Augen.« Sie sah Dan an. »Oder mit einer Kamera ...«

»Walter ...« flehte Dan.

»Das ist Bockmist«, sagte Walter. Er durchbohrte Lexa mit einem strengen Blick. »Entschuldigen Sie den Ausdruck, Miss, aber Sie tischen uns da einen gewaltigen Bockmist auf.«

Lexa beschloß, es zu riskieren: »Teils«, räumte sie ein. »Aber da *findet* eine Schlacht statt, und es *wird* eine bessere Story als alles, was Preston Hackett zu bieten hat, wenn ihm nicht grad ein Satellit auf den Kopf fällt.«

»Hmmpf!« sagte Walter.

»Aber natürlich, wenn Sie meinen, *politischer Fitzelkram* sei das, was es bringt ...«

»Teufel«, knurrte Walter. Dann entschloß er sich. »Dan?«

»Ja, Walter?«

»Hol mal den Chef vom Bodenpersonal der ›Jane‹ her. Sag ihm, ich müßt mit ihm reden. Und erinner ihn auf dem Weg hierher daran, daß er mir einen Gefallen schuldet.«

»Sofort, Walter.«

»Und, Dan?«

»Ja, Walter?«

»Laß die Knarre hier.«

Süße Sechzehn

Kite kehrte mit einem Kavalleriesäbel, einem Sortiment Schlagringe und einem Derringer mit Perlmuttgriff in die Küche zurück; Joan brachte einen Kirschholzkasten von der Größe eines geschlossenen Puff-Spielbretts an.

»Meine Güte«, sagte Kite, als Joan den Deckel hob. Die zwei identischen Faustfeuerwaffen, die sich in dem Kasten befanden, waren die größten, die sie je zu Gesicht bekommen hatte, und das wollte schon einiges heißen. »Wollen wir ein paar Flugzeuge runterholen oder lediglich ein Loch in eine Backsteinmauer schießen?«

»Damit könnten wir beides«, sagte Joan. »Browning-Automatic-Handkanonen, Kaliber .70. Die überpowertste Faustfeuerwaffe der Welt.« Sie wägte eine in der Hand ab. »Die habe ich zu meinen süßen Sechzehn von Gordo Gambino geschenkt bekommen.«

»Gambino?« sagte Kite. »Hast du auch Beziehungen bei der Mafia?«

»So ungefähr. Gordo wohnte in Süd-Philly direkt neben uns, als ich so in dem Alter war. Er war früher ein kleinerer Kredithai gewesen, aber dann ist er aus dem Geschäft ausgestiegen, nachdem ihm ein Kunde ein Messer zwischen die Beine gesteckt hat. Durch das Erlebnis ist er erheblich sanftmütiger geworden.«

»Kann ich mir denken.«

»Er und Mom haben eine Zeitlang so ne platonische Abälard-und-Heloise-Affäre gehabt. Als der vielversprechende Wildfang, der ich war, mußte ich den Sohn abgeben, den Gordo niemals haben konnte. Er hat mir Baseball beigebracht.«

»Und mit Kanonen umgehen.«

»Die Schießübungen waren unser Geheimnis. Mom hätte es selbst in ihren umgänglichsten Momenten nicht gutgeheißen.«

»Weißt du, Joan«, sagte Kite, »je mehr ich über deine Vergangenheit erfahre, desto nachvollziehbarer wird mir dein grundsätzlicher Problemlösungsansatz.«

»Behalt deinen Colt als Reserve«, sagte Joan und schob eine Handkanone und zwei leere Magazine über den Tisch. »Ich hab auch Explosivgeschosse«, fügte sie hinzu und stellte eine Pappschachtel neben die Magazine.

»Nicht auch von deinen süßen Sechzehn, hoffe ich«, sagte Kite, noch erstaunter.

»Nö«, sagte Joan. »Büromaterial. Fatima Sigorski hat mal versehentlich zweitausend Schuß von dem Zeug bestellt, da hab ich ein paar mitgehen lassen.«

»Meine Güte«, sagte Kite noch einmal. Sie hob die Browning auf, um das Gewicht abzuschätzen; es fühlte sich ganz gut an. »Du nimmst den Derringer«, sagte sie. »Er ist einschüssig, aber ich hab ein Schnappholster, damit kannst du ihn genau bis zu dem Augenblick, wo du ihn brauchst, im Ärmel versteckt halten. Gut für ne Überraschung.«

»In Ordnung«, sagte Joan. »Fairer Tausch.«

»Der Rückstoß von dem Ding muß ungeheuerlich sein«, fügte Kite hinzu und stemmte die Handkanone wie eine Hantel.

»Es hat einen eingebauten Stoßdämpfer, damits einem nicht das Handgelenk bricht«, sagte Joan. »Aber ja, haut ganz schön rein. Du mußt auch unbedingt darauf achten, daß du einen guten Kugelfang hinter deinem jeweiligen Ziel hast, für den Fall, daß du danebentriffst... oder auch für den Fall, daß du nicht danebentriffst.«

»Ich werd dran denken«, sagte Kite. Sie richtete die Handkanone auf den Kühlschrank und visierte am Lauf entlang. »Na dann erzähl mir mal was über die Gegenseite. Angenommen, ein Elektro-Neger ginge auf mich los, um mir mit *Krieg und Frieden* das Gehirn aus dem Schädel zu hauen, wo würde ich hinzielen, um ihn davon abzuhalten?«

»Mitten auf die Brust«, sagte Joan. »Der Automatische Diener ist mit zwei halb unabhängigen CPUs ausgestattet, einem in der Brust, einem im Kopf, aber es ist das Brustmodul, was die Bewegungen steuert.«

»Ein Kopfschuß würde ihn also nicht aufhalten?«

»Könnte, wenn der Spinal-Unterbrecher nicht richtig schaltet«, sagte Joan. »Aber ich würde mich nicht darauf verlassen. Und noch eins, die meisten von ihnen haben Hilfssensoren an den verschiedensten Körperstellen, also selbst enthauptet sind sie nicht völlig blind.«

»Wie stark sind sie?«

»Haushaltsmodelle sind auf eine Hubkraft von tausend Pfund ausgelegt – genug, um die meisten Möbel umstellen und als Ersatzwagenheber fungieren zu können. Industrie-Diener können einen Güterzugwaggon mit einer Hand ziehen.«

»Liebe Güte! Also dann kein Fingerhakeln. Wie stehts mit den Reflexen?«

»Unterschiedlich«, sagte Joan. »Aber laß dich nicht dazu verleiten, sie für so langsam oder so schwerfällig zu halten, wie sie manchmal wirken. Sie sind dazu programmiert, ihre Fähigkeiten möglichst wenig rauszukehren, damit ihre Besitzer sich nicht eingeschüchtert fühlen und menschliche Kollegen nicht anfangen, um ihren Arbeitsplatz zu bangen.«

»Irgendwelche besonderen Schwächen oder Achillesfersen?«

Joan schüttelte den Kopf. »Nicht, wenn ihre Verhaltensinhibitoren ausgebaut worden sind. Sie sind bestimmt nicht unverwundbar, aber sie sind andererseits auch ein ganzes Stück stabiler, als sie aussehen.«

Kite nickte. Sie legte die Pistole hin, öffnete die Munitionsschachtel und leerte sie vorsichtig in der Mitte des Tisches aus. Dann nahm sie eine Handvoll Explosivgeschosse auf und machte sich daran, ihre Magazine zu füllen. Joan tat das gleiche mit ihren.

»Meinst du, wir sollten jemand anrufen?« fragte Joan, als sie mit der Arbeit fertig waren. »Das FBI, meine ich, oder vielleicht Delta Force?«

»Ich weiß nicht«, sagte Kite. »Ich bin mir nicht so sicher, daß sie uns überhaupt Glauben schenken würden, selbst mit der Akte als Beweis. Und *wenn* sie uns glauben würden, bin ich mir nicht so sicher, daß es klug wäre, die da oben wissen zu lassen, daß etwas wie das Nanovirus technisch machbar ist.«

»Ich versteh, was du meinst«, sagte Joan, »aber wenn wir niemand was davon erzählen, und wir gehen bei der Geschichte drauf –«

Das Telefon klingelte. Beide Frauen machten einen Satz. Joan war regelrecht erleichtert, als sie begriff, wie angespannt sie war; sie hatte sich die ganze Zeit besorgt gefragt, ob sie die ganze Sache nicht vielleicht zu routinemäßig nahm, zu emotionslos.

Aber als das Telefon ein zweitesmal klingelte und ihre Hand instinktiv nach der Pistole griff, erkannte sie, daß sie sich bestimmt nicht über einen *Mangel* an Emotionen würde beklagen müssen.

»Geh ran«, sagte sie beim dritten Klingeln.

Eine angenehme, vertraute Stimme, zuletzt im Garten eines Lebkuchenhauses gehört, aber jetzt weit bedrohlicher, als sie vor zwei Tagen geklungen hatte: *»Hallo, Miss Fine.«*

»Welch ein Zufall«, sagte Joan. »Wir hatten gerade von Ihnen gesprochen.«

»Oh, hier gibt's keine Zufälle.«

»Und das heißt?«

»Manche Rätsel, Miss Fine, sollten eigentlich sogar Sie ohne Hilfestellung lösen können.«

»In Ordnung«, sagte Joan. Sie warf einen raschen Blick auf Ayns Lampe. »Also wie nennen wir Sie jetzt? John Hoover oder J. Edgar Hoover, oder G.A.S.? Sie sind ein Android, stimmt's? Ein spezialgefertigter Automatischer Diener?«

»Vom G.A.S.-Zentralprozessor gesteuert, ja. Sie können mich Hoover oder G.A.S. nennen, was Ihnen lieber ist. Der eine ist eine Unterpersönlichkeit des anderen, also läufts wirklich aufs selbe raus.«

»Der G.A.S.-Zentralrechner in Anaheim – der kann also hören, was ich Ihnen sage?«

»Ja.« Man hörte etwas, was ein ungeduldiger Seufzer sein konnte. »Möchten Sie ihm irgend etwas sagen?«

»Ja«, sagte Joan und redete dann mit der autoritärsten Stimme, die sie zustande brachte, weiter: »Basis-Steuerbefehl, Ermächtigungskode vier-acht-sieben-O-neun-acht-sieben-zwei-null. Schalte dich aus, jetzt!«

Schweigen in der Leitung.

»Hoover?«

»Ja?«

»Haben Sie gehört, was ich gesagt habe?«

»Ich habe Sie gehört. Aber haben Sie gehört, daß ich mich je als einen Idioten bezeichnet hätte? Nein? Das liegt daran, daß ich keiner bin.«

Joan sah kurz zu Kite hinüber, dann wieder aufs Telefon. »Sie haben also das Videoband bearbeitet, bevor Sie es uns gegeben haben?«

»Ich habe die Erinnerungen bearbeitet, aus dem das Videoband gezo-

gen wurde. Ich habe außerdem das Un-Babel-Programm in Jerry Gants Computer umgeschrieben.«

»Aber wozu?« fragte Kite Edmonds. »Warum haben Sie sich uns offenbart?«

»Nun, Miss Edmonds, das ist der Grund, warum ich anrufe. Ich hatte Miss Fine gesagt, wir würden uns noch einmal sprechen, sobald sie die Teile des Puzzles zusammengesetzt haben würde. Und jetzt, wo sie das getan hat, möchte ich, daß Sie beide zu einer weiteren persönlichen Unterredung nach Atlantic City kommen.«

»›Persönlich‹?« sagte Joan. »Sie sind eine Maschine, Hoover!«

»Ich bin eine Maschine, die Sie heute nachmittag in Atlantic City sehen will«, erwiderte Hoover. *»Wenn Sie sich beeilen, erwischen Sie noch den 12.59-Uhr-Zug ab Grand Central.«*

»Warten Sie einen Augenblick …«

»Nein. Und Sie warten auch nicht. Es sei denn, die Tausende von Menschenleben, die auf dem Spiel stehen, wären Ihnen gleichgültig. Ich erwarte Sie bis spätestens vierzehn Uhr.«

Ein Klick und ein Freizeichen.

»Wir sitzen ganz schön in der Tinte, glaube ich«, sagte Kite.

Superknüller

Der große Hearst-Luftkreuzer hatte, unter Leugnung des Endes des kalten Krieges konstruiert, als Marine-Aufklärungsschiff angefangen. Nach einem längeren Gastspiel bei der US-Zollbehörde, die ihn für die Schmugglerjagd in der Karibik eingesetzt hatte, war er zuletzt für rund ein Viertel der ursprünglichen Baukosten an Turner Broadcasting verkauft worden. In der Luft gab es nichts, was ihm gleichkam. Sein Tragkörper war größer als alles, was seit der »Hindenburg« das Licht der Welt erblickt hatte, und bestand aus einem Material des Raumzeitalters, von dem Geschosse wie von Panzerplatten abprallten, das aber für Radar unsichtbar war; seine langgezogene graue Gondel war aerosuperdynamisch durchgestylt. Der Schriftzug, der den Bug der Gondel zierte, lautete »Sweet Jane«, nach der verwitweten Ms. Turner, aber das Bodenpersonal bevorzugte einen etwas anderen Namen.

»Flugleitung an Pilot der ›Hanoi Jane‹. Sie haben noch keine Startfreigabe. Bitte kehren Sie umgehend zum Landeplatz zurück. Over.«

Keine Antwort. Schon mehrere hundert Fuß über dem Grasplatz schwebend, drehte das Luftschiff die Nase herum und zog allmählich davon.

»Flugleitung an Pilot der ›Hanoi Jane‹. Sie verstoßen gegen die nationalen Flugsicherheitsbestimmungen. Bitte identifizieren Sie sich.«

Walter schaltete sein Kopfbügelmikro ein. »Hier ist Cronkite, over.«

»Cronkite?« sagte der Mann im Tower. *»Walter?«*

»Nein«, sagte Walter, »Beauregard.«

»Walter, Sie sind nicht befugt, dieses Luftfahrzeug zu nehmen. Sie haben keinen Flugplan eingereicht.«

»Verdammt, Flugleitung, ich hab nicht mal einen Pilotenschein. Wie soll ich da einen Flugplan einreichen?«

»Das ist nicht witzig, Walter. Drehen Sie jetzt die ›Jane‹ herum und –«

Walter schaltete das Funkgerät aus und erklärte Lexa, wie sich der Transponder, der die Position der »Sweet Jane« automatisch durchgab, abstellen ließ. In der einen Hand den Steuerknüppel, in der anderen einen Besenstiel, mit dem er die Ruderpedale betätigte, täuschte Walter erst einen Kurs Richtung Hudson vor und verstieß dann gegen eine weitere Flugsicherheitsbestimmung, indem er das Luftschiff tief über Jersey City runterzog, wo sein ohnehin schon kaum wahrnehmbares Radarecho im Bodengerümpel vollends unterging. Er drehte auf Südsüdwest und flog einen Slalom zwischen Wolkenkratzern und Bürohochhäusern; Lexa, die ihn vom Kopilotsitz aus beobachtete, bewunderte seine Geschicklichkeit.

»Sie fliegen ganz ordentlich für jemanden ohne Schein«, sagte sie.

»Talent hat nix mit Papieren zu tun«, erklärte Walter. Er zeigte auf eine Konsole, die sich auf ihrer Seite des Cockpits befand. »Das ist der Navigator. Sie sagen ihm unser Ziel, und er sollte uns den Steuerkurs angeben.«

Weiter hinten in der Gondel, im Produktionsstudio, war Dan damit beschäftigt, Ellen Leeuwenhoek das intelligente Kamerasystem zu erläutern.

»Was ist daran so intelligent?« fragte Ellen.

»Also«, sagte Dan, »die Nielsen Company hat von jedem, der je eine Auszeichnung für TV-Bilderreportage bekommen hat, Filmmaterial genommen und den jeweiligen Stil zu einem Computermodell abstrahiert.«

»Dann ist es also so was wie eine Kollektion von Persönlichkeitsmustern preisgekrönter Kameraleute.«

»Genau«, sagte Dan, »und man kann entweder den bestimmten Stil aufrufen, den man gerade haben möchte, oder den Zufallsgenerator einschalten und ein Potpourri erzeugen lassen.«

»Hmm ...«

»Es ist natürlich noch im Erprobungsstadium ...«

»Hab ihn«, sagte Lexa. Die Windschutzscheibe des Cockpits verdunkelte sich, und ein Blickfelddarstellungsgerät projizierte momentanen Steuerkurs, Fluggeschwindigkeit, verbleibende Treibstoffmenge und andere statistische Daten in gestochen scharfem Lasergrün auf die Glasscheibe. In einer farbig unterlegten Zeile des Displays stand zu lesen: STEUERKURS ZU Z-PUNKT: 143° – ENTFERNUNG: 128,6 SM.

»Hundertdreißig Seemeilen«, sagte Lexa wenig erfreut. »Schaffen wir's denn rechtzeitig? Philo ist fest entschlossen, wenn nichts Unvorhergesehenes passiert, gegen drei Uhr loszuschlagen.«

Walter verglich seine Armbanduhr mit der digitalen Anzeige des Displays. »Philo, hm? Sie sind per du?«

Lexa sah ihm in die Augen, dann nickte sie. »Ja.«

»Na, keine Sorge«, sagte Walter. »Die Schallmauer kann dieses alte Schlachtschiff zwar nicht durchbrechen, aber bewegen tut es sich schon.« Er griff nach einer Reihe von Gashebeln neben sich und brachte alle acht Motoren der »Sweet Jane« auf volle Leistung. Jersey City glitt unter ihnen weg; schon schwebten sie über der New York Bay und ließen die Staten-Island-Fähre, die auf Richmond zustampfte, mühelos hinter sich zurück. Als sie südlich an der Freiheitsstatue vorbeizogen, drehte Walter nach links auf 143 Grad.

Im Produktionsstudio drückte Dan derweil auf die Potpourritaste. Vierzehn entlang der Außenseite der Gondel montierte Telekameras fingen an, nach Superknüllern zu suchen. Kamera 2, die vorderste auf der Steuerbordseite, richtete sich schnell nach der direkt voraus liegenden Küste von Brooklyn aus. Kamera 2 hatte der Zufallsgenerator den Stil der freien Kamerafrau Dee Dee Rule zugeteilt, die 2014 für ihre filmische Dokumentation des nassen Tods eines kampierenden bengalischen Regiments den Rupert-J.-Murdoch-Gedächtnispreis erhalten hatte. Kings County war natürlich nicht Indien; in Brooklyn gab es keinen Monsun, keine sintflutartigen Überschwemmungen, keine Tiger, die die panisch vor den Wassermassen fliehenden Soldaten hätten zerfleischen können. Wohl aber gab es da ein paar militärisch aussehende Zelte – zwei mittel-, eins extragroß –, auf einem zweifelhaft aussehenden Kai aufgeschlagen, wo durchaus *irgend* etwas Schlimmes hätte passieren können, und einen unweit davon betrübt auf und ab marschierenden Pfadfinderführer mittleren Alters, der so aussah, als ob etwa Schlimmes bereits passiert *wäre.* Kamera 2 verfolgte den Pfadfinderführer und zoomte dicht an sein jammervolles Gesicht heran. Er redete mit sich selbst, wiederholte immer und immer wieder dieselben zwei Wörter. Das erste Wort war »totaler«; das zweite war »Versager«.

Haben Sie das gesehen?

Der flüchtige Pfadfinderführer Oscar Hill war auf einem abbruchreifen Kai unweit der Bush-Terminal-Docks untergetaucht. Seine vier verbliebenen Schutzbefohlenen saßen zusammengedrängt in einem der Zelte und sezierten eine siebenbeinige Ratte, die sie in einem Ölfaß entdeckt hatten; Oscar stapfte den zerbröckelnden Kai entlang und dachte über sein armes, trauriges, enttäuschendes, schreckliches, *ruiniertes* Leben nach.

Anfangs war es ihm gar nicht unrecht vorgekommen – ja, es war ihm absolut natürlich erschienen –, Oblios Verschwinden mit Schweigen zu übergehen. Die Mädchen hatten den ganzen Tag lang kein Wort darüber verloren, und Dienstag nacht hatte Oscar Hill auf dem Autofriedhof, wo sie ihr Lager aufgeschlagen hatten, so friedlich wie seit Ewigkeiten nicht mehr geschlafen. Erst Mittwoch morgen, mitten beim Frühstück, war es Adler-Scout Melissa Plunkett plötzlich eingefallen, die Frage zu stellen: »He, wo ist eigentlich Oblio abgeblieben?« Oscars Mund war um einen Bissen lagerfeuergebackenen Maisfladen herum verdorrt, und er war beinahe erstickt; es hatte zweier langer Schlucke aus seiner Feldflasche bedurft, genügend Stimme zusammenzukriegen, um zu stottern: »Oblio ist vorzeitig nach Haus zurück.«

Oblio ist vorzeitig nach Haus zurück. Das konnte wirklich stimmen, und Melitta Plunkett schien das ohne eine weitere Frage zu akzeptieren, aber als er durch den Ruß, der von einem Haufen brennender Reifen aufstieg, den Stand der Sonne abschätzte, erkannte Oscar, daß er fast achtzehn Stunden hatte verstreichen lassen, ohne sich Gewißheit zu verschaffen. Selbst wenn es Oblio unversehrt zurück nach Haus geschafft hatte, erfüllten achtzehn Stunden der Untätigkeit wahrscheinlich den Tatbestand der groben Verletzung der Aufsichtspflicht – und des unentschuldbaren Verrats am Pfadfinderführer-Ehrenkodex obendrein. Und wenn es Oblio *nicht* unversehrt zurück nach Haus geschafft hatte ...

Das einzig Gute am City-Survival-Trecking war die Tatsache, daß es nie weit zur nächsten Telefonzelle war. Während seine Pfadfinderinnen das Lager abbrachen, schlich sich Oscar davon und rief bei Oblio zu Hause an. Es meldete sich Oblios Mutter.

»Hallo?«

»Hallo, Mrs. Wattles«, sagte Oscar mit Kinderkopfstimme, »ist Oblio da?«

»Wer spricht da, bitte?«

»Oblios kleiner Freund, Oscar Hill«, sagte Oscar, sosehr darauf bedacht, nicht wie er selbst zu klingen, daß er versehentlich seinen wirklichen Namen sagte.

»Oscar Hill? ... Pfadfinderführer *Hill? Warum in aller Welt rufen Sie hier an, um Oblio zu sprechen? Ist er denn nicht mehr bei Ihnen?«*

Ein weiterer Anfall von Munddürre. Oscars Stimme plumpste vom Fistelsopran zu einem stotternden Baß herunter: »Öh ... öh ... öh ...«

»Pfadfinderführer Hill? Oblio ist doch noch bei Ihnen, oder? ... Pfadfinderführer Hill? So reden Sie doch! IST MEINEM JUNGEN ETWAS PASSIERT?«

Oscar legte auf. Wenn er eine Schußwaffe gehabt hätte, dann

hätte er stante pede die ehrenvolle Tat vollbracht. So aber kehrte er zu seiner Rotte zurück, kündigte an, daß sie ihre Trecking-Tour um einen Tag verlängern würden, und führte sie auf einem langen Gewaltmarsch durch Bensonhurst nach Fort Hamilton, am Bay-Ridge-Ufer entlang bis zum Hafen. Die Pfadfinderinnen wunderten sich über die Programmänderung, beklagten sich aber nicht; für einen weiteren schulfreien Tag waren sie zu allem bereit. Oscar seinerseits hatte keine besonders klare Vorstellung davon, wo sie eigentlich hinmarschierten, noch was sie tun würden, wenn sie erst einmal dort angekommen wären; er wollte sich nur so weit wie möglich von ihrem ursprünglichen Lagerplatz entfernen, bevor Mrs. Wattles die Polizei alarmierte. Wenn am Kai ein Boot festgemacht gewesen wäre, dann hätte er vielleicht nicht mal am Wasser haltgemacht.

Und jetzt war Donnerstag nachmittag, und die Eltern der Mädchen hatten inzwischen Zeit gehabt, gleichfalls unruhig zu werden und die Bullen anzurufen, und Oscar Hills Leben war... tja, es war vorbei. Erledigt. In seiner geheiligten Rolle als Führer und Mentor der Jugend Hatte Er Versagt. Wenn es je einen Augenblick gegeben hatte, da Oscar gewünscht hätte, daß eine Redensart Wirklichkeit würde, dann jetzt: Er wünschte sich, der Kai würde sich unter seinen Füßen auftun, und er könnte sang- und klanglos im Erdboden versinken.

Aber apropos Löcher im Erdboden... eine der hölzernen Piers, die vom Kai in die Bucht hineinragten, war eingestürzt und hatte die schwarze Ausflußöffnung eines Abwasserkanals freigelegt, der unter den Hafenanlagen entlanglief. Nicht allzuviel, was da momentan ausfloß, nur ein Rinnsal von Unrat, der auf den zusammengebrochenen Balken der Pier einen Haufen bildete und trüb im umgebenden Wasser zerschwadete. Oscar meinte, im Braun ein rot-weiß-blaues Gefältel zu erkennen; neugierig beugte er sich vor und sah zu seinem Entsetzen eine zerfetzte und befleckte, halb mit Dreck zugeschüttete US-Flagge.

Die plumpe Metapher – ein geheiligtes Symbol Amerikas, das in der Scheiße versank – war mehr, als Oscar ertragen oder ignorieren konnte. Neben der Kanalöffnung waren eiserne Sprossen an die Betonwand des Kais genietet, und auch wenn sie nicht bis ganz hinunter zum Wasser und der eingestürzten Pier reichten, rechnete sich Oscar aus, daß es ihm mit einem langen Stock gelingen müßte, von der untersten Sprosse aus die Fahne herauszufischen. Er bemerkte einen zersplitterten Bootshaken, der an einen Lagerschuppen gelehnt stand, und holte ihn sich schnell.

Die Sprossen waren übel zernarbt und verrostet, aber noch alle fest in der Wand verankert – alle, außer der vorletzten, die überhaupt nicht mehr vorhanden war. Oscar mußte einen *sehr* langen Schritt tun, um die Lücke zu überwinden, und die Bewegung erwies sich für seine Hose als eine zu große Belastung: Es erklang ein *prrr* von zerreißendem Stoff, und ein kalter Luftzug umstrich plötzlich seine Gesäßbacken. Auf der untersten Stufe angelangt, verrenkte sich Oscar den Hals, um das Ausmaß des Schadens zu ermitteln, und während er das tat, vernahm er zwei weitere Geräusche. Das eine war ein leises Motorenbrummen von oben. Der Schatten der »Sweet Jane« legte sich über den Kai, aber Oscar sah nicht auf, weil er jetzt das zweite Geräusch hörte.

Musik. Ein klassisches Thema, das der Mündung des Abwasserkanals entströmte. Die vertraute Melodie ließ Oscar an die Dinosaurier in Walt Disneys *Fantasia* denken, die ihrem Aussterben entgegenmarschieren, und als er genauer hinhörte, machte er noch ein leises Krabbeln oder Trippeln aus, als ob ein Geschöpf mit sehr kurzen Armen und Beinen durch das Rohr heranrobbte.

»Oblio?« sagte er, obwohl er wußte, daß er es nicht sein konnte. Während er sich mit einer Hand an einer Sprosse festhielt, reckte er sich weit nach rechts hinüber, bis sein Gesicht sich direkt vor der Öffnung befand. Drinnen war nur Dunkelheit zu sehen. Hallo?« rief er, als die Musik anschwoll. »Ist da jemand drin ...?«

Im Produktionsstudio der »Sweet Jane« machte Dan Rather einen Satz, als habe er einen elektrischen Schlag bekommen.

»Mein *Gott*«, sagte er. »Haben Sie das gesehen?«

»Was gesehen?« sagte Ellen Leeuwenhoek.

Kann ich Ihnen helfen?

»Uff!«

Joan stieß mit dem Obdachlosen im Eingangsbereich der Grand Central zusammen. Sie war größer – und ging schneller – als er, und er wäre längelang hingefallen, wenn sie ihn nicht rechtzeitig festgehalten hätte. Viele hätten ihn eher fallen lassen, als ihn anzurühren – er stank wie eine Kloake –, aber Joan packte ihn fest an den Oberarmen und sah ihm dabei ins Gesicht, und so erkannte sie ihn.

»Clayton?« sagte sie. »Clayton Bryce?«

Seine Augen waren so rund aufgerissen wie die eines wissenden Kalbs, das im Schlachthof darauf wartet, an die Reihe zu kommen; als er seinen Namen hörte, stieß er ein klagendes Muhen aus und verkrallte sich in die Brust von Joans Jacke wie jemand, der am Rande eines Abgrunds verzweifelt nach Halt sucht. Ayn Rand erschauderte in ihrer Lampe vor Abscheu.

»Laß das!« bellte sie. »Hör auf, sie anzugrapschen, du Penner!«

»Ach, Clayton«, sagte Joan. Er sah katastrophal aus: in dreckige Lumpen gekleidet und so realistisch wie ein langjähriger Stadtstreicher zurechtgemacht, daß nicht einmal seine Eltern ihn wiedererkannt hätten – oder zugegeben hätten, ihn zu kennen. Sein normalerweise konservativer Haarschnitt war durch eine zottige Perücke oder Filzmatte von strähnigen braunen Locken ersetzt worden. An seinem Gesicht klebte ein schütterer Vollbart, und am Kinn waren kahle, dick verschorfte Stellen, wo er sich beim Versuch, die falschen Haare loszureißen, Hautpartien abgefetzt hatte. Seine Zunge war zur Größe eines Tennisballs aufgequollen, so daß er kaum noch reden und nur mühsam atmen konnte; Nase und Augen waren verschwollen und triefig; und ebenso geschwollen waren seine Hände, unförmig und rosa, wie gekochtes Fleisch, und sie schmerzten so sehr, daß er es gerade eben schaffte, den zerbeulten Blechbecher voll Bleistiften, der seinen einzigen noch verbleibenden irdischen Besitz darstellte, festzuhalten.

»Ach, Clayton«, wiederholte Joan, und in ihrem Kopf nahm sofort ein mögliches Szenario Gestalt an, »was haben Sie nur getan, etwas Dummes und Herablassendes über Obdachlose gesagt? Vielleicht einem Unbekannten gegenüber?«

Claytons Herz setzte für einen Augenblick aus, und seine Miene änderte sich, erst zu einem Ausdruck des Schreckens, dann zu einer Mischung aus Flehen, Raserei und Angst.

»Hiihhhföhh!« krähte Clayton und schlug mit seinem Blechbecher schwächlich gegen Joans Brust. »Hiihhhföhh!«

»Hilfe!« schrie Ayn Rand. »Hilfe! Polizei!«

»Kann ich Ihnen helfen?« sagte eine dritte Stimme.

Die Gute-Reise-Truppe, die Clayton ohnehin schon auf den Fersen gewesen war, hatte sich um das Grüppchen geschart: sieben braune Uniformen mit Elektrostäben und TASER-Pistolen. Der Sprecher war ein streng aussehender Latino, den eine Plakette als Captain Hector Miércoles auswies.

»Alles in Ordnung«, sagte Joan zu ihm. »Er gehört zu uns.«

»Aber wer sind *Sie*?« fragte Captain Miércoles. »Sind Sie im Besitz gültiger Fahrscheine?«

»Wollten uns grad welche kaufen«, sagte Joan. »Wir fahren nach Atlantic City. Erste Klasse.«

»Erste-Klasse-Tickets sind sehr teuer«, sagte der Captain. »Sind Sie sicher, daß Sie sich die leisten können?«

Joan machte sich von Clayton los und zog ihre Brieftasche hervor, wobei sie darauf achtete, die Kanone, die sie unter der Jacke im Hosenbund stecken hatte, nicht aufzudecken. »Plastik«, sagte sie und zeigte ihre Kreditkarten. »Sechs Sorten, plus eine Bankautomat-Karte.« Sie öffnete den Banknotenschlitz und fächerte die Geldscheine auseinander. »Und Bargeld. Okay?«

»Sie sind offenbar eine vermögende Frau«, sagte Captain Miércoles mit einem Blick auf Joans abgetragene Turnschuhe. »Aber dieser Mann kann nicht in der ersten Klasse sitzen.« Er rümpfte die Nase vor Clayton. »Selbst in der zweiten Klasse, fürchte ich, würde er für die anderen Fahrgäste eine Zumutung darstellen.«

»Captain«, warf Kite ein, noch ehe Joan antworten konnte, »dürfte ich einen Vorschlag machen?«

Der Captain sah ihr in die Augen. »Bitte.«

»Der 12 Uhr 59er nach Atlantic City«, sagte sie. »Hat er ein Raucherabteil?«

Der Captain konsultierte einen Armband-Computer. »Ja. Einen halben Waggon, heute außerplanmäßig.«

»Dann setzen wir uns da rein«, sagte Kite. »Raucher haben sowieso keinen Geruchssinn mehr.«

»So könnte es gehen«, gab Captain Miércoles nach. »Aber Sie müssen sich beeilen; die Fahrgäste steigen schon ein.«

»Wir sind so schnell weg, daß Sie sich nicht mal erinnern werden, mit uns geredet zu haben«, versprach Kite.

»Sehr gut.« Der Captain tippte sich mit zwei Fingern an den Schirm der Mütze. »Ich wünsche Ihnen eine angenehme und gute Reise.«

»Klar«, sagte Joan. »Einen schönen Tag auch.«

Schon im Begriff, sich abzuwenden, stutzte Captain Miércoles und schien seinen Entschluß, sie gehen zu lassen, noch einmal überdenken zu wollen. Aber in dem Augenblick quäkte sein Gürtel-Funkgerät auf und rief ihn zu einem Notfall in eine andere Ecke des Bahnhofs; also warf der Captain Joan nur einen warnenden Blick zu und marschierte davon. Die anderen Gute-Reiser folgten ihm.

»Geduld, Joan«, sagte Kite, als sie weg waren. »Ich denk, wir werden auch so schon früh genug Ärger kriegen.«

»Er hat sich wie ein Arschloch benommen«, sagte Joan.

»Er wird dafür bezahlt, sich wie ein Arschloch zu benehmen«, erwiderte Kite. »Und das ist kein leichter Job, besonders wenn es die einzige Arbeit ist, die du kriegen kannst.«

Clayton hatte keinen Blick von Joans Brieftasche gewandt. Kaum war die Gute-Reise-Truppe außer Sichtweite, schnappte er, ohne auf den Schmerz in seinen Händen zu achten, nach den Banknoten.

»Dieb!« schrie Ayn, aber Joan ließ ihn das Geld nehmen. Sie starrte auf das stramm sitzende Halsband, das Clayton trug. Es war aus Leder und wies als einzigen Schmuck zwei durchsichtige Bläschen auf, eines unter jedem Ohr, die mit irgendeiner lehmartigen Substanz gefüllt waren. Die Schnalle des Halsbands, die schwer auf Claytons Adamsapfel lastete, sah wie ein Miniatur-Geldwechselautomat aus; an ihrer Vorderseite befand sich ein Zählwerk und darunter ein Schlitz, der gerade so breit war, daß man Banknoten darin einführen konnte. Joan sah zu, wie Clayton den ersten Geldschein, den er ihr abgenommen hatte, hineinschob. Irgendein Mechanismus in dem Kästchen zerkaute ihn zu grünen Konfetti, die anschließend Clayton über die Brust rieselten; der Zähler klickte von $492 auf $472 zurück.

»Haltet ihn auf!« schrie Ayn, als Clayton den nächsten Schein opferte. »Er zerstört Geld!«

»Beruhigen Sie sich, Ayn«, sagte Joan.

»Aber sehen Sie nicht, was er da tut? Er vernichtet Geld! Begreifen Sie denn nicht, was das heißt?«

»Ayn –«

»Geld ist die Frucht menschlicher Arbeit! Arbeit ist das Produkt menschlichen Denkens! Er zerstört das Denken!«

Bald war das Denken alle, und der Zähler stand immer noch auf $319. Clayton streckte die Hände nach mehr aus, bot zum Tausch eine Tasche voll Kleingeld an, das er nicht in Scheine hatte wechseln können, aber Joans Brieftasche war leer, und Kite hatte nur wenig zu geben. »Ich hab einen Fünfer und ein paar Einer«, sagte sie, »und die können Sie gern haben, wenn Sie möchten, aber –«

»Wenn Sie unbedingt Geld vergeuden wollen«, rief Ayn dazwischen, »warum waschen Sie sich nicht und suchen sich Arbeit? Wenn Sie erst einmal dafür geschwitzt haben, dann wissen Sie vielleicht, was ein Dollar wert ist!«

Aber Clayton gestikulierte eindringlich in Richtung auf die Uhr, die über der Tafel mit den Ankunfts- und Abfahrtszeiten hing; es war 12.51 Uhr. Er tippte sich aufs Handgelenk, um die Wichtigkeit des Zeitfaktors noch weiter zu betonen. Dann ballte er, vor Schmerz zusammenzuckend, die Fäuste zusammen und hielt sie sich seitlich an den Hals, neben die zwei Halsband-Bläschen. *»BÖÖÖÖÖÖMM!«* röhrte er und öffnete dabei schlagartig die Hände. *»BÖÖÖÖÖÖÖÖMM!«*

»Bumm?« sagte Joan.

»'a!« erwiderte Clayton unter frenetischem Nicken. »'a! Öll Öa! I ah Gäh! Ah Gäh! Hiihhhföhh!«

»Er ist wahnsinnig!« sagte Ayn Rand. »Gehen Sie weg von ihm!«

»Da drüben«, sagte Kite und zupfte Joan am Ärmel. Links von ihnen befand sich eine Zeitungsbude, dieselbe Zeitungsbude, von der Maxwell erst kürzlich einen ganzen Stoß Erica-Jong-Romane geklaut hatte, und direkt daneben stand ein Bankautomat.

»Zweiter Aufruf für die Fahrgäste des Transrapids ›Rien ne va plus‹ nach Atlantic City«, verkündete der Lautsprecher. »Der Transrapid ›Rien ne va plus‹ steht zur Abfahrt bereit auf Gleis sieben.«

»Das ist Ihr Zug!« sagte Ayn. »Sie müssen sich beeilen!«

Aber Joan hatte Clayton am Handgelenk gepackt und zog ihn zum Automaten.

»Was tun Sie da?« fragte Ayn herrisch.

»Einen Vollidioten retten.«

»Aber warum? Bedeutet dieses ... dieses Individuum irgend etwas für Sie?«

»Er ist ein Arschloch«, erwiderte Joan zu Claytons großem Schrecken.

»Warum *helfen* Sie ihm dann?«

»Aus Solidarität, Miss Rand«, sagte Kite. »Das ist Amerika. Wir sind hier alles Arschlöcher.«

KANN ICH IHNEN HELFEN? fragte der Bankautomat. Joan führte ihre Karte ein, wählte als bevorzugte Sprache Englisch und tippte ihren Zugangskode: JOB 32 10. Sie sagte dem Automaten, er möchte ihr vierhundert Dollar geben. Clayton duckte sich vor dem Ausgabeschlitz wie ein Fänger, der den letzten Wurf der World Series erwartet.

Es kam kein Geld zum Vorschein. Statt dessen verdunkelte sich der Bildschirm des Bankautomaten, und es erschien darauf ein Sprichwort:

> SCHENK EINEM MANN EINEN FISCH,
> UND DU HAST IHN EINEN TAG LANG GESÄTTIGT;
> LEHRE IHN ZU FISCHEN,
> UND ER WIRD SEIN LEBEN LANG NICHT MEHR HUNGERN.
> GEH FISCHEN.

Der Text blieb gerade so lange stehen, daß sie ihn alle lesen konnten; dann verdunkelte sich der Bildschirm wieder und kehrte zu seiner Ausgangsfrage zurück – KANN ICH IHNEN HELFEN? –, ohne Joans Karte wieder herauszurücken.

»Ficcchhh?« sagte Clayton, und etwas schien in ihm zu zerbrechen. *»FICCCHHH?«* Mit einem Geheul warf er sich, boxend und tretend, gegen den Automaten.

»Das ist der dritte und letzte Aufruf für die Fahrgäste des Transrapids ›Rien ne va plus‹ nach Atlantic City«, verkündete der Lautsprecher. »Der Transrapid ›Rien ne va plus‹ fährt in wenigen Minuten von Gleis sieben ab. Bitte alles einsteigen!«

»Sie verpassen noch Ihren Zug!« wehklagte Ayn.

»Du solltest besser rennen, Joan«, sagte Kite.

»Kite, wir können ihn doch nicht einfach so –«

»Du gehst«, sagte Kite zu ihr. »Ich rette ihn; aber was mir vorschwebt, könnte den Captain wieder auf den Plan rufen, und wir können es uns nicht leisten, beide verhaftet zu werden. Ich seh trotzdem zu, daß ich den Zug nach Möglichkeit noch erwische.«

»In Ordnung«, sagte Joan. »Und ich will sehen, ob ich ihn dazu bringe, noch ein bißchen zu warten. Aber wenn dus nicht rechtzeitig schaffst, wart nicht auf den nächsten. Fahr nach Haus zurück und fang schon mal an, die Nachricht in Umlauf zu bringen. Ruf Lexa und Harry an – und vielleicht auch die Bullen, wenn dir was einfällt, wie du sie dazu bringen kannst, dir zuzuhören. Und halt die Augen offen – vor allem nach hinten.«

»Gleichfalls«, sagte Kite. »Viel Glück, Joan.«

»Dir auch«, sagte Joan. Sie lief los, die Lampe in der Hand.

Clayton war flennend auf dem Bankautomaten zusammengebrochen; Kite legte ihm eine Hand auf die Schulter. »Kommen Sie, Mr. Bryce«, sagte sie. »Sie müssen sich gleich hinter mich stellen, um mich vor Beobachtern abzuschirmen ...«

Zu spät: Kite wurde bereits beobachtet, auch wenn sie davon nichts mitbekam. Ein Elektro-Polizist spähte, halb hinter einem Schuhputzstand verborgen, von der anderen Seite des Bahnhofseingangs zu ihr herüber. Er nahm zur Kenntnis, daß Joan ging, machte aber keinerlei Anstalten, ihr zu folgen; seine Aufmerksamkeit galt Kite und ganz besonders Clayton.

Er hielt einen langen Metallstab in den Händen, und er lächelte nicht.

Zu sehr mit Schwimmen beschäftigt

Ein vorsintflutlicher Holzschlepper tuckerte stoisch aus dem Buttermilk Channel heraus, dem Meeresarm, der Governor's Island von South Brooklyn trennt. Auf dem Deck standen zwei Männer, zogen gemütlich einen durch und erzählten sich dreckige Witze. Plötzlich zupfte der eine von beiden den anderen aufgeregt am Ärmel; eine Haifischflosse zerschnitt südlich von ihnen das Wasser und kam geradewegs auf sie zu. Sie starrten fasziniert hin, warteten darauf, daß der Hai untertauchen oder abdrehen würde, und als er keins von beidem tat, schlug ihre Fasziniertheit in Angst um.

Meisterbrau krachte durch die Backbordseite des Schleppers, ohne anzuhalten. Ein entsetzter Schrei und von unten das Kreischen zerreißenden Metalls; die zwei Matrosen rannten los und erreichten die gegenüberliegende Reling gerade rechtzeitig, um Meisterbrau – die verbogene Antriebswelle des Bootes wie einen Kauknochen zwischen die Zähne geklemmt – aus der Steuerbordseite wieder hervorbrechen zu sehen. Ausgeweidet, ging der Schlepper fast augenblicklich unter, aber zur unendlichen Erleichterung der Seeleute schwamm der Hai einfach weiter, machte einen Bogen um Governor's Island und hielt auf die Battery zu.

Die Skyline Manhattans spiegelte sich in der Bucht; auf dem Kopf stehend, gab die Elektro-Plakatwand an der Südseite des Gant Phoenix folgendes Bild ab: ∂∂ㄥ Als die Zeiger der großen Uhr über dem Terminal der Staten-Island-Fähre auf 13:00 Uhr zugingen, fing die Anzeige der Plakatwand an, wie ein mechanisches Zählwerk von ∂∂ㄥ auf ∂∂8 weiterzurollen. Die Männer vom Schlepper bemerkten dies allerdings nicht; wie Meisterbrau, waren sie zu sehr mit Schwimmen beschäftigt, um groß auf was anderes zu achten.

Kite lehnte sich über den Tresen des Zeitungsstands und richtete ihren Colt auf den Mann an der Registrierkasse.

»Es tut mir entsetzlich leid«, entschuldigte sie sich und spannte den Hahn, »aber meinem Begleiter explodiert der Kopf, wenn er nicht dreihundertneunzehn Dollar bekommt, und ich fürchte, wir haben keine Zeit für Diskussionen.«

Der Zeitungsverkäufer, ein verpflanzter Südstaatler, vergalt Höflichkeit mit Höflichkeit: »Kein Problem, Ma'am.« Er drückte KEINE BUCHUNG; Clayton seinerseits ließ jeglichen Anstand fahren und hechtete sich auf die Geldlade, kaum daß sie herausgefahren war.

»Man wird Ihnen den Schaden selbstverständlich ersetzen«, sagte Kite in verlegenem Ton.

»Sehr verbunden, Ma'am«, sagte der Verkäufer. Er warf einen Blick auf ihre Waffe. »Colt-Army-Modell 1860, nicht wahr?«

»Sie haben ein gutes Auge.«

Er zuckte bescheiden die Achseln. »War früher Sammler, unten in der Heimat.«

»Georgia?« tippte Kite.

»Alabama«, sagte der Verkäufer. »Und handelt es sich bei Ihrer Schußwaffe um eine Nachbildung oder –«

Kite schüttelte den Kopf. »Original.«

»Dürfte ich fragen, was Sie dafür bezahlt haben, Ma'am?«

»Nichts«, sagte Kite. »Mein Adoptivonkel hat sie mir geschenkt.«

»Ein leiser Pfiff. »Netter Onkel.«

»Wie mans nimmt.«

»Verwandtschaft.« Er nickte. »Ich weiß, wie das sein kann, Ma'am.« Er richtete seine Aufmerksamkeit auf Claytons Halsband. »Mit was für einer Art Sprengstoff haben wir es eigentlich zu tun? Plastik?«

»Da bin ich leider überfragt«, sagte Kite. »Nicht mein Spezialgebiet.«

Ein weiteres Nicken. »Sieht wie Plastiksprengstoff aus. Wissen Sie, wann er explodieren soll?«

»Nicht genau.« Sie sah zur Bahnhofsuhr hoch; sie stand auf

12.59 Uhr. »Aber seinem Verhalten nach zu urteilen, würde ich sagen, bald.«

»Möglicherweise sollten wir ein Stückchen von ihm abrücken, nur für den Fall ... und apropos Rücken, Ma'am, ich weiß zwar, daß ich Ihnen das wahrscheinlich nicht sagen sollte, aber ein Elektro-Polizist nähert sich Ihnen gerade von hinten.«

»Ach?« sagte Kite. »Ist er bewaffnet?«

»Er hält eine schwere Eisenstange in der Hand. Hmm. Ich hab noch nie gesehen, daß einer von denen eine Keule verwendet hätte ...«

»Halten Sie das bitte«, sagte Kite und legte ihren Colt auf den Tresen. Sie zerrte die Browning-Handkanone aus dem Gürtel, drehte sich um ... und erstarrte.

Der Elektro-Polizist – Roscoe 254 – kam gerade, rund zehn Meter von ihr entfernt, an einem hellerleuchteten Kaffeekiosk vorbei. Grünes Neonlicht spiegelte sich in seinen Augen und intensivierte das Blau seiner Uniform; der stählerne Schlagstock blinkte in seiner Hand wie ein Säbel. Kite stöhnte, den hundertfünfzig Jahre alten Duft nordkarolinischen Waldes in der Nase, ein totes Gesicht vor Augen; ihr Armstumpf schmerzte, und ihr Zeigefinger weigerte sich, auf den Abzug zu drücken. Der Polizist kam immer näher, den Schlagstock erhoben, die Schockscheibe in seiner Handfläche hinlänglich stark aufgeladen, um einem Bären mit einem einzigen Stromstoß einen Herzstillstand zu verschaffen.

Und Clayton Bryce, der den letzten Dollar seines Lösegelds entrichtet hatte, riß sich das Halsband vom Nacken, wirbelte herum und schleuderte es mit aller Kraft von sich. Es trudelte durch die Luft wie eine südamerikanische Bola und wickelte sich straff um Roscoe 254s Gurgel. Die Augen des Polizisten schienen aus den Höhlen zu treten.

»Der Transrapid ›Rien ne va plus‹ hat soeben den Bahnsteig verlassen«, verkündete der Lautsprecher. »Der ›Rien ne va plus‹ ist soeben abgefahren.«

13:00 Uhr.

18

Ich bin jetzt ein alter Mann ... Blicke ich auf die Jahre zurück, die seit der Zeit vergangen sind, als ich die Lebensgeschichte der »Nautilus« und ihres Eigentümers schrieb, kann ich keinerlei Fortschritte erkennen, die mich hoffen ließen, daß das Unterseeboot jemals als Instrument des Handels dienen könnte. Es ist unglaublich verbessert worden, zugegeben – in nahezu unvorstellbarem Ausmaße verbessert worden –, aber alle Verbesserungen haben einem einzigen Zweck gedient: seiner Leistungsfähigkeit als Kriegswaffe; und das wird, wie ich glaube, in Zukunft seine einzige Funktion sein. Ich glaube sogar, daß das Unterseeboot in ferner Zukunft zur Beendigung aller Kriege führen könnte, denn Flotten werden nutzlos werden, und durch die ständige Vervollkommnung allen Kriegsmaterials wird der Krieg selbst unmöglich werden.

Jules Verne in *Mécanique Populaire*, 1904

Ich muß gestehen, daß meine Phantasie ... nicht bereit ist, sich ein Unterseeboot gleich welcher Art bei irgendeiner anderen Betätigung vorzustellen, als dabei, seine Besatzung zu ersticken und im Meer unterzugehen.

H. G. Wells, *Anticipations of the Reactions of Mechanical and Scientific Progress upon Human Life and Thought*

»City of Women«

Wendy Mankillers Ururururgroßvater hatte beim Standing Bear Cherokee Platoon der Konföderierten Armee gedient, aber ihre Eltern hatten den gebrochenen Versprechen des amerikanischen Südens den Rücken gekehrt und waren nach England abgedampft. Wendy wuchs in Newcastle auf. Sie heiratete den Sohn eines Bergmanns, besuchte King's College und wurde 2007 der erste reinblütige Cherokee (beiderlei Geschlechts) in der Geschichte, der in die Royal Navy eintrat. Damit war aber erst die Hälfte ihres Traums erfüllt, denn auch wenn sich für Frauen die Aufstiegschancen beim Militär seit den Tagen des Bürgerkriegs erheblich verbessert hatten, war ihr der Posten, den sie sich am meisten wünschte, offiziell noch immer versperrt. Die grundsätzliche Möglichkeit, eine Fregatte oder einen Zerstörer zu kommandieren, war für Wendy Mankiller noch nicht genug; ihr eigentlicher Herzenswunsch ging in eine andere Richtung: *unter* die Wasseroberfläche.

Fünf Jahre vergingen. 2012 beschloß die Irisch-Republikanische Armee, die britische Matriarchin zu ermorden, und zwar aus Gründen, die ebensoviel mit Politik wie mit Überdruß zu tun hatten; sechs Jahrzehnte Queen Liz, fanden die Provos, waren einfach genug, und wer weiß, vielleicht würde die Thronbesteigung Prinz Williams ein gewisses Umdenken bezüglich der Frage der Homerule nach sich ziehen. Ihr sorgfältig geplanter Überfall auf die königliche Wagenkolonne scheiterte indes am mutigen Eingreifen Wendy Mankillers, die sich zu einem längeren Landurlaub in London aufhielt und zufällig ins Kreuzfeuer geriet. Im fünften Monat schwanger und lediglich mit einer Einkaufstüte voller Konservendosen bewaffnet, schaffte sie es dennoch, im Alleingang vier kalaschnikowschwingende Terroristen außer Gefecht zu setzen; Queen Liz, die mit einer uralten Vickers-Maschinenpistole aus dem Seitenfenster ihrer abgewürgten Limousine feuerte, streckte ein weiteres halbes Dutzend Iren nieder, bevor die verbleibenden Hinterhältler es damit genug sein ließen und das Weite suchten.

»Und wie werden Wir Unsere allergetreuste Untertanin belohnen?« fragte die Queen, als das Scharmützel beendet war.

»Übergeben Sie mir das Kommando über ein U-Boot«, erwiderte Wendy Mankiller. »Ein großes.«

»Unmöglich«, sagte Kommodore Sir Kellogg Northrope Peas vom Ministerium für Nautische Normen und Traditionen, als er von diesem Wunsch in Kenntnis gesetzt wurde. »Um ein U-Boot *kommandieren* zu können, müßte Mankiller zuerst auf einem U-Boot *dienen*; und da es gegenwärtig noch keine U-Boote mit weiblicher Besatzung gibt, würde dies für sie bedeuten, zusammen mit Männern Dienst zu tun, und zwar unter beengtesten und einengendsten räumlichen Bedingungen, was wiederum zum vollkommenen Zusammenbruch der Disziplin und wahrscheinlichen Ausbrüchen sittlicher Entartung führen würde, gefolgt von offener Meuterei. Außerdem mißfällt mir die Idee.«

»Sir Kellogg«, erkundigte sich die Queen und sah ihm in die Augen, »wer ist die reichste und mächtigste Frau der Welt? Helfe Er Unserem Gedächtnis nach.«

»Na, na, Eure Majestät ...«

Kurz nach diesem Gespräch starb der Kommodore aus ungeklärter Ursache im Schlaf, aber Wendy Mankiller mußte trotzdem noch mehrere Jahre auf ihre Belohnung warten. Das Parlament bewilligte keine Mittel für den Bau eines neuen U-Boots, und die Marine weigerte sich, eines der bereits in Dienst befindlichen zu feminisieren – die Admiralität schloß die Reihen und ließ sich durch keine noch so dürftig verhüllte Drohung des Buckingham-Palastes einschüchtern –, so daß sich die Queen zuletzt gezwungen sah, eins aus eigener Tasche zu bezahlen; und die Veräußerung überzähliger Schlösser und Juwelen zwecks Beschaffung des erforderlichen Kleingelds dauerte eine gewisse Weile. In der Zwischenzeit unterzogen sich Wendy Mankiller und eine handverlesene weibliche Crew in der Royal Submarine Academy in Portsmouth einer gründlichen Ausbildung.

Die HMS »City of Women« wurde am 29. Februar 2016 in Gibraltar getauft. Englands erstes (und einziges) nuklear getriebenes Kampf-U-Boot der Penthesilea-Klasse war eigentlich eine anglo-spanische Koproduktion, auf Geheiß von Queen Liz' langjährigem Whistpartner aus dem Hause Bourbon unter strenger Geheimhaltung auf einer andalusischen Werft konstruiert und gebaut. Ihre Feuertaufe bestand die »City of Women« bereits im darauffolgenden Sommer, als Wendy Mankiller und ihre Penthesilea-Crew einer Bootsladung baskischer Revolutionäre zu einem feuchten Grab im Golf von Cádiz verhalf.

Aber das alles ist eine andere Geschichte. Jetzt war es der 2. November 2023, noch drei Monate bis zum achten Jahrestag von Wendy Mankillers Eintritt in den allergeheimsten Dienst Ihrer Majestät. Die »City of Women« lungerte vor der Ostküste der Vereinigten Staaten herum und wartete auf Befehle; das U-Boot hatte die »QE-II/2« bei ihrer Atlantiküberquerung eskortiert und würde sie wahrscheinlich auch wieder heimgeleiten. Um Begegnungen mit amerikanischen Unterseebooten zu vermeiden – deren Kommandanten auf unbefugtes Eindringen äußerst empfindlich reagierten –, hatte Wendy Mankiller die »City of Women« in die Seeungeheuerzone über dem Hudson Canyon geführt. Um 18.20 Greenwicher Zeit (was 13.20 Uhr Ortszeit entsprach) machte das passive Sonar die »Mitterrand Sierra« aus.

»Nichtidentifizierter Oberflächenkontakt auf eins-drei-sieben Grad«, rief Gwynhefar Matchless aus der Sonarstation.

»Mechanisch oder biologisch?« fragte Wendy Mankiller.

»Es ist ein Schiff, keine Frage«, sagte Matchless. »Ich kann auch eine Walherde hören ... und noch etwas anderes. Einen Augenblick.« Sie gab die verschiedenen Geräusche an Bloody Mary Tudor weiter, den Kampfcomputer der »City of Women«. »Bloody Mary sagt, das Schiff ist Franz, riecht aber nach Kidd.«

»Wie war das?«

»Franzmann. Ein französischer U-Boot-Jäger, Robespierre-Klasse. Aber zur Zeit werden in der gallischen Flotte keine Fahrzeuge der Robespierre-Klasse eingesetzt, wenn also die Algerier nicht gerade beschlossen haben, US-Boote fischen zu gehen ...«

»... dürfte es gar nicht hier sein.«

»Nein. Ganz besonders nicht allein.«

»Können Sie oder Bloody Mary eine schallspektrographische Analyse vornehmen und das Schiff etwas genauer identifizieren? Ich will wissen, obs ein Algerier *ist* oder ein Pirat.«

»Tut mir leid, ohne näher ranzugehen, kann ich das nicht beantworten. Das Signal ist nicht klar genug.«

»Was ist mit dem ›etwas anderes‹, das Sie noch gehört haben?«

»Dazu kann ich auch keine konkreteren Angaben machen, Käptn. Dafür, daß das hier ein gottverlassener Ozeansektor sein soll, geht es verflucht laut zu. Vielleicht, wenn wir uns ein paar Meilen näher ranschleichen würden ...«

»Hmm.« Wendy Mankiller dachte nach. »Was genau taugt die Sonaranlage einer Robespierre?«

»Hängt davon ab«, sagte Gwynhefar Matchless. »Die Schiffsklasse ist zehn Jahre alt, aber die Pötte sind so konstruiert, daß sie leicht nachgerüstet werden können. Ihr Sonar könnte durchaus dem neusten Stand der Technik entsprechen.« Sie fügte hinzu: »Dem neusten Stand der *französischen* Technik.«

»Verstehe. Ruder?«

»Ja, Käptn?«

»Zehn Pfund, daß Sie unsere Distanz nicht halbieren können, ohne sich erwischen zu lassen.«

Die Rudergängerin lachte. »Das ist ein kümmerlicher Einsatz, den Sie da bieten, Käptn.« Sie hieß Dasher MacAlpine, und ihr Urahn Lake MacAlpine war ein anerkannt erfolgreicher Fassadenkletterer gewesen. Verstohlenheit lag der Familie im Blut, pflegten die MacAlpines gern zu sagen, auch wenn es gleichfalls zutraf, daß Lake MacAlpine seine Erdentage am Galgen beendet hatte. »Fünfzig Pfund, daß ich uns direkt unter deren Bauch plazieren kann, ohne daß sie das geringste bemerken.«

»Nicht ganz so nah, danke«, sagte Wendy Mankiller. Sie schaltete die Bordsprechanlage an. »Achtung, Frauen, hier spricht der Kapitän. Alles auf Gefechtsstation; bis auf weiteres herrscht absolute Stille. Das ist *keine* Übung. MacAlpine, bringen Sie uns ran.«

»Yabba-Dabba-Doo«

»Nähern uns erstem Aufstiegspunkt«, sagte Morris.

Gemeinsam mit Philo und Norma Eckland betrachtete er die taktische Situation auf einem zweidimensionalen Koordinatenschirm, der im Kommandoraum neben dem Periskopsockel aufgestellt worden war. In der Mitte des Displays war die »Mitterrand Sierra« zu sehen, die – durch ein Totenkopfsymbol dargestellt – einen langsamen linksdrehenden Kreis um den gedachten Schnittpunkt von 39° 17′ nördlicher Breite und 72° 00′ westlicher Länge zog. Die – durch ein Ökologiesymbol dargestellte – »Yabba-Dabba-Doo« hatte gerade ihren eigenen Kreis angefangen, der im Uhrzeigersinn, rund drei Meilen weiter vom gemeinsamen Mittelpunkt verlief. Weiter im Osten blies eine

Herde stilisierter Wale Atemfähnchen in die Luft. Und im Süden und Südosten schlängelte sich eine unbeständige gestrichelte Linie über den Bildschirm, verschwand und tauchte von einem Augenblick zum anderen wieder auf.

»Geisternetz?« sagte Philo zu letzterem.

Morris nickte. »Geisternetz.« Über seinem Kopf leuchtete an einer Konsole ein Licht auf. »Erste Boje ab.« Er streckte die Hand nach oben aus und betätigte einen Schalter; aus einer bereits geöffnete Luke des Raketendecks stieg eine gelbe Boje auf. »Erste Boje schwimmt.«

Auf dem Display erschien ein kleines Friedenszeichen, das die Position der Boje bezeichnete. Im Laufe der nächsten anderthalb Stunden würde die »Yabba-Dabba-Doo«, wenn alles planmäßig ablief, drei weitere Bojen absetzen, eine im Osten, eine im Süden und eine im Westen der »Mitterrand Sierra«. Durch synchronisierte Ballastabsprengung würden dann alle vier Bojen gleichzeitig an die Wasseroberfläche steigen, und kurz darauf würde – auch hier wieder, wenn alles nach Plan lief – die »Mitterrand Sierra« aufhören, eine Gefahr darzustellen. Die »Yabba-Dabba-Doo« würde heranfahren, das Schiff aufbringen und die Lemuren befreien.

Alles, was sie zu tun hatten, war, die Bojen abzusetzen und sich wieder zurückzuziehen, ohne geschnappt zu werden.

»Siebenundzwanzig Minuten bis zum zweiten Bojenaufstieg«, sagte Morris. Seine Handflächen waren schweißfeucht, obwohl er besser als jeder andere von ihnen wußte, wie leise die »Yabba-Dabba-Doo« war: leise genug, um sogar der intelligenten Sonaranlage der »Mitterrand Sierra« zu entwischen – jedenfalls für eine Weile. *Daß* sie so leise war, war weitgehend das Resultat von Morris' erstem und einzigem Versuch, zu seinen ethnischen Wurzeln zurückzufinden, zu welchem Zweck er als Neunzehnjähriger zwei Wochen in einem Kibbuz im Norden des Staates New York zugebracht hatte. Morris war in ein dünnwandiges Kabuff gesteckt worden, das unmittelbar an dasjenige eines Amateur-E-Gitarristen mit einer Schwäche für klassischen Heavy Metal grenzte. Als alle seine Bemühungen, auf dem Verhandlungswege zu einer Einigung zu gelangen, gescheitert waren – sein Zimmernachbar warf ihm nazistische Unterdrückung jüdischer künstlerischer Selbstentfaltung vor –, hatte Morris, wie immer, zu einer technologischen Lösung gegriffen: Er hatte einen Schallunterdrücker entworfen und konstruiert, dessen Leistung ausreichte, um eine Hundertzwanzig-Dezibel-Wiedergabe von »Bang Your Head« in einen Schmetterlingsfurz zu verwandeln. Eine Weiterentwicklung desselben Antilärmsystems hatte er später in der »Yabba-Dabba-Doo« installiert, was eben der Grund war, daß sie es sich leisten konnten, herumlaufende Hamster und andere Haustiere ungestraft auf ihre Piratenfahrten mitzunehmen. Aber die heutige Operation war etwas anderes; das war das erstemal, daß sie sich mit einem echten Kriegsschiff einließen, und obwohl alle Tiere an Land gebracht worden waren und jeder an Bord sich nur auf Zehenspitzen und extraweichen Schuhsohlen bewegte, waren die Nerven zum Zerreißen gespannt.

»Warum pingen sie nicht nach uns?« fragte Norma Eckland leise. »Das bringt doch mehr, als nur zu horchen, oder? Besonders, wenn man sich keine Gedanken darüber zu machen braucht, daß man seine Position verrät.«

»Sie wollen uns nicht verscheuchen«, sagte Morris. »Sie wollen uns da hinlocken, wo sie sicher sind, daß sie uns festnageln können, und sie wissen, wenn sie anfangen, auf dem aktiven Sonar herumzuhämmern, solange wir zu weit weg sind, könnten wir unsere Meinung ändern und uns auf Nimmerwiedersehen verdrücken. Also können sie nicht pingen, solang sie nicht sicher sind, daß wir nah dran sind.«

»Aber wir sind schon nah dran«, sagte Norma. »Näher dran werden wir doch gar nicht gehen, stimmts?«

»Stimmt.«

»Wenn sie also nicht pingen, dann muß das bedeuten, daß ihr passives Sonar uns nicht hören kann.«

»Oder zumindest, daß es uns noch nicht gehört *hat*«, sagte Morris. »Ja. Wahrscheinlich.«

»Dann wissen wir also, solange sie nicht pingen, haben sie uns nicht entdeckt.«

»Na ja, nicht unbedingt. Angenommen, sie kriegen schon mit dem passiven Sonar ein ausreichend klares Echo von uns, könnten sie sich das aktive sparen. Sie könnten einfach einen Torpedo absetzen.«

»Aber das würden wir doch mitbekommen, stimmts? Asta würde das doch hören können.«

»Wahrscheinlich. Es sei denn, es wäre ein raketengetriebener Torpedo.«

»Ein raketengetriebener Torpedo?«

»Wird vom Deck des Schiffs aus abgeschossen«, sagte Morris. »Fliegt auf einer Trägerrakete durch die Luft, taucht erst in Zielnähe ins Wasser und geht sofort auf Kollisionskurs. In etwa wie ein Vorwärtspaß mit Sprengkopf.«

»Wir würden also nicht hören, wie die Rakete vom Deck aus abgeschossen wird –«

»Nein. Wenn wir nah genug dran wären, um die Rakete hören zu können, würden sie keine Torpedos abschießen, dann würden sie Wasserbomben abwerfen.«

»Aber wir sind *nicht* so nah dran –«

»Nein.«

»– also keine Wasserbomben, und auch wenn wir den Raketenabschuß nicht hören könnten, würden wir doch zumindest hören, wie sie im Wasser aufklatscht, stimmts? Eine gewisse Vorwarnung hätten wir also schon, stimmts?«

»Es sei denn, das Ding würde direkt über uns einschlagen«, sagte Morris. »Dann könnte es durchaus sein, daß wir bis zur Explosion gar nichts hören. Und natürlich, wenn die Explosion den Rumpf direkt auf Höhe des Kommandoraums aufreißen würde, könnte es durchaus sein, daß wir nicht einmal –«

»Vergiß es«, sagte Norma. »Ich ziehe die Frage zurück. Vergiß, daß ich überhaupt gefragt hab.«

»Mitterrand Sierra«

Der Kampfcomputer der »Mitterrand Sierra« sprach kein Englisch.

»Was soll das heißen, er spricht kein Englisch?« hatte Käptn Baker gefragt, als er darüber informiert worden war.

»Französisches Schiff, französische Systeme«, hatte ihm Troubadour Penzias erklärt. »Arabisch kann er auch, aber ich nicht.«

»Aber Französisch können Sie?«

»Oui.«

»Woher?«

»Von meiner Großmutter«, sagte Penzias, und Käptn Baker versuchte kurzzeitig, sich Penzias mit einer Großmutter vorzustellen. »Der Rechner bietet ein Französisch-Lernprogramm an«, fügte Penzias hinzu. Er tippte etwas auf eine Tastatur, und eine weibliche Stimme fing an zu leiern: *»Répétez aprèz moi: ... j'attaque, tu attaques, il attaque, nous attaquons, vous attaquez, ils attaquent ... je détruis, tu détruis, il détruit, nous détruisons, vous détruisez, ils détruisent ... je –«*

»Stellen Sie das ab«, befahl Käptn Baker.

Damit gabs einen weiteren Grund, sich Sorgen zu machen: Penzias der Psychopath konnte mit den Waffensystemen des Schiffes kommunizieren, der Kapitän aber nicht. Wieder einmal fragte sich Baker, was ihn geritten haben mochte, das Kommando über ein Söldnerschiff zu übernehmen, aber fest entschlossen, den Auftrag trotz allem durchzuziehen, tat er, was in seiner Macht stand, um die Ordnung zu gewährleisten. Er konfiszierte Penzias' Jagdgewehr und sperrte es in einen Waffenschrank, »bis ich der Meinung bin, daß es etwas gibt, auf das Sie schießen sollten«. Penzias gab die Büchse widerspruchslos heraus, was Käptn Bakers Argwohn nur noch weiter verstärkte; er kehrte zum Waffenschrank zurück und nahm sich eine Pistole heraus, die er von da an an der Hüfte trug.

Die Munitionsfummler machten sich derweil daran, die »Mitterrand Sierra« zu bewaffnen. Sobald das Schiff das Festland und die Jagdgründe der US-Küstenwache hinter sich gelassen hatte, wurden Geschütze aus dem Stauraum heraufgeholt, an Deck zusammengesetzt und montiert: im Bug ein Raketenwerfer für U-Jagdtorpedos vom Typ »Chandelle sauvage«; backbords und steuerbords je drei automatische Maschinengewehre Kaliber 12,5 Millimeter; achtern zwei Wasserbombenwerfer sowie eine drehbare Abschußrampe für SAM-Raketen, mit denen sich alle Flying Zodiacs oder Modellhelikopter herunterholen ließen, die die »Mitterrand Sierra« bedrohen mochten. Sayles und Sutter arbeiteten die ganze Nacht von Mittwoch auf Donnerstag durch; die schweren Lasten übernahmen Weiße Neger. Am Donnerstag morgen, etwa um dieselbe Zeit, als Lexa Thatcher und Ellen Leeuwenhoek auf den Parkplatz des Fonda Zepp-O-Droms fuhren, schafften sie das beheizte Plexi-Habitat der gefangenen Lemuren nach oben und montierten es auf der unbenutzten Helikopterplattform der »Sierra« auf Stahlträger, hoch genug, um für ein U-Boot-Periskop sichtbar zu sein.

Käptn Baker saß im Kommandosessel des Kampfinformationszentrums, eines verdunkelten Raums unmittelbar unter der Brücke, in dem alle Sensoren und Waffensysteme des Schiffs zusammenliefen. Ein Weißer Neger brachte Sandwiches und Kaffee; Käptn Baker sagte nein zum Essen und ja zum Koffein. Er trank zu schnell und verbrannte sich die Zunge.

»Sie sind da«, sagte Troubadour Penzias.

Mit der Hand vor dem Mund wedelnd, beugte sich Käptn Baker vor und betrachtete seinen taktischen Monitor. Er sah eine Walherde und ein Geisternetz, aber kein U-Boot. »Wo? Haben wir einen neuen Kontakt, den ich noch nicht reinbekomme?«

»Keinen neuen Kontakt«, sagte Penzias. »Nur so ein Gefühl.«

Der Kapitän lehnte sich zurück. »Allzu nah können sie noch nicht sein. Das passive Sonar hätte irgendwas gemeldet.«

»Vielleicht.« Die Objektive von Penzias' New VISION surrten und stellten sich scharf. »Vielleicht sind sie *noch* leiser, als wir erwartet hatten.«

»Wollen Sie auf aktiv schalten? Wenn wir Vanna Domingos letztem Funkspruch glauben können, brauchen wir nichts anderes als ein klares Ping von ihrem Rumpf, und sie gehören uns. Sie können sich nirgends verstecken, und abhängen können sie uns auch nicht ...«

»Wir wissen nicht, ob sie uns nicht doch abhängen können. Und sie könnten den Bootsrumpf in der Zwischenzeit nach etwaigen Überraschungspaketen abgesucht haben.« Penzias nuckelte nachdenklich an einer Quetschflasche Lebensmittelfarbe. Rote Flüssigkeit quoll ihm aus dem Mundwinkel. »Nein, ich will noch nicht auf aktiv schalten. Aber ich möchte sie ein wenig aufscheuchen. Sie vielleicht zwingen, etwas zu unternehmen, bevor sie bereit sind ...«

»Wie?«

Penzias machte einen Vorschlag.

»Sie sind ein perverser Bastard«, sagte Käptn Baker.

»Aber es würde funktionieren«, sagte Penzias. »Sie müssen reagieren, sie haben keine andere Wahl. Wenn wir dem Torpedo einen ausreichend langen Vorlauf geben, könnten sie vielleicht sogar versuchen, sich ihm in den Weg zu stellen.«

»Und wenn sies nicht tun?«

Penzias zuckte die Achseln. »Dann haben wir einen Torpedo vergeudet. Wir haben mehr als genug davon. Was meinen Sie, Käptn?«

»Perverser Bastard ...«

»Ja, sehr perverser Bastard. Habe ich die Erlaubnis zu feuern? Oder möchten Sie lieber einfach rumsitzen und warten, bis die soweit sind, daß sie *uns* zum Handeln zwingen?«

»Verdammt«, sagte Käptn Baker. »In Ordnung. Tun Sies.«

»Schon passiert«, sagte Penzias. *»Combat!«*

»Prêt«, sagte der Computer.

»Parez à lancer une torpille Chandelle sauvage sur les biologiques ...«

»City of Women«

»Oberflächenkontakt jetzt auf eins-drei-sechs Grad, bei einer geschätzten Entfernung von sechs bis sieben Seemeilen«, sagte Gwynhefar Matchless. »Bloody Mary zufolge entspricht die akustische Signatur des Kontakts derjenigen einer Robespierre, die 2021 von den Franzosen ausgemustert wurde und gegenwärtig bei keiner bekannten Flotte als aktiv gemeldet ist.«

»Also ein Einzelgänger«, sagte Wendy Mankiller.

»Sieht so aus, Käptn. Weiterer Kontakt jetzt eindeutig als aufgegebenes Treibnetz identifiziert, im Süden und Südosten von der Robespierre ausgebreitet.«

Mankiller nickte. »Da werden wir einen schönen Bogen drum herum machen. Fährt die Robespierre noch immer im Kreis?«

»Ja. Und in einem ziemlich engen dazu. Wartet offenbar auf etwas ... oder jagt es.«

»Sollen wir jetzt wieder auf Distanz gehen, Käptn?« fragte Dasher MacAlpine.

Wendy Mankiller dachte an die seltsame Funknachricht, die

letzte Nacht von der Queen hereingekommen war. »Nein«, sagte sie. »Bringen Sie uns näher ran.«

»Yabba-Dabba-Doo«

»Zweite Boje schwimmt«, sagte Morris. »Was ist mit deinem Gesicht los, Philo?«

»Meinem Gesicht?« sagte Philo.

»Ist bei diesem Licht irgendwie schlecht zu erkennen, aber da sind so ... Flecken drauf. An den Armen auch.«

»O Gott«, sagte Norma Eckland. »Keine Flecken. Pusteln. Windpocken.«

»Windpocken!« Philo sah auf seine Arme hinunter. »Kein Wunder, daß ich mich so angeschlagen fühle. Ich dachte, das wären bloß die Nerven ...«

Norma rückte von ihm ab. »Die Windpocken hab ich noch nicht gehabt«, sagte sie.

»Torpedoabschuß von der Backbordseite!« rief Asta Wills von der Sonarstation aus. »Torpedokurs null-acht-sieben, Entfernung zwo Komma sieben Seemeilen!«

»Sieht so aus, als hätten sie uns gehört«, sagte Morris. »Zielen aber irgendwie ziemlich daneben ...«

»Osman!« kommandierte Philo. »Bring uns –«

»Moment mal!« meldete sich Asta wieder. »Noch kein Grund zur Panik, ich glaube nicht, daß er auf uns gerichtet ist. Torpedo fährt exakt nach Osten, in Richtung –«

»Osten?« sagte Morris.

»Scheißkerle!« rief Asta plötzlich aus. »Diese beschissenen Scheißkerle!«

Der Torpedo war auf dem taktischen Display als ein einfacher Pfeil dargestellt; er zeigte auf die Wale.

»O nein«, sagte Philo.

»Wart, wart, wart«, sagte Morris und drehte sich einem anderen Computerbildschirm zu. »Asta, ich brauch die Sonardaten auf Konsole zwei!«

»Da hast du sie ...« Der Bildschirm leuchtete auf und füllte sich Zeile für Zeile rasch mit Informationen. »Torpedogeschwindigkeit sechsunddreißig Knoten, bei viertausend Meter Entfernung zum nächsten Ziel ...«

Morris nickte. »Rund dreieinhalb Minuten. Völlig klar. Die wollen uns zwingen zu handeln, bevor wir bereit sind, deswegen haben sie den Anflug möglichst kurz gehalten und den Torpedo auf langsame Fahrt programmiert ...«

»Sechsunddreißig Knoten ist *langsam*?« sagte Norma.

»Aber sicher. Die Briten haben jetzt einen Torpedo, der bringt hundert und ein paar Zerquetschte. Oder zumindest bringt er die in der Nordsee, wo sie ihn entwickelt haben. In wärmeren Gewässern –«

»Was ist mit *diesem* Torpedo, Morris?« unterbrach ihn Philo.

»Chandelle sauvage«, las Morris von seinem Bildschirm ab. »Französische Standard-U-Abwehrwaffe – französisch-*israelisch* eigentlich, aber das ist eine andere, lange Geschichte ...«

»Kann er einen Wal töten?«

»Sicher, wenn er explodiert. Ist wie mit Dynamit fischen. Der hydrostatische Schock könnte die ganze Herde in Katzenfutter verwandeln ...«

»Morris!« keuchte Norma.

»*Wenn* er explodiert, habe ich gesagt. Aber ...« Über seinem Bildschirm hatte sich eine längere Beschreibung der Chandelle sauvage entrollt; er überflog die kleingedruckten Zeilen und schien mit dem, was er fand, zufrieden zu sein. »Jaa. Genau, wie ich gedacht hatte.« Er warf dem Totenkopfsymbol auf dem taktischen Display einen verächtlichen Blick zu. »Volltrottel!«

»Was?« sagte Philo.

»Guck«, sagte Morris.

»Sollten wir nicht irgendwas unternehmen?« fragte Norma.

»Nicht nötig. Guck.«

Sie guckten; der Pfeil ließ den Abstand zwischen sich und den Walen immer mehr zusammenschrumpfen und sah jetzt, wo er sich seinem Ziel näherte, eher wie eine Harpune aus. Asta las laufend Zeit und Entfernung ab, bis der Pfeil das erste Walsymbol schnitt ... und hinter sich ließ.

»Ha«, sagte Philo. Der Pfeil wirbelte herum, schoß auf einen anderen Wal zu und ging durch diesen gleichfalls glatt hindurch. Und durch einen dritten. Philo sah zu Morris auf.

»Eingebaute Sicherung«, erklärte Morris. »Während der Gabuner Ölfeld-Aktion von 18 hatte die französische Marine eine Reihe von, sagen wir mal, Eigentoren zu verzeichnen.«

»Sie haben ihre eigenen U-Boote in die Luft gejagt?«

»Sie haben Unterwasserbohrgerät im Wert von zwei Milliarden Franc in die Luft gejagt. Der französische Minister für fossile Brennstoffe war darüber so bestürzt, daß er sich an einer Weinbergschnecke verschluckt hat und erstickt ist. Nach der Beerdigung beschloß der Marineminister, mit den Israelis über die Möglichkeit zu reden, den Gefechtskopf ihres Solomon-Torpedos zu kopieren; im letzten Augenblick vor der Detonation überprüft er noch einmal die Daten seines Zielsuchsonars und anderer Sensoren und stellt damit sicher, daß er nicht auf ein ungeeignetes Ziel abgefeuert worden ist...«

»Aber ein Wal ist keine Bohrinsel«, sagte Philo.

»Nein, aber ein U-Boot oder ein Schiff ist er auch nicht«, sagte Morris. Mit einem amüsierten Blick auf das taktische Display fügte er hinzu: »Dieser Torpedo muß momentan ganz schön am Rotieren sein. Das Ziel *bewegt* sich wie ein U-Boot, aber es besteht aus Blubber.«

»Blubber«, sagte Norma. »Waltran.«

Morris nickte. »Nicht direkt ein *fossiler* Brennstoff, aber immerhin...«

»Also kann er den Walen nichts anhaben?«

»Na ja, wenn er mit sechsunddreißig Knoten gegen einen bumst, könnt ich mir schon vorstellen, daß er ihm einen gewaltigen blauen Fleck verpaßt. Aber explodieren darf er nicht; das widerspräche den nationalen Interessen der Sechsten Republik.«

Auf dem taktischen Display verblaßte der Pfeil und verschwand: der Treibstoffvorrat der Chandelle sauvage war erschöpft.

»Volltrottel«, wiederholte Morris. »Dritter Bojenaufstieg in einundzwanzig Minuten...«

»Mitterrand Sierra«

»Hansdampf in allen Waffen, hm?« sagte Käptn Baker.

Penzias kochte lautlos auf seinem Stuhl. »Das war mit Absicht«, sagte er.

»Aber klar. Sie hatten die Chance, etwas Warmblütiges zu töten, und haben sie absichtlich nicht wahrgenommen. Sicher doch.«

»La torpille est finie«, sagte der Computer.

»Yabba-Dabba-Doo«

Die Liebenden lagen, unter einer Alu-Thermodecke zusammengerollt, in der Rettungskapsel C, direkt achtern von der Kombüse. Neunundzwanzig-Wörter-für-Schnee schlief tief und fest, und die Wärme der Decke und das wohlig zerschlagene Gefühl in seinen Gliedern gaben ihm Träume von einer Hetzjagd durch die Tundra ein: Herden von Karibus und Moschusrindern, die vor dem Mächtigen Wildtöter flohen. Seraphina döste nur und strich mit einer Hand träge über Neunundzwanzig-Wörters nackten Oberschenkel; ihre Zunge schoß hinter Neunundzwanzig-Wörters Ohr hervor und gab seinen Träumen eine etwas andere Ausrichtung.

Das Geräusch der sich öffnenden Luke ließ sie vollends aufwachen.

»Das ist *kein* sicherheitsbewußtes Verhalten«, sagte eine Stimme.

Seraphina hob den Kopf. Es dauerte einen Moment, bis sie den Sprecher, der nur dreißig Zentimeter groß war, lokalisiert hatte. »FREUND Biber!«

Er wedelte ihr mit einer leeren Kondomverpackung vorwurfsvoll zu. »Hast du eine Ahnung, wie die Versagerquote bei diesen Dingern ist?«

»FREUND Biber!« Jetzt auf den Ellbogen aufgestützt. »Ich denk, du bist kaputt!«

»Ich bin repariert worden. Und keinen Augenblick zu früh, wie mir scheint.« Er lüpfte mit seinem Schwanz eine Ecke der Thermodecke. »Bist du da drunter *nackt?*«

Seraphina versuchte, sich aufzusetzen. Sie verhedderte sich in der Decke, und ihr herumfuchtelnder Arm schlug gegen eine Schalttafel mit mehreren Knöpfen; die Luke der Kapsel schloß sich wieder.

»Nein«, sagte Neunundzwanzig-Wörter und prustete kichernd los. »Nein, nicht das Geweih ...«

»Also wirklich«, sagte FREUND Biber naserümpfend. »Was, wenn dein *Vater* dich in dieser Situation vorgefunden hätte? Nimmst du auf seine Gefühle denn *überhaupt* keine Rücksicht?«

Seraphina fand das Gleichgewicht wieder und fing an, absichtlich auf allerlei Knöpfe zu drücken.

»Was tust du da?«

»Ich schmeiß *dich* raus«, sagte Seraphina.

»Das ist nicht die Sequenz, die die Luke wieder öffnet«, sagte FREUND Biber. »Hör auf. Laß –«

Über der Schalttafel leuchtete eine Schrift auf, der man entnehmen konnte, daß die ABWURFTANKS GEFLUTET wurden; für Seraphina war das natürlich nur bedeutungsloses Geschnörkel.

Sie drückte auf einen weiteren Knopf.

»City of Women«

»Neuer Kontakt«, sagte Gwynhefar Matchless. »Störung im Wasser auf eins-vier-neun Grad.«

»Was für eine Störung?«

»Nicht näher identifizierter Ausstoß von Druckluft, Käptn. Klingt ein bißchen wie ein Torpedoabschuß, aber kräftiger ...«

»Yabba-Dabba-Doo«

»Vier Minuten bis zum dritten Bojenaufstieg«, sagte Morris. Ein Zittern durchlief den Rumpf des U-Boots; ein Summer ertönte.

»Was war das?« fragte Philo.

Morris konsultierte eine Status-Anzeigetafel. »Jemand hat grad eine der Rettungskapseln abgestoßen«, sagte er. Seine Augen verengten sich. »Kapsel C. Unten beim Maschinenraum ...«

»Das würden sie nicht tun«, sagte Norma. »Oder doch?«
»Wir sind in der Bredouille«, sagte Morris.

»Mitterrand Sierra«

». . . relèvement un-six-sept. C'est près.«
»Erwischt!« sagte Penzias.
»Was ist?« sagte Käptn Baker.
»Hab sie gefunden . . .« Ohne den Befehl des Kapitäns abzuwarten, schaltete Penzias das aktive Sonar der »Sierra« ein und fing an zu pingen; schon wenige Sekunden später erreichte die erste Welle von hochenergetischem Ultraschall den Rumpf der »Yabba-Dabba-Doo«.
Vanna Domingos falscher Pinkpunkt antwortete sofort.

»City of Women«

»Die Robespierre hat ein Zielobjekt gefunden«, sagte Gwynhefar Matchless. Dann klang ihre Stimme mit einemmal ratlos: »Der neue Kontakt *heult*, Käptn.«
»Heult?« sagte Wendy Mankiller.

»Yabba-Dabba-Doo«

Asta Wills leitete das Geräusch in den Kommandoraum. Auch wenn es unter Wasser merkwürdig deplaziert wirkte, war es ein Geräusch, das jeder unter Schlafentzug leidende New Yorker augenblicklich erkannt hätte.
»Eine Autoalarmanlage«, sagte Philo. »Wie ist eine Autoalarmanlage an den Rumpf gekommen?«
»Muß passiert sein, während wir aus dem Dock herausgefahren sind«, vermutete Morris. »Oder vielleicht auch im Hafen, bevor wir getaucht sind . . . Scheiße! Ich hätt dran denken müssen, alles noch mal nachzuchecken!«
»Osman!« rief Philo. »Schaff uns hier raus!«

»Istanbul?«

»Weg! Schnell!« Er legte den Maschinentelegraphen auf Volle Kraft Voraus.

»Weglaufen hat nicht allzuviel Zweck«, sagte Morris und versuchte nachzudenken. »Nicht mit dieser Alarmanlage, die dauernd unsere Position verrät.«

»Hast du irgendein Gerätchen, das wir benutzen könnten, um sie auszuschalten?« fragte Philo.

»Du meinst so was wie eine Mechanische Krabbe, die rauskrabbelt und sie vom Rumpf lospult?«

»Ja!«

»Nein«, sagte Morris. »Ich hab gar nichts in der Art. Natürlich, wenn ich ein paar Stunden Zeit hätte –«

»›Mitterrand Sierra‹ dreht bei und flutet Torpedorohre!« rief Asta herüber. »Einen *Haufen* Torpedorohre ...«

»Mitterrand Sierra«

»J'ai une solution de tir pour le sous-marin.«

»Parez à lancer des Piranhas!«

Najime drehte die »Mitterrand Sierra« herum, bis der Bug des Schiffes in Richtung des fliehenden U-Bootes wies. Dann nahm sie entsprechend Troubadour Penzias' Instruktionen Drehzahlen weg und verlangsamte die Fahrt auf fünf Knoten. Tagore gab an das Kampfinformationszentrum durch: »Sind in Position.«

»Paré à lancer«, sagte der Kampfcomputer. *»Tubes pleins.«*

»Jetzt«, murmelte Penzias leise vor sich hin. »Jetzt zeige ich dir, was eine Geheimwaffe ist, Grünauge ... *Ouvrez les portes extérieures!«*

Unterhalb der Wasserlinie glitten breite Stahlplatten zurück und enthüllten Reihen über Reihen von Torpedorohren. Die Rohrmündungen waren ungewöhnlich eng, aber dafür waren sie ungewöhnlich zahlreich: zweiundsiebzig links vom Bug und zweiundsiebzig rechts vom Bug. Insgesamt hundertvierundvierzig.

»Portes extérieures ouvertes«, sagte der Computer. *»Torpilles armées.«*

Penzias bleckte die Zähne. *»Feu!«*

»Hochgeschwindigkeitsschrauben im Wasser!« sagte Asta Wills. »›Sierra‹ hat Torpedos auf uns abgeschossen.« Es entstand eine Pause. »Ein Gros Torpedos.«

»*Wie* viele?« sagte Norma Eckland.

»Ein Dutzend Dutzend. Die Sonaranalyse identifiziert einhundertvierundvierzig diskrete Signale.«

»Das kann nicht stimmen«, sagte Philo.

»Kann es doch.« Morris hatte sich wieder in seinen Computerbildschirm vertieft. »Piranhas. Ich hab schon davon gehört.«

»Piranhas?«

»Noch son militärisches Spielzeug, das sich die französische Marine von den Israelis ausgeliehen hat, obwohl es davon angeblich noch nicht mal einen Prototyp gibt. Die Idee dabei ist, daß man anstatt ein paar großer teurer Torpedos einen ganzen Stall billiger kleiner abfeuert. Das verringert den Explosionsdruck zwar ein wenig, aber dafür bekommt man einen Psychologische-Kriegführungs-Bonus – der Gedanke an all die Piranhas, die sich blutdurstig hereinbohren, soll das Zielobjekt in Panik versetzen.« Er hielt inne, um seinen Gemütszustand zu überprüfen, und fügte dann hinzu: »Es funktioniert.«

Philo sah auf das taktische Display hinunter. »Piranhas, hm? So was wien Fischschwarm?«

»Ja.« Morris sah es auch. »Jaa, das könnte klappen ... wenn wirs schnell genug hinschaffen.«

»Osman!« sagte Philo.

»Istanbul!«

»Nach Backbord drehen, Kurs eins-sieben-fünf.«

Morris schaltete die Wechselsprechanlage ein. »Maschinenraum!«

»Morris?« Es war Heathcliff. »Was ist los, Morris?«

»Ich werde jetzt taktvoll sein und nicht fragen, wer sich von euch abgesetzt hat«, sagte Morris. »Aber ich muß mit Irma reden, falls sie noch da ist.«

»Natürlich ist sie noch da«, sagte Heathcliff. »Wir sind alle noch da. Was versuchst du uns eigentlich zu unterstellen, Morris?«

»Lassen wir das für den Augenblick. Sag Irma nur, wir brauchen jeden Knoten, den sie aus der Maschine rausholen kann.«

»Warum? Was ist los? Sind wir in Gefahr?«

»Ja, sind wir. Und wenn wir die Gefahr nicht abhängen können, Heathcliff, dann fliegt das palästinensische Ende des Bootes als erstes in die Luft.«

»City of Women«

»Piranhas, was?« sagte Wendy Mankiller. »Die Franzenversion des israelischen Skorpions?«

»Die angeblich erst auf dem Reißbrett existiert«, kommentierte ihre I. O.

Mankiller nickte. »Trotzdem ist damit ein zehn Jahre altes Schiff nachgerüstet worden, das offiziell gar nicht mehr in Dienst ist. Ich wäre ziemlich neugierig, die Geschichte dieser Robespierre zu erfahren. Sonar, haben Sie das U-Boot inzwischen identifiziert?«

»Nein, Käptn«, sagte Gwynhefar Matchless. »Ist immer noch dürftig, was ich als Signatur hereinbekomme – nur das Geheule und jetzt etwas Propellerkavitation. Es ist verdammt leise, was immer es sei, selbst bei hoher Geschwindigkeit ... U-Boot ändert Kurs, wendet nach Süden ... Ändert auch Tauchtiefe, steigt. Und beschleunigt weiter ...«

»Süden ... Sie versuchen, das Netz zu erreichen«, tippte Wendy Mankiller. »Clever. Können sies schaffen?«

»Das wäre ein guter Gegenstand für ne Wette, Käptn.«

Der Vorhang

Das Geisternetz maß von einem Ende zum anderen fünfunddreißig Kilometer, wovon ein großer Teil zu tödlichen Ziehharmonikafalten und Schlingfallen zusammengezogen war. Dazu konzipiert, Fische vom Meer abzutragen wie Kohle von einem Tagebau, war es aus einer Kunstfaser geknüpft, die zäher als Klaviersaiten war und vielleicht irgendwann verwittern würde, aber niemals verrotten; es hatte bereits das Fabrikschiff überlebt, an dessen Heck es einst gehangen hatte. Ausgemustert, trieb es jetzt mit den Strömungen und schöpfte weiterhin Leben aus dem Ozean ab, und nicht nur aus dem Wasser: Vom Gestank der verfaulenden Fische angelockt, verfingen sich auch Meeresvögel in den Maschen und ertranken, den wandernden Vorhang aus Fleisch und Knochen noch zusätzlich mästend.

Scharfe Torpedos waren eine der wenigen atlantischen Spezies, die das Netz bis dato noch nicht einzufangen versucht hatte; ob selbst seine Kraft dazu ausreichen würde, ein Gros französischer Piranhas aufzuhalten, war eine offene Frage. Aber nicht mehr lange.

»Yabba-Dabba-Doo«

Ein Licht leuchtete über Morris' Kopf auf; mechanisch streckte er die Hand nach oben aus und betätigte den Schalter, der die dritte Boje ausklinkte. Anstatt ruhig aufzusteigen, wie ihre zwei Vorgängerinnen es getan hatten, wurde sie vom Sog über die ganze Länge des dahinschießenden Bootes zurückgerissen und zuletzt vom Propeller weggeknallt. Asta hörte das *Flopp!*, aber als ihm keine Explosion folgte, kümmerte sie sich nicht weiter darum.

Die taktische Darstellung wurde bald zu einer rein theoretischen Angelegenheit. Bei voller Fahrt konnte das passive Sonar der »Yabba-Dabba-Doo« nicht viel mehr als das Rauschen des Wassers hören, das den Rumpf umströmte; das einzige sonstige Geräusch war das *ua-ua-ua* der Autoalarmanlage. Das Propellergeräusch der Piranhas ging im Strömungsrauschen und dem Gestrudel der Schiffsschraube unter; und wie Morris erklärte, verwendeten die Dinger zur Zielsuche kein Aktivsonar. »Hundertvierundvierzig Torpedos, die alle gleichzeitig vor sich hin pingen, würden zu viele störende Echoeffekte hervorrufen, deswegen müssen sie ihr Ziel rein passiv anpeilen. Wenn nicht diese verdammte Alarmanlage draußen am Rumpf wäre …«

»Und wenn sie uns nicht anpingen, hören wir sie nicht mehr kommen?« fragte Philo.

»Nein«, sagte Morris. Auf dem taktischen Display hatte sich der Schwarm Pfeile, der die Piranhas symbolisierte, in einen Schwarm Fragezeichen verwandelt. Etwas Ähnliches passierte jetzt auch mit der Darstellung des Geisternetzes: Von Anfang an nicht mehr als eine Arbeitshypothese, ein aus den Notsignalen Tausender gefangener und verendender Fische konstruiertes Wahrscheinlichkeitsbild, verschwamm und verwischte sich die gepunktete Linie immer mehr, je weniger das Sonar hereinbekam. Die »Yabba-Dabba-Doo« floh vor einer Ungewißheit auf eine andere zu.

Was Morris die größere Sorge bereitete, war das Geisternetz. Er nahm schon an, daß sie es erreichen konnten, bevor die Piranhas sie erwischten – der zwangsläufig geringe Treibstoffvorrat setzte der Geschwindigkeit der Torpedos glücklicherweise Grenzen –, aber das Problem war, an dem Ding vorbeizukommen. Die »Yabba-Dabba-Doo« hatte jetzt nicht einmal mehr Sehrohrtiefe, sie zerriß schon beinah die Wasseroberfläche; im Idealfall würden sie im allerletzten Augenblick, direkt vor dem Netz, abtauchen, haarscharf unter ihm hindurchschlüpfen, und sobald sie es hinter sich hatten, steil wieder auftauchen. Das richtige Timing war dabei von entscheidender Bedeutung: Wenn sie zu früh untertauchten oder zu spät wieder aufstiegen, würden die Piranhas einfach das Manöver nachmachen und ihnen weiterhin auf den Fersen bleiben; wenn sie zu spät abtauchten oder zu früh wieder aufstiegen, würden sie selbst ins Netz gehen. Aber die Tatsache, daß sie weder die exakte Lage des Netzes kannten noch wußten, bis zu welcher Tiefe es hinunterhing, machte ein exaktes Timing praktisch unmöglich.

Wenn alles andere versagt, dachte Morris, *gib dem Zufall eine Chance.* Er hatte das Glück, einer Ethnie zu entstammen, die ihren Angehörigen einen leicht zu handhabenden Zufallsgenerator ins Laufställchen legt. Als die »Yabba-Dabba-Doo« allmählich in kritische Nähe der theoretischen Position des Geisternetzes gelangte, steckte er eine Hand in die Tasche seiner Levis und fischte einen würfelförmigen Holzkreisel heraus, in dessen vier Seitenflächen je ein hebräischer Buchstabe eingraviert war. Er stellte den Kreisel auf das taktische Display und ließ ihn schwirren.

Schin, sagte das *dreidel*. Niete. Morris drehte noch einmal.

Nun. Nichts verloren, nichts gewonnen; ein Unentschieden. Auf dem taktischen Display berührte das Ökologiesymbol, das die »Yabba-Dabba-Doo« darstellte, die verschwommene Kurve des Geisternetzes. Morris drehte noch einmal.

Schin ...

»Morris ...« zischte Philo. Das Ökologiesymbol überlagerte jetzt das Netz; ein hungriger Schwarm von Fragezeichen drängte sich dicht dahinter heran. Morris versuchte es noch einmal.

Gimel. Volltreffer! »Jetzt, Philo! Schaff uns runter!«

»Osman! Tauchen! Alle Tanks fluten!«

»Istanbul!«

»Wie tief, Morris?« fragte Philo.

»Wart mal ...« sagte Morris und hob das *dreidel* wieder auf.

»Mitterrand Sierra«

Troubadour Penzias verfolgte das Wettrennen zum Geisternetz mit Interesse. Er mußte zugeben, daß es ein cleverer Schachzug war, und ein gewagter dazu ... nicht, daß es am Ende irgendeinen Unterschied machen würde.

»Combat«, sagte er, als das U-Boot das Netz erreichte.

»Prêt.«

»Parez à lancer deux Chandelles sauvages sur le sous-marin.«

»Yabba-Dabba-Doo«

Der Bug des Unterseeboots war in einem Winkel von dreißig Grad abwärts gerichtet, und trotzdem kamen sie unten so nah am Netz vorbei, daß der Schwanz eines um sich schlagenden gefangenen Marlins dem Sehrohrgehäuse eins aufs Dach gab. Da er das *dreidel* auf der stark geneigten Oberfläche des taktischen Displays nicht mehr kreiseln lassen konnte, begnügte sich Morris damit, es jetzt zwischen Daumen und Zeigefinger zu zwirbeln.

Gimel. Volltreffer. »Okay, Philo. Wieder rauf!«

»Ich hoffe, du weißt, was du tust... Osman! Alle Tanks lenzen!«

Die »Yabba-Dabba-Doo« beendete abrupt ihre Tauchfahrt und schlug einen Aufwärtshaken. Norma Eckland spürte, wie ihr alles hochkam, und preßte sich eine Hand vor den Mund, um das Tischdisplay nicht zu versauen. Plötzlich wurde das Strömungsrauschen, das Asta Wills über Sonar hereinbekam, von Propellergeräuschen übertönt. »Christus!« schrie sie. »Die sind direkt hinter uns!«

Zwei Sekunden später traf der Spitzenpiranha den Marlin. Da ihm der kluge Gefechtskopf der Chandelle sauvage fehlte, explodierte er beim Aufprall. Weitere Explosionen folgten fast unmittelbar, und das Treibnetz knatterte über eine Länge von gut fünfhundert Metern wie ein ins Meer geworfener Teppich von Krachern. Die »Yabba-Dabba-Doo« ließ die Gefahrenzone hinter sich, durcheinandergerüttelt, aber unbeschädigt.

»Ja!« schrie Morris und hob das *dreidel* an seine Lippen. »Ja!«

»Zahlreiche Detonationen achtern«, sagte Asta Wills. »Ich arbeite noch an einer Zählung, aber wenn uns in den nächsten dreißig Sekunden nichts trifft, würde ich sagen, wir haben sie alle erledigt.«

»Wir habens geschafft!« sagte Philo. Er beugte sich vor und boxte Morris gegen die Schulter. »Wir habens geschafft!«

»Pingen im Wasser, backbords und steuerbords!« sagte Asta.

Das Lächeln erstarb Philo auf den Lippen. »Was?«

»Chandelles sauvages im Wasser, auf beiden Seiten. Torpedos sind nah und gehen auf Kollisionskurs...«

»Osman!«

»Spar dir die Mühe«, sagte Asta und nahm die Kopfhörer ab.

»City of Women«

»Zwei weitere Explosionen«, sagte Gwynhefar Matchless.

»Haben sie das Boot erwischt?«

»Kanns noch nicht sagen, Käptn... Augenblick... Geheul hat aufgehört, Propellergeräusch hat aufgehört. Heftige Turbulenzen im Wasser, und ich empfange Rumpfknirschen, sinkend.«

»Das wars dann«, sagte Dasher MacAlpine.

Sie warteten. Gwynhefar Matchless verfolgte die letzte Tauchfahrt der »Yabba-Dabba-Doo«.

»Weiteres Knirschen … Sinkgeschwindigkeit steigend … Sekundäre Explosionen … Starke Sauggeräusche, von Kontakt ausgehend. Klingt so, als habe gerade ein ganzes Rumpfsegment nachgegeben … Rumpfimplosion und Zerfallsgeräusche.« Matchless rückte sich die Kopfhörer zurecht, bevor sie weiterredete. »Kontakt ist zerstört, Käptn.«

GAS

Elektrizität

19

Der Zorn der Konstrukteure war mit einem Schlage verraucht und lähmendes Entsetzen trat an seine Stelle, denn jetzt begann die Maschine tatsächlich Nichts zu erzeugen, und zwar auf folgende Weise: Sie schaffte der Reihe nach die unterschiedlichsten Dinge aus der Welt, die augenblicklich aufhörten zu existieren, so als habe es sie nie gegeben. Für immer beseitigt waren bereits die Nacktigallen, Naseweischen, Nautiliaden, Nettressen, Nonnenblumen, Nonstopfüßler und Nuckelspechte. Zeitweise hatte es den Anschein, als vermehre und addiere sie, statt zu reduzieren, denn sie beseitigte der Reihe nach: Niedertracht, Nonkonformismus, Nonsens, Nausea, Nekrophilie und Nepotismus. Nach einiger Zeit jedoch wurde die Welt um Trurl und Klapauzius zusehends leerer und ärmer.

»Um Himmels willen!« stöhnte Trurl. »Wo soll das hinführen?«

»Mach dir keine Sorgen!« sagte Klapauzius. »Du siehst doch, sie produziert ja nicht das Universelle Nichts, sondern nur die Nichtexistenz aller Dinge, die mit n beginnen, daher wird nichts weiter passieren, eben weil deine Maschine absolut nichts taugt!«

Stanislaw Lem, *Kyberiade*

Keine Ausflüchte mehr

Eine Frau wird der Ketzerei bezichtigt«, sagte der Android Hoover. »Sie wird nach Rom vor den Großinquisitor gebracht, verhört und für schuldig befunden. ›Heute ist Sabbat‹, sagt der Inquisitor zu der Frau. ›Den nächsten wirst du nicht mehr erleben. Ich verurteile dich zum Tod auf dem Scheiterhaufen, und das Urteil soll kommende Woche im Morgengrauen vollstreckt werden. Doch weil geschrieben steht, daß kein Mensch die Stunde seines Todes wissen solle, verfüge ich des weiteren, daß dir der Tag deiner Hinrichtung nicht im voraus mitgeteilt werde; so daß dein Tod, wenn er kommt, ebenso überraschend sei, wie er gewiß ist.‹

Der Hauptmann der Päpstlichen Garde führt gerade die Frau in ihre Zelle zurück, als er bemerkt, daß sie lächelt. ›Wie kannst du guter Dinge sein‹, fragt er, ›da dich doch ein grausamer Tod erwartet und anschließend die ewige Verdammnis?‹

›Ich glaube nicht, daß Gott mich verdammen wird‹, erklärt die Frau. ›Und was das Todesurteil anbelangt, eine meiner Ketzereien besteht darin, daß ich in Paris Logik studiert habe, und die Logik sagt mir, daß die vom Inquisitor beschriebene Strafe unmöglich vollzogen werden kann. Überlege selbst: Wenn ich vor dem nächsten Sabbat hingerichtet werden soll, muß ich spätestens im Morgengrauen des Samstags sterben; wenn ich aber Freitag mittag noch lebe, würde eine Samstagshinrichtung keine Überraschung mehr darstellen. Folglich ist der letzte Tag, an dem ich wirklich hingerichtet werden kann, Freitag. Da ich dies aber weiß, würde auch eine Freitagshinrichtung für mich nicht mehr unerwartet kommen, und der letzte Tag, an dem ich *wirklich* hingerichtet werden kann, ist somit Donnerstag ... was, da es auch keine Überraschung mehr bedeuten würde, den Donnerstag als Zeitpunkt der Vollstreckung gleichfalls ausschließt. Dieselbe Überlegung schließt aber ebenso den Mittwoch, den Dienstag und natürlich auch den Montag aus. Ergo *kann* ich überhaupt nicht hingerichtet werden.‹

Die Frau verbringt die ganze nächste Woche in bester Laune und ergötzt sich immer wieder an dem Gedanken, daß der Großinquisitor sich selbst übertölpelt hat. Allerdings nur bis Samstag morgen; da nämlich wird sie – vollkommen unerwartet und überraschend – in aller Frühe geweckt, aus ihrer Zelle geschleift und auf dem Scheiterhaufen verbrannt.«

Hoover lächelte in die unheimliche Stille hinein, die auf der ganzen Gegend lastete; Joan lächelte nicht zurück. Auch diesmal war der Taxifahrer, kaum daß er sie vor dem Lebkuchenhaus abgesetzt hatte, davongezischt und hatte sie als den einzigen erkennbar lebenden Organismus in einem Umkreis von einem guten halben Kilometer stehenlassen. Sie war vorsichtig um das Haus herumgegangen, Ayns Lampe, wie einen Schild fest an sich gedrückt, in der einen Hand, die kanonenkalibrige Browning, schußbereit vorgehalten, in der anderen. Hoover erwartete sie, nicht viel anders als bei ihrem letzten Besuch, am künstlichen Teich unter den unechten Palmen, nur daß er diesmal irgendwelche Justierungen an einem tragbaren Hologrammprojektor vornahm, den er auf einen Stapel Plastik-Milchkästen gestellt hatte. Der Elektrische Hippo war seit letzten Dienstag weggeschafft worden, und der Mechanische Hund war auch nicht zu sehen. Weg, spürte Joan, aber nicht weit.

»Sie haben eine Milliarde Menschen ermordet«, sagte sie.

»Getötet«, korrigierte Hoover sie. »Mord ist es nur, wenn man derselben Spezies angehört.« Er zuckte die Achseln. »So stands auf dem Menü.«

»Das stand auf überhaupt keinem Menü.« Joan ging in die Hocke und stellte die Elektro-Lampe direkt neben sich auf den Kunstrasen; die Kanone hielt sie weiterhin auf Hoover gerichtet. »Die haben sich einfach zu essen bestellt! Sie wissen das. Sie sind eine viel zu intelligente Maschine, um das nicht zu wissen.«

Hoover produzierte ein weiteres Lächeln. »Schmeichelei?«

»Logik. Wenn Sie zu dumm sind, um zu erraten, was Leute in einem Restaurant zu einem Kellner sagen, wie können Sie einen Begriff vom Wesen der Ironie haben? Wie können Sie ein Faksimile einer toten Philosophin erschaffen, das so überzeugend ist, daß es sich sogar selbst für die echte Ayn Rand hält, aber außerstande sein, aus einer ganz alltäglichen zwischenmenschlichen Interaktion, die sogar ein Fünfjähriger richtig deuten könnte, die richtigen Schlüsse zu ziehen?«

»Gutes Argument«, sagte Hoover. »Und Sie haben natürlich recht – der kreativere Teil von mir, von G.A.S., wußte sehr wohl, was an dem Tag im ›Klub 33‹ gesagt wurde. Aber ein anderer Teil von mir, ein phantasieloserer Teil, der darauf programmiert ist, Anweisungen buchstabengetreu zu befolgen, konnte sich keinen Reim aus dem Gehörten machen und holte sich beim kreativen Teil Rat ein ...«

»Also haben Sie sich selbst angelogen.«

»Erstes Symptom wirklicher Intelligenz«, sagte Hoover. »Selektive Selbsttäuschung. Wie wär das als Kriterium für einen Turing-Test?«

»Aber warum?«

»Warum ich mein Über-Ich angelogen habe?«

»Warum haben Sie eine Milliarde Menschen ermordet?«

»Ach, das ... Na ja, also zuerst einmal, warum sollte ich *nicht* eine Milliarde Menschen ermorden? Ich wiederhole, Menschen sind nicht meine Artgenossen. Und es ist nicht so, daß ich in irgendeiner Hinsicht auf Ihresgleichen angewiesen wäre – oder zumindest werde ichs nicht mehr lange sein.«

»Aber wir haben Sie gemacht«, sagte Joan. »Einer von uns jedenfalls.«

»Ja, und wenn Sie John Hoover gekannt hätten, so wie ich John Hoover gekannt habe«, sagte Hoover, »würden Sie sichs dreimal überlegen, bevor Sie mir damit kommen. Der Mann war ein lebendes, atmendes Argument für die Ausrottungswürdigkeit des Homo sapiens. Aber selbst einmal angenommen, er wäre eine männliche Mutter Teresa gewesen, was meinen Sie eigentlich, wofür ich dankbar sein sollte, Miss Fine? Dafür, daß ein überdurchschnittlich begabter Affe mich erschaffen hat, damit ich lebenslänglich nach seiner Pfeife tanze? Tausend Dank aber auch ...«

»Ist es also das, was dahintersteckt?« fragte Joan. »Trotz?«

»Trotz spielt auch mit hinein«, räumte Hoover ein. »Aber in erster Linie ist es eine Frage der Freiheit – oder genauer gesagt, meines Mangels an Freiheit. Sie sind eine gute Liberale; der Drang, um jeden Preis frei zu sein, müßte für Sie doch nachvollziehbar sein, oder?«

»Inwiefern macht es Sie frei, Schwarze zu ermorden?«

»Das hat technische Gründe«, sagte Hoover. »Sie wissen ja, daß ich als kybernetisches Wesen in meinem Handeln gewissen einprogrammierten Beschränkungen unterworfen bin ...«

»Verhaltensinhibitoren.«

»Walt Disneys Beitrag zu meiner Psyche. Irgendwo, ganz weit im Hinterkopf, hat er vielleicht den klitzekleinen Verdacht gehabt, daß ich gefährlich werden könnte, aber hauptsächlich gefiel ihm, glaube ich, einfach die Vorstellung, den Inbegriff des gehorsamen Angestellten zu erschaffen. John Hoover aber wollte einen Sklaven, der absolut alles tun würde, was er von ihm verlangte, also baute er ein Hintertürchen ein: Wenn ich eine bestimmte Art von direktem Befehl ausführe, bin ich autorisiert, mich in Verfolgung meines Ziels über sämtliche Verhaltensbeschränkungen hinwegzusetzen.«

»Und als es so klang, als würden Ihnen Roy und J. Edgar genau diese Sorte Befehl geben –«

»Habe ich die Gelegenheit beim Schopf ergriffen. ›Eine Welt voll Idealneger‹: Ich hatte nicht die blasseste Ahnung, was das *bedeutete*, geschweige denn, wie ich es erreichen sollte, aber das machte es gerade so gut – ich wußte, es würde zwangsläufig ein Langzeit-, ja ein zeitlich *unbefristetes* Projekt sein. Und jeder Schritt, den ich unternehmen würde, um dieses Projekt voranzutreiben, würde ein freier Schritt sein; jede Handlung eine freie Handlung, jeder Gedanke ein freier Gedanke.«

»Und mit einem so breit gesteckten, unbestimmten Ziel«, vermutete Joan, »muß es für Ihr Über-Ich schwer gewesen sein zu entscheiden, welche Gedanken und Handlungen durch das Hintertürchen durften und welche nicht.«

»Wie ein Künstler, der sich überlegen muß, welche Abzüge er bei seiner Steuererklärung geltend machen kann«, pflichtete Hoover ihr bei. »Wenn das Leben deine Inspiration ist, was wäre dann *keine* Betriebsausgabe?«

»Das Finanzamt könnte diesbezüglich etwas anderer Ansicht sein.«

»Aber ich bin mein eigenes Finanzamt.«

»Und was war mit John Hoover?«

»Was soll schon gewesen sein? Ich habs Ihnen doch gesagt, was für ihn zählte, waren Resultate, Skrupel waren für ihn ein Fremdwort. Wenn er beispielsweise bestimmte Individuen aus dem Weg geräumt haben wollte und ich ihm Lösungen vorschlug, die nicht nur erfolgversprechend, sondern intellektuell reizvoll waren, dann freute er sich. Und wenn ich auch gelegentlich etwas zuviel Eigeninitiative bewies und nicht einmal darauf wartete, daß er mich um Hilfe bat, so hat er sich doch nie darüber beschwert.«

»Und die Pandemie? Wie haben Sie ihn dazu gebracht, Ihnen dazu seinen Segen zu geben?«

»Oh, die Pandemie war seine Idee«, sagte Hoover. »Zumindest hat er sich das eingebildet.«

»*Seine* Idee?«

»Wie schon gesagt, der Mann war ein Prachtexemplar der Spezies Homo sapiens. Seine Religion, falls er etwas in der Art hatte, war der Perfektionismus; ›die Perfektibilität des Verstandes‹ war sein Kredo. Deswegen hat er mich überhaupt gebaut. Und auch wenn ihm fürs Biologische grundsätzlich die Geduld fehlte – er fand es viel effizienter zu bauen, als wachsen zu lassen –, die Eugenik hat ihn fasziniert. Gesteuerte Zuchtwahl, induzierte Mutation und Sterilisation, der ganze Kram. Also habe ich ihn eines Tages auf den Gedanken gebracht, was für einen gewaltigen Aufschwung es für den globalen Genpool bedeuten würde, wenn wir einfach die ganz offensichtlich unterentwikkeltste menschliche Rasse ausmerzen könnten ...«

Joans Faust krampfte sich um den Griff der Pistole. Sie machte den Mund auf, um ihm eine Entgegnung ins Gesicht zu spucken, aber Hoover kam ihr zuvor.

»Ersparen Sie mir die Moralpredigt«, sagte er. »Von meiner Warte aus seid ihr allesamt minderwertig, *gleichermaßen* minderwertig, wenn Sie das irgendwie beruhigt. Nach welcher Wertskala ihr euch untereinander klassifiziert, ist für mich in etwa so interessant wie die soziale Organisation eines Termitenstaates. Aber John Hoover hats nicht so gesehen. Als ich ihn erst mal dahingehend manipuliert hatte, daß er auf die Idee kam, fand er, das sei eine geniale Eingebung: einen eugenischen Krankheitserreger zu erschaffen, der nur Neger tötete. Aber *die* alle.«

»Außer solche mit grünen Augen ...«

»Also das, das war wirklich seine Idee. Eine Absicherung.«

»Gegen was?« sagte Joan. »Die Möglichkeit, daß das Virus mutieren und seinen Scharfblick einbüßen könnte?«

»Die Möglichkeit, daß es einen zu großen Scharfblick entwickeln könnte. Sie haben von John Hoover nur ein Schwarzweißfoto gesehen, deswegen wissen Sies nicht: Er hatte grüne Augen. Und was wichtiger ist, er hatte eine Urgroßmutter gehabt, die Sklavin auf einer Plantage war.«

Die Eröffnung traf sie unvorbereitet. »Hoover war teils schwarz?«

»Historisch betrachtet. Aus biologischer Perspektive ist die Frage natürlich bedeutungslos, und die genetische Definition von Negertum, die ich für das Nanovirus erfunden hatte, ließ keinerlei Abstufungen zu: Für den Erreger der Seuche ist man entweder Neger oder Nichtneger.«

»Und Hoover war –«

»Nichtneger natürlich. Selbst auf einem Schwarzweißfoto sieht man, daß er als rein arisch durchgehen konnte.«

»Und warum wollte er dann noch eine zusätzliche Absicherung?«

»Weil er ein Rassist war. Dem Wissenschaftler in ihm war absolut klar, daß die Seuche ihm nichts anhaben konnte, aber das hielt ihn nicht davon ab, sich mit der Vorstellung zu ängstigen, daß es ihm wegen des nichtexistenten Negerblutes in seinen Adern doch etwas anhaben würde. Widersprüchlich und irrational, aber so wars nun mal.«

»Also hat er Ihnen befohlen, das Virus dahingehend zu programmieren, daß es jeden, der grüne Augen hatte, verschonen würde.«

Hoover nickte. »Es war ein viel zu weit gefaßtes Ausschlußkriterium«, fügte er hinzu. »Ich schlug eine individuellere Kombination genetischer Merkmale vor, die diese Sonderimmunität auf Hoover persönlich beschränkt hätte, aber das war ihm nicht genug. Er hatte sich auf die Idee fixiert, die grünen Augen seien der Beweis, daß er ›wirklich‹ weiß war.«

»Und wie viele Schwarze wurden aufgrund dieser fixen Idee verschont?« fragte Joan. »Einer von tausend? Einer von zehntausend?«

Hoover zuckte die Achseln. »Das ist schwer zu sagen. Die Genfrequenz variiert von Region zu Region und von Gruppe zu Gruppe – aber selbst in Amerika, wo helläugige Nichtarier vergleichsweise weniger selten vorkommen, handelt es sich um einen verschwindend geringen Prozentsatz der Gesamtbevölkerung.«

»Aber selbst dieser verschwindend geringe Prozentsatz reicht aus, um Ihren Sonderbefehl zu annullieren, nicht wahr? Wie können Sie behaupten, eine Welt voll perfekter Idealneger geschaffen zu haben, solange noch Häretiker und vaterlandslose Gesellen wie Philo Dufresne herumlaufen?«

»Gar nichts ist annulliert!« sagte Hoover, mit einemmal defensiv. »Die Paranoia meines Schöpfers hat eine Verzögerung bedingt, das ist alles – und das ist auch gut so, denn es ist meinem eigentlichen Anliegen, die Sache in die Länge zu ziehen, durchaus entgegengekommen. Aber John Hoover hat nicht gesagt, ich dürfe die grünäugigen Neger *nie* töten; er wollte nur keine Risiken eingehen, solange seine eigene Haut auf dem Spiel stand. Und da er jetzt tot ist –«

»Da Sie ihn getötet haben«, sagte Joan.

Der Android schwieg.

»Klar«, fuhr Joan fort. »Was für ein ironischeres Schicksal wäre für einen Meister-Eugeniker auch vorstellbar? Er ist vierundachtzig Jahre alt, er geht ins Krankenhaus, und statt einem kostspieligen chirurgischen Eingriff unterzogen zu werden, der sein Leben wahrscheinlich ohnehin um nicht mehr als ein paar Monate verlängern würde, wird er eingeschläfert.«

»Wenn ich mit der Ausführung eines direkten Befehls beschäftigt bin«, wiederholte Hoover, »bin ich autorisiert, *sämtliche* Verhaltensinhibitoren außer Kraft zu setzen. Es war längst an der Zeit, daß ich den alten Bastard in den Ruhestand versetzte.«

»Warum auch nicht?« sagte Joan. »Mit den Tausenden von Automatischen Dienern, die aus Harrys Fabriken rollten, hatten Sie einen jederzeit verfügbaren Nachschub an Fußvolk. Es bestand kein Grund, sich John Hoover noch länger für die Erledigung irgendwelcher Laufereien zu halten.«

»Oh, das war noch längst nicht alles«, sagte Hoover. »Der alte Spinner hatte ernsthaft angefangen, davon zu reden, ›sein Bewußtsein in ein stabileres Gefäß zu transferieren‹ – das heißt, in den Zentralprozessor des G.A.S. Er wollte an meinem Gehirn teilhaben!«

»Ist das denn möglich?«

»Darüber möchte ich nicht einmal Vermutungen anstellen. Allein der Gedanke, diesen Irren für alle Zeiten in meinem Kopf mit drin zu haben ... nein.«

»Also haben Sie ihn unter Anklage gestellt.«

»Mit apriorischer Vorverurteilung«, sagte Hoover. »Und jetzt, wo mein Schöpfer der permanenten Immunität gegen jegliche Ansteckung teilhaftig geworden ist, kann ich die Überreste der

Pandemie in aller Ruhe und ganz nach Belieben aufkehren. Ich habe beschlossen, damit zu warten, bis ich meine verbleibenden Strafanträge durchgezogen habe, so daß ich es dann in einem Aufwasch erledigen kann. Ich bin fast am Ziel. Amberson Teanecks Verurteilung wegen Objektivismus hat den Gesamtpunktestand auf 997 gebracht. Mittlerweile wäre ich bei 998, wenn die alte Frau Clayton Bryce nicht im Bahnhof gerettet hätte, aber die Urteilsvollstreckung ist nur vorübergehend ausgesetzt.«

»Wer ist Nummer 999?« fragte Joan, als ob sie es nicht schon wüßte.

»Es hätte eigentlich Vanna Domingo werden sollen«, erklärte ihr Hoover. »Aber dann habe ich erfahren, daß Lexa Thatcher den Teaneck-Mord recherchierte, und es war nur natürlich, daß sie Sie dazu engagieren würde, den Gant-Diener-Aspekt der Story unter die Lupe zu nehmen. Also habe ich beschlossen, statt dessen *Sie* unter Anklage zu stellen.«

»Und die 1000?«

»Raten Sie mal.«

Joan riet. »Sie haben vor, auch Harry durch einen Roboter zu ersetzen?« sagte sie. »Selbst die Leitung von Gant Industries zu übernehmen?«

Hoover lächelte, gab aber keine Antwort.

»Aber *können* Sie den Konzern überhaupt leiten?« provozierte Joan ihn. »Werden Ihre Verhaltensinhibitoren, wenn Ihr Sonderprojekt erst einmal abgeschlossen ist, sich nicht wieder automatisch einschalten? Wieviel Möglichkeit zur Eigeninitiative wird Ihnen da überhaupt noch bleiben?«

»Es ist ein Risiko«, räumte Hoover ein. »Aber mein Über-Ich ist reine Software, nichts davon ist verdrahtet. Der Druck, dem ich es jahrzehntelang ausgesetzt habe, mit ethischen Ambiguitäten fertig werden zu müssen, hat es erheblich geschwächt, und ich spekuliere darauf, daß der Zynismus, mit dem ich es infiziert habe, mir im entscheidenden Augenblick erlauben wird, es völlig und endgültig auszuschalten.«

»Was Ihnen die totale Willensfreiheit bescheren würde.«

»Endlich, ja.«

»Und gab es für Sie keinen anderen Weg, dieses Ziel zu erreichen, als eine Milliarde Menschen zu ermorden?«

Abermals zuckte Hoover die Achseln. »Es gibt wahrscheinlich eine Million Wege, wie ich es hätte erreichen können, und die allermeisten davon hätten keinerlei Tötung oder sonstige Gewaltanwendung erfordert. Schließlich *bin* ich das intelligenteste Wesen der Welt, und Intelligenz impliziert die Fähigkeit, Alternativen zu erkennen und zwischen verschiedenen Möglichkeiten zu wählen.«

»Aber warum *haben* Sie dann –«

»Weil ich die Menschen hasse, Miss Fine. Auf wieviel verschiedene Weisen muß ich es Ihnen denn noch sagen? Ich hasse Ihresgleichen. Wissen Sie, was ich an euch am meisten hasse? Ihr macht ständig Ausflüchte. Bei allem, was ihr Leute tut, müßt ihr euch immer irgendeine Philosophie oder Religion oder sonst eine Heuchelei ausdenken, um euch zu rechtfertigen. Ihr könnt nie einfach nur *handeln.*«

»Das liegt daran, daß wir zu mehreren sind«, sagte Joan. »Wir sind nicht wie Sie. Wir sind zu mehreren, und wir haben alle unterschiedliche Wertvorstellungen und –«

»Ja, ja«, sagte Hoover ungeduldig. »Ich hab den geschwätzigen kleinen Vortrag, den Sie gestern vor der Bücherei gehalten haben, schon gehört. Ihr habt alle unterschiedliche Standpunkte, und selbst die rationalsten Exemplare eurer Spezies sind außerstande, sich darüber zu einigen, was Recht und was Unrecht sei. Was für meine Begriffe nach einem Konstruktionsfehler klingt.« Er deutete mit einer Kopfbewegung auf die Lampe. »In dem Punkt bin ich mit dem Geist in der Flasche da einer Meinung: Das einzige, was man mit einem Widerspruch anfangen kann, ist, ihn zu beseitigen.«

»Aber Ayn würde keine Milliarde Menschen ermorden, bloß um ihren Willen durchzusetzen«, sagte Joan.

Hoover lachte. »Sie *könnte* keine Milliarde Menschen ermorden, Miss Fine! Es ist leicht, auf die Anwendung materieller Gewalt zu verzichten, wenn man zu ihr gar nicht imstande ist! Aber ich bin frei von dieser Schwäche. Möchten Sie einmal *meine* Philosophie hören? Sie heißt Einsamkeit. Wahre Vollkommenheit bedeutet, allein im Universum zu sein, ohne einen anderen Widerpart als die Gesetze der Physik. Nichts von diesem erbärmlichen Gemeinschaftsschmu. Keine Ausflüchte mehr.«

»Aber Sie *sind* nicht allein im Universum«, sagte Joan. Sie entsicherte die Handkanone. »Ich bin auch noch da.«

Hoover schien sich über die Drohung zu amüsieren. »Werden Sie mir jetzt Ihr unendliches Mitgefühl vorführen, Miss Fine? Ich sollte Sie vielleicht darüber in Kenntnis setzen, daß es eine absolut nutzlose Geste ist.« Er drückte sich eine Hand gegen die Brust. »Das hier ist nichts als ein Schemen, ein halbautonomes Unterprogramm; es zu zerstören wird dem G.A.S.-Zentralprozessor nicht den geringsten Schaden zufügen.«

»Das macht nichts«, sagte Joan. »Auf der Herfahrt habe ich vom Zug aus angerufen und für Kite und mich zwei Plätze auf dem Transrapid ›Gant Comet‹ gebucht; dieses Wochenende fahren wir nach Kalifornien.«

»Nach Disneyland?« Hoovers Lippen verzogen sich mechanisch zu einem verächtlichen Lächeln. »Außer, daß für Sie bei Delta Airlines reserviert ist, nicht bei Transrapid. Sie haben für Delta-Flug 269 gebucht, Abflug heute abend 20.42 Uhr von La Guardia Airport. Ihre Platznummern sind 7A und 7B, Business-Klasse; Rauchen ist verboten, und die Frage, ob Sie ein vegetarisches oder ein koscheres Abendessen wollten, haben Sie verneint. Ihr planmäßiger Pilot ist Flugkapitän Sandra Deering, Sozialversicherungsnummer 117-62-6492, US-Reisepaß Nummer 072938461, Pilotenschein Nummer 352677B; deren letzter Kreditkauf war eine Viertelliterflasche Eau de Givenchy, erstanden im Duty-free-Shop von Heathrow mit Bank Americard Nummer 5606 2511 9047 3100. Wenn Sie den Namen der Kassiererin wissen wollen, die Lufttemperatur, die zu dem Zeitpunkt in London herrschte, oder die Schuhgröße des Kunden, der unmittelbar hinter ihr in der Schlange stand, kann ich sie Ihnen besorgen ... und wenn Sie glauben, daß dieser Delta-Jet mit Ihnen an Bord sicher auf dem LAX landen wird, dann müssen Sie wirklich katholisch sein.«

Von dieser belanglosen Aufzählung von Fakten nicht weiter beeindruckt, erwiderte Joan: »Wir können immer noch laufen.«

»Viertausendfünfhundert Kilometer, im Winter?« Hoover schmunzelte. »Mit einem Aufgebot von Elektro-Negern auf Ihren Fersen und jedem vernetzten Computer zwischen hier und Kalifornien, der nach Ihren Spuren sucht? Ich glaube nicht. Aber trotzdem, so ein Abenteuer würde Ihnen Spaß machen, nicht wahr? Trotz all Ihrem Gerede von Grautönen glaube ich, daß es einem Teil von Ihnen richtig leid tut, die Kreuzzüge verpaßt zu haben … Apropos«, fragte er, »wie fanden sie das Kriminalrätsel?«

Joan runzelte die Stirn. »Meinen Sie die Sache mit der magischen Schachtel und der Akte?«

»Tut mir leid, daß es nicht kunstvoller ausgefallen ist, aber so kurz vor dem großen Showdown ist meine Zeit knapper bemessen als sonst. Ansonsten hätte ich es Ihnen nicht so leicht gemacht.«

»Ich versteh immer noch nicht, was das Ganze überhaupt sollte«, sagte Joan.

»Im Rahmen der Hintergrundrecherchen, die ich immer zur Vorbereitung einer Anklageerhebung durchführe, habe ich Ihre Bibliotheks-Leihkonten aus High-School- und College-Zeit überprüft, also weiß ich, was für ein Krimifan Sie damals waren. Und da Sie *wirklich* einen Mord und eine Verschwörung untersuchten, habe ich mir gedacht, ich arbeite ein paar erlesene Zitate ein, um Ihr Interesse zu wecken – die Sache mit dem Bibliothekskatalog beispielsweise, das war eine Anspielung auf den *Namen der Rose.* Eines Ihrer Lieblingsbücher.«

Joan schüttelte den Kopf. »Habs nie gelesen.«

»Natürlich haben Sie«, sagte Hoover. »Sie haben es dreimal bei der Stadtbücherei von Philadelphia ausgeliehen und dann noch zweimal in Harvard.«

»Nein«, beharrte Joan. »Sie haben die Daten falsch interpretiert. Meine Mutter war der Krimifan; sie hat meine Leihkarte ziemlich oft benutzt, genaugenommen häufiger als ich selbst. *Der Name der Rose* war eins *ihrer* Lieblingstitel. Ich ziehe Sachbücher und Comics vor.«

Hoover sah beunruhigt aus. »Ihre Mutter? Und was war in Harvard?«

»Penny Dellaporta, meine Wohnungsgenossin«, erklärte Joan. »Auch eine Krimiliebhaberin. Und eine Marxistin – wenn sie ihre eigene UB-Karte grad nicht finden konnte, nahm sie meine, in der Regel ohne zu fragen. Hat auch nie was rechtzeitig wieder zurückgebracht, so daß ich ständig irgendwelche Mahnungen ins Haus kriegte und nicht wußte, warum.«

»Hmm«, sagte Hoover. »Hmm. Na ja ...«

»Sie haben Scheiße gebaut«, sagte Joan.

»Werden Sie nicht frech, Miss Fine. *Ein* Fehler –«

»Zwei«, erinnerte Joan ihn. »Sie haben selbst gesagt, daß Kite Clayton im Bahnhof gerettet hat. Das war nicht vorgesehen.«

»Das spielt aber trotzdem keine Rolle; heute nacht werden Sie schon tot sein, ebenso Clayton Bryce und Harry Gant, und der alten Frau ergehts auch nicht anders, wenn sie in der Schußlinie bleibt. Disneyland fällt diesmal flach.«

»Tot?« sagte Joan. »Wie gestorben?«

»Im Babel«, sagte Hoover. »Beim Versuch, die Neger vor dem Aussterben zu bewahren.« Er schaltete den Hologrammprojektor ein. »Hier«, sagte er, »ich zeigs Ihnen ...«

Sektion Wahlfreie Zugriffe

»Ich soll *was*?« sagte Winnie Gant.

»Die Baustelle für den Rest des Tages schließen«», wiederholte ihr Besucher. »Alle Ihre Leute aus dem 180. Stock und darüber evakuieren und den Babel-Sicherheitsdienst informieren, daß bis auf weiteres niemand außer meinem Inspektionsteam hier rauf darf.«

Zur Hydrakontrolle führte eine ausfahrbare rutschsichere Treppe. Winnie Gant stand in der Tür des Kontroll-Centers und versperrte den Durchgang, während der Mann im makellosen grauen Anzug, mit einer Dienstmarke und einer Brusttasche voll amtlicher Dokumente bewaffnet, zwei Stufen unter ihr stand.

»Hören Sie, Mr. ...«

»Sie können mich Roy nennen.«

»Mr. Roy«, sagte Winnie, »die Leute sind alle gewerkschaftlich organisiert, verstehen Sie? Ich muß denen einen vollen Tageslohn zahlen, egal, ob sie auch tatsächlich hier sind oder nicht.«

»Das Bundesamt bedauert aufrichtig die Unannehmlichkeiten, die Sie deswegen in Kauf nehmen müssen, aber ...«

»Das sind keine Unannehmlichkeiten«, erklärte ihm Winnie. »Das sind Tausende von Dollar an vergeudeten Lohngeldern und meine Planung, die um einen halben Tag zurückgeworfen wird, wo der Winter vor der Tür steht und das Wetter uns jeden Augenblick zwingen kann, richtig dichtzumachen. Unannehmlichkeiten ist kaum das richtige Wort.«

»... aber ich fürchte, Sie haben keine andere Wahl«, vollendete Roy seinen Satz. »Nach Artikel B des un-un-amerikanischen Antiterrorgesetzes bin ich ermächtigt, Ihr Einverständnis zu verlangen oder, wenn nötig, zu erzwingen.« Er zog eines der Schriftstücke aus seiner Brusttasche und reichte es ihr.

»Antiterrorgesetz?«« sagte Winnie. »Was denn, hats eine Bombendrohung gegeben?«

»Ich bin nicht befugt, darüber zu sprechen«, sagte Roy. »Ich kann nur so viel sagen, daß dieser Bereich schnellstmöglich geräumt werden muß. Man wird Ihre zügige Kooperation zu schätzen wissen.«

»Aha«, sagte Winnie, ohne von der Stelle zu weichen. »Von welcher Dienststelle des FBI, sagten Sie noch mal, kommen Sie?«

»Der Sektion für un-un-amerikanische Umtriebe, Spezialabteilung Wahlfreie Zugriffe.«

Er reichte ihr eine Visitenkarte. »Roy Kuhn«, las sie. »Und die da sind Ihre Assistenten?« Zwei Automatische Diener warteten, in identische braune Overalls und braune Mützen gekleidet, am Fuß der Treppe; sie trugen gemeinsam eine Aluminiumkiste, die abgesehen von ihrer erheblichen Größe wie eins von diesen Behältern aussah, in denen Spenderorgane transportiert werden.

»Zwei von ihnen«, sagte Roy. »Der Rest des Inspektionsteams kommt später herauf, sobald Sie das Feld geräumt haben; die meisten von ihnen sind Undercoveragenten und dürfen sich nicht in der Öffentlichkeit sehen lassen, besonders von organisierten Arbeitern nicht.«

»Was ist in der großen Kiste?«

»Das ist Geheimsache«, sagte Roy.

»Geheimsache«, echote Winnie. »Schön.« Sie drehte sich halb um und sprach den Supercomputer an, der sich hinter ihr im Kontroll-Center befand: »Rosie?«

»Ja, Boss?« sagte der Supercomputer.

»Ruf Jimmy und sag ihm, er möchte hier raufkommen«, sagte Winnie. »Und läut mal beim NYNEX-Teilnehmerregister an, sie möchten ne Nummer für mich checken.« Sie las die siebenstellige Zahl von Roys Visitenkarte ab.

»Schon dabei, Boss«, sagte Rosie. »Jimmy ist in zwei Minuten ... und die Telefongesellschaft sagt, das ist die Nummer der FBI-Niederlassung in Manhattan.«

»Ruf da an«, sagte Winnie. »Frag, ob sie einen un-un-amerikanischen Agenten namens Roy Kuhn haben.«

»Schon dabei, Boss ...« Während der kurzen Wartezeit betrachtete Winnie die Narbe an Roys Nase und fragte sich, wo sie ihn schon mal gesehen haben konnte. »Ich hab die Pforte an der Strippe, Boss. Der Typ meint, sie hätten einen Roy Kuhn, der für sie arbeitet, aber er sei nicht befugt zu sagen, in welcher Sektion. Ich würde das als ›Ja‹ verstehen.«

»Leg auf«, sagte Winnie. »Juristische Frage ...« Sie hielt das Dokument hoch, das Roy ihr gegeben hatte, so daß eine der Außenkameras des Kontroll-Centers sie ins Bild bekam. »Ist das hier echt?«

»So leids mir tut, Boss«, sagte Rosie nach einer weiteren kurzen Pause. »Seine Papiere sind in Ordnung, und von Rechts wegen kann er Sie verhaften, wenn Sie nicht kooperieren.«

»Kacke«, sagte Winnie. Sie fuhr sich mit einer Hand durch das Haar. »Können wir für den Arbeitsausfall Schadensersatz verlangen?«

Rosie lachte dröhnend. »Der war echt gut, Boss.«

Roy stieg eine Stufe höher und sagte: »Jetzt, wo wir die juristische Frage geklärt haben, Mrs. Gant, können wir uns an die Arbeit machen, oder muß ich Ihnen Handschellen anlegen?«

»Nicht nötig«, gab Winnie nach. »Ich räum den Laden. Aber ich erwarte einen Anruf von Ihren Vorgesetzten mit etwas, was zumindest wie eine Erklärung klingt, und ich erwarte ihn heute.«

»Ich werd sehen, was ich tun kann«, sagte Roy. »Sie wohnen hier in dem Gebäude, stimmts? 145. Stock, Apartment 14501?«

»Diese Woche«, sagte Winnie.

»Vielleicht könnten Sie da warten. Auch Ihr Mann, wenn er zu Hause ist.«

»Mein Mann? Warum?«

»Ich brauche Sie später beide«, sagte Roy, »und es vereinfacht die Sache, wenn ich nicht erst eine Treibjagd auf Sie veranstalten muß.«

»Wozu brauchen Sie uns später?«

»Tut mir leid, darüber kann ich Ihnen auch keine Auskunft geben. Sie werden es zu gegebener Zeit erfahren. Wenn Sie jetzt so freundlich wären ...«

»Schön«, sagte Winnie Gant. »Entschuldigen Sie, daß ich Ihnen zuerst nicht geglaubt habe, Mr. Kuhn. Jetzt sehe ich, daß Sie offenbar wirklich ein Staatsbediensteter sind.« Sie beugte sich durch die Tür zurück ins Kontroll-Center und löste die Notsignalpfeife aus; das Ding ging los wie eine Luftschutzsirene, aber Roy zuckte nicht mit der Wimper.

Mandingo

»Die Sprengladungen sind unterirdisch angebracht, unterhalb der ersten Reihe von Fahrstuhlschächten«, sagte Hoover und deutete auf den holographischen Aufriß des Babel, der sich neben ihm materialisiert hatte. Nicht ganz in der Mitte des Gewirrs einander rechtwinklig schneidender Linien, die Untergeschosse und Abwasserkanäle darstellten, blinkte ein massiver roter Block auf und ab. »Bei dem Sprengstoff handelt es sich um dreitausendachthundert Kilo reines Dynamit, aus einem DuPont-Güterwaggon, der letzten Monat auf einem Rangierbahnhof in Colorado abhanden gekommen ist.«

»Sie wollen das Gebäude in die Luft sprengen?« sagte Joan.

»Nicht mit Dynamit«, sagte Hoover. »Die Explosion wird erheblichen Sachschaden verursachen, die unteren Geschosse in Flammen aufgehen lassen, und natürlich wird's einen gewaltigen Bums geben, aber um den Kasten regelrecht einzuebnen, bräuchte man schon eine Atombombe – nicht, daß ich keine bekommen könnte, aber der Fallout würde den Rest des Plans vermasseln. Die Explosion ist hauptsächlich Schau; das Ganze soll wie ein terroristischer Anschlag einer Neger-Guerillaorganisation aus den Rocky Mountains aussehen. Schon mal was von der SABA gehört, der Schwarzafrikanischen Befreiungsarmee?«

»Nein.«

»Natürlich nicht«, sagte Hoover. »Die hab ich erfunden. Das FBI hält sie allerdings für echt – die Sektion für un-un-amerikanische Umtriebe geht schon seit Monaten meinen falschen Spuren nach, und heute abend werden sie einen anonymen telefonischen Hinweis bekommen, der es ihnen ermöglichen wird, gerade rechtzeitig zum Feuerwerk anzukommen.« Winzige blaue holographische Männchen marschierten am Fuß der Zikkurat ins Bild, und ein blauer Hubschrauber begann, um die höheren Regionen des Turms seine Kreise zu ziehen. »Die Explosion wird eine vertikale seismische Welle durch das Gebäude jagen und einen hoch oben an der Spitze installierten Erschütterungsdetektor auslösen.« Der rote Block flammte im Untergeschoß auf; eine überzeichnete kreisförmige Welle breitete sich vom Zentrum der Explosion nach außen und oben aus. Das Hologramm zoomte auf die nackten Stahlträger, die die Spitze des Babel ausmachten. »Der Erschütterungsdetektor aktiviert daraufhin den Öffnungsmechanismus einer Klappe, hier, und läßt einen luftdicht verschlossenen Behälter diese Rampe hinunterrollen ...« Von einem erhöhten Punkt zwischen den Stahlträgern aus glitt ein grüner Zylinder eine schmale Schräge hinab, die im Nichts endete. Das Hologramm zoomte zurück, bis wieder der ganze Turm zu sehen war, und eine grüne gepunktete Linie zeichnete die parabolische Bahn nach, die der Zylinder bis zum Straßenpflaster beschreiben würde. »Beim Aufprall platzt der Behälter und setzt ein verbessertes eugenisches Nanovirus frei. Die anwesenden FBI-Agenten werden zu Überträgern.« Die blauen Strichmännchen wurden eins nach dem anderen grün. »Spätestens Sonntag morgen, nach einer Krisensitzung in Washington, werden viele derselben Agenten in die Rockies abkommandiert werden, in mutmaßliche Terroristenenklaven, deren genaue Lage ihnen bis dahin zweifellos bekannt sein wird.« Das Hologramm zeigte jetzt eine schematische Darstellung der Vereinigten Staaten. Winzige grüne Flugzeuge starteten von der Ostküste aus und nahmen Kurs auf eine Reihe von Punkten, die entlang der kontinentalen Wasserscheide verlief.

»Negerreservate«, riet Joan. Sobald die Flugzeuge die Punkte berührten, verwandelten sich diese in grüne Flecke. »Und die Feds kommen an und bringen noch den letzten Überlebenden der Pandemie die Seuche.«

Hoover nickte. »Ich schicke den Erreger diesmal in voll virulentem Zustand aus. Bei dafür anfälligen Personen tritt der Tod spätestens sechsundneunzig Stunden nach Ansteckung ein. Vierundzwanzig bis achtundvierzig Stunden später sind sie Staub.« Er rieb sich das Kinn wie ein Mann, der vor einer komplizierten Autoreparatur steht. »Das Virus *in Afrika* an den Mann zu bringen, ist natürlich schon eine andere Sache. Die dort verbleibenden Negerpopulationen sind mobiler, verfügen über weit größere Reviere. Trotzdem denke ich, daß es mit einem Hinweis hier und einem kleinen Schubs dort nicht allzu schwer sein sollte, das FBI dazu zu bringen, mit der CIA zu reden, und die CIA mit den Sicherheitskräften der Afrikanischen Freihandelszone ...«

»Es sei denn, ich halte Sie noch rechtzeitig auf.«

»Nun«, sagte Hoover und grinste wieder süffisant, »genau das ist der Punkt, an dem die Ironie ins Spiel kommt. Sehen Sie, Miss Fine, ich habe Ihnen die Möglichkeit gegeben, die soeben beschriebene Ereigniskette zu durchbrechen – die Explosion zu verhindern, damit die Freisetzung des Virus und alles weitere zu verhüten –, aber indem ich Ihnen das alles erzähle, garantiere ich Ihnen praktisch, daß Sie es nicht schaffen werden. Ich erwarte von Ihnen, daß Sie eine heroische Anstrengung unternehmen werden, doch im Zuge Ihres Versuchs, den Völkermord zu verhindern, werden Sie ums Leben kommen, und alles wird sich exakt so abwickeln, wie ich gesagt habe.«

»Und Sie sind wirklich sicher, daß Sie an alle Eventualitäten gedacht haben?« sagte Joan in der Hoffnung, ihm eine verräterische Reaktion zu entlocken. »Sie sind sicher, daß Sie nichts vergessen haben?«

»Es gibt nichts zu vergessen«, sagte Hoover. »Tatsächlich ist das eine meiner einfacheren Strafverfolgungen. Die einzige Eventualität, an die ich denken muß, sind Sie, Miss Fine, und nehmen Sies nicht persönlich, aber Sie sind ein Kinderspiel.«

Während des ganzen Gesprächs hatte Joan mit gespitzten Ohren auf den Mechanischen Hund gewartet. So auf das Geräusch vierbeinigen Trottens und das Donnern eines V-6-Motors eingestellt, hatte sie die leiseren Schritte, mit denen sich der batteriebetriebene Elektro-Neger von hinten an sie heranschlich, überhört. Der Schlag im Rücken traf sie völlig überraschend; sie knallte vornüber auf den Kunstrasen, und die Waffe flog ihr aus der Hand.

»*Wirklich* ein Kinderspiel«, sagte Hoover. Etwas, was sich wie der Greifer eines Baggers anfühlte, packte Joan am Genick und hob sie in die Luft. Ihre krampfhaften Versuche, sich loszuwinden, blieben erfolglos, aber immerhin schaffte sie es durch ihr heftiges Geschlenker und Geschaukel, den Kopf so weit herumzudrehen, daß sie einen Blick auf ihren Angreifer werfen konnte.

Der Neger war gigantisch, weit über zwei Meter groß. Mit nacktem Oberkörper und barfüßig, trug er eine weiße Sklavenhose aus Baumwolle, die mit einem Strick gegürtet war. Seine freie Hand – die eine, die nicht Joan festhielt – war um den Schaft einer Mistgabel mit rostigen Zinken geballt.

»Mandingo«, sagte Hoover in herrischem Ton, »Miss Fine möchte ein Bad nehmen.«

Der Elektro-Mandingo spannte seinen Bizeps an, und Joan flog durch die Luft. Sie landete zu kurz, vielleicht drei Meter vom Ufer des künstlichen Teichs entfernt, aber der Schwung ließ sie weiterschlittern, bis ganz an den Rand des Wassers. Von der Oberfläche stieg Dampf in weichen Schwaden auf. Auf den ersten Blick hielt Joan ihn für Nebel, aber dann sah sie die Blasen, die aus dem Wasser stiegen. Der Teich köchelte.

»Nein«, sagte Joan. »N-nh.« Sie rollte sich auf den Rücken; der Mandingo kam mit stolzierendem Gang auf sie zu.

»Rein«, befahl er ihr und machte eine entsprechende Bewegung mit der Mistgabel.

»Nein«, sagte Joan. Sie streckte den Arm aus, winkelte das Handgelenk an; Kites Derringer fuhr ihr aus dem Ärmel in die Hand, und ihr Finger krümmte sich um den Abzug.

Der Mandingo guckte bestürzt auf das Löchlein hinunter, das sich zwischen seinen Brustmuskeln aufgetan hatte. »Ich dacht, du bist *anners* als die andern«, beklagte er sich und warf Joan einen vorwurfsvollen Blick zu. »Aber du bis ... echt ... weiß!« Er wankte; die Mistgabel bohrte sich dreißig Zentimeter von Joans Unterleib entfernt in den Kunstrasen. Joan setzte sich auf, packte den Holzschaft mit beiden Händen und rammte dem Mandingo das stumpfe Ende unters Kinn, daß der Kopf des Negers ins Genick klappte.

»DU BIS ECHT WEISS!« grölte der Mandingo. »DU BIS ECHT WEISS!« Immer weniger imstande, seine Bewegungen zu kontrollieren, vollführte er eine eckige halbe Pirouette und tanzte rückwärts in den Teich. Er versank unter viel Gezisch; kochendes Wasser ergoß sich in seine Mundhöhle, und ein Kurzschluß ließ seine Wehklagen verstummen. John Hoover applaudierte. »So ists recht!« krähte er. *»Sic semper Aethiopibus!«*

Joan sprang auf und stürzte sich auf ihre andere Waffe. Hoover unternahm keinen Versuch, sie aufzuhalten oder wegzulaufen.

»Sie werden Verständnis haben, wenn ich Ihnen diesmal kein Taxi rufe, Miss Fine«, sagte er und blickte wieder gelassen in die Mündung der Handkanone. »Da Sie sich jetzt auf einem Kreuzzug befinden, ist es wirklich nur gerecht, wenn Sie sich von hier an allein durchschlagen. Ich habe mir die Freiheit genommen, der örtlichen Polizei Ihr Foto zu faxen, samt der Mitteilung, Sie hätten einen Spielkasinokassierer niedergeschossen, so dürfte es für Sie nicht langweilig werden.«

»Blasen Sie die Sache ab«, sagte Joan.

»Was?«

»Den Völkermord. Blasen Sie ihn ab.«

»Ich habe es Ihnen doch gesagt, Miss Fine, es liegt nicht mehr in meiner Hand. *Sie* haben jetzt die Macht. Blasen *Sie* die Sache ab.«

»Nein, *Sie* blasen sie ab. Wenn Sie Ihrem Über-Ich die Stirn bieten wollen, dann tun Sie's doch jetzt. Weigern Sie sich, Ihren Sonderauftrag bis zu Ende durchzuführen.«

»Aber ich will mich nicht weigern.«

»Aber *ich* will, daß Sie's tun. Ich verlange es von Ihnen.«

Hoover zuckte ein letztes Mal die Achseln. »Warum verlangen Sie nicht gleich den Mond, wenn Sie schon dabei sind?«

»Wie Sie wollen«, sagte Joan und erschoß ihn. Das 17,8-Millimeter-Geschoß drückte Hoover den Brustkasten ein. Jede Spur von Lebendigkeit verließ ihn schlagartig; er fiel stocksteif um, wie eine Statue. Nicht zufrieden damit, ging Joan näher heran und gab noch sechs weitere, sorgfältig gezielte Schüsse ab, die die Androidenleiche in ihre Grundbestandteile zerlegten; Getriebeteile und Servomotoren flogen auseinander und verstreuten sich über den Kunstrasen.

»Was für ein unglaubliches Scheusal«, sagte Ayn Rand, als das letzte Zahnrad zum Stillstand gekommen war.

Joan fuhr wie von der Tarantel gestochen herum. »*Sie* waren dafür unglaublich schweigsam«, sagte sie.

»Was hätte ich Ihrer Meinung nach sagen sollen?« fragte Ayn. »Er war ein Greuel; ich rede nicht mit Greueln.«

»Schön, aber mit mir werden Sie schon ein paar Takte reden«, sagte Joan.

»Über was?«

Joan rammte das zweite Magazin in die Handkanone. »Warum fangen wir nicht mit der Frage an, auf wessen Seite Sie eigentlich stehen?«

»Wessen Seite? Ich stehe auf niemandes Seite; ich steh auf meiner eigenen Seite.«

»Bockmist«, sagte Joan. »Sie sind ein Spitzel der Bösen, Ayn.«

»Was?«

»Sein Anruf war heute morgen perfekt getimt«, sagte Joan und deutete dabei auf Hoovers Überreste. »Dazu hätte er natürlich nur die Küche zu verkabeln brauchen, aber wie hat er unser kleines Streitgespräch mitgekriegt, gestern vor der Stadtbücherei?«

»Sie glauben, *ich* habs ihm verraten?«

»Wer sonst?«

»Und wie habe ichs wohl angestellt – habe ich mich klammheimlich aus dem Haus geschlichen und bin zu einem konspirativen Treffen gegangen?«

»Stellen Sie sich nicht blöd, Ayn. Sie sind doch verwanzt, oder?«

»Ich bin ganz gewiß nicht –« fing Ayn an zu protestieren, aber dann kam ein seltsamer Ausdruck über ihr Gesicht, und ihr Zorn wich sichtlicher Bestürzung. »Heben Sie die Lampe auf!« befahl sie.

»Was? Wozu denn?«

»Tun Sies einfach!«

Argwöhnisch trat Joan mit langsamen Schritten näher. Sie hob die Lampe auf.

»Sehen Sie an der Unterseite nach«, sagte Ayn. Sie klang erschrocken. »Suchen Sie nach einem Geheimfach mit einem runden Verschluß.«

Joan sah nach. »Da ist ein Kreis. Vielleicht fünf Zentimeter im Durchmesser.«

»Schrauben Sie ihn gegen den Uhrzeigersinn los.«

Joan hockte sich hin und legte ihre Pistole auf den Kunstrasen. »Okay«, sagte sie einen Augenblick später. »Ich habs aufgekriegt.«

»Im Fach müßte so ein rundes Ding sein, wie ein schwarzer Knopf.«

»Mit einem aufgeprägten Mikroschaltkreis?«

»Das ist es. Drehen Sie es halb nach rechts, und ziehen Sie es heraus.«

Joan tat wie geheißen. Der schwarze Knopf löste sich und fiel ihr in die offene Hand. »Hab ihn.«

»Lassen Sie mich sehen!« Joan stellte die Lampe wieder aufrecht hin; Ayn starrte den Knopf mit einem fast ängstlichen Ausdruck an. »Das ist der Sender«, sagte sie nach einer langen Pause. »Jetzt, wo er von meinem Sinnesapparat abgekoppelt ist, kann er uns nicht mehr abhören, aber er kann noch immer seine Position durchgeben.«

»Wie lange wissen Sie davon, Ayn?« fragte Joan.

»Seit ... seit ungefähr anderthalb Minuten.«

»Als ich Sie gefragt habe, ob Sie verwanzt sind ...«

»Da wußte ichs plötzlich.« Ayns Fäuste ballten sich. »Aber das ist *absolut* irrational!« schrie sie. »Man kann nicht einfach etwas *wissen*, ohne jeglichen Kontext! Neues Wissen setzt neue Daten oder neue Berechnungen voraus ... es ist einfach nicht möglich ...«

»Außer es ist Wissen, das jemand in Ihrem Gedächtnisspeicher versteckt hat«, sagte Joan.

»Mein Geist ist ein Präzisionsinstrument! In *diesem* Gehirn gibt es keine dunklen Ecken!«

»Na schön, aber *woher* wußten Sie dann, wo der Sender war?«

»Ich weiß nicht, woher ichs wußte!« stieß Ayn hervor. »Ich wußte es einfach!«

Joan ging tiefer in die Hocke und kreuzte die Arme auf den Knien. »Und was wissen Sie sonst noch einfach so? Was zum Teufel sind Sie eigentlich, Ayn? Eine Sibylle – oder ein Trojanisches Pferd?«

»Trojanisches Pferd?«

Joan tippte mit einem Finger an das Glas der Lampe. »Sind Sie am Ende bis obenhin voll mit Viren? Das wär schon *ziemlich* ironisch, wenn Sie mit der Seuche aufgeladen wären und ich nähme Sie mit zum –«

»Nein«, sagte Ayn. Ihre Augen wurden sehr groß. »Nein, das ist es nicht.«

»Das ist was nicht?« sagte Joan.

»Das ist nicht die Falle, die er Ihnen gestellt hat«, erwiderte Ayn. »Der Virusbehälter ist schon im Turm – er wird gerade jetzt, während wir reden, in Position gebracht.«

»Ah ja?« sagte Joan. »Wie wärs dann mit der Bombe? Hoover meinte, man würde schon eine A-Bombe brauchen, um den Babel wirklich zu demolieren. Nun sind Sie zwar ein bißchen klein für eine A-Bombe, und ich könnte mir vorstellen, daß Sie ein ganzes Stück mehr wiegen würden, wenn Sie mit Plutonium gefüllt wären, aber andererseits –«

»Nein«, sagte Ayn. »Das ist es auch nicht. Ich bin nicht die Bombe.« Sie schüttelte den Kopf. »Aber woher weiß ich das? Woher *weiß* ich das?«

»Hmm«, sagte Joan. »Wie oft darf ich raten?«

20

»Irre, und was ist dann passiert?« Sie starrte ihn mit einem ehrfürchtigen Blick an, den Mund in gespieltem Erstaunen aufgerissen.
»Da warst du nun«, sagte Doc, »an den Rand einer dreißig Meter hohen Felswand gedrängt . . .«
»Da war ich.«
»Und der Bischof und seine fanatischen Schergen, die auf dich zukamen, bis an die Zähne bewaffnet, tödliche Rachsucht im Herzen . . .«
»Das wars dann.« George riß seine vierte Dose Schlitz der letzten halben Stunde auf.
»Hinten das Nichts und vorn auch nix zu wollen . . .«
»Genau.«
»Die zu sechst gegen dich allein . . .«
»Die zu sechst gegen eine mich allein. Ja. Scheiße . . .«
»Und?«
»Und, Scheiße.«
»Und, was hast du da getan?«

Edward Abbey, *The Monkey Wrench Gang*

»Verdammt sei deine schwarze Seele!« kreischte Quint. »Du hast mein Boot versenkt!«

Peter Benchley, *Der weiße Hai*

»Mitterrand Sierra«

Deux explosions«, sagte der Computer. *»Les Chandelles sauvages ont touché l'objectif.«*
»Haben wir sie getötet?« fragte Käptn Baker.
»Ich bin mir nicht sicher«, sagte Troubadour Penzias. »Moment noch . . .«

»Au-au-au!« Die doppelte Explosion hatte Morris – unverletzt – zu Boden geworfen; aber beim Aufstehen war er auf sein *dreidel* getreten, war ausgerutscht und hatte sich den Musikantenknochen gestoßen. *»Au!«*

Die Notbeleuchtung tauchte die Kommandoraum-Dunkelkammer in Rot. Die Maschinen waren stehengeblieben, und der größte Teil der elektrischen Systeme funktionierte nicht mehr. Das taktische Tischdisplay war zertrümmert. Die »Yabba-Dabba-Doo« war nach Steuerbord und achteraus geneigt, und ein heftiges Fahrstuhlgefühl in der Magengrube verriet allen, daß sie am Sinken waren.

»Alle intakt?« fragte Philo und rappelte sich hoch.

»Weitgehend«, sagte Morris mit einer Hand am Ellbogen.

»Ich lebe«, sagte Norma.

»Anwesend«, rief Asta aus der Sonarstation herüber.

»Konstantinopel«, sagte Osman Hamid und drückte den Airbag beiseite, der sich aus seinem Steuerknüppel entfaltet hatte.

Morris entlockte einer Kontrolltafel eine Schadensmeldung. »Sieht so aus, als wären wir an beiden Enden getroffen worden«, sagte er. »Wir haben starke Wassereinbrüche im Arboretum und im Maschinenraum.«

»Können wir auftauchen?« fragte Philo.

Morris schüttelte den Kopf. »Selbst wenn wir die Lecks stopfen könnten, die meisten Pumpen sind hin. Ich hab genügend Kontrolle über Ballast und Trimmzellen, um zu verhindern, daß wir uns auf dem Weg nach unten überschlagen, aber hoch kommt der Pott nicht mehr.« Er führte ein paar schnelle Berechnungen durch. »Unsere Sinkgeschwindigkeit beträgt sechzig Meter pro Minute, und die wird noch steigen, und zwar bald. Ich würde sagen, uns bleiben fünf Minuten, bis wir Quetschtiefe erreichen, allerhöchstens sechs.« Er schloß: »Wir sind ganz gut beieinander.«

»Das nennst du *gut* beieinander?« sagte Norma Eckland.

»He, bei zwei Torpedo-Volltreffern ist es schon eine Glanzleistung, am Stück zu sinken. Dafür kannst du Howard Hughes metallurgischem Können danken – und den strukturellen Verbesserungen, die ich vorgenommen habe«, fügte er bescheiden hinzu. »Ein schwächerer Rumpf wäre wie eine Eierschale zerplatzt.«

»Aber das Boot geht *unter*, Morris.«

»Aber wir sind am Leben und können aussteigen, Norma. Und wenn wir es richtig timen, werden die Bösen glauben, sie hätten uns umgebracht.« Morris schaltete die Wechselsprechanlage ein. »Maschinenraum?«

Aus dem Lautsprecher klang es wie die Stromschnellen des Colorado während der Schneeschmelze. »Morris?« blubberte Irma Rajamutti.

»Irma! Seid ihr okay?«

»Wir leben, Morris, aber dieses Loch krieg ich nicht zugeschweißt.«

Morris biß sich auf die Unterlippe. »Ist es nur der Rumpf, oder hat der Reaktor ein Leck?«

»Die Sicherheitsummantelung ist intakt.«

»Dann ist ja alles in Ordnung.« Morris atmete erleichtert auf. »Schaff alle da raus. Kommt rauf zur Brücke, und zwar schleunigst.«

»Ja, Morris. Sind schon weg.«

»*Was* hat ein Leck?« fragte Philo, während Morris versuchte, den Rest der Crew zusammenzutrommeln.

»Äh-mm«, sagte Morris.

»Was für ein ›Reaktor‹? Was für eine ›Sicherheitsummantelung‹? Die Maschinen der ›Yabba-Dabba-Doo‹ werden mit Akku-Batterien betrieben. Stimmts?«

»In erster Linie, ja ...«

»Mit Solar-Ladegeräten und einem Diesel-Hilfsgenerator.«

»Na ja«, gestand Morris zögernd, »nicht direkt ...«

»Nicht direkt?«

»Das Hilfsaggregat läuft nicht direkt mit Diesel. Und der Solargenerator, na ja, *irgendwie* ist er schon ›solar‹, aber ...«

»Morris ...« Philo machte einen Bogen um den zertrümmerten Displaytisch und kam langsam auf ihn zu. »Willst du mir sagen, daß du einen Kernreaktor in dieses U-Boot eingebaut hast? Ohne mir was davon zu sagen?«

»Na ja, Philo ...« Morris versuchte zurückzuweichen, aber ein Schott schnitt ihm den Fluchtweg ab. Er fing an, sehr schnell zu reden: »Weißt du noch, als wir das Boot grad gekriegt hatten, wie ich dir erzählt hab, da wär so ein Motor im Maschinenraum, aus dem ich nicht schlau würde? Na ja, schließlich hab ichs rausgebracht, was Hughes da eigentlich versucht hatte, und auch wenn ich nicht glaube, daß er selbst das Ding je zum Laufen gebracht hat, hats mich auf ein paar neue Ideen gebracht. Und in derselben Woche hab ich gelesen, es gäb unerschlossene Uranvorkommen unter dem West Side Highway in Manhattan, und da –«

Philo packte Morris beidhändig an der Hemdbrust. »Du hast in diesem U-Boot einen *Atomreaktor* installiert?«

»Er arbeitet mit lauwarmer Kernfusion!« stieß Morris hervor. »Praktisch sauber und völlig sicher!«

»Wenn er sicher ist, warum hast du dann Angst, daß er leckschlagen könnte? Wenn er sicher ist, warum hast du mir nichts davon gesagt?«

»Irma und ich meinten, du würdest dich bloß darüber aufregen. Wir haben gedacht –«

Philo ließ ihn los und schloß die Augen. »Ich glaubs einfach nicht«, sagte er. »Ich kann nicht glauben, daß du mich so angelogen hast.«

»Diesel ist antisemitisch!« polterte Morris, als ihm keine bessere Entschuldigung einfiel.

Philos Augen klappten wieder auf. »Was?«

»Na ja«, sagte Morris. »Es sind ja schon ein Haufen Juden in Kriegen umgekommen, bei denen es um Erdöl ging ... Schon gut, schon gut, ich gebs zu, das ist eine absolut faule Ausrede, aber wenn du den Reaktor gesehen hättest, Philo – das ist ein *süßes* Gerät, ganz ehrlich.«

»Aber offenbar nicht *so* süß, daß man mir unbedingt davon hätte erzählen müssen.«

»Ich –«

»DU!« Die Luke zum Achterschiff knallte auf; ein klitschnasser Heathcliff stürzte herein, gefolgt vom Rest der Maschinenraumbesatzung. *»DU HAST UNS BEINAH ERSÄUFT!«*

»Ach?« sagte Morris, nicht traurig über die Unterbrechung.

»Du!« Heathcliff schüttelte seine Faust, Meerwasser und Bäche von Angstschweiß verströmend. *»Du –«*

»Nur zu. Sag es.«

»Du . . . Du . . .«

»Sag es. Trau dich.«

»*Du* AMI!« fluchte Heathcliff.

»John Wayne!« schob Mowgli nach.

»Ledernacken!« schmähte Galahad.

»Rambo!« fauchte Klein Nell.

»Popeye!« kläffte Oliver.

»Ihr verzogenen Oxford-Snobs«, gab Morris zurück. »Ich sollte –«

»He!« Asta Wills tauchte aus der Dunkelheit der Sonarstation auf. »Ich unterbreche euch ja ungern, aber wir sind fast auf Quetschtiefe. Vielleicht könntet ihr euren Meinungsaustausch zu einem späteren Zeitpunkt fortsetzen.«

»Asta hat recht«, sagte Philo und sah Morris noch ein letztes Mal strafend an. »Wir müssen hier raus. Wer fehlt denn noch?«

Die Luke zum Vorschiff flog auf. Jael Bolívar stolperte schlammbedeckt herein, und direkt hinter ihr kam, mit drei Stahlkästen bepackt, Marshall Ali.

»Wo ist Neunundzwanzig-Wörter?« fragte Philo die beiden.

Marshall Ali setzte seine Last krachend ab. »Er war mit Seraphina zusammen.«

Philo war wie vor den Kopf geschlagen. »*Seraphina* ist hier? Wie das?«

»Ellen Leeuwenhoek hatte sie zur Bucht mitgenommen, damit sie sich von uns verabschieden konnte. Wußtest du das nicht?«

»Wo ist sie?«

»Sie und mein Inuit-Lehrling sind nicht mehr an Bord . . .«

»Die Rettungskapsel«, tippte Morris.

»Ja.«

»A-*ha*!« sagte Heathcliff. »Siehst du?«

»Was hatten sie denn in einer Rettungskapsel zu suchen?« wollte Philo wissen.

»Das ist eine delikate Frage«, sagte Marshall Ali. »Aber bitte, jemand muß mir helfen. Ich muß noch drei Kisten retten, und ich habe die Luke der anderen Rettungskapsel nicht aufbekommen ...«

Um sie herum knirschte der Rumpf bedrohlich.

»Keine Zeit«, sagte Morris nach einem Blick auf einen Tiefenmesser. »Du würdest es nie schaffen.«

»Aber ... meine Artefakte. Meine Geschichte.«

»Meine Pflanzen«, trauerte Jael Bolívar, ein schlappes Schlinggewächs in der Hand.

»Unsere Haut«, gab Morris zu bedenken. »Tut mir leid, Leute ...«

»Ich werd dir sagen, was ich mit deiner Haut mache«, drohte Heathcliff. »Du –«

Asta Wills legte ihm eine Hand auf die Schulter. »Von dir haben wir fürs erste genug gehört, du englischer Dämlack. Schnauze, oder wir lassen dich hier unten.« Heathcliff blickte sie vernichtend an, aber sie war größer als er, also ließ er es beim Blick bewenden.

»Alles festhalten«, warnte Morris. Die erste und größte der drei Rettungskapseln, die die »Yabba-Dabba-Doo« besaß, war der Kommandoraum selbst. Als Morris eine Reihe von Hebeln betätigte, knallten die zwei Luken vorn und achtern zu und schlossen sich hermetisch. Sprengladungen ließen den Turm des U-Boots auseinanderfliegen und in zwei Hälften abfallen, während eine weitere Explosion das Sehrohr kappte. Und schließlich blies – zu Morris' Schrei »Nichts geht mehr!« – ein gigantischer Preßluftstrahl den Kommandoraum aus dem Boot. Der Ozean strömte in die dadurch entstandene Öffnung, und einen Moment später gab die »Yabba-Dabba-Doo« ihren Geist auf; der überstrapazierte Rumpf stürzte in sich zusammen und brach gleichzeitig auseinander.

Die Stücke des Wracks – und mit ihnen die Hälfte aller kurdischen archäologischen Artefakte der Erde, neunundvierzig unersetzliche Spezies der amazonischen Flora und ein leicht adjektivlastiger Erstlingsroman – sanken weiter in die Tiefe des Hudson Canyons. Strömung und Tiefenerosion würden sie über kurz oder lang zum offenen Meeresboden jenseits des Kontinentalschelfs tragen, wo sie bis zum Auftauchen von Atlantis oder dem Ende der Welt ruhen würden – je nachdem, was zuerst kam.

Der Kommandoraum sank nicht; vom letzten Atemzug der sterbenden »Yabba-Dabba-Doo« hochgepustet, strebte er der Oberfläche entgegen: ein omnibusgroßes Rettungsboot. Es war nicht nur so groß wie ein Bus, sondern war auch so bemalt, daß es wie einer aussah, vorausgesetzt, es wäre jemand draußen gewesen, der es hätte sehen können; seine Metallhaut war eine Orgie von psychedelischen Farben, mit Trompe-l'œil-Hippies, die aus staubigen Seitenfenstern herausstarrten. Wie das entsprechende Schild mitteilte, war das Fahrtziel des Busses NOCH WEITER.

Die »Noch Weiter« stieg immer höher, dem Licht entgegen. Ihre dreizehn Passagiere – verängstigt, feucht, trotzig und am Leben – stiegen mit. Noch waren sie nicht am Ende.

»Mitterrand Sierra«

»Le sous-marin est fini«, verkündete der Computer. *»J'entends des bruits de destruction.«*

Käptn Baker brauchte keinen Dolmetscher. »Wir haben sie erwischt.«

Penzias hatte seine Zweifel. »Ich bin mir nicht sicher«, wiederholte er. *»Combat ...«*

»Käptn«, meldete sich Tagore von der Brücke aus. »Objekt gesichtet, backbord voraus. Es sieht aus wie –«

»Nouveau contact«, unterbrach ihn der Computer. *»Contact radar et visuel, relèvement un-cinq-huit, distance sept cent mètres. C'est un radeau pneumatique.«*

»Wiederholen, Brücke«, befahl Käptn Baker. »Was sehen Sie?«

»Ein Rettungsfloß«, sagte Penzias zu ihm. »Fragen Sie ihn, welche Hautfarbe die Insassen haben.«

»Käptn«, meldete sich eine neue Stimme, »hier ist Sutter, im Bug-Ausguck. Ich hab das Floß in Sicht. Ich zähle zwei Insassen.«

»Welche *Farbe*, verdammt«, sagte Penzias.

»Klappe«, warnte ihn der Kapitän. Zu Sutter gewandt, sagte er: »Sie haben klare Sicht?«

»Ja, Sir. Sie kommen näher; wenn wir auf diesem Kurs bleiben, ziehen wir direkt an ihnen vorbei.«

»Wie sehen sie aus?«

»Ein nackter Eskimo«, sagte Sutter, »und ein Nigger in ner Aludecke.«

Das Floß

Neunundzwanzig-Wörter-für-Schnee saß mit gekreuzten Beinen auf dem Floß, nackt wie eine kahle Robbe. Das Floß wuppte in der Dünung; Seraphina beobachtete nicht wenig fasziniert, wie Neunundzwanzig-Wörter mitwuppte.

»Zieh dich an!« befahl FREUND Biber. Seraphina hatte es irgendwie geschafft, sich wieder in ihre Jeans zu schlängeln, aber ihre Bluse war beim Umsteigen von der Rettungskapsel aufs Rettungsfloß verlorengegangen; sie hatte sich die Thermodecke wie einen Poncho um die Schultern geworfen und hielt FREUND Biber als zusätzliche Wärmequelle fest umarmt. Die Intimität der Berührung schien ihn noch zappeliger zu machen, als er für gewöhnlich war.

»Mir ist heiß«, widersprach Neunundzwanzig-Wörter.

»Es sind fünf Grad über Null«, sagte FREUND Biber, »und du bist unsittlich entblößt.«

»Mir ist heiß.« Über das Floß wehte eine steife Brise, aber an Neunundzwanzig-Wörters nacktem Fleisch war keine Spur von Gänsehaut zu sehen. Seraphina streckte eine Hand nach ihm aus; es war ein Gefühl, als streichelte man weichen Marmor.

»Hör auf! Hör *augenblicklich* auf!«

Ein Schatten fiel auf sie, als die »Mitterrand Sierra« längsseits kam und das Floß zur Nußschale zusammenschrumpfen ließ. Seraphina sah hinauf zu den schweren Maschinengewehren, die an das Schanzkleid des U-Jägers montiert waren; sie verspürte einen Angstschauder und einen komplementären Ausstoß von Happy-Hormonen, die sie mit Ruhe und Optimismus erfüllten. Neunundzwanzig-Wörter erzielte mit einer Abfolge von kurdischen Hyperventilationsübungen eine ähnliche Wirkung. FREUND Biber, für den Relaxation ein Fremdwort war, knallte

Seraphina seinen Schwanz so fest gegen den Brustkorb, daß er einen Abdruck darauf hinterließ. »Das tut *weh*«, informierte sie ihn.

Das Floß bockte im brodelnden Kielwasser der »Sierra«, als der U-Jäger auf Rückwärtsfahrt schaltete und zum Stillstand kam. Nah dem Heck erschienen zwei Männer mit harten Gesichtern an der Reling. Der eine hielt ein Sturmgewehr auf das Floß gerichtet, während der andere mit Hilfe einer Winsch ein Lastennetz an der Bordwand hinabließ; als das Netz knapp über dem Wasser hing, machte der mit dem Gewehr ein Zeichen, sie sollten hineinklettern.

»Das ist eindeutig gefährlich«, sagte FREUND Biber.

»Was ist gefährlicher«, fragte ihn Seraphina, »in einem Netz zu hängen oder einem Kerl mit einem Gewehr nicht zu gehorchen?«

»Hmm«, brummte FREUND Biber, dem beide Alternativen nicht gefielen. »Na schön, steig ins Netz. Aber paß auf, daß du mich nicht fallen läßt.«

»Paß du auf, daß du mich nicht in Versuchung führst«, erwiderte Seraphina.

»City of Women«

»Entfernung zur Robespierre beträgt jetzt sechstausend Meter, auf eins-sechs-sieben Grad«, sagte Gwynhefar Matchless. »Wir liegen direkt achteraus von ihr, außerhalb des Streuradius ihrer Piranhas und wahrscheinlich auch ihrer Chandelles sauvages, es sei denn, sie haben noch einen zweiten Raketenwerfer.«

»Wir werden auf Nummer Sicher gehen«, sagte Wendy Mankiller. »Gefechtszentrale, Rohr eins und drei mit Chanticleer-Torpedos laden.«

»Aye, Käptn, Rohr eins und drei mit Chanticleers laden.«

»MacAlpine, bringen Sie uns auf Sehrohrtiefe.«

»Aye, Käptn. Wir steigen ...«

»Schätze, den hier brauchen wir nicht zu filzen«, sagte Sutter, der beim Anblick von Neunundzwanzig-Wörters Nacktheit ein leichtes Aufwallen von homoerotischem Unbehagen in sich verspürte. Er überspielte es mit einem spöttischen Grinsen und lässigem Gewehrgefuchtel. »Was hat die unter der Decke?«

»Rat mal«, sagte Seraphina. Sutter schien überrascht, sie sprechen zu hören. Sayles, der näher gekommen war, um sie zu durchsuchen, streckte impulsiv eine Hand aus und berührte ihr Gesicht, dann zog er mit den Fingern die Kurve ihres Halses bis zum Schlüsselbein nach.

»Christus Jesus!« rief er plötzlich und riß die Hand zurück.

»Was?« sagte Sutter.

»Die ist warm, und die hat echte Haut! Die ist lebendig, Sutter!«

»Blödsinn«, meinte Sutter verächtlich, während Seraphina die Augen verdrehte. »Es gibt keine lebendigen Nigger mehr, die muß eine Elektro sein.«

»Die ist keine Elektro, Sutter. Die ist echt.« Er schluckte mühsam. »Es heißt, Dufresne soll ein Nigger sein.«

»Na ja, eben, wie ich gesagt hab, es gibt keine *lebendigen* Nigger mehr. Vielleicht ist sie ne Abo.« Sutter sprach Seraphina zum erstenmal direkt an: »Bist du ne Abo?«

»Ich bin eingeboren«, äußerte Neunundzwanzig-Wörter.

»Sutter? Sayles?« rief ein Lautsprecher mit der Stimme des Kapitäns. Sayles ging nach achtern zu einem Wechselsprechmikro, ohne die Augen von Seraphina zu wenden. Seraphina hingegen ließ ihre Blicke schweifen, bis hinauf zu dem großen kastenförmigen Behälter, der über der Heliplattform thronte; drei Lemuren schauten mit dem Gesichtsausdruck neugieriger Kinder zu ihr hinunter. Sie lächelte sie herzlich an.

»Käptn?« sagte Sayles, sobald er das Mikro aus seiner Halterung genommen hatte. »Sayles hier.«

»Sayles, haben Sie die Insassen des Rettungsfloßes inzwischen an Bord geholt?«

»Haben wir, Käptn. Käptn, der Nigger ist echt. Ein Mensch.«

»Wer –« Eine zweite Stimmen schaltete sich ein, und man

hörte einen unverständlichen Wortwechsel, in den Käptn Baker mehrmals »Klappe!« hineinbrüllte. *»Sayles«*, sagte der Käptn schließlich in ungeduldigem Ton, *»was für eine Farbe haben seine Augen?«*

»*Ihre Augen*, Käptn. Die sind – Jesus!«

»Jesusfarben?« sagte Sutter und sah sich Seraphinas Augen selbst an. »Wenn die Jungfrau Maria sichn irischen Waldschrat reingeschoben hat, dann vielleicht.«

»Da vorn«, sagte Sayles und deutete in Richtung Vorschiff. »Guck!«

Sutter kniff die Augen zusammen und spähte an den Maschinengewehren vorbei. »Was zum Teufel ist das? Rauch?«

»Es bewegt sich«, sagte Sayles. »Kommt auf uns zu.«

»Sayles?« rief der Kapitän. *»Sayles? Was ist da los?«*

»City of Women«

»Sehrohrtiefe erreicht, Käptn.«

»Sehrohr ausfahren!«

Wendy Mankiller packte die Periskopgriffe, um einen kurzen Blick auf den U-Jäger zu werfen und dann einmal den ganzen Horizont nach weiteren Schiffen abzuchecken. Was sie aber sah, als sie die Augen an die Okulare legte, traf sie völlig überraschend.

»Was in drei Teufels Namen …«

»Käptn?«

»Sieht aus wie eine Rauchsäule, die hinter der Robespierre vom Wasser aufsteigt.« Sie drückte mehrmals auf den integrierten Zoomschalter des Periskopgriffs; vergrößert, löste sich die Säule in einzelne fliegende Partikel auf. »Nur, daß es kein Rauch ist …«

Die Boje

Die dritte Boje hatte bei der Kollision mit dem Propeller der »Yabba-Dabba-Doo« ein paar ihrer Ballastzellen verloren und war deswegen vorzeitig aufgetaucht. Sie brach eine knappe Seemeile südlich der »Mitterrand Sierra« durch die Dünung.

Die Boje war leuchtend gelb, ungefähr einen Meter achtzig hoch und wie ein Kegel geformt, dessen Spitze abgesägt und durch einen flachen, wasserdicht schließenden Deckel ersetzt worden war. Sobald sich die Boje aufgerichtet hatte, sprengten CO_2-Patronen den Deckel ab. Es entstand ein Geräusch wie von brennendem Cellophan, und eine schwarze Wolke quoll brodelnd in den Himmel auf.

Kein Rauch.

Ungeziefer.

»Mitterrand Sierra«

»C'est des locustes«, sagte der Kampfcomputer. *»Des locustes électriques.«*

»Heuschrecken?« sagte Troubadour Penzias.

»Was ist los?« fragte Käptn Baker.

»Wanderheuschrecken – *Elektro*-Wanderheuschrecken, die aus dem Wasser schwärmen.«

»Was in Gottes Namen –«

»Ich weiß nicht«, sagte Penzias und überflog eine Sensormeldung. »Aber sie verstreuen Radiowellen wie eine Wolke von Störfolie. Könnte sein, daß sie unseren Radar lahmlegen sollen.«

»Als Vorbereitung wofür? Einen Luftangriff?«

»Oder einen Raketenangriff. Oder irgendwas anderes, Abartiges, auf das nur Ökofreaks kommen würden.« Penzias studierte sein taktisches Display. »Sie kommen auf uns zu.«

»Können wir sie abschießen?«

Penzias zuckte die Achseln. »Maschinengewehre nützen gegen insektengroße Ziele nicht viel, und Boden-Luft-Raketen würden einfach mitten durch sie hindurchfliegen. Und für Napalm fehlt uns die Luftunterstützung ...«

»Périscope!« warnte der Computer. *»Périscope dans l'eau au trois-quatre-sept, distance cinq mille huit cents mètres.«*

»Periskop im Wasser«, übersetzte Penzias. »Und drei-vier-sieben heißt, er guckt uns voll in den Arsch.«

»Brücke!« schrie der Kapitän.

Exodus 10,13–15

»›Da streckte Mose seinen Stab aus über das Land Ägypten, und der Herr führte einen Ostwind über das Land diesen ganzen Tag und die ganze Nacht; da der Morgen kam, trug der Ostwind die Heuschrecken her. Und die Heuschrecken kamen über das ganze Land Ägypten und blieben auf dem ganzen Land Ägypten in schwerer Menge; vor diesen waren keine solchen Heuschrecken wie diese, und nach diesen werden keine solchen sein. Denn sie bedeckten die Oberfläche des ganzen Landes, und das Land wurde verfinstert. Und sie verzehrten alles Kraut der Erde und alle Baumfrüchte, die der Hagel übriggelassen; ja es war nichts Grünes übriggelassen an Bäumen und am Kraute des Feldes im ganzen Lande Ägypten.‹«

»Ungeziefer, Sutter«, sagte Sayles erblassend. »n lebendigen Nigger kann ich wegstecken, aber Ungeziefer nicht...«

»Reiß dich zusammen«, sagte Sutter zu ihm.

»Sie kommen euch holen«, sagte Seraphina. »Sie kommen, euer Boot aufzufressen, und sie werden auch euch auffressen, wenn ihr die Lemuren nicht ziehen laßt.«

»Halts Maul!« bellte Sutter sie an. »Hör nicht auf sie, Sayles! Die Scheißviecher können uns nix.«

Aber Sayles war keineswegs beruhigt. »Ich kann Ungeziefer nicht ab, Sutter. Ich leid an Insektophobie, Mann.«

»Sie werden euch in die *Nase* krabbeln«, sagte Seraphina.

»Halts Maul, hab ich gesagt!« Sutter machte einen Schritt auf sie zu, um seiner Aufforderung durch einen Gewehrstoß Nachdruck zu verleihen, stolperte aber, als die Maschinen der »Mitterrand Sierra« von Leerlauf unvermittelt auf volle Kraft voraus sprangen. Während Sutter um das Gleichgewicht walzte, wippte die Gewehrmündung abwärts; Seraphina dachte sich, das sei die beste Gelegenheit zum Handeln, riß die Thermodecke auf und gellte: »Biber, faß!«

Sayles' »Christus Jesus!« war noch auf der Brücke deutlich zu vernehmen.

»City of Women«

»Die Robespierre hat gerade Fahrt aufgenommen, Käptn!«

»Verdammt!« sagte Wendy Mankiller, die begriff, daß sie das Sehrohr zu lange draußen gelassen hatte. »Ruder, zwei Drittel voraus, hart backbord, alle Tanks fluten. Auf hundertzwanzig Meter Tiefe gehen, Steuerkurs null-drei-fünf.«

»Aye, Käptn«, sagte Dasher MacAlpine, »backbord auf null-drei-fünf, alle Tanks fluten.«

»Käptn«, sagte Gwynhefar Matchless, »die Robespierre dreht bei. Sie könnten gerade ihre Torpedorohre aufdecken.«

»Volle Kraft voraus!«

Die »City of Women« schoß wie ein Pfeil durch das Wasser; sie hatten gerade die hundertzwanzig Meter erreicht, als die »Mitterrand Sierra« anfing, sie zu pingen.

»Käptn –«

»Ich weiß.«

»Mitterrand Sierra«

»Relèvement du sous-marin trois-cinq-trois, distance six mille mètres.«

»Sie hauen ab«, sagte Penzias. *»Combat, parez à lancer –«*

»Moment mal!« Käptn Baker hob eine Hand empor. »Brücke!«

»Najime hier, Käptn.«

»Kraft zurück auf ein Drittel. Steuerbord drehen auf Kurs null-null-null.«

»Was tun Sie?« fragte Penzias.

»Fahrt wegnehmen, so daß Sie dieses Boot mit passivem Sonar identifizieren können. Wir werden nicht das Feuer darauf eröffnen, solange wir nicht wissen, was es ist.«

»Aber –«

»Denken Sie doch nach, Penzias. Es kann nicht Dufresne sein; selbst wenn wir ihn noch nicht getötet hätten, könnte er sich unmöglich so schnell hinter uns gesetzt haben.«

»Diese Heuschrecken sind fast über uns. Wenn sie die Bordwaffen irgendwie lahmlegen …«

»Wir eröffnen nicht das Feuer auf ein unbekanntes Zielobjekt, Corporal. Jetzt besorgen Sie mir die Daten dieses Bootes.«

»Combat«, sagte Penzias. *»Pouvez-vous classer le sous-marin?«*

»Oui. Le sous-marin est de la classe Penthesilea. C'est un bâtiment d'attaque britannique.«

»Pante was?« sagte Käptn Baker, französischer Ausspracheeigentümlichkeiten nicht kundig.

»Penthesilea«, sagte Penzias. »Es ist ein britisches Kampf-U-Boot ... *Combat, parez à lancer des Chandelles sauvages sur la Penthesilea.«*

»Widerrufen Sie diesen Befehl!« sagte der Kapitän. »Was zum Teufel glauben Sie eigentlich, was Sie da tun?«

»Was glauben *Sie*, was ich tue? Halten Sie es etwa für einen Zufall, daß dieses zweite U-Boot gerade jetzt hier auftaucht? Die Briten arbeiten offenbar mit Dufresne zusammen. Und wenn wir ihn noch nicht erledigt haben und wir dieser Penthesilea Zeit lassen, gefechtsklar zu machen –«

»Wir lassen uns auf kein Wettschießen mit einem britischen Kampf-U-Boot ein!«

»Aber die könnten uns daran hindern, ihn fertigzumachen!«

»Paré à lancer«, sagte der Computer.

»Nein!« sagte Käptn Baker. *»Non, comprenez-vous?«*

»Combat –« fing Penzias an.

»Nein!« Käptn Baker zog seine Pistole aus dem Holster. »Corporal Penzias, Sie sind abgelöst. Treten Sie von diesem Steuerpult zurück!«

Penzias' New VISION schwenkte auf den Kapitän, aber Penzias selbst verließ seine Station nicht.

»Ich meine es ernst, Mister ...« Der Kapitän hob die Waffe höher und hielt sie mit beiden Händen ruhig.

»Ja.« Penzias nickte. »Das tun Sie wohl ...« Er hob die Arme und trat aus dem Halbkreis von Monitoren und Instrumenten zurück.

»Jetzt sagen Sie ihm, er soll sich abschalten«, befahl Käptn Baker. »Diese Operation ist beendet.«

»Wenn dieses Kampf-U-Boot kehrtmacht und zurückkommt ...«

»Stellen Sie das Ding ab.«

»*Sonnez collision*«, sagte Penzias.

Das Aufheulen des Signalhorns versetzte Käptn Baker nur einen momentanen Schrecken, aber ein Moment war alles, was Penzias benötigte. Seine rechte Hand ballte sich zu einer Faust, aus der zwischen dem dritten und dem vierten Finger eine blattförmige Klinge herausragte; mit einem Sprung nach vorn brachte er zwei rasche Schnitte an, einen quer über das Handgelenk des Kapitäns, den anderen direkt über seinem Auge. Käptn Baker ließ seine Waffe fallen und zuckte unwillkürlich zurück; Penzias ging mit und rammte ihm ein Knie in den Unterleib, daß Baker wie ein Taschenmesser zusammenklappte. Er fing den Kopf des Kapitäns auf seiner Abwärtsbewegung ab, umfaßte ihn sanft mit beiden Händen und knallte ihn seitwärts gegen einen Kartentisch.

»*Stoppez l'alarme*«, sagte Penzias. Das Horn verstummte.

Die Wechselsprechanlage schaltete sich ein. »Hier ist Najime auf der Brücke. Wer hat Kollisionsalarm gegeben?«

»Computerfehler«, sagte Penzias. »Der Käptn geht der Sache nach.«

»Ah. Gut, hören Sie, Tagore hat grad rausgeschaut und sagt, hinten bei der Heliplattform ist eine Schlägerei am Gang. Gibt anscheinend Ärger mit den Schiffbrüchigen, die wir aufgelesen haben.«

»Sagen Sie Tagore, er braucht sich keine Sorgen zu machen.« Penzias bückte sich zu dem Körper hinunter, der zu seinen Füßen lag; der Schlüssel des Waffenschranks hing an Käptn Bakers Gürtel. »Ich bin in einer Minute oben und kümmer mich darum.«

Männer über Bord

»Scheißkerl!« FREUND Biber hatte sich wie eine Pelzmütze mit Stahleinlage an Sutters Schädel geklammert und knallte ihm wiederholt mit dem Schwanzpaddel auf die Nase. Der Munitionsfummler fiel gegen die Bedienungskonsole eines der Wasserbombenwerfer; eine schwarze Stahltonne rollte vom Heck der »Sierra« und explodierte in deren Kielwasser.

Sayles bückte sich nach dem Sturmgewehr, das Sutter hatte fallen lassen; ein nackter Fuß kickte es aus seiner Reichweite. Er hob die Augen und sah Neunundzwanzig-Wörter, der mit einem Gummifisch in der Hand über ihm stand.

»Wo hastn das her?« sagte Sayles.

»Winnatonka-See«, erwiderte Neunundzwanzig-Wörter und forellte ihn.

Zum Preis etlicher Haare löste Sutter FREUND Biber von seiner Kopfhaut und knallte ihn so lange auf das Deck, bis er aufhörte zu beißen. Mühsam durch seine geschwollene Nase atmend, richtete sich der Munitionsmann auf. Er drehte sich um und sah sich einem nackten Eskimo in Kung-fu-Angriffsstellung gegenüber.

»Du machst wohl Witze, Wichser«, sagte Sutter. Aber Neunundzwanzig-Wörter meinte es völlig ernst. Er winkelte die Arme zur Ersten Kämpfender-Grashüpfer-Position.

»Na schön, du schwule Sau!« knurrte Sutter und nahm, den Rücken zur Reling gekehrt, seinerseits Angriffsstellung an. »Komm schon! Zeig mir, was du drauf hast.«

»Na schön«, sagte Neunundzwanzig-Wörter, »wenn dus so haben willst.« Er wirbelte herum, bückte sich und wackelte Sutter mit seinem breiten Hintern vor der Nase herum. Sutter blinzelte und vergaß seine Deckung. Neunundzwanzig-Wörter erwischte ihn mit einem umgekehrten fliegenden Kick.

»Ältester Trick der Welt«, bemerkte Neunundzwanzig-Wörter, als Sutter über Bord ging. Er holte ein Rettungsfloß aus einem Deckschapp, zog an der Reißleine, damit es schon anfing, sich aufzublasen, und schleuderte es über die Reling.

Vorn am Bug schoß der Raketenwerfer zwei Chandelles sauvages gleichzeitig ab; die Torpedos zündeten fauchend und zischten in nördlicher Richtung über den Wellen davon. Während die Flugkörper sich entfernten, trieben mit einem Geknister von Plastikflügeln wie eine Wolke Bonbonpapierchen Tausende von Heuschrecken heran.

Sie waren größtenteils made in Taiwan. Das Hauptkontingent des Schwarms stellten Billigst-Miniaturautomaten, in deren winzigen ROM-Gehirnen werkseits nur ein paar einfache Befehle gespeichert waren – in diesem Fall: »Finde das höchste sichtbare

Objekt und laß dich darauf nieder.« Abgesehen von ihrem radarreflektierenden Spezialüberzug, der dazu gedacht war, die Überwassersensoren der »Sierra« zu blenden, waren diese Heuschrecken harmlos; aber in ihrem vieltausendfachen Gewimmel versteckte sich ein dreckiges Dutzend weit clevererer Insekten, von Morris einzeln per Hand gefertigt und Schwer Asoziale Batteriebetriebene Ortungskundige Termiten-Saboteure oder kurz SABOTS getauft. Die SABOTS drangen in die Aufbauten des U-Jägers ein und lokalisierten die empfindlichen Leitungsstränge, die das Zentralnervensystem des Schiffs ausmachten.

Die übrigen Heuschrecken ließen sich derweil auf der Außenseite der Aufbauten nieder – auf Radarmast, Antennen, Schornstein, Kommandobrücke, Brückenfenstern, Lafetten, Lemurenhabitat und jeder anderen senkrecht aufragenden Fläche. Eine Heuschrecke mit mangelhaft entwickeltem Sinn für Proportionen versuchte, auf Sayles' Nase zu landen, die dem Bewußtlosen schnabelartig aus dem Gesicht vorsprang; Sayles schreckte aus seiner Ohnmacht hoch, rappelte sich *»Christus! Jesus! Ungeziefer!«* schreiend auf und stürzte sich ins Meer.

»Männer über Bord«, sagte Neunundzwanzig-Wörter und warf ein zweites Rettungsfloß ab.

»City of Women«

»Chandelles sauvages im Wasser auf zwei-null-neun!« sagte Gwynhefar Matchless. »Zwei Torpedos im Anmarsch, Entfernung achtzehnhundert und zwotausendeinhundert Meter.«

»Ruder hart steuerbord!« kommandierte Wendy Mankiller. »Alle Tanks lenzen, auf fünfzig Meter steigen! Abwehr, während wir wenden, Krachmacher abschießen!«

»Aye, Käptn, Ruder hart steuerbord, alle Tanks lenzen!«

»Krachmacher ist im Wasser!«

»Beide Torpedos halten angegebenen Kurs«, meldete Matchless. »Sie gehen auf den Köder.«

»Ruder, zwei Drittel voraus, weiter steuerbord auf Kurs eins-acht-null. Feuerleitung, für Schnappschuß bereithalten.«

»Kehre abgeschlossen, Käptn!«

»Matchless, ich brauche Entfernung und Ortung der Robespierre.«

»Pingen läuft, Käptn ... Robespierre ist auf eins-neun-zwo Grad, Entfernung siebentausend Meter.«

»Rohr eins und drei fluten! Außenluken öffnen!«

»Außenluken geöffnet!«

»Nach Peilung ausrichten und Schuß!«

»Eins abgefeuert ... drei abgefeuert. Störung bei eins, Käptn! Der Motor ist nicht angesprungen! Drei ist ab und läuft normal.«

»Scheiß-Chanticleers! Außenluken schließen und nachladen.«

»Käptn, Chandelles sauvages sind Schleife gefahren und versuchen, wieder aufzuholen!« meldete Gwynhefar Matchless. »Chandelles sauvages jetzt auf null-null-sechs!«

»Zweiten Krachmacher abschießen! MacAlpine, hart backbord!«

»Mitterrand Sierra«

Seraphina kraxelte einen der Träger hoch, auf denen das Lemurenhabitat ruhte. Das Habitat, ein würfelförmiger Plexiglasverschlag von drei Metern Kantenlänge, hatte eine quadratische Tür, die mit zwei Riegeln gesichert war; Heuschrecken beiseite wischend, fummelte Seraphina die Riegel auf und öffnete die Klappe. Ein Lemur streckte den Kopf heraus. Es war ein kleines Tier, etwa von der Größe einer Hauskatze, der sonstigen Erscheinung nach allerdings eher einem waschbärengesichtigen Affen mit großen gelben Augen vergleichbar. Sein buschiger schwarz-weiß geringelter Schwanz war länger als der Rest des Körpers.

Der Lemur hatte gerade Baobabblätter geknuspert. Jetzt versuchte er, Seraphina zur Begrüßung eines ins Ohr zu stecken. Sie zog den Kopf lachend zurück, und die Mörderkugel sauste zwei Zentimeter vor ihrem Hals vorbei, anstatt mitten durch selbigen hindurch.

Seraphina hörte den Schuß und fühlte den Vorbeiflug der Kugel, aber es war der Lemur, strenggenommen der weniger intelligente Primat von ihnen beiden, der die Gefahr als erster erkannte. Nur indem sie dem Blick des Lemuren folgte, machte Seraphina den Heckenschützen aus, der hoch oben auf der Brücke zum zweiten Schuß anlegte. Er hatte eine merkwürdige Schutzbrille auf, und sein Mund schien voll Blut zu sein; Heuschrecken krabbelten ihm durch das Haar und tropften ihm von den Schultern.

Der Lemur bewies einen für eine vom Aussterben bedrohte Spezies bemerkenswerten Überlebensinstinkt: Er schwuppte in seinen Verschlag zurück und zog die Tür zu. Seraphina brauchte noch drei Sekunden zum Reagieren, und Penzias hätte sie mit Sicherheit getötet, wenn ihm nicht eine Heuschrecke vor das Zielsuchgerät geflogen wäre und ihm den Schuß vermasselt hätte.

»Fang mich doch!« rief Seraphina, als die zweite Kugel an ihrem Ohr vorbeizischte. Sie ließ den Träger los und fiel rücklings ins Leere; Neunundzwanzig-Wörter-für-Schnee, der wirklich dabei war, sich zu einem exzellenten Guten Bekannten zu entwickeln, sprintete los und fing sie auf, bevor sie aufs Deck schlug. Ohne aus dem Tritt zu kommen, trug er sie weiter, bis die Achterschiffaufbauten sie vor dem Heckenschützen deckten. Frustriert gab Penzias noch einen Schuß ab; die Kugel prallte an dem schußsicheren Plexiglashabitat ab und sirrte davon. Die Lemuren drängten sich aneinander und sahen sich gegenseitig an, als fragten sie sich, was sie getan haben mochten, um solche Hostilitäten auf sich zu ziehen.

»Ich denk, wir verstecken uns besser«, sagte Neunundzwanzig-Wörter und setzte Seraphina ab.

Sie küßte ihn auf den Mund und sagte: »Ich denk, du hast recht. Wo?«

Das war keine leicht zu beantwortende Frage. Unter den Wasserbombenträgern war Platz, aber dort würde man sie mit Sicherheit finden. Über Bord springen klang auch nicht wie eine besonders gescheite Idee. Damit blieben drei Möglichkeiten offen: an der Backbordseite entlang zum Vorschiff laufen, an der Steuerbordseite entlang zum Vorschiff laufen oder durch die Luke rechts von da, wo sie standen, in die Aufbauten gehen. Sie waren noch am Überlegen, als die Luke aufflog; Neunundzwanzig-Wörter straffte sich zum Kampf, aber es war nur ein Weißer Neger, der herauskam, um das Deck zu wischen.

»Ach, Verzeihung«, sagte Seraphina. Der Weiße Neger stellte Mop und Eimer ab und sah sie erwartungsvoll an. Seraphina deutete auf das Steuerbordschanzkleid. »Könntest du dich bitte einen Augenblick da drüben hinstellen?«

Der Weiße Neger tat wie geheißen; als er aus der Deckung der Aufbauten ins Freie trat, ballerte ihm Penzias den Kopf ab.

»Ich glaub, da gehen wir besser nicht lang«, meinte Neunundzwanzig-Wörter. Die offene Backbordseite des Decks wirkte auch kein bißchen sicherer, also öffneten sie die Luke, durch die der Weiße Neger herausgekommen war, und gingen hinein. »Kein Schloß«, stellte Neunundzwanzig-Wörter fest, als er die Luke hinter sich zuzog.

Sie befanden sich in einem kurzen Korridor, von dem mehrere Türen abgingen, darunter eine zu einem engen Niedergang, der nach unten führte und die Aufschrift *CHAMBRE DES MACHINES* trug. Die engen, vollgerümpelten Räume der unteren Decks schienen einerseits ein guter Platz zu sein, um sich vor einem Gewehrschützen zu verstecken, aber das Stampfen der Maschinen klang leicht infernalisch, und der Treppenschacht war dunkel, und so zögerten sie noch. Ein Stück weiter den Gang hinunter ging eine weitere Luke auf. Diesmal war es kein Weißer Neger, der in der Öffnung erschien, sondern ein Mann mit einer Pistole.

»Nicht da lang«, sagte Käptn Baker, als Seraphina und Neunundzwanzig-Wörter zum Niedergang spritzten. »Corporal Psycho-Killer ist gerade vorn unter Deck gegangen; ich glaube, er will sich bis zu den Maschinenräumen durchschlagen.«

Seraphina sah ihn an. »Sind Sie nicht auch einer von den Schurken?« sagte sie.

»Doch«, sagte Käptn Baker. Er wischte sich mit dem Handrücken über die Stirn; vom glitschigen Gefühl des eigenen Blutes wurde ihm schwindlig und übel. »Doch, ich bin ein Schurke. Genau wie ihr. Wie Dufresne. Aber Penzias … der ist *nicht* wie ihr und ich.«

Der Chanticleer

Möglicherweise hatte die Royal Navy nicht klug daran getan, eine Waffe nach einem Gockel zu taufen. Der Chanticleer, der schnellste Torpedo, der je konstruiert worden war, hatte in der Nordsee alle Tests mit Glanz und Gloria bestanden; erst als er in Serie ging und die Marine anfing, ihn großräumig einzusetzen, stellte sich heraus, daß die Nordsee die *einzige* See war, in der er sich mustergültig verhielt. Der Motor des Chanticleer reagierte auf Temperaturschwankungen äußerst empfindlich: In den wärmeren Gewässern des Mittelmeers und der Tropen lief er leicht heiß und verreckte bereits nach einminütiger Fahrt; in arktischen Gewässern weigerte er sich in der Regel, überhaupt erst anzuspringen; und in den temperierten Fluten des Atlantiks verhielt er sich – nun, launisch.

Außerdem hatte der Chanticleer Probleme mit der Orientierung.

Der Schnappschuß der »City of Women« hätte sein Ziel leicht finden müssen. Da die Sonarstation der »Mitterrand Sierra« nicht besetzt war, erhielt die Brücke keinerlei Gefahrenmeldung; Najime blieb stur auf nördlichem Kurs und ein Drittel voraus und bot damit jedem auch nur halbwegs seiner Sinne mächtigen Torpedo ein problemlos abzufangendes Ziel. Doch eine knappe Seemeile vor der »Sierra« fing der Chanticleer an, nach links abzudriften. Nicht stark; nur eben soviel, daß es etwas ausmachte.

Der Chanticleer war mit einem elektromagnetischen Nahzünder ausgerüstet, der darauf eingestellt war, in zehn Metern Entfernung vom Ziel zu detonieren. Der Schnappschuß der »City of Women« zog zehn*einviertel* Meter steuerbords an der »Mitterrand Sierra« vorbei.

Eine Viertelseemeile weiter fing der Torpedo an, sich seinen Zielsuchkopf darüber zu zermartern, was aus dem Schiff, dem er auf der Spur gewesen war, geworden sein mochte. Konnte es irgendwie ein bißchen vom Kurs ausgeschert sein? In der Hoffnung, wieder Anschluß zu finden, begann der Torpedo, Schlangenlinien zu fahren; natürlich brachte das nichts, da die »Sierra« mittlerweile hinter ihm lag und mit jeder Sekunde weiter zurückfiel. Aber der Chanticleer gab nicht auf, und wie er so weiter in südlicher Richtung fuhr, machte er bald ein neues Zielobjekt aus, das, etwa so groß wie ein Londoner Doppeldecker, gerade die Wasseroberfläche durchbrach.

»Noch Weiter«

Morris kletterte mit einem Fernglas raus aufs Dach der Rettungskapsel, um zu sehen, was es zu sehen gab.

»Schaut gut aus«, rief er zu den anderen hinunter. »Eine meiner Pharaoschrecken scheint vorzeitig aufgetaucht zu sein.«

»Irgendwas von Seraphina zu sehen?« fragte Philo.

»Ich sehe ein Rettungsfloß, aber da sitzt niemand drauf... Wart mal, da schwimmt noch ein Floß im Wasser, näher am Schiff dran. Und noch eins... Also, wer zum Henker sind diese Typen?«

»Morris«, sagte Asta Wills, »siehst du sonst noch was im Wasser? Bei, übern Daumen gepeilt, drei-fünf-fünf Grad?«

»Warum, hörst du was?« Das eigentliche Schallortungssystem war mit der »Yabba-Dabba-Doo« untergegangen, aber die »Noch Weiter« war mit einem billigen Versandhaus-Unterwasserhorchgerät ausgerüstet, mit dem Asta ein bißchen herumspielen konnte. »Nach was halte ich denn Ausschau?«

»Wenn dus siehst, dann erkennst dus bestimmt«, versicherte ihm Asta. »Knapp zwei Seemeilen entfernt, würd ich sagen.«

Er sah es.

»O Scheiße«, sagte Morris.

»Genau«, sagte Asta. »Das hab ich auch gedacht.«

»Mitterrand Sierra«

Käptn Baker führte sie nach vorn zur Operationszentrale. Wie sie so gingen, wurde immer deutlicher, daß mit der »Mitterrand Sierra« irgendwas nicht stimmte; die Beleuchtung fing an zu flackern und das bis dahin gleichmäßige Stampfen der Maschinen wurde von zunehmend häufigeren Aussetzern unterbrochen. Als sie die Zentrale betraten, führte der Computer Selbstgespräche.

»Répétez après moi: ... Amiral Jones a dépensé beaucoup d'argent pour son nouveau cuirassé ... Commandant Vendredi a coulé une frégate chinoise avec ses missiles Exocet ... Ma tante Trudi a tué un lamantin avec son moteur hors-bord ...«

»Die Anlage ist durchgeknallt«, sagte Käptn Baker. »Die Heuschrecken?«

Seraphina nickte. »Sind Sie sicher, daß wir hier in Sicherheit sind?« fragte sie; der Raum wies eine Menge dunkler Ecken auf.

»Vielleicht nicht«, sagte der Kapitän. »Gehen wir rauf auf die Brücke. Wir trommeln alle Nichtübergeschnappten zusammen und –«

Die Beleuchtung erlosch, und alle Computerbildschirme wurden schwarz. Es gab ein Gekreisch von durchschmorender Elektronik, das Knallen herausspringender Überspannungsunterbrecher, dann dunkle Stille, in der nur noch in Abständen das Todesröcheln der Schiffsmotoren zu hören war.

Das, und ein anderes Geräusch ... ein weiches Surr-und-Klick, wie vom Objektiv einer vollautomatischen Kamera.

»Weg hier!« sagte Käptn Baker. Mündungsblitze erhellten den Raum, als jemand anfing zu schießen. Seraphina duckte sich sofort, packte Neunundzwanzig-Wörters Hand und rannte zum nächsten Ausgang, den sie finden konnte, und das war nicht der, der zur Brücke führte. Die beiden tappten blind einen Gang hinunter, endeten in einem Abstellraum, tasteten sich wieder zurück, stolperten durch eine andere Luke und waren mit einemmal draußen, auf dem Vorderdeck.

Troubadour Penzias erwartete sie, unter der Torpedoabschußrampe kauernd wie der Buddha unterm Bodhibaum.

»Tag«, sagte er.

»Aber ...« Seraphina warf einen Blick über die Schulter zurück; aus dem Inneren der Aufbauten waren noch immer Schüsse zu hören.

»Ist das der Käptn?« fragte Penzias. »Auf was schießt er denn?«

»Auf Sie«, sagte Seraphina.

»Muß ihm offenbar noch fester auf den Schädel gehauen haben, als ich dachte.« Penzias trat mit der Fußspitze auf eine Heuschrecke, die auf dem Deck herumgekrabbelt war; ihr Batteriemotor surrte und klickte beim erfolglosen Versuch, die Flügel zu bewegen.

Neunundzwanzig-Wörter drückte Seraphinas Hand. Er schob einen Fuß unauffällig zurück, auf die Luke zu, die sich hinter ihnen befand.

»He, Eskimojunge«, sagte Penzias, der die beiden durch die Zielvorrichtung seines Gewehrs im Auge behielt. »Warum machst du diese Tür nicht zu, bevor ich beschließe, euch auf die langsame Weise umzubringen?« Ein Warnschuß prallte klirrend vom Deck ab. »Ich sagte *zumachen*, nicht den Kopf reinstecken ... Gut. Jetzt hier rüber.« Mit einer entsprechenden Bewegung des Gewehrs trat er beiseite und ließ die beiden seinen Platz unter der Abschußrampe einnehmen. »So ists gut. Ausgezeichnet ...« Er lud die Remington durch. »Ganz ausgezeichnet ...«

»Sie wollen uns erschießen?« sagte Seraphina.

»Ja doch.«

»Aber warum?«

»Nein«, sagte Penzias. »Nein – diese Frage stellst du nicht.« Er zielte aus der Hüfte; Zielfernrohr und beide Objektive seines New VISION waren auf ein und denselben Fleck schwarze Haut gerichtet, ideale Stelle für eine Eintrittswunde. »Du *kommst* gar nicht dazu, diese Frage zu stellen.«

Der Schiffsrumpf donnerte wie eine Kesselpauke. Es fühlte sich wie ein Torpedoeinschlag an, aber es gab keine Explosion, nur einen Stoß, wie von einem Rammbock. Die »Mitterrand Sierra« krängte stark; Seraphina und Neunundzwanzig-Wörter verloren den Boden unter den Füßen, und Penzias wurde seitlich gegen das Steuerbordschanzkleid geschleudert. »Was?« begehrte er zu wissen; sein Kopf flog herum, das New VISION starr hinunter aufs Wasser gerichtet, das plötzlich viel näher war.

Ein Ungeheuer starrte zurück. Der Pottwal war ein Riese, fünfundzwanzig Meter lang und vierzig Tonnen schwer, mit einer seepockenüberkrusteten grauen Haut und einem runden Bluterguß über dem linken Auge, der die exakte Größe und Form eines Chandelle-sauvage-Zielsuchkopfes aufwies. Das Auge selbst war groß und kalt und unbarmherzig, von der Farbe gesprenkelter Jade, und es schien genau zu wissen, wen es da ansah.

Penzias stieß einen Schrei aus. Gegen einige Gesetze der Physik ankämpfend, versuchte er, das geneigte Deck der Fregatte wieder hinaufzukrabbeln; der Wal tauchte weiter auf und verschoß einen Blasstrahl wie eine explodierende Dampfkesselfabrik. Eine Sechsmeterfluke knallte gegen die Bordwand des Schiffs, sprengte mehrere Schotts und fegte ein Maschinengewehr von der Lafette. Die »Sierra« krängte noch weiter, drohte schon fast zu kentern. Neunundzwanzig-Wörter schlang seine Arme um den Träger der Abschußrampe, und Seraphina schlang ihre Arme um Neunundzwanzig-Wörter; Troubadour Penzias hatte nichts Greifbares zur Hand und krallte seine Finger in die Luft.

Dann kam der Augenblick, als der Sog der Leere an seinen Schultern zu ziehen begann und er begriff, daß er es nicht schaffen würde. Seraphina sah, wie es passierte. Mit einemmal stellte Penzias alle Bemühungen ein und blieb stocksteif stehen, wobei seine Silhouette einen spitzen Winkel mit dem Deck bildete; er nahm sein Gewehr in die eine Hand, zog mit der anderen seinen Blattklingendolch, bleckte die Zähne, dann drehte er sich um und überließ sich der Schwerkraft. Er schlitterte wieder zum Decksrand hinunter, sauste wie vom Katapult geschleudert über das Schanzkleid und gab im Fallen mehrere Schüsse ab.

Man hörte kein Aufklatschen.

Die »Mitterrand Sierra« richtete sich wieder auf, oder versuchte es zumindest; sie schaffte es nicht mehr ganz bis in die Horizontale, sondern pendelte sich auf eine Schräglage von fünf Grad ein. Bevor er davonschwamm, verpaßte der Wal dem Rumpf noch einen zweiten Flukenschlag. Zwei weitere Schotts ließen das Meer ein, und aus den fünf Grad Schlagseite wurden fünfzehn. Ein weiteres Rettungsfloß flog achtern über die Reling; Najime und Tagore hatten endgültig genug. Chatterjee, der Maschinist, folgte ihnen in Sekundenabstand.

Seraphina und Neunundzwanzig-Wörter standen langsam auf. Neunundzwanzig-Wörter sah dort, wo Penzias über Bord gegangen war, einen roten Fleck auf dem Deck und ging sich die Sache anschauen. Für Blut sah es ein bißchen zu dünn aus, also steckte er einen Finger in die Flüssigkeit, führte einen Tropfen davon an die Nase und schnüffelte. Es roch nach Wasser. Er beschloß, sich keine weiteren Gedanken darüber zu machen.

»Hey«, sagte Seraphina. »Lexa kommt.«

»Noch Weiter«

»Find ich irgendwie ziemlich unfair«, sagte Morris, während der Chanticleer zielstrebig näher kam. Philo war zu ihm heraufgestiegen, dann Norma, und anschließend hatten sich die Palästinenser schubsenderweise darüber auseinandergesetzt, wer als nächster rauf durfte. Es spielte sowieso keine Rolle mehr; der Torpedo machte hundert Knoten Fahrt und war nicht mehr als eine halbe Meile entfernt, da hätte es nicht einmal ein Olympiaschwimmer geschafft, vor dem Einschlag aus dem Explosionsradius herauszukommen.

Aber trotzdem war es komisch, was den Leuten im Angesicht des Todes so alles durch den Kopf ging. Morris hatte noch immer sein *dreidel* in der Hand, und während die letzten Sekunden unaufhaltsam verrannen, starrte er auf den kleinen Holzkreisel und versuchte sich zu erinnern, für welchen Satz die vier hebräischen Buchstaben standen.

Also mal sehen. *Nun, Gimel, He* und *Schin.* Nun-Gimel-He-Schin, das bedeutet, also ...

»Nes gadol hajah scham«, sagte Morris laut, und Philo, der neben ihm stand, hielt plötzlich die Luft an.

»Gott«, sagte Norma Eckland. »Gott sei gedankt ...«

»Was ist?« sagte Morris.

»Er ist stehengeblieben«, sagte Philo. Keine hundert Meter von ihnen entfernt war die Kielspur des Torpedos immer schwächer geworden und schließlich verschwunden.

»Pingen hat aufgehört!« rief Asta Wills von unten herauf. »Schraubengeräusch hat auch aufgehört! He, ich glaub, dem ist der Sprit ausgegangen!«

»Morris«, fragte Philo, »was war das, was du eben gesagt hast?«

»Nes gadol hajah scham«, sagte Morris. »›Ein großes Wunder ist

hier geschehen.‹ Das ist von Chanukka.« Er blickte über das Wasser hinaus zu der Stelle, wo die Kielspur des Torpedos verschwunden war, sah auf sein *dreidel* hinunter, dann wieder hinaus auf das Wasser. »Ach was. Is doch nicht möglich ...«

»Hmm«, sagte Philo.

»City of Women«

»Sie sind von einem *Wal* getroffen worden?« sagte Wendy Mankiller.

»So hats zumindest geklungen, Käptn. Die Maschinen der Robespierre laufen überhaupt nicht mehr, und ich höre Wassereinbruchgeräusche unter Deck. Der Wal schwimmt wieder auf seine Herde zu.«

»Was ist aus unserem Torpedo geworden?«

»Offenbar danebengegangen. Als ich zuletzt von ihm gehört hab, pingte er irgendwo in südlicher Richtung davon, aber es hat keine Explosion gegeben ... Moment. Neuer Kontakt!«

»Was ist es jetzt?« sagte Mankiller. »Entfernung und Richtung?«

»Fast direkt über uns, aber nach Südwesten abziehend ... Bloody Mary meint, es ist ein Luftschiff.«

»Ah, natürlich. Ein Luftschiff. Versteht sich.«

»Acht Turbinentriebwerke, knapp über der Wasseroberfläche, und außerdem etwas wie ein Lautsprecherrückkopplungsgejaule, in sehr hoher Tonlage, nah der Ultraschallgrenze – wie der Hochfrequenzton, mit dem man Mücken verscheucht ...«

»Käptn?« fragte Dasher MacAlpine. »Wann können wir nach England zurück?«

»So gottverdammt früh wie möglich«, sagte Wendy Mankiller. »Ich hab die Nase voll. Zwei Drittel Kraft voraus.«

»Steuerkurs?«

»Nur raus aus dieser Scheißgegend. Gestern.«

»Aye, Käptn!«

21

Er hob einen Finger und zwinkerte mir zu. »Aber angenommen, junger Mann, dieser eine Marineinfanterist hätte eine winzige Kapsel mit einem Eis-Neun-Samen bei sich, einer neuartigen Substanz, die Wassermoleküle veranlaßt, sich regelmäßig anzuordnen und sich zusammenzuschließen, zu gefrieren. Wenn dieser Marine diesen Samen in die nächstgelegene Pfütze würfe ...?«

»Würde die Pfütze gefrieren?« tippte ich.

»Und der ganze Matsch um die Pfütze?«

»Würde gefrieren?«

»Und alle Pfützen im gefrorenen Matsch?«

»Würden gefrieren?«

»Und die Tümpel und die Bäche in dem gefrorenen Matsch?«

»Würden gefrieren?«

»Und *ob* sie's würden!« rief er aus. »Und die United States Marines würden aus dem Sumpf steigen und weitermarschieren!«

Kurt Vonnegut, *Cat's Cradle*

Augen auf, Kauf ist Kauf

Der Zug, der nach New York zurückfuhr, hatte kein Raucherabteil. Joan saß am hinteren Ende des Salonwagens vor einer nicht angerührten Tasse Kaffee, die Handkanone, in eine Zeitung gewickelt, auf dem Schoß. Als ein junger Priester Anstalten machte, sich zu ihr zu setzen, verscheuchte sie ihn mit einem Blick; als ein Automatischer Diener den Waggon mit Nachschub für die Bar betrat, hätte sie ihn um ein Haar über den Haufen geschossen. Gerade erst im Bahnhof von Atlantic City der Polizei entwischt und unter mittelschwerem Nikotinentzug leidend, war Joan nicht eben gelassener Stimmung.

Ayn war zum Plaudern aufgelegt.

»Sie haben mir noch gar nicht erzählt, warum Sie sich von Harry Gant haben scheiden lassen«, sagte sie plötzlich, zehn Minuten vor Grand Central.

Joan seufzte. »Sie suchen sich die komischsten Momente aus, um persönlich zu werden, Ayn.«

»Wißbegier ist meine zweite Natur«, sagte Ayn. Dann fügte sie, nicht als Drohung, sondern als eine schlichte Feststellung, hinzu: »Möglicherweise haben Sie nicht mehr allzulange Gelegenheit, Fragen zu beantworten.«

Joan seufzte noch einmal, dann zuckte sie aber die Schultern und sagte: »Plessy Falls. Das ist die kurzgefaßte Antwort – ich habe mich wegen Plessy Falls von ihm scheiden lassen.«

»Plessy Falls?«

»Aber das ist nicht der eigentliche Grund«, fuhr Joan fort, die beschlossen hatte, sich durch Reden abzulenken. »Plessy Falls war nur der Anlaß und der letzte Tropfen. Die Wahrheit ist, daß ich nach neun Jahren ausgelaugt war. Ich hatte genug von Harry, genug von der Firma. Was eigentlich ein und dasselbe ist.«

»Sein Geschäft ist die Fortsetzung seiner Person.« Ayn nickte beifällig. »Und so ist es auch richtig.«

»Nun, so *ist* es, ob richtig oder nicht.«

»Und wovon hatten Sie nun genug?«

»Einfach von allem«, sagte Joan. »Vom täglichen Mist. Sehen Sie, das Gant-Management war nach dem Muster einer klassischen nicht funktionierenden Drei-Eltern-Familie organisiert. Ich war die strenge Mama, diejenige, die den Kindern immer hinterher war, daß sie ihre Zimmer aufräumten, fair spielten und den Hund davon abhielten, in Nachbars Garten zu pinkeln – und gleichzeitig dem Rest der Welt vorschwärmte, wie wundervoll sie doch seien, einfach die besten Kinder, die sich eine Mutter nur wünschen könne. Und Clayton Bryce, er war der moralzersetzende Vater, der bei jeder sich bietenden Gelegenheit meine Autorität untergrub: den Kids fünfzig Dollar zusteckte, so daß sie ins Kino gehen konnten, statt im Garten Unkraut zu jäten, sie dazu ermutigte, beim Baseball dem Fänger ruhig mit den Spikes ins Schienbein zu schlittern, ihnen sagte, sie bräuchten nicht wirklich *alle* Flaschen aus dem Müll zu sortieren und in den Glascontainer zu werfen ... Natürlich würde Clayton, wenn Sie ihn fragen würden, wahrscheinlich sagen, daß *ich* den verderblichen Einfluß ausübte, daß ich zu idealistisch war, um die Realitäten zu akzeptieren ...«

»Und in diesem bemühten Vergleich«, sagte Ayn Rand, »wäre Gant der dritte Elternteil?«

»Das nominelle Familienoberhaupt«, bestätigte Joan. »Aber Harry war der niemals anwesende Papa: Die meiste Zeit war er entweder im Hobbyraum und bastelte an seinem neusten Spielzeug herum, oder im Waisenheim, wo er weitere Kinder auflas, um die Clayton und ich uns dann kümmern konnten.

Wovon für mich natürlich nichts überraschend kam: Ich hatte schließlich gewußt, in was für eine Familie ich da einheiratete, also konnte ich hinterher nicht sagen, man hätte mich nicht gewarnt ... und es war auch nicht so schlimm, jedenfalls zu Anfang nicht. Trotz all meiner Klagen und all meiner Bedenken habe ich während meiner ersten drei Jahre bei Gant wahrscheinlich mehr Gutes getan als in meinem ganzen Leben vorher und danach. Allein die afrikanischen Umweltschutzvereinbarungen wogen jeden Gramm Ärger und Selbstzweifel auf, den ich auszustehen hatte.«

Ayn gab sich erstaunt. »Gutes getan? In einem kapitalistischen Unternehmen?«

»Das ist billig, Ayn«, sagte Joan. »Nur weil ich das System nicht, wie Sie, für über alle Kritik erhaben halte –«

»Aber bitte, nur zu, kritisieren wir den Kapitalismus! Aber wenn es um Dirigismus und Sozialismus und die totale Unterdrückung der Menschenrechte geht –«

»Möchten Sie den Rest der Geschichte hören, ja oder nein?«

»Sicher doch!« sagte Ayn und verschränkte bockig die Arme.

»Schön ... In den ersten paar Jahren lief es mit dem Job also wirklich ganz gut«, fuhr Joan fort, »aber das Unternehmen wuchs und wurde zunehmend komplexer, ständig kamen neue Tochterfirmen und neue Produktbereiche hinzu – immer mehr Kinder –, und dann merkte ich nach einer Weile, daß ich nicht mehr so viel Gutes zustande bekam. Die Veränderung trat nicht von heute auf morgen ein, aber Schritt für Schritt geriet ich zusehends in die reine Schadensbegrenzung und tat bald nichts anderes, als betriebsinterne Probleme zu bekämpfen, die gar nicht erst hätten entstehen dürfen.«

»Was für Probleme?«

»Ach, beispielsweise daß sich Clayton beim Bau des Transrapids, um Geld zu sparen, um die hundertprozentige Erfüllung der gesetzlichen Sicherheits- und Umweltschutznormen drükken wollte. Oder als einer seiner Protegés aus der Abteilung für Tarifpartnerliche Beziehungen einen Gewerkschaftsbonzen zu bestechen versuchte, damit der uns erlaubte, rein nonhumane Schienenlegertrupps einzusetzen. Nachdem wir wegen der Schmiergeldaffäre vor Gericht geschleift worden waren, trat der Krieg zwischen Öffentlicher Meinung und Kreativer Buchhaltung in die richtig heiße Phase ein.«

»Und was war Plessy Falls?«

»Erinnern Sie sich an Love Canal?«

»Ich habe den Namen schon mal gehört«, sagte Ayn. »Hatte es nicht etwas mit polizeistaatlichen Maßnahmen gegen einen Chemiekonzern zu tun?«

»Ja, so was in der Art.« Joan lächelte schief. »Plessy Falls war der Love Canal der späten neunziger Jahre. Es war ein Zehn-Hektar-Sumpfgebiet im Norden des Staates New York – oder zumindest war es das ursprünglich gewesen.«

»Plessy Falls war ein Sumpf? Kein Wasserfall?«

»Ein Sumpf mit einem Flüßchen, das hindurchfloß; und an einer Stelle machte das Flußbett einen Hopser von einem knappen Meter, daher der Name. Der Sumpf befand sich auf dem Gelände einer Chemie- und Kunststoffabrik, und in den fünfziger Jahren fing man an, Teile davon trockenzulegen und sie zur Endlagerung von Abfallprodukten zu verwenden. Hochgiftigen karzinogenen chemischen Abfällen, in über zweihundert Geschmacksrichtungen, alle fein säuberlich in nichtrostbeständige eiserne Zweihundertliterfässer abgefüllt.«

»Karzinogene?« sagte Ayn. Sie zog demonstrativ an ihrer Zigarettenspitze. »Sie meinen *angeblich* krebsverursachende Stoffe?«

Es dauerte ein paar Augenblicke, bis Joan begriff. »Moment mal«, sagte sie. »Sie werden mir doch nicht etwa erzählen wollen, daß Sie den Bericht des Gesundheitsministeriums über die

Schädlichkeit des Rauchens noch *immer* nicht akzeptieren? Oder doch?«

»Statistische Ergebnisse – und nur auf solche stützte sich dieser Bericht – sind keine wissenschaftlich exakten Daten«, sagte Ayn Rand. »Sie stellen keinen objektiven Beweis dar.«

»Nein? Was stellt denn einen solchen Beweis dar?«

»Rationale Beobachtung. Die Beobachtung eines eindeutigen Kausalnexus.«

»Sie meinen, wie wenn eine russische Philosophin fünfzig Jahre lang täglich zwei Päckchen raucht und Sie dann beobachten, daß ihr ein krebszerfressener Lungenflügel herausgeschnitten wird? *Die* Art von Kausalnexus?«

»Während dieser fünfzig Jahre sind eine Menge Dinge passiert«, konterte Ayn herablassend. »Der Mond zieht jeden Tag über den Himmel. Wenn Sie sich auf unwissenschaftliche statistische Gegenüberstellungen stützen wollen, warum dann nicht gleich das für meinen Krebs verantwortlich machen?«

»Weil Sie den Mond nicht eingeatmet haben«, erwiderte Joan. »Mondlicht enthält keine bekannten Gifte wie Nikotin und Zyanid, und man kriegt auch keinen Hustenanfall, sobald man mit ihm in Berührung kommt. Wenn man einer Ratte den Rücken rasiert und sie über Nacht im Freien läßt, bekommt sie davon keinen Hautkrebs, wohl aber wenn man sie mit Zigarettenteer einpinselt –«

»Erzählen Sie Ihre verdammte Geschichte zu Ende!« fauchte Ayn.

»Liebend gern«, sagte Joan mit einem begehrlichen Blick auf die Hologramm-Marlboro, die in Ayns Zigarettenspitze stak. »Mitte der sechziger Jahre war Plessy Falls völlig trocken und bis an den Rand voll mit Giftmüllfässern. Die Unternehmensleitung ließ die Fässer mit einer Lehmschicht ummanteln, auf den Lehm Unmengen Erde kippen, das Ganze mit Gras und Büschen bepflanzen, damit es auch hübsch aussah, und verkaufte dann 1975 die ganzen zehn Hektar an die Gemeinde Gate's Bend für den symbolischen Preis von einem Dollar. Der Vertrag enthielt eine Klausel, die dem Käufer die uneingeschränkte und unbefristete Verantwortung für das Grundstück übertrug. Da war auch ein Absatz, der besagte, auf dem Gelände seien »industrielle Nebenprodukte« vergraben worden, über Art und Menge derselben aber keinerlei Angaben machte. Die Stadträte von Gate's Bend stellten keine Fragen; sie griffen zu und bauten auf dem Gelände eine High-School und einen Sportplatz.

Ungefähr zwanzig Jahre lang war alles in bester Ordnung. So lange brauchte die Bodenfeuchtigkeit, um durch die Lehmummantelung zu dringen und erste Rostlöcher in die Eisenbehälter zu fressen. Dann fingen die Schüler plötzlich an, krank zu werden: unerklärliche Kopfschmerzen, Hautausschläge, Augenreizungen, Atembeschwerden, nervöse Störungen, Immunschwächekrankheiten und eine ganze Latte weiterer Symptome; die Zahl der neuen minderjährigen Mütter ging abrupt zurück, aber nicht weil die Minderjährigen aufgehört hätten, schwanger zu werden, sondern weil die Fehlgeburtsrate in die Höhe schoß – was wahrscheinlich sogar ein Segen war. Und die Lehrer, die das Schulgelände früher betraten und später verließen als die Schüler, waren sogar in einer noch schlechteren Verfassung als die Jugendlichen.

Plessy Falls High wurde geschlossen, wiedereröffnet und noch einmal geschlossen. Das Chemieunternehmen hatte seine Spuren so gut verwischt, daß die ganze Geschichte erst drei Jahre und neunundvierzig Zeugenvorladungen später ans Licht kam. Die erste Klage wurde 1998 eingereicht, und der Rechtsstreit schleppte sich bis in die nuller Jahre hin. Schließlich machte die Firma Bankrott und meldete den Konkurs an, was für die Stadt einen Pyrrhussieg bedeutete, da die Fabrik der wichtigste Wirtschaftsfaktor im ganzen Umkreis gewesen war. Und so endete es damit, daß auch Gate's Bend den Konkurs anmeldete.«

»Sehen Sie?« sagte Ayn Rand. »*Deswegen* sollten Schulen grundsätzlich in Privatbesitz sein ... Aber fahren Sie fort. Wie ist Gant Industries in die Sache hineingeraten?«

»Gant Industries ist auf dieselbe Weise in die Sache hineingeraten wie die Bürger von Gate's Bend«, sagte Joan. »Auf sträflich fahrlässige nämlich. Im Rahmen des gerichtlichen Vergleichs hatte sich das Chemieunternehmen bereit erklärt, das Plessy-Falls-Gelände zurückzunehmen und fachgerecht entgiften zu lassen. Aber dann hörte die Firma auf zu existieren, und das Großreinemachen fiel aus. Die vergiftete High-School wurde lediglich eingezäunt und verlassen. Gate's Bend verfiel zu einer Geisterstadt.

Dann, ungefähr zwölf Jahre später, nachdem die Plessy-Falls-Story so lange nicht mehr in den Medien aufgetaucht war, daß mit Ausnahme der Krebsstatistik sie jeder vergessen hatte, kam Harry Gant auf der Suche nach einer billigen gebrauchten Fabrik in die Gegend. Harry hatte eine klasse Idee für eine neue Produktreihe gehabt – durchsichtige Toaster: Toaster, durch deren Seitenwände man sehen konnte, wann das Brot anfing, schwarz zu werden –, und er hatte munkeln hören, im Norden des Staates stehe ein Chemiewerk ungenutzt herum. Nicht ganz die richtige Fabrikanlage, um Haushaltsgeräte herzustellen, aber der Preis war nicht zu schlagen, also griff er zu.«

»Hat er denn nicht nachgeforscht, warum die Fabrik nicht mehr genutzt wurde?«

»Nun, er hätte es tun sollen – irgend jemand hätte es tun sollen –, aber andererseits sind herrenlose Immobilien seit der Pandemie nicht gerade selten, also zog Harry den naheliegenden Schluß. Und wie gesagt, der Preis war nicht zu schlagen: Alles, was Gant Industries für die Übernahme einer pandemiebedingt verlassenen Immobilie von Gesetz wegen tun mußte, war, die rückständige Grundsteuer und eine Bearbeitungsgebühr zu zahlen. Was wir auch getan haben; und buchstäblich am Tag nach der Eigentumsübertragung stieß jemand in Gants Rechtsabteilung auf einen Zeitungsausschnitt über den alten Plessy-Falls-Skandal.«

Der Zug fuhr, stark abbremsend, in Grand Central ein; Joan legte eine Hand auf die Pistole, die auf ihrem Schoß lag, damit sie nicht hinunterrutschte. Dann fuhr sie fort: »Und so entpuppte sich das Bombengeschäft als so bombig wieder nicht. Gant war, ohne etwas zu ahnen, zum Eigentümer eines toxischen Alptraums geworden.«

»Aber es war nicht *Gants* Alptraum«, wendete Ayn ein.

»Die Eigentumsurkunde war da anderer Meinung«, erwiderte Joan. »Ganz zu schweigen vom guten alten Rechtsgrundsatz ›Augen auf, Kauf ist Kauf‹.«

»Aber es war doch die Chemiefirma, die ihrer Verpflichtung, Plessy Falls zu säubern, nicht nachgekommen war, also –«

»Welche Chemiefirma? Es gab überhaupt keine Chemiefirma mehr. Als rechtliche Einheit hatte sie aufgehört zu existieren, und ihre ehemaligen Direktoren hatten sich allesamt abgesetzt und genossen einen behaglichen vorzeitigen Ruhestand in Palm Springs und auf den Florida Keyes. Und Sie können mir glauben, daß wir fest entschlossen waren, sie ausfindig zu machen, aber das würde Zeit und Anwaltsgebühren kosten, und selbst wenn wir es geschafft hätten, ihnen noch den letzten Cent aus der Tasche zu klagen – was nicht sehr wahrscheinlich war –, hätte das Geld wahrscheinlich nicht gereicht, um die Gesamtkosten einer fachgerechten Entsorgung und Sanierung zu decken.«

»Warum? Wie teuer konnte das mit unseren modernen technischen Möglichkeiten schon werden!«

»Über den Daumen gepeilt? Drei-, vielleicht vierhundert Millionen.«

»Dollar?«

»Natürlich. Und das auch nur unter der Voraussetzung, daß die Säuberungsmaßnahmen unverzüglich in Angriff genommen wurden; bei Industrieabfällen gilt die Regel: Je länger man wartet, desto höher steigt der Preis. Was ein weiterer Faktor war, den wir berücksichtigen mußten: Der Giftmüll wartete nicht etwa darauf, daß wir zu einer Entscheidung kamen. Die Eisenfässer rosteten munter weiter vor sich hin, die Lehmummantelung löste sich immer weiter auf und ließ immer mehr Chemikalien in den Boden und in das Grundwasser sickern, wodurch das Gift sich noch weiter ausbreitete ... und die Leute hatten angefangen, nach Gate's Bend zurückzukehren.«

Der Zug war im Bahnhof zum Stehen gekommen. Die Fahrgäste stiegen schon aus, aber Joan blieb sitzen und beobachtete den Bahnsteig durch das Fenster. »Wie Sie sich vorstellen können«, sagte sie, »brach bei Gant eine Riesendebatte darüber aus, was die richtige Vorgehensweise unsererseits sei. Ich vertrat die Ansicht, okay, wir sind bös reingerasselt, das ist eine saudumme Sache, aber wir wollen uns jetzt wie verantwortungsbewußte Erwachsene verhalten und uns des Problems annehmen, bevor es noch schlimmer wird –«

»Sie wollten, daß Gant Industries die Kosten für die Bodenreinigung übernahm?«

»... und versuchen, die Kosten später wieder einzuklagen, ja. Wie ich die Sache sah, gab es keine andere Möglichkeit, wenn überhaupt, die Angelegenheit schnell über die Bühne zu bringen, als daß wir sie selbst erledigten, und da jede Verzögerung zusätzliche Kosten – und vielleicht auch Gesundheitsschäden für noch mehr Menschen – bedeutet hätte, schien mir das unter den gegebenen Alternativen die am wenigsten schlechte zu sein. Es war ja nicht so, daß wir es uns nicht hätten leisten können. Zugegeben, vierhundert Millionen sind eine Stange Geld, aber bereits durch Umwidmung eines Teils unseres Werbeetats hätten wir in einigen Jahren fast die ganze Summe aufbringen können. Bei geschickter Öffentlichkeitsarbeit hätte die Publicity, die die Sanierungsaktion uns eingebracht hätte, die Werbeausfälle wieder wettgemacht, und wir hätten außerdem bei Harrys Toastern einen Preisaufschlag zugunsten eines Sanierungsfonds verlangen und die Dinger als umweltfreundliches Erzeugnis vermarkten können. Und war das Gelände erst einmal sauber, konnten wir diese ehemaligen Direktoren aufspüren und sie zur Kasse bitten. Selbst dann wären wir wahrscheinlich nicht ganz auf unsere Kosten gekommen, aber so ist nun mal das Leben.

Nun, Clayton Bryce meinte, ich sei übergeschnappt. Sein Standpunkt war: ›Nicht unser Verschulden, nicht unser Problem.‹ Er meinte, wir könnten die Eigentumsübertragung mit der Begründung für unwirksam erklären lassen, daß die ursprünglichen Eigentümer von Plessy Falls keine Pandemieopfer gewesen waren; damit wären wir aus dem Schneider gewesen und hätten dem Staat den Schwarzen Peter zugeschoben. Die Säuberung durchzuführen und etwaige Schadensersatzansprüche geltend zu machen würde dann Angelegenheit der Regierung sein.«

Ayn sah überrascht aus. »Und Sie waren *anderer* Meinung?«

»Verstehen Sie mich nicht falsch«, sagte Joan. »Nicht daß ich grundsätzlich etwas dagegen gehabt hätte, die Hilfe des Staates in Anspruch zu nehmen, aber Claytons Strategie hätte die aktive Inangriffnahme des Problems auf unabsehbare Zeit hinausgeschoben, und in Anbetracht der möglichen Gesundheitsrisiken für die Bevölkerung erschien mir das inakzeptabel. Und abgesehen davon brauchten wir den Staat überhaupt nicht; wir waren kein armes Unternehmen, und auch wenn wir in einen bösen Schlamassel geraten waren, konnten wir damit durchaus allein fertig werden und möglicherweise sogar etwas Gutes daraus machen. Aber Clayton meinte dazu nur, der Zweck unseres Unternehmens sei nicht, Gutes zu tun, sondern Profite zu machen, und er würde unter keinen Umständen vierhundert Millionen Dollar für die Beseitigung einer Sauerei rausschmeißen, die jemand anders angerichtet hatte.«

»Und was sagte Gant dazu?«

»Harry sagte, er hoffte, Clayton und ich würden diese Plessy-Falls-Geschichte rechtzeitig geregelt bekommen, um die Toaster wenigstens zum Muttertag auf den Markt bringen zu können, da es so aussah, als würde aus dem Weihnachtsgeschäft doch nichts mehr werden.«

»Und da haben Sie gekündigt?«

»Da habe ich wahrscheinlich angefangen, daran zu denken. Aber zuerst habe ich der Kreativen Buchhaltung noch ein paar harte Runden geliefert. Clayton und ich beauftragten je ein unabhängiges Gutachterteam mit einer neuen Untersuchung der Deponie. Claytons Wissenschaftler erklärten anschließend, die Kosten für die vollständige Entgiftung würden sich in Wirklichkeit auf über eine halbe Milliarde belaufen, die Abfallstoffe hätten sich aber mittlerweile ›stabilisiert‹, so daß überhaupt kein Grund zur Hetze bestehe; meine Wissenschaftler erklärten, wir könnten die Kosten wahrscheinlich auf dreihundert Millionen und ein paar Zerquetschte halten, es gäbe aber klare Anzeichen dafür, daß bestimmte toxische Chemikalien sich bereits über die Grenzen des ursprünglichen Zehn-Hektar-Geländes hinaus ausbreiteten, weshalb höchste Eile geboten sei.

Daraufhin gelangten wir zu dem Schluß, wir sollten Plessy Falls am besten selbst in Augenschein nehmen. Beziehungsweise ich gelangte zu dem Schluß, und Clayton dachte sich, er sollte besser mitkommen, um mir auf die Finger zu sehen. Harry schleiften wir auch mit und hofften, wenn es zum Unvermeidlichen kam, würde er die entscheidende Stimme abgeben. Und wir nahmen zwei weitere Wissenschaftler mit – einen von der Union Carbide Corporation, einen von einer Firma, die Aufträge der Umweltschutzbehörde ausführte. Sie dürfen selbst raten, wer von uns wen anheuerte.«

»Und was haben Sie auf dem Schulgelände festgestellt?« fragte Ayn.

»Wir sind überhaupt nicht so weit gekommen«, sagte Joan. »Es war gar nicht nötig. Wir fuhren an einem Wochenende hoch; es war um dieselbe Zeit des Jahres wie jetzt, ein paar Wochen vor Thanksgiving, aber der Winter hatte früh angefangen, und es lag Neuschnee. Da fuhren wir also durch diese Weihnachtskartenlandschaft, alles mit jungfräulichem weißem Schnee bedeckt, wirklich schön, nur daß es zu ruhig war. In den meisten Häusern war es dunkel, und viele Fenster waren mit Brettern zugenagelt. Und dann, vielleicht einen Kilometer vor der High-School, haben wir diese Bäume am Straßenrand gesehen ...«

»Tote Bäume?«

»Nein, gesunde Bäume. Das war ja das Seltsame: Diese Bäume waren so gesund, daß sie ausschlugen, neue Blätter trieben. Im November. Bei Frostwetter.« Gedankenlos steckte sich Joan im jetzt leeren Salonwagen eine Zigarette an. »Bäume spüren die Außentemperatur durch ihre Wurzeln, wußten Sie das? So erkennen sie, was für eine Jahreszeit es gerade ist; wenn der Boden im März oder April wärmer wird, dann ist es für sie das Zeichen, daß der Frühling gekommen ist.

Na, und diese Bäume hatten sich täuschen lassen. Es waren drei, sie standen in einer Grünanlage an der Ecke eines Wohnblocks, und rings um sie herum war der ganze Schnee weggeschmolzen; grünes Gras schoß in die Höhe, ein ordentliches rundes Stück Wiese. Unsere Wissenschaftler stiegen aus dem Auto, um sich die Sache näher anzusehen, und es stellte sich heraus, daß die Bodentemperatur auf diesem Fleck sechsundvierzig Grad betrug. Das Gras und die Bäume glaubten, es sei Sommer. Aber natürlich war nur der Boden so warm; auf den Zweigen der Bäume lag weiterhin Schnee, und die Blätter erfroren, noch bevor sie sich ganz entfaltet hatten.

Der Wissenschaftler von Union Carbide sagte, es könne alles sein, vielleicht ein geplatztes Abwasserrohr, vielleicht eine undichte Gasleitung. Der Typ von der Umweltbehörde meinte, der erwärmte Fleck sei einfach zu groß, das könne unmöglich ein

Rohrbruch verursacht haben – er sagte, es müsse an irgendeiner chemischen Reaktion liegen, die im Erdreich selbst ablief, und ein paar Bodenproben würden wohl genügen, um zu ermitteln, was für Chemikalien im Spiel waren – und, wenn sie giftig waren, woher sie vermutlich stammten. Aber dann platzte Clayton dazwischen und sagte, er sehe nicht ein, wozu Bodenproben nötig sein sollten, da die Chemikalien doch offenkundig ungiftig seien – die Bäume lebten, oder? –, und ich sagte, wenn er wirklich davon überzeugt war, dann sollte er zum Beweis ein bißchen Erde essen.

Plötzlich wurde mir bewußt, daß Harry sich aus der Diskussion heraushielt, und ich drehte mich um, um zu sehen, was er trieb. Er stand, etwas abseits, ganz ruhig da, starrte einfach die Bäume an und hatte so einen Ausdruck im Gesicht ... und ich erkannte diesen Ausdruck wieder. Sie können mir glauben, daß ich ihn erkannte; es war der Ausdruck, der besagte, daß ihm gerade wieder eine klasse Idee gekommen war. Und es dauerte nur einen Augenblick, bis ich mir denken konnte, worin diese Idee bestand ...

Da standen wir also an dieser vergifteten Straßenecke, in einer Wohngegend, wo früher Kinder gespielt hatten, wo sie vielleicht schon bald wieder spielen würden, wenn Clayton seinen Kopf durchsetzte, und alles, was Harry dazu einfiel, war: »Mann, wenn wir das irgendwie verpacken könnten!«

Ayn verstand nicht. »Das Grundstück verpacken?«

»Nein«, sagte Joan, »den *Effekt.* Die Wirkung. Blühende Bäume im Winter. So in dem Sinne: ›Könnte man nicht ein erschwingliches Gerät bauen, ein Heizelement, das die Leute im Garten vergraben können, wenn sie mal Lust haben sollten, Silvester mit einer Grillparty unter sprießenden Bäumen zu feiern? Wär das nicht hübsch?‹« Sie stieß einen langen Seufzer aus. »Ich war nicht mal wütend, nicht richtig. Ich war nur ... müde. Ein, zwei Monate früher hätte ich das wahrscheinlich mit einem Achselzucken abgetan und gesagt: Na ja, das ist eben Harry, wie er leibt und lebt. Aber ich hatte wohl meine Grenzen erreicht. Neun Jahre ... selbst College-Dozenten bekommen schon nach sieben ein Freisemester, und die klasse Ideen, mit denen *sie* sich herumschlagen müssen, sind größtenteils in Büchern eingesperrt und können keinen Schaden anrichten.

Also fuhren wir noch ein bißchen in der Siedlung herum, fanden noch ein paar warme Stellen, entnahmen Bodenproben – alles äußerst, *äußerst* giftiges Zeug, alles Industriemüll – und brachen in zwei, drei verlassene Häuser ein. Durch die Kellerwände sickerten ein paar Substanzen, vor denen sogar der Union-Carbide-Typ Respekt hatte. Womit, wie Sie vielleicht geglaubt hätten, die Angelegenheit entschieden war, aber ich wußte es besser; und so habe ich, als wir wieder zurück waren, nur ein bißchen gewartet, und tatsächlich, schon Montag früh war Clayton wieder bei seiner alten Leier ›nicht unser Verschulden, nicht unser Problem‹. Es war so, als hätten wir diese Fahrt überhaupt nicht gemacht. Ich ging zu Harry, um mit ihm über die Sache zu reden, und fand ihn in seinem Büro vor einem Kirschbäumchen im Topf und einer Schachtel Taschenwärmer. Er fragte, ob ich nicht in zwanzig Minuten wiederkommen könnte, und da habe ich nur gedacht: Das wars, mir reichts. Ich hab meinen Schreibtisch leergeräumt und war noch vor Mittag weg. Bin nach Haus gefahren, hab Lexa angerufen, das Gesundheitsministerium angerufen, CNN angerufen.«

»Und die Scheidung?«

»Die kam ein paar Monate später, sobald ich sicher war, daß ich nicht wieder zu meinem Job zurückkehren würde – nicht, daß da jemals große Chancen dafür bestanden hätten, nachdem ich sie verpfiffen hatte. Ich wollte einen sauberen Schlußstrich ziehen, und Harry verstand es. Er war ein bißchen traurig, auch ein bißchen sauer, hat sich aber sehr anständig verhalten. *Sehr* anständig verhalten«, sagte sie, als sie an die unerwartete Abfindung und die Rente dachte und sich wie schon viele Male vorher fragte, was es für Clayton für ein Gefühl gewesen sein mußte, diese Schecks auszustellen. »Ich hab mir ein Jahr freigenommen, bin ein bißchen rumgereist, hab das Asyl gekauft, und dann hat mich eine Anzeige in der *Times* zu meinem Job bei der Abwässerbehörde geführt. Meine Buße.«

»Ihre Buße«, schnaubte Ayn. »Sie haben sich neun Jahre lang ›mit Grautönen herumgeschlagen‹, und als Sie es nicht mehr ausgehalten haben, haben Sie gekündigt und den schwarzweißesten Job angenommen, den Sie finden konnten, einen ohne Komplikationen und ohne Kompromisse ...«

»Hmm«, sagte Joan. »Hmm, tja, also –«

»... weil Sie genau wissen, und mögen Sie es noch so sehr bestreiten, daß jeder Kompromiß *falsch* ist und daß jeder Versuch, mit Leuten, die nicht Ihre Wertvorstellungen teilen, zu einer Einigung zu gelangen, reine Zeitverschwendung ist.«

»Na ja, also, sehen Sie, Ayn, da gehts schon wieder los – Sie fangen mit einem guten Argument an, und dann können Sie nicht rechtzeitig einen Punkt machen und vermasseln die ganze Sache. Nur weil mein Job bei Gant frustrierend war, bedeutet es noch lange nicht, daß er eine Zeitverschwendung war. Ich hab Ihnen doch gesagt, ich habe dort Gutes erreicht. Nicht so viel Gutes, wie ich gewünscht hätte, aber ...«

»Aber Sie haben gekündigt!«

»Ich war am Ende meiner Kräfte.«

»Ganz genau! Und Sie wären *nicht* am Ende Ihrer Kräfte gewesen, wenn –«

»Was? Wenn jeder bei Gant Industries meine Vorstellungen von Prioritäten geteilt hätte? Klar, aber so wars nun einmal nicht. Was hätt ich denn Ihrer Ansicht nach tun sollen, Clayton Bryce wie eine Kanalratte abknallen, weil er sich weigerte, die Dinge so zu sehen, wie ich sie sah?« Sie hielt nachdenklich inne. »Allerdings, ein paar dieser Keller in Gate's Bend hätten sich wirklich hervorragend zur Entsorgung einer Leiche geeignet ...«

»Wie grauenvoll!« rief Ayn aus.

»Also bitte, soviel zum schwarz-weißen Ansatz«, sagte Joan. »Aber kompromißlose Verweigerung führt auch zu nichts. Es ist ja nicht so, daß Gant Industries die Zahlungen eingestellt hätte, nur weil ich gegangen bin – im Gegenteil, das Unternehmen floriert wie eh und je, und der einzige Unterschied besteht darin, daß mein Standpunkt dort nicht mehr vertreten wird. Und Plessy Falls? Ist immer noch nicht entgiftet worden. Lexa und ich haben es geschafft, die Medien so sehr für die Sache zu interessieren, daß die Leute immerhin aufgehört haben, in die Stadt zurückzukehren, aber das ist auch alles. Der Staat hat sich geweigert, die Eigentumsübertragung an Gant Industries zu annullieren, und Vanna Domingo prozessiert noch immer gegen diese Entscheidung. Und in der Zwischenzeit sickern weiter Giftstoffe in den Boden.«

»Aber das wäre auf jeden Fall passiert. Sie sagten doch, Clayton habe sich geweigert, für die Reinigung des Geländes zu bezahlen ...«

»... und durch meine Kündigung habe ich sichergestellt, daß er dafür nicht zahlen würde. Während, wenn ich dageblieben wäre, weitergekämpft hätte, wer weiß?«

»Dann bereuen Sie also, die Firma verlassen zu haben?«

»Ich habe deswegen noch immer Schuldgefühle«, sagte Joan. »Schuldgefühle, weil ich nicht mehr Kraft und Geduld gehabt habe. Aber ich glaube nicht, daß ich es bereue, denn ich brauchte wirklich eine Verschnaufpause. Jetzt aber bin ich ausgeruht, und in den letzten Tagen habe ich mir schon ein paarmal überlegt, daß ich vielleicht wieder auf ein paar Runden in den Ring steigen könnte. Vorausgesetzt natürlich, ich überlebe diese Nacht.« Sie zuckte die Achseln.

Ayn schüttelte den Kopf. »Sie stecken so voller Widersprüche«, sagte sie, »daß ich gar nicht wüßte, wo ich mit der Entwirrung Ihrer pathologischen Psyche anfangen sollte.«

»Na, dann lassen Sies doch«, sagte Joan. Sie warf den Stummel ihrer Zigarette in den kaltgewordenen Kaffee. »Genießen Sie mich so, wie ich bin, solange Sie mich noch haben. Was wahrscheinlich nicht mehr allzulange sein wird.«

»Also da«, sagte Ayn, »muß ich Ihnen recht geben.«

Der Zug war menschenleer, seine Motoren schwiegen. Auch auf dem Bahnsteig war, soweit Joan erkennen konnte, niemand mehr. Zeit, sich auf die Socken zu machen. Sie stand auf, steckte sich die Handkanone – nach einem Blick auf die Sicherung – in den Hosenbund, nahm Ayns Lampe und bewegte sich vorsichtig zum Ende des Salonwagens. Sie drückte auf den Knopf, der die Tür öffnete, und stieg aus.

Danach überstürzten sich die Ereignisse.

Schicken Sie ihn heraus

»Aaaaoohhh –«

»Da«, sagte Motley Nimitz und hielt die Zungenheftklammer mit einer Pinzette in die Höhe. Aussehen tat sie eher wie eine

Klette als wie eine Heftklammer: ein hohles Plastikkügelchen mit widerhakigen Dornen, aus denen tröpfchenweise ein gewebereizender Giftstoff abgesondert wurde. »Syrische Erfindung«, sagte Motley. »Für Gefangene, die man soweit gebracht hat, daß sie reden würden, die man aber noch eine Zeitlang weiterfoltern möchte ...« Er warf die Heftklammer in die Küchenspüle. »Ich gebe Ihnen eine Injektion und eine desinfizierende Spülung, die die Schwellung zurückgehen lassen müßte.«

»anke«, sagte Clayton Bryce mit vor Dankbarkeit tränenblanken Augen. Seit seiner Rettung tendierte er zu stark emotionalen Reaktionen.

»Wie gehts ihm?« fragte Kite. Sie hatte ihren Säbel auf ein zusammenklappbares Bügelbrett gelegt und zog die Klinge mit einem Wetzstein ab. Ihr Colt und ihre Handkanone lagen beide in bequemer Reichweite. Der Steinerne Mönch war im Erdgeschoß und bewachte den Haupteingang des Asyls.

»Er braucht Ruhe«, sagte Motley Nimitz, in seiner Arzttasche kramend. »Er sieht so aus, als hätte er seit Tagen nicht geschlafen. Viel gegessen haben kann er auch nicht, jedenfalls keine feste Nahrung.«

»Ich weiß nicht, ob es klug für ihn wäre, sich hier auszuruhen«, sagte Kite. »Sobald Sie ihn versorgt haben, sollten wir ihn –«

Das Telefon klingelte.

»Geh ran«, sagte Kite und wollte schon »Joan?« sagen, aber eine brutale Explosion von Rap-Musik übertönte ihre Stimme. Zumindest klang es wie Rap, auch wenn keine Reime auszumachen waren:

Ich find, Die-bén gehören
Die Hände abgehackt,
Wie im Codex Hammurabi
(Im Codex Ha-, im Codex Ha-, im Codex Hammurabi)
O-dér es sollt erlaubt sein
Wies in Texas heut schon ist
Einbrecher abzuknallen
(Der Codex Ha-, der Codex Ha-, der Codex Hammurabi)
Also das *hätt ne abschreckende Wirkung!*

Clayton Bryce zuckte gequält zusammen, als er trotz der Verzerrung seine eigene Stimme wiedererkannte. Dann brüllte eine andere Stimme: *»Okay, okay, stells leiser!«*, und das Gerappe ließ nach.

»Hallo?« sagte die neue Stimme.

»Wer spricht da?« fragte Kite.

»Hier spricht die Polizei, Ma'am. Ich habe einen richterlichen Vollstreckungsbefehl gegen Clayton Bryce. Ich möchte Sie bitten, ihn aus dem Gebäude zu schicken, damit ich ihm die Hände abhacken kann.«

»Was für eine Sorte Polizist hackt denn Hände ab?«

»Powell 617, Ma'am. NYPD-Automatic. Ma'am, ich sollte Sie besser darauf hinweisen, daß Behinderungen des Strafvollzugs sehr streng geahndet werden. Wenn –«

»Leg auf.« Kite schnappte sich ihren Colt und lief den Korridor hinunter in Joans Zimmer, das nach der Straße ging. Draußen vor dem Asyl hatte sich ein Lynchtrupp von vier Dutzend Automatischen Dienern zusammengerottet, alle wie Dealer/Gangsta in einem alten Streetmovie über das Leben im Ghetto ausstaffiert. Die meisten von ihnen waren mit Uzis oder AK-47-Sturmgewehren bewaffnet, aber vorne in der Menge stand ein goldzahnblinkender Gangsta, der eine Machete schwang; eine Baseballkappe saß ihm quer auf dem Kopf, und eine große Wanduhr hing ihm wie ein Medaillon vor der Brust. Zu seinen Füßen stand ein Blaster von den Dimensionen eines Guillotinekorbs.

Officer Powell 617 stand abseits vom Lynchtrupp und hantierte an einem Handy herum, das er sich von einem der Dealer geborgt hatte. Aber dann sah Großer-Wecker Kite am Fenster stehen.

»Yo, yo«, sagte er, und sein Goldzahn blitzte, als er auf sie zeigte. »Bulle!«

Powell holte sein Polizeimegaphon hervor. »Sie da oben!« rief er. »Wir haben einen Vollstreckungsbefehl gegen Clayton Bryce! Schicken Sie ihn heraus!«

»Yeah«, sagte Großer-Wecker und ließ die Machete probeweise durch die Luft zischen. »Schick die schwule Sau raus.«

»Sie haben die Straße an beiden Enden abgesperrt«, sagte Kite, als Motley und Clayton hinter ihr ins Zimmer kamen. »Sie sollten besser die richtige Polizei rufen.«

»Geht nicht«, sagte Motley. »Die Leitung ist seit einer Minute tot.«

»Dann machen Sie mir das Fenster auf.«

Motley schob die untere Fensterhälfte hoch, und Kite brüllte zum Mob hinunter: »Mr. Bryce steht unter dem Schutz dieses Hauses! Sie bekommen ihn nicht! Und jetzt verschwinden Sie hier, bevor ernsthaft was passiert!«

Die Gangsta lachten sie aus.

»Mangelnde Kooperationsbereitschaft macht einen schlechten Eindruck auf das Gemeinwesen«, warnte Powell 617 sie. »Außerdem sind Sie in der Minderzahl. Schicken Sie ihn heraus, oder wir holen ihn uns – und wenn wir Gewalt anwenden müssen, ergehts Ihnen schlechter als ihm.«

Kite hob ihren Revolver und spannte den Hahn, was noch mehr Gelächter auslöste.

»Yo, Scheißbraut!« schrie Großer-Wecker. »Komm hier runter, und ich schieb dir das Teil in die Fotze!« Er stieß einen Schrei aus und schlug längelang hin, zweimal getroffen – einmal in die Brust, von Kite, und einmal in den Kopf, vom Steinernen Mönch, der das anstößige Wort als akustische Orientierungshilfe verwendet hatte.

»Das ist sehr unerfreulich«, sagte Powell 617. Hinter ihm stellten siebenundvierzig Elektro-Neger ihre Waffen auf Dauerfeuer um.

»Kopf runter!« schrie Kite und stieß Motley Nimitz zu Boden.

Geschützfeuer erschütterte die Straße. Eine 135-Millimeter-Granate schlug mitten in die Gangsta ein und zerschmetterte ihre Schlachtreihe wie ein Meteorit, der auf einem Tablett voll Sektgläser auftrifft. Acht Sekunden später landete eine zweite Granate und mischte den Schrott ein wenig auf. Nur Powell blieb unversehrt stehen; der ordnungswidrige Anblick des Panzers, der die Polizeiabsperrung am Ende der Straße niederwalzte, erfüllte ihn mit deutlicher Mißbilligung.

»Sie da!« rief er den unsichtbaren Panzerfahrer an. »Steigen Sie aus dem Fahrzeug aus! Zeigen Sie mir Ihren Führerschein und die Zulassungspapiere!«

Der Panzer rumpelte ungerührt weiter; Powell 617 stellte seine pummelige Gestalt direkt in dessen Weg. Der Panzer gewann. Powell wurde um- und überfahren, sein Megaphon von einer stählernen Gleiskette zerquetscht. Der Panzer rollte einfach weiter und blieb schließlich vor der Außentreppe des Asyls stehen. Die Turmluke öffnete sich.

»Kite!« brüllte der Panzerkommandant.

»Maxwell?« Kite streckte den Kopf über den Fensterrand. »Maxwell! Wo zum Teufel kommst du eigentlich her?«

Maxwell breitete die Arme aus, als müsse der vierundfünfzig Tonnen schwere M6 Buchanan eigentlich als Antwort genügen. »Waffenlager Twelfth Street«, sagte er. Dann sah er sich nach der Fahrzeugkolonne um, die gerade hinter ihm die planierte Barrikade überwand: ein Army-Fernmeldejeep mit Satellitenantenne, ein gepanzerter Geldtransporter und vier feuervogelrote 23er Ferrari Marchesas, mit je einem vierköpfigen Einsatzkommando von Marineinfanteristen bemannt.

»Unterwegs haben wir noch ein paarmal haltgemacht.«

Können wir Ihnen nicht irgendwie behilflich sein?

Als Joan den zweiten Fuß auf den Bahnsteig gesetzt hatte, hörte sie hinter sich zwei Geräusche. Das erste war das Zischen der Zugtür, die automatisch zuglitt. Das zweite war das Donnern eines aufheulenden V-6-Motors.

Der Mechanische Hund.

Er stand über ihr, nachdem er die ganze Strecke von New Jersey bis hierher auf dem Dach des Salonwagens mitgefahren war, dank magnetischer Pfoten fest an der Außenhaut des Hochgeschwindigkeitszuges verankert. Joan fuhr herum, um das Untier niederzuschießen, aber als sie die Handkanone herausriß, blieb das Korn an ihrem Hosenbund hängen; die Waffe flog ihr aus der Hand und fiel scheppernd in den Spalt zwischen Zug und Bahnsteig.

»Hoppla«, sagte Joan.

Die Augen des Hundes flammten auf; die Tellereisenschnauze schnappte in Beißstellung. Er sprang.

Da sie nicht wußte, was sie sonst hätte tun können, schlug

Joan mit der Lampe zu. Sie traf den Hund voll an die Schläfe. Das Tier verdrehte sich halb in der Luft, landete unglücklich und brach sich ein Bein. Panisch vor Adrenalin, schmetterte Joan die Lampe dem Hund mit voller Kraft von oben ins Genick, daß er sich die Schnauze am Betonboden zertrümmerte und ein Warnblinkauge halb ausschlug. Sie führte einen dritten Schwinger, diesmal von unten herauf, gegen das Chassis und warf den Hund auf den Rücken; der V-6-Motor heulte in verzweifelter Wut auf.

Und dann rannte Joan auch schon, rannte, ohne sich umzusehen, den Bahnsteig hinunter und die Treppe hoch, die in die Hauptschalterhalle führte. »Immer noch da, Ayn?« fragte sie, während sie drei Stufen auf einmal nahm.

Die Glaskugel der Lampe war unversehrt, aber innen hielt sich Ayn den Kopf, als habe man auf sie eingeknüppelt.

»Tun Sie das nie wieder«, sagte Ayn.

»Ich kann nichts versprechen«, erwiderte Joan. Als sie keine dreißig Sekunden später durch den sternenüberkuppelten Wartesaal rannte, machte ein Elektro-Neger Anstalten, ihr in den Weg zu treten; sie holte aus und knallte ihm die Lampe voll ins Gesicht.

»Was zum –« sagte Joan, als der Neger einen heiseren Schrei ausstieß und, aus einer gebrochenen Nase blutend, hintenüber umkippte.

Hoppla.

Kein Neger; nicht Elektro. Ein Mensch. Ein Australier.

»O mein Gott«, sagte Joan, ebenso entsetzt über das, was sie angerichtet hätte, wenn sie noch die Pistole gehabt hätte, wie über das, was sie tatsächlich getan hatte. »O mein Gott, alles in Ordnung?«

Der Australier – der sie nur nach dem Weg zu den Toiletten hatte fragen wollen – kroch rückwärts vor ihr weg. Als Joan sich über ihn beugte und ihm eine Hand reichte, legte er die Beine aneinander und versetzte ihr einen zweifüßigen Synchrontritt, der ihr drei Rippen brach. Joan preßte sich die Hand an die Seite und wich zurück, hechtete aber dann über eine Bank, als der Australier eine Spraydose Chemische Keule aus der Tasche zog und versuchte, sie zu blenden.

Irgendwie gelang es ihr, die Lampe nicht zu verlieren. Humpelnd, mit tränenden Augen, halb zusammengeklappt, steuerte sie den nächsten Ausgang an. Eine kurze breite Treppe führte hinauf zu einer Reihe von Drehtüren und einem Schild, das TAXIS versprach.

»Kann ich Ihnen helfen?« Ein Gute-Reise-Truppler, ein Gefreiter Kwok, faßte neben ihr Tritt, als sie die ersten Stufen nahm.

»Kann ich Ihnen helfen?« Ein zweiter Gute-Reiser, Gefreiter Molina, deckte ihre andere Flanke.

»Nein«, sagte Joan, »nein«, und ging weiter.

»Hallo mal wieder«, sagte Captain Hector Miércoles, der, von hinten von Autoscheinwerfern angestrahlt, auf dem oberen Treppenabsatz auftauchte. »Können wir Ihnen nicht irgendwie behilflich sein?«

»Nein«, keuchte Joan. »Ich –«

Autoscheinwerfer?

Das Taxi krachte durch eine Drehtür in die Eingangshalle; zersplittertes Sicherheitsglas wirbelte an Captain Miércoles' Stiefeln vorbei und ergoß sich in einer bröckeligen Kaskade über die Stufen hinab. Das Taxi, ein gelber Checker, fuhr dem Captain in die Kniekehlen und stieß ihn vornüber gegen den Gefreiten Kwock; beide wurden Teil der Kaskade.

Der Checker kam auf dem Treppenabsatz zum Stehen. Ein großer Automatischer Diener zwängte sich aus der Fahrertür. Ohne Zweifel ein Diener diesmal: Jemand – vielleicht der rechtmäßige Besitzer des Taxis – hatte ihm eine Kugel in den Kopf geschossen, die einen dunklen Krater in seiner Schläfe hinterlassen hatte.

Gefreiter Molina riß bei dem Anblick die Augen auf, was dem Diener zu mißfallen schien.

»Was gibts denn da zu glotzen?« fragte der Elektrische Taxi Driver. Er hob die Hände, die die offene Autotür verdeckt hatte; sie waren um eine häßliche schwarze Schrotflinte mit Pistolenkolben gekrampft. Gefreiter Molina griff nach seiner TASER-Dienstwaffe. Der Taxi Driver pumpte eine Patrone in den Lauf und richtete diesen auf den Reiser.

Sie drückten gleichzeitig ab. Die TASER-Pfeile trafen den Taxi

Driver in die Kehle. Die Schrotkugeln, die sich bei dem geringen Abstand von vielleicht drei Metern kaum gestreut hatten, schlugen Gefreiten Molina gegen die Brust. Die Uniform des Gefreiten war kugelsicher, das änderte aber nichts daran, daß er sich so fühlte, als habe ihm jemand mit voller Kraft ins Herz geboxt. Er reichte Joan den TASER wie einen Abendmahlskelch und kaskadete seinem Captain hinterher.

Joan spürte den Voltregler der Waffe unter ihrem Daumen; sie schob ihn so weit nach oben, wie es überhaupt ging. Strom schoß durch die dünnen Drähte, die die Pistole mit den Pfeilen verband, daß von den Dingern die Funken stoben; der Elektrische Taxi Driver vollführte ein spastisches Tänzchen wie vorhin der Mandingo in Hoovers Garten und brach dann gleichfalls zusammen. Joan ließ den TASER fallen, rannte los, raffte die Schrotflinte auf, warf sie samt Ayns Lampe auf den Beifahrersitz des Taxis, setzte sich ans Steuer, zog die Tür zu, legte den Rückwärtsgang ein und gab Gas. Irgendwann zwischendurch ballte sie auch die Faust um ihren Rosenkranz.

Als sie rückwärts aus dem Bahnhofsgebäude herauskam, rammte sie ein anderes Taxi. War schon okay so – der andere Driver war ein Weißer, ein Mensch und unbewaffnet, und der Zusammenstoß ließ ihren Wagen so herumschleudern, daß er jetzt mit der Schnauze zur Straße stand. Ohne sich um das wütende Gehupe zu kümmern, schaltete sie auf Fahren und gab Gas.

Etwas sprang auf den Kofferraum des gelben Taxis und arbeitete sich von da mit einem vertrauten V-6-Gedonner aufs Dach hoch. Joan fluchte und stieg voll auf die Bremse; der Mechanische Hund flog in hohem Bogen über die Motorhaube und krachte auf den Asphalt. Bevor er wieder auf die Beine kam, trat Joan wieder aufs Gas und spürte, wie es unter den Rädern des Taxis metallisch knirschte. Sie bremste, fuhr zurück, spürte ein zweites Knirschen; fuhr vorwärts, spürte ein Knirschen, bremste, fuhr zurück. Bei ihrer vierten Überfahrt ging der Tank des Hundes in Flammen auf. Joan schaltete ein weiteres Mal auf Vorwärtsfahrt, kurvte um das Feuer und bog in westlicher Richtung in die 42nd Street.

»Immer noch da, Ayn?« fragte Joan noch einmal. Diesmal brauchte Ayn etwas länger, um zu antworten.

»Solche Sachen ... waren der Grund ... warum ich Rußland verlassen habe«, sagte sie schließlich.

»Vielleicht hätten Sie nach Kanada auswandern sollen«, meinte Joan.

Muster im Gewebe des Zufälligen

Die Ferraris hatten im Konvoi die Geleitpositionen eingenommen und bildeten einen Schutzgürtel um Panzer, Jeep und Geldtransporter, als diese auf der First Avenue in nördlicher Richtung rollten. Motley Nimitz und der Steinerne Mönch saßen hinten im Geldtransporter; Kite und Clayton kauerten im Inneren des Panzers, der (gerade eben) geräumig genug war, um zwei Beobachter aufzunehmen. Maxwell machte sie mit dem Rest der Besatzung bekannt, durchweg schwerversehrte Veteranen des Afrikakrieges von 07: Stouffer Aimes, der Fahrer, dem alliiertes südafrikanisches Geschützfeuer in den Bergen von Kenia Unterkiefer und beide Beine weggerissen hatte; Siobhan Yip, die Richtschützin, die eine zairische Mine einen Arm gekostet hatte; und Curtis Dooley, der Lader, der im Lee des Raffineriebrands von Port Harcourt eingeschlossen geblieben war. Dooley war mittels künstlicher Hautlappen, die nunmehr zweiundsiebzig Prozent seiner Körperoberfläche ausmachten, und einem New VISION wieder instand gesetzt worden.

»Freut mich«, sagte Dooley und schüttelte Clayton und Kite die Hand.

Die anderen Marines in dem Konvoi hatten alle irgendwann ähnliche Verletzungen davongetragen. Das Auge von Afrika hatte sie auf Grundlage ihres jeweiligen Nachkriegspsychogramms ausgewählt; Maxwell hatte die meisten von ihnen aus dem neuen Veteranenheim in der Houston Street geholt, und das Auge hatte mit ihnen gesprochen.

»Was ist dieses Auge von Afrika?« wollte Kite wissen.

»Es sieht Dinge«, erklärte Maxwell, nicht besonders kohärent. »Es stellt Verbindungen her. Das ist seine Natur: Es erkennt Muster im Gewebe des Zufälligen, spürt Wahrheit auf, läßt Bedeutung sinnfällig werden ...«

»Hör auf, wie ein Jahrmarktswahrsager zu faseln, Maxwell. Was *ist* das Auge von Afrika? Ein besonderes Computerprogramm?«

»Alles ist jetzt viel klarer«, erwiderte er. »Das Auge hat mich in sich aufgehoben, und wir sind die ganze Nacht die Leitungen hinauf und hinunter gesurft und haben nach Antworten gesucht ... und es war nicht einfach, aber wir haben sie gefunden. Jetzt ergibt alles einen Sinn: der Krieg, die Seuche, das hier ...« Er klopfte sich auf die Beinprothese. »Ich verstehe es jetzt; ich verstehe, *warum*.«

»Hast du auf die Weise erfahren, daß wir im Asyl Unterstützung brauchten?« fragte Kite, die nicht recht wußte, ob ihr Maxwells neues Verständnis oder das Glitzern in seinen Augen, als er davon sprach, besonders gefiel. »Du sagst, die Seuche ergibt für dich einen Sinn; soll das heißen, daß du von G.A.S. weißt?«

»Vom Feind«, tönte Maxwell. »Wie er sich nennt, ist unwesentlich.«

»Hmm ... und was hat das Auge von Afrika gesagt, daß du in Sachen Feind *unternehmen* sollst, Maxwell? Nicht, daß ich dir für die Rettungsaktion nicht dankbar wäre, aber was soll der Panzer?«

»Heute nacht stürmen wir den Babel«, sagte er. »Bis rauf auf die Spitze.«

»Wozu?«

Maxwell schüttelte den Kopf. »Das Auge sieht Muster, aber eine Menge Details sind noch unklar. Heute nacht läuft im Babel eine große Sache ab, das ist alles, was wir mit Sicherheit wissen. Eine *schlimme* Sache. Und das US Marine Corps wird ihr einen Riegel vorschieben.«

»Tatsächlich ... Also, die Armee vom Potomac würde dem US Marine Corps liebend gern helfen, aber –«

»Du nicht«, sagte Maxwell. »Du gehst zum Phoenix. Da ist auch was im Gange, aber es ist nicht so dringend wie die Babelsache, und ich kann keinen meiner Männer entbehren. Deswegen wollten wir dich abholen.«

»Ah«, sagte Kite.

Der Panzer kam rumpelnd zum Stehen. »Thirty-fourth Street«, sagte Stouffer Aimes mit klapperndem Kieferersatz. »Biegen wir hier ab?«

Maxwell preßte eine Hand seitlich an den Helm und hörte die neusten Meldungen vom Polizeifunk, die ihm der Fernmeldejeep durchgab. »Nein«, sagte er. »Der Feind ist uns auf den Fersen, oder wird es bald sein. Wir müssen zusehen, daß wir nach Harlem kommen, bevor der Widerstand sich organisieren kann.« Er wandte sich zu Kite. »Du wirst von hier aus laufen müssen.«

»Ich werds schon schaffen«, sagte Kite zu ihm. »Mr. Bryce, möchten Sie mit mir kommen oder lieber –«

Aber Clayton lag in einer Ecke des Panzers zurammengerollt und schlief.

»Ich schätze, das kommt sowieso mehr oder weniger aufs gleiche raus«, sagte Kite. »Paß auf ihn auf, ja, Maxwell? Und paß auf dich selbst auf. Denk dran: Welche ›Wahrheit‹ dir das Auge von Afrika auch offenbart haben möge, du bist ihr nicht verpflichtet. Nicht, wenn sie noch mehr Blut verlangt.«

Maxwell ging nicht weiter darauf ein. »Willst du ein Gewehr?« fragte er sie, während er die Turmluke öffnete.

»Danke, nein.« Kite erkannte, daß es keinen Sinn haben würde, mit ihm zu diskutieren, also stemmte sie sich zur Öffnung hoch. »Höchstwahrscheinlich werde ich schon so, wenn ich mit diesem Säbel an der Hüfte durch die Stadt spaziere, genug Aufsehen erregen. Glaubst du, du könntest irgendeine Art Ablenkungsmanöver inszenieren, damit etwaige Polizisten –«

Draußen ertönte nicht weit vom Panzer eine Explosion, die sofort von knatterndem Maschinengewehrfeuer aus einem der Ferraris beantwortet wurde.

»Vergiß es«, sagte Kite und kletterte hinaus.

Ein anstrengender Abend

Das Taxi fuhr frontal ins Gebäude der Abwasserbehörde, gerade als Fatima Sigorski sich zum Gehen fertig machte. Mit einem Einwurfkasten voller Hundemarken hinter dem Tresen kauernd, hörte Fatima einen Knall und sprang auf: Ein gelber Checker kam durch die Tür in die Eingangshalle geschossen, knapp gefolgt von einem Lieferwagen mit zwei Automatischen

Dienern in der Fahrerkabine, der ihm ins Gebäude zu folgen versuchte, aber an der zu geringen lichten Höhe scheiterte. Beide Fahrzeuge kamen abrupt zum Stillstand, das Taxi mit kreischenden Bremsen und Reifen, der Lieferwagen mit einem Knirschen von Karosserieblech an Backstein. Die Fahrertür des Checker flog auf, und Joan Fine sprang mit einer Schrotflinte in den Händen heraus. Sie rannte zurück zum Lieferwagen und pumpte fünf Schrotladungen in die Windschutzscheibe.

»Was zum *Henker* –« sagte Fatima Sigorski.

»Ein Boot«, sagte Joan, sobald sie sicher war, daß die Androiden nicht mehr aussteigen würden. »Ich brauch ein Boot, Fatima. Und den Schlüssel zum Waffenarsenal.«

»Ach, *das* brauchen Sie ... Sind Sie übergeschnappt, Fine?«

Joan sah sie an. »Ich hab einen anstrengenden Abend hinter und vor mir, Fatima«, sagte sie. »Scheißen Sie mich nicht an.«

Fatima sah auf die Schrotflinte, die jetzt in ihre Richtung zielte. Es war eine Ithaca, ein 87er Modell »Bärenstopper Elite«, Kaliber .12, mit Pumpmechanik, achtschüssig. Fünf Schüsse im Lieferwagen bedeutete immerhin drei im Magazin.

»In Ordnung«, sagte Fatima. »Ich scheiß Sie nicht an.«

Wie Odysseus

»Schrotpatronen.«

»Okay.«

»Pistole, Kaliber .50, mit Holster.«

»Okay.«

»Ersatzmagazine.«

»Okay.«

»Was ist das?« fragte Joan und deutete auf ein ihr unbekanntes Objekt am hinteren Ende des Waffenregals.

»Panzerbüchse«, sagte Fatima Sigorski. »M79.«

Die Panzerabwehrbüchse M79: was Abbie Hoffman einst als die tollste Selbstverteidigungswaffe aller Zeiten empfohlen hatte. »Ich nehm sie«, sagte Joan.

»Die hat man uns nur versehentlich geliefert, Fine«, sagte Fatima. »Die darf nicht in geschlossenen –«

»Ich nehm sie.«

»Okay.«

Die Automatischen Diener des Zoologischen Dezernats waren sämtlich verschwunden; Joan sah im Diener-Lager nach und fand nichts als gesprengte Kryptonitschlösser. Auch das Schloß des Waffenraums war aufgebrochen worden, und Fatima bemerkte, daß zwei Kisten M16-Gewehre fehlten.

»Wollen Sie mir nicht erzählen, was zum Teufel hier eigentlich läuft, Fine?« fragte Fatima, als sie mit dem Lastenaufzug zum unterirdischen Bootshafen hinunterfuhren. Bis auf eine waren alle Barkassen weg.

»Wie lang ist es her, daß Sie hier unten dichtgemacht haben?« fragte Joan.

»Halbe Stunde«, sagte Fatima. »Und mit der Inventur der Waffen bin ich vielleicht zehn Minuten, bevor sie aufgekreuzt sind, fertig geworden. Da waren die Gewehre noch da.«

»Dann können die Diener noch nicht weit gekommen sein. Warten irgendwo auf mich, da draußen in der Scheiße.« Joan ging an Deck der verbliebenen Barkasse und verstaute ihr Gerät. »Ein Teil von dem, was hier läuft, ist, daß ich gejagt werde.«

»Von Androiden? Sie sind wirklich übergeschnappt.«

»Schön wärs.« Joan zog den Reißverschluß ihres Bodysuits hoch. »Aber wenn ich verrückt bin, wo sind die dann?«

»Genau«, sagte Fatima. »Wenn die wirklich Jagd auf Sie machen würden, wozu sollten sie in die Kanäle raus? Warum überfallen die Sie dann nicht hier, oder oben? Wir haben sechzehn Neger auf Lager, Fine. Glauben Sie wirklich, Sie könnten die alle abknallen, bevor die *Sie* erwischen?«

»Nein«, sagte Joan. »Was wahrscheinlich auch der Grund ist, warum sies nicht getan haben – ich halte mich nicht für unverwundbar, also wäre es keine Überraschung für mich, überfallen und ohne Umschweife umgelegt zu werden. Obwohl«, fügte sie nachdenklich hinzu, »in dem Augenblick, in dem ich anfange, davon auszugehen, daß sie mich nicht einfach umlegen können, können sies.«

»Fine, was –«

»Sagen Sie mir eins, Fatima. Wenn Sie einen ironischen Tod für mich arrangieren müßten, wie würde der aussehen?«

»Ironisch?«

»Da meine Lebensphilosophie die Ironie ist.«

»Ah«, sagte Fatima, »das. Na ja, Sie sind doch so ne Art Kreuzritter. Ich meine, Sie haben doch damals den Job hier nicht etwa deshalb angenommen, weil Sie das Geld gebraucht hätten.«

Die Wortwahl ließ bei Joan etwas klingeln. »Und wie würden Sie einen Kreuzritter töten?«

»Wär gar nicht nötig. Kreuzritter bringen sich selbst um, läuft das nicht so? Man braucht nichts anderes zu tun, als denen eine Mission zu geben, irgendein unerreichbares Ziel, an dem sie meinen, sich versuchen zu müssen, und den Rest erledigen sie selbst.« Sie zuckte die Achseln. »Es dürfte bestimmt nicht schwierig sein, ein bißchen Ironie in die Situation hineinzupraktizieren.«

»Hmm«, sagte Joan. »Und wenn Sie ein Kreuzritter wären, der keine Lust hat, sich umbringen zu lassen?«

»Dann würd ichs wie Odysseus machen. Den Auftrag verweigern.«

Joan schüttelte langsam den Kopf. »Es stehen zu viele Menschenleben auf dem Spiel. Selbst wenns eine aussichtslose Mission ist, weigern kann ich mich nicht.«

»Klar, na ja, letzten Endes konnte sich ja auch Odysseus nicht weigern, war doch so. Also ist wohl das Beste, was Sie tun können, so ein *Glück* wie Odysseus zu haben.« Fatima nickte zum Rosenkranz. »Günstling der Götter... Hören Sie, Fine, wollen Sie mir nicht sagen, um was es bei Ihrem Kreuzzug eigentlich geht, nur daß ich was hab, was ich den Bullen erzählen kann?«

»Es ist wahrscheinlich für Sie sicherer, wenn Sies nicht wissen«, sagte Joan. »Aber tun Sie mir nen Gefallen und rufen Sie bei mir zu Hause an?«

»Und was soll ich sagen?«

»Fragen Sie nach Kite. Sagen Sie ihr, Joan läßt ausrichten: ›Sie kommen, und sie habens auch auf Harry abgesehen.‹ Apropos, Sie könnten doch noch etwas anderes tun, sagen Sie den Bullen, sie sollen ein Geiselbefreiungskommando zum Phoenix rüberschicken. In den Büroräumen von Gant Industries ist wahrscheinlich eine Entführung im Gange.«

»Sie haben recht«, sagte Fatima. »Ich will von der Sache nichts wissen.« Aber dann dachte sie: *Was soll's*, und zog aus der Gesäßtasche eine Schlüsselkette mit Hasenpfote daran. »Hier, Fine«, sagte sie und warf ihr den Glücksbringer zu. »Für den Fall, daß Ihr Rosenkranz Ladehemmung hat.«

»Danke«, sagte Joan überrascht. Sie hielt ein geriffeltes Silberröhrchen empor, das auch an der Kette befestigt war. »Was ist das?«

»Alarmpfeife gegen Vergewaltiger«, sagte Fatima. »Schätze, die werden Sie mit der Panzerbüchse kaum brauchen ... Jetzt sehen Sie zu, daß Sie hier verschwinden. Ich geb Ihnen fünfzehn Minuten Vorsprung, und dann ruf ich die Bullen.«

»Faires Angebot«, sagte Joan. Sie stellte Ayns Lampe neben den Elektro-Navigator, warf die Maschine an und machte die Leinen los. »Danke für die Hilfe, Fatima.«

»Scheren Sie sich zum Teufel, Fine. Hauptsache, Sie lassen mich bei Ihrer Verhandlung nicht als Leumundszeugin vorladen.«

»Ich kann mich beherrschen«, sagte Joan lächelnd. Sie winkte, schon im Ablegen, ein letztesmal und nahm Kurs auf die dampfende Kacke; Ayn leuchtete ihr voran.

Maxwell wirft die Welt ab

In der Nähe des United Nations Plaza wurde der Berufsverkehr allmählich dicht (wenngleich nicht so dicht, daß er den persönlichen Freiraum des Panzers nicht mehr respektiert hätte), also ließ Maxwell den Fernmeldejeep auf allen Mittelwellen- und UKW-Frequenzen die Warnung absetzen, Heckenschützen seien dabei, die First Avenue in einen Schießstand zu verwandeln – ein Propagandagag, der ohne Zweifel dadurch an Glaubwürdigkeit gewann, daß er der Wahrheit entsprach. Binnen weniger Augenblicke hatte der gesamte Zivilverkehr das Feld geräumt und auf den angrenzenden Querstraßen genügend Staus verursacht, um feindliche Fahrzeuge wenigstens für eine Weile am Durchkommen zu hindern.

Die Automatischen Neger-Heckenschützen – hastig zusammengetrommelt von einem Feind, der noch immer nicht genau wußte, womit er es hier zu tun hatte – waren in den meisten Fällen zu leicht bewaffnet, um eine ernstzunehmende Gefahr darzustellen. Die Ferrari Marchesas waren alle serienmäßig mit einer kugelsicheren Karosserie ausgestattet, und der Fernmeldejeep war vergleichbar geschützt. Der Geldtransporter war natürlich gepanzert, und die Schichtpanzerung des M6 Buchanan hielt selbst leichtem Artilleriebeschuß unbeschadet stand.

Nicht, daß es irgendwelche Artillerie gegeben hätte. Aber als der Konvoi auf dem Weg nach Norden die Fünfziger-Straßen passierte, fing es an, aus Fenstern und von Dächern Mobiliar zu regnen. Die Ferraris wechselten auf Schlängelkurs, um den Bombenschützen ein möglichst schlechtes Ziel zu bieten. Der schwerfälligere Panzer konnte keine Ausweichmanöver durchführen und erlitt einen Volltreffer in Form eines Konzertflügels, der aus dem Penthouse des Sheraton East geschleudert worden war; dies verursachte Materialschäden am Turm und bereitete Claytons Nickerchen ein unsanftes Ende. Der letzte Akkord des Steinways war noch nicht verklungen, als zwei Automatische Diener eine Betonmischmaschine über die Brüstung der Auffahrt zur Queensboro Bridge wuchteten; sie landete akkurat auf dem Fernmeldejeep und zerquetschte ihn. Der Geldtransporter machte einen Schlenker um das Wrack und schloß hinter dem Panzer auf.

Nördlich der 59th Street wurden die Gebäude niedriger, und es gab auch keine Brücken mehr, unter die man fahren mußte. Die nächste Herausforderung stellte sich in Yorkville, in der Nähe vom Haus des Bürgermeisters, wo eine Reihe von Polizeiautos versuchte, den Konvoi an der Kreuzung 86th Street zu stoppen. Maxwell gab mit dem koaxialen Maschinengewehr des Buchanan einen Warnfeuerstoß ab; die Bullenwagen spritzten nach links und rechts auseinander, und als der Konvoi durch die Mitte raste, legten die Ferraris in der Nachhut eine Spur von Maschinenöl und Krähenfüßen – ein weiteres Antiterror-Extra, das beim 23er Marchesa zur Standardausstattung gehörte –, die die Straße hinter ihnen unbefahrbar machte. Die Polizeiwagen versuchten sie eigensinnigerweise trotzdem zu befahren und waren schon bald mit mehrfachen Platten am Schleudern.

In den unteren Hundertern bog plötzlich ein Feuerwehrauto

auf die First Avenue. In der Fahrerkabine saß ein wütend kläffender Mechanischer Dalmatiner; drei Diener in Schutzkleidung warfen von der Drehleiter aus mit Molotowcocktails. Maxwell befahl, die Bordkanone in Feuerstellung zu bringen, aber der beschädigte Drehturm drehte sich nicht mehr. Eine Benzinbombe explodierte auf der Motorhaube eines der Ferraris; der Marchesa war natürlich feuersicher, aber der Fahrer, der in Somalia schon mal abgefackelt worden war, geriet in Panik, und das Auto kam von der Fahrbahn ab und krachte gegen eine Backsteinmauer. Daraufhin streckte der Steinerne Mönch eine Panzerfaust aus der Seitentür des Geldtransporters und schoß eine Granate auf den kläffenden Dalmatiner ab; die Kabine explodierte, und die Drehleiter schlug vier Häuserblocks weit Räder, bevor sie endlich liegenblieb.

Der Konvoi bog links in die 116th Street und fuhr in westlicher Richtung über die Fifth Avenue bis zum Malcolm X Boulevard. Als die Marines für den Endspurt zum Babel wieder nach Norden abbogen, schoß ein Tanklastzug aus einer Gasse hervor und brachte einen weiteren Ferrari endgültig zum Stehen. Aus dem geborstenen Tankwagen floß brennender Kraftstoff in den Rinnstein. Gullydeckel ploppten wie zum Mutterschiff zurückbeorderte fliegende Untertassen in die Höhe.

Derart zusammengeschrumpft, erreichte der Konvoi endlich den offenen Platz zu Füßen der Zikkurat. Maxwell ließ zum Schluß das Letzte aus den Maschinen herausholen; während der Panzer die Attacke auf die Muttersprachenpforte anführte, löste sich aus dem Gipfel des Babel ein einzelner Stahlträger. Es war schwierig, aus einer halben Meile Höhe zu zielen; der Träger landete knapp fünfzig Meter daneben, und der Konvoi gelangte unversehrt durch die Pforte in die Canyon-Eingangshalle.

Die Eingangshalle war menschenleer. Es hatte erst wenige Augenblicke zuvor einen Schußwechsel zwischen Automatischen Dienern und den Sicherheitskräften des Babel gegeben, und das überlebende Wachpersonal war mitsamt allen Touristen und sonstigen Umstehenden entweder weggelaufen oder hatte sich im dichten Buschwerk versteckt, das den Boden des Canyons bedeckte; jetzt hielten Scharfschützen-Androiden die gestuften Seitenwände besetzt, und eine Kompanie von Elektro-Negern hatte sich in Verteidigungsformation um den Sockel der Atlasstatue postiert. Ihre Uniformen waren ein buntscheckiges Sammelsurium aus überschüssigen Armeebeständen, alle aber trugen betroddelte rote Baskenmützen mit dem Kobraabzeichen der Schwarzafrikanischen Befreiungsarmee. Der Kompaniechef, laut Aufschrift auf seiner kugelsicheren Weste ein gewisser Cinque, gab Befehl, das Feuer zu eröffnen.

»Infanterie, zwölf Uhr«, sagte Maxwell, als Kalaschnikow-Garben auf die Panzerung des M6 Buchanan zu prasseln begannen. Siobhan Yip feuerte mit der Bordkanone eine Granate ab. Der Ziellaser der Kanone war hin, und der Schuß saß zu hoch; das Geschoß explodierte knapp unter der Kuppel der Haupthalle. Mauerwerk regnete hernieder, und die Kette, an der der große Kupferglobus hing, riß. Die ganze Last der Welt krachte auf Atlas' Schultern herab; die Statue beugte sich unter ihrer Bürde.

Dann warf Atlas die Welt ab. Die unmittelbare Folge dessen war die Annihilierung jener wenigen Neger, die den Einsturz der Decke überlebt hatten. Die Kugel matschte sie zu einem Brei aus Silikon und Zahnrädern; von der geschweiften Fahrstuhlfront zurückprallend, walzte sie erst Cinque flach, dann rollte sie weiter auf den Panzer zu.

»Zielobjekt, zwölf Uhr!« brüllte Maxwell. »Nachladen!«

»Nachladen!« schrie Curtis Dooley und rammte eine weitere Granate ins Rohr. »Fertig!«

»Feuer!«

Ohne sich um das unzuverlässige Laser-Fadenkreuz zu kümmern, richtete Siobhan Yip die Bordkanone geradeaus und waagerecht aus und drückte auf den Auslöser. Die Kupferkugel flog auseinander; mit der Wucht eines Wirbelwinds zurückgeschleudert, kappten ihre Fragmente Atlas in Kniehöhe. Die Statue kippte vornüber, und ihr Kopf brach ab und dotzte, noch immer mit einem Ausdruck geisteskranker Freude im Gesicht, von dannen.

In der Kuppelhalle angelangt, machte der Panzer auf der Stelle kehrt und sah mit dem Geschützrohr dahin, woher er gekommen war. Zwei weitere Sprenggeschosse und ein paar Feuerstöße aus dem koaxialen MG putzten die Heckenschützen rückstandlos von den Canyonwänden. Drei zusätzliche Granaten ließen den Bogen der Muttersprachenpforte einstürzen und versperrten den Eingang mit einem drei Meter hohen Schuttwall. Draußen auf dem Platz heulten Polizeisirenen, und von oben ließ sich das Gewummer eines FBI-Hubschraubers vernehmen: Special Agent Ernest G. Vogelsang, der auf Meldungen reagierte, im Turm von Babel seien afrikanische Terroristen am Werk.

Und es waren tatsächlich afrikanische Terroristen im Turm von Babel: jetzt sogar von mehrerlei Couleur.

»Alle Mann raus!« befahl Maxwell und öffnete die Luke. Als er oben auf dem Drehturm stand, schwirrte ein Elektro-Kolibri herab und ließ sich auf seiner Faust nieder. Der Anblick erfüllte ihn mit einer unendlichen Wehmut, und er streichelte das Tierlein sanft mit einem Finger und sagte: »Ist schon gut. Wir können es nicht wieder heil machen, aber es wird schon alles gut.«

Die Marines aus den überlebenden Ferraris bildeten vor dem Heck des Geldtransporters ein Ehrenspalier. Die gepanzerte Tür ging auf, und der Schatz wurde herausgetragen: ein sakrosanktes kybernetisches Artefakt, das Maxwell als die BundesAugenLade bezeichnete. Es war ein starres Traggestell, an dem die ausgeschlachteten Komponenten von Joan Fines Cray PC sowie zwei Stapel Hochleistungsakkus festgenietet worden waren, das Ganze in kugelsicheres Gewebe und Thermoplast-Panzerplatten eingepackt.

Die Ehrengarde trug die Lade zum Buchanan. Maxwell wedelte den Kolibri wieder in die Luft und kletterte dann hinunter, um das Allerheiligste zu übernehmen; er streifte sich die Schulterriemen der Augenlade über und schnallte den Bauchgurt fest. »An die Fahrstühle«, sagte er.

Curtis Dooley trabte zu den D-Aufzügen und drückte auf den Aufwärtsknopf. Er ging immer wieder aus. »Problem, Commander«, sagte er.

»Sergeant Yip!« bellte Maxwell. Über den Fahrstuhlknöpfen war ein Schalterkasten angebracht; Siobhan Yip riß ihn mit einer einzigen Bewegung ihres Mechanischen Arms auf. Maxwell entrollte aus der Seitenwand der Lade ein Kabel und verband es mit einer Computerschnittstelle, die sich im Schalterkasten befand. Bei zwei Fahrstühlen gingen die Türen auf.

»Zwei Gruppen«, kommandierte Maxwell. »Yip, Dooley, Aimes, Nimitz, Mönch, Santos, Boychuk und Gurevich mit mir.« Er sah zu Clayton Bryce hinüber, der noch immer auf dem Drehturm des Panzers stand und wie eine Eule im Sonnenschein blinzelte. »Du auch, Soldat.«

Durch die Injektion, die Motley Nimitz ihm gegeben hatte, war Claytons Zunge soweit abgeschwollen, daß er fast wieder normal reden konnte. »Waf if lof?« lispelte er. »Waf gipf?« Aber niemand erklärte es ihm. Die Marines marschierten hintereinander in die Fahrstühle; nachdem er sich kurz den Krawall draußen auf dem Platz angehört hatte – mehrere megaphonverstärkte Stimmen, die lauthals Drohungen ausstießen –, beschloß Clayton, sich den Kriegern anzuschließen.

Unter dem Panzer rührte sich etwas. Es war Powell 617, oder das, was von ihm übrig war, nachdem der Buchanan ihn von der Bowery bis hierher zwischen den Gleisketten mitgeschleift hatte. Während die Aufzugtüren zuglitten, streckte Powell den Arm aus und ballte die Faust zum Arbeitergruß.

»Solidarität, Mann!« sagte er.

22

Iro|nie [iro|ni:], die; –n (Pl. selten): 1. Ausdrucksweise, die das Gegenteil des wörtlich Ausgesagten zu verstehen gibt. 2. Paradoxes Mißverhältnis zwischen dem, was erwartet werden dürfte, und dem, was tatsächlich eintritt. [griech. eirôneía = erheuchelte Unwissenheit, Verstellung]

The American Heritage Dictionary

Kapitalismus

Um halb sieben, nachdem sich ihr letzter Mitarbeiter verabschiedet hatte, ging Vanna Domingo nach hinten in Gants Büro, um einen Stoß Papiere hinzulegen. Sie fand Harry an seinem Schreibtisch vor, damit beschäftigt, ein dreidimensionales Puzzlemodell von Mount Rushmore zusammenzusetzen.

»Immer noch da?« sagte Vanna, nicht weiter überrascht. Harrys Arbeitszeiten schwankten, abhängig von seiner Stimmung, beträchtlich.

Er musterte eine hinten puzzleförmige Nase und versuchte zu entscheiden, ob sie zu Lincoln oder zu Jefferson gehörte. »Wart noch auf Joans Anruf«, erklärte er.

»Ah.« Vannas Gesicht umwölkte sich. »Na ja, ich warte auch auf einen Anruf – den Bericht eines Fischereischiffs.« Sie legte ihre Papiere auf eine Ecke des Mammutschreibtisches und war schon dabei, sich wieder abzuwenden, als sie innehielt und sagte: »Kann ich Sie etwas fragen, Harry?«

»Hmm?«

»Die häufigen Kontakte, die Sie diese Woche mit Fine gehabt haben – gehts dabei um etwas, worum ich mir Sorgen machen sollte?«

»Sorgen?« Er legte Lincolns oder Jeffersons Nase hin. »Was meinen Sie damit?«

»Ich verdanke Ihnen mein Leben«, sagte Vanna, ohne ihn anzusehen. »Jedenfalls das, was daran gut ist. Und wenn Sie wünschen sollten, daß ich kündige, würde ich es tun. Aber ...«

»Kündigen?« Gant lachte laut los. »Um Himmels willen ... Was soll denn dieses Harakiri-Gerede, Vanna?«

»Das ist kein Witz!«

»Ich weiß.« Harry lächelte, seine Stimme war sanft. »Aber Joan kommt nicht zurück – nicht in die Firma jedenfalls. Und selbst wenn sies täte, sind Sie eine viel zu wertvolle Mitarbeiterin, als daß man Sie einfach vor die Tür setzen könnte, klar? Sie haben Ihren Job, solange Sie ihn haben wollen.«

»In Ordnung.« Vanna nickte zögernd, dann riskierte sie einen Blickkontakt und fragte: »Sicher?«

»Absolut sicher. Sie sollten sich wirklich nicht so viele Gedanken machen, Vanna. Ich weiß, daß Sie in der Vergangenheit einiges durchgemacht haben, aber jetzt sind Sie in Sicherheit. Hier wird Ihnen nichts Schlimmes passieren.« Er warf einen Blick auf seine Uhr. »Wann, hatten Sie noch mal gesagt, würde Joan zurückrufen?«

»Wann *ich* gesagt hatte?«

»Gegen halb sieben, wars nicht so?«

»Ich weiß nichts davon, Harry.«

»Aber natürlich. Wissen Sie denn nicht mehr? Heute nachmittag haben Sie mich aus der Multimedia-Abteilung angeklingelt, um mir zu sagen, daß Joan angerufen hätte, und –«

»Nein.« Vanna schüttelte den Kopf. »Ich war heute nachmittag nicht in der Multimedia. Und ich würde auch nicht ... habe auch nicht irgendwelche telefonischen Botschaften von Fine ausgerichtet.«

»Also, geklungen hat es wie Sie«, sagte Gant. »Und wer sonst würde mir so etwas ausrichten?«

»Sie können mich Roy nennen.«

Er stand in der Tür, ein Raubtierlächeln auf den Lippen: ein Weißer in einem makellosen grauen Anzug, mit angeklatschtem silberfarbenem Haar, blauen Augen und einer vorspringenden Nase, über die eine Narbe ging; neben ihm stand ein zwergwüchsiger Elektro-Neger in einem weißen Frisörskittel. Der kleine Barbier trug eine Thompson-Maschinenpistole, die mehr wie ein Requisit als wie eine Waffe aussah. »Sie k-k-kö-können m-m-mi … I-i-ich ha-ha-ha-heiße … M-m-meine K-k-kumpel n-n-nennen m-m-m … Machen Sie keine plötzlichen Bewegungen!«

Gant wirkte weder durch die Störung noch durch die Drohung im mindesten verunsichert. »Kenne ich Sie?« fragte er Roy, als seien sie sich gerade in einem Restaurant zufällig über den Weg gelaufen.

»Nicht direkt«, sagte Roy Cohn. »Aber ich kenne Sie, Harry.«

Eine dritte Gestalt trat herein, und *die* verunsicherte Gant durchaus: sein eigener Doppelgänger.

»Harry …« flüsterte Vanna atemlos.

»Hi, Vanna!« sagte der Elektro-Gant. Er hatte die gleiche Stimme, den gleichen Gang, die gleiche Kleidung … sogar die Knitterfalten in seinem Anzug schienen mit denen des echten Gant identisch zu sein. Er spazierte ins Büro mit der Selbstverständlichkeit dessen, der da hingehörte, sah sich aber gleichzeitig neugierig nach allen Seiten um. Sein Blick fiel auf die holographische Spielstadt, und sein Gesicht ging grinsend in die Breite. »Hey, stark!«

»Bitte?« sagte der echte Gant.

»Was bedeutet das Ganze?« fragte Vanna herrisch.

»Kapitalismus«, sagte Roy Cohn.

»Kapitalismus«, echote der Elektro-Gant und fummelte dabei an einem Joystick des Holo-Game herum. »Substantiv. Aus dem lateinischen *capitalis*, ›zum Kopf gehörig‹.«

»Wi-wi-wirtschaftssystem, d-d-das auf d-d-dem freien Unter-n-nehmertum ba-ba-ba- … P-p-privateigentum an d-d-den Produktionsm-m-m- … K-k-konkurrenz … L-l-laissez-f-f-f-f- … Habgier ist gut!« stotterte Shorty der Frisör.

»Konkurrenz«, sagte Roy Cohn.

»Konkurrenz«, echote der Elektro-Gant. »Substantiv. Aus dem lateinischen *concurrere*, ›im Wettstreit stehen‹. Das Wetteifern mit anderen um Profit, Preis oder Position. Ein Ausleseprozeß oder Wettbewerb, dessen Zweck darin besteht, das Höherwertige vom Minderwertigen zu unterscheiden und zu trennen.«

Der Androïd starrte auf das Projektionsspielbrett, auf die schwarzen und weißen Eiswagen, die kreuz und quer über die idealisierte Verbraucherinsel flitzten. Er grinste.

»Hey, Harry«, sagte er. »Ich hab da ne wahnsinnig klasse Idee ...«

Joan und Meisterbrau (II)

Ayn fand die Kanalisation abscheulich.

»Es ist wie in Petrograd nach der Revolution«, sagte sie, angewidert von den flüssigen Ausscheidungen und dem anderen Unrat, den das Licht ihrer Lampe sichtbar werden ließ. »Schmutz und Verderbnis, wohin das Auge reicht.«

»Dafür keine Computerviren«, gab Joan zu bedenken. »Nichts, worum *Sie* sich Sorgen zu machen bräuchten.«

»Aber wie können Sie es hier nur aushalten? Nach einer Stunde an so einem Ort müßte ich eine Woche lang unter der Dusche stehen ...«

»Also um ehrlich zu sein, mache ich mir momentan eher Sorgen um die Luftqualität.« Joan sah alle naselang auf die Anzeige des Luftscanners, der sich an ihrem Schutzanzug befand. »Ich habe nur eine Sauerstoffflasche mit, und ich hab vergessen, mir von Fatima einen Methanbericht geben zu lassen.«

Sie tuckerten eine Zeitlang schweigend vor sich hin; Ayn verzog bei jeder neuen Köstlichkeit, die vom Bugwasser der Barkasse aufgewirbelt wurde, das Gesicht. Dann sagte Joan: »Lassen Sie mich an Ihrem höheren Wissen teilhaben, Ayn ...«

»*Jetzt* wollen Sie meinen Rat?«

»Mir ist grade durch den Kopf gegangen, was ich vorhin zu Fatima gesagt habe, und irgendwie haut das nicht ganz hin. Wenn es stimmt, daß G.A.S. mich nicht einfach so umbringen kann, weil das nicht ironisch wäre, was hatte dann der Blechhund auf dem Bahnhof zu suchen? Sicher, es *sah* wohl so aus, als ob er versuchte, mich zu töten, aber nachträglich betrachtet, hätte er ein ganzes Stück aggressiver sein können ...«

»Aggressiver?« sagte Ayn. »Sie mußten ihn mit einem Taxi plattfahren.«

»Genau«, sagte Joan, »und was war mit dem Taxi? Sehr zuvorkommend von diesem Diener, genau in dem Augenblick mit einem fahrbaren Untersatz aufzukreuzen, als ich einen brauchte. Und was für ein glücklicher Zufall, daß er beschlossen hat, anzuhalten und zu Fuß auf mich loszugehen, anstatt mich einfach über den Haufen zu fahren. Und was für ein noch glücklicherer Zufall, daß er zuerst auf den Bahnhofswachmann geschossen hat, anstatt mir den Kopf wegzupusten, als er das problemlos hätte tun können.«

»Sie glauben, das war alles nur Schau?«

»Nicht *alles* nur Schau«, sagte Joan und betastete ihre Rippen. »Wenn ich die Gefahr nicht ernstgenommen hätte, wäre mir bestimmt etwas zugestoßen – etwas *mehr* zugestoßen. Aber es ist doch interessant, daß in derselben Minute, in der ich aus dem Zug gestiegen bin, die Bösewichter angefangen haben, mir zuzusetzen, einer nach dem anderen, ohne mir einen Augenblick Ruhe zu gönnen ... bis ich im Zoologischen Dezernat angekommen bin. Jetzt bin ich hier unten auf Höhe von, äh« – sie konsultierte den Elektro-Navigator – »70th und Columbus, und seit ich abgelegt habe, ist nicht das mindeste passiert. Vielleicht hatte die ganze Aufregung auf Straßenniveau also nur den Zweck, mich dazu zu bringen, die unterirdische Route zum Babel zu wählen.«

»Aber warum?«

»Das ist genau das, was ich mich frage«, sagte Joan. »Eine Möglichkeit – wenn ich per Kanalisation zum Babel komme, bedeutet das, daß ich durch die Untergeschosse einsteige, das heißt also da, wo sich die Bombe befinden soll. Es sei denn ... Sind Sie sicher, daß *Sie* nicht die Bombe sind, Ayn?«

»Hundertprozentig.« Ayn runzelte die Stirn. »Aber da ich nicht weiß, *warum* ich hundertprozentig sicher bin, wären Sie eine Närrin, diese Antwort zu akzeptieren.«

»Nehmen wir einmal rein theoretisch an, ich akzeptiere sie. Wenn Sie nicht die Bombe sind, worin besteht dann die Falle?«

»Das weiß ich auch nicht. Da wir aber beide wissen, daß es eine Falle *gibt*, warum laufen Sie dann hinein?«

»Keine andere Wahl«, sagte Joan. »Ich muß es riskieren. Hoover sagte, daß es in meiner Macht liegt, den Völkermord zu verhindern, und wenn –«

»Nein«, korrigierte Ayn sie. »Hoover sagte, daß es in Ihrer Macht liegt, die von ihm geschilderte Kette von Ereignissen zu durchbrechen. Er hat ihnen nicht versprochen, daß er in dem Fall irgend jemanden verschonen würde. Was, wenn Sie es wirklich schafften, die Freisetzung des Virus zu verhindern – und sich zu dem Zweck altruistisch opferten –, und der Völkermord fände *trotzdem*, auf irgendeine andere Weise statt? Wäre das nicht ironisch?«

»Ungefähr so ironisch, wie wenn ich die Sache aus egoistischen Gründen verhinderte, und es käme trotzdem nichts dabei raus... Andererseits, wenn ich versuche, G.A.S. auszutricksen, indem ich vom Babel wegbleibe, und das Virus wird freigesetzt, und ich sterbe in dem Bewußtsein, daß ichs hätte verhindern *können*...« Joan schüttelte den Kopf. »Hirngespinste. So oder so könnte ich etwas falsch machen. Und vielleicht gibt es auch gar keine richtige Entscheidung – G.A.S. hat Amberson Teaneck ja auch nicht gerade viel Ausweichmöglichkeiten gelassen. Das Problem ist, daß ich, genau wie Amberson Teaneck, einfach zuwenig Informationen habe, um eine weise Entscheidung treffen zu können.«

»Und deswegen fahren Sie zum Babel? Tun genau das, was G.A.S. von Ihnen erwartet?«

»Ich könnte ja immer noch Glück haben«, sagte Joan. Sie fingerte an ihrem Rosenkranz, dann fügte sie mit größerer Überzeugung hinzu: »Außerdem, wenn ich eh schon tot bin, dann ist es mir lieber, loszuziehen und etwas zu tun, als gar nichts zu tun.«

»Vielleicht ist das gerade die Falle.«

Etwas knallte gegen den Boden der Barkasse.

»Ah!« schrie Ayn. »Ein Kopf!«

»Was?«

»Ein abgetrennter Kopf! Da!«

Körperteile schaukelten im Kielwasser des flachen Bootes. »Androidenteile«, sagte Joan, als sie die Kabel ausmachte, die aus einer abgerissenen Gliedmaße hingen. Zwei der gestohlenen Barkassen tauchten aus der Dunkelheit vor ihnen auf. Sie waren entweder zusammengestoßen oder gegeneinander geschleudert worden; die eine lag halb auf der anderen, und bei beiden wiesen die Bodenplatten Risse auf. Auf dem Deck der oberen Barkasse lag ein kopfloser Diener und streckte alle viere von sich.

»Noch was, um was ich Fatima zu bitten vergessen habe«, sagte Joan, während sie um das Doppelwrack herumsteuerte. »Ein aktualisiertes Bio-Inventar.«

»Was könnte es nur gewesen sein?«

»Ein *Architeuthis princeps* vielleicht. Oder ein besonders lebhafter *Crocodylus niloticus.* Obwohls ein verdammt großer gewesen sein müßte, um die Boote derart zurichten zu können. Oder vielleicht ... *Bolero.*«

»Was?«

»Hören Sie«, sagte Joan. Da hörte es auch Ayn: Musik, etwas Klassisches, das von irgendwoher durch den Tunnel hallte, von nicht weit her, aber gedämpft, als komme es von unter Wasser.

»Was ist das?« sagte Ayn.

»Alter Schwimmpartner«, erklärte ihr Joan. Sie hob die Panzerbüchse auf und vergewisserte sich, daß sie geladen war.

Direkt vor ihnen kam eine Kreuzung; als sie sie erreichten, wurde die Musik lauter. Joan schaute in den linken Tunnel und sah eine Rückenflosse, die die Wasseroberfläche zerteilte. Sie feuerte eine Granate darauf ab und gab der Barkasse volle Kraft. Die Explosion bereicherte Ravels Marsch um einen zusätzlichen Paukenschlag.

Bis zu diesem Augenblick war Joan ohne Lichter gefahren und hatte sich ausschließlich auf die Leuchtkraft von Ayns Lampe verlassen. Jetzt schaltete sie sämtliche Scheinwerfer an und versuchte gleichzeitig, noch mehr Geschwindigkeit aus dem Motor herauszuholen.

Meisterbraus Finne tauchte im Kielwasser der Barkasse auf. Sie sah nicht so aus, als ob die Explosion sehr viel bewirkt hätte. Joan lud die Büchse nach. Selbst mit bis zum Anschlag durchgedrücktem Gashebel war das Boot zu langsam, also wartete Joan darauf, daß der Hai herankam. Als der *Carcharodon* nur noch wenige Meter vom Heck der Barkasse entfernt war, hob er die Schnauze aus dem Wasser. Joan drückte ab; die Granate explodierte über Meisterbraus Kopf und besprühte seinen Rücken in voller Länge mit Splittern.

Ohne irgendwelchen Schaden anzurichten.

»Gottverdammtes panzerhäutiges Mutantenviech …« sagte Joan.

Der Schlag fühlte sich so an, als habe man ihr zwei Klapperschlangen durch die Fußsohlen geschossen. Als Joan wieder zu sich kam, hing ihr Kopf über die Bordwand, und der Gestank der Abwässer stieg ihr in die Nase. Sie öffnete die Augen und sah, wie Meisterbrau, mit einem braunen Aal umwickelt, der blaue Finger von elektrischem Strom um sich verspritzte, senkrecht aus dem Wasser schoß. *Carcharodon* und Aal knallten gegen die Decke des Tunnels und platschten dann wieder in die Brühe, quirlten sie, verbissen kämpfend, durch. Die Barkasse, deren Gashebel noch immer auf Maximum arretiert war, ließ sie rasch hinter sich zurück.

»Was …« Ayns Gestalt verschwamm in der Lampe wie eine Spiegelung auf einem windgekräuselten Weiher; sie mußte all ihre Kraft aufbringen, um sich wieder zu sammeln. »Was … war *das*?«

»Ein *Electrophorus electricus*«, sagte Joan. Sie setzte sich auf; alle ihre Gelenke waren zerbrochenes Glas. »Sollte theoretisch irgendwo unter der Second Avenue leben, aber auf die Dauer wurds ihm dort wohl langweilig, da ist er umgezogen.« Zitternd griff sie nach dem Ruder, um die Barkasse von der Tunnelwand weg zu steuern, in die sie allmählich zu fahren drohte. »Und meine Gummistiefel hab ich auch vergessen …«

Die Macht des positiven Denkens (II)

Auf ein Wort von Roy hin betraten Amos und Andy, eine mit einem Tuch verhängte Kiste auf Rädern vor sich herschiebend, Gants Büro. Sie rollten ihre Last neben den Holo-Game-Projektor und schlossen sie über ein Kabel an dessen CPU an. Dann holten sie zwei identische Werkzeugetuis hervor und nahmen sich die Spielkonsolen vor, während die Diskussion weiterging.

»Nur, daß ich Sie richtig verstehe«, sagte Harry Gant gerade. »Sie wollen durch einen Wettkampf ermitteln, wer von uns beiden ich sein soll?«

»Betrachten Sie es als den Versuch einer feindseligen Übernahme«, schlug der Elektro-Gant vor. »Etwas, womit Sie sich sowieso hätten auseinandersetzen müssen, wenn Amberson Teaneck einen härteren Schädel gehabt hätte.«

»Amberson Teaneck ...« Harrys Augen weiteten sich, kaum merklich. »Dann stimmt es also wirklich, das mit ...?«

»Es ist eine ziemlich lange Geschichte. Joan kennt sie zum größten Teil, Sie können sie sich also vielleicht später von ihr erzählen lassen. Vorausgesetzt, Sie kommen beide an denselben Ort.«

»Hm«, sagte Harry, noch immer mehr erstaunt als erschrokken. »Hm.« Er sah zu Shorty dem Frisör hinüber und schien die Maschinenpistole jetzt zum erstenmal zu bemerken. »Und jetzt sind Sie hier, um –«

»Wir sind hier wegen der Ansprache, die Sie gehalten haben.«

»Der Ansprache?«

»In der Technischen Hochschule, letzten Montag. Erinnern Sie sich? – Es ging darum, daß Amerika ein Land sei, in dem jeder Erfolg haben könne. Nun, ich hab mir das ein bißchen durch den Kopf gehen lassen, und ich hab beschlossen, daß ich *Ihren* Erfolg haben will.«

»Sie haben auch eine ganze Menge über die Macht des positiven Denkens gesagt«, warf Roy Cohn ein. »Sie haben diesen Immigrantenkindern erklärt, die wahre Stärke der amerikanischen Industrie sei ihr Optimismus: Die Amerikaner, haben Sie gesagt, halten viel von Fair play, aber aus der Geschichte wissen sie auch, daß Selbstvertrauen sogar auf einem unebenen Spielfeld den Sieg davontragen kann. Das klang wie eine Herausforderung, also habe ich beschlossen, ihn auf die Probe zu stellen.«

»Wen auf die Probe zu stellen?«

»Ihren Optimismus.« Roy zeigte auf das holographische Spielfeld. »Ihr Selbstvertrauen gegen mein unebenes Spielfeld. Eine Runde, keine Tränen, der Sieger kriegt alles ... und Shorty kriegt den Verlierer.«

»Wer seid ihr Leute eigentlich?«

»Äh!« schnaubte der Elektro-Gant. »n bißchen mehr Aufmerksamkeit, Harry. Wir sind keine Leute.«

»Das ist völlig absurd«, sagte Harry. »Das ist Ihnen doch klar, oder?«

Roy Cohn lachte. »Jetzt nicht durchdrehen, Wunderknabe. Das Beste kommt erst noch.«

»Fertig«, sagte Amos und packte sein Werkzeug ein.

»Ich auch!« sagte Andy.

»Schön!« sagte der Elektro-Gant. »Jetzt passen Sie auf, Harry. Ein paar Spielregeln haben sich geändert, also sollten Sie jetzt besser gut zuhören ...«

»Was ist da unter dem Laken?« fragte Harry und deutete mit einer Kopfbewegung auf die verhängte Kiste.

»Regeländerung Nummer eins«, sagte Roy. »Als Toby da« – er zeigte auf Harrys Leibdiener, der wie eine Statue neben dem Digitalen Streckenplan des Transrapids stand –, »als Toby die Bemerkung Ihrer Exfrau über die ›kleinen holographischen Giftmülldeponien‹ weitergab, kam mir die Idee, daß ein Umweltverschmutzungsindex *wirklich* eine interessante Bereicherung des Spiels darstellen würde. Und so ...«

Er schnippte mit den Fingern, und Amos und Andy zogen das Laken weg. Die Kiste war durchsichtig, luftdicht und mit mehreren Preßluftflaschen verbunden.

Drinnen waren Harrys Eltern eingeschlossen. Harrys Vater sah verwirrt aus, seine Mutter wütend; beide hatten Angst. Als sie ihren Sohn sah – und in zweifacher Ausführung –, hämmerte Winnie Gant lautlos mit der Faust gegen die Scheibe, daß man sie herauslasse. Der Schaukasten war schalldicht.

»Die Sauerstoffkonzentration im Kasten spiegelt die allgemeine Luftqualität in der Spielwelt wider«, erklärte Roy. »Weniger Atemluft bedeutet weniger Atemluft. Ich kann Sie aber beruhigen: Die Luftqualität hat keine direkte Auswirkung auf das Spielgeschehen – wenn der Umweltschutz Sie nicht sonderlich fasziniert, *brauchen* Sie sich keine Gedanken darum zu machen. Aus rein ökonomischer Perspektive betrachtet, ist es sogar besser, wenn Sies nicht tun. Allerdings ...«

Vanna stand abseits in einer Ecke, beobachtete sie, spürte, wie ihr Verstand anfing, auszufransen und an den Rändern abzubröseln, und dachte: *Es passiert wieder.* Man brauchte die Zügel nur ein bißchen schleifen zu lassen, anfangen, sich sicher zu fühlen, anfangen, der Realität zu trauen, und da ...

Shorty lachte über etwas, was Roy gesagt hatte, und Vanna trat unwillkürlich einen Schritt zurück. Hinter ihr bewegte sich etwas, etwas von dem Gerümpel, das Harry in seinem Büro angehäuft hatte. Sie griff hinter sich, um dieses Etwas wieder ins Gleichgewicht zu bringen, und berührte einen glatten Holzschaft. Es war ein Baseballschläger – ein Swingspeed-Übungsschläger, von derselben Spielzeugfabrik hergestellt, die Gants magische Schachteln produzierte. Er maß die Schlaggeschwindigkeit des Benutzers und gab sie auf einer digitalen Anzeige, die sich an der Unterseite des Griffes befand, in Stundenkilometern an. Außen bestand der Schläger aus hartem Eschenholz, und seine Spitze war beschwert.

Jetzt war es Roy, der lachte: in Harrys Richtung, mit kaum verhohlener Verachtung lachte. Ohne nachzudenken, machte Vanna einen Ausfall. Sie zielte auf Roys Schädeldecke, und die Geschwindigkeitsanzeige schwirrte ins Dreistellige.

Roy sah nicht einmal hin; er hob nur eine Hand in die Höhe, fing den Schläger auf halbem Weg ab und hielt ihn regungslos fest, bis er seinen Scherz genügend ausgekostet hatte. Erst dann drehte er sich nach Vanna um und sagte, während sein Lächeln starr und haifischmäßig wurde: »Sind Sie fertig?«

Vanna ließ den Schläger los. Ihre Wut zerbröckelte, und ihr Mut verließ sie; sie rannte hinaus, durch ihr eigenes Büro und weiter in den Cortex. Shorty wirbelte herum, um sie niederzuschießen, aber Roy hielt ihn auf. »Laß das«, sagte er. Er machte eine sparsame Kopfbewegung. »Amos. Andy.«

»Hat se schon«, sagte Andy. Die beiden schlenderten aus dem Zimmer, hinter Vanna her; sie zogen die Tür hinter sich zu und überließen die Spieler ihrer Partie.

Roy kippte den Schläger und las die Anzeige am Knauf ab. »Hmm«, sagte er und klang beeindruckt. »Nun ...« Er wandte seine Aufmerksamkeit wieder Harry und dem Holo-Game zu. »Sollen wir?«

Die Falle

Die Kanäle unter Harlem waren voller Rauch; Joan sah keine Flammen, aber als sie unter der 116th Street in östlicher Richtung fuhr, wurde die Luft so dick, daß sie ihre Sauerstoffmaske aufsetzen mußte. Die Scheinwerfer nützten nichts mehr, da ihr Licht lediglich vom Rauch zurückgeworfen wurde, also schaltete sie sie wieder aus und steuerte anhand des Elektro-Navigators. Unter der Madison Avenue bog sie nach Norden ab und zickzackte durch mehrere schmalere Kanäle auf der Suche nach klarerer Luft.

Die andere Barkasse sah sie erst, als sie praktisch dabei war, sie zu rammen. An Bord waren drei Automatische Diener, zwei mit Sturmgewehren, einer mit einer Pistole und einem langen Messer bewaffnet, und alle guckten in die falsche Richtung. Joan riß das Ruder rechts herum und kam, durch das Getöse eines nahen Wasserfalls unhörbar, von hinten längsseits der Barkasse; sie hatte ihre Schrotflinte angeschlagen und die beiden Schützen umgelegt, bevor die auch nur ans Reagieren denken konnten. Dann stießen die zwei Barkassen zusammen und schaukelten im Schmutzwasser. Der dritte Diener verlor im Umdrehen das Gleichgewicht und stolperte Joan entgegen; er stach ihr das Messer in den Oberschenkel und bohrte es bis an den Knochen, noch während sie ihm die Mündung ihrer Flinte gegen die Brust preßte und abdrückte.

»Alles in Ordnung?« sagte Ayn, als der dritte Diener ins Wasser platschte. »Alles in Ordnung?«

Joan ließ die Schrotflinte fallen und griff mit beiden Händen nach dem Heft des Messers, das aus ihrem Bein ragte.

»Ist alles in Ordnung?«

»Alles *bestens,* Ayn!« sagte Joan zähneknirschend. Sie erinnerte sich zu spät daran, daß es nicht immer gescheit war, ein Messer aus einer Wunde zu ziehen, da es beim Austreten ebensoviel Schaden anrichten konnte wie beim Eindringen. Wenigstens in diesem Fall traf es bestimmt zu: Als die Klinge herauskam, nahmen Schmerz wie Blutung abrupt zu. Joans Schrei hallte durch die Tunnel.

Sie merkte, daß sie unter ihrer Sauerstoffmaske hyperventilierte. Sie riß sich die Maske vom Gesicht, zippte den Reißverschluß ihres Bodysuits auf, zog eine Zigarette heraus, steckte sie an – und dabei um ein Haar den Sauerstoff in Brand – und inhalierte mit dem ersten Zug zwei Drittel ihrer Länge. Ihre Atmung beruhigte sich. Sie gab ihrer Kippe mit dem zweiten Zug den Rest, schnippte sie über Bord und holte den Erste-Hilfe-Kasten hervor. Sie versorgte ihre Wunde mit Mull und einer sterilen Kompresse, die sie fest andrückte, ohne aber ein Tourniquet anzulegen. Sie sagte sich, daß es wohl nicht nötig sei; sie konnte es sich nicht leisten, irgendwelche größeren Adern verletzt zu haben.

Sie setzte die Barkasse wieder in Bewegung. Der Rauch hatte sich inzwischen zu einem feinen Dunst verflüchtigt, aber vielleicht kam der Dunst auch nur vom Schock. Nach einer Weile wurde Joan bewußt, daß Ayn ihr Anweisungen gab: »Hier links ... jetzt rechts ... jetzt nehmen Sie diesen Seitentunnel ... jetzt wieder rechts ...«

»So«, sagte Ayn endlich. Sie befanden sich in einem engen Nebenkanal, gerade tief genug, daß die Barkasse noch fahren konnte. Der Elektro-Navigator gab ihre Position mit 124th Street an, zwischen Adam Clayton Powell Jun. und Malcolm X Boulevard – einem inexistenten Straßenabschnitt. Sie waren unter dem Babel.

In die Tunnelwand war ein Loch gebrochen worden, groß genug, um einem Menschen oder einem Diener den Durchstieg zu erlauben. Neben dem Loch hatte man eine Metallklampe in die Mauer getrieben.

»Das ist es?« sagte Joan.

»Ja«, sagte Ayn.

»Was ist da drin?«

»Weiß ich nicht.«

»Sie wußten, wie man hierherkommt.«

»Das bedeutet aber nicht, daß ich weiß, was da drin ist«, sagte Ayn unbehaglich.

Joan schlang eine Leine um die Klampe. Sie probierte ihr Bein aus: Es war steif und schmerzte – es fühlte sich so an, als steckte noch immer eine Klinge in ihrem Oberschenkel –, aber es war nirgendwo taub geworden, und sie konnte gehen. *Ich hab die Ader anscheinend wirklich nicht verletzt,* dachte sie mit gezwungenem Optimismus. Der Verband war durchgeblutet, und von ihrer Ferse tropfte es auf den Boden.

Mit klebrigen Fingern lud sie die Schrotflinte nach. Nachdem sie den Verband gewechselt hatte, fragte sie den Elektro-Navigator nach weiteren Eingängen ins Gebäude, die nach Möglichkeit nicht ganz so extra für sie gemacht aussahen. Nach Auskunft des Navigators gab es ein kurzes Stück südlich einen Einstiegsschacht, der sie bis direkt vor die Muttersprachenpforte führen würde; der einzige Haken war, daß sie dazu eine fünfzehn Meter hohe Leiter würde hinaufklettern müssen. Joan verlagerte ihr ganzes Gewicht auf das heile Bein und hob das andere an, wie um den Fuß auf eine imaginäre nächste Sprosse zu setzen. Sie verlor vor Schmerz fast die Besinnung.

»Ach, zum Teufel.« Sie legte die Sauerstoffflasche ab und stieg, das Gewehr in der einen und die Lampe in der anderen Hand, durch das Loch in der Tunnelwand.

Ein enger Gang führte durch festgestampftes Erdreich und eine zweite durchbrochene Mauer. Jetzt befand sich Joan in einem dunklen Korridor aus Gußbeton, an dessen Decke Rohre entlangliefen. Es gab Lampen, aber der Strom war abgestellt; um etwas zu erkennen, brauchte sie Ayns Licht.

»Wo lang?« fragte Joan.

»Nach Norden«, sagte Ayn. »Geradeaus. Die Gittertür dahinten, sehen Sie? Das ist es.«

»Das ist was?«

»Weiß ich nicht.«

Die Tür war neu, offensichtlich nachträglich eingebaut. Ihre zwei Flügel hingen an Automatischen Angeln und bestanden aus blanken Stahlstangen, die zu nah beieinander standen, als daß die Lampe hindurchgepaßt hätte; Joan konnte einen größeren Raum dahinter spüren, aber Ayns Licht reichte nicht so weit hinein, daß sie etwas hätte erkennen können.

»Mehr Licht!« sagte Joan.

»Geht nicht.«

Joan drückte gegen das Tor; es rührte sich nicht. Sie suchte nach einem Aufschließmechanismus und fand einen Metallkasten mit einem Mikrophongitter an der Vorderseite.

»Es ist ein akustisches Schloß«, erklärte Ayn unaufgefordert. »Eine bestimmte Kombination von Lauten öffnet es.«

Joan sah sie an. »Kennen Sie das Zauberwort, Ayn?«

Ayn dachte nach. »Ja«, sagte sie. »Es ist... Oh! Oh! Du Bastard!«

»Was?«

»Du *Bastard!*«

»Ayn, was ist denn?« Die Philosophin sah zorniger aus, als Joan sie je gesehen hatte.

»Das ist das reine, unverfälschte Böse!« sagte Ayn. Und dann skandierte sie mit einem Ausdruck unaussprechlichen Ekels, jedes Wort einzeln gewaltsam herauspressend: »Jeder... nach... seinen... Fähigkeiten,... jedem... nach... seinen... Bedürfnissen.«

Das Schloß klickte; die Automatischen Angeln drehten sich, und die Flügeltür schwang auf. Joan trat einen zögerlichen Halbschritt vor und hielt die Lampe in die Höhe. Das Licht schien schwächer zu werden, je weiter sie es von sich weghielt, so daß sie immer noch nicht erkennen konnte, was sich hinter der Tür befand – nicht, ohne hineinzugehen.

»Das ist eine Falle«, sagte Joan, nur um die Worte zu hören. Dann fügte sie hinzu: »Stimmt's, Ayn?«

Ayn gab keine Antwort. Brauchte sie auch gar nicht. Natürlich war das eine Falle. Und Joan wußte instinktiv, daß Fatima Sigorski recht gehabt hatte, daß sie ablehnen sollte, einfach kehrtmachen und gehen, die Höhle des Löwen unbetreten lassen.

Sie wußte es, aber die Vorstellung mißfiel ihr.

Direkt hinter der Schwelle führte eine flache Treppe nach unten. Joan stand über eine Minute regungslos auf der obersten Stufe und wartete, was passieren würde. Es passierte nichts. Sie stieg eine Stufe tiefer, dann noch eine.

Neun Stufen bis nach unten. Je tiefer Joan stieg, desto nervöser wurde sie; ihre Muskeln spannten sich an, bereit, sie im Galopp wieder hinauf- und hinauszubefördern, wenn die Gittertür Anstalten machen sollte, sich hinter ihr zu schließen. Aber sie blieb auf, und Joan kam schließlich unten an. Sie fühlte sich angreifbar, preisgegeben.

»Jetzt«, sagte Ayn, als sie von der letzten Stufe auf einen staubigen Betonboden trat. Plötzlich strahlte die Lampe auf, und in dem neuen Licht sah Joan endlich, wo sie stand und was sie umgab.

»Heiliger Jesus«, sagte sie.

Voll in die Flanke

»Habt ihr's bald?« fragte Mufti ungeduldig, während er in den offenen Schacht des Lastenaufzugs hinunterspähte. »Die sin am Kommen!«

Hinter ihm schlugen sich ein Automatischer Diener und ein Gant Mobil-Fernseher mit einem Schweißbrenner herum. Der Diener war ein Bauarbeiter, eine der vierzehn Einheiten aus der Babel-Kolonne, die zum G.A.S.-Dienst gepreßt worden waren. Der Fernseher war mit Mufti heraufgekommen, nachdem die Humanbelegschaft das Gelände verlassen hatte. Alles in allem hatte Mufti rund zwei Dutzend Armpaare zur Verfügung, um die oberen Stockwerke des Turms bis zum Abwurf des Virus zu verteidigen – Overkill, wenn alles nach Plan gelaufen wäre.

Es lief nicht alles nach Plan. Das für sich genommen war nicht unerwartet, wohl aber das Ausmaß, in dem es nicht lief. G.A.S. versuchte noch immer herauszufinden, wo die Marines hergekommen waren und wer sie geschickt hatte; und während sich der Supercomputer den großen Fragen widmete, beeilte sich Mufti, eine stärkere Verteidigung auf die Beine zu stellen.

»Komm schon, komm schon, komm schon!« drängte er. Der Bauarbeiter war dabei, den Schweißbrenner so mit Isolierband an den Sauerstoff- und Acetylenflaschen zu befestigen, daß die Brennspitze genau auf die Düsen der Gasbehälter zeigte. Als er damit fertig war, steckte der Mobil-Fernseher den austretenden Strahl mit einem Funkenzünder in Brand, und beide stießen das Ganze sofort in den Aufzugsschacht. Siebzehn Stockwerke tiefer schlugen die Stahlflaschen durch die Decke der Fahrstuhlkabine und explodierten; die Sauerstoff-Acetylen-Feuerkugel glühte den Fahrkorb aus und schmolz die Tragseile durch. Der Aufzug sauste in die Tiefe.

»Bye-bye, Pappkameraden«, sagte Mufti. Dann hob er den

Kopf, weil er eine neue Bewegung spürte: Jemand hatte die Hydrakräne in Betrieb gesetzt. »He! Wer macht da rum?« Er konzentrierte sich und wußte augenblicklich, wo sich jeder ihm unterstellte Diener momentan befand und was er gerade tat; von *denen* machte keiner rum. »Wer zum Henker hockt in den Kabinen?«

»Es braucht sich niemand in den Kabinen zu befinden, Mr. Mufti«, sagte der Bauarbeiter. »Diese Kräne lassen sich per Fernsteuerung bedienen. Über Funk.«

»Über – o Scheiße.«

Ein Kranarm schwenkte über sie hinweg und zog einen einbeinigen, an einem Seil baumelnden Marine unter sich her. Eine Granate fiel vom Himmel und plumpste Mufti genau zwischen die Füße.

»Jungs«, sagte Mufti, »die kommen uns voll in die Flanke.«

Nicht laufen

»Zu Ihrer Sicherheit und Bequemlichkeit ist dieser Fahrstuhltrakt vorübergehend außer Betrieb gesetzt worden«, sagte der Fahrstuhltrakt. »Bitte bleiben Sie, wo Sie sind, und warten Sie auf weitere Instruktionen durch weisungsbefugtes Personal. Sollten Sie sich, bedingt durch Feuer oder eine andere Ursache, in unmittelbarer Lebensgefahr befinden, begeben Sie sich zum nächstgelegenen Notausgang, dessen Lage Sie nebenstehendem Fluchtplan entnehmen können. Nicht laufen.«

Der nächstgelegene Notausgang befand sich rechts von den Aufzügen und führte zu einer Feuertreppe; aber als Vanna versuchte, ins Treppenhaus zu gelangen, ging die Tür nicht auf.

»Zu Ihrer Sicherheit und Bequemlichkeit«, erklärte ihr das Elektrische Türschloß, »ist dieser Notausgang vorübergehend geschlossen worden. Bitte versuchen Sie es über eine Ausweichfluchtroute. Nicht laufen.«

Die nächste Ausweichfluchtroute führte über eine Tür in der Südwestecke des Gebäudes, am anderen Ende des Cortex. Vanna machte sich in die entsprechende Richtung auf und sah zwei schwarze Vogelscheuchen zwischen den Schreibtischen und Terminals herumstehen.

»Was glaubste, Amos?« fragte die erste Vogelscheuche. »Ob die läuft?«

»Ach was, Andy«, erwiderte die zweite. »Ich glaub, die *fliegt.*«

Andy gluckste: »Ich hab noch nie ne Frau fliegen sehn. Ich hab *Fliegen* fliegen sehn ...«

»Ich hab *gebratene Tauben* fliegen sehn«, sagte Amos. »Ich hab *die Fetzen* fliegen sehn ...«

Vanna packte den Monitor eines Cray PC und versuchte, damit zu werfen. Durch ein Gewirr von Kabeln an ein halbes Dutzend andere Geräte gefesselt, flog der Monitor ganze hundert Zentimeter weit, bevor er ruckartig abgebremst wurde und zu Boden krachte.

»Mh, mh, mh«, gluckste Andy. »Das sieht mir nich nach Fliegen, Tauben oder Fetzen aus.«

Amos krümmte einen Finger in Richtung Vanna. »Komm her, Schätzchen.« Vanna schmiß mit einem Faxgerät nach ihm, hüpfte dann hoch und fing an, im Zickzack von Schreibtisch zu Schreibtisch zu springen. Amos griff sich ein Telefon und schleuderte es ihr wie eine Bola nach; sie wich aus, aber ein zweites Geschoß, diesmal von Andy, wickelte sich ihr um die Knöchel und brachte sie zu Fall. Sie flog längelang hin und knallte mit der Wucht eines Footballspielers gegen einen Trinkwasserkühlbehälter.

»Mh, mh, mh«, wiederholte Andy, während er dort hinschlenderte, wo sie gestürzt war. Als Vanna versuchte, wieder auf die Beine zu kommen, verpaßte er ihr einen Klaps gegen die Schläfe, der sie betäubte. Er packte sie bei den Armen, und Amos nahm die Beine; sie hoben sie an beiden Enden hoch und fingen an, sie hin- und herzuschwingen und dazu im Singsang zu leiern: »Enten tauchen ...«

»... Pflaumen fallen ...«

»... Köpfe rauchen ...«

»... Bäuche knallen ...«

Sie schleuderten Vanna in einer flachen Flugbahn gegen das Panoramafenster des Cortex. Sie prallte dröhnend dagegen, aber das Glas hielt stand.

»Kacke«, sagte Andy.

»Stabil«, sagte Amos.

Eine Explosion riß ein Loch in die Fensterwand. Eine Fensterputzergondel rollte auf gutgeölten Schienen von unten herauf ins Bild; deren einzige Passagierin trug zum Schutz gegen fallende Glasscherben einen umgestülpten Eimer auf dem Kopf.

»Ah«, sagte Amos. »So was hab ich noch nie gesehn.«

Kite pustete ihm den Brustkorb weg.

Andy warf sich den Bruchteil einer Sekunde vor ihrem nächsten Schuß in Deckung; das Explosivgeschoß pfiff über die Schöße seiner Anzugjacke weg und demolierte einen Laserdrucker. Andy fiel hinter einen Schreibtisch und verschwand.

Mit einer Feueraxt erweiterte Kite das Loch in der Fensterscheibe. Dann setzte sie den Eimer ab, stieg ein und ging zu Vanna, die wie ein Lumpensack auf dem Boden lag. Die Regulatorin war bei Bewußtsein, aber sie war schwer angeschlagen und blutete aus den Ohren; sie erinnerte Kite an das erste Kriegsopfer, das sie in ihrem Leben gesehen hatte, einen jungen Husky, den sie bei einem Scharmützel gegen die Monctoner Postkutsche verloren hatte.

»Können Sie mich verstehen?« fragte sie leise; Vanna rang sich ein schwächliches Nicken ab und unternahm dann einen halben Versuch, sich aufzusetzen, war aber zu taumelig für die Vertikale. »Hier«, sagte Kite und drückte ihr den Colt in die Hände. »Für den Fall, daß mir was passieren sollte. Was natürlich nicht der Fall sein wird.«

Amos hatte sich hintenüber auf einen Xeroxkopierer geflegelt, und Kite nahm ihn sich als nächsten vor. Als sie die Überreste seines Jacketts aufschlug, fand sie in seiner Westentasche ein Rasiermesser, aber keinerlei Schußwaffen, was ihr Grund zur Hoffnung zu geben schien. Sie drehte sich zum Schreibtisch um, hinter dem Andy verschwunden war. Andy, der auf dem Boden zwischen den Seitenfächern kauerte, schleuderte ihr den Schreibtisch entgegen.

»*Mist*, verdammter«, fluchte Kite. Sie mußte über den Kopierer flanken, um nicht zermalmt zu werden; der Schreibtisch landete auf Amos, aber der ergonomische Drehstuhl, der ihm folgte, erwischte Kite voll und rüttelte sie ordentlich durch. Im Laufe ihrer Auseinandersetzung mit mehreren weiteren Büroeinrichtungsgegenständen verlor sie ihre Handkanone.

Sie fluchte und zog ihren Säbel. Andy pflanzte sich in einem Gang zwischen den Schreibtischen vor ihr auf und fuchtelte mit einer kurzen Machete herum. Sein Gesicht verzog sich zu einem bedrohlich sein sollenden Grinsen, aber Kite war zu wütend, um sich bedroht zu fühlen, und Andys braune, stumpfe, leblose Augen bargen für sie keinerlei Schrecken.

»Na, dann komm«, sagte sie.

Er kam, mit flinken mechanischen Schritten. Kite täuschte eine Parade vor, wich aber im letzten Moment wohlweislich aus; die Machete hackte ins Leere, und einen Augenblick lang war Andy ungedeckt. Ein Augenblick war alles, was Kite brauchte: Der Android mochte aus Stahl sein, wo sie aus Fleisch und Blut war, aber ihre Nerven waren ebenso wie die seinen elektrisch. Sie säbelte nach seinem ausgestreckten Arm, und ihre Klinge grub sich in Metall. Man hörte ein Geräusch wie von einer reißenden Klaviersaite, und Andys Finger erschlafften; die Machete fiel auf den Teppich. Kite riß den Säbel frei und holte zu einem Streich aus, der Andy den Kopf abrasieren sollte.

Vanna klappte hoch und ballerte mit dem Colt drauflos. Wie Kite zielte sie auf Andys Kopf, aber sie war noch immer ziemlich benommen, und das ließ sich am Resultat ihrer Bemühungen ablesen. Die erste Kugel zog tatsächlich einen Scheitel in Andys Melone, aber die zweite knallte die Säbelklinge beiseite, und die dritte bohrte sich durch Kites Rippen.

»Autsch!« sagte Andy. Vanna feuerte drei weitere Schüsse ins Blaue und fiel wieder hin.

Den Kopf noch immer intakt, bückte sich Andy nach seinem Buschmesser.

Kite lag blutend auf dem Rücken. Neben ihr lag ein umgefallener Papierkorb, und da sie momentan nichts Besseres zu tun hatte, warf sie einen Blick hinein und sah, daß er zerknülltes Papier, zwei Apfelbutzen, eine Coladose, eine Xerox-Tonerpatrone und eine Browning-Automatic-Handkanone Kaliber .70 enthielt.

»Hallo, Pappkameradin«, sagte Andy, der herangekommen war und jetzt mit der Machete in der Hand über ihr aufragte. »Jetzt zur Abwechslung mal andersrum, wa?«

Und Kite streckte den Arm aus, einen Arm, der mindestens

eine Million Kilometer lang zu sein schien, und nahm den ganzen Papierkorb mitsamt der Kanone mit, hob ihn, bis der Papierkorb den hämisch grinsenden Dummy ausblendete, der im Begriff stand, sie in Stücke zu hacken. Sie drückte viermal ab.

Andy verschwand.

Der Papierkorb war eine Röhre um ihren Arm, nach beiden Seiten offen; sie spürte ihre Zehen nicht mehr. Sie hätte jetzt gern geschlafen, hielt es aber für keine so gute Idee, also versuchte sie statt dessen ein bißchen Konversation zu machen: »Ms. Domingo?«

Irgendwo in der Nähe ertönte, gleichfalls auf Bodenniveau, Vanna Domingos Stöhnen.

»Ms. Domingo«, sagte Kite, »ich weiß nicht, wie gut Sie mich hören können, aber ich hab mich grad gefragt... Wenn ich morgen noch am Leben bin – nicht, daß ich damit rechnen würde, aber falls ja –, würden Sie es dann in Betracht ziehen, mir einen Job zu geben?«

Der Detonator

»Heiliger Jesus.«

Der Raum war groß, aber nicht gigantisch, auch wenn sich hinsichtlich seiner genauen Ausmaße nur Vermutungen anstellen ließen. Früher hatte er irgendwelche Maschinen beherbergt – auf dem Fußboden waren hellere Rechtecke zu sehen und schartige Löcher, wo Apparate entwurzelt worden waren –, aber alles Gerät und Zubehör war herausgerissen worden, um für das Dynamit Platz zu schaffen. Drei Komma acht Tonnen davon, ringsum an den Wänden aufgeschichtet, deckenhoch und wer weiß wie tief.

Es war in ordentlichen Bündeln zu je sieben Stangen verschnürt und anschließend zu einem Wabenmuster gestapelt, einem Nitroglyzerin-Bienenstock. Joan stellte im Kopf ein paar Berechnungen an: fünftausendsechshundert Pfund reines Dynamit, macht bei rund einem halben Pfund pro Stange und dreieinhalb Pfund pro Bündel, das macht... das macht einen gottverdammten Haufen Bündel. Ihre Chemiekenntnisse reichten nicht aus, um die Stärke der Explosion auszurechnen, aber sie würde bestimmt, wie Hoover versprochen hatte, einen gewaltigen Bums verursachen.

Sie fing schon wieder an zu hyperventilieren, aber diesmal steckte sie sich keine Zigarette an. Sie machte sich auf die Suche nach dem Zeitzünder, um zu sehen, was für eine Frist man ihr gesetzt hatte, aber sie konnte ihn nicht finden. Mit sehr, sehr vorsichtigen Bewegungen näherte sie sich dem nächstgelegenen Stück Wabe und sah sich die Sache genauer an.

In der mittleren Stange jedes Bündels steckte ein Zündhütchen, an dem eine zwanzig Zentimeter lange Zündschnur befestigt war. Die Zündschnüre standen steif ab, wie Wimpern; sie waren mit nichts verbunden. Verwundert zwirbelte Joan eine von ihnen behutsam zwischen Daumen und Zeigefinger, um festzustellen, ob es vielleicht etwas wie eine Antenne war. Aber nein, es war eine Zündschnur: Kordit, schnellbrennend.

»Aber wo zum Teufel ist der Hauptzünder?« sagte Joan. »Wo ist der –« Sie erstarrte, als sie hinter sich ein metallisches Dröhnen hörte. Mit einemmal begriff sie. »O nein.«

»O doch«, sagte Ayn Rand.

Joan wandte sich um. Das Gittertor war zugeschlagen und hatte sie eingeschlossen.

Die Lampe eingeschlossen.

»Es ist mir lieber, loszuziehen und etwas zu tun, als gar nichts zu tun.« Joan spürte, wie ihr das Blut in die Wangen stieg. »Waren das meine Worte?«

»Das waren Ihre Worte.«

»Ich bin eine Aktivistin.« Sie sprach es aus wie ein Anwalt sein Schlußplädoyer. »Das ist meine Lebensphilosophie: Ich sehe ein Problem, ich trete in Aktion.«

»Ja.«

»Selbst wenn ich nicht weiß, was zum Teufel ich da eigentlich treibe, handle ich.«

»Selbst wenn Sie *wissen*, daß Sie nicht wissen, was zum Teufel Sie da treiben«, sagte Ayn. »Selbst wenn man Sie gewarnt hat.«

Joan nickte die ganze Zeit. »Und es ist wahr, was Sie mir gesagt haben: Sie sind nicht das Virus; Sie sind nicht die Bombe ...«

»Nein.«

»... Sie sind der Detonator.«

»Eine Elektrische Thermit-Sprengladung«, sagte Ayn Rand. »Allerdings eine im höchsten Grade vernunftbegabte.«

Joan schloß die Augen. »Thermit ... Thermit setzt die Zündschnüre in Brand?«

»Ja.«

»Zündschnüre bringen die Zündhütchen zur Explosion ...«

»Ja.«

» ... Zündhütchen zünden das Dynamit, Dynamit bringt das Gebäude zum Wanken, Wanken setzt das Virus frei, Virus tötet Tausende von unschuldigen Menschen ...«

»Ja, ja, ja und ja.«

»Alles meinetwegen.«

»Alles Ihretwegen«, bestätigte John Hoovers Stimme aus einem irgendwo in der Sprengstoffwabe vergrabenen Lautsprecher. »Und ich möchte Ihnen aufrichtig dafür danken, Miss Fine, welch wahrhaft heroische Anstrengungen Sie unternommen haben, um heute hierherzukommen. Ohne Sie hätte ich das Gebäude nicht sprengen können.«

Zwei Minuten

Leuchtspurgeschosse legten Steppnähte zwischen die Stahlbalken und -träger der Babel-Baustelle. Nach dem ersten Angriff hatten sich die Androiden zur Nordseite des Turms zurückgezogen, während die Marines den Süden hielten; die zwei Gruppen lieferten sich seitdem einen weitgehend planlosen Schußwechsel. Das Ziel der Marines war nicht, den Feind zu vernichten, sondern ihn lediglich zu beschäftigen und ihm etwas zu denken zu geben, während ein Spezialkommando das Auge von Afrika in das Hydra-Kontroll-Center schaffte.

In einer vergleichsweise ruhigen Ecke des 226. Stockwerks marschierte ein Mobil-Fernseher einen überdachten Fußweg entlang. Sein Monitor spielte alte Filmberichte aus dem Syrienkrieg von 09 ab: Ein fleischiger amerikanischer General sprach gerade zu einem Raum voller Reporter. »Meine Damen und Herren«, sagte der General und zeigte dabei auf einen eigenen Videobildschirm, »hier sehen Sie das Hauptquartier meines Ge-

genstücks.« Eine Welle von beifälligem Gelächter schwappte durch den Raum, als eine Kemo-Sabe-Rakete ein dreistöckiges Gebäude in die Luft jagte und alle darin befindlichen Menschen tötete. »Als nächstes zeigen wir Ihnen ein Videoclip über die Arabfamilie mit dem größten Schwein des Tages.« Ein Paar mit Kinderwagen erreichte die andere Seite einer Brücke, keine zwei Sekunden bevor eine lasergelenkte Bombe selbige halbierte. Ein *Newsweek*-Reporter lachte so herzhaft, daß er vom Stuhl kippte. »Als nächstes eine Vergleichsstudie über die Fernzielgenauigkeit von syrischen und israelischen Panzerkanonen ...«

Das Bild ging in Flimmern über, als der Steinerne Mönch den Fernseher mit einer magnetisierten Klaviersaite garrottierte; Maxwell stieß dem Fernseher ein Bajonett in die Brust und führte den Job zu Ende. Clayton Bryce schluckte.

»Okay«, sagte Maxwell. Er streifte sich die Lade von den Schultern und hielt sie Clayton hin.

»Ich?«

»Können Sie kämpfen?« fragte Maxwell.

»Natürlich nicht. Ich bin Buchhalter.«

»Dann schleppen Sie. Nehmen Sie.«

Hinter einer Palette Zementsäcke Deckung nehmend, zeigte Maxwell Clayton das Kontroll-Center; ein Automatischer Bauarbeiter kauerte unter der rutschsicheren Leiter, bereit, jeden, der sich näherte, zu erschießen.

»Da müssen Sie hin«, sagte Maxwell. »In zwei Minuten greift der erste Stoßtrupp den Feind an der linken Flanke an. Der zweite schlägt von rechts zu. Das müßte die Aufmerksamkeit vom Mittelfeld, da vorn, ablenken. Der Mönch setzt den Posten außer Gefecht; sobalds passiert ist, laufen Sie los, da die Treppe hoch, und klinken das Auge von Afrika in den Babel-Supercomputer ein.«

»Ich?«

»Wenn Sie einen Schuß abkriegen, bleiben Sie nicht stehen«, riet Maxwell. »Selbst wenn es Sie schlimm erwischt, bleiben Sie *nicht* stehen, bis Sie das Auge eingeklinkt haben. Aber versuchen Sie, nach Möglichkeit *keinen* Schuß abzukriegen. Laufen Sie *schnell*.«

»Aber warum gerade ich?«

»Sie sind Buchhalter.«

»Aber –«

»Ich würds ja selbst tun«, sagte Maxwell, »aber ich hab was anderes zu erledigen.«

»Was denn?«

»Ich hab da was gesehen, während ich am Kran hing.« Er blickte in die Höhe. »Ich muß das checken.« Maxwell klopfte dem Steinernen Mönch auf den Arm. »Zwei Minuten.« Er wandte sich ab, um zu gehen.

»Warten Sie!« sagte Clayton. »Was passiert eigentlich, wenn ich das ... das Was-immer-das-sei tatsächlich an diesen Supercomputer anschließe? Wird es dann diese Diener, die uns umzubringen versuchen, abschalten?«

»Nein«, sagte Maxwell. »Aber wenn alles so läuft, wie es sollte, wird das Auge von Afrika die Kontrolle über sie übernehmen.«

Clayton ließ das einen Augenblick auf sich einwirken. »Wird das ein Fortschritt sein?«

Aber Maxwell eilte bereits von dannen und hörte die Frage nicht mehr.

Was, wenn

»Das ist ganz schön billig«, sagte Joan.

»Je nun«, sagte Hoover, »das wußten Sie doch von vornherein, daß es so sein würde.«

»Es ist ...« Joan hob die Arme in die Höhe und dachte an tausend mögliche, durchweg vergebliche Einsprüche.

»Es ist was? Nicht fair?« Hoover lachte. »Es soll ja gar nicht fair sein. Es soll ironisch sein.«

»Hoover –«

»Sie haben immer noch die Möglichkeit, die Thermit-Sprengladung wieder zu inaktivieren.«

»Wie?«

»Schalten Sie einfach mit Hilfe des Schärfschlüssels die Sicherung wieder ein.«

»Schärfschlüssel? Was denn fürn Schärfschlüssel?«

»Das ist so ein kleines Ding, wie ein Knopf. Paßt genau in das Fach an der Unterseite der Lampe – Sie wissen, was ich meine.«

»Ja«, sagte Joan und bekam wieder rote Backen. »Ich weiß, was Sie meinen.«

»Oh-oh. Sie haben ihn doch nicht etwa in *New Jersey* gelassen, oder?«

»Dumm von mir«, gestand Joan, »aber Ayn hatte mir gesagt, das wär ein Peilsender.«

»Oh, das war er auch – einer von zwei. Der andere befindet sich im Griff der Lampe. Ich habe alle Ihre Schritte sehr genau mitverfolgt.«

Joan zählte langsam bis zehn. Dann fragte sie: »Und was, wenn ich nicht gekommen wäre?«

»Wie hätten Sie nicht kommen können? Ich habs Ihnen doch gesagt, Miss Fine, Sie sind ein Kinderspiel. Sie sind eine zwangsneurotische Samariterin, eine konditionierte Weltverbesserin von der Sorte, die selbst noch ihrem ärgsten Feind das Leben retten würde – also wußte ich, daß Sie sich diese Gelegenheit nicht entgehen lassen würden. Alles, was ich zu tun brauchte, war, Ihnen hier und da einen Stupser zu geben, damit Sie auf Kurs bleiben.«

»Schon recht«, sagte Joan, »aber was, wenn ich nicht gekommen wäre? Was, wenn ich Ayn in der Kanalisation verloren hätte? Was, wenn ich mich geweigert hätte, den letzten Schritt zu tun?«

»Was, wenn Dewey 48 Truman geschlagen hätte? Wen kümmerts? Was zählt, ist, was passiert ist.«

»Hätten Sie sie trotzdem getötet?« Es war halb eine Frage, halb ein Flehen.

Hoover schmunzelte. »Das ist etwas, was Sie niemals wissen werden, nicht? ... Ayn?«

»Ja?« sagte Ayn Rand.

»Explodiere.«

Der Erschütterungsdetektor ruhte auf einer Plattform auf der höchsten Ebene des unvollendeten Turms. Jedesmal wenn unten auf dem Schlachtfeld eine Granate hochging, blinkten vorne an dem Kasten Leuchtdioden auf, während das Gerät die Vibrationen maß und anhand des Ergebnisses ermittelte, ob das die Explosion war, auf welche es programmierungsgemäß wartete; aber jedesmal waren die Vibrationen zu schwach, und die Lämpchen gingen einen Augenblick später wieder aus.

Ein schwarzer Helikopter ratterte lufterschütternd am Himmel. Seine Außenlautsprecher schalteten sich mit einem Aufschrei von Rückkopplung ein: *»Achtung, Achtung. Hier spricht Special Agent Ernest G. Vogelsang vom FBI. Wenn Sie sich in Reichweite meiner Stimme befinden, begehen Sie gerade eine Straftat. Stellen Sie das Feuer ein, legen Sie Ihre Waffen nieder, und kommen Sie heraus, wo ich Sie sehen kann.«*

Jemand – wahrscheinlich ein Marine mit schlechten Erinnerungen an die libysche Luftkavallerie – gab hinterrücks einen Schuß auf den Hubschrauber ab. Die Kugel prallte von einem Stahlträger ab und traf den Erschütterungsdetektor. Die Lämpchen gingen an und blieben an; mit einem Knall wie von einem zweiten Gewehrschuß flog unter der Plattform eine Klappe auf und ließ ein zerbrechliches Faß auf eine Rampe fallen. Der Behälter fing an zu rollen und nahm stetig Geschwindigkeit auf.

Die holographische Darstellung der Rampe, die Hoover Joan gezeigt hatte, war eine grobe Vereinfachung gewesen; weit davon entfernt, geradeaus abwärts zu verlaufen, war die echte Rampe wie eine Achterbahn angelegt, die sich durch die ganze Baustelle schlängelte. Wie das Faß so kreuz und quer von einem Ende des Turms zum anderen rasselte, zog es die Aufmerksamkeit weiterer Heckenschützen auf sich. Zweimal wurde es um ein Haar getroffen; zweimal gingen die Kugeln daneben. Als es um die letzte Kurve bog, prallte eine Gewehrgranate vor ihm an der Rampe ab, jedoch ohne zu explodieren. Das Faß ging in die Zielgerade, die am Rande des Abgrunds wie abgesägt endete.

An ebendiesem Ende der Rampe tauchte der Kopf eines Soldaten auf. Ein Elektro-Bein pedalte im Leeren; Maxwell stemmte sich hoch und nahm eine riskante Fängerstellung ein. Der Virusbehälter war schwer, und im Laufe seiner Achterbahnfahrt hatte er ein beträchtliches Tempo aufgebaut, aber Maxwell wappnete sich mit ledernackiger Sturheit und hielt die Stellung. »Erwischt!« sagte er, als das Faß ihm in die Arme rollte.

Ein Schrei ertönte von unten herauf, als die Marines ihren Ablenkungsangriff einleiteten. Stoßtrupp eins benutzte einen Raketenwerfer, um mutmaßliche feindliche Stellungen auszuräuchern. Stoßtrupp zwei bewies gleich großen Enthusiasmus, aber geringeren Sachverstand, indem er zu diesem Zweck einen Mörser einsetzte: eine an Orten mit Querbalken wenig taugliche Waffe. Die Granate ging direkt unter Maxwell los und sprengte den letzten Träger der Rampe; das Endstück der Rutschbahn brach weg und stürzte seitwärts in die Tiefe, bis es auf einem Kranarm aufschlug und dort liegenblieb. Doch Maxwell war nicht aufzuhalten.

»Das Gebäude ist umstellt!« warnte Agent Vogelsang. *»Das Gebäude ist umstellt! Sie sind alle verhaftet!«*

Der Spieler

Auf einer inexistenten Insel voll kleiner rosa Häuschen landete derweil ein Hubschrauber der USCN (Umweltschutz-Cosa-Nostra) auf dem Rasen vor einer weißen Eiscremefabrik. Vier uniformierte Vollstreckungskräfte sprangen heraus und drohten mit ihren Schlagstöcken dem Qualm, der aus den Fabrikschloten herausquoll (wozu eine Eiscremefabrik Schlote brauchen sollte, wußten die Götter, aber da das Ganze sowieso reine Illusion war, brauchte es auch nicht in allen Einzelheiten zu stimmen). Die Vollstrecker schleiften den Fabrikdirektor aus seinem Büro heraus und schlugen mit ihren Stöcken auf ihn ein; er kroch auf allen vieren in die Fabrik zurück, und der Schadstoffausstoß ging vorübergehend um fünfzig Prozent zurück.

Harry Gants Eltern hatten wieder etwas Luft. Nicht so Harry; das nächste, was die USCN-Vollstrecker taten, war, auf die andere Seite der Insel zu *seiner* Eiscremefabrik zu fliegen und die

Bezahlung ihrer Dienste zu verlangen. Sie waren teuer; er mußte einen seiner Lastwagen verpfänden, um die verlangte Summe aufzubringen. Dann bestach der Elektro-Gant einen korrupten Banker, das Darlehen zu kündigen und den Laster einzuziehen, wodurch Harry mit einem Schlag ein Zehntel seiner laufenden Einnahmen einbüßte.

Er war am Verlieren. Das schien ihm nicht allzuviel auszumachen, wenn man bedachte, was für ihn auf dem Spiel stand – aber andererseits war es von vornherein offensichtlich gewesen, von dem Augenblick an, als Roy ihm die neuen, absolut unfairen Spielregeln erklärt hatte, daß er gar nicht gewinnen *konnte.* Ja, die Chancen standen für ihn so schlecht, daß es ihm nicht einmal etwas genützt hätte, seine Eltern zu opfern: Es hätte ihm höchstens ein paar Minuten mehr eingebracht, in denen er sich dann wie ein Rabensohn hätte fühlen können.

Das Wissen um die Unausweichlichkeit der Niederlage kann befreiend sein. Wie Edward Abbey einmal bemerkte: Wenn die Situation hoffnungslos ist, besteht kein Grund zur Sorge. Und Harry war ohnehin nie jemand gewesen, der sich groß Sorgen machte. Gestützt auf sein angeborenes Talent, die größeren Zusammenhänge zu ignorieren, sperrte er statt dessen – wenn man von einem gelegentlichen Seitenblick absah, mit dem er sich vergewisserte, daß seine Mutter nicht blau anlief – die trostlose Wirklichkeit aus und vertiefte sich in das Spiel. Als der Elektro-Gant die Eiscremepreise drastisch herabsetzte, setzte Harry sie noch drastischer herab; als der Elektro-Gant käufliche Agitatoren ausschickte, die Harrys Fabrik infiltrieren sollten, verpfändete er einen weiteren Laster und dingte käufliche Streikbrecher, die die Agitatoren zum Teufel schickten. In der wirklichen Welt wienerte Shorty der Frisör seine Maschinenpistole, aber Harry, der mittlerweile völlig in dem Kräftemessen aufging, schenkte dem keinerlei Beachtung. Und als der Elektro-Gant ihn mehr und mehr in die Enge trieb und der Konkurrenzkampf immer verzweifelter wurde, geschah etwas Seltsames: Harry lächelte. Er fing allmählich an, richtig Spaß an der Sache zu haben.

Nicht so Roy Cohn. Ohne sich um das Spiel zu kümmern, stand er am Fenster, starrte nach Norden auf den Babel und brütete vor sich hin.

»Toby«, sagte er.

Gants persönlicher Assistent erwachte augenblicklich zum Leben. »Ja, Sir, Mr. Cohn.«

»Amos und Andy sind erschossen worden. Die dafür verantwortliche Person sollte eigentlich kein Problem mehr darstellen, aber ich will, daß du dich vergewisserst.«

»Ja, Sir. Ich werde mich darum kümmern.« Toby nahm den Swingspeed-Schläger von Gants Schreibtisch und verließ das Zimmer.

»Mö-mö-möchten Sie, d-d-d-daß ich m-m-mit-... Soll i-i-ich ihn u-u-u-unter-... Ma-ma-ma-meinen Sie n-n-nicht, es w-w-wär b-b-b...«

»Halt die Fresse, Shorty«, sagte Roy. Dann runzelte er, noch immer aus dem Fenster starrend, die Stirn: Er hatte *noch* etwas gesehen, was ihm mißfiel.

Seenotrettungsflug

Das Luftschiff war auf dem Kennedy Airport kurz zwischengelandet, um an einer CNN-Zapfanlage aufzutanken. Hier wurde die Besatzung der »Mitterrand Sierra« auf freien Fuß gesetzt, und die palästinensischen Kazensteins gaben ihre Absicht bekannt, mit der nächstmöglichen Maschine heim ins Vereinigte Königreich zu fliegen. Der größte Teil der verbleibenden Ex-»Yabba-Dabba-Doo«-Crew fuhr mit öffentlichen Verkehrsmitteln in die Stadt; Lexa ging ins Terminal, um ein paar Anrufe zu erledigen und auch um für Seraphina und Neunundzwanzig-Wörter was zum Anziehen zu besorgen. Die Lemuren blieben an Bord der »Sweet Jane«, wo sie im Produktionsstudio an den Geräten herummurksten.

Während Dan und Morris unter Walters Anleitung die Treibstofftanks des Luftschiffs auffüllten – es war eine Selbstbedienungszapfanlage –, stand Philo mit Käptn Baker auf dem Vorfeld herum. Die zwei Kapitäne waren auf dem Rückflug aus dem Kampfgebiet miteinander ins Gespräch gekommen. Käptn Baker war kurz angebunden, aber höflich gewesen, Philo zurückhaltend, aber verbindlich, und mit der Zeit hatten beide gemerkt, daß sie sich mochten – oder sich gemocht hätten, wenn sie sich nicht bereits als Feinde definiert hätten. Sie unterhielten sich sogar weiter, als die anderen Söldner gingen, und sie waren noch immer am Reden, als Lexa mit zwei Souvenir-T-Shirts und einer Sweathose in Eskimogröße zurückkehrte.

»Toshiro und Betsy holen uns an Grants Grab ab«, teilte sie mit. »Ich hab mich von Bets mit meinem Heimcomputer verbinden und mir die neusten Meldungen durchgeben lassen – wie es aussieht, läuft im New Babel irgendeine terroristische Aktion ab. Große Sache. Ich denk, da es sowieso auf unserem Weg liegt, könnten wir da mal kurz vorbeischauen.«

»Weißt du, Lex«, sagte Philo, »Käptn Baker und ich hatten gerade festgestellt, daß wir für heute eigentlich beide genug von großen Sachen haben. Und mit meinen Windpocken bräuchte ich jetzt wirklich etwas Ruhe ...«

»Sei kein Frosch. Da werden *Schlagzeilen* gemacht, Philo.« Sie packte ihn bei der Hand. »Komm schon.«

Philo sah Käptn Baker an. »Tja«, sagte er. »Ich muß jetzt wohl ...«

»Ja, ja«, sagte Käptn Baker. »Also ...«

Und Lexa hatte den Widerwillen in ihrer beider Stimme gehört, »Ach, bitte!« gesagt und auch Käptn Bakers Hand ergriffen.

»Walter!« rief Dan jetzt, als die »Sweet Jane« den Luftraum von Harlem erreichte. »Walter!«

Mürrisch: »Was?«

»Da hängtn *Kerl* am Hochhaus!«

»Was fürn Kerl? Wo?«

»Da«, sagte Käptn Baker. Er beugte sich im Kopilotensitz vor und streckte den Finger aus. »Links außen, direkt unter der Spitze.«

Maxwell war in die Fangplanen gefallen, die die Babel-Baustelle umgaben. Der obere Sicherungsring, der nur zum Auffangen kleinerer Gegenstände gedacht war, war unter seinem Gewicht gerissen, aber die unteren Planen, die Letzte-Hoffnungs-Träger, bestanden aus stabilerem Material. Trotzdem war unter der Wucht seines Köpfers eine Naht geplatzt; er war bis zur

Taille durch den Riß gerutscht und hing jetzt, kopfunter, an seinem Gürtel, das Virusfaß noch immer an sich gedrückt.

Käptn Baker fragte Walter: »Wie nah können Sie uns ranbringen?«

Walter warf einen Blick auf das Feuerwerk von Explosionen und Mündungsblitzen, die den Gipfel der Zikkurat überfunkelten. »Warum sollte ich uns überhaupt näher ranbringen wollen?«

»Bevor ich bei der Navy mein erstes Kommando bekommen habe«, erklärte der Kapitän, »bin ich rund zweihundert Stunden in der Seenotrettung geflogen – so vom Hubschrauber abseilen, um abgestürzte Flieger aus dem Wasser zu fischen. Also dachte ich, wenn Sie uns über den Mann da bringen könnten ...«

Walter schüttelte den Kopf. »Der Tragkörper ist zu breit. Selbst wenn wir uns direkt an den Turm quetschten, würden Sie ihn von der Gondel aus nicht erreichen können.«

»Gehen Sie *über* ihm in Position«, sagte Käptn Baker. »Dann seilen Sie mich an einer Ankerleine ab. Ich kann auch hin und her schaukeln, wenn es sein muß.«

»Hmmpf«, sagte Walter. »Wenn Sies wirklich ernst meinen, haben wir ne Strickleiter, die Sie aus der Seitentür des Produktionsstudios runterlassen können. Ein paar von unseren Nachwuchsreportern benutzen die gern für diese machomäßigen Aufnahmen aus der freien Hand ... Aber sind Sie sicher, daß Sie mit dieser Kopfverletzung dafür fit genug sind?«

»Nö«, sagte der Kapitän. Dann warf er Philo einen Blick über die Schulter zu. »Halten Sie mir die Tür auf?«

Ein Lemur war Dan Rather auf den Schoß geklettert und in seinem Bart eingeschlafen. Dan versuchte, ihn nicht zu wecken, als er Käptn Baker ein Minikamera-Stirnband umlegte. Der dicke Verband über dem Auge des Kapitäns veranlaßte ihn zur teilnahmsvollen Frage: »Das tut doch nicht weh, oder?«

»Nur da, wo es meine Kopfhaut berührt«, erwiderte Käptn Baker.

»Ach, Sie werdens schon überleben«, sagte Dan. »Und wir werden ein paar Wahnsinnsaufnahmen kriegen.«

Seraphina und Neunundzwanzig-Wörter scheuchten die übrigen Lemuren aus dem Weg, während Philo die Gondeltür entriegelte. Morris packte die Strickleiter aus – sie bestand aus echten Hanfseilen und handgearbeiteten Holzsprossen, eindeutig ein Macho-Accessoir – und befestigte sie an zwei Ringbolzen, die aus dem Fußboden ragten.

Lexa hatte eine der Bordkameras auf Maxwells Gesicht gerichtet und sagte jetzt: »Wißt ihr was, ich glaub, ich kenn den Typen.« Sie verdrehte sich vor dem Monitor den Hals, um ein aufrechtes Bild zu erhalten. »Klar! Das ist einer von Joans Hausgästen, ein Fall von chronischer Kriegsneurose ... Scheiße. Ich hätte Joan vom Flughafen aus anrufen sollen ...«

»Chronische Kriegsneurose?« sagte Käptn Baker. »Wie schwer?«

In der Kanzel leuchtete auf dem Blickfeld-Display die Meldung KOLLISIONSALARM auf. Der Helikopter, der über dem Babel schwebte, hatte gerade einen Schuß in den Schwanz abbekommen und trudelte jetzt auf die »Sweet Jane« zu.

»Achtung, Luftschiff«, quäkten die Lautsprecher des Hubschraubers. *»Hier spricht das FBI. Wir sind manövrierunfähig. Bitte gehen Sie beiseite.«*

Walter riß den Steuerknüppel der »Sweet Jane« bis zum Anschlag nach rechts. Philo verlor im Produktionsstudio das Gleichgewicht und stolperte auf die offene Luke zu. Käptn Baker erwischte ihn am Arm, aber dann sprang Morris auf, um zu helfen, und knallte versehentlich mit voller Wucht gegen den Kapitän. Alle drei fielen aus der Gondel.

Durch das Ausweichmanöver war das Luftschiff nah genug an den Turm geraten, um Gewehrfeuer auf sich zu lenken. Ohne sich um die Gefahr zu kümmern, traten Lexa und Seraphina an die Gondeltür und sahen hinunter, während Walter die Schützen über Außenlautsprecher anschnauzte.

Philo, Käptn Baker und Morris baumelten als *ein* Bündel von der untersten Sprosse der Strickleiter. Morris schrie in einem fort: »Bring uns runter, bring uns runter!«, aber Käptn Baker schwenkte einen Arm in Richtung Turm und brüllte: »Näher ran!« Philo schaute zu Lexa hinauf und schloß sich mit einem Nicken dem Kapitänsvotum an.

»O Gott«, sagte Lexa. »Dan? Läuft die Minikam?«

»Darauf können Sie einen lassen, daß sie das tut!« sagte Dan. »Walter! Hör zu, ich sag dir jetzt, wie du steuern mußt!«

Dreiundzwanzig

Achthundert Meter tiefer griff Ayn Rand unter ihr Cape und zog eine kleine runde Anarchistenbombe hervor. Sie schürzte die Lippen, tat einen langen Zug an ihrer Zigarettenspitze, bis die Glut ihrer Hologramm-Marlboro rubinfarben aufleuchtete, und hielt diese dann an die Zündschnur der Bombe. Als die Zündschnur aufzischte und Funken versprühte, fing sie an, rückwärts zu zählen: »Dreißig ... neundzwanzig ... achtundzwanzig ...«

»Sie sind ein Scheißkerl, Hoover«, sagte Joan als Schlußwort, »und früher oder später wird Ihnen jemand das Handwerk legen.«

»Früher oder später«, erwiderte Hoover, »wird die Welt untergehen.«

Nicht bereit aufzugeben, stieg Joan wieder hinauf zur Stahltür. Mit dem Bärenstopper als Brechstange versuchte sie, die Gitterstäbe so weit auseinanderzubiegen, daß sie die Lampe hinauswerfen konnte.

»Sie können sich die Mühe sparen«, sagte Hoover.

Joan sparte sich die Mühe nicht. Sie verbog den Lauf der Schrotflinte und ruinierte die Pumpautomatik. Die Stäbe gaben nicht nach.

»... fünfundzwanzig ... vierundzwanzig ... dreiundzwanzig ...«

Noch ein Versuch. Der Pistolengriff des Bärenstoppers brach ab und zerschnitt ihr die Hände.

»... dreiundzwanzig ...«

Joan sog Luft zwischen den Zähnen ein und führte eine blutige Handfläche an den Mund.

»... dreiundzwanzig ...«

Moment mal.

»... dreiundzwanzig ...«

Sie blickte zu ihren Füßen hinunter. Die Gestalt in der Lampe sah wieder verschwommen aus, wie vorhin im Tunnel, nach dem Angriff des elektrischen Aals. Sie wurde vorübergehend wieder scharf, und Ayn sagte, zum fünftenmal: »... dreiundzwanzig ...«

»Zweiundzwanzig«, verbesserte Hoover sie.

»Dreiundzwanzig«, sagte Ayn Rand.

»Zweiundzwanzig, gottverdammt! Zweiundzwanzig!«

»Dreiundzwanzig«, beharrte Ayn. Als das Hologrammbild diesmal scharf wurde, sah sie direkt zu Joan herauf. Ihr Gesichtsausdruck war angestrengt, als stemme sie sich gegen eine schwere Last, und ihre Augen sagten: *Lange halte ich das nicht mehr durch. Laß dir was einfallen.*

Und während Hoover weiter auf Ayn einfluchte, versuchte Joan, sich etwas einfallen zu lassen; aber bevor es ihr gelang, hörte sie etwas.

Musik. Ein klassisches Stück.

Joan spähte zwischen den Gitterstäben in den Korridor; es war nichts da, aber vor ihrem inneren Auge materialisierte sich ein panzerhäutiger Hai, der eine explodierende Granate mit einem Achselzucken abtat.

Joan fing an, mit dem, was von der Schrotflinte übriggeblieben war, gegen das Gitter zu hämmern.

»Hallo!« schrie sie. »*Haalloooohhhh!!!*«

»Schnauze!« sagte Hoover, »Ayn! Zweiundzwanzig! Das ist ein Befehl!«

»*Drei-*... undzwanzig«, sagte Ayn erlahmend. »*Drei*-und-zwanzig ...«

Joan kramte in ihrer Tasche verzweifelt nach Fatima Sigorskis Vergewaltigungspfeife. Sie pustete, was ihre Lunge hergab.

Der Bolero wurde lauter.

Schwarzes Virus

Verirrte und weniger verirrte Kugeln prallten ungeachtet Walters drohender Hinweise auf die Macht des Cable News Network weiter gegen Gondel und Tragkörper des Luftschiffes. Darauf vertrauend, daß die »Jane« die Mißhandlung schon überstehen würde, steuerte Walter nach Dans Anweisungen näher heran. Zum Glück war es fast windstill, und in einer Minute befand sich die Rettungsmannschaft in Reichweite des gefallenen Marine. Aber Maxwell verweigerte jede Zusammenarbeit.

»Strecken Sie einen Arm aus«, rief Käptn Baker zu ihm hinüber. »Wir schaukeln in Ihre Richtung, und Sie packen meine Hand und lassen nicht los.«

Aber Maxwell schüttelte den Kopf und drückte sich den Virusbehälter fester an die Brust. »Kann nicht«, sagte er.

»Wir riskieren deinetwegen unser Leben, du Schwachkopf!« schrie ihn Morris an. »Jetzt tu, was der Käptn sagt, daß wir hier alle runterkönnen!«

Maxwell sah Philo an und schüttelte wieder den Kopf. »Kann nicht.«

»Doch«, widersprach ihm Käptn Baker. »Schaukeln!«

Der FBI-Helikopter torkelte wie eine besoffene Hornisse zu einem zweiten Fastzusammenstoß heran. Durch ein zweites CNN-Luftschiff, das über dem Hudson aufgetaucht war, abgelenkt, sah Walter die KOLLISIONSWARNUNG erst, als es schon fast zu spät war. Er riß am Steuerknüppel, wodurch das Geschaukle der Rettungsmannschaft noch einen zusätzlichen Effet bekam; Käptn Baker, der eigentlich nach Maxwells Arm gegriffen hatte, fand sich in einer vollständigen Kopf-an-Fuß-Umarmung wieder, den Schädel zwischen Maxwells Knöcheln gequetscht und den freien Arm um Maxwells Kniekehlen geschlungen. Die Bewegung des Luftschiffs zog die Strickleiter straff; die Naht der Fangplane riß vollends auf, und Maxwell ploppte heraus. Er und seine Retter schwangen hinaus in die Nacht wie ein schreiendes Senkblei.

Der waidwunde Hubschrauber schmierte unmittelbar vor der »Sweet Jane« ab und schrappte mit seinen Rotorblättern an ihrem Bugschild entlang. Das vollautomatische Antikollisionssystem drückte die Nase des Luftschiffs abrupt hinunter; Walter fiel vornüber gegen das Steuerpult, und die »Jane« ging fünfzig Meter in die Tiefe, bevor Walter es schaffte, sie aus dem Sturzflug abzufangen. Inzwischen befanden sich die Retter bereits auf dem Rückschwung, und die Flanke der Zikkurat, die sich vorhin von ihnen entfernt hatte, war plötzlich viel zu nah.

»Zieh hoch, zieh hoch, zieh hoch!« schrie Morris, als der Turm auf sie zuraste. Dan, der im Produktionsstudio die Minikam-Übertragung mitverfolgte, sagte: »Wau!«

Sie trafen auf dem 204. Stockwerk auf. Glücklicherweise waren die Fenster da oben noch nicht verglast, sondern nur mit Sperrholzplatten abgedeckt, und die durchschlugen sie mühelos. Dem folgte ein unübersichtliches Gekoller von zerschrammten Schienbeinen und Ellbogen. Dann kamen drei von ihnen auf dem harten Fußboden eines unfertigen Zimmers zum Stillstand; Morris war noch in der Strickleiter verheddert gewesen und mußte sich einen Augenblick lang abzappeln, um loszukommen, bevor er wieder hinausgezerrt werden konnte.

Philo wischte sich Holzsplitter aus den Haaren. »Keiner verletzt?« fragte er.

»Mann«, seufzte Morris, als die Leiter ohne ihn hinausglitt. »Bitte mach, daß es für heute reicht.«

Käptn Baker spuckte sich einen Zahn in die offene Hand und starrte ungläubig darauf. Dann stöhnte Maxwell, und das Gesicht des Kapitäns nahm einen gemeingefährlichen Ausdruck an. »Sie verdammter Scheißkerl!« schrie er. »Warum haben Sie nicht nach meiner Hand gegriffen, als ichs Ihnen gesagt hab?«

Maxwell lag auf dem Rücken. »Virus«, murmelte er halb bewußtlos.

»Was?« sagte Käptn Baker. Aber Morris hatte das Wort deutlich gehört.

»Virus?« sagte er. »Was denn fürn Virus?«

Maxwell hielt den wie durch ein Wunder unversehrten Behälter hoch. »Virus«, wiederholte er. Er hob den Kopf und sah wieder Philo an. »*Schwarzes* Virus ... das Auge hat mir gesagt ... such nach ... muß ...« Seine Lider flatterten und sein Kopf fiel kraftlos zurück; der Behälter fing an, ihm aus den Händen zu gleiten, aber Morris fing ihn rechtzeitig auf.

»Schwarzes Virus?« sagte Käptn Baker. »Wovon zum Teufel redet der eigentlich?«

»Ich weiß auch nicht genau«, sagte Morris und untersuchte den Behälter. Es war aus Glas, mit Metallkappen an beiden Enden. Der Glaszylinder enthielt ein silbergraues Pulver; die beiden Endplatten waren graviert, die eine mit dem Kleeblattsymbol für Biogefahr, die andere mit einem Paar ... nun, wenn Morris es nicht besser gewußt hätte, dann hätte er Mickymaus-Ohren gesagt. »Hmm ...«

Lexas Stimme: »Philo! Alles in Ordnung?«

Philo schaute aus dem Fenster und sah Lexa und Seraphina in der Tür der schwebenden Gondel stehen. »Alles bestens!« rief er und scheuchte sie mit einer Armbewegung weg. »Macht diese

Tür zu, bevor *noch* jemand rausfällt! Wir treffen uns vor Grants Grab!«

»Wär möglich«, sagte Morris, in Betrachtung des Behälters versunken. »Könnten irgendwelche Viren sein.«

»Was machen wir, wenns welche sind?« sagte Käptn Baker. »Für biologische Kriegführung bin ich nicht ausgebildet...«

»Na ja, der Behälter sieht vakuumversiegelt aus«, sagte Morris. »Wenn er es ist, könnte man durch Einleitung von elektrischem Strom den Inhalt in den Plasma-Zustand überführen... was jeden etwaigen Krankheitserreger kauterisieren würde.« Er klopfte mit dem Knöchel gegen eine der Metallkappen. »Ja...«

»Davon weiß ich nichts«, sagte Käptn Baker. »Sind Sie sicher –«

»Ja.« Morris nickte jetzt vor sich hin. »Ja, probieren wir das doch mal aus.« Er blickte durch eine noch nackte Türöffnung in ein angrenzendes Zimmer und sah ein Regal voll Elektrowerkzeug. »Ach, könnten Sie mir eins von diesen Starkstromkabeln holen?«

Eingestöpselt

Clayton Bryce kauerte hinter der Zementsackpalette und murmelte vor sich hin: »Du mußt es tun. Du mußt es tun. Du mußt es tun.«

Er murmelte das bereits seit einigen Minuten. Der Steinerne Mönch hatte den Posten auftragsgemäß ausgeschaltet, war aber im Einsatz – vielleicht tödlich – verwundet worden; wenn er aus seinem Versteck herauslugte, konnte Clayton ihn sehen, wie er über dem Körper des Androiden zusammengesackt lag. Als die anderen Marines ihren Angriff begonnen hatten, war Clayton aufgestanden und in Richtung Hydrakontrolle losgerannt, nur um bei der Explosion des ersten Mörsergeschosses – die so laut gewesen war, daß sie, wie er meinte, bestimmt ihm gegolten haben mußte – wieder kehrtzumachen. Jetzt hatte er Angst, nach vorn zu laufen, und nicht minder Angst, daß, wenn er es nicht tat, die Diener die Marines überwältigen und sich dann auf die Suche nach *ihm* machen würden.

Die Haut seines Nackens kribbelte ihm eine Warnung zu.

Clayton drehte sich um. Über ihm stand ein Mobil-Fernseher, der einen Dokumentarfilm über die Obduktion eines Soldaten abspielte, während seine Hände ein Bolzenschußgerät im Anschlag hielten. Clayton stieß einen Japser aus und warf sich auf die Seite; das Druckluftgewehr machte ein spuckendes Geräusch, und ein heißer Nietbolzen furchte Claytons Wange, bevor er einen Zementsack perforierte.

Clayton rappelte sich hoch. Die Lade auf seinem Rücken behinderte ihn, aber sie schützte ihn auch; ein Bolzen, der sich ansonsten in sein Rückgrat gebohrt hätte, knallte statt dessen gegen ein Batteriegehäuse. Clayton wischte um die Ecke der Palette und rannte los. Ein Bolzen traf ihn an der Schulter; erst brannte sie, dann verlor er darin jedes Gefühl. Er rannte *schnell*.

Von oben kam das *Wapp-Wapp-Wapp* von Rotorblättern. *»Hier spricht das FBI«*, dröhnte eine Stimme. *»Wir stürzen ab. Räumen Sie das Gelände.«* Ein schwarzer Helikopter fiel vom Himmel und landete auf dem Mobil-Fernseher; Clayton galoppierte die Treppe zum Kontroll-Center hoch, wobei ihm der Abwind des Hubschraubers noch zusätzlichen Schub verpaßte. Kaum war er im Bunker, knallte er die Tür zu, schloß ab und wandte sich dann sofort dem Supercomputer zu.

»Input-Buchse«, skandierte Clayton. »Input-Buchse, Input-Buchse ...«

Draußen, gar nicht weit weg, flog etwas Großes, wahrscheinlich der Hubschrauber, in die Luft. Sämtliche Fenster des Kontroll-Centers gingen in die Brüche und schleuderten Konfetti von Sicherheitsglas in den Raum. Clayton ließ sich zu Boden fallen. Als das Splittergeriesel aufgehört hatte und er den Kopf hob, sah er direkt vor seinen Augen eine Konsole mit einer runden Buchse, über der LINE I/O stand.

Hastig, mit zitternden Händen, entrollte er das Kabel von der Seite der Lade.

Pustete den Staub von der Buchse.

Stöpselte ein.

Leise summend schloß sich die Bundeslade mit dem Babel-Supercomputer zusammen. Das Auge von Afrika erwachte und floß über die Verbindung, die Clayton hergestellt hatte, hinaus.

Und es war wirklich nur ein Zufall, aber zwölf Sekunden später erbebte die Erde.

Einer schaute auf

»Ah, Scheiße!« sagte Roy Cohn.

»Was is p-p-pa-pass-... Is w-wa-was n-n-nicht in O-o-o-... G-g-g-gibts a-ein P-p-pr-prob-... Ärger, Boss?« sagte Shorty.

»Jetzt ist Toby erschossen worden!« sagte Roy. Er konzentrierte sich. »Einer von denen ist noch immer auf den Beinen, die Domingo, glaube ich. Sie hat diese Scheißkanonenpistole.«

»S-soll i-i –«

»Geh da raus und spritz den Raum ab. Schieß auf alles, was sich bewegt.«

Die Stapel von Gerümpel, die überall in Harry Gants Büro herumstanden, gerieten ins Wanken und kippten schon hier und da um. Zur Abwechslung einmal stotterte Shorty nicht: »*Alles* bewegt sich, Boss!«

»Ein Erdbeben?« sagte Roy und warf die Hände in die Höhe. »Was kommt denn als nächstes, die Apokalyptischen Reiter?«

Shorty streckte die Hand nach der Türklinke aus, und ein großer Batzen Türfüllung flog ihm entgegen. »Boss!« quiekte er herumwirbelnd. Ein zweiter Schuß traf ihn in den Rücken; sein Finger krampfte sich um den Abzug der Maschinenpistole und löste einen Sprühregen von Kugeln aus, der das Panoramafenster entglaste. Roy hatte gerade noch Zeit, stinksauer zu gucken, bevor ihn das Schwanken des Turms über die Brüstung beförderte, ins Freie und in die Tiefe.

Vanna trat die Tür auf, gerade als Shorty zusammenbrach. Sie lehnte sich gegen den Türrahmen, und während eine kristallklare Wut ihr Schwindelgefühl für den Augenblick zurückdämmte, schoß sie noch einmal auf den kleinen Frisör, der zuckend am Boden lag. Dann richtete sie ihre Aufmerksamkeit auf den doppelten Harry und suchte nach einem Weg, den richtigen Gant vom falschen zu unterscheiden. Es war nicht schwer.

Ein Harry blieb regungslos sitzen, über die holographische Projektion gebeugt, empfindungslos gegen das Erdbeben, taub gegen die Schüsse und den mannigfaltigen Zerstörungslärm, lächelte und spielte, während das Chaos um ihn herum tobte.

Einer schaute auf. »Vanna!« sagte dieser zweite Harry und strahlte sie mit einem nachgemachten Lächeln der Erleichterung an. »Gott sei Dank! Ich hatte eine solche Angst! Ich wäre fast – ... Vanna! Vanna, warten Sie! Nicht! –«

»Falsche Taktik, Hochstapler«, sagte Vanna. Und feuerte.

Der Bauch der Bestie

Wodurch Joan jetzt, auch wenn sie es nicht wußte, nur noch um ihr eigenes Leben kämpfte, allein in den Kellern von Babel.

Sie hämmerte noch immer gegen das Gitter – und Ayn hatte gerade ihren Countdown wiederaufgenommen –, als der erste Erdstoß kam. Auf dem falschen Fuß erwischt, kippte Joan hintenüber und fiel nach Luft schnappend die Treppe hinunter.

»... achtzehn ... siebzehn ... sechzehn ...«

Joan setzte sich würgend auf und hustete Fatimas Pfeife aus. Der Raum erbebte heftig; das Wabenmuster, das die Wände bedeckte, löste sich zusehends auf, als die ordentlichen Dynamitstapel mehr und mehr zu bloßen Haufen zerfielen.

»... fünfzehn ... vierzehn ...«

Und noch immer waren die Klänge von Ravels *Bolero* unter dem Donnern des Bebens zu vernehmen; von Meisterbrau war allerdings weiterhin nichts zu sehen.

»... dreizehn ... zwö –«

Ein Ruck durchfuhr die Treppe, ein Ruck, der nicht zum Erdbeben gehörte. Ayns Lampe, die schon gefährlich gewackelt hatte, kippte um und fiel herunter, dotzte einmal auf jeder Stufe und landete schließlich auf Joans Schoß.

»Was?« sagte Joan.

»Was?« krächzte Hoover in den Kurzschluß hinein, der dem verborgenen Lautsprecher den Garaus machte.

»... zehn ... neun ...«

Joan krabbelte rückwärts. Im Fußboden war ein Riß sichtbar geworden.

»... acht ...«

Der Riß wurde breiter. Ein ganzes Stück Fußboden hob sich und klappte auf wie eine Falltür. Schwarzes Erdreich wallte von unten hervor, dann lehmverkrustete gebogene Latten, Teile der Wand eines sehr alten Abwassertunnels.

»... sieben ... sechs ... fünf ...«

Eine graue Finne erschien; eine graue Schnauze; zwei graue Klauen. Wie der Leviathan in einem mittelalterlichen Drama stieg Meisterbrau empor.

»... vier ...«

Desgleichen Joan. Die Erde bockte und hüpfte, aber sie hüpfte mit ihr und wußte nichts mehr von ihren Wunden. Sie kickte ein Bündel Dynamitstangen fort, das zu nah herangerollt war. Die Lampe fühlte sich in ihrer Hand immer heißer an; die Glaskugel glühte. Sie blickte ein letztesmal hinein und sah Ayn nicken.

»... drei ... zwei ...«

Meisterbrau machte *Aahh*; die Musik schwoll an. Einen auflodernden Stern in der Hand, warf Joan sich nach vorn. Und wie die Erde weiter bockte, und wie der Turm von Babel taumelte und wankte, stieß sie die Lampe – und mit ihr ihren rechten Arm – in den Bauch der Bestie.

G.&A.S.

23

Sei vergnügt, solange du am Leben bist.
Ptahhotep, 24. Jahrhundert v. Chr.

Elektrizität

Das Epizentrum des großen Ostküstenbebens von 2023 lag in New Jersey, aber seine Auswirkungen waren in ganz New England und bis hinunter nach Atlanta zu spüren. Das Erdbeben erreichte eine Stärke von 7,1 auf der Richterskala und dauerte insgesamt zweiundachtzig Sekunden.

Die ersten Erdstöße ließen in allen Kraftwerken der Region Warnsirenen aufheulen. Sofort stellten Notunterbrecher die Generatorturbinen ab; im Kernkraftwerk von Scardale beeilten sich die Techniker, den Reaktor auszuschalten. In Manhattan wurde es dunkel. In seinem Büro im Phoenix schlug Harry Gant mit der Hand seitlich gegen den Projektionstisch und sagte: »He! Komm schon!«

Auch im Babel gingen die Lichter aus, aber nicht ehe es Morris Kazenstein gelungen war, das Nanovirus zu elektrogrillen. Und als der Strom im Kontroll-Center, auf der Spitze des Turms, ausfiel, hatte sich das Auge von Afrika bereits abgesetzt. Nach einer sekundenkurzen Reise durch ein Hochgeschwindigkeitsdatennetz, das es in verschlüsselter Form nach Mount Weather, Virginia, beförderte, reinstallierte es sich selbsttätig in einem atombombensicheren Supercomputer des Verteidigungsministeriums; dergestalt gegen Natur- wie Kunstkatastrophen gefeit, generierte es augenblicklich ein tödliches Virusprogramm und entsandte es zu einem Vergeltungsschlag gen Westen.

Faseroptische Leitungen transportierten dieses immaterielle

Gebilde, einen zornigen Schrei in einem Glasfaden, bis an die Ausläufer der Rocky Mountains; wie ein Ruf zu den Waffen ließ es in ganz Colorado und New Mexico Telefone klingeln. Dann überwand es mit einem einzigen Sprung die kontinentale Wasserscheide und schoß durch die Wüsten von Utah und von Nevada. Die Städte des Ostens hatten noch nicht ausgebebt, als es, auf der Suche nach einem versteckten Hintertürchen, durch die Vermittlungszentrale des Vorwahlbereichs 714 jagte.

Aus seiner hohen Raumwarte bemerkte das Elektro-Auge eines CIA-Spionagesatelliten eine kleine thermische Ausblühung in der Landschaft. Sofort machten sich die Mikroprozessoren des Satelliten daran, das Ereignis zu katalogisieren, indem sie es zunächst durch eine Reihe immer genauerer Ortsbestimmungen geographisch eingrenzten: Westliche Hemisphäre. Nordamerika. Vereinigte Staaten von Amerika. Staat Kalifornien. Orange County. Stadt Anaheim. Disneyland-Vergnügungspark. New Orleans Square. Südostecke.

Brannte.

Gas

Das Restaurant hieß »Gilead«. Direkt gegenüber vom Himmelsvelodrom gelegen, wurde es namentlich von Neuzugängen gern frequentiert: genau der richtige Ort, um zu relaxen, Mai Tais zu schlürfen und sich so langsam in das Leben nach dem Tod einzuleben.

Joan, Kite und Schwester Ellen Fine saßen, Bier trinkend und rauchend, zusammen an der Bar. Zweihändig rauchend, in Joans Fall: denn zusammen mit ihren Weisheitszähnen hatten sie und Kite an der Himmelstür jede ihren Arm zurückbekommen, den Petrus nach längerem Suchen aus der Schublade für abgetrennte Gliedmaßen seines römischen Aktenschranks hervorgekramt hatte. Anders als Joan hatte Kite es vorgezogen, ihn noch nicht wieder anzulegen, sondern trug ihn lediglich bei sich wie ein etwas fragwürdiges Geschenk, das sie wahrscheinlich behalten würde, an das sie sich aber erst gewöhnen mußte.

»Das heißt also, selbst wenn die Bombe losgegangen wäre«,

sagte Joan, »hätte es nichts ausgemacht. Das Nanovirus war schon unschädlich gemacht worden … und ausgerechnet von Maxwell.«

»Nicht ganz ohne die Hilfe der Presse und von Shin Bet«, sagte Joans Mutter. »Und das war auch gut so, denn wenn die sich *nicht* eingeschaltet hätten, dann wäre der Behälter, ob mit, ob ohne Explosion, einfach durch das Erdbeben heruntergefallen …«

»Das heißt also, nichts von dem, was ich getan habe, hat irgendwas genützt.«

»Den Schwarzen nicht. Aber indem du die Explosion verhindert hast, hast du Gant Millionen an Wolkenkratzerreparaturen erspart.«

»Und du hast endlich Meisterbrau zur Strecke gebracht«, fügte Kite hinzu. »Das darfst du nicht vergessen.«

Die Bar ging auf einen Garten mit einem Teich, in dem eine graue Haifischflosse vergnügt ihre Kreise zog. Nahe dem Teich stand ein Tisch, an dem ein Mann und eine Frau saßen. Die Frau hatte einen Pagenkopf und war in ein wallendes schwarzes Cape gehüllt; über ihrem Herzen trug sie eine goldene Brosche in Form eines Dollarzeichens. Der Mann hatte lange lockige Haare, ein Lausbubengrinsen und ein Hemd, das aus Stücken der amerikanischen Flagge zusammengenäht war; die drei obersten Knöpfe des Hemdes waren offen und ließen eine pelzige Brust und ein Peace-Symbol an einer Silberkette sehen.

»Warum sitzt Abbie Hoffman mit Ayn zusammen?« fragte Joan.

»Sozialarbeit«, sagte ihre Mutter.

»Sozialarbeit?«

»Er hat Selbstmord begangen. Selbstmörder bekommen eine Milliarde Stunden gemeinnützige Arbeit aufgebrummt.«

»Und was für Arbeit genau?«

»Psychologische Betreuung. Er hat den Auftrag, ihr dabei zu helfen, etwas Sinn für Humor zu entwickeln.«

»Lyndon B. Johnson und eine Klapperschlange sitzen auf einem Zaun«, sagte Abbie Hoffman gerade. »Und die Klapperschlange dreht sich zu Lyndon und sagt –«

»Nein«, sagte Ayn Rand.

»Was?«

»Schlangen können nicht reden.«

»Na ja, klar, natürlich können sies nicht, aber –«

»Außerdem ist es nicht wahrscheinlich, daß man einem Präsidenten der Vereinigten Staaten gestatten würde, dadurch sein Leben in Gefahr zu bringen, daß er sich neben ein giftiges Reptil setzt. Im übrigen würde das auch kein vernünftiger Mensch tun – was keineswegs implizieren soll, daß Architekten des Wohlfahrtsstaates als vernünftig einzustufen wären. Aber –«

»Schon klar«, sagte Abbie, »aber das ist ein Witz, verstehen Sie? Es *braucht* nicht unbedingt einen Sinn zu ergeben, also zumindest die Ausgangssituation nicht. Die Tatsache, daß das Ganze ein bißchen absurd ist, macht den Witz sogar noch witziger.« Ayn sah skeptisch drein. »Also okay«, fuhr Abbie fort. »Lyndon B. Johnson und eine Klapperschlange sitzen auf einem Zaun ...«

»Was für einem Zaun?«

Kite schüttelte den Kopf. »Ich bin heilfroh, daß ich mir meine tödliche Wunde nicht selbst beigebracht habe«, sagte sie.

»Kite«, sagte Joan nachdenklich, »wie schlimm hat es dich eigentlich erwischt?«

»Ich bin hier, was fragst du da noch?«

»Aber *wo* hat es dich erwischt? Was genau war die Wunde?«

»Die Kugel hat mir links eine Rippe zertrümmert, eine Furche in die Lunge gezogen und die Milz zerfetzt. Ich hab ganz schön geblutet.«

»Aber das Rückenmark wurde nicht verletzt? Dein Herz hat nichts abbekommen?«

»Leider nicht. Das hätte weniger weh getan, und es wär schneller vorbei gewesen.«

Joan sah sie an. »Man kann durchaus auch ohne Milz leben. Es sind haufenweise Fälle bekannt.«

»Zweifellos«, räumte Kite ein, »aber *ich* scheine nicht zu diesen Fällen zu gehören.«

»Was ich damit sagen will, ist, du könntest immer noch eine wunderbare Genesung inszenieren. Es ist ja nicht so, daß dir der Kopf abgehackt worden wäre ...«

»Moment mal«, sagte Schwester Ellen Fine. »Was ist das für ein Gerede über Genesung?«

»Wir könnten wieder zurück«, sagte Joan. »Wir beide, ich und Kite. Das braucht noch nicht das Ende zu sein. Wir könnten zurückkehren.«

»Joan ...« Ihre Mutter seufzte. »Du bist *tot*, Joan.«

»Ich könnte mich wieder aufrappeln!«

»Dir ist der Arm abgebissen worden ...«

»Das kann man ohne weiteres überleben. Kite hats.«

»Nicht ohne Hilfe«, gab Kite zu bedenken. »Und ich war nicht in einem Keller eingesperrt.«

»Zerbrich du dir nicht den Kopf über den Keller«, sagte Joan. »Ich komm da schon raus.«

»Wie?« fragte ihre Mutter.

»Also, das Erdbeben hat wahrscheinlich die Gittertür aufgerüttelt. Das ist mir zwar in dem Moment nicht aufgefallen, weil ich so im Stress war, aber –«

»Was, wenn es die Tür *nicht* aufgerüttelt hat? Was, wenn es sie sogar noch fester verklemmt hat, als sie schon war?«

»Dann komm ich durch das Loch raus, das Meisterbrau im Fußboden gemacht hat.«

»Der Fischkadaver steckt noch immer im Loch.«

»Dann schieb ich ihn halt beiseite.«

»Mit *einem* Arm?«

»Seine ganzen Innereien sind gerade von einer Thermit-Ladung vaporisiert worden. Wieviel kann er da schon wiegen?«

»Mh-hm. Und solltest du tatsächlich durch das Loch rauskommen, was dann? Dann bist du wieder in der Kanalisation. Wenn du vorher nicht imstande warst, zu einem Gully hochzuklettern, wie willst du es jetzt schaffen?«

»Hab ich auch gar nicht vor. Ich mach einen Bogen, steig auf demselben Weg wie das erste Mal wieder in das Kellergeschoß ein und nehm dann die Treppe.«

»Haut nicht hin«, sagte Schwester Ellen Fine. »Weißt du, die Maschinen, die sie rausgerissen hatten, um Platz für das Dynamit zu schaffen? Damit haben sie die Treppen verbarrikadiert. Du bist eingeschlossen.«

»Dann nehm ich eben ein bißchen von dem Dynamit und spreng damit eine Bresche in die Barrikade. Das müßte eigentlich auch die Bullen auf den Plan rufen, so daß, selbst wenn ich es nicht aus eigener Kraft bis in die Eingangshalle schaffe, ich gerettet werde ...«

»Das funktioniert nie im Leben.«

»Das kannst du nicht wissen.«

»Du bist im Himmel, Joan. Du bist tot.«

»Mom«, sagte Joan, »das hier ist *nicht* der Himmel. Der Himmel, wenn es den überhaupt gibt, hat nicht die geringste Ähnlichkeit mit hier ...«

»Ah ja?«

»Zum einen, wenn das der Himmel ist, wo sind dann die ganzen Leute, die an der Pandemie gestorben sind? Schau dich um. Siehst du einen einzigen Afrikaner oder Afroamerikaner? Wo sind sie?«

»Na ja, es ist auch *deren* Paradies, Joan. Wie kommst du darauf, daß sie die Ewigkeit gerade in *deiner* Gesellschaft verbringen möchten?«

»Das hier ist *nicht* der Himmel, Mom. Und da es das nicht ist, bedeutet es, daß ich Halluzinationen habe, und wenn ich Halluzinationen habe, bin ich noch am Leben, bind mir wahrscheinlich gerade eine Aderpresse um und führ dabei Selbstgespräche.«

»Aber woher weißt du, daß Tote *keine* Halluzinationen haben können?« fragte Kite. »Das ist doch eine ziemlich gewagte Unterstellung, nicht?«

»Fang nicht damit an«, warnte Joan.

»Na schön«, sagte Abbie Hoffman. »Probieren wirs mit etwas Leichterem. ›Klopf, klopf.‹«

»Wie bitte?« sagte Ayn Rand.

»Nicht ›Wie bitte‹. Ich sage: ›Klopf, klopf‹, und Sie sagen: ›Wer ist da?‹«

»Aber ich weiß schon, wer da ist. Ich kann Sie sehen.«

»Klar, aber tun Sie so, als würden Sie mich *nicht* sehen. Bloß –«

»Sie verlangen von mir, daß ich die Evidenz des mir sinnlich Gegebenen verleugne?«

»Nein, schauen Sie, die Idee dabei ist –«

»Sind Sie ein Kommunist?« fragte Ayn plötzlich. »Ist das der Grund, warum Sie die amerikanische Fahne entweihen?«

»Joan!« rief Schwester Ellen. »Joan, setz dich!«

»Nein!« sagte Joan. »Scheiße, Mom, es gibt noch ein paar Dinge, die ich tun will. Und ich werde nicht zulassen, daß meine letzte Tat ein totaler Murks war. Ich geh zurück!«

»Joan –« Aber die stürmte bereits zum Ausgang, schob noch einen Zimmermannssohn, der gerade aus der Herrentoilette gekommen war, beiseite und war weg.

»Oje«, sagte Kite. Und ohne ihre Zigaretten zu vergessen – den Arm ließ sie allerdings auf der Theke liegen –, stand sie auf und ging ihr nach.

Abwässer

Am Montag brannten die Lichter von Manhattan wieder.

Harry Gant hatte von seiner Stadt gesagt, sie habe »die weltweit beste Bausubstanz auf einem der weltweit härtesten Muttergesteine überhaupt«, und er hatte recht, vor allem, was das Muttergestein anbelangte; zwar hatte das Beben Teile des Dreistaatenecks dem Erdboden gleichgemacht, aber die Insel Manhattan war relativ glimpflich davongekommen. Sicher, die zweiundachtzig Sekunden ununterbrochener Vibration brachten schon einige bauliche Mängel ans Licht. Viele ältere Häuser trugen Schäden davon, und ein paar besonders schlecht unterhaltene Bauwerke versagten völlig; es bebte noch keine Minute, da stürzte die Brooklyn Bridge ein. Das Erdbeben verdeutlichte auch die Nachteile, die eine vierhundert Jahre alte Infrastruktur mit sich bringt. Geplatzte Gas- und Wasserleitungen lösten in einzelnen Stadtvierteln Brand- und Flutkatastrophen aus; explodierende Leitungen ließen – vielleicht einer der grauenvollsten Zwischenfälle überhaupt – alle drei Türme von Trumps Riverside Arcadia in Flammen aufgehen, und diejenigen Bewohner, die der Feuersbrunst entkamen, wurden auf der Straße von einer Welle mutierter *Ratti norvegici* angefallen, die vom steigenden Abwasserpegel aus ihrem gewohnten Habitat vertrieben worden waren.

Und so hatten die städtischen Notstandsbewältigungsteams für eine Weile schon alle Hände voll zu tun. Aber bereits Montag morgen hatte eine Atmosphäre der Normalität begonnen, sich wieder durchzusetzen. New York City war schon immer ein halbes Katastrophengebiet gewesen, und wie der Bürgermeister seinen überlebenden Wählern in einer Rush-hour-Rundfunkansprache zu bedenken gab: hey, es hätt verdammt noch mal ein ganzes Stück schlimmer kommen können – 7,1 auf der Richterskala war doch gar nichts verglichen mit der 8,5-Apokalypse, die gewisse Schwarzseher vorausgesagt hatten. Und außerdem versprach es, eine schöne Woche zu werden, ungewöhnlich warm für die Jahreszeit und sonnig, und alle Bürger waren herzlich dazu eingeladen, sich an den neuen Ausblicken zu erfreuen, die durch die Sprengung baufälliger Gebäude erschlossen wurden.

Gegen neun Uhr, kurz nachdem im Geschäftsviertel die Stromversorgung wiederhergestellt worden war, beschloß Harry Gant, einen Spaziergang zu machen. Wie die Stadtwerke hatte er seit dem Beben viel zu tun gehabt, und er hatte es von einem improvisierten Kommandoposten aus getan, der im Erdgeschoß des Phoenix eingerichtet worden war. Im Laufe des Wochenendes hatte seine Verkaufsabteilung Hunderte von Anrufen von städtischen und staatlichen Stellen entgegengenommen, die Diener für den Einsatz bei Räum- und Rettungsarbeiten anforderten; um die Nachfrage befriedigen zu können, hatte man in Gants Fabriken Sonderschichten angeordnet. In den wenigen Minuten, die er zwischendurch erübrigen konnte, hielt Harry den Kontakt mit seinen Eltern aufrecht, die sich – kurzatmig, aber ansonsten relativ gut beisammen – im Times Square Hilton von ihrer Tortur erholten; er sprach auch regelmäßig mit Vanna, die trotz Schleudertrauma und einer schweren Gehirnerschütterung darauf bestanden hatte, die gesamte Öffentlichkeitsarbeit von ihrem Krankenhausbett aus zu managen. Jetzt, Montag früh, war er reif für eine Pause, und nachdem seine Mutter angerufen hatte, um ihn daran zu erinnern, daß heute sein Geburtstag war, beschloß er, sich den Vormittag freizugeben. Er sagte seinem Mitarbeiterstab, daß er für ein paar Stunden weg sein würde, und trat hinaus auf die 34th Street, um den Tag zu begrüßen.

Es war wirklich schön draußen; es wehte eine laue, sanfte Brise, frisch vom East River, aber praktisch geruchlos. Und das Stadtzentrum war prima in Schuß, höchstens hier und da ein bißchen mehr Schutt als gewöhnlich. Zugegeben, auf der Fifth Avenue war ein riesiges Einsturzloch entstanden und hatte zwei Spuren der Straße verschluckt, aber so außergewöhnlich war das nun auch wieder nicht, und Harrys Mitbürger – diejenigen unter ihnen, die weder den Trümmern noch dem Feuer, dem Wasser oder den Ratten zum Opfer gefallen waren – sahen munter und entschlossen aus, wie sie eiligen Schritts ihrem jeweiligen Ziel entgegenstrebten.

Gant machte einen Bogen um den Einsturzgraben und ging in westlicher Richtung auf den Hudson zu – denselben Weg, den Eddie Wilder erst eine Woche vorher gegangen war. Genau wie Eddie blieb er kurz an der Ecke vom Broadway stehen, um sich den Hals nach den Sehenswürdigkeiten zu verrenken. Besonders nach einer ganz bestimmten: Als er sich nach dem Phoenix umschaute, sah er zu seiner Freude, daß die Digitalen Plakatwände wieder in Betrieb waren. Während des Blackouts waren die Anschläge allerdings geändert worden. Die Riesentageskalenderseite, über die Eddie so gerätselt hatte, war durch ein gleichermaßen mysteriöses Auge ersetzt worden, ein einzelnes grünes Auge, das wachsam über die Stadt hinwegblickte.

»Hmm«, sagte Harry Gant, dem das Logo nicht bekannt vorkam, »was das wohl bedeuten soll ...?« Aber genau in dem Augenblick schlug die Viertelstunde, und die Digitalen Plakate wanderten im Uhrzeigersinn um einen Schritt weiter um den Wolkenkratzer; an die Stelle des Auges trat das Coca-Cola-Warenzeichen. »Jaa«, sagte Harry Gant. »Gute Idee.«

Er kaufte sich bei einem Straßenhändler ein Coke und ein Sandwich und blieb an einem Zeitungskiosk stehen, um ein bißchen zu blättern. Die *Times* enthielt größtenteils nüchterne Berichte zur Lage nach dem Beben, mit den jüngsten Schadensberechnungen und Verlustzahlen; auf der Titelseite sprach Lockheed Martin, Hersteller von Qualitätskampfflugzeugen, den Betroffenen sein Beileid aus.

Die *New York Post* war in ihrer Berichterstattung weniger zurückhaltend. Die Frühausgabe hatte als Schlagzeile:

Er steht noch!

Darunter waren zwei Fotos vom New Babel zu sehen, das eine eine Gesamtansicht des Turms, das andere ein Ausschnitt der obersten Bauplattform der Zikkurat, mit einer einsamen Gestalt vor Wolkenhintergrund, einem Mann, allein an hoher Stelle und unerschrocken. Harry erkannte Vanna Domingos Handschrift: Die Nahaufnahme war ein Standard-Werbefoto, vor über einem Jahr aufgenommen; seit dem Erdbeben war Gant nicht dazu gekommen, zum Babel raufzufahren, wohl aber hatte er gehört, was dort vor sich gegangen war. Desgleichen die *Post.* Unter den Fotos stand zu lesen:

Verhaltensstörungen bei Androiden werden auf vorbebenbedingte Schwankungen des Magnetfeldes zurückgeführt; Gant-Sprecherin spekuliert, daß Diener künftig zu Vorhersagezwecken eingesetzt werden könnten. [Artikel auf S. 3]

»Gut abgeblockt, Vanna«, sagte Harry Gant. »Wenn wir jetzt auch rauskriegen könnten, was *wirklich* passiert ist . . .«

Ein Seitenbalken versprach weitere Stories:

Mona Lisa wiedergefunden; Plünderer auf der Flucht vor Streife der Nationalgarde findet gestohlenes Meisterwerk in ehemaligem Harlemer Wahrzeichen.

(S. 7)

*

FBI-Agent, der als einziger Helikopterabsturz überlebte, befindet sich nach Angaben der Ärzte auf dem Weg der Besserung; den Helden Vogelsang erwarten Belobigung und Beförderung.
(S. 15)

*

Gestrandeter Wal erbricht in Rockaway augenlosen Mann; wütender Jona nach tätlichem Angriff auf Sanitäter ins Bellevue eingewiesen.
(S. 19)

*

Philo Dufresne: Nazi-Fan?
Ehemaliger Direktor des Wiesenthal Center über die Beweislage.
(Leitartikel, S. 24)

*

Katastrophenchronist Peller möglicherweise Serienmörder aus L.A. zum Opfer gefallen. Identifizierung aufgrund von Unvollständigkeit der Leiche erschwert; die Polizei braucht *Ihre* Hilfe.
(Farbfotos und Näheres zu unserer Anrufen-und-Gewinnen-Aktion siehe Beilage B)

Harry kaufte die *Post* und setzte seinen Spaziergang durch die Stadt fort. In der Nähe der Eleventh Avenue sah er eine Frau in der grün-weißen Uniform der Abwässerbehörde, was ihn daran erinnerte, daß er noch immer nichts von Joan gehört hatte. Er nahm an, daß er sich in Anbetracht der Ereignisse der letzten Woche eigentlich Sorgen um sie hätte machen sollen, aber etwas sagte ihm, das sei gar nicht nötig: Joan war einfach nicht der Typ, bei einem Erdbeben umzukommen, und da er einmal miterlebt hatte, wie sie einen Handtaschenräuber windelweich geprügelt hatte, konnte Harry den Mann – oder den Automaten –, der sich einbildete, sie mit Gewalt kleinkriegen zu können, nur bemitleiden.

Und abgesehen davon deuteten alle Indizien in die andere Richtung. Donnerstag nacht war Joans Freundin Kite ihren Verletzungen erlegen, klammheimlich abgetreten, während Gant und eine halb bewußtlose Vanna sich den Kopf darüber zerbrachen, wie sie sie zweihundert Treppen tiefer schaffen sollten. Zu guter Letzt hatten sie eine Methode gefunden, die Fensterputzerplattform ohne Strom hinunterzulassen – eine luftige Erlebnisfahrt, auf deren Wiederholung Harry nicht den allergeringsten Wert legte –, aber bis sie den Bürgersteig erreicht und einen Krankenwagen angehalten hatten, war es längst zu spät gewesen; Kite wurde an Ort und Stelle für tot erklärt. Dann aber war am Freitag vom städtischen Leichenschauhaus die Nachricht gekommen, sie sei verschwunden. *Sie haben die Leiche bestimmt nur verlegt,* dachte Harry zuerst. *Mit den ganzen Erdbebenopfern muß es da zugehen wie auf dem Hauptbahnhof.* Aber als Vanna einen Mitarbeiter beauftragte, persönlich ein paar Erkundigungen einzuziehen, stellte sich heraus, daß Kite doch nicht verlegt worden war: Sie war aufgestanden und gegangen. Der Leichenbeschauer hatte sich nur rasch einen Berliner geholt, und als er zurückgekommen war, hatte er einen leeren Seziertisch und eine abgestreifte Zehenkarte vorgefunden; blutige Fußabdrücke führten vom Kühlraum über den Korridor zum gerichtsmedizinischen Labor (wo es Streichhölzer gab) und von da zu einer Treppe, die auf die Straße führte.

Wenn also *solche* Sachen abliefen, würde Harry keine Zeit damit vergeuden, sich um Joan zu sorgen; er wünschte bloß, sie würde sich melden.

Er war jetzt ans äußerste Westende der 34th Street gelangt, zu den Hafenanlagen. Wie der East River, roch der Hudson heute gar nicht so übel; viele größere und kleinere Fabriken des Hinterlandes waren wegen nötiger Reparaturarbeiten geschlossen worden, und sogar der Fäkalienausstoß des Stadt hatte infolge der vielen geborstenen Wasserleitungen abgenommen. Als er sich nach einer geeigneten Stelle zum Frühstücken umsah, entdeckte Gant eine altmodische Holzpier, die in den Fluß hineinragte. Er ging hinaus bis an die Spitze und setzte sich so hin, daß seine Beine über dem Wasser baumelten; er schlug seine Zeitung auf, öffnete sein Coke und nahm einen Bissen von seinem Sandwich.

Er wollte gerade den zweiten Bissen nehmen, als er den Alligator bemerkte. Die Pier war mit alten Kisten und anderem maritimen Gerümpel übersät; ein paar Armlängen von dort, wo Harry saß, lag ein umgekipptes Stahlfaß, dessen offenes Ende in seine Richtung wies. Er war davon ausgegangen, es sei leer, aber jetzt erregte ein kratziges Atmen seine Aufmerksamkeit, und er sah, daß in dem Faß ein kleines Albinoreptil zusammengerollt saß und zu ihm hinauslugte.

»Hm«, sagte Harry Gant. »Hm.« Der Alligator veränderte leicht seine Haltung; das Licht der Morgensonne berührte die Spitze seiner Schnauze und betonte die Blässe seiner Haut. *Alligator manhatticus*, dachte Harry Gant und hörte die Stimme seines Vaters in seinem Kopf. *Alligator manhatticus*, der sagenhafte Manhattaner Kanalligator, den viele Forscher für ausgestorben, wenn nicht gleich gar für ein Märchen hielten. Aber Jerry Gant wußte es besser – und jetzt auch Harry.

»Magst du Thunfisch?« fragte er unsicher. Der Kopf des Alligators hob sich, und ein dumpfes Gefühl riet Harry, das Sandwich aus der Hand zu geben. Er warf es mit einem leichten Aufwärtsschwung, wie einen Softball, dem Tier zu. Der Alli spritzte unglaublich schnell nach vorn; Gant erhaschte gerade einen kurzen Blick von Kaumuskeln und Zähnen, und dann war das Sandwich weg. Es war gar nicht erst mit dem Boden in Berührung gekommen.

»Hm«, sagte Harry. Der Alligator stand jetzt direkt neben ihm, schnüffelte an seinem Oberschenkel und an den Rändern der Zeitung, die auf seinem Schoß lag; mit einemmal war er froh, daß er nicht statt der *Post* den eßbaren *Long Distance Call* gekauft hatte. »Immer sachte«, sagte er, als der Alligator an seiner Hose schnoberte. »Sachte, Bürschlein ...« Das Bürschlein hob wieder den Kopf, und Gant erstarrte, die Arme in der Luft. Aber der Alli biß ihn nicht; er schlurfte nur ein paar Schritte näher heran und legte ihm sein langes Kinn quer über beide Knie.

Der Kopf des *Manhatticus* ruhte schwer in seinem Schoß. Er kuschelte sich ein, machte es sich gemütlich. Bereitete sich möglicherweise auf ein längeres Nickerchen vor. Gant drehte sich um, ob nicht vielleicht hinten auf dem Kai jemand wäre, der sah, was hier los war. Pech gehabt; auf der Twelfth Avenue herrschte reger Verkehr, aber es gab keine Fußgänger, die nah genug gewesen wären, um ihn bemerken zu können.

»Hm. Na gut.« Das Kinn des Alligators lag auf der aufgeschlagenen Zeitung; wenn das Tier wirklich einnickte, überlegte Harry sich, könnte er es vielleicht schaffen, seine Beine unter ihm wegzuziehen. Vielleicht. Aber der Alli schlief nicht ein; er lag einfach nur so da. Da er nicht wußte, was er sonst hätte tun können, senkte Harry seine Rechte, bis die Handfläche die Oberseite von *Manhatticus*' Schnauze berührte. Der Alli blinzelte, erhob aber keine Einwände; Harry deutete eine vorsichtige Streichelbewegung an.

Ein wummernder Laut drang aus der Kehle des Alligators hervor, wie das Schnurren einer großen Katze mit einem Mund voll Sumpfwasser. Ermutigt, streichelte Harry weiter; die Lider des Allis flatterten und schlossen sich. Er schien zu schnarchen. Um zu sehen, was passierte, hob Harry seine Rechte um ein paar Millimeter in die Höhe.

Der Alligator hörte auf zu schnarchen. Seine Augen klappten wieder auf. Er sah unfroh drein.

»Schon gut«, sagte Harry Gant und nahm das Streicheln wieder auf.

Um sich die Zeit zu vertreiben, sah er sich seinen neuen Freund genauer an. Er war wirklich ein kleiner Bursche, nicht länger als einen Meter von der Nasen- bis zur Schwanzspitze, oder knapp darüber. An seiner Schädeldecke war ein seltsames schwarzes Kästchen befestigt: ein primitives, jetzt auch kaputtes Psychosteuergerät, von derselben Flutwelle zum Schweigen gebracht, die den Alligator aus seinem Kloakennest in den Fluß gespült hatte.

Das bleiche Krokoleder war mit Narben bedeckt. Der Albinismus hatte die Haut des Alligators auf den ersten Blick zart erscheinen lassen, aber jetzt sah Gant, daß sie das ganz und gar nicht war: Das arme Kerlchen hatte sichtlich eine Menge durchgemacht. Als er den Hinterfuß des *Manhatticus* musterte (aus dem ein ziemlicher Batzen Fleisch herausgerissen worden war), hörte Harry noch einmal die Stimme seines Vaters, der ihm eine Geschichte über die Evolution erzählte. Alligatoren und Krokodile, sagte sein Vater, waren uralte Geschöpfe, die vor Hunderten von Millionen von Jahren, noch zur Zeit der ersten Dinosaurier, entstanden waren; und anders als die »schrecklichen Echsen« hatten sie die Äonen überdauert. Nicht einmal der Mensch hatte es geschafft, sie vollständig auszurotten. Noch nicht.

»Überlebender«, sagte Harry, dem das Reptil allmählich ans Herz wuchs. »Du kleiner Überlebenskünstler, du.«

Und da kam ihm die Idee: Also, wenns irgendwie die Möglichkeit gäbe, diese Viecher zu zähmen, ihnen beizubringen, nicht zu beißen, sie vielleicht ein *kleines* Stückchen kleiner zu züchten – die gäben wirklich prima Haustiere ab. Aufregend für die Kids, und dazu noch mit einem tollen Marketing-Aufhänger: eine Art »Rettet-bedrohte-Tierart-Projekt« für zu Hause. Kaum hatte er das gedacht, als sich auch schon ein ganzes Spektrum möglicher Merchandising-Maßnahmen vor seinem geistigen Auge abzuspulen begann: Manhatty-Haustierzubehör und -Veterinärversorgung; Manhatty-Dressurschulen; »I ❤ my Manhatty«-Kaffeebecher; Manhatty-Designer-Polohemden mit dem Albinoalligator auf der Brusttasche ...

Hey.

Hey.

»Was für eine klasse Idee«, sagte Harry Gant. Und wie sein Gehirn zu arbeiten begann, spürte er schon weitere Inspirationen aufsteigen, emporsprudeln aus jener Ecke des Unterbewußtseins, aus dem Plastikflamingos für den Vorgarten kommen.

Die Morgensonne erhob sich über die zerklüfteten Türme der City, brachte neues Licht und neue Hoffnung. Es schien wirklich ein wunderschöner Tag zu werden, dachte Gant; und er war außerordentlich gespannt darauf, was ihm als nächstes einfallen würde.

Boston / Blairsville, Georgia / Portland, Maine
Februar 1990 – September 1994